হাইফা জিন

কল্পবিজ্ঞানের অনন্য এক উপন্যাস নিয়ে

জি মিনারভা

ghoshal.manoranjan@gmail.com

সূচীপত্র

হাইফা জিন

জি মিনারভা

হাইফা জিন

জি মিনারভা

হাইফা জিন

জি মিনারভা

হাইফা জিন

জি মিনারভা

গল্পের সংক্ষিপ্তসার:

গল্পের কেন্দ্রবিন্দুতে ছিলেন **অর্ণব**, একজন প্রতিশ্রুতিশীল বিজ্ঞানী, যিনি **হাইফা জিন** নিয়ে গবেষণা করছিলেন। এই জিন মানুষের শরীর ও ক্ষমতাকে পরিবর্তনের অসাধারণ ক্ষমতা রাখত। প্রথমে অর্ণবের উদ্দেশ্য ছিল মানবজাতিকে রোগ এবং দুর্বলতা থেকে মুক্ত করা, কিন্তু তার গবেষণায় নৈতিক ভুল এবং উচ্চাকাঙ্ক্ষার কারণে পরিস্থিতি নিয়ন্ত্রণের বাইরে চলে যায়।

GeneCore নামক একটি কর্পোরেশন অর্ণবের গবেষণাকে হাতিয়ার হিসেবে ব্যবহার করতে চায়। তারা বিভিন্ন দেশের ল্যাবের মাধ্যমে এই জিনকে পরীক্ষা করে এবং এক নতুন প্রজাতি, **অর্ধেক মানুষ-অর্ধেক দানব**, তৈরি করে। টোকিও, নিউ ইয়র্ক এবং লন্ডনসহ বিশ্বজুড়ে আতঙ্ক ছড়িয়ে পড়ে। সাধারণ মানুষ ভয়, গণমাধ্যমের প্রচার, সামরিক বাহিনীর হস্তক্ষেপ এবং লকডাউন–সবই পরিস্থিতিকে আরও সংকটময় করে তোলে।

অর্ণব নিজের দায় স্বীকার করে এবং মানবজাতিকে রক্ষা করার জন্য প্রতিষেধক তৈরিতে লেগে পড়ে। সে **ইরা** এবং সাংবাদিক **রোহিত**-এর সহায়তায় GeneCore-এর গোপন ঘাঁটিতে প্রবেশ করে এবং মানবজাতিকে হুমকি দেওয়া এই দানবীয় প্রাণীগুলোর উৎস খুঁজে বের করে। চূড়ান্ত লড়াইয়ের মাধ্যমে অর্ণব তার প্রতিষেধক কার্যকর করে এবং দানবদের পরাজিত করে।

প্রতিষেধকটি সমগ্র বিশ্বে ছড়িয়ে মানবজাতিকে সংরক্ষণ করে, যদিও কিছু মানুষের মধ্যে হাইফা জিনের অংশ রয়ে যায়। এই পরিবর্তন মানবজাতির মধ্যে এক **নতুন বিবর্তন** সূচনা করে। অর্ণব তার নৈতিক ভুল থেকে শিক্ষা নিয়ে ভবিষ্যতে বিজ্ঞানকে মানবজাতির কল্যাণে ব্যবহার করার সিদ্ধান্ত নেয়।

গল্পের শেষ বার্তায় বলা হয়:

"বিজ্ঞান আমাদের ক্ষমতা দেয়, কিন্তু নৈতিকতা আমাদের পথ দেখায়। যদি আমরা আমাদের নৈতিকতা ভুলে যাই, তাহলে আমরা এক নতুন সংকটে পড়ব।"

সংক্ষেপে, গল্পটি **মানবতার নৈতিক দায়িত্ব, বৈজ্ঞানিক আবিষ্কারের সম্ভাবনা এবং প্রযুক্তির অপব্যবহারের বিপদ** নিয়ে একটি থ্রিলিং, অ্যাকশন-ভিত্তিক বৈজ্ঞানিক উপন্যাস।

পর্ব ১ : রাতের বাগানে নীল আলো

অর্ণব কফির কাপে চুমুক দিয়ে বারান্দার রেলিংয়ে ভর দিয়ে দাঁড়াল। ল্যাবের কাজ তাকে প্রতিদিন রাত অবধি ব্যস্ত রাখে, কিন্তু এভাবে রাতের নীরবতায় দাঁড়িয়ে থাকা তার নেশা। শহরের কোলাহল তখন নিস্তব্ধতায় ডুবে আছে। চারপাশে কেবল হালকা ঝিঁঝিঁ পোকার ডাক, দূরে কুকুরের ডাকে মিলেমিশে যাচ্ছে।

ঠিক তখনই তার চোখ আটকে গেল বাগানের এক কোণে। গোলাপের ঝোপের নিচে অদ্ভুত এক আলো। প্রথমে মনে হলো হয়তো কোনো জোনাকি দল উড়ে এসে বসেছে। কিন্তু ভালো করে তাকাতেই বোঝা গেল, ব্যাপারটা সাধারণ নয়। আলোটা স্থির, তবুও ভেতর থেকে যেন ঢেউ খেলছে। নীলচে ঝলকানি, মাঝে মাঝে সাদা রঙ মিশে যাচ্ছে—একটা অস্বাভাবিক দীপ্তি।

অর্ণবের ভেতরের বিজ্ঞানী যেন সঙ্গে সঙ্গে সজাগ হয়ে উঠল। *"জোনাকি হলে এত স্থির হবে না। আর গোলাপ গাছের গোড়ায় এভাবে জ্বলজ্বল করা... প্রকৃতির স্বাভাবিক নিয়ম নয়।"*

কফির কাপটা বারান্দায় রেখে সে নিচে নেমে গেল। প্রতিটি পা ফেলার সঙ্গে সঙ্গে তার মনে হচ্ছিল, অজানা কোনো ঘটনার সামনে দাঁড়িয়ে আছে। মাটির কাছে গিয়ে আরও স্পষ্ট বোঝা গেল—গোলাপ গাছের গোড়ার মাটি ফেটে উঠে এসেছে, আর সেই ফাঁক থেকেই বেরোচ্ছে নীল আলো।

অর্ণব হাত বাড়িয়ে মাটির গায়ে স্পর্শ করতেই টের পেলো হালকা কম্পন। যেন মাটির নিচে কিছু ধীরে ধীরে স্পন্দিত হচ্ছে। গরম শ্বাসের মতো হালকা বাষ্পও উঠছে মাটির ফাঁক দিয়ে।

তার চোখ কেঁপে উঠল।

"এটা কোনো প্রাকৃতিক আলো নয়... কোনো জৈব বিক্রিয়া ঘটছে মাটির ভেতরে।"

এক মুহূর্তের জন্য ভয় ঢুকে গেল বুকের ভেতর, তবুও তার পেশাদার বিজ্ঞানী সত্তা কৌতূহলের কাছে হার মানল। মাথার ভেতরে একটাই কথা ঘুরছিল—

"আমি যদি এই মুহূর্তটা নথিবদ্ধ করতে পারি, তবে হয়তো এক নতুন আবিষ্কারের শুরু হবে।"

সে দ্রুত ঘরে ফিরে গেল ক্যামেরা আর স্যাম্পল কিট আনতে। কিন্তু তখনও সে জানত না—এই নীল আলোই তার জীবনকে এমন এক পথে ঠেলে দেবে, যেখান থেকে ফেরার রাস্তা আর খোলা থাকবে না।

পর্ব ২ : রহস্যের হাতছানি

অর্ণব ধীরে ধীরে ঝুঁকে পড়ল গোলাপগাছের গোড়ার দিকে। চাঁদের আলো আর সেই অদ্ভুত নীল আভা মিলেমিশে চারপাশকে পরাবাস্তব করে তুলেছে। মাটির ওপর বিস্তৃত হয়ে আছে অসংখ্য ক্ষুদ্র ছত্রাক, যেন কার্পেটের মতো বিছানো। প্রতিটি ছত্রাকের ডগা থেকে নির্গত হচ্ছে স্পন্দিত আলো—একবার উজ্জ্বল, একবার ম্লান, আবার উজ্জ্বল।

অর্ণবের চোখ স্থির হয়ে রইল সেই অদ্ভুত দৃশ্যে।

"এ কি সম্ভব? বায়োলুমিনেসেন্ট ফাঙ্গি আমি পড়েছি, ছবি দেখেছি, কিন্তু এত তীব্র আলো... এত সংগঠিত স্পন্দন!"

সে ধীরে হাত বাড়িয়ে একটিকে ছুঁতে গেল, কিন্তু ছত্রাকগুলো স্পর্শ করার আগেই সরে এলো। কারণ তার মনে হলো, এগুলো কেবল অণুজীব নয়, যেন জীবন্ত সত্তা। আলোটা শুধু অন্ধকার ভেদ করছে না, যেন কোনো সংকেত ছড়িয়ে দিচ্ছে।

অর্ণবের গা শিউরে উঠল। তার বুকের ভেতর কাঁপন ধরল, কিন্তু একই সঙ্গে মন ভরে উঠল এক প্রবল কৌতূহলে। অজানা এক দুনিয়ার দরজা যেন তার সামনে খুলে যাচ্ছে।

সে ফিসফিস করে বলল,

“আজকের রাতটা... সাধারণ রাত নয়। এ যেন প্রকৃতির গোপন সংকেত।”

হঠাৎই তার মাথার ভেতর তীব্র এক প্রশ্ন বাজতে লাগল—

"এই আলো আমাকে ডেকে নিচ্ছে কেন? এর পেছনে লুকিয়ে আছে কী?"

অর্ণব জানত, তার বিজ্ঞানী জীবন যতটা শৃঙ্খলিত, এই মুহূর্ত থেকে সব বদলে যাবে। কিন্তু সে আর পিছু হটতে পারল না। নীল আলো, ক্ষুদ্র ছত্রাকের কার্পেট, আর স্পন্দনের ছন্দ যেন তাকে হাতছানি দিয়ে বলল—

“এসো, রহস্যের ভেতরে প্রবেশ করো।”

পর্ব ৩ : নমুনা সংগ্রহের প্রস্তুতি

অর্ণবের পা যেন মাটিতে ঠেকছিল না। দ্রুত দৌড়ে ল্যাবে ঢুকে আলো জ্বালাতেই তার চোখ পড়ল পরিচিত

সরঞ্জামগুলোর দিকে—স্টেরাইল গ্লাভস, টুইজার, কাঁচের বিকার, জীবাণুনাশক দ্রবণ। হাত কাঁপলেও তার ভেতরের বিজ্ঞানী মন তাকে ঠান্ডা মাথায় কাজ করতে বাধ্য করল।

সে প্রথমে গ্লাভস পরে নিল, যেন কোনোভাবেই বাইরের দূষণ ওই অদ্ভুত ছত্রাকের ওপর প্রভাব না ফেলে। তারপর একটি ছোট জীবাণুমুক্ত টুইজার নিয়ে কাঁচের বিকারের ভেতর রাখল। টর্চলাইট আর ক্যামেরাও ব্যাগে ভরে নিল—প্রতিটি ধাপ নথিবদ্ধ করা জরুরি, কারণ এই মুহূর্তটা হয়তো তার জীবনের সবচেয়ে বড় আবিষ্কারের সূচনা হতে চলেছে।

যখন আবার বাগানের দিকে ফিরল, তখন হাওয়ায় অদ্ভুত এক গন্ধ ছড়িয়ে পড়েছে—মাটির স্যাঁতসেঁতে গন্ধের সঙ্গে যেন কোনো অচেনা রাসায়নিকের তীব্রতা। আলোটা আরও স্পষ্ট, আরও উজ্জ্বল। দূর থেকে মনে হচ্ছিল, গোলাপের ঝোপের নিচে কেউ নীল বাতি জ্বেলে রেখেছে।

অর্ণব হাঁটু গেড়ে বসল। টুইজার দিয়ে আস্তে করে একটি ছত্রাকের গোড়া ধরে তুলতেই মৃদু টকটকে শব্দ হলো, আর ছত্রাকের ভেতর থেকে যেন এক ফোঁটা তরল ঝরে পড়ল—অদ্ভুত, হালকা ফ্লুরোসেন্ট রঙের তরল।

তার গা কেঁপে উঠল, তবুও নিখুঁত ভঙ্গিতে ছত্রাকটিকে বিকারের ভেতর রেখে ঢাকনা বন্ধ করে দিল। তারপর আরও কয়েকটি নমুনা সংগ্রহ করল। প্রতিটি ছত্রাকই আলাদা, কিন্তু সবার ভেতর একই নীল আভা।

বিকারটা হাতে নিয়েই তার বুকের ভেতর ধুকপুকানি বেড়ে গেল। সে জানে, এই মুহূর্তে সে শুধু ছত্রাক নয়—হয়তো

এমন এক রহস্য ধরে ফেলেছে যা মানব সভ্যতার গতিপথ বদলে দিতে পারে।

আকাশের দিকে তাকাল অর্ণব। চাঁদের আলো ম্লান হয়ে এসেছে, অথচ মাটির ফাঁক থেকে বেরোনো সেই ছত্রাকের আলো আরও তীব্র। মনে হলো প্রকৃতি যেন তাকে সতর্ক করছে—

"সাবধান, প্রতিটি আবিষ্কারেরই আছে মূল্য।"

পর্ব ৪ : প্রথম স্পর্শ

অর্ণব মাটির ভেতর বিস্তার করা অজানা ছত্রাকের কার্পেটের সামনে হাঁটু গেড়ে বসে পড়ল। তার টর্চলাইটের আলো নিভিয়ে রাখল, কারণ ওই নীল আভাটাই এখন চারপাশকে আলোকিত করে তুলেছে। স্যাঁতসেঁতে বাতাসে ছত্রাকের হালকা কাঁচা গন্ধ ভেসে আসছে।

গ্লাভস পরা হাত ধীরে বাড়িয়ে দিল সে। যতই এগোচ্ছে, আলোটা যেন তার আঙুলের দিকে টানছে। এক মুহূর্তের জন্য বুকের ভেতর হালকা শঙ্কা দানা বাঁধল— *"স্পর্শ করলে যদি কোনো বিপদ ঘটে? যদি এরা বিষাক্ত হয়?"*

কিন্তু কৌতূহল ভয়কে জয় করল। অর্ণব আঙুল দিয়ে একটি ছোট ছত্রাকের ডগা ছুঁয়ে দিল।

সঙ্গে সঙ্গে পুরো ঝাঁক যেন সাড়া দিয়ে উঠল। নীল আলো হঠাৎ তীব্র হয়ে ছড়িয়ে পড়ল চারপাশে। মাটির নিচ থেকে এক অদ্ভুত স্পন্দন উঠতে লাগল, যেন জীবন্ত কোনো প্রাণীর হৃদস্পন্দন। ছত্রাকটা অর্ণবের আঙুলের নিচে হালকা কেঁপে

উঠল, আর তার দেহে এক অচেনা শিরশিরে অনুভূতি বয়ে গেল।

অর্ণব বিস্ময়ে শ্বাস আটকে ফেলল।

“এরা... এরা প্রতিক্রিয়া দেখাচ্ছে! যেন আমাকে চিনছে...”

নীল আলো ক্রমশ স্পন্দিত হয়ে উঠল, একবার উজ্জ্বল, একবার ক্ষীণ। মনে হলো ছত্রাকগুলো তার ছোঁয়ায় যোগাযোগ করতে চাইছে, যেন নীরব ভাষায় কিছু বলতে চায়।

অর্ণবের শরীরে রোমাঞ্চের ঢেউ বয়ে গেল। তার মাথার ভেতর হঠাৎ একটাই চিন্তা ঘুরতে লাগল—

"এই প্রতিক্রিয়াটা যদি কেবল স্পর্শে হয়, তবে এদের জেনেটিক গঠন কেমন? এরা কি স্নায়বিক উদ্দীপনায় কাজ করছে?"

সে ধীরে আঙুল সরিয়ে নিল, কিন্তু আলো তখনও কয়েক মুহূর্ত উজ্জ্বল রইল, তারপর আবার শান্ত হয়ে এল।

অর্ণব বুঝতে পারল—এটা কোনো সাধারণ ছত্রাক নয়। এ যেন প্রকৃতির গোপন স্নায়ুতন্ত্র, যা মানুষের সংস্পর্শে জীবন্ত হয়ে ওঠে।

পর্ব ৫ : নমুনা সংগ্রহ সম্পন্ন

অর্ণবের হাত যেন যান্ত্রিক নিখুঁততায় কাজ করছিল, যদিও বুকের ভেতর ধুকপুকানি বেড়ে চলেছে। টুইজার দিয়ে একে একে কয়েকটি ছত্রাক তুলে সে জীবাণুমুক্ত বিকারের ভেতরে রাখল। প্রতিটি ছত্রাক ভাঙার সময় মৃদু স্যাঁৎস্যাঁতে শব্দ হলো, আর তাদের দেহ থেকে বেরোল হালকা নীলচে ঝিলিক।

ঢাকনা বন্ধ করার পরও বিকারের ভেতর আলো নিভে গেল না। বরং কাচের ভেতর সেই আভা মৃদু স্পন্দনের মতো উঠানামা করছে, যেন জীবন্ত কিছু নিশ্বাস নিচ্ছে।

অর্ণব স্থির দৃষ্টিতে বিকারের দিকে তাকিয়ে রইল।

"এরা শুধু বায়োলুমিনেসেন্ট নয়... এদের ভেতরে অন্য কোনো ক্ষমতা আছে। এরা প্রতিক্রিয়া দেখায়, স্পর্শে সাড়া দেয়। যেন যোগাযোগ করতে পারে!"

তার মনে অদ্ভুত এক নেশা জন্ম নিল। যতক্ষণ না সে এই রহস্য ভেদ করতে পারছে, ততক্ষণ শান্তি নেই। এ যেন এক নতুন দিগন্ত—একটা এমন আবিষ্কার, যা শুধু জীববিজ্ঞানের ইতিহাস নয়, পুরো মানব সভ্যতার গতিপথ পাল্টে দিতে পারে।

বিকারের কাচের ভেতর আলো আরও উজ্জ্বল হলো, অর্ণবের চোখে যেন প্রতিশ্রুতির আগুন জ্বালিয়ে দিল।

সে নিজেকে বলল,

“আজ রাতেই আমি ইতিহাসের এক নতুন অধ্যায়ের দোরগোড়ায় দাঁড়িয়ে আছি।”

পর্ব ৬: মাইক্রোস্কোপের নিচে অদ্ভুত চিত্র

অর্ণব ল্যাবে ঢুকেই আলো নিভিয়ে কেবলমাত্র মাইক্রোস্কোপের নীল ল্যাম্পটা জ্বালালো। কাচের স্লাইডে বিকার থেকে কয়েক ফোঁটা নমুনা তুলে রাখল। ঘড়ির কাঁটা তখন মধ্যরাত পেরিয়েছে, কিন্তু তার চোখে বিন্দুমাত্র ঘুম নেই।

সে স্লাইডটা মাইক্রোস্কোপে রাখতেই চোখ কাঁচের ওপারে স্থির হয়ে গেল। প্রথমে মনে হলো সে কোনো অচেনা জলজ

উদ্ভিদ দেখছে। ছত্রাকের হাইফাগুলো জটিল সর্পিল আকারে ছড়িয়ে ছিল, কিন্তু সেগুলো নিছক জৈব গঠন নয়। প্রতিটি হাইফার শাখা যেন সূক্ষ্ম বৈদ্যুতিক প্রবাহে নড়ছিল।

অর্ণবের ভ্রু কুঁচকে গেল। হঠাৎ হঠাৎ অণুবীক্ষণ যন্ত্রের নিচে ক্ষুদ্র নীল স্পার্ক দেখা দিচ্ছিল, যেন ক্ষুদ্র বজ্রপাত। আরও অবাক করা বিষয় হলো—প্রতিটি হাইফা নিজের ভেতর কোনো সংকেত আদান-প্রদান করছে, যেন মস্তিষ্কের নিউরনের মতো কাজ করছে।

সে নিঃশ্বাস ফেলে বলল,

— "এটা তো জীব নয়, এটা যেন জীবন্ত সার্কিট!"

তার হাতে কলম কাঁপতে শুরু করল। সে দ্রুত খাতায় আঁকতে লাগল হাইফাগুলোর গঠন—শাখা, সংযোগ, নীল আলোর বিন্দুগুলো। প্রতিটি আঁচড়ের সাথে তার বিস্ময় আরও বাড়তে লাগল।

কিছুক্ষণ পর, হাইফাগুলো হঠাৎ একসাথে নড়ে উঠল। যেন ওরা জানে কেউ তাদের দেখছে। মাইক্রোস্কোপের লেন্সে নীল আলোর ঢেউ ছড়িয়ে পড়ল। অর্ণব চমকে পিছু হটল, আর তার বুকের ভেতর ধুকপুক শব্দ আরও জোরে শোনা গেল।

সে বিড়বিড় করে বলল,

— "না... এটা শুধু ছত্রাক নয়। এর ভেতরে কিছু আছে... কিছু ভয়ঙ্কর বুদ্ধিমত্তা।"

অর্ণব জানত, এই আবিষ্কার তার জীবন বদলে দেবে। কিন্তু একইসাথে, এই আবিষ্কার তার জন্য ভয়ংকর বিপদের দরজা খুলে দিল—সে তা বুঝতেই পারল না।

পর্ব ৭: জ্যামিতিক বিন্যাস

অর্ণব ধীরে ধীরে মাইক্রোস্কোপের লেন্স ঘোরাল, জুম বাড়াল। চোখের সামনে ভেসে উঠল এক অভাবনীয় দৃশ্য।

হাইফাগুলো শুধু ছত্রাকের মতো অনিয়মিতভাবে বাড়ছিল না। তারা ছিল পরিপূর্ণ **জ্যামিতিক বিন্যাসে** সাজানো—ত্রিভুজ, ষড়ভুজ, বৃত্ত, এমনকি জটিল পলিগনের মতো। প্রতিটি গঠন একে অপরের সঙ্গে এমনভাবে জুড়ে যাচ্ছিল, যেন কোনো অজানা গণিত সূত্রের ওপর ভিত্তি করে তৈরি।

তার মনে হলো, যেন সে জীবন্ত কোনো **ফ্র্যাক্টাল** দেখছে— যেখানে ছোট্ট অংশটিও পুরো কাঠামোর অনুকরণ করছে। হাইফাগুলো ত্রিমাত্রিক জালিকা তৈরি করে আলো ছড়াচ্ছিল, আর প্রতিটি বিন্দুতে স্পন্দন হচ্ছিল এক অদ্ভুত ছন্দে।

অর্ণবের শরীরে শিহরণ বয়ে গেল।

— *"এটা তো কোনো কাকতালীয় বৃদ্ধি নয়। এ যেন কেউ নকশা এঁকেছে।"*

সে খেয়াল করল, আলোর তরঙ্গগুলো নির্দিষ্ট অন্তর দিয়ে ছড়িয়ে পড়ছে। যেন একটি সংকেত, কোনো অজানা ভাষায় লেখা বার্তা। প্রতিটি জ্যামিতিক রূপ বদলে যাচ্ছে, আবার নতুন বিন্যাস নিচ্ছে—কখনো তারা মণ্ডলের মতো, কখনো তারা যেন প্রাচীন কোনো প্রতীকের অনুকরণ।

অর্ণব ঠোঁট কামড়ে বলল,

— "এরা... কোনো বুদ্ধিমত্তার নির্দেশে চলছে। এদের ভেতর কীসের ছাপ লুকিয়ে আছে?"

তার মনে হঠাৎ এক পাগলামি ভর করল। সে ড্রয়ার থেকে স্কেচবুক টেনে নিল, হাইফাগুলোর প্রতিটি বিন্যাস আঁকতে লাগল। প্রতিটি আকার আঁকার সময় তার ভেতরে জন্ম নিল এক অদ্ভুত ভয়—যেন সে এমন কোনো ভাষা লিখছে, যা মানুষের জন্য নয়।

মুহূর্তে সে বুঝতে পারল—এটা শুধু ছত্রাক নয়, এটা **একটি সংকেত প্রেরণকারী জীবন্ত নকশা**।

পর্ব ৮: অজানা উপাদান

অর্ণব চোখ কপালে তুলল। কম্পিউটারের স্ক্রিনে ভেসে উঠছে একের পর এক সতর্কবার্তা—

"অস্বাভাবিক গঠন সনাক্ত।"

"অজানা উপাদান পাওয়া গেছে।"

সে ডেটা আবার চালাল, সফটওয়্যার রিবুট করল। তবুও ফলাফল একই।

মাইক্রোস্কোপের নিচে হাইফাগুলোর ভেতরে যে নীল আভা প্রবাহিত হচ্ছিল, সেটি কোনো সাধারণ জৈব পদার্থ নয়। যেন আলো নয়, বিদ্যুৎ নয়, তবুও একধরনের শক্তি প্রবাহ।

অর্ণব ফিসফিস করে বলল,

— *"না... এ জিনিস পৃথিবীর নয়।"*

সে একটি স্পেকট্রোমিটার দিয়ে উপাদানের গঠন ভাঙতে চেষ্টা করল। সাধারণত যেকোনো জৈব যৌগের স্পেকট্রামে কার্বন, হাইড্রোজেন, অক্সিজেনের সুনির্দিষ্ট প্যাটার্ন থাকে। কিন্তু এখানে যা দেখা গেল, তা তার সব অভিজ্ঞতাকে ছাপিয়ে গেল।

স্পেকট্রামে ভেসে উঠল এক অজানা ধাতব রেখা—যা কোনো পরিচিত মৌলের সঙ্গে মেলে না। তার পারমাণবিক সংখ্যা, তার বন্ডিং, সবই অস্বাভাবিক।

অর্ণবের শরীর কাঁপতে লাগল।

— *"একেবারে নতুন মৌল...? না, এরকম তো হওয়া সম্ভব নয়... যদি না..."*

তার মনে হঠাৎ ঝড় বইল—

যদি এটি পৃথিবীর জীব না হয়? যদি এটি বহির্জাগতিক কোনো অণুজীব হয়?

কিন্তু সঙ্গেসঙ্গেই তার বৈজ্ঞানিক মন আরেকটা প্রশ্ন তুলল—তাহলে কিভাবে এটি তার বাগানে এল?

অর্ণবের মনে হলো, এই ছোট্ট নীল ছত্রাক আসলে **অজানা কোনো শক্তির বাহক**। হয়তো কোনো সংকেত, হয়তো কোনো অস্ত্র, অথবা হয়তো... এক নতুন জীবনের বীজ।

পর্ব ৯: ডিএনএ সিকোয়েন্স পরীক্ষা

অর্ণব মাইক্রোস্কোপ থেকে চোখ সরিয়ে ডিএনএ সিকোয়েন্সিং মেশিনের দিকে এগিয়ে গেল।

তার হাত কাঁপছিল, কিন্তু চোখে ছিল আগুনের মতো কৌতূহল।

সে জীবাণুমুক্ত কন্টেইনার থেকে কিছুটা নমুনা বের করে সাবধানে মেশিনে স্থাপন করল। মেশিনটি গুঞ্জন তুলে চালু হলো, আলো জ্বলল, আর ডিএনএ ভাঙা-গড়া শুরু হলো।

তার ভেতরে তখন হাজারো প্রশ্ন—

"এই হাইফাগুলোর জেনেটিক কোড কি মানুষের বা অন্য

কোনো পরিচিত প্রাণীর সঙ্গে মেলে? নাকি এগুলো একেবারে অচেনা? যদি এগুলো সত্যিই বহির্জাগতিক হয়... তবে এর মানে কী?"

মেশিনের স্ক্রিনে ধীরে ধীরে কোডগুলো ভেসে উঠতে লাগল—A, T, C, G—পৃথিবীর জীবনের মৌলিক চার অক্ষর।

কিন্তু তারপরই অর্ণবের শ্বাস বন্ধ হয়ে এলো।

প্রচলিত চারটি বেসের মাঝে দেখা দিল এক **পঞ্চম অক্ষর**—এক অজানা নিউক্লিওটাইড, যা আধুনিক বিজ্ঞান আগে কখনো দেখেনি।

স্ক্রিনে তার নাম স্বয়ংক্রিয়ভাবে উঠে গেল: **"U5 – Unknown Base Detected."**

অর্ণব ফিসফিস করে বলল,

— *"অসম্ভব... জীবনের নতুন এক বর্ণমালা!"*

তার মনে হলো যেন পৃথিবীর জীববিজ্ঞানের নিয়ম ভেঙে নতুন এক অধ্যায়ের সূচনা হয়েছে।

অর্ণবের চোখে এখন আর শুধু বিজ্ঞানী কৌতূহল নেই, আছে এক অদ্ভুত ভয়ও।

এই আবিষ্কার যদি সত্যি হয়, তবে এর ক্ষমতা সীমাহীন—এটি জেনেটিক ইঞ্জিনিয়ারিং-এর নতুন দিগন্ত খুলে দিতে পারে, আবার মানব সভ্যতার জন্য এক অভিশাপও হয়ে দাঁড়াতে পারে।

পর্ব ১০: কোডগুলোর রহস্য

অর্ণব গভীর মনোযোগে কম্পিউটার স্ক্রিনের দিকে তাকিয়ে রইল।

ডিএনএ সিকোয়েন্সিং সম্পন্ন হতেই সে দ্রুত আন্তর্জাতিক জেনোম ডেটাবেসের সঙ্গে তুলনা শুরু করল।

মাইক্রোব, ছত্রাক, উদ্ভিদ, প্রাণী—যত নমুনা আছে, সব ডেটাবেস চষে ফেলল সে।

প্রতিটি সার্চের শেষে একই বাক্য ভেসে উঠছে—

"No Match Found."

অর্ণব চেয়ারে হেলান দিয়ে নিঃশ্বাস ছাড়ল।

— *"অর্থাৎ এই জিনোম পৃথিবীর কোনো পরিচিত জীবের নয়..."*

তার মাথায় কেবল একটাই ভাবনা ঘুরছিল—যদি এটি পৃথিবীর বাইরে থেকে আসে?

অর্ণব আবার কোডগুলোর দিকে মন দিল।

প্রথমে মনে হচ্ছিল এগুলো এলোমেলো সিকোয়েন্স। কিন্তু যতই সে গভীরে গেল, ততই কিছু অদ্ভুত প্যাটার্ন চোখে পড়তে লাগল।

সিকোয়েন্সের নির্দিষ্ট জায়গায় এক ধরনের সিমেট্রি আছে, যেন আয়নার প্রতিফলন।

আর সংখ্যার অনুপাত আশ্চর্যজনকভাবে ফিবোনাচ্চি সিরিজের সঙ্গে মিলে যাচ্ছে।

সে বিস্ময়ে ফিসফিস করল—

— *"প্রকৃতিতে এমন নিখুঁত প্যাটার্ন একা একা তৈরি হয় না। কেউ যেন ইচ্ছা করেই ডিজাইন করেছে।"*

তার ভেতরে ঠান্ডা স্রোত বয়ে গেল।
যদি এই কোড আসলে **একটি বার্তা** হয়?
অর্ণব চেয়ার ছেড়ে উঠে জানালার কাছে গেল।
বাইরে চাঁদের আলো নিস্তব্ধ শহরটিকে রূপকথার মতো আলোকিত করছে। কিন্তু তার ভেতরে অন্ধকার জমছে।
— *"যদি এই ছত্রাক প্রকৃতির না হয়... তবে এটি কে বানাল?"*
তার মনে দুটি সম্ভাবনা ঘুরতে লাগল—
১. কোনো উন্নত বহির্জাগতিক সভ্যতা এটি পৃথিবীতে পাঠিয়েছে।
২. অথবা পৃথিবীর ভেতরেই কেউ, কোনো গোপন সংগঠন, অজানা প্রযুক্তি দিয়ে এটি তৈরি করেছে।
দুই ক্ষেত্রেই উত্তর ভয়ংকর।
অর্ণব উপলব্ধি করল, এই আবিষ্কার হয়তো বিজ্ঞানের ইতিহাস পাল্টে দেবে।
কিন্তু এর ছায়ায় লুকিয়ে আছে এক **অশুভ শক্তির পূর্বাভাস**।

পর্ব ১১: নতুন জীবনের সন্ধান

অর্ণব স্থির হয়ে বসে রইল ল্যাবের অন্ধকারে।
কম্পিউটার স্ক্রিনে ভাসমান অচেনা জেনেটিক কোডগুলো যেন তাকে ডেকে বলছে—
"তুমি আমাদের চিনেছ, এখন আমাদের গল্প বলার পালা।"
তার ভেতরে বিজ্ঞানীর কৌতূহল আর মানুষের ভয় একসাথে লড়াই করছিল।
যদি সত্যিই এটাই বহির্জাগতিক জীবনের প্রথম প্রমাণ হয়,

তবে সে মানব ইতিহাসে প্রথম বিজ্ঞানী, যে পৃথিবীর বাইরে জীবনের উপস্থিতি প্রমাণ করতে চলেছে।

সে ডায়েরির পাতায় দ্রুত লিখতে লাগল—

“সাম্প্রতিক আবিষ্কারটি সম্পূর্ণভাবে পৃথিবীর জীবতত্ত্বের বাইরে। এটি হয়তো কোনো উন্নত সভ্যতার চিহ্ন, হয়তো প্রকৃতির অজানা খেলা। কিন্তু এর ভেতরে এক নতুন জীবনের রূপরেখা রয়েছে। জীবনের এক বিকল্প ব্যাখ্যা।”

তারপর সে মাইক্রোস্কোপের নিচে তাকাল।

নীলাভ আলোতে স্পন্দিত হাইফাগুলো যেন কেবল ছত্রাক নয়—বরং এক জীবন্ত সংকেত।

এমন সংকেত, যা কোটি কোটি বছর ধরে নিস্তব্ধ পৃথিবীতে অপেক্ষা করছিল, সঠিক মুহূর্তে প্রকাশিত হবার জন্য।

অর্ণবের ঠোঁটে অদ্ভুত এক হাসি ফুটল।

— *“মানুষ প্রথম দিন থেকে আকাশের তারা দেখে ভেবেছে— ওখানে কেউ আছে কি না। হয়তো উত্তর সবসময় আমাদের কাছেই ছিল... এই মাটির নিচে।”*

তার বুকের ভেতর রোমাঞ্চে ঢেউ খেলল।

সে বুঝতে পারল—

এটা শুধু কোনো ছত্রাক নয়, এটা নতুন এক জীবনের সন্ধান। এবং সেই জীবন হয়তো মানুষকে অচিন্তনীয় ভবিষ্যতের পথে নিয়ে যাবে।

পর্ব ১২: বিজ্ঞানীর উল্লাস

ডিএনএ সিকোয়েন্সের স্ক্রিনের দিকে তাকিয়ে অর্ণবের চোখে অদ্ভুত এক ঝিলিক ফুটে উঠল।

তার বুকের ভেতর ঢেউ খেলল তীব্র উত্তেজনা, যেন পৃথিবীর সমস্ত বৈজ্ঞানিক রহস্য হঠাৎ তার সামনে এসে ধরা দিয়েছে।

সে কাগজে দ্রুত লিখল—

"এটি মানব সভ্যতার ইতিহাসে সবচেয়ে বড় আবিষ্কার। জীবনের এক বিকল্প কাঠামো, যা পৃথিবীর পরিচিত জীববিজ্ঞানের সীমানার বাইরে।"

অর্ণবের ঠোঁটে হাসি ফুটল।

— *"আমিই প্রথম... এই দিগন্ত উন্মোচন করলাম। আমি সেই পথিক, যে এক নতুন সভ্যতার দরজায় কড়া নাড়ছে।"*

তার চোখের সামনে ভেসে উঠল ভবিষ্যতের স্বপ্ন—

নিজের নাম আন্তর্জাতিক জার্নালে ছাপা হচ্ছে, পৃথিবীর নামী বিশ্ববিদ্যালয়ে বক্তৃতা দিচ্ছে, এমনকি নোবেল পুরস্কারের মঞ্চেও দাঁড়িয়ে আছে।

কিন্তু সেই কল্পনার নিচে তার মনের অন্ধকার কোণে অন্য এক অনুভূতি ফিসফিস করছে—

"এই শক্তি শুধু বিজ্ঞানের নয়, মানুষের ভাগ্যও পাল্টে দিতে পারে।"

তবুও সে দ্বিধাহীন।

তার শিরায় শিরায় এখন কেবল আবিষ্কারের নেশা বইছে।

সে জানে, তাকে আরও গভীরে নামতে হবে।

আরও পরীক্ষা করতে হবে।

কারণ এ এক নেশা, যা তাকে থামতে দেবে না।

পর্ব ১৩: ইরার আগমন

ল্যাবের টেবিলে নথিপত্র ছড়ানো, স্ক্রিনে ঝলমল করছে অচেনা জেনেটিক কোড।

অর্ণব উচ্ছ্বসিত কণ্ঠে দরজার দিকে তাকাল—

— *"ইরা, তুমি বিশ্বাসই করবে না, আমি কী পেয়েছি!"*

ইরা ধীরে ধীরে ভেতরে এল। হাতে তার ল্যাপটপ ব্যাগ, চোখে ক্লান্তি আর কপালে ভাঁজ।

অর্ণব দ্রুত রিপোর্ট এগিয়ে দিল।

ইরা প্রথমে নির্লিপ্ত ভঙ্গিতে স্ক্রিনের দিকে তাকাল, তারপর কোডগুলো পড়তে পড়তে তার মুখের রঙ বদলে গেল। চোখে বিস্ময় স্পষ্ট হলেও ঠোঁটের কোণে ছিল চাপা আতঙ্ক।

— *"অর্ণব, এ জিনিস তো... পৃথিবীর কোনো জীবের হতে পারে না।"*

অর্ণব হাসল শিশুর মতো উচ্ছ্বাসে।

— *"ঠিক তাই! আমরা হয়তো প্রথম প্রমাণ পেলাম—পৃথিবীর বাইরের জীবনের!"*

কিন্তু ইরার চোখ গাঢ় হয়ে উঠল।

সে ধীরে বলল—

— *"তুমি বুঝতে পারছো না? এই কোডগুলো স্বাভাবিক নয়। এগুলো প্রাকৃতিক বিবর্তনের ফল হতে পারে না। বরং মনে হচ্ছে... কেউ ইচ্ছা করে এগুলো তৈরি করেছে।"*

অর্ণব চেয়ারে হেলান দিল, চোখ জ্বলজ্বল করছে।

— *"এটাই তো সবচেয়ে রোমাঞ্চকর! ভাবো তো, ইরা, আমরা হয়তো মহাবিশ্ব থেকে আসা কোনো বার্তা পেয়েছি।"*

ইরা চুপ করে রইল কিছুক্ষণ।
তার ভেতরে আতঙ্কের স্রোত বইছে।
অর্ণবের চোখে শুধু জয়ের স্বপ্ন, কিন্তু তার নিজের চোখে ভেসে উঠছে ভিন্ন ছবি—
অজানা শক্তি, নিয়ন্ত্রণের বাইরে ছড়িয়ে পড়া এক বিপদ।
ইরা গভীর নিশ্বাস নিয়ে বলল—
— *"অর্ণব, আমি তোমার আবিষ্কারের গুরুত্ব অস্বীকার করছি না। কিন্তু আমি ভয় পাচ্ছি... আমরা এমন কিছুর দরজা খুলতে যাচ্ছি, যেটা আমাদের নিয়ন্ত্রণের বাইরে।"*

পর্ব ১৪: ইরার নৈতিক প্রশ্ন

অর্ণবের চোখ তখনও ডিএনএ সিকোয়েন্সের গ্রাফে আটকে ছিল। প্রতিটি কোড লাইন যেন তাকে ডাকছিল আরও গভীরে প্রবেশ করতে। কিন্তু ইরার কণ্ঠ তার সেই একাগ্রতা ভেঙে দিল।
"অর্ণব," ইরা ধীরে কিন্তু দৃঢ়ভাবে বলল, "আমরা জানি না এর ক্ষমতা কী। এটা কোনো সাধারণ জীব নয়। এর সামান্যতম সংস্পর্শও আমাদের জন্য বিপদ ডেকে আনতে পারে। তুমি কি ভাবছ না, আমরা এমন কিছু হাতে নিয়েছি, যা আমাদের নিয়ন্ত্রণের বাইরে?"
অর্ণব মাথা তুলে তাকাল। তার চোখে ছিল উত্তেজনা, ইরার চোখে শঙ্কা।
"তুমি কি বুঝতে পারছ, ইরা?" অর্ণব বলল, "এটা হতে পারে পৃথিবীর বাইরের জীবনের প্রথম প্রমাণ। আমরা ইতিহাস লিখতে যাচ্ছি!"

ইরা মাথা নাড়ল। "ইতিহাস লিখতে গিয়ে যদি আমাদের জীবনটাই ইতিহাস হয়ে যায়, তবে এর কোনো মানে হয় না। বিজ্ঞান কেবল জ্ঞানের খোঁজ নয়, দায়িত্বেরও খোঁজ।"

অর্ণব চুপ করে গেল। ইরার কথাগুলো যেন তার বুকের ভেতর গভীর অনুরণন তুলল। সত্যিই, উত্তেজনার নেশায় সে কি বিপদের কথা ভুলে যাচ্ছে?

ঘরে তখন কেবল মেশিনের হালকা গুনগুন শব্দ। দুই বিজ্ঞানীর মধ্যে তৈরি হলো এক অদৃশ্য দেয়াল—একপাশে উন্মাদ আবিষ্কারের উল্লাস, অন্যপাশে নৈতিক দায়িত্বের সতর্ক সংকেত।

পর্ব ১৫: গবেষণা বন্ধের প্রস্তাব

ইরার কণ্ঠে ছিল অটল দৃঢ়তা।

"অর্ণব, আমাদের এই গবেষণা এখনই বন্ধ করা উচিত। যতক্ষণ না আমরা এর আসল পরিচয় জানতে পারছি, আমাদের কোনো ঝুঁকি নেওয়া ঠিক হবে না।"

অর্ণব থমকে গেল। তার চোখে ভাসছিল মেশিনের পর্দায় ফুটে ওঠা অদ্ভুত ডিএনএ সিকোয়েন্স। প্রতিটি কোড তাকে ডেকেছিল এক অজানা জগতে, অথচ ইরার কথায় সেই দরজা যেন হঠাৎ বন্ধ হয়ে গেল।

"তুমি কি বুঝতে পারছ, ইরা?" অর্ণব চাপা গলায় বলল। "এমন সুযোগ হাজার বছরে একবার আসে। আমরা যদি এখনই থেমে যাই, তবে হয়তো মানবজাতি চিরকাল অন্ধকারেই থেকে যাবে।"

ইরা জবাব দিল, "অন্ধকার ভেদ করার আগে আমাদের চোখ থাকতে হবে সুস্থ, আর শরীর থাকতে হবে নিরাপদ। তুমি জানো না, এটা কী ধরনের কোড। যদি এটা নিজে থেকেই প্রতিলিপি তৈরি করে? যদি মানুষের ভেতর প্রবেশ করে পরিবর্তন ঘটায়? ভাবো, যদি এর ফলাফল বিপর্যয় হয়?"

অর্ণবের ভেতরে দ্বন্দ্ব চলতে লাগল। একদিকে তার অন্তরে দাউদাউ করে জ্বলছিল আবিষ্কারের আগুন, অন্যদিকে ইরার যুক্তি তাকে শীতল করে তুলছিল।

"তাহলে তুমি চাও আমি থেমে যাই?"— অর্ণবের কণ্ঠে এক ধরনের হতাশা।

ইরা শান্তভাবে বলল, "আমি চাই না আমরা নিজেদের ধ্বংসের পথে ঠেলে দিই। বিজ্ঞান মানুষকে বাঁচানোর জন্য, শেষ করার জন্য নয়।"

ঘরে এক মুহূর্তের জন্য ভারী নীরবতা নেমে এল।
মেশিনের গুনগুন শব্দ তখন যেন অজানা হুমকির মতো শোনাচ্ছিল।

পর্ব ১৬: আবেগের নামকরণ

অর্ণব ইরার সতর্কবাণী শুনল, কিন্তু অন্তরের গভীরে তা গায়ে মাখল না।

তার চোখ তখনও আটকে আছে সেই নীলাভ জালিকার মধ্যে, যেন অজানা কোনো সুর বাজছে তার কানে।

সে ধীরে ধীরে নোটবুকে লিখল—

“Hypha Gene” — হাইফা জিন।

কলমের অক্ষরে নামটি ফুটে উঠতেই অর্ণবের ভেতরে যেন এক অদ্ভুত কম্পন ছড়িয়ে পড়ল। নামকরণের মাধ্যমে আবিষ্কারটি কেবল একটি নমুনা থেকে তার কাছে রূপ নিল এক **জীবন্ত অস্তিত্বে**।

"এটাই হবে আমার আবিষ্কারের চাবিকাঠি," ফিসফিস করে বলল অর্ণব।

নাম দেওয়ার এই মুহূর্তে তার আবেগ যেন দ্বিগুণ হয়ে গেল। হাইফা জিন শুধু বিজ্ঞানের নয়, তার নিজের আত্মারও অংশ হয়ে উঠল।

ইরা পাশে দাঁড়িয়ে সবকিছু দেখছিল। তার চোখে উদ্বেগ আরও গাঢ় হয়ে উঠল। সে বুঝতে পারল, অর্ণব কেবল বিজ্ঞানী নয়, এখন তিনি এই অজানা জীবের প্রতি এক ধরনের **মগ্ন অনুরাগে** আবদ্ধ হয়ে পড়ছেন।

"অর্ণব, তুমি এভাবে নাম দিয়ে এটাকে নিজের সঙ্গে বেঁধে ফেলছ," ইরা ধীর কণ্ঠে বলল।

কিন্তু অর্ণব কেবল হাসল—

"একজন বিজ্ঞানী যখন কোনো রহস্য খুঁজে পায়, তখন নাম দেওয়া মানে সেটিকে গ্রহণ করা। আমি হাইফা জিনকে ছেড়ে দিতে পারব না।"

ঘরে আবারও এক অস্বস্তিকর নীরবতা নেমে এল।

কিন্তু অর্ণবের মনে তখন কেবল উচ্ছ্বাস আর আকর্ষণ, যেন সে জীবনের সবচেয়ে বড় ভালোবাসাকে খুঁজে পেয়েছে।

পর্ব ১৭: গবেষণার নেশা

অর্ণবের চোখে যেন অদ্ভুত এক আলো জ্বলে উঠেছে। রাত-দিনের পার্থক্য তার কাছে মুছে গেছে। ল্যাবের কাঁচের জানালা দিয়ে যখন ভোরের প্রথম আলো ঢুকত, তখনও সে টেবিলে ঝুঁকে মাইক্রোস্কোপ, কম্পিউটার আর টেস্টটিউব নিয়ে ব্যস্ত থাকত।

তার মাথায় একটাই ভাবনা—

"এই হাইফা জিন মানবজাতির জন্য এক নতুন বিপ্লব আনবে।"

সে কল্পনা করতে লাগল, এই জিন যদি মানুষের শরীরে প্রয়োগ করা যায়, তবে ক্যানসারের মতো মারণ রোগও হয়তো এক মুহূর্তে সেরে যাবে। এমনকি মানুষের কোষ নতুন করে গড়ে উঠতে পারবে, দীর্ঘায়ু নিশ্চিত হবে, আর হয়তো মানুষ অমরত্বের কাছাকাছি পৌঁছে যাবে।

কিন্তু এই আশার নেশার মাঝেই ইরার সতর্কবাণী তার কানে বাজছিল—

"আমরা জানি না এর ক্ষমতা কী... এটা যদি ক্ষতিকর হয়?"

তবুও অর্ণব থামল না। তার প্রতিটি পদক্ষেপ আরও গভীর এক অজানা অন্ধকারের দিকে নিয়ে যাচ্ছিল।

সে তখনো বুঝতে পারেনি, আবিষ্কারের প্রতি তার এই আবেগপ্রবণ আসক্তিই তাকে এবং সমগ্র মানবজাতিকে এক গভীর সংকটের দিকে ঠেলে দেবে।

পর্ব ১৮: নৈতিকতাকে উপেক্ষা

অর্ণবের চোখে তখন শুধুই নীলাভ জালিকার রহস্য। প্রতিটি মুহূর্ত যেন তাকে আরও গভীরে ডেকে নিয়ে যাচ্ছে। ল্যাবের

চারপাশে ছড়িয়ে থাকা টেস্টটিউব, মাইক্রোস্কোপ আর কম্পিউটারের স্ক্রিন—সবই তার মনোযোগ আকর্ষণ করছে, কিন্তু নৈতিকতার শোনার কোনো ফাঁকা নেই।

ইরা পাশে দাঁড়িয়ে সতর্কবার্তা দিচ্ছিল—"অর্ণব, তুমি কি বুঝছ না? আমরা যা তৈরি করছি, তার পরিণতি অজানা। এটি নিয়ন্ত্রণের বাইরে গেলে আমরা ক্ষতিগ্রস্ত হতে পারি।"

কিন্তু অর্ণবের কাছে ইরার কথাগুলো কেবল ব্যাঘাত তৈরি করছিল। তার মনে একটাই বোধ—**এই আবিষ্কার মানবজাতির জন্য এক নতুন যুগের দরজা খুলবে**। তাই সে নৈতিকতা, সতর্কতা, বিপদের ভাবনা—সব উপেক্ষা করে এগোচ্ছে।

সে তার নোটবুকে লিখল, "Hypha Gene—আমার আবিষ্কারের নাম।"

নামকরণের এই মুহূর্তে তার আবেগ এবং নেশা আরও দৃঢ় হলো। সে ভাবল, এখন আর কোন বাধা তাকে থামাতে পারবে না।

ঘরে এক অদ্ভুত নীরবতা নেমে এল। মেশিনের গুনগুন শব্দের সঙ্গে অর্ণবের হৃদস্পন্দন মিশে যাচ্ছিল। অন্ধ নেশার মাঝে, সে বুঝতে পারছিল না—এই পথ তাকে কেবল বিস্ময় দেখাবে না, বরং গভীর বিপদেও ঠেলে দেবে।

পর্ব ১৯: প্রথম পরীক্ষা, প্রথম ধাপ

ইরা ল্যাব ছেড়ে যাওয়ার পর অর্ণব একা হয়ে পড়ল। তার ভেতরের নৈতিক দ্বন্দ্ব চাপা পড়ে গেল, আর আবিষ্কারের উত্তেজনা পুরো মন দখল করল।

টেবিলের ওপর রাখা কাঁচের দুটি খাঁচা তার নজরে এল। খাঁচার ভেতর দুটি সাদা ল্যাবরেটরি ইঁদুর নিশ্চিন্তভাবে ঘোরাফেরা করছিল, তাদের ভবিষ্যৎ সম্পর্কে কিছুই জানা ছিল না। অর্ণব চোখ বন্ধ করে গভীর শ্বাস নিল। এই মুহূর্তটি তার জীবনের সবচেয়ে গুরুত্বপূর্ণ পদক্ষেপ হতে চলেছে।

সে একটি সিরিঞ্জ হাতে নিল, যার মধ্যে ভরা ছিল হাইফা জিনের নীলাভ তরল। হাতে হাতের স্পন্দন দ্রুত বেড়ে চলছিল, এবং হৃদয় যেন দৌড়াচ্ছিল।

"এটাই শুরু," অর্ণব নিজেকে বলল, "মানবজাতির ইতিহাসের সবচেয়ে বিপ্লবী গবেষণার প্রথম ধাপ।"

সে একটি ইঁদুরকে আলতো করে ধরে নিল, সিরিঞ্জ সাবধানে তার শরীরে প্রয়োগ করল। ইঁদুরটি কিছুটা চঞ্চল হলেও খুব দ্রুত স্বাভাবিক হয়ে গেল। অর্ণব মাইক্রোস্কোপের পাশে বসে পরিবর্তনের জন্য পর্যবেক্ষণ করতে লাগল।

শুধু কয়েক মিনিটের মধ্যেই তার চোখ কপাল পেতল—ইঁদুরের ঘাড় লম্বা হতে লাগল, চোখের দৃষ্টিশক্তি দূরের দিকে প্রসারিত হতে লাগল, এবং তার ছোট ছোট হাত-পা অস্বাভাবিকভাবে প্রসারিত হতে লাগল।

অর্ণব শ্বাস থামিয়ে দাঁড়িয়ে রইল। তার নোটবুকে লিখল—

"প্রাথমিক ফলাফল চমকপ্রদ। শরীরের অংশগুলোর নিয়ন্ত্রণ যেন স্বতঃস্ফূর্ত পরিবর্তনের দিকে যাচ্ছে।"

একদিকে উত্তেজনা, অন্যদিকে অজানা ভয়—এই দ্বন্দ্বের মধ্যেই অর্ণব বুঝতে পারল, তার এই আবিষ্কার শুধু বৈজ্ঞানিক নয়, মানবজাতির ভবিষ্যতেরও সূচনা।

পর্ব ২০: ইরার সতর্কতাকে উপেক্ষা

ইরার সতর্কবাণী এখন আর অর্ণবের মনে কোনো ছাপ ফেলছিল না। সে শুধু তার আবিষ্কারের প্রতি সম্পূর্ণ আত্মবিশ্বাসী।

প্রথম ইঁদুরটিকে ধীরে ধরে সে তার ঘাড়ের কাছে সিরিঞ্জ স্থাপন করল এবং হাইফা জিনের তরলটি ইনজেকশন করল। তরলটি ইঁদুরের ছোট্ট শরীরে দ্রুত মিশে গেল। ইঁদুরটি অল্প ছটফট করল, যেন বুঝতে পারছে কিছু ঘটেছে, তারপর শান্ত হয়ে গেল।

অর্ণব চোখে মাইক্রোস্কোপের দিকে তাকাল, হৃদপিন্ড উত্তেজনায় দ্রুত ধুকপুক করছে। সে জানত, মুহূর্তের মধ্যে পরিবর্তন শুরু হবে।

এরপর সে দ্বিতীয় ইঁদুরটির ক্ষেত্রেও একই ধাপ অনুসরণ করল। একইভাবে সিরিঞ্জ স্থাপন, ইনজেকশন, অল্প ছটফট এবং তারপর শান্ত।

মনের ভেতর কোনো দ্বিধা নেই—শুধু তার আবিষ্কারকে সাফল্যের শিখরে পৌঁছে দেওয়ার দৃঢ় সংকল্প। অর্ণব মনে মনে ভাবল,

"এটাই মানবজাতির জন্য নতুন যুগের সূচনা।"

কয়েক মুহূর্ত পরেই তার চোখে প্রথম অদ্ভুত পরিবর্তনের আভা ভেসে উঠল—ইঁদুরের ঘাড় অস্বাভাবিকভাবে লম্বা হতে লাগল, চোখের দৃষ্টি দূরে প্রসারিত হল। অর্ণব চমকে উঠল, একইসাথে আনন্দে তার হাত কাঁপছিল।

এ মুহূর্তে তার মনে হলো—যে সীমা ইরা সতর্ক করে বলেছিল, সেই সীমা অতিক্রম করা হলো। এখন পুরো পরীক্ষা বাস্তব এবং অদ্ভুত পরিবর্তন তার চোখের সামনে ঘটছে।

পর্ব ২১: প্রথম লক্ষণ

ইনজেকশন দেওয়ার প্রায় পনেরো মিনিট পরই প্রথম ইঁদুরটির আচরণে অদ্ভুত পরিবর্তন লক্ষ্য করা গেল। ইঁদুরটি হঠাৎ চঞ্চল হয়ে উঠল, ছোট্ট চোখে এক অদ্ভুত আতঙ্কের ছাপ ফুটে উঠল।

হঠাৎ করেই তার ঘাড় অস্বাভাবিকভাবে লম্বা হতে শুরু করল। পেশিগুলো টান টান হয়ে যাচ্ছিল, যেন কোনো অদৃশ্য শক্তি তার শরীরকে প্রসারিত করছে। ইঁদুরের ক্ষুদ্র হাত-পা যেন নিজের নিয়ন্ত্রণ হারিয়ে ফেলছে, ধীরে ধীরে অস্বাভাবিকভাবে প্রসারিত হতে লাগল।

অর্ণব চমকে তাকিয়ে রইল। তার চোখ কপালে উঠে গেল—এটি কোনো স্বাভাবিক জৈব বিকাশ নয়। মাইক্রোস্কোপের স্ক্রিনে সে দেখল, হাইফা জিনের প্রভাবে সেলগুলোর মধ্যে এক অদ্ভুত, নীলাভ আভা ছড়িয়ে পড়ছে।

ইঁদুরটি যখন খাবারের দিকে এগোতে চাইল, তখন তার হাত হঠাৎ দীর্ঘ হয়ে গেল এবং সহজেই দূরের খাবার ধরল। এক ছোট্ট প্রাণীর শরীর এত স্বাভাবিকভাবে পরিবর্তিত হচ্ছে, এটি অর্ণবের কল্পনার বাইরে ছিল।

হৃদয় উত্তেজনায় পাম্প করতে লাগল। সে ভাবল—**“এই জিন সত্যিই অস্বাভাবিক ক্ষমতা প্রদর্শন করছে। আমরা যা ভাবিনি, তা এখন বাস্তব!”**

কিন্তু চোখের কোণে এক অদ্ভুত, শীতল আতঙ্কও স্পর্শ করল। ইরা যদি এখানে থাকত, সে হয়তো সতর্ক করত—এই শক্তি শুধু বিস্ময় নয়, বিপদেরও সূচনা হতে পারে।

অর্ণব তা উপেক্ষা করল। তার কাছে এখন শুধুই পরীক্ষা, শুধুই আবিষ্কার, শুধুই সম্ভাবনার আনন্দ।

পর্ব ২২: নতুন ক্ষমতা

কিছুক্ষণের মধ্যেই প্রথম ইঁদুরটির গলা তার স্বাভাবিক আকারের প্রায় **তিনগুণ লম্বা** হয়ে গেল। ছোট্ট দেহের সাথে এই অস্বাভাবিক দীর্ঘ ঘাড়ের সংমিশ্রণ দেখে এটি আর কোনো সাধারণ ইঁদুরের মতো লাগছিল না।

ঘাড়ের পেশিগুলো যেন নিজের নিয়ন্ত্রণ হারিয়ে দিয়েছে। অর্ণব মাইক্রোস্কোপের মাধ্যমে ঘাড়ের কাছে ছোট ছোট ঢেউয়ের মতো গতি লক্ষ্য করল। প্রতিটি ঢেউ যেন ভেতরে কিছু চলাচলের ইঙ্গিত দিচ্ছিল—অদ্ভুত নীলাভ জালিকার মতো আলো যেন সেলগুলোতে ছড়িয়ে পড়ছিল।

ইঁদুরটি ধীরে ধীরে খাবারের দিকে এগোলো। কিন্তু তার হাত হঠাৎ দীর্ঘ হয়ে গাছের উপর রাখা খাবার পর্যন্ত পৌঁছে গেল। অর্ণবের চোখ বড় হয়ে গেল—এক ছোট প্রাণী এমন ক্ষমতা অর্জন করছে যা সে কল্পনাও করতে পারেনি।

হৃদয়ে উত্তেজনা আর বিস্ময় মিলেমিশে কেঁপে উঠল। সে নিজেকে বলল,

"এই জিন শুধু বিকাশ নয়, এটি প্রাকৃতিক শরীরের সীমার বাইরে শক্তি দেয়।"

কিন্তু এক অদ্ভুত শীতল আতঙ্কও তার মনে এসে ভাঁজ ফেলল। এই শক্তি যদি মানুষের উপর প্রয়োগ করা হয়, তাহলে তা কতটা নিয়ন্ত্রণযোগ্য হবে—এটি এখনো অজানা।

অর্ণব তা উপেক্ষা করে কেবল তার নোটবুকে লিখল—

"Hypha Gene: সীমাহীন সম্ভাবনার চাবিকাঠি।"

পর্ব ২৩: অর্ণবের সাফল্য

অর্ণবের ঠোঁটের কোণে একটি বিজয়ের হাসি ধীরে ধীরে ফুটে উঠল। তার চোখে জ্বলজ্বল করছিল অদ্ভুত উত্তেজনা, হৃদয়ে দাউদাউ করে জ্বলে উঠছিল নেশা এবং কৌতূহল। সে জানল, **তার অনুমান সঠিক—Hypha Gene কাজ করছে**। এই মুহূর্তে সে অনুভব করল, তার হাতের মধ্যে থাকা সিরিঞ্জ কেবল তরল নয়, বরং এটি ছিল এক নতুন যুগের চাবিকাঠি।

প্রথম ইঁদুরটি ইতিমধ্যেই অদ্ভুত ক্ষমতা প্রদর্শন করছে—তার ঘাড় লম্বা হচ্ছে, হাত-পা প্রসারিত হচ্ছে, চোখের দৃষ্টি দূরের দিকে প্রসারিত হচ্ছে। অর্ণবের চোখের সামনে এটি যেন এক জীবনধারার সীমা অতিক্রমের প্রমাণ।

এরপরপরই দ্বিতীয় ইঁদুরটির ক্ষেত্রেও একই ঘটনা ঘটতে শুরু করল। প্রথম ইঁদুরের মতোই ধীরে ধীরে তার গলা ক্রমশ লম্বা হতে লাগল। হাত-পা অস্বাভাবিকভাবে প্রসারিত হয়ে দূরের খাবারের দিকে পৌঁছাতে লাগল। প্রতিটি অঙ্গ যেন নতুন শক্তি অর্জন করছে, এবং ছোট্ট দেহের সঙ্গে এই অস্বাভাবিক দীর্ঘ অঙ্গের সংমিশ্রণ দেখে অর্ণবের মন ভরে গেল বিস্ময় আর উত্তেজনায়।

মাইক্রোস্কোপে ঘাড়ের কাছে ছোট ছোট ঢেউয়ের মতো গতি দেখা যাচ্ছিল। প্রতিটি ঢেউ যেন ভেতরে কিছু চলাচলের ইঙ্গিত দিচ্ছিল—অদ্ভুত নীলাভ জালিকার মতো আলো ছড়িয়ে পড়ছিল সেলগুলোতে।

অর্ণবের হৃদয় উত্তেজনায় দ্রুত ধুকপুক করছিল। সে নিজেকে বলল,

"এই জিন শুধু বিকাশ নয়, এটি প্রাকৃতিক শরীরের সীমার বাইরে শক্তি দিচ্ছে। আমরা ইতিহাসের সাক্ষী।"

অথচ চোখের কোণে অল্প একটি শীতল আতঙ্কও ভেসে এল। এই শক্তি যদি মানুষের উপর প্রয়োগ করা হয়, তার পরিণতি কল্পনার বাইরে হতে পারে। কিন্তু এখন অর্ণবের মনে শুধুই একটাই কথা—**পরীক্ষা চালিয়ে যাওয়া, আবিষ্কারকে সাফল্যের চূড়ায় পৌঁছে দেওয়া।**

পর্ব ২৪: বিবর্তনের স্থপতি

অর্ণবের চোখে উত্তেজনা আর বিস্ময়ের মিশ্রণ ঝলমল করছিল। মাইক্রোস্কোপের স্ক্রিনে ইঁদুরের অদ্ভুত পরিবর্তন স্পষ্টভাবে ফুটে উঠছিল—ঘাড় ক্রমশ লম্বা, হাত-পা প্রসারিত, চোখের দৃষ্টি দূরের দিকে প্রসারিত। প্রতিটি মুহূর্ত যেন তার সামনে একটি নতুন জীবনের সম্ভাবনা খুলে দিচ্ছিল।

তার হাত কাঁপছিল উত্তেজনায়, কিন্তু সে দ্রুত নোটবুকে সব পর্যবেক্ষণ লিপিবদ্ধ করতে লাগল। প্রতিটি বিবরণে, প্রতিটি পরিবর্তনের সূক্ষ্ম দিক উল্লেখ করছিল—হাইফা জিনের শক্তি, সেলের মধ্যে ছড়িয়ে পড়া নীলাভ আভা, অঙ্গপ্রত্যঙ্গের অস্বাভাবিক প্রসারণ।

অর্ণব নিজের কণ্ঠে নিজেকে বলল,

"আমি শুধু জেনেটিক পরিবর্তন করিনি, আমি বিবর্তনের ধারাকে নিয়ন্ত্রণ করতে পেরেছি।"

এই কথাগুলো তার মনের মধ্যে এক নতুন উন্মাদনা জাগিয়ে তুলল। অনুভব করল, সে এখন শুধু একজন বিজ্ঞানী নয়—**একজন বিবর্তনের স্থপতি।**

ঘরে নীরবতা। শুধু মেশিনের হালকা গুনগুন এবং ইঁদুরের অস্বাভাবিক চলাচলের শব্দ। অথচ অর্ণব মনে করছিল, এই নীরবতার ভেতর লুকানো শক্তি ভবিষ্যতের দিশা দেখাচ্ছে। সে জানত, এই পরীক্ষা শুধু জীবনের নিয়ম বদলে দিচ্ছে না, মানবজাতির ভবিষ্যতও তার হাতে রয়েছে।

তার চোখে এক অদ্ভুত উজ্জ্বলতা, যা তার নেশা, উত্তেজনা এবং বিস্ময়কে একত্রিত করছিল। এই মুহূর্তে সে বিশ্বাস করল—**এটি শুধুমাত্র গবেষণা নয়, এক নতুন যুগের সূচনা।**

পর্ব ২৫: নৈতিকতা বনাম আবেগ

অর্ণবের চোখে তখন শুধুই আনন্দের ঝলক। মাইক্রোস্কোপের পর্দায় ইঁদুরগুলোর অদ্ভুত পরিবর্তন তাকে এক অজানা উচ্ছ্বাসে মাতিয়ে তুলছিল। ঘাড়ের অস্বাভাবিক লম্বা বৃদ্ধি, হাত-পায়ের প্রসারিত গতি, চোখের বিস্তৃত দৃষ্টি—সবই যেন তাকে বলছিল, **"তুমি ইতিহাসের নতুন অধ্যায় শুরু করছো।"**

তবে এই আনন্দের সঙ্গে সাথে তার নৈতিক সচেতনতা সম্পূর্ণভাবে নিঃশেষ হয়ে গিয়েছিল। ইঁদুরগুলোর ক্ষুদ্র চিৎকার, হঠাৎ অস্বাভাবিক আচরণ, এমনকি ইরার সতর্কবাণী—সবকিছু যেন বাতাসে মিলিয়ে গেল। অর্ণব অনুভব

করছিল না যে, এই শক্তি নিয়ন্ত্রণের বাইরে গেলে বিপদ কতটা বড় হতে পারে।

তার মনে শুধুই একটাই ভাবনা—**"এই জিন ব্যবহার করে আমি মানবজাতিকে এমন ক্ষমতা দিতে পারব, যা আগের কোনো প্রজন্ম দেখেনি।"** প্রতিটি কোষের পরিবর্তন, প্রতিটি সেলের স্পন্দন, প্রতিটি অঙ্গের প্রসারণ তাকে আরও গভীর উল্লাসে নিমগ্ন করেছিল।

অর্ণবের নোটবুকে সে লিখল—

"Hypha Gene: মানবজাতির ভবিষ্যতের চাবিকাঠি। সীমারেখা আমি স্থাপন করব।"

এই মুহূর্তে তার বৈজ্ঞানিক নেশা সম্পূর্ণভাবে তার নৈতিকতাকে গ্রাস করে ফেলেছিল। সে বুঝতে পারছিল না—এই আবিষ্কার শুধু বিস্ময় সৃষ্টি করছে না, বরং এক বিপজ্জনক শক্তির জন্ম দিচ্ছে, যা নিয়ন্ত্রণের বাইরে গেলে তার নিজের এবং মানবজাতির জন্য হুমকি হতে পারে।

অর্ণব তা উপেক্ষা করে কেবল তার আবিষ্কারের প্রতি পূর্ণ মনোনিবেশ রাখল। আনন্দ, উত্তেজনা এবং নেশা—এই তিনের সংমিশ্রণ তাকে সম্পূর্ণভাবে আবদ্ধ করে ফেলেছিল। তিনি বিশ্বাস করছিলেন, **এই মুহূর্তই মানবজাতির নতুন যুগের সূচনা।**

পর্ব ২৬: দ্বিতীয় পরীক্ষা

প্রথম ইঁদুরের উপর পরীক্ষার চমকপ্রদ সাফল্যের পর, অর্ণবের মধ্যে এক নতুন নেশা জন্ম নিল। সে জানত, **এখন সময় এসেছে সীমা আরও বাড়ানোর।** তাই সে সিদ্ধান্ত নিল,

এবার সে **একটি বড় প্রাণীর উপর পরীক্ষা চালাবে**—একটি সাদা খরগোশ।

খরগোশটি শান্তভাবে খাঁচার মধ্যে বসে ছিল, কিছুটা কৌতূহল, কিছুটা আতঙ্কের ছাপ তার ছোট্ট চোখে স্পষ্ট। অর্ণব তার পাশে দাঁড়িয়ে সিরিঞ্জটি প্রস্তুত করল, যার মধ্যে হাইফা জিনের নীলাভ তরল ভরা ছিল।

তার লক্ষ্য কেবল অঙ্গের প্রসারণ নয়। এইবার সে চাইছিল **অঙ্গের কার্যকারিতা বৃদ্ধি**—খরগোশের পেশি আরও শক্তিশালী, হাত-পা আরও দ্রুত গতিতে কাজ করতে সক্ষম হবে, চোখের দৃষ্টি আরও তীক্ষ্ণ হবে।

সিরিঞ্জটি সাবধানে খরগোশের গলায় প্রবেশ করল। তরলটি ধীরে ধীরে প্রাণীর শরীরে মিশে যেতে লাগল। অর্ণব উত্তেজনায় নিজের হাত কাঁপতে লাগল। তার মনে হলো, এই মুহূর্তে সে কেবল একটি পরীক্ষা করছে না—সে **একটি নতুন শক্তির জন্মের সাক্ষী।**

শুরুর কয়েক মিনিটে খরগোশটি কিছুটা অস্বাভাবিকভাবে ছটফট করল। তারপর অচিরেই তার পেশিতে শক্তি বৃদ্ধি, চোখের দৃষ্টিতে তীক্ষ্ণতা, এবং দেহের অঙ্গ-প্রত্যঙ্গের কার্যকারিতায় অদ্ভুত পরিবর্তন লক্ষ্য করা গেল।

অর্ণব মাইক্রোস্কোপের স্ক্রিনের দিকে তাকিয়ে মনে মনে বলল—

“প্রাথমিক লক্ষণ আশাব্যঞ্জক। এই জিন শুধু বৃদ্ধি দেয় না, বরং কার্যকারিতা ও ক্ষমতাও বৃদ্ধি করছে।”

হৃদয়ে উত্তেজনা, চোখে বিস্ময়, এবং নেশা—এবার তার সামনে এক বৃহত্তর সম্ভাবনার দরজা খুলে গেল। এই পরীক্ষা মানবজাতির ভবিষ্যতের সম্ভাবনার এক নতুন অধ্যায়ের সূচনা করছে—এবং অর্ণব তার স্বপ্নের কেন্দ্রে দাঁড়িয়ে মনে করল,

"এখন থেকে সীমা আর নেই।"

পর্ব ২৭: অসীম শ্রবণশক্তি

ইনজেকশন দেওয়ার প্রায় এক ঘণ্টা পরে, অর্ণব লক্ষ্য করল খরগোশটির কান হঠাৎ অস্বাভাবিকভাবে বড় হয়ে গেছে। শুধু আকার নয়—কানগুলোর গঠনও সম্পূর্ণভাবে পরিবর্তিত। ছোট্ট পেশি, স্নায়ু এবং ঝিল্লিগুলো যেন নতুনভাবে বিন্যস্ত হয়েছে, যা তাকে অতিরিক্ত সংবেদনশীলতা প্রদান করছিল।

অর্ণব কৌতূহল এবং বিস্ময়ের মিশ্রণে নজর রাখল। হঠাৎ খরগোশটি হালকা কম্পন অনুভব করল, এবং তার কান সরাসরি সেই কম্পনের উৎস ধরল। অর্ণব অবাক হয়ে দেখল, খরগোশটি এমন সূক্ষ্ম শব্দও ধরতে পারছে যা মানুষের কানে কখনো পৌঁছতে পারে না।

প্রতিটি নিঃশ্বাস, প্রতিটি দুলে যাওয়া পাতা, এমনকি ল্যাবের ছোট্ট মেশিনের কম্পন—সবই খরগোশের কানকে অচেনা দুনিয়ায় নিয়ে যাচ্ছে। অর্ণব মনে মনে বলল,

"এই জিন শুধু অঙ্গ বৃদ্ধি করছে না, এটি অঙ্গের ক্ষমতাকে সীমাহীন করছে। আমরা সত্যিই এক নতুন সম্ভাবনার সীমানায় দাঁড়িয়ে আছি।"

খরগোশটি হঠাৎ শীতল বাতাসের হালকা শব্দও ধরল, দেহের প্রতিটি পেশি তীক্ষ্ণ সজাগ হয়ে উঠল। অর্ণব বুঝতে পারল,

এই শক্তি শুধু বৃদ্ধি বা প্রসারণ নয়—এটি **শরীরের সংবেদনশীলতা এবং কার্যকারিতার সীমা অতিক্রম করছে।** হৃদয়ে উত্তেজনা, চোখে বিস্ময়, মনের মধ্যে নেশা—সবই একত্রিত হয়ে অর্ণবকে মনে করিয়ে দিচ্ছিল, **"এই জিন মানবজাতির সীমারেখা বদলে দিতে সক্ষম।"**

পর্ব ২৮: নতুন সম্ভাবনার দ্বার

অর্ণব দ্রুত শব্দ তরঙ্গ পরিমাপক যন্ত্রটি তার নিকটস্থ স্থাপন করল। যন্ত্রটি খরগোশের কান থেকে নির্গত সূক্ষ্ম কম্পন পরিমাপ করল, এবং ফলাফলে প্রতীয়মান হলো—খরগোশ মানুষের জন্য অনশোনার মতো শব্দও ধরতে সক্ষম হচ্ছে। তার ধারণা সঠিক ছিল। এই জিন শুধু অঙ্গের আকার বাড়াচ্ছে না, বরং **অঙ্গের কার্যকারিতাকেও সীমাহীনভাবে বৃদ্ধি করছে।** খরগোশটির শারীরিক প্রতিক্রিয়া, চোখের দৃষ্টি, কান এবং পেশি—সবই তার নেশা ও কৌতূহলের কেন্দ্রবিন্দুতে পরিণত হলো।

অর্ণব মনের মধ্যে ভাবল,

"আমি শুধু একটি পরীক্ষা চালাচ্ছি না। আমি মানব বিবর্তনের ইতিহাসে এক নতুন অধ্যায়ের সূচনা করতে যাচ্ছি।"

হৃদয়ে উত্তেজনা, চোখে বিস্ময়, নোটবুকে দ্রুত লিপিবদ্ধ করছে প্রতিটি সূক্ষ্ম পর্যবেক্ষণ। প্রতিটি সংখ্যা, প্রতিটি কম্পনের আকার—সবই তার সামনে এক নতুন সম্ভাবনার দরজা খুলে দিচ্ছিল।

অর্ণব অনুভব করল, এই মুহূর্তে সে কেবল বিজ্ঞানী নয়; সে **একজন স্থপতি, একজন সীমানা রচয়িতা**। ভবিষ্যত তার হাতের মধ্যে—যা এখন আর কল্পনার বাইরে নয়।

পর্ব ২৯: চোখের অসীম ক্ষমতা

পরীক্ষার এক ঘন্টার মধ্যেই অর্ণব লক্ষ্য করল খরগোশটির চোখে অদ্ভুত পরিবর্তন। চোখের আকার সামান্য বড় হয়ে গেছে, কিন্তু গুরুত্বপূর্ণ হলো এর **দৃষ্টিশক্তির তীব্রতা ও বিস্তৃতি**। খরগোশ এখন এমন দূরত্ব থেকেও ক্ষুদ্রতম বস্তু সহজে ধরতে পারছে, যা সাধারণ চোখের পক্ষে প্রায় অসম্ভব। অর্ণব দ্রুত ল্যাবের বিশেষ লেন্স ব্যবহার করে খরগোশের চোখ পরীক্ষা করল। মাইক্রোস্কোপে দেখা গেল, চোখের রেটিনার কোষগুলো অস্বাভাবিকভাবে ঘন ও সক্রিয় হয়ে গেছে। প্রতিটি কোষ যেন আলোকে আরও স্পষ্টভাবে এবং দূরের স্থান থেকে শোষণ করছে।

খরগোশটি হালকা আলো ও ছায়ার পার্থক্যও শনাক্ত করতে পারছে। এমনকি কম আলোয়ও সে তার আশেপাশের ক্ষুদ্রতম অঙ্গ-প্রত্যঙ্গ সহজেই ধরতে পারছে। অর্ণব অবাক হয়ে বলল,

“এই জিন শুধু অঙ্গ বৃদ্ধি করে না, এটি দৃষ্টিশক্তির সীমাকেও অতিক্রম করছে। মানবজাতির জন্য এটি এক বিপ্লব।”

খরগোশটি খাবারের দিকে এগোতে শুরু করল। তার দৃষ্টি দূরের খাদ্যের উপর দৃঢ়, এবং প্রতিটি পদক্ষেপে চোখের সাথে পেশি ও কানও মিলিতভাবে কাজ করছে। অর্ণব বুঝতে পারল, এই জিন শুধু শরীরের ক্ষমতা বৃদ্ধি করছে না—

শরীরের প্রতিটি অঙ্গ একসাথে সীমাহীন সক্ষমতা অর্জন করছে।

হৃদয়ে উত্তেজনা, নোটবুকে দ্রুত লিপিবদ্ধ, অর্ণব অনুভব করল,

"মানব বিবর্তনের নতুন অধ্যায় এখানে শুরু। এই জিন আমাদের সীমারেখা অতিক্রম করার চাবিকাঠি।"

পর্ব ৩০: বানরের ওপর পরীক্ষা

খরগোশের অভূতপূর্ব পরিবর্তন দেখে অর্ণবের উত্তেজনা এবং কৌতূহল তীব্র হয়ে উঠল। তার মনে হলো, **পরবর্তী ধাপের পরীক্ষা আরও গুরুত্বপূর্ণ এবং ফলাফল মানবজাতির জন্য অত্যন্ত অর্থবহ হবে**। তাই সে সিদ্ধান্ত নিল, এবার **একটি জটিল প্রাণী—বানরের ওপর পরীক্ষা চালাবে।**

বানরটি ল্যাবের খাঁচায় শান্তভাবে বসেছিল, কিন্তু তার তীক্ষ্ণ দৃষ্টি এবং ছোট্ট হাত-পার সতর্কতা অর্ণবকে মনে করিয়ে দিচ্ছিল, এটি একটি বুদ্ধিমান প্রাণী। বানরের শারীরবৃত্তীয় গঠন মানুষের সঙ্গে অনেক বেশি মিল রাখে—হাতে, চোখে, পেশিতে এবং মস্তিষ্কের কিছু প্রাথমিক ক্ষমতায়। তাই অর্ণব জানত, এই পরীক্ষার ফলাফল মানবশরীরের উপর প্রয়োগের সম্ভাবনার গুরুত্বপূর্ণ ইঙ্গিত দেবে।

অর্ণব সাবধানে সিরিঞ্জটি বানরের কাছে ধরল। ভেতরের উত্তেজনা এবং নেশা তাকে স্থির থাকতে দেয়নি। একটি গভীর শ্বাস নিয়ে সে ইনজেকশন প্রয়োগ করল। তরল হাইফা জিন ধীরে ধীরে বানরের শরীরে প্রবেশ করল।

শুরুর কয়েক মিনিটে বানরটি অল্প চঞ্চল হয়ে উঠল। তার পেশিতে অদ্ভুত সংবেদন জন্ম নিল, চোখের দৃষ্টি আরও তীক্ষ্ণ হয়ে উঠল, এবং ছোট ছোট অঙ্গ-প্রত্যঙ্গ—কান, হাত, পা—সবই তার কার্যকারিতায় বৃদ্ধি পেল।

অর্ণবের হৃদয় উত্তেজনায় ধুকপুক করতে লাগল। সে বুঝতে পারল, **খরগোশ বা ইঁদুরের মতো ছোট প্রাণী নয়—এটি মানবজাতির সম্ভাবনার সঙ্গেই সম্পর্কিত।**

তার নোটবুকে দ্রুত লিপিবদ্ধ করল—

"বানর পরীক্ষার ফলাফল মানব প্রয়োগের পূর্বাভাস দেবে। Hypha Gene শারীরবৃত্তীয় কাঠামোর সাথে সম্পূর্ণ সামঞ্জস্যপূর্ণ। সীমা অতিক্রমের সম্ভাবনা অসীম।"

হৃদয়ে উত্তেজনা, চোখে বিস্ময়, মনের মধ্যে নেশা—সব মিলিয়ে অর্ণব অনুভব করল, **"এখন আমরা মানব বিবর্তনের সীমানার এক ধাপের কাছাকাছি।"**

পর্ব ৩১: হাতের প্রসারণ

ইনজেকশন দেওয়ার কয়েক মিনিটের মধ্যেই অর্ণব লক্ষ্য করল বানরটির হাত অস্বাভাবিকভাবে কাঁপছে। প্রথমে সামান্য অস্বস্তি, তারপর ধীরে ধীরে **প্রসারণের লক্ষণ** দেখা দিতে শুরু করল।

অল্প সময়ের মধ্যেই বানরটির হাত দুটি স্বাভাবিক দৈর্ঘ্যের চেয়ে প্রায় **তিন ফুট লম্বা** হয়ে গেল। পেশিগুলো টান টান হয়ে দাঁড়িয়ে, হাতের অঙ্গ-প্রত্যঙ্গ যেন নতুন জীবন পেল। অর্ণব মাইক্রোস্কোপের লেন্স দিয়ে পেশির সূক্ষ্ম গঠন

পর্যবেক্ষণ করল—প্রতিটি ফাইবার শক্তিশালী এবং স্বয়ংক্রিয়ভাবে সম্প্রসারিত হচ্ছে।

বানরটি প্রথমে তার লম্বা হাত ঠিকভাবে ব্যবহার করতে পারছিল না, কিন্তু কিছুক্ষণের মধ্যেই হাতের প্রতিটি আন্দোলন স্বাভাবিক হয়ে আসল। অঙ্গপ্রত্যঙ্গগুলো যেন তার শরীরের সাথে নতুনভাবে একীকৃত হয়ে গেছে।

অর্ণব চোখের বিস্ময় আর হৃদয়ের উত্তেজনা মিলে মনে মনে বলল,

"এই জিন কেবল আকার বৃদ্ধি করছে না, বরং শক্তি এবং কার্যকারিতা বৃদ্ধি করে মানবজাতির সীমা অতিক্রমের সম্ভাবনা খুলে দিচ্ছে।"

বানরটির লম্বা হাত ধীরে ধীরে চারপাশের খাদ্য এবং সরঞ্জাম সহজে ধরতে শুরু করল। অর্ণবের মনে হলো, এই মুহূর্তে সে কেবল একটি পরীক্ষা নয়, **একটি নতুন বিবর্তন প্রক্রিয়ার সাক্ষী।**

পর্ব ৩২: ক্ষমতা বৃদ্ধি

ইনজেকশন দেওয়ার কিছুক্ষণ পর, অর্ণব লক্ষ্য করল বানরটির **ক্ষমতা এবং নমনীয়তা** অস্বাভাবিকভাবে বৃদ্ধি পাচ্ছে। তার লম্বা হাত দুটি আর কোনো বাধা মনে করছে না। খাঁচার এক কোণ থেকে অন্য কোণ, এমনকি অচেনা উচ্চতাও সহজে স্পর্শ করতে পারছে।

অঙ্গ-প্রত্যঙ্গের প্রতিটি আন্দোলন স্বয়ংক্রিয়, নিখুঁত এবং অত্যন্ত নিয়ন্ত্রিত। হাতের পেশি, কনুই এবং কব্জি—all

একসাথে কার্যকরভাবে কাজ করছে, যেন প্রতিটি অঙ্গ একটি সমন্বিত যন্ত্রের মতো।

অর্ণবের চোখে বিস্ময়, মন পূর্ণ উত্তেজনা। সে দ্রুত নোটবুকে লিখল—

“এই জিন শুধু আকার বা দৈর্ঘ্য বৃদ্ধি করছে না, এটি অঙ্গের কার্যকারিতা, শক্তি এবং নিয়ন্ত্রণ ক্ষমতা উন্নত করছে। মানবজাতির জন্য সম্ভাবনা অসীম।”

বানরটির দৃষ্টি আরও তীক্ষ্ণ হয়ে উঠল। তার হাতের ক্ষমতার সঙ্গে মিলিয়ে এখন সে আশেপাশের খাদ্য, বস্তুর অবস্থান এবং ছোট ছোট কম্পনও দ্রুত শনাক্ত করতে পারছে। অর্ণব অনুভব করল, **এই পরীক্ষা কেবল শারীরিক সীমা নয়, বুদ্ধি ও সংবেদনশীলতার সীমাকেও অতিক্রম করছে।**

এই মুহূর্তে অর্ণব মনে করল, **“আমরা এক নতুন বিবর্তনের শুরুর দিকেই দাঁড়িয়ে আছি। এটি শুধু ক্ষমতার বৃদ্ধি নয়, মানবশরীরের সম্ভাবনার এক নতুন অধ্যায়।”**

পর্ব ৩৩: অদ্ভুত বুদ্ধিমত্তার বিকাশ

পরীক্ষার কিছুক্ষণ পর অর্ণব লক্ষ্য করল, বানরটির **মস্তিষ্কের কার্যকারিতা** অস্বাভাবিকভাবে বৃদ্ধি পেতে শুরু করেছে। শুধুমাত্র শক্তি বা দৈর্ঘ্য নয়, বানরটি হঠাৎ **বুদ্ধিমত্তার এমন স্তরে পৌঁছেছে যা সাধারণ বানরের পক্ষে অসম্ভব।**

খাঁচার ভিতরে রাখা জটিল সরঞ্জাম এবং খাবারের অবস্থান সে মুহূর্তের মধ্যে বিশ্লেষণ করতে লাগল। হাতের প্রসারণ এবং শক্তির সঙ্গে মিলিয়ে এখন সে নিজের পরিকল্পনা অনুযায়ী খাঁচার বিভিন্ন কোণ অতি দ্রুত স্পর্শ করতে পারছে। প্রতিটি

পদক্ষেপে তার **সমস্যা সমাধানের দক্ষতা** স্পষ্টভাবে চোখে পড়ছে।

অর্ণব মনের ভেতর বিস্ময়ে ভরে উঠল। সে দ্রুত নোটবুকে লিখল—

“Hypha Gene কেবল শারীরিক অঙ্গ বৃদ্ধি করছে না, এটি মস্তিষ্কের কার্যকারিতা, বিশ্লেষণ ক্ষমতা এবং সিদ্ধান্ত গ্রহণের দক্ষতাকেও বাড়াচ্ছে। মানব বিবর্তনের সম্ভাবনা এখন বাস্তবের সঙ্গে মিলে যাচ্ছে।”

বানরটি হঠাৎ নতুন ধরনের কৌশল ব্যবহার করতে শুরু করল—খাদ্য পৌঁছানোর জন্য হাত এবং পায়ের সমন্বয় এমনভাবে করছে, যা অর্ণবের আগে কখনো দেখেনি।

অর্ণব অনুভব করল, এই জিন **শুধু শক্তি ও বুদ্ধি বৃদ্ধি করছে না, বরং মানবজাতির সীমারেখা অতিক্রমের সুযোগ তৈরি করছে**। তার নোটবুক, চোখের বিস্ময়, হৃদয়ের উত্তেজনা—সবই একসাথে মিলিয়ে তাকে মনে করাচ্ছে, **“মানব বিবর্তনের নতুন অধ্যায়ের দ্বার এখন খোলা।”**

পর্ব ৩৪: এক টেকনিশিয়ানের শঙ্কা

অর্ণব তার নোটবুকে দ্রুত ফলাফল লিপিবদ্ধ করতে করতে আবিষ্কারের উত্তেজনায় মগ্ন ছিল। প্রতিটি নমুনা, প্রতিটি পর্যবেক্ষণ, প্রতিটি অঙ্গ-প্রত্যঙ্গের অদ্ভুত ক্ষমতা—সবই তার মনকে পূর্ণ করে রেখেছিল। কিন্তু ল্যাবের অন্য একজন—একজন জুনিয়র **টেকনিশিয়ান**—এতটা মগ্ন ছিল না।

টেকনিশিয়ানটি কিছুটা দুশ্চিন্তায় এবং অনিশ্চয়তায় দাঁড়িয়ে অর্ণবের পরীক্ষাগুলি দেখছিল। খরগোশ, বানর—এদের

অস্বাভাবিক ক্ষমতা তাকে ভীত করছিল। তার মনে হলো, এই **Hypha Gene** শুধুই পরীক্ষা নয়, বরং মানবজাতির জন্য এক **ভয়ঙ্কর বিপদের ইঙ্গিত** বহন করছে।

তিনি অল্প কণ্ঠে মনে মনে বলল,

"এই জিন যদি মানুষের উপর প্রয়োগ করা হয়, আমরা কি সত্যিই প্রস্তুত? এর পরিণতি কি আমরা ধারণা করতে পারি?"

টেকনিশিয়ানের চোখে উদ্বেগের ছায়া, হৃদয়ে এক অজানা শঙ্কা—সব মিলিয়ে অর্ণবের উদ্ভাবনী উল্লাসের বিপরীতে এক বিপদসংকেত হিসেবে দোল খাচ্ছিল। কিন্তু অর্ণব এতে সম্পূর্ণ মনোযোগী ছিল না। তার কাছে শুধুই **গবেষণার নেশা, সীমাহীন সম্ভাবনা এবং মানব বিবর্তনের নতুন অধ্যায়** গুরুত্বপূর্ণ।

টেকনিশিয়ান জানত, কোনোদিন সত্যিই যদি এই জিন মানুষের শরীরে প্রয়োগ করা হয়, তখন ফলাফল অনিয়ন্ত্রিত হতে পারে—মানুষের শারীরিক ও মানসিক ক্ষমতার এমন পরিবর্তন যা ইতিহাসে আগে কখনো ঘটেনি।

অর্ণবের চোখে বিজয়, টেকনিশিয়ানের মনে শঙ্কা—ল্যাবের মধ্যে এক অদ্ভুত দ্বন্দ্বের আভাস তৈরি হলো।

পর্ব ৩৫: রোহিত সেনের কাছে প্রমাণ

টেকনিশিয়ানটির মনে গভীর শঙ্কা জন্ম নিয়েছিল। অর্ণবের নেশা এবং গবেষণার অদ্ভুত ফলাফল তাকে ভয় পেতে বাধ্য করেছিল। খরগোশ এবং বানরের অস্বাভাবিক ক্ষমতা দেখে সে জানত, **যদি এই জিন মানুষের উপর প্রয়োগ করা হয়, তা**

নিয়ন্ত্রণের বাইরে গিয়ে মানবজাতির জন্য বিপদ ডেকে আনতে পারে।

এমন অবস্থায় সে চুপচাপ ল্যাব থেকে তার **স্মার্টফোন** বের করল। খরগোশ এবং বানরের অদ্ভুত শারীরিক পরিবর্তনের ছবি এবং ভিডিও ক্লিপ তুলল। প্রতিটি ফ্রেমে দৃশ্যমান—লম্বা হাত, প্রসারিত অঙ্গ, অস্বাভাবিক চোখ ও শ্রবণ ক্ষমতা।

পরের মুহূর্তে সে ছবিগুলো **গোপনে** একজন প্রখ্যাত বিজ্ঞান সাংবাদিক **রোহিত সেন**-কে পাঠাল। রোহিত সেন, যিনি বিজ্ঞান ও প্রযুক্তির গভীর বিশ্লেষণ করার জন্য পরিচিত, এই প্রমাণ দেখলেই বুঝতে পারতেন, এটি কোনো সাধারণ বৈজ্ঞানিক পরীক্ষা নয়।

টেকনিশিয়ানটির বার্তায় লেখা ছিল—

"এই পরীক্ষা মানবজাতির জন্য এক ভয়ঙ্কর বিপদের ইঙ্গিত বহন করছে। আপনি যদি সত্যিই জানেন, দ্রুত ব্যবস্থা নিন।"

রোহিত সেন স্ক্রিনে ছবিগুলো দেখার সঙ্গে সঙ্গে তার মন কেমন অস্থির হয়ে উঠল। এই পরীক্ষা শুধু শারীরিক পরিবর্তনই আনছে না, বরং **মানুষের সীমা এবং নৈতিকতার প্রশ্ন** ও জাগাচ্ছে।

এভাবেই ল্যাবের ভেতর অর্ণবের গবেষণার উল্লাস আর টেকনিশিয়ানের শঙ্কার মধ্যে একটি অদ্ভুত দ্বন্দ্বের সৃষ্টি হলো। একটি ছবি, একটি বার্তা—এটি মানবজাতির ভবিষ্যতের জন্য প্রথম **প্রহরী সতর্কতা** হিসেবে কাজ করতে পারে।

পর্ব ৩৬: অনুসন্ধানের সূচনা

রোহিত সেন তার স্মার্টফোনে ছবিগুলো খোলার সঙ্গে সঙ্গেই বিস্ময় এবং উদ্বেগে ঘিরে গেলেন। খরগোশ এবং বানরের অদ্ভুত পরিবর্তিত অঙ্গ-প্রত্যঙ্গ, লম্বা হাত, প্রসারিত চোখ, এবং অস্বাভাবিক শ্রবণশক্তি—সবই একটি **অপ্রত্যাশিত এবং বিপজ্জনক বৈজ্ঞানিক আবিষ্কারের ইঙ্গিত** দিচ্ছিল।

রোহিত জানতেন, যদি এই তথ্য জনসমক্ষে আসে, তা **বিশ্বজুড়ে এক চাঞ্চল্য** সৃষ্টি করবে। বিজ্ঞানী, সাংবাদিক, রাষ্ট্র, এবং সাধারণ মানুষ—সকলেই এক নতুন দিক থেকে হতবাক হয়ে যাবে। এমন একটি আবিষ্কার **প্রযুক্তি, নৈতিকতা এবং মানব বিবর্তনের সীমা**—সবকিছুর প্রশ্ন উত্থাপন করবে।

তার মধ্যে দ্রুত **সচেতন এবং ন্যায্য সাংবাদিকের প্রতিভা** জেগে উঠল। রোহিত ঠিক করলেন, এই রহস্যের গভীরে যেতে হবে। তিনি সিদ্ধান্ত নিলেন—অর্ণবের ল্যাব, এই Hypha Gene এবং তার প্রভাবগুলো **স্বতন্ত্রভাবে যাচাই** করতে হবে।

মন থেকে বারবার বললেন,

“আমি শুধু সংবাদ সংগ্রহ করছি না; আমি একটি সম্ভাব্য বিপদ এবং মানব বিবর্তনের অজানা অধ্যায়ের অনুসন্ধান শুরু করছি।”

রোহিতের মনের মধ্যে ইতোমধ্যেই একটি পরিকল্পনা তৈরি হলো—কিভাবে তিনি গোপনে ল্যাবের তথ্য সংগ্রহ করবেন, প্রমাণ যাচাই করবেন এবং সাথে সাথে মানুষের নিরাপত্তা ও নৈতিকতার দিকও বিবেচনা করবেন।

এভাবেই রোহিত সেনের অনুসন্ধান শুরু হলো—একটি গবেষণার রহস্যের গভীরে যাত্রা, যা কেবল বৈজ্ঞানিক উল্লাস নয়, মানবজাতির **ভবিষ্যতের জন্য সম্ভাব্য বিপদের দরজা**ও খুলে দিতে পারে।

পর্ব ৩৭: ল্যাবের অন্ধকারে

রোহিত সেন রাতে ল্যাবের বাইরে দাঁড়িয়ে ছিল, অন্ধকারের আড়ালে নিজের উপস্থিতি গোপন রেখেছিল। ল্যাবের ভেতর হালকা নীল আলো স্পন্দিত হচ্ছে—অর্ণবের Hypha Gene পরীক্ষার নিদর্শন। দূর থেকে দেখলে মনে হচ্ছিল, ল্যাবের প্রতিটি কোণ যেন জীবন্ত হয়ে উঠেছে।

রোহিত তার ক্যামেরা এবং নোটবুক প্রস্তুত করে প্রতিটি ঘটনা চুপচাপ পর্যবেক্ষণ করতে লাগল। খরগোশ, বানর—এরা যেন **সাধারণ প্রাণী নয়, বরং জেনেটিক পরীক্ষার মাধ্যমে তৈরি এক নতুন জীবনধারা**। অর্ণবের হাতে ইনজেকশন, অঙ্গ-প্রত্যঙ্গের অস্বাভাবিক প্রসারণ, এবং আচরণের অদ্ভুত পরিবর্তন—সবই রোহিতের চোখে এক **বিপজ্জনক সত্যের প্রমাণ** হিসেবে ভেসে উঠছিল।

রোহিত বুঝতে পারল, এই জিন যদি মানুষের উপর প্রয়োগ করা হয়, তা কেবল শক্তি বা বুদ্ধিমত্তা বৃদ্ধি করবে না—**মানবতার নৈতিক সীমা, সামাজিক কাঠামো, এবং ভবিষ্যতের সম্ভাবনাও চ্যালেঞ্জ করবে।**

অর্ণব তার নোটবুকের প্রতি লিপিবদ্ধ করছে, উত্তেজনা এবং নেশায় মগ্ন। কিন্তু রোহিত শীতল স্বরে নিজেকে বলল, **“আমি শুধু পর্যবেক্ষণ করছি। এই তথ্য প্রকাশের আগে**

আমাকে নিশ্চিত হতে হবে—মানুষকে বিপদ থেকে রক্ষা করতে।"

ল্যাবের অন্ধকারে রোহিতের চোখে প্রতিটি অঙ্গপ্রত্যঙ্গের অস্বাভাবিক গতিবিধি, প্রতিটি নতুন ক্ষমতা স্পষ্টভাবে ধরা দিল। তার মনে হলো, **অর্ণবের আবিষ্কার ইতিমধ্যেই সীমা অতিক্রম করছে,** এবং এর পরিণতি কেবল নিয়ন্ত্রণের মধ্যে থাকবে না।

রোহিত নোটবুক খুলে লিখল—

"মানুষের ভবিষ্যতের সাথে সম্পর্কিত একটি পরীক্ষা চলছে। গোপনে অনুসন্ধান অপরিহার্য।"

রাত গভীর হলেও রোহিত সেনের মনে **উদ্বেগ, দায়িত্ব এবং অনুসন্ধানের প্রেরণা** যেন আরও তীব্র হয়ে উঠল। ল্যাবের নীল আলো স্পন্দিত হচ্ছে, আর এই অন্ধকারে ইতিহাসের একটি বিপ্লব এবং সম্ভাব্য বিপদ একসাথে জন্ম নিচ্ছে।

পর্ব ৩৮: চূড়ান্ত সিদ্ধান্ত

ইঁদুর, খরগোশ ও বানরের উপর **সফল পরীক্ষা** শেষে অর্ণবের মনে আর কোনো দ্বিধা রইল না। প্রতিটি পরীক্ষার ফলাফল—অঙ্গের প্রসারণ, ক্ষমতার বৃদ্ধি, বুদ্ধিমত্তার উত্থান—সবই তার **Hypha Gene-এর কার্যকারিতা** প্রমাণ করছিল।

তার চোখে **উত্তেজনা এবং নেশা** একসাথে জেগে উঠল। মনের ভেতরে শুধুই একটি লক্ষ্য—**মানুষের উপর এই জিন প্রয়োগ করা**। সে ভাবল, এই পরীক্ষার মাধ্যমে মানবজাতি নতুন শারীরিক এবং মানসিক সম্ভাবনার সঙ্গে পরিচিত হবে।

কিন্তু অর্ণব জানত, এই কাজ **আইনত বেআইনি**। মানবদেহে অজানা জিন প্রয়োগ করা, নৈতিক সীমা অতিক্রম করা—সবই আইন এবং বিজ্ঞান নীতির বিরুদ্ধে। তাই তার মনে হল, এই সিদ্ধান্ত **গোপন ও সতর্কতার সঙ্গে** বাস্তবায়ন করতে হবে।

সে ধীরে ধীরে নোটবুকে লিখল—

"পরীক্ষা সফল হয়েছে। এখন মানবজাতির উপর প্রয়োগের সময় এসেছে। কিন্তু গোপনভাবে এবং একনিষ্ঠভাবে। অন্য কোনো বাধা নিতে পারব না।"

অর্ণবের ভেতরকার বিজ্ঞানী এবং আবিষ্কারের নেশা তাকে সম্পূর্ণভাবে আচ্ছন্ন করেছিল। তার মনে কোন ভয় বা শঙ্কা নেই; আছে কেবল **নতুন ক্ষমতার আকাঙ্ক্ষা**।

ল্যাবের নীল আলোতে অর্ণবের চোখ ঝলমল করছে—তার **চূড়ান্ত সিদ্ধান্ত** মানবজাতির ভবিষ্যতের জন্য এক নতুন অধ্যায়ের সূচনা ঘটাতে যাচ্ছে।

পর্ব ৩৯: স্বেচ্ছাসেবকদের খোঁজ

অর্ণব বুঝতে পারল, মানুষের উপর পরীক্ষার জন্য **সাধারণ জনসমাজের** কোনো অংশকে জড়ানো খুবই বিপজ্জনক। তাই সে গোপনে **স্বেচ্ছাসেবক** খুঁজতে শুরু করল—তারা এমন মানুষ হতে হবে, যারা সমাজের মূলস্রোত থেকে কিছুটা বিচ্ছিন্ন।

তার নজরে এলো কিছু গৃহহীন ব্যক্তি, কিছু মাদকাসক্ত, এবং সমাজের নিম্নবিত্ত পরিবারের কিছু সদস্য। অর্ণব তাদের সঙ্গে যোগাযোগ করল, ভেবে দেখল কিভাবে **পরীক্ষার প্রাথমিক ধাপ** নিরাপদভাবে শুরু করা যায়।

প্রাথমিক আলাপের সময়, অর্ণব তাদের বুঝিয়েছিল, এটি এক ধরনের **অদ্ভুত পরীক্ষার সুযোগ**, যেখানে তারা মানবজীবনের সীমা এবং সম্ভাবনার অংশ হতে পারবে। যদিও অনেকেই ভয় পেলেও, কিছু সাহসী ব্যক্তি **স্বেচ্ছায় অংশগ্রহণে রাজি হলো।**

অর্ণব মনে মনে বলল,

"আমি মানুষের ওপর পরীক্ষা শুরু করব, কিন্তু প্রথমে সেই মানুষদের নির্বাচন করতে হবে যারা সবচেয়ে কম ঝুঁকির মধ্যে আছে—যারা সমাজের কাছে তুলনামূলকভাবে 'নিরপেক্ষ'।"

এভাবে সে ধীরে ধীরে **গোপন স্বেচ্ছাসেবকদের তালিকা তৈরি করতে লাগল**, যাদের ওপর Hypha Gene-এর প্রথম মানবিক প্রয়োগ করা হবে।

ল্যাবের নীল আলো এখনও স্পন্দিত, এবং অর্ণবের মন **উত্তেজনা ও নেশায়** পূর্ণ—মানবজাতির ভবিষ্যতের এই **গোপন পরীক্ষা** এখন কার্যত হাতের নাগালে।

পর্ব ৪০: প্রতিশ্রুতি ও লোভ

অর্ণব গোপন স্বেচ্ছাসেবকদের সামনে তার **পরীক্ষার প্রকৃতি** তুলে ধরল। সে বলল,

"এটি এক পরীক্ষামূলক চিকিৎসা, যা আপনার জীবনকে বদলে দিতে পারে। আপনার স্বাস্থ্য, ক্ষমতা, এবং সম্ভাবনা সবই এক নতুন মাত্রায় পৌঁছাবে।"

স্বেচ্ছাসেবকরা অল্পবয়সী বা দুর্বল ব্যক্তি, যারা সমাজের মূলস্রোত থেকে বিচ্ছিন্ন। তাদের জীবনে আশা, সুযোগ বা

নিরাপত্তার অভাব—সবই ছিল। অর্ণবের কথায় যেন নতুন **আশার আলো** জ্বলল।

প্রশ্ন করার বা দ্বিধা প্রকাশ করার কোনো চেষ্টা তারা করল না। শুধু অর্ণবের **বিশ্বাসযোগ্যতা এবং প্রতিশ্রুতিতে** তারা আত্মসমর্পণ করল। তাদের চোখে অর্ণব শুধু একজন বিজ্ঞানী নয়, বরং **ত্রাণকর্তা, যে তাদের জীবনকে বদলে দিতে সক্ষম।** অর্ণবের মনে লুকানো নেশা আর বৈজ্ঞানিক কৌতূহল তাকে পূর্ণভাবে আচ্ছন্ন করেছিল। সে জানত, তাদের বিশ্বাস এবং লোভ—সাহায্য, ক্ষমতা, স্বাচ্ছন্দ—এই পরীক্ষা সম্পন্ন করার জন্য সবচেয়ে বড় হাতিয়ার।

এই মুহূর্তে, ল্যাবের নীল আলো যেমন স্পন্দিত, তেমনি **অর্ণবের পরিকল্পনার ধ্বনি মানবজীবনের সীমা অতিক্রমের প্রস্তুতিতে প্রতিধ্বনিত হচ্ছিল।**

পর্ব ৪১: মানব পরীক্ষার চূড়ান্ত মুহূর্ত

ল্যাবের ভেতর **থমথমে পরিবেশ**। নীল আলো ধীরে ধীরে স্পন্দিত হচ্ছে, কিন্তু কোন শব্দ নেই—শুধু হালকা যন্ত্রের হুমকির ছন্দ। অর্ণব ল্যাবের একটি ছোট অংশকে **ক্লিনিকের মতো** সাজিয়েছিল।

তিনজন স্বেচ্ছাসেবক এক লাইনে বসে আছে, তাদের চোখে **ভয় আর আশা মিশ্রিত এক অদ্ভুত অভিব্যক্তি**। তারা জানে, এটি সাধারণ কোনো পরীক্ষা নয়। তাদের শরীর এবং মন অজানা পরিবর্তনের জন্য প্রস্তুত।

অর্ণব তাদের দিকে তাকাল, হাতের মধ্যে **তিনটি সিরিঞ্জ** ধরে—প্রতিটিতে নীলচে আভার তরল, **'Hypha Gene'**। তার

চোখে বিজয় এবং উত্তেজনার দীপ্তি; নৈতিকতা যেন সম্পূর্ণভাবে হারিয়ে গেছে।

তিনি ধীরে ধীরে বলল,

“আপনাদের স্বেচ্ছাসেবক হিসেবে নির্বাচন করা হয়েছে। আজ থেকে আপনারা মানব বিবর্তনের ইতিহাসের অংশ হবেন।”

স্বেচ্ছাসেবকরা কিছুক্ষণ চুপচাপ ছিলেন। তাদের হৃদস্পন্দন দ্রুত, শ্বাস কাঁপছে, কিন্তু তারা **অর্ণবের প্রতিশ্রুতিতে বিশ্বাস** করছিল।

অর্ণব একটি সিরিঞ্জ উত্তোলন করল, এবং **প্রথম স্বেচ্ছাসেবকের ঘাড়ের কাছে নীলচে তরলটি ইনজেকশন করল**। তার মন তখন শুধু একটাই—**প্রথম মানবের উপর Hypha Gene-এর কার্যকারিতা দেখা**।

ল্যাবের নীল আলো স্পন্দিত হলো আরও তীব্রভাবে। এই মুহূর্তে, **একটি নতুন অধ্যায়ের সূচনা** ঘটতে চলেছে—মানব বিবর্তনের সীমা অতিক্রমের চূড়ান্ত পরীক্ষা।

পর্ব ৪২: অর্ণবের অপরাধবোধ

অর্ণব প্রথম স্বেচ্ছাসেবকের কাছে এগোল। তার নাম **রবি**। রবির হাত অল্প কাঁপছিল, চোখে ভয়ের ছায়া। অর্ণব গভীরভাবে শ্বাস নিল এবং ধীরে ধীরে বলল,

“ভয় পেয়ো না। এটা তোমার জীবন বদলে দেবে। তুমি নতুন সম্ভাবনার অংশ হতে যাচ্ছ।”

রবির হাতে এক অদ্ভুত অনিশ্চয়তা ছিল, কিন্তু সে অর্ণবের কথায় আস্থা রাখল। অর্ণব সিরিঞ্জটি উত্তোলন করল এবং

রবির হাতের শিরায় ইনজেকশন পুশ করল। নীলচে তরলটি দ্রুত তার শরীরে মিশে গেল।

এরপর তিনি একইভাবে **দ্বিতীয় এবং তৃতীয় স্বেচ্ছাসেবকের ক্ষেত্রেও** Hypha Gene প্রয়োগ করল।

এই প্রথমবার **একজন মানুষের ওপর তার জিন পরীক্ষা** হচ্ছিল। অর্ণবের মন একদিকে উত্তেজনায় ফুঁসে উঠছিল—এটি তার জীবনের সবচেয়ে বড় আবিষ্কার। অন্যদিকে, **অপরাধবোধ এবং নৈতিক দ্বন্দ্ব** তাকে জ্বালিয়ে তুলছিল।

সে জানত, তার এই কাজ **আইনের এবং নৈতিকতার সীমা অতিক্রম করছে,** কিন্তু একই সঙ্গে মনে হচ্ছিল, এটি মানব বিবর্তনের একটি নতুন অধ্যায় শুরু করবে।

ল্যাবের নীল আলো স্পন্দিত, স্বেচ্ছাসেবকদের চোখে আতঙ্ক আর কৌতূহল মিশ্রিত। অর্ণব সেই অদ্ভুত মিলন অনুভব করল—**উত্তেজনা, নেশা এবং অপরাধবোধ একসাথে।**

পর্ব ৪৩: ফলাফলের জন্য অপেক্ষা

ইনজেকশন দেওয়ার পর অর্ণব তিনজন স্বেচ্ছাসেবককে **একটি আলাদা কক্ষে বিশ্রামের জন্য পাঠাল।** কক্ষটি শান্ত, অন্ধকার এবং শান্ত স্পন্দনশীল আলোয় ভরা, যেন তারা বাইরে ঘটে চলা পরীক্ষার জন্য প্রস্তুত হয়ে আছে।

অর্ণব দ্রুত **পর্যবেক্ষণ নোটবুক খুলে লিখতে লাগল।** প্রতিটি প্রাণীর আচরণ, শারীরবৃত্তীয় পরিবর্তন এবং তার নিজের অনুভূতিগুলো সে লিপিবদ্ধ করল। তার চোখে উজ্জ্বল উত্তেজনা, মন ঘিরে এক অদ্ভুত কৌতূহল—**মানব শরীরে এই জিন কী প্রভাব ফেলবে, তা দেখার জন্য।**

সে জানত, এই কয়েক ঘণ্টা তার জীবনের **সবচেয়ে গুরুত্বপূর্ণ সময়** হতে চলেছে। প্রতিটি স্পন্দন, প্রতিটি নিঃশ্বাস, প্রতিটি অঙ্গপ্রত্যঙ্গের পরিবর্তন তার চোখের সামনে হওয়া উচিত।

এই মুহূর্তে অর্ণবের কাছে স্বেচ্ছাসেবকরা **শুধু পরীক্ষা**, আর তাদের শরীর **ফলাফলের জন্য একটি মাধ্যম**। প্রতিটি পরিবর্তন তার ভবিষ্যৎ নির্ধারণ করবে—**মানব বিবর্তনের ইতিহাসের নতুন অধ্যায় লেখা হবে এখানেই।**

ল্যাবের নীল আলো স্পন্দিত, সময় যেন থমকে দাঁড়িয়েছে। অর্ণব সেই অদ্ভুত উত্তেজনায় উদগ্রীব হয়ে অপেক্ষা করতে লাগল—**প্রথম মানব পরীক্ষা, প্রথম অদ্ভুত পরিবর্তনের দিগন্তের শুরু।**

পর্ব ৪৪: প্রথম লক্ষণ

ইনজেকশন দেওয়ার প্রায় **এক ঘণ্টা পর**, রবির শরীরে **প্রথম লক্ষণ** প্রকাশ পেল। হঠাৎ করে তার পুরো শরীর **কেঁপে উঠল**, পেশিগুলো টানটান হয়ে যেতে লাগল। চোখে অদ্ভুত আতঙ্ক, কিন্তু কোন শব্দ বের হচ্ছিল না।

অর্ণব দ্রুত **মেডিকেল চেকআপ মেশিন** হাতে নিয়ে রবির কাছে এগোল। মেশিনের স্ক্রিনে দেখা গেল, রবির **হৃৎপিণ্ড অস্বাভাবিকভাবে দ্রুত স্পন্দন করছে**, শ্বাসপ্রশ্বাস অনিয়মিত। অঙ্গপ্রত্যঙ্গগুলো যেন নিজের ইচ্ছায় অস্বাভাবিকভাবে প্রসারিত ও পরিবর্তিত হতে শুরু করেছে।

অর্ণব নিজেকে দৃঢ় করল। সে জানত, এটি **প্রথম মানবের শরীরে Hypha Gene-এর প্রতিক্রিয়া**, এবং প্রতিটি নড়াচড়া, প্রতিটি স্পন্দন তার **গবেষণার ফলাফল**।

নোটবুকে সে দ্রুত লিখতে শুরু করল—প্রতিটি পালস, প্রতিটি মাপা পরিবর্তন, প্রতিটি অঙ্গের বিকাশের ধাপ। তার চোখে **উত্তেজনা ও কৌতূহল**, মনে এক ধরনের **ভয়মিশ্রিত দৃষ্টিকোণ**।

এই মুহূর্তে, ল্যাবের নীল আলো যেন আরও **প্রচণ্ডভাবে স্পন্দিত** হতে লাগল—মানুষের শরীরে একটি **অদ্ভুত শক্তির সূচনা** ঘটতে চলেছে।

পর্ব ৪৫: অঙ্গের পরিবর্তন

ইনজেকশনের এক ঘন্টা পর, রবির শরীরে আরও **অদ্ভুত পরিবর্তন** প্রকাশ পেল। প্রথমে তার **আঙ্গুলগুলো হঠাৎ প্রসারিত হতে শুরু করল**, যেন কোনো অদৃশ্য শক্তি তাদের টানছে।

প্রথমে আঙ্গুলগুলো লম্বায় বৃদ্ধি পেল, ধীরে ধীরে পুরো হাত প্রসারিত হতে লাগল। অঙ্গপ্রত্যঙ্গের এই **অসাধারণ বিকাশ** অর্ণবকে বিস্মিত করল, যদিও তার মুখে ছিল **উত্তেজনা এবং কৌতূহল**।

অর্ণব দ্রুত **মেডিকেল চেকআপ যন্ত্র** ব্যবহার করে মনিটর করল। স্ক্রিনে দেখা গেল, রবির **হাতের পেশী এবং হাড়ের গঠন বদলে যাচ্ছে**, স্বাভাবিক শারীরবৃত্তীয় সীমা অতিক্রম করছে। পেশী শক্ত ও নমনীয় হয়ে উঠছে, হাড় দীর্ঘ ও নমনীয় হচ্ছে—সবই **Hypha Gene-এর সরাসরি প্রভাব**। রবির চোখে অদ্ভুত বিস্ময় এবং অচেতন ভয়, অর্ণবের চোখে ছিল বৈজ্ঞানিক **উল্লাস এবং নেশা**। ল্যাবের নীল আলো আরও

স্পন্দিত এবং তীব্র হয়ে উঠল, যেন **মানব শরীরের সীমা অতিক্রমের চূড়ান্ত অধ্যায় শুরু** হয়ে গেছে।

পর্ব ৪৬: নতুন ক্ষমতার জন্ম

রবির হাত এখন **সাধারণ মানুষের হাতের চেয়ে প্রায় দ্বিগুণ লম্বা** হয়ে গিয়েছিল। আঙ্গুলগুলো নমনীয় ও শক্তিশালী, পেশী এবং হাড়ের গঠন সম্পূর্ণভাবে পরিবর্তিত।

অর্ণব একটি ছোট, কিন্তু ভারী বস্তু হাতে তুলে দিতে বলল। রবি **বিস্ময়কর সহজে** তা তুলল, এমন যে মনে হচ্ছিল তার হাতের শক্তি **অস্বাভাবিকভাবে বৃদ্ধি পেয়েছে।** হাতের দীর্ঘায়ন এবং পেশীর বৃদ্ধি মিলিয়ে এটি সত্যিই **মানবসৃষ্টির সীমা অতিক্রম** করেছে।

অর্ণবের মুখে ফুটল এক **বিজয়ের হাসি**। সে বুঝল, তার **পরীক্ষা সফল হয়েছে**। তার দীর্ঘদিনের গবেষণা, ঝুঁকি এবং গোপন চেষ্টার ফলাফল **এখন চোখের সামনে স্পষ্টভাবে প্রকাশিত**।

ল্যাবের নীল আলো স্পন্দিত হচ্ছিল, আর অর্ণবের মনে **এক নতুন উন্মাদনা** জন্ম নিয়েছিল—মানবশরীর পরিবর্তনের নতুন অধ্যায়ের সূচনা, যা সম্ভবত মানব বিবর্তনের ইতিহাসে চিরস্থায়ী ছাপ ফেলবে।

পর্ব ৪৭: দ্বিতীয় স্বেচ্ছাসেবকের পরিবর্তন

রবির পরিবর্তন দেখার পর, অর্ণবের চোখে **উজ্জ্বল উত্তেজনা**। সে জানত, এবার **দ্বিতীয় স্বেচ্ছাসেবকের পরীক্ষা** সময় এসেছে। তার নাম **সোহিনী**।

সোহিনী নীরবে বসে আছে, তার চোখে **ভয় এবং কৌতূহল মিশ্রিত**। অর্ণব ধীরে ধীরে সিরিঞ্জটি উত্তোলন করে তার হাতের শিরায় ইনজেকশন করল। নীলচে তরলটি দ্রুত তার শরীরে প্রবেশ করল।

প্রথম কয়েক মিনিটে কোনও পরিবর্তন লক্ষ্য করা গেল না, কিন্তু অর্ণব জানত—Hypha Gene **তার কাজ শুরু করেছে।**

এক ঘন্টার মধ্যেই সোহিনীর হাতের আঙ্গুলগুলো ধীরে ধীরে **লম্বা হতে লাগল**, পেশী শক্ত ও নমনীয় হয়ে উঠল। অঙ্গপ্রত্যঙ্গের প্রসার সহ, তার হাতের **ক্ষমতা এবং কর্মক্ষমতা** ক্রমশ বেড়ে গেল।

অর্ণব নোটবুকে প্রতিটি পর্যবেক্ষণ লিপিবদ্ধ করল। তার চোখে **উল্লাস এবং নেশা**, মনে এক অদ্ভুত **নৈরাজ্যপূর্ণ আনন্দ**। ল্যাবের নীল আলো আরও স্পন্দিত হতে লাগল, যেন **মানব বিবর্তনের নতুন অধ্যায়** ধীরে ধীরে খুলতে শুরু করেছে।

সোহিনী এখন স্বাভাবিক মানবসীমার বাইরে। তার হাতের শক্তি এবং নমনীয়তা প্রমাণ করছে—Hypha Gene **শুধু অঙ্গকে প্রসারিত করে না, ক্ষমতাকেও বৃদ্ধি করে।**

পর্ব ৪৮: তৃতীয় স্বেচ্ছাসেবকের বিস্ময়কর পরিবর্তন

অর্ণব এখন তৃতীয় স্বেচ্ছাসেবকের দিকে তাকাল। তার নাম **আরবিন্দা**। সে ছিল সবচেয়ে অবসরপ্রিয়, চোখে একটু ভয়, কিন্তু এক ধরনের বিশ্বাসও ঝলমল করছে। অর্ণব ধীরে সিরিঞ্জটি উত্তোলন করল, আর নীলচে তরল 'Hypha Gene' তার শিরায় ইনজেকশন করল।

প্রথম কয়েক মিনিট আরবিন্দার শরীরে পরিবর্তনের কোনো প্রকাশ দেখা যায়নি। কিন্তু অর্ণব জানত—**এই জিন কাজ করছে, এবং খুব দ্রুত।**

ধীরে ধীরে আরবিন্দার **হাত ও পায়ের অঙ্গপ্রত্যঙ্গ** প্রসারিত হতে শুরু করল। হাতের আঙ্গুলগুলো লম্বা ও নমনীয় হয়ে গেল, পেশী শক্তিশালী। পা ও কোমরও সামঞ্জস্য বজায় রেখে পরিবর্তিত হলো, যেন আরবিন্দা প্রাকৃতিকভাবে তার শরীরের ক্ষমতা বাড়াতে পারছে।

অর্ণব দ্রুত তার **পর্যবেক্ষণ নোটবুক** খুলল। প্রতিটি অঙ্গের বৃদ্ধি, ক্ষমতার প্রকাশ, অঙ্গের নমনীয়তা—all লিপিবদ্ধ হলো। ল্যাবের **নীল আলো স্পন্দিত**, প্রতিটি স্পন্দন যেন এই মানব পরীক্ষা সফলতার উল্লাস জানাচ্ছিল।

আরবিন্দা অবাক হয়ে তাকালো। তার হাতের শক্তি এতটাই বেড়ে গেছে যে ছোট ছোট জিনিসও সহজে ধরতে পারছিল। অঙ্গপ্রত্যঙ্গের এ পরিবর্তন শুধুমাত্র লম্বা বা শক্তিশালী নয়—**এখন তার শরীরের ক্ষমতা আগের চেয়ে অনেক বেশি এবং নিয়ন্ত্রণযোগ্য।**

অর্ণবের মুখে বিজয়ের হাসি ফুটল। সে বুঝল, **মানব পরীক্ষার তৃতীয় ধাপও সফল হয়েছে।** তিনজন স্বেচ্ছাসেবকই এখন **Hypha Gene-এর চরম প্রভাবের অধিকারী**। এই মুহূর্তে অর্ণবের মনে এক অদ্ভুত **উন্মাদনা এবং অধিকারবোধ** জন্ম নিল—তার আবিষ্কার মানব বিবর্তনের ইতিহাসকে চিরতরে বদলে দিতে চলেছে।

পর্ব ৪৯: নতুন জীবনের স্বাদ

রবির লম্বা হাত দেখার পর, অন্যান্য স্বেচ্ছাসেবকরাও **উৎসাহিত ও বিস্মিত** হয়ে উঠল।

সুজিতের পা ক্রমশ **লম্বা ও শক্তিশালী হয়ে** উঠল। এখন সে **অসাধারণ দ্রুত** হাঁটতে পারছিল, এমনকি সাধারণ মানুষের তুলনায় অনেক বেশি দূরত্ব অতিক্রম করতে সক্ষম।

তৃতীয় স্বেচ্ছাসেবক, **মীরা**, তার আঙ্গুলগুলো **অসাধারণভাবে প্রসারিত** হতে দেখল। ছোট ছোট জিনিসকে ধরে রাখা, সূক্ষ্ম কাজ করা—সবই তার জন্য সহজ হয়ে গিয়েছিল।

তাদের মধ্যে **এক নতুন আত্মবিশ্বাস ও শক্তির অনুভূতি** জন্ম নিল। তারা বুঝতে পারছিল যে, **তারা আর সাধারণ মানুষ নয়**, বরং **একটি নতুন প্রজাতির অংশ** হয়ে উঠেছে—Hypha Gene-এর প্রতিফলন এবং মানব শরীরের সীমার অতিক্রম।

অর্ণব নীরবে তাদের পরিবর্তন পর্যবেক্ষণ করছিল। তার চোখে **উল্লাস, কৌতূহল এবং এক ধরনের বৈজ্ঞানিক নেশা**। এই মুহূর্তে ল্যাবের নীল আলো যেন আরও **উজ্জ্বল ও স্পন্দিত** হয়ে উঠল, এবং তিনজন স্বেচ্ছাসেবক এক নতুন জীবনের স্বাদ অনুভব করল—একটি **অদ্ভুত, শক্তিশালী এবং সম্ভাবনাময় জীবন**।

পর্ব ৫০: অসাধারণ কর্মক্ষমতা

অর্ণব তাদের **নতুন ক্ষমতা** পর্যবেক্ষণ করতে করতে মুগ্ধ হয়ে উঠল। তার চোখে **উল্লাস এবং বৈজ্ঞানিক নেশা** প্রতিফলিত হচ্ছিল।

সে তাদের দৈনন্দিন কাজগুলো **উৎসাহের সঙ্গে করাতে শুরু করল**, যেন তারা নিজেও তাদের পরিবর্তিত ক্ষমতার সাথে পরিচিত হতে পারে।

সুজিত তার লম্বা পা ব্যবহার করে ল্যাবের এক প্রান্ত থেকে অন্য প্রান্তে **মুহূর্তের মধ্যে পৌঁছাচ্ছিল**, আর প্রতিটি ধাপের সাথে তার পেশীর শক্তি ও নমনীয়তা চোখে পড়ে।

মীরা তার প্রসারিত আঙ্গুল দিয়ে সূক্ষ্ম বস্তু ধরছিল, এমন নিখুঁত ও নির্ভুল যে মনে হচ্ছিল, এটি কোনো যান্ত্রিক হাতের কাজ। প্রতিটি স্পর্শে তার **নিয়ন্ত্রণ ও ক্ষমতা** স্পষ্টভাবে প্রকাশ পেয়েছিল।

অর্ণব জানত, **এই মানুষগুলো শুধু শারীরিকভাবে পরিবর্তিত হয়নি**, তারা এখন **মানবশরীর সীমা অতিক্রম করেছে**।

ল্যাবের নীল আলো স্পন্দিত হচ্ছিল, যেন **নতুন মানবশক্তির জন্ম** উদযাপন করছে।

এখন তারা **শুধু পরিবর্তিত নয়, বরং অসাধারণ কর্মক্ষমতার অধিকারী**, যা মানবজাতির ভবিষ্যতকে এক নতুন দিগন্তে নিয়ে যেতে পারে।

পর্ব ৫১: সীমাহীন ক্ষমতার পরীক্ষা

অর্ণব তাদের **অসাধারণ কর্মক্ষমতা** দেখে আরও উৎসাহিত হল। সে সিদ্ধান্ত নিল, এখন তাদের ক্ষমতাকে আরও **চ্যালেঞ্জের মুখে পরীক্ষা** করার সময় এসেছে।

ল্যাবের একটি খোলা স্থান তিনি পরীক্ষার জন্য তৈরি করল। সেখানে বিভিন্ন দৈনন্দিন এবং ভারী বস্তু রাখা হল—ছোট ছোট বস্তুর থেকে শুরু করে ভারী বাক্স পর্যন্ত। তিনি তাদের নির্দেশ

দিলেন, সবকিছু **সীমাহীন ক্ষমতা ব্যবহার করে স্থানান্তর করতে**।

সুজিত তার লম্বা পা ব্যবহার করে এক প্রান্ত থেকে অন্য প্রান্তে দ্রুত পৌঁছাল। এক মুহূর্তে সে একাধিক ভারী বস্তুকে সরিয়ে ফেলল। প্রতিটি পদক্ষেপে তার **পেশীর নমনীয়তা এবং শক্তি** চোখে পড়ল।

মীরা তার প্রসারিত আঙ্গুল দিয়ে সূক্ষ্ম জিনিসগুলো ধরল, সাজাল, এমন নিখুঁতভাবে যে মনে হচ্ছিল, সে **অদৃশ্য কোনো যন্ত্রের মতো কাজ করছে**।

রবি তার হাতের শক্তি ব্যবহার করে ভারী বস্তুকে সরিয়ে নিল, হাতের অঙ্গগুলোর প্রসারণ এবং ক্ষমতা এমনভাবে নিয়ন্ত্রণ করল যে কোনো ভুল বা ব্যর্থতা ঘটল না।

অর্ণব নোটবুকে প্রতিটি **ক্ষমতা ও প্রতিক্রিয়া** লিপিবদ্ধ করল। তিনি বুঝতে পারল, এই মানুষগুলো **শুধু সাধারণ মানুষ নয়**, তারা এখন **মানবশরীর সীমার বাইরে শক্তি ধারণ করছে**।

ল্যাবের **নীল আলো আরও স্পন্দিত** হয়ে উঠল, যেন মানব বিবর্তনের নতুন অধ্যায় **প্রত্যক্ষভাবে দৃশ্যমান** হচ্ছে।

এখন অর্ণবের মন একদিকে **উল্লাসে পূর্ণ**, অন্যদিকে **উদ্বেগে**—কারণ সে জানে, এই ক্ষমতা সঠিকভাবে নিয়ন্ত্রিত না হলে এটি **বিপদ ডেকে আনতে পারে**।

পর্ব ৫২: অর্ণবের তৃপ্তি

ল্যাবের নীল আলো স্পন্দিত হচ্ছিল, আর তিনজন স্বেচ্ছাসেবক তাদের **নতুন ক্ষমতা** অন্বেষণ করতে লাগল। তাদের চোখে **আশা ও বিস্ময়ের মিশ্রণ**। তারা অনুভব

করছিল, তাদের জীবনের সব **দুর্বলতা ও সীমাবদ্ধতা দূর হয়ে গেছে**।

রবি, **সুজিত**, এবং **মীরা** একে অপরের দিকে তাকিয়ে বিস্মিত হলো। তাদের শরীরের প্রতিটি অঙ্গ **শক্তিশালী, নমনীয়, এবং নিয়ন্ত্রণযোগ্য**। তারা জানত, তাদের আগে যা অসম্ভব মনে হতো—এখন তা সহজ এবং স্বাভাবিক।

অর্ণব নীরবে তাদের **পরিবর্তিত অবস্থার** দিকে তাকালো। তার মনে **এক অদ্ভুত তৃপ্তি** জন্ম নিল। মনে হচ্ছিল, সে **মানুষের সীমাকে সম্প্রসারণ করেছে**, মানব ক্ষমতার নতুন দিগন্ত উন্মোচন করেছে।

সে ভাবছিল, তার আবিষ্কার **মানবতার জন্য আশীর্বাদ**। এই জিনের মাধ্যমে মানুষ **শক্তি, নমনীয়তা, এবং দক্ষতা** অর্জন করতে পারবে, যা আগে কল্পনাতীত ছিল।

অর্ণবের মনে **উত্তেজনা ও নেশা** আরও প্রবল হয়ে উঠল। তিনজন স্বেচ্ছাসেবকের **পরিবর্তিত শরীর** দেখার সময়, সে বোঝল—তার আবিষ্কার **শুধু বৈজ্ঞানিক সফলতা নয়, এটি মানব বিবর্তনের প্রথম পদক্ষেপ**।

ল্যাবের নীল আলো যেন তাদের **নতুন জীবন এবং সীমাহীন সম্ভাবনার উদযাপন** করছিল। অর্ণবের হৃদয়ে **এক ধরনের গৌরব ও আত্মতুষ্টি** জন্ম নিল, কারণ তার হাত ধরে মানবশরীর **এক নতুন অধ্যায়ে প্রবেশ করেছে**।

পর্ব ৫৩: নতুন ক্ষমতা নিয়ে খেলা

স্বেচ্ছাসেবকরা তাদের **নতুন ক্ষমতা** অনুভব করে এক অদ্ভুত আনন্দে মেতে উঠল।

রবি তার লম্বা হাত ব্যবহার করে বিভিন্ন বস্তু সহজে ধরছিল, তোলছিল এবং সাজাচ্ছিল।

সুজিত তার দীর্ঘ পা দিয়ে ল্যাবের মধ্যে দৌড় প্রতিযোগিতা করছিল, প্রতিটি ধাপ যেন তাকে আরও দ্রুত ও নমনীয় করে তুলছিল।

মীরা তার প্রসারিত আঙুল দিয়ে সূক্ষ্ম কাজ করছিল—ছোট জিনিস ধরছে, একটিকে অন্যটির সাথে মেলাচ্ছিল।

তারা একে অপরের সঙ্গে **খেলা খেলছিল**—দৌড় প্রতিযোগিতা, ভারী বস্তুর উত্তোলন, এমনকি ছোট ছোট কাজকে **চ্যালেঞ্জে পরিণত** করছিল।

অর্ণব এগুলো দেখছিল। তার মনে **উল্লাস ও গর্ব** একসাথে জন্ম নিল। সে বুঝল, এই **ক্ষমতার খেলা** শুধু আনন্দ নয়, বরং **মানবশরীর নতুন সম্ভাবনার পরীক্ষা**।

ল্যাবের নীল আলো স্পন্দিত হচ্ছিল। প্রতিটি স্পন্দন যেন তাদের **শক্তি ও স্বাধীনতার উদযাপন** জানাচ্ছিল।

এই মুহূর্তে, স্বেচ্ছাসেবকরা শুধু তাদের **শারীরিক পরিবর্তন নয়**, বরং **একটি নতুন জীবনধারার স্বাদ** অনুভব করছিল। তারা জানত—এখন তারা **পুরোপুরি সাধারণ মানুষ নন**, তারা **শক্তিশালী ও সীমাহীন সম্ভাবনার অধিকারী**।

পর্ব ৫৪: অর্ণবের নৈতিক পতন

স্বেচ্ছাসেবকরা তাদের **নতুন ক্ষমতা নিয়ে আনন্দে মেতে উঠছিল**, আর তাদের চোখে-মুখে দেখা আনন্দ অর্ণবের **নৈতিকতার শেষ অবশিষ্টটুকুও ম্লান করে দিল**।

সে নিজেকে বলল, "যদি তারা এত খুশি, তবে আমার এই জিন **কোনোভাবে খারাপ হতে পারে না।"**
ইরার সতর্কবার্তা, যা আগে তার মনে ভয় জাগিয়েছিল, এখন **সম্পূর্ণভাবে ভুলে গিয়েছিল**। অর্ণব মনে করছিল, **উচ্চাকাঙ্ক্ষা এবং বৈজ্ঞানিক উদ্দীপনাই** তার একমাত্র নির্দেশক।
তার **নৈতিক দায়িত্বের অনুভূতি** অদৃশ্য হয়ে গেল। এখন তার চোখে কেবল **সাফল্য, পরীক্ষা, এবং ক্ষমতার উদযাপন**।
স্বেচ্ছাসেবকরা যত আনন্দে খেলছিল, অর্ণব তত বেশি **গর্বিত ও উচ্ছ্বসিত** হচ্ছিল। তার মনে হচ্ছিল, তার **আবিষ্কার মানবতার জন্য আশীর্বাদ**।
কিন্তু অর্ণব বুঝতে পারছিল না, এই **নৈতিক পতন** তার এবং মানবজাতির জন্য **অপূরনীয় বিপদের দ্বার** খুলতে চলেছে।
ল্যাবের নীল আলো যেমন স্পন্দিত হচ্ছিল আনন্দে, ঠিক তেমনি এই আনন্দের **অন্ধ উৎসাহ** অর্ণবকে **এক গভীর সংকটের দিকে ঠেলে দিচ্ছিল**।

পর্ব ৫৫: সফলতার ভ্রান্ত ধারণা

অর্ণবের কাছে এখন **গবেষণার নৈতিক দিকটি কোনো গুরুত্বপূর্ণ বিষয় ছিল না**। তার চোখে শুধুই **মানুষের আনন্দ ও নতুন ক্ষমতার প্রমাণ**। স্বেচ্ছাসেবকরা যখন তাদের লম্বা হাত, দীর্ঘ পা এবং প্রসারিত আঙ্গুল ব্যবহার করে খেলছিল, অর্ণব তখন **নিজের বৈজ্ঞানিক উচ্চাকাঙ্ক্ষার চূড়ান্ত উল্লাসে মগ্ন**।
এই আনন্দই তার মনকে আরও **উদ্দীপ্ত এবং আত্মতুষ্ট** করে তুলল। সে ভাবল, মানুষ এই জিনের মাধ্যমে **অসীম ক্ষমতা**

অর্জন করতে পারবে, আর তার এই আবিষ্কার মানব বিবর্তনের নতুন অধ্যায়ের সূচনা।

অর্ণব দ্রুত তার নোটবুকে লিখল:

"প্রথম মানব পরীক্ষা সফল। মানুষের ক্ষমতা বৃদ্ধি সম্ভব।"

তার মধ্যে কোনো দ্বিধা বা ভয় নেই। শুধুই **সাফল্যের উচ্ছ্বাস, শক্তি এবং সীমাহীন সম্ভাবনার উত্তেজনা।**

কিন্তু এই **সফলতার ভ্রান্ত ধারণা** অর্ণবকে অজানাই **অপ্রত্যাশিত বিপদের দিকে ঠেলে দিচ্ছিল।** ল্যাবের নীল আলো যেমন তাদের **নতুন জীবন উদযাপন করছিল**, ঠিক তেমনি এই **উল্লাসের আড়ালে অন্ধকার বিপদের ছায়া**ও ঘনিয়ে আসছিল।

পর্ব ৫৬: আতঙ্কের শুরু

কিন্তু অর্ণবের **সফলতার উচ্ছ্বাস** স্থায়ী হলো না। এক রাত, ল্যাবের ভিতরে যখন সবাই গভীর ঘুমে ছিল, হঠাৎ **রবির আর্তনাদে** অর্ণবের ঘুম ভেঙে গেল।

সে দ্রুত রবির কক্ষে ছুটল। ঘরে ঢুকে দেখল **রবি কেঁদে বসে আছে**, তার হাত অস্বাভাবিকভাবে কেঁপে উঠছে। মুখের অভিব্যক্তি **ব্যথা ও আতঙ্কে বিকৃত**।

অর্ণব তার কাছে ছুটে গিয়ে প্রশ্ন করল, “রবি, কী হয়েছে?” কিন্তু রবি কোনো উত্তর দিতে পারছিল না। তার **শরীরের অঙ্গপ্রত্যঙ্গ নিজ নিয়ন্ত্রণ হারাচ্ছিল**। হাত, পা, এবং আঙুলগুলো যেন **স্বতন্ত্রভাবে, অদৃশ্য শক্তির দ্বারা চলাচল** করছিল।

অর্ণব বুঝল—তার **জিনের প্রভাব নিয়ন্ত্রণের বাইরে চলে যাচ্ছে**।

এই মুহূর্তে সে **প্রথমবারের মতো আতঙ্ক অনুভব করল**। তার হাতে থাকা সমস্ত বৈজ্ঞানিক অর্জন **এক মুহূর্তে বিপদসীমায়** পৌঁছে গেছে।

ল্যাবের নীল আলো যেন **উচ্ছ্বাসের বদলে ভয়ানক ছায়া** ফেলে দিচ্ছিল, যা **অপ্রত্যাশিত বিপদের আগমন**কে সতর্কভাবে জানাচ্ছিল।

পর্ব ৫৮: অনিয়ন্ত্রিত অঙ্গ

রবির হাত অস্বাভাবিকভাবে কাঁপছিল, আর তার **মাংসপেশীগুলো বারবার সংকুচিত ও প্রসারিত** হচ্ছিল। প্রতিটি আন্দোলন যেন তার ইচ্ছার বিরুদ্ধে ঘটছিল। সে চেষ্টা করছিল হাত নিয়ন্ত্রণ করতে, কিন্তু ব্যর্থ হচ্ছিল।

রবি ভয়ে চিৎকার করে বলল, "**আমার হাত আমার কথা শুনছে না, অর্ণব!**" তার কণ্ঠে আতঙ্কের ঝড় বয়ে যাচ্ছিল। অর্ণব ছুটে গিয়ে তাকে ধরল, কিন্তু কিছুই কার্যকর হলো না—রবির হাত যেন **স্বতন্ত্রভাবে, অদৃশ্য শক্তির তলে** কাজ করছে।

ল্যাবের নীল আলো এখন শুধু রহস্য নয়; এটি **অপ্রত্যাশিত বিপদের চিহ্ন** হয়ে উঠেছিল। অর্ণব বুঝল, তার **জিন নিয়ন্ত্রণের বাইরে চলে গেছে**, এবং এই মুহূর্তে তার সৃষ্টি **নিয়ন্ত্রণের ক্ষমতা হারাচ্ছে**।

পর্ব ৬১: অর্ণবের ভয়ের সূচনা

অর্ণব দ্রুত রবির দিকে ছুটে গেল, তাকে শান্ত করার চেষ্টা করল, কিন্তু তার সমস্ত প্রচেষ্টা বৃথা যাচ্ছিল। রবি তার হাত নিয়ন্ত্রণ করতে পারছিল না; হাতগুলো নিজের ইচ্ছার বিরুদ্ধে বারবার প্রসারিত ও সংকুচিত হচ্ছিল। ল্যাবের নীল আলো ভয়ঙ্করভাবে ঝিকমিক করছিল, যেন অদৃশ্য কোনো শক্তি সেখানে বিদ্যমান।

"রবি, আমাকে দেখো! শান্ত হও, সব ঠিক হবে," অর্ণব বলল, কণ্ঠে কাঁপুনি লেগে। কিন্তু রবি কেবল **চিৎকার করে** বলল, "আমার হাত আমার কথা শুনছে না, অর্ণব!" তার শব্দে ভয় এবং হতাশা মিশ্রিত।

অর্ণব অনুভব করল, **তার আবিষ্কৃত হাইফা জিন নিয়ন্ত্রণ হারাচ্ছে**। প্রথম মানব পরীক্ষার উচ্ছ্বাস এখন **দুর্ভাগ্য এবং আতঙ্কে** পরিণত হয়েছে। তিনি জানতেন, এটি আর সাধারণ পরীক্ষা নয়; রবি শুধু অঙ্গ পরিবর্তন নয়, তার **স্বাভাবিক জীবনকেও হারাতে বসেছে**।

ল্যাবের চারপাশে সব কিছু অস্থির হয়ে উঠল। যন্ত্রপাতি কেঁপে উঠছিল, নোটবুক পড়ে যাচ্ছিল, আর রবি নিজেও নিজের হাবভাব নিয়ন্ত্রণ করতে পারছিল না। অর্ণব দ্রুত তার পর্যবেক্ষণ যন্ত্রগুলি নিয়ে রবি পরীক্ষা করল। হৃদয় এবং পেশীর স্পন্দন, হাড়ের গঠন—সবই **অস্বাভাবিক ও অপ্রাকৃতিক**।

অর্ণব বুঝল, তার নৈতিকতা এবং বিজ্ঞানী দায়িত্বের মধ্যে টানাপোড়েনের সীমা পৌঁছে গেছে। **তার নেশা এবং উচ্চাকাঙ্ক্ষা** এখন তাকে অন্ধ করে দিয়েছে। তিনি

ভেবেছিলেন, এই জিন শুধু মানুষের ক্ষমতা বৃদ্ধি করবে, কিন্তু বাস্তবে এটি **মানব নিয়ন্ত্রণের স্বাভাবিক সীমা** লঙ্ঘন করছে।

রবি চিৎকার করতে করতে বলল, "আমাকে সাহায্য করো! হাত... হাত থামাচ্ছে না!" অর্ণব দ্রুত তার হাত ধরে ধরে শান্ত করার চেষ্টা করল, কিন্তু প্রতিটি স্পর্শে হাত আরও শক্ত হয়ে উঠছিল। মনে হচ্ছিল, **হাতের পেশী নিজে নিজে জীবিত হয়ে উঠেছে**।

অর্ণবের মন শান্ত ছিল না। তিনি জানতেন, এই মুহূর্তে **তার আবিষ্কৃত ক্ষমতা বিপদের মধ্যে**। ল্যাবের নীল আলো যেন হাসি ফোটাচ্ছে, কিন্তু সেই হাসি ছিল **নকল সুখ নয়, ভয়ঙ্কর সতর্কবার্তা**।

"আমার সৃষ্টি... নিয়ন্ত্রণ হারাচ্ছে," অর্ণব মৃদু বলল, নিজের কণ্ঠেই আতঙ্ক ছড়িয়ে। তিনি বুঝতে পারছিলেন, মানুষের উপর পরীক্ষা সফল হলেও **মানুষের জীবন বিপন্ন হয়ে উঠেছে**।

রবি হঠাৎ তার আঙুল প্রসারিত করে ল্যাবের এক প্রান্ত থেকে অন্য প্রান্তে ঝাপ দিল। প্রতিটি ঝাপে অর্ণবের হৃদয় আরও দ্রুত ধুকছে। তিনি জানলেন, **এই জিন শুধু ক্ষমতা দিচ্ছে না, বরং মানুষের নিজের অঙ্গের নিয়ন্ত্রণও কেড়ে নিচ্ছে**।

অর্ণব দ্রুত তার ল্যাবের সব নোটবুক এবং যন্ত্র পরীক্ষা করতে লাগল। তিনি ভাবছিলেন, যদি এই ঘটনা বাইরে প্রকাশ পায়, **বিশ্বজুড়ে আতঙ্ক ছড়াবে**। কিন্তু সবচেয়ে বড় সমস্যা হলো, এটি এখন তার **নিজের হাতে থাকা পরীক্ষার প্রাণীদের নিয়ন্ত্রণের বাইরে**।

রবির চোখ ভয় এবং বিভ্রান্তিতে বড় হয়ে গেল। তিনি নিজের হাতের অদ্ভুত লাফ, প্রসার এবং সংকোচন দেখছিল। অর্ণব তখন বুঝলেন, **মানবতার জন্য এই জিন বিপজ্জনক হতে পারে**, এবং এটি শুধুই **একটি নিয়ন্ত্রণহীন অভিজ্ঞতার সূচনা**। ল্যাবের নীল আলো ধীরে ধীরে ম্লান হতে লাগল, কিন্তু আতঙ্কের ছায়া এখন অর্ণবের মনে স্থায়ী হয়ে গেছে। তিনি জানলেন, তার **বিজ্ঞানী উচ্চাকাঙ্ক্ষা** এবং নৈতিক অবহেলার ফলে তিনি এক গভীর বিপদের দিকে ধাবিত হচ্ছেন।

পর্ব ৬২: অন্যদের প্রতিক্রিয়া

রবির আর্তনাদে ল্যাবের অন্য স্বেচ্ছাসেবকরাও জেগে উঠল। সুজিতের পা হঠাৎ করে অস্বাভাবিকভাবে আন্দোলিত হতে লাগল। তার পা যেন **নিজের ইচ্ছার বাইরে কাজ করছে**, বিছানা থেকে নেমে সে ঘরের চারপাশে পাগলের মতো হাঁটতে লাগল।

মীরা, যার আঙুল অতিরিক্ত প্রসারিত হয়েছিল, চেষ্টা করল তার হাত নিয়ন্ত্রণ করার, কিন্তু হঠাৎ হাতগুলো তার নির্দেশ অমান্য করে ঝাঁপ দিয়ে বসলো। সে চিৎকার করে বলল, “আমার হাত... আমার কথা শুনছে না!”

অর্ণব আতঙ্কে এগিয়ে এল। সে দেখল, **হাইফা জিন শুধু অঙ্গকে প্রসারিত করছে না, বরং মানুষের অঙ্গের স্বাভাবিক নিয়ন্ত্রণও কেড়ে নিচ্ছে**। রবি এখনও চিৎকার করছে, সুজিত পাগলের মতো ঘুরছে, আর মীরা হাত কেঁপে কেঁপে বসে আছে।

ল্যাবের মধ্যে সবকিছু বিশৃঙ্খল। নীল আলো এখন ভয়ঙ্কর ছায়ার মতো ঝিকমিক করছে। অর্ণব বুঝল, তার আবিষ্কার মানব নিয়ন্ত্রণের বাইরে চলে গেছে।

"এটা... এটা আমার নিয়ন্ত্রণের বাইরে," সে ভাবল, **ভয়ের ছায়া তার মন জুড়ে ছড়িয়ে পড়ল**। এখন আর কোনো আনন্দ বা উৎসাহ নেই, কেবল **উত্তেজনা ও আতঙ্কের মিশ্রণ**।

রবির চিৎকার এবং সুজিতের অদ্ভুত হাঁটার দৃশ্য দেখে অর্ণবের নোটবুকের শব্দও অস্বাভাবিকভাবে কেঁপে উঠছে। সে জানল, এই মুহূর্তেই তার **গবেষণা এক অনিয়ন্ত্রিত বিপদের মুখোমুখি**।

ল্যাবের কোণাকুনি থেকে নানা জিনিসপত্র হঠাৎ উড়ে যাচ্ছে। অর্ণব চিৎকার করে বলল, "সবচেয়ে নিরাপদ স্থানে যাও! কেউ চড়াও হবে না!" কিন্তু কেউ তার কথা শোনে না।

মীরা তার প্রসারিত আঙুল দিয়ে টেবিলের ওপর থাকা যন্ত্রপাতি ছুঁড়ে ফেলে, রবি বারবার হাত কেঁপে কেঁপে চিৎকার করছে। সুজিতের পা যেন লাফ দিয়ে ল্যাবের এক প্রান্ত থেকে অন্য প্রান্তে পৌঁছে যাচ্ছে।

অর্ণব বুঝল, **হাইফা জিন কেবল ক্ষমতা বৃদ্ধি করছে না, বরং অঙ্গ নিয়ন্ত্রণকে সম্পূর্ণ ভেঙে দিচ্ছে**। এই মুহূর্তে সে অনুভব করল, তার আবিষ্কার মানবতার জন্য কতটা বিপজ্জনক হতে পারে।

ল্যাবের অন্ধকার কোণে নীল আলো ঝিকমিক করছে, এবং অর্ণবের মনে ভয়, উদ্বেগ, এবং অপরাধবোধ **একত্রিত হয়ে আতঙ্কের ঝড় তুলেছে**।

রবির চিৎকার, সুজিতের অদ্ভুত হাঁটা, মীরার হাতের অদ্ভুত কার্যকলাপ—সবই অর্ণবকে বোঝাচ্ছিল, **তার নৈতিক পতন এবং অপ্রতিরোধ্য উচ্চাকাঙ্ক্ষা এখন তার হাতে এক বিপর্যয় তৈরি করেছে**।

ল্যাবের মধ্যে হঠাৎ নীরবতা নেমে এল, কিন্তু অদ্ভুত ও অস্বাভাবিকতা এখন **সব কিছু নিয়ন্ত্রণে নিয়েছে**। অর্ণব বুঝল, এই রাতের পর আর কিছুই আগের মতো থাকবে না।

পর্ব ৬৩: মীরার কষ্ট

মীরার আঙুলগুলো ক্রমশ বেঁকে যাচ্ছিল, তার হাত যেন তার ইচ্ছার বিরুদ্ধে নড়াচড়া করছিল। প্রতিটি আঙুলের সংস্পর্শেই ল্যাবের টেবিলের যন্ত্রপাতি কেঁপে উঠছিল। সে চেষ্টা করল হাতকে শান্ত রাখতে, কিন্তু আঙুলগুলো **নিজের মতো আচরণ করছিল**, যেন কোনো অদৃশ্য শক্তি তার হাতের ওপর পূর্ণ নিয়ন্ত্রণ স্থাপন করেছে।

তার মুখে কষ্টের রেখা ছড়িয়ে পড়ল। চোখে ভয়, মুখে হতাশার ছায়া। সে চিৎকার করল, "আমার হাত... আমার নিজের নয়!" তার আওয়াজ ল্যাবের চারপাশে প্রতিধ্বনিত হলো, কিন্তু কোনো উত্তর নেই। শুধু নীল আলো ঝিকমিক করছে, যা আগে ছিল রহস্যময়, এখন ভয়ঙ্কর মনে হচ্ছে।

রবি এবং সুজিতও তখন নিজের অঙ্গ নিয়ন্ত্রণে রাখতে পারছিল না। রবি বারবার চিৎকার করছে, হাত কেঁপে কেঁপে যাচ্ছে, আর সুজিতের লম্বা পা ঘুরে বেড়াচ্ছে ল্যাবের মধ্যে। মীরা একদিকে বসে আছেন, তার চোখে জল জমেছে, আর হাতগুলো যেন পুতুলের মতো নিজস্ব ইচ্ছায় নড়াচড়া করছে।

অর্ণব হড়বড় করে এগিয়ে এল। সে মীরার হাত ধরে শান্ত করার চেষ্টা করল, কিন্তু তার শক্তিও কার্যকর হচ্ছিল না। সে বোঝল, **হাইফা জিন মানুষের শরীরের অঙ্গের উপর সম্পূর্ণ নিয়ন্ত্রণ হারাচ্ছে**, এবং এটি কতটা বিপজ্জনক হতে পারে তা তিনি আগে কখনো কল্পনাও করতে পারেননি।

মীরার কষ্ট দেখে অর্ণবের মনে এক ধরনের অপরাধবোধ জন্ম নিল। সে বুঝল, তার বৈজ্ঞানিক উচ্চাকাঙ্ক্ষা এখন **মানবতার ওপর বিপর্যয় ডেকে আনছে**। কিন্তু সময় নেই, কারণ প্রতিটি সেকেন্ডে স্বেচ্ছাসেবকদের অঙ্গ আরও অস্বাভাবিকভাবে প্রসারিত হচ্ছে।

মীরা চিৎকার করতে করতে বলে উঠল, "আমার হাত... থামাও... থামাও... আমি পারছি না!" অর্ণবকে তখন বুঝতে হলো, এই জিন শুধু ক্ষমতা বাড়াচ্ছে না, **অপরিচালিত শক্তির মাধ্যমে অঙ্গের নিয়ন্ত্রণ চুরি করছে**, এবং এর ফলাফল মানবদেহের জন্য মারাত্মক হতে পারে।

ল্যাবের মধ্যে নীরবতা নেমে এসেছে, কিন্তু অঙ্গের অদ্ভুত নড়াচড়ার কারণে **ভয়াবহ বিশৃঙ্খলা** সৃষ্টি হয়েছে। অর্ণব বুঝল, এখন তার একমাত্র কাজ হল **এই অঙ্গ নিয়ন্ত্রণহীন অবস্থাকে স্থির করা**, নয়তো তার এই আবিষ্কার মানবজাতির জন্য এক সঙ্কট হিসেবে রূপ নেবে।

মীরার চোখে অশ্রু, হাতের অদ্ভুত নড়াচড়া, এবং ল্যাবের চারপাশের বিশৃঙ্খলা—সব মিলিয়ে অর্ণবের মন এখন আতঙ্কে কেঁপে উঠল। সে জানল, এই রাতের পর তার জীবন আর আগের মতো থাকবে না।

পর্ব ৬৪: অর্ণবের অসহায়তা

অর্ণব ল্যাবের মধ্যে দাঁড়িয়ে তাকিয়ে ছিল। চোখের সামনে রবি, সুজিত ও মীরা—তিনজনই যেন **নিজেদের শরীরের বন্দী হয়ে গেছে**। রবি বারবার চিৎকার করছে, তার হাত নিজ ইচ্ছার বাইরে প্রসারিত হচ্ছে; সুজিতের লম্বা পা ল্যাবের চারপাশে অবাধে ঘুরছে, আর মীরার সূক্ষ্ম আঙুলগুলো যেন পুতুলের মতো নিজস্ব নড়াচড়া করছে।

অর্ণবের মন কেঁপে উঠল। সে বুঝতে পারল, তার আবিষ্কার যে শুধু ক্ষমতা বাড়াচ্ছে, তা নয়, এটি **মানুষের অঙ্গ নিয়ন্ত্রণের ক্ষমতাও ছিনিয়ে নিয়েছে**। তার বৈজ্ঞানিক জ্ঞান যতই উচ্চস্তরের হোক, এই পরিস্থিতি তাকে সম্পূর্ণভাবে **অসহায় করে দিয়েছে**।

সে দ্রুত ঘরে রাখা বিভিন্ন **মেডিকেল সরঞ্জাম এবং ঘুমের ইনজেকশন** নিয়ে এল। তার আশা, হয়তো এটি অঙ্গের অস্বাভাবিক নড়াচড়াকে স্থির করতে পারবে। সে তিনজনের উপর ঘুমের ইনজেকশন দিয়ে চেষ্টা করল, কিন্তু অবিশ্বাস্যভাবে, তাদের অঙ্গ **ততক্ষণাৎ নিয়ন্ত্রণ হারাতে থাকল**। হাত, পা, আঙুল—সবই নিজের মতো আচরণ করছিল।

অর্ণব বারবার চেষ্টা করল, মনোযোগ দিয়ে অঙ্গ পর্যবেক্ষণ করল, কিন্তু প্রতিটি পদক্ষেপ ব্যর্থ হলো। সে নিজের কল্পনাকে প্রমাণ করতে পারছিল না। তার চোখে **ভয় এবং হতাশা** এক সঙ্গে জ্বলে উঠল। ল্যাবের নীল আলো, যা আগে

রহস্যময় ও আনন্দদায়ক ছিল, এখন **ভয়াবহ এবং অশান্তিপূর্ণ** মনে হচ্ছিল।

অর্ণবের হৃদয় দ্রুত ধুকপুক করছে। তার মস্তিষ্কে একটির পর একটি চিন্তা ঢুকছে—"আমি কি ভুল করেছি? আমি কি মানবতার সঙ্গে খেলছি?" কিন্তু তার আত্মসমালোচনা শ্বাসের মতো কমিয়ে দিচ্ছিল না। তার হাত কাঁপছিল, শ্বাস দ্রুত হচ্ছিল।

তিনি লক্ষ্য করলেন, রবি হাত ধরে বসে আছে, ঘাড় এবং বাহুর পেশি টানাটানি করছে, অথচ নিজেকে থামাতে পারছে না। সুজিত ল্যাবের মধ্যে দৌড়াচ্ছে, প্রায় যেন কেউ তাকে নিয়ন্ত্রণ করছে। মীরার আঙুলগুলো একটি ছোট যন্ত্রের ওপর বারবার আঘাত হাচ্ছে, আর সে কেবল তাকিয়ে আছে, চোখে অশ্রু।

এই মুহূর্তে অর্ণব **সম্পূর্ণ অসহায়**। তার কাছে কোনো সমাধান নেই। তার নোটবুক, যেটা আগে ছিল জ্ঞান এবং আবিষ্কারের প্রতীক, এখন **হিসাব-নিকাশ ছাড়া একটি নিস্তব্ধ সাক্ষী** হয়ে দাঁড়িয়েছে।

অর্ণব অনুভব করল, এই গবেষণা আর কেবল বৈজ্ঞানিক পরীক্ষা নয়। এটি **মানবতার ওপর এক সম্ভাব্য বিপর্যয়**। তার আবিষ্কার, যা সে শুরু করেছিল ক্ষমতা বৃদ্ধির জন্য, এখন **ভয়ঙ্কর পরিণতি ডেকে আনছে**। তার হৃদয় ভারাক্রান্ত, মাথা ঘোরা, শ্বাসকষ্ট—সব মিলিয়ে **অর্ণবের অসহায়তা সীমাহীন** হয়ে উঠেছে।

এই ভয়ঙ্কর অভিজ্ঞতা অর্ণবের মনের গভীরে প্রবেশ করল। সে বুঝল, তার নৈতিকতা, সতর্কতা, এবং প্রাথমিক সতর্কবাণী—সবই সে উপেক্ষা করেছে। আর এখন তার হাতে আরেকটি কঠিন কাজ—**এই নিয়ন্ত্রণহীন বিপর্যয় সামলানো, নয়তো তার পুরো জীবন এবং মানবতার ভবিষ্যৎ বিপন্ন হবে।**

পর্ব ৬৫: শরীরের বিভ্রম

ল্যাবের ভেতর অন্ধকারে নীল আলো ঝলমল করছিল। স্বেচ্ছাসেবকরা, রবি, সুজিত ও মীরা, নিজেদের শরীরের ওপর **কোনো নিয়ন্ত্রণ রাখতে পারছিল না**। রবি হাত-পা বারবার অদ্ভুতভাবে প্রসারিত হচ্ছিল, পেশি টানটান হয়ে উঠছিল। সুজিতের লম্বা পা ল্যাবের চারপাশে যেন অদৃশ্য শক্তির আদেশে দৌড়াচ্ছিল, আর মীরার আঙুলগুলো সূচের মতো সূক্ষ্ম, কিন্তু নিজের মনের ইচ্ছার বাইরে কাজ করছিল। তাদের চোখে আতঙ্কের ছাপ স্পষ্ট। তারা একে অপরের দিকে তাকিয়ে সাহায্য চাইছিল, কিন্তু শরীরের অঙ্গগুলো যেন **নিজেদের স্বপ্নে নয়, অর্ণবের হাইফা জিনের তৈরি নতুন সত্তার আদেশে** কাজ করছে। তাদের চিৎকার আর আর্তনাদ ল্যাবের দেয়াল প্রতিধ্বনি করছিল।

অর্ণব অবস্থা দেখে স্তম্ভিত। তার নোটবুক, যা আগে ছিল **জ্ঞান ও গবেষণার প্রতীক**, এখন তার চোখের সামনে **ভয়ঙ্কর বিভ্রমের সাক্ষী**। সে বুঝতে পারল, যে ক্ষমতা আগে আনন্দের প্রতীক ছিল, এখন তা **নিয়ন্ত্রণহীন বিপর্যয়** হয়ে দাঁড়িয়েছে।

রবি বারবার চিৎকার করছে, “আমার শরীর আমার নয়! আমার হাত আমার কথা শুনছে না!” সুজিতের পা হঠাৎ এক কোণে গিয়ে লাফ মারে, আর মীরা আঙুল বাঁকিয়ে নিজের চোখে আঘাত করে। তাদের শরীর নিজস্ব ইচ্ছার বাইরে কাজ করছে।

অর্ণব দ্রুত চেষ্টা করল **শান্ত করার**, ঘুমের ইনজেকশন দিতে। কিন্তু এও যথেষ্ট হলো না। তাদের অঙ্গগুলো বারবার প্রসারিত এবং সংকুচিত হচ্ছে। অর্ণব বুঝতে পারল, তার আবিষ্কার কেবল শক্তি বাড়ায় না, বরং **শরীরের নিয়ন্ত্রণও চুরি করে নেয়**।

স্বেচ্ছাসেবকরা শুধু **শরীরের বিভ্রমে বন্দী**, মানসিকভাবে ক্ষতবিক্ষত। তাদের চোখে অশ্রু, মুখে আতঙ্ক, আর চিৎকারে **নিয়ন্ত্রণহীন ভয়**। অর্ণবের হৃৎপিণ্ড দ্রুত ধুকপুক করছে। সে জানল, যদি এটি সামলানো না যায়, তাহলে তার **গোপন পরীক্ষা মানব জীবনের জন্য এক বিপর্যয়** হয়ে যাবে।

এই অভিজ্ঞতা অর্ণবের মনের গভীরে প্রবেশ করল। সে বুঝল, তার নৈতিক পতন আর ফিরে আসার পথ নেই। এবার শুধু একটাই লক্ষ্য—**এই বিভ্রমকে স্থির করার উপায় খুঁজে বের করা**, নয়তো স্বেচ্ছাসেবকরা তার হাতে নির্মিত এক নতুন দুঃস্বপ্নে বন্দী হয়ে যাবে।

পর্ব ৬৬: অর্ণবের অনুশোচনা

পরের দিন সকালে ল্যাবের ভিতর এক নিঃসঙ্গ অর্ণব বসেছিল। ঘুমঘোর চোখে সে চারপাশে তাকাল, যেখানে এখনও রাতের নীল আলো মৃদু ঝলমল করছিল। কিন্তু এখন

সেই আলো তাকে আনন্দের বার্তা দিচ্ছিল না; বরং **ভয় এবং অপরাধবোধের প্রতীক** হয়ে দাঁড়িয়েছিল।

তার মুখে গভীর অস্বস্তি। হালকা কাঁপা হাতে সে নোটবুক বের করল। কলম ধরল, কিন্তু শব্দগুলো **হৃদয়স্পর্শী হতাশা এবং অনুশোচনার ছাপ** ফেলছিল। সে লিখল—"আমার অহংকার কি সত্যিই মানবজাতির জন্য ক্ষতি ডেকে আনল?"

অর্ণব জানল, এই নোটগুলো আর গবেষণার স্বীকৃতি নয়। এগুলো **তার ভুলের, নৈতিক পতনের এবং অল্পের জন্য অরণ্য হয়ে ওঠা বিপদের সাক্ষ্য**। তার মন বারবার ভাবছিল, কীভাবে সে এতো নীরব আনন্দের সঙ্গে এমন এক বিপদ ডেকে এনেছিল।

হাত কাঁপছিল, চোখ ভেজা। **বিজ্ঞানী অহংকারের সঙ্গে নৈতিকতার লড়াই** যেন অপ্রতিরোধ্য। সে বুঝতে পারল, আবিষ্কার সফল হলেও, তার নিয়ন্ত্রণের বাইরে যাওয়া জিন **মানব জীবনের জন্য এক ধ্বংসাত্মক বিপর্যয়** সৃষ্টি করেছে।

অর্ণবের মনে দগদগে অনুশোচনা। সে চেয়েছিল মানবকে শক্তিশালী বানাতে, কিন্তু তার এই উচ্চাকাঙ্ক্ষা **মানবতার উপর অমানবিক পরীক্ষা** হিসেবে প্রতিফলিত হয়েছে। প্রতিটি পৃষ্ঠা, প্রতিটি লেখা **তার অপরাধবোধের সাক্ষী**।

হৃদয়ের গভীর থেকে অর্ণব একটি স্বীকারোক্তি অনুভব করল—**জ্ঞান এবং ক্ষমতার সঙ্গে নৈতিক দায়িত্ব না থাকলে, সেই জ্ঞানই বিপদে রূপ নিতে পারে**। সে জানল, এবার তার কাজ শুধু **অবস্থা নিয়ন্ত্রণে আনা এবং স্বেচ্ছাসেবকদের**

নিরাপত্তা নিশ্চিত করা, নইলে তার আবিষ্কার ইতিহাসের সবচেয়ে বড় বিপর্যয় হয়ে যাবে।

পর্ব ৬৭: ল্যাবের পরিবর্তন

অর্ণবের চোখ ল্যাবের প্রতিটি কোণ ঘুরল। যেখানে একদিন তার **উজ্জ্বল কল্পনা এবং বৈজ্ঞানিক উদ্দীপনা** ঘুরপাক খেত, আজ সেই স্থান **একটি ভয়ের রাজ্যে পরিণত** হয়েছে। টেবিলের উপরে ছড়ানো সিরিঞ্জ, বিকার, যন্ত্রপাতি—সবই যেন তাকে **তার নৈতিক বিপর্যয়ের কথা ফিসফিস করে** বলছে। দেয়ালের নীল আলো আগে আনন্দের বার্তা দিত, এখন সে সেই আলোতে **সন্দেহ এবং অনুশোচনার ছায়া** দেখছিল। ল্যাবের প্রতিটি ছায়া যেন জীবন্ত, প্রতিটি কোণে তার চোখে **ভয় এবং দোষের প্রতিফলন** ফুটছিল।

সে জানল, এই ল্যাব আর তার **গৌরবের স্থান নয়**। এটি তার **অহংকারের কফিন**, যেখানে তার আবিষ্কারের উল্লাস **পরিণত হয়েছে দুশ্চিন্তা এবং অনুশোচনার অন্ধকারে।**

অর্ণব হালকা কাঁপা হাতে সমস্ত সরঞ্জামগুলো এক করে রাখল, যেন **ভবিষ্যতের বিপদের আগেই নিজেকে প্রস্তুত করছে**। ল্যাবের চারপাশে ভেতরের শান্তি নেই; প্রতিটি শব্দ, প্রতিটি ছায়া তাকে **তার ভুলের স্মৃতি** মনে করিয়ে দিচ্ছিল। সে বুঝল—**এখান থেকে পালানো সম্ভব না, তবে ল্যাবের নিয়ন্ত্রণ আবার ফিরে আনা তার একমাত্র দায়িত্ব**। নৈতিকতার শোক এবং দায়িত্বের বোঝা তার কাঁধে বসেছে, আর সে জানে, এখন থেকে তার বিজ্ঞান **কেবল পরীক্ষা নয়, সতর্কতার গল্প হবে।**

পর্ব ৬৭: ল্যাবের পরিবর্তন

অর্ণবের নিজের ল্যাব এখন তার কাছে এক **ভয়ের রাজ্যে** পরিণত হয়েছে। একদিন যেখানে সে গর্বের সঙ্গে তার আবিষ্কার দেখাত, আজ সেই জায়গা **অনুশোচনা এবং উদ্বেগের ছায়ায় ঢেকে গেছে**। টেবিলের ওপর ছড়ানো সিরিঞ্জ, যন্ত্রপাতি, বিকার—সবই যেন তাকে **তার নৈতিক ত্রুটি স্মরণ করাচ্ছে**।

সে আর ল্যাবের দিকে **বিজয়ী দৃষ্টিতে তাকাতে পারছিল না**। প্রতিটি কোণ, প্রতিটি ছায়া তাকে তার ভুলের কথা ফিসফিস করছিল। নীল আলো, যা একসময় তাকে উৎসাহিত করত, এখন **ভয়ের বার্তা বহন করছে**।

অর্ণব বুঝতে পারল, সে **বিজ্ঞানের নৈতিক নিয়ম ভেঙে ফেলেছে**। তার উল্লাস আর উদ্দীপনা এখন **দায় এবং শোকের সঙ্গে মিলিত**। ল্যাবের প্রতিটি শব্দ এবং ছায়া যেন তাকে বলছে—“এখন থেকে তোমার কাজ শুধু আবিষ্কার নয়, সতর্কতা।”

হালকা কাঁপা হাতে অর্ণব সরঞ্জামগুলো ঠিক করল, যেন **ভবিষ্যতের বিপদ এড়াতে নিজেকে প্রস্তুত করছে**। সে জানল, এই ল্যাবের নিয়ন্ত্রণ ফিরে আনা আর তার নৈতিক দায়িত্ব পালন করা এখন তার একমাত্র লক্ষ্য।

পর্ব ৬৮: বেনামী ইমেইল

সকালবেলা রোহিত সেন তার ইমেইল ইনবক্সে এক নতুন মেসেজ পেলেন। প্রেরকের নাম ছিল “অজ্ঞাত”। কোনো

পরিচিত ইমেইল ঠিকানা বা সিগনেচার নেই। বিষয়বস্তুতে লেখা ছিল কেবল—

“সত্যি দেখুন, সিদ্ধান্ত নিন।”

ইমেইলের সঙ্গে ছিল কয়েকটি ছবি এবং একটি সংক্ষিপ্ত ভিডিও ক্লিপ। প্রথম ছবি খুলতেই রোহিত চমকে উঠলেন। ছবিগুলো **খরগোশ ও বানরের**, কিন্তু তাদের অঙ্গ-প্রত্যঙ্গ ছিল **অস্বাভাবিকভাবে লম্বা এবং বিকৃত**। খরগোশটির কান ছিল মানুষের তুলনায় দ্বিগুণ দীর্ঘ, এবং বানরের হাত-ডানাগুলো যেন **স্বাভাবিক সীমার বাইরে প্রসারিত**।

রোহিত প্রথমে ভাবলেন এটি হয়তো কোনো **ডিজিটাল কারসাজি** বা ফটোর মনিপুলেশন। ছবির কোণ, লাইটিং এবং স্কেল যেন **সত্যের মতো দেখাচ্ছিল**, কিন্তু তার মধ্যে কিছু **অস্বাভাবিক জ্যামিতিক বৈশিষ্ট্য** ছিল যা কোনো সাধারণ ফটো এডিটিং দিয়ে সম্ভব নয়।

ভিডিও ক্লিপটি খোলার পর রোহিতের হৃদস্পন্দন বেড়ে গেল। সেখানে দেখা গেল খরগোশটি হঠাৎ করেই তার কান প্রসারিত করছে, আর বানরটি তার হাত নিয়ে **স্বেচ্ছায় নয়, বরং অদৃশ্য শক্তির দ্বারা নিয়ন্ত্রিত** ভঙ্গিতে নড়াচড়া করছে। রোহিত বুঝতে পারলেন—এটি কোনো সাধারণ পরীক্ষা নয়। ভিডিওতে প্রত্যেকটি অঙ্গের গতি, অঙ্গের সংকোচন ও প্রসারণ **প্রকৃত, জৈবিক এবং নিয়ন্ত্রণহীন**।

রোহিত আবারও ছবি খোলার চেষ্টা করলেন। একেকটি ছবি তাকে **বিস্মিত, আতঙ্কিত এবং কৌতূহলময়** করে তুলছিল। মনে হচ্ছিল, **মানবজাতির জন্য বিপজ্জনক কোনো প্রযুক্তি বা**

জিন তৈরি হয়েছে, যা প্রাণীর অঙ্গ-প্রত্যঙ্গকে মানুষের কল্পনার সীমার বাইরে নিয়ন্ত্রণ করতে সক্ষম।

তিনি চিন্তায় পড়লেন—এই ইমেইল আসলেই কার হতে পারে? প্রেরক নিশ্চয়ই কোনো গোপন ব্যক্তি, যিনি **এমন তথ্য প্রকাশ করতে চাচ্ছেন, যা জনসমক্ষে আসে নি**। কিন্তু কেন রোহিতকেই এই বার্তা পাঠানো হল? হয়তো সাংবাদিক হিসেবে তার পরিচিতি এবং খোঁজখবর করার দক্ষতার কারণে।

রোহিত ভিডিওটি একাধিকবার খুঁজে দেখলেন। বানরের হাত যখন হঠাৎ প্রসারিত হচ্ছে এবং খরগোশের কান বাতাসের মতো নড়াচড়া করছে, তখন তার মনে হলো—**এটি কেবল জীববিজ্ঞান নয়, বরং নিয়ন্ত্রণহীন ক্ষমতার প্রদর্শনী**। এটি যদি জনসমক্ষে আসে, তাহলে বিজ্ঞান এবং নৈতিকতার সীমা একেবারেই চ্যালেঞ্জের মুখে পড়বে।

রোহিত তার ডেস্কে থাকা নোটবুক খুলে লিখলেন—

“আমি যা দেখলাম, তা কল্পনার বাইরে। জীবন্ত প্রাণীর ওপর এমন পরীক্ষা চলছে, যা মানবজাতির নৈতিকতার সমস্ত সীমা লঙ্ঘন করছে। এটি কেবল বিজ্ঞানের চরম উচ্চাকাঙ্ক্ষা নয়, বরং একটি **অভিশপ্ত শক্তি**। আমি নিশ্চিত করতে চাই—কোনো ধরনের প্রমাণ এখানে হারাবে না।”

তার হাত কাঁপছিল, কিন্তু মন প্রফুল্ল কৌতূহলে ভরা। রোহিত জানতেন—এখন সময় এসেছে **এই রহস্যের গভীরে প্রবেশ করার**। তাকে অবশ্যই খুঁজে বের করতে হবে—কারা এই

পরীক্ষা চালাচ্ছে, তাদের উদ্দেশ্য কি, এবং এই নতুন জিন **মানবজাতির জন্য কি ধরনের বিপদ সৃষ্টি করতে পারে**।

তিনি ভিডিওটি একাধিক বার slow motion-এ চালালেন। বানরের হাতের প্রতিটি মূর্ছনা, খরগোশের কান উর্ধ্বমুখী প্রসারণ, এমনকি প্রাণীদের ছোট ছোট নড়াচড়া—সবই তার চোখের সামনে **এক নতুন বাস্তবতার ঝলক** ফুটিয়ে তুলছিল। প্রতিটি ফ্রেমে তিনি বুঝতে পারছিলেন—**এই জিনের ক্ষমতা মানুষের নিয়ন্ত্রণের বাইরে**, এবং এর প্রভাব শুধুমাত্র প্রাণী নয়, মানুষেও পরিণত হতে পারে।

রোহিতের মস্তিষ্কে একধরনের **অস্থির উত্তেজনা** কাজ করতে শুরু করল। তিনি জানতেন, এই তথ্য এখন তার হাতের মধ্যে, কিন্তু একে প্রকাশ করার আগে তাকে **নিরাপত্তার দিক বিবেচনা** করতে হবে।

শেষে রোহিত সিদ্ধান্ত নিল—**এই ঘটনার খোঁজখবর নেওয়া শুধু তার পেশাগত দায়িত্ব নয়, বরং মানবজাতির নিরাপত্তার জন্যও জরুরি**। সে নিজের কম্পিউটারের সামনে বসে, **পরবর্তী পদক্ষেপ পরিকল্পনা** করতে লাগল।

পর্ব ৬৯: সূত্র সন্ধান

রোহিত সেন ইমেইল এবং ভিডিওর বিশদ বিশ্লেষণ শেষ করার পর সিদ্ধান্ত নিলেন, **কিছু করার আগে প্রমাণের উৎস খুঁজে বের করতে হবে**। তিনি জানতেন, শুধুমাত্র ছবি বা ভিডিও দেখলেই পুরো ঘটনা বোঝা সম্ভব নয়। তাই তিনি তার **পেশাগত নেটওয়ার্ক**—বিজ্ঞানী, সাংবাদিক এবং তথ্য সূত্র—সক্রিয় করলেন।

প্রথমে তিনি **মেটাডেটা পরীক্ষা** করলেন। ভিডিওর ফাইল প্রায় অক্ষুণ্ণ ছিল, কিন্তু ছোটখাটো তথ্য তাকে জানাল, এটি একটি **অভ্যন্তরীণ ল্যাবের**। ছবি এবং ভিডিওতে থাকা বস্তু, সরঞ্জাম, এবং ব্যাকগ্রাউন্ডের বৈশিষ্ট্য মিলিয়ে তিনি বুঝতে পারলেন, এটি কোনো **সাধারণ গবেষণাগারের নয়**, বরং **গোপন বৈজ্ঞানিক ল্যাবের**।

এরপর রোহিত বিভিন্ন পরিচিত বিজ্ঞানী এবং ল্যাব সরঞ্জাম সরবরাহকারীর সাথে যোগাযোগ করলেন। তিনি জিজ্ঞাসা করলেন—"এই ধরনের নির্দিষ্ট সরঞ্জাম কোথায় ব্যবহৃত হয়?" একাধিক সূত্র তাকে জানাল যে, এমন জটিল **জেনেটিক এবং বায়োলুমিনেসেন্ট পরীক্ষার সরঞ্জাম** সাধারণ বিশ্ববিদ্যালয় বা হাসপাতাল ল্যাবের নেই। এটি অবশ্যই **একটি গোপন গবেষণার অংশ**, যেখানে **উচ্চ-মানের জেনেটিক কৌশল** প্রয়োগ হচ্ছে।

রোহিতের অনুসন্ধান ক্রমশ গভীর হতে থাকল। তিনি সংবাদদাতা এবং বিজ্ঞানী পরিচিতদের সাহায্যে **নামহীন সূত্র খুঁজতে শুরু করলেন**। শেষমেষ তিনি পেয়েছিলেন একটি সূত্র—যে সূত্রটি বলছিল, এই **গোপন ল্যাবের প্রধান বিজ্ঞানী একজন অভিজ্ঞ এবং অত্যন্ত প্রতিভাবান জেনেটিক বিজ্ঞানী**, যিনি **ড. অর্ণব সেন** নামে পরিচিত।

রোহিত অবাক হলেন। ড. অর্ণবের নাম তিনি আগে বহুবার শুনেছেন, তবে তিনি সাধারণত এক **প্রশংসিত বিজ্ঞানী** হিসেবে পরিচিত। কেউ কল্পনাও করতে পারত না যে, তিনি

এমন **নিয়ন্ত্রণহীন, বিপজ্জনক মানব-জিন পরীক্ষা** চালাচ্ছেন। এই তথ্য তাকে দুশ্চিন্তায় ফেলল।

রোহিত আরও তথ্য সংগ্রহ করলেন। তিনি জানলেন যে, **ড. অর্ণব তার ল্যাবের অবস্থান গোপন রেখেছেন**, এবং কাজ করছেন **কেবল স্বেচ্ছাসেবক প্রাণী ও মানুষের উপর**, যা আইনত সম্পূর্ণ বেআইনি। ভিডিও এবং ছবি যে বাস্তব, তা আরও নিশ্চিত করল যে, এই **গবেষণার প্রভাব মারাত্মক হতে পারে**।

রোহিতের মনে এক ধরনের চাপ জন্ম নিল। সে জানল, যদি তিনি সরাসরি এই ল্যাবে ঢুকতে চান, তবে তাকে **সাবধানে পরিকল্পনা করতে হবে**। কোনো ভুল ধাপ এই বিপজ্জনক পরীক্ষা এবং ড. অর্ণবের কর্মকাণ্ডকে জনসমক্ষে আনার আগে বিপর্যয় ডেকে আনতে পারে।

এই সূত্র অনুসারে রোহিত সিদ্ধান্ত নিলেন, **প্রথমে ড. অর্ণবের ল্যাব এবং তার সহকর্মীদের চিহ্নিত করতে হবে**, তারপরই প্রকৃত প্রমাণ সংগ্রহ করে একটি **সতর্ক, নৈতিক সংবাদ প্রতিবেদন** তৈরি করতে হবে।

তার কণ্ঠে মৃদু আত্মশ্লাঘা অনুভূত হলো—এখন সে এমন এক রহস্যের মুখোমুখি, যেখানে **বিজ্ঞান, নৈতিকতা এবং মানবজাতির নিরাপত্তা একসাথে** ঝুঁকির মধ্যে।

রোহিতের মন স্থির হলো—**ড. অর্ণবের ল্যাবের সত্য উদঘাটন না হওয়া পর্যন্ত সে থামবে না।**

পর্ব ৭০: ইরার খোঁজ

রোহিত সেন ছবিগুলো এবং ভিডিও বিশ্লেষণ করার পর বুঝতে পারলেন, শুধুমাত্র অর্ণবের পরীক্ষা নয়, **কেউ সম্ভবত তার নৈতিক সতর্কতা প্রকাশ করেছিল**। তিনি শুরুর দিকে জিজ্ঞেস করলেন—অর্ণবের ল্যাবে আর কে কাজ করছিল? সূত্র থেকে জানা গেল যে, **ইরা নামের এক বিজ্ঞানী সম্প্রতি ল্যাব ত্যাগ করেছেন**।

রোহিত বুঝলেন, এটি গুরুত্বপূর্ণ তথ্য। সাধারণত কেউ নৈতিক কারণে ল্যাব ছাড়তে হলে, তার **অভিজ্ঞতা এবং দৃষ্টিভঙ্গি** সাধারণ মানুষের জন্য প্রমাণ হতে পারে। ইরা সম্ভবত জানতেন যে, অর্ণবের পরীক্ষা **মানুষের ওপর বিপজ্জনক এবং নিয়ন্ত্রণহীন** হতে পারে।

রোহিত সিদ্ধান্ত নিলেন, **ইরাকে খুঁজে বের করা আবশ্যক**। তিনি তার নেটওয়ার্ক ব্যবহার করে জানতে পারলেন, ইরা ল্যাব ত্যাগ করার পর **গোপনে অবস্থান পরিবর্তন করেছেন**, যাতে কেউ তার সঙ্গে যোগাযোগ করতে না পারে। তবে, রোহিত জানতেন, একটি সাবধানে পরিকল্পিত অনুসন্ধান তাকে ইরার সঙ্গে যোগাযোগের পথ দেখাবে।

রোহিতের মনে উদ্ভুত হলো এক দ্বন্দ্ব। ইরা যদি কথা বলেন, তাহলে **মানব জীবনের নিরাপত্তা এবং অর্ণবের জেনেটিক পরীক্ষা** উভয়ের সঠিক তথ্য জানা সম্ভব হবে। এটি শুধু একটি **গোপন গবেষণার রহস্য উদঘাটন নয়**, বরং মানবজাতির জন্য **নৈতিক সঙ্কট** সমাধানেরও সুযোগ। তিনি স্থির করলেন, **ইরার সাক্ষাৎ এবং তথ্য সংগ্রহ ছাড়া পুরো ঘটনার গভীরতা বোঝা সম্ভব নয়**। রোহিতের মনে

হলো, ইরা হতে পারে একমাত্র ব্যক্তি, যিনি **অর্ণবের নৈতিক পতন এবং গবেষণার ভয়াবহ প্রভাব** সম্পর্কে সত্য বলতে পারবেন।

রোহিত এখন প্রস্তুত—**ইরার খোঁজে বেরিয়ে পরতে হবে, সতর্কতা এবং পরিকল্পনার সঙ্গে**, যেন একদিকে অর্ণবের বিপজ্জনক পরীক্ষা ধ্বংস না হয়, অন্যদিকে মানবিক নৈতিকতা রক্ষা করা সম্ভব হয়।

পর্ব ৭১: ল্যাবের নিরাপত্তা

রোহিত সেন ল্যাবের অবস্থান খুঁজে বের করার পর, তিনি ধীরে ধীরে ল্যাবের নিরাপত্তা ব্যবস্থা বিশ্লেষণ করতে শুরু করলেন। তার অনুসন্ধান দেখাল যে, ল্যাবটি শহরের এক নির্জন শিল্প এলাকায় অবস্থিত। চারপাশে কেবল কিছু ফাঁকা ভবন এবং অন্ধকার রাস্তা, যা সাধারণ মানুষের পক্ষে অদৃশ্য। ল্যাবের ভেতরের নিরাপত্তা ব্যবস্থা রক্ষাকবচের মতো ছিল না। অর্ণব তার গবেষণার মধ্যে এতটাই মগ্ন ছিলেন যে তিনি **সাধারণ নিরাপত্তার বিষয়গুলো সম্পূর্ণ উপেক্ষা করেছিলেন**। দরজাগুলো সহজে খোলা যেত, এবং কাঁচের জানালা থেকে ল্যাবের ভেতরের কার্যক্রম স্পষ্টভাবে দেখা যেত।

রোহিত বুঝলেন, এই ল্যাবের নিরাপত্তা পরিস্থিতি **যে কোনো বহিরাগতের জন্য সহজ প্রবেশদ্বার তৈরি করছে**। এটি তাকে ভয় দেখাল; অর্ণবের পরীক্ষা যদি প্রকাশ পায় বা কেউ অনির্বাচিতভাবে ল্যাবের ভেতরে ঢুকে যায়, তবে **মানব জীবনের জন্য বড় বিপদ সৃষ্টি হতে পারে**।

তিনি ল্যাবের **পরিবেশ এবং সরঞ্জামগুলির অবস্থাও** খতিয়ে দেখলেন। বৈজ্ঞানিক যন্ত্রপাতি অত্যন্ত উন্নত হলেও, এগুলো **মানুষের ওপর পরীক্ষার জন্য সুরক্ষিত নয়**। অল্প কোনো দুর্ঘটনাই বড় বিপর্যয় ডেকে আনতে পারে।

রোহিতের মনে হলো, ল্যাবটি এখন **শুধু গবেষণার কেন্দ্র নয়, বরং এক সম্ভাব্য বিপদের কূপ**। অর্ণবের বৈজ্ঞানিক উল্লাস এবং নৈতিক অবহেলার ফলে এই স্থাপনা হয়ে উঠেছে এক ভয়ঙ্কর যন্ত্র, যা মানুষের নিয়ন্ত্রণের বাইরে যাওয়ার প্রতিশ্রুতি রাখে।

তিনি স্থির করলেন, **ল্যাবে প্রবেশ এবং বাস্তব পরিস্থিতি সরাসরি দেখার জন্য পরিকল্পনা করা জরুরি**। শুধুমাত্র ছবি এবং ভিডিও দেখে পুরো সত্য বোঝা সম্ভব নয়। রোহিত জানতেন, **সতর্কতা এবং গোপন অনুসন্ধান ছাড়া কোনো পদক্ষেপ নেওয়া ঠিক হবে না**, কারণ এই ল্যাবের ভেতরের পরীক্ষা মানবজাতির জন্য মারাত্মক প্রভাব ফেলতে পারে।

রোহিতের মনে ভয় এবং উত্তেজনা একসাথে কাজ করছিল। তিনি বুঝলেন, **ল্যাবের নিরাপত্তা স্বল্পতার সুযোগে যে কেউ এখানে প্রবেশ করতে পারবে এবং তার কর্মকাণ্ড নিয়ন্ত্রণহীন হয়ে উঠতে পারে**। এটি শুধু অর্ণবের গবেষণার বিপদ নয়, বরং শহর এবং বিশ্বে তার গবেষণার প্রভাবের **প্রারম্ভিক সংকেত**।

এভাবে রোহিত প্রস্তুতি নিতে লাগলেন—**প্রথমে ল্যাবের নিরাপত্তা ব্যবস্থা যাচাই, তারপর নিজে গোপনে প্রবেশ, এবং শেষে সত্য উদঘাটন**। তার মনে দৃঢ় বিশ্বাস জন্মালো, যে

অর্ণবের পরীক্ষা মানবজাতির ভবিষ্যতের জন্য বিপজ্জনক, এবং এ বিষয়ে পদক্ষেপ নেওয়াই একমাত্র নৈতিক দায়িত্ব।

পর্ব ৭২: ছদ্মবেশ

রোহিত গভীর রাতে ল্যাবে ঢোকার পরিকল্পনা করলেন। তিনি সাবধানে তার সার্ভিস টেকনিশিয়ানের পোশাক পরলেন, যেন কোনো সাধারণ কর্মীর মতো মনে হয়। হাতে একটি টুলবক্স নিয়ে তিনি ধীরে ধীরে ল্যাবের দিকে এগোতে লাগলেন।

তার মন কাঁপছিল, কারণ জানতেন যে এই অভিযান তার জীবনের জন্য **অত্যন্ত ঝুঁকিপূর্ণ**। ল্যাবের ভেতরে যে গোপন পরীক্ষা চলছিল, তা প্রকাশ পেলে অর্ণবের অভিমানের কারণে রোহিতের ওপর আক্রমণ হতে পারত। তবে তার ধৈর্য এবং কৌশলই ছিল একমাত্র আশ্রয়।

রোহিত টুলবক্সটি খোলার ভান করে দরজা খুলল এবং ল্যাবের ভেতরে প্রবেশ করল। তার চোখের সামনে বিস্তৃত ল্যাবের দৃশ্য একেবারে অবিশ্বাস্য—দুটি বড় খাঁচায় ইঁদুর এবং খরগোশ, আর অন্য একটি অংশে বানর, যাদের অঙ্গ-প্রত্যঙ্গ **অস্বাভাবিকভাবে লম্বা এবং প্রসারিত**।

প্রথমবারের মতো তিনি বাস্তবে দেখলেন যে, **এই জিন কেবল প্রাণীর আকার পরিবর্তন করছে না, বরং তাদের অঙ্গের নিয়ন্ত্রণও গ্রহণ করছে**। রোহিত ধীরে ধীরে টুলবক্স থেকে ক্যামেরা বের করলেন এবং গোপনে ছবি তুলতে শুরু করলেন।

একই সময়ে তিনি লক্ষ্য করলেন, ল্যাবের একটি কোণে অর্ণব বসে, তার নোটবুকে কিছু লিখছেন। অর্ণবের চোখে ছিল

উল্লাস এবং অহংকারের মিলিত ছাপ, কিন্তু রোহিত বুঝতে পারলেন, তার আনন্দের আড়ালে লুকিয়ে আছে বিপজ্জনক অবহেলা।

রোহিত নিজের কণ্ঠে নীরবভাবে ভাবল, "এই গবেষণার ফলাফল যদি বাইরে আসে, মানবতার জন্য বিপদসঙ্কেত হতে পারে। আমি নিশ্চিতভাবে প্রমাণ সংগ্রহ করব, তারপর মানুষকে সতর্ক করব।"

তার হাতে থাকা ক্যামেরা এবং নোটবুক ছিল একমাত্র উপায় সত্য উদঘাটনের। **প্রতি ছবি এবং ভিডিও ক্লিপই ভবিষ্যতে অর্ণবের গবেষণার ভয়াবহতা প্রকাশ করবে।**

রোহিত সাবধানে ল্যাবের প্রতিটি কোণ ঘুরে দেখলেন। খাঁচাগুলোর পাশ থেকে কিছু টেবিল, যন্ত্রপাতি এবং সিরিঞ্জ, সবই তার দৃষ্টি আকর্ষণ করল। তিনি প্রতিটি দিক থেকে তথ্য সংগ্রহ করতে লাগলেন, যেন কোনো ক্ষুদ্র তথ্যও মিস না হয়।

প্রকৃতির মতোই ল্যাবের ভেতরের দৃশ্য **নিঃশব্দ ভয় এবং বিস্ময়ের সংমিশ্রণ** হয়ে দাঁড়িয়েছে। রোহিত বুঝলেন, **এই মুহূর্তে তার কাজ শুধু সত্য উদঘাটন, আর কোনোভাবেই তাকে ধরা পড়তে দেওয়া চলবে না**।

এভাবেই রোহিত গোপনে ল্যাবের ভিতরে প্রবেশ করে **অর্ণবের ভয়ঙ্কর পরীক্ষার চূড়ান্ত সত্যের সন্ধান শুরু করলেন**, যা ভবিষ্যতে মানবতার জন্য একটি বড় সংকটের মুখবন্ধন ঘটাতে পারে।

পর্ব ৭৩: গোপন প্রবেশ

রাত দুটোয় রোহিত ল্যাবের বাইরে এসে দাঁড়ালেন। চাঁদের ফোঁটা ফোঁটা আলো তার চারপাশের অন্ধকারকে কিছুটা মৃদু করছিল। হৃৎপিণ্ড দ্রুত তালে ধুকপুক করছিল, যেন সে জানত এই রাত তার জীবনের সবচেয়ে ঝুঁকিপূর্ণ।

তিনি ধীরে ধীরে পেছনের দরজার দিকে এগোতে লাগলেন। কাঁপা হাত দিয়ে লক পরীক্ষা করলেন—সব ঠিক। কোনো শব্দ ছাড়াই দরজাটি খুলে ভেতরে প্রবেশ করলেন। ভেতরের অন্ধকারে ল্যাবের বিভিন্ন যন্ত্রপাতি ঝলমল করছিল।

রোহিত জানতেন, তার কাজ একটাই: **দ্রুত, নিঃশব্দে সমস্ত প্রমাণ সংগ্রহ করা এবং ফিরে আসা**। ল্যাবের প্রতিটি কোণ ঘুরে দেখলেন—খাঁচার মধ্যে ইঁদুর, খরগোশ এবং বানর। তাদের অঙ্গ-প্রত্যঙ্গ স্বাভাবিকের চেয়ে অস্বাভাবিকভাবে লম্বা, এবং তাদের আচরণ যেন অদ্ভুতভাবে নিয়ন্ত্রণহীন।

রোহিত ধীরে ধীরে ক্যামেরা বের করলেন। প্রতিটি ছবি ও ভিডিও ক্লিপ তার জন্য গুরুত্বপূর্ণ প্রমাণ। তিনি বুঝলেন, **এই পরীক্ষা কেবল বৈজ্ঞানিক নয়, মানবতার জন্য বড় বিপদের বার্তা বহন করছে**।

প্রতি মুহূর্তে তিনি সতর্ক ছিলেন, যেন কোনো শব্দও অর্ণবকে সতর্ক না করে। ল্যাবের ভেতরে এক অদ্ভুত নীরব ভয় আর বিস্ময়ের পরিবেশ তার চারপাশে গড়ে উঠেছিল।

রোহিত ভেতরের যন্ত্রপাতি, নোটবুক, খাঁচার দিক এবং অর্ণবের অবস্থান মনোযোগ দিয়ে পর্যবেক্ষণ করতে লাগলেন। তার মনের মধ্যে স্পষ্ট—প্রমাণ সংগ্রহ শেষ না হলে **মানবজাতিকে সতর্ক করা সম্ভব হবে না**।

এই গোপন প্রবেশ রোহিতকে এক গভীর রহস্যের মুখোমুখি দাঁড় করাল, যা তাকে অর্ণবের ভয়ঙ্কর গবেষণার সত্য উদঘাটনের দিকে নিয়ে যাচ্ছে।

পর্ব ৭৪: ভয়ংকর দৃশ্য

রোহিত ল্যাবের ভিতরে প্রবেশ করার পর যা দেখলেন, তা তাকে এক গভীর আতঙ্কে ফেলল। ল্যাবের এক কোণে রাখা খাঁচাগুলোতে খরগোশ এবং বানরগুলো অস্বাভাবিকভাবে লম্বা অঙ্গ-প্রত্যঙ্গ নিয়ে বসে ছিল। খরগোশটির কান স্বাভাবিকের চেয়ে বহুগুণ বড়, এবং বানরের হাত স্বাভাবিক আকারের চেয়ে অনেক লম্বা। তাদের চোখে ছিল এক ধরনের অসহায়তা, যেন তারা বুঝতে পারছে তাদের শরীর আর তাদের নিয়ন্ত্রণে নেই।

রোহিত ধীরে ধীরে কাছে গিয়ে খাঁচার ধাতব বারগুলো লক্ষ্য করলেন। খাঁচার ভেতরে থাকা প্রাণীরা মাঝে মাঝে অস্বাভাবিকভাবে দুলছিল। খরগোশটি হঠাৎ করেই দুলতে লাগল, যেন কোনো অদৃশ্য শক্তি তার পেশী এবং হাড়কে টেনে নিচ্ছে। বানরের হাতও বারবার প্রসারিত ও সংকুচিত হতে লাগল, এবং তার চোখের ভেতর ভয় আর কষ্টের প্রতিফলন দেখা যাচ্ছিল।

রোহিত বুঝতে পারল, **এই পরিবর্তন আর শুধুই শারীরিক নয়**, বরং এই প্রাণীরা নিজেদের নিয়ন্ত্রণ হারিয়েছে। তাদের শরীর যেন তাদের নিজস্ব ইচ্ছাকে উপেক্ষা করে চলছে। তিনি নোটবুক খুলে দ্রুত লিপিবদ্ধ করলেন—প্রতিটি অঙ্গ-প্রত্যঙ্গের

অস্বাভাবিকতা, অঙ্গের লম্বা ও প্রসারণের ধরন, এবং তাদের অসহায় চোখের অভিব্যক্তি।

ল্যাবের মধ্যে বাতাসে অদ্ভুত শীতলতা এবং নীরবতা। প্রতিটি ছোট শব্দ—পেশী চাপে হালকা ছিটকে ওঠা, খাঁচার ধাতব রেল ধরে আঁচড়—রোহিতের হৃদয়কে আরও দ্রুত স্পন্দিত করছিল। তিনি জানতেন, এই মুহূর্তের ছবি এবং ভিডিওই হবে প্রমাণ, যা পুরো পৃথিবীকে সতর্ক করতে পারবে।

রোহিত আরও একটি খাঁচার দিকে গেলেন, যেখানে এক বানরের দিকে তাকাল। বানরটি কাঁপছিল, তার চোখে ছিল এক ধরনের ভয় এবং বিভ্রান্তি। রোহিতের মনে হলো, এই প্রাণীর চোখে যেন বলছে: "আমরা আর নিজেদেরই নই, আমাদের শরীর এখন অন্য কারো হাতে।"

তখনই তিনি লক্ষ্য করলেন যে, কিছু প্রাণীর অঙ্গের প্রসারণ এতটাই চরম যে তাদের দেহের স্বাভাবিক ভারসাম্য নষ্ট হয়ে গেছে। কিছু বানর হাঁটতে পারছিল না, তারা কেবল অস্বাভাবিকভাবে দুলতে এবং চাপা আওয়াজ করতে পারছিল। খরগোশগুলোও দৌড়াতে পারছিল না; তাদের লম্বা কান এবং অঙ্গ-প্রত্যঙ্গের অপ্রাকৃতিক গঠন তাদের নিয়ন্ত্রণশীল হতে দিচ্ছিল না।

রোহিত দ্রুত ক্যামেরা হাতে নিয়ে প্রতিটি অঙ্গ-প্রত্যঙ্গের ভিডিও রেকর্ড করতে লাগলেন। তার মনে হচ্ছিল, **এখানে শুধু বিজ্ঞান নয়, মানব ও প্রাণী জীবনের জন্য এক ভয়ঙ্কর বিপদ লুকিয়ে আছে।** তার ভেতরের ভয় তাকে সতর্ক

করছিল—এই গবেষণার ফলাফল জনসমক্ষে এলে মানবজাতির জন্য বিপদ সৃষ্টি হতে পারে।

ল্যাবের ভেতরে প্রতিটি কোণ রোহিতকে যেন একটি নতুন আতঙ্কের গল্প বলছিল। অঙ্গ-প্রত্যঙ্গের অস্বাভাবিকতা, তাদের অসহায় অভিব্যক্তি, এবং অর্ণবের ল্যাবের নীরবতা—all মিলিয়ে একটি ভয়ংকর ও কল্পনাতীত চিত্র তৈরি করছিল।

রোহিত বুঝলেন, তাকে দ্রুত প্রমাণ সংগ্রহ করতে হবে, কিন্তু যতটা সম্ভব অর্ণবকে সচেতন না করেই। ল্যাবের প্রতিটি যন্ত্র, খাঁচা, এবং অঙ্গ-প্রত্যঙ্গ তার ক্যামেরায় বন্দী হল। তার মনে গেঁথে গেল একটি প্রশ্ন: **"এই আবিষ্কার কি মানবজাতিকে উন্নতি করবে, নাকি ধ্বংসের দ্বার খুলবে?"**

রোহিত সেই রাতে বুঝতে পারল—তিনি শুধুই একজন অনুসন্ধানী সাংবাদিক নন, বরং এক ভয়ঙ্কর নৈতিক পরীক্ষার সাক্ষী। প্রতিটি ছবি, প্রতিটি ভিডিও ক্লিপ ভবিষ্যতে প্রমাণ হিসেবে কাজ করবে, কিন্তু এই অভিজ্ঞতা তার মনের উপর চিরস্থায়ী ছাপ ফেলেছে।

এই দৃশ্য তাকে শিখিয়েছে, বিজ্ঞান যতই চমকপ্রদ হোক, যদি নৈতিকতা উপেক্ষিত হয়, তবে এর প্রভাব কতটা ভয়ঙ্কর হতে পারে, তার কোনো সীমা নেই।

পর্ব ৭৫: মানব পরীক্ষার প্রমাণ

রোহিত স্বেচ্ছাসেবকদের কক্ষে প্রবেশ করলেন। যা তিনি দেখলেন তা তার কল্পনাকেও ছাপিয়ে গেল। তিনজন মানুষ—রবি, সুজিত এবং মীরা—তাদের অস্বাভাবিকভাবে লম্বা অঙ্গ-প্রত্যঙ্গ নিয়ে শুয়ে ছিল। রবির হাত, যা পূর্বে অস্বাভাবিকভাবে

দীর্ঘ হয়ে গিয়েছিল, বারবার প্রসারিত ও সংকুচিত হচ্ছিল। তার আঙুলগুলো অদ্ভুতভাবে বেঁকে যাচ্ছিল, যেন কোনো অদৃশ্য শক্তি তাকে মটকাচ্ছে।

সুজিতের লম্বা পা নিজের ইচ্ছার বাইরে অদ্ভুতভাবে নড়াচড়া করছিল। সে বিছানার ওপর দাঁড়িয়ে হঠাৎ করেই হাঁটতে লাগল, কিন্তু তার পা যেন তাকে নিয়ন্ত্রণ করছে। মীরা তার সূক্ষ্ম, প্রসারিত আঙুল দিয়ে জিনিস ধরার চেষ্টা করছিল, কিন্তু তার হাত বারবার অপ্রাকৃতিকভাবে নড়াচড়া করছিল। প্রতিটি অঙ্গের প্রতিটি নড়াচড়া যেন তাদের নিজেদেরই নিয়ন্ত্রণে নেই।

রোহিত বুঝতে পারলেন যে এটি শুধু শারীরিক পরিবর্তন নয়; **এই জিন মানুষের শরীরের নিয়ন্ত্রণ ক্ষমতাকেও দখল করে নিয়েছে।** তিনি দ্রুত ক্যামেরা বের করলেন। প্রতিটি ছবি, প্রতিটি ভিডিও ক্লিপ ধারাবাহিকভাবে ধারণ করলেন। তিনি জানতেন, এই প্রমাণ ভবিষ্যতে বিজ্ঞানিক জগতে চরম চাঞ্চল্য সৃষ্টি করবে।

রোহিতের মনে হলো, এই মুহূর্তে মানুষদের চোখে এক অদ্ভুত ভয়ঙ্কর প্রকাশ দেখাচ্ছে। তাদের চোখে আর্তনাদ, হাহাকার এবং অসহায়তা মিশ্রিত। তারা চাইছিল মুক্তি, চাইছিল সাহায্য, কিন্তু তাদের শরীর আর তাদের নিজস্ব নয়। তারা যেন এক নতুন সত্তার দখলে চলে গেছে।

রোহিত মনেহয় মনে করলেন, অর্ণবের আবিষ্কার যতই চমকপ্রদ হোক না কেন, এর নৈতিক প্রভাব কতটা ভয়ঙ্কর হতে পারে, তা তিনি প্রত্যক্ষ করলেন। এই জিন কেবল

অঙ্গের আকারই বাড়ায় না, বরং তাদের ইচ্ছাশক্তিকে দমন করে, তাদের স্বাধীনতা কেড়ে নেয়।

তিনি নোটবুক খুলে বিস্তারিত লিপিবদ্ধ করলেন—রবির হাতের অঙ্গনিয়ন্ত্রণহীনতা, সুজিতের পায়ের অস্বাভাবিক নড়াচড়া, মীরার হাতের অঙ্গবৈপরীত্য। প্রতিটি অঙ্গ-প্রতিক্রিয়া, প্রতিটি শারীরিক পরিবর্তন, প্রতিটি অভিব্যক্তি—সবকিছু যেন এক ভয়ঙ্কর বৈজ্ঞানিক পরীক্ষার প্রমাণ।

রোহিতের মনে হলো, এই ভিডিও ও ছবিগুলো শুধু প্রমাণ নয়, বরং এক সতর্কবাণী। বিজ্ঞান যতই উন্নত হোক না কেন, নৈতিকতার সীমা অতিক্রম করলে তার প্রভাব ভয়ঙ্কর হতে পারে। তিনি স্থির করলেন, এই প্রমাণের মাধ্যমে বিশ্বকে সতর্ক করতে হবে।

তিনি অল্প অল্প শব্দে কক্ষে দাঁড়িয়ে নীরবভাবে ভাবলেন—এই তিনজন স্বেচ্ছাসেবক তাদের জীবন দিয়ে যে পরীক্ষা সহ্য করছে, তা মানুষের ইতিহাসে এক বিপজ্জনক অধ্যায়ের সূচনা। অর্ণবের বৈজ্ঞানিক উচ্চাকাঙ্ক্ষা মানবতার জন্য বিপদ তৈরি করেছে, এবং এখন তার প্রমাণ ছাড়া কোনো উপায় নেই।

রোহিত জানতেন, এই মুহূর্তে শুধু ছবি বা ভিডিওই যথেষ্ট নয়। তিনি আরও গভীরে যাবেন, অর্ণবের ল্যাবের প্রতিটি কোণ অনুসন্ধান করবেন। কারণ মানুষের উপর এই পরীক্ষার প্রমাণ একদিন প্রকাশ পেলে, এটি এক অভূতপূর্ব বিজ্ঞান বিতর্কের কেন্দ্রবিন্দু হয়ে দাঁড়াবে।

পরিশেষে, রোহিত ক্যামেরা বন্ধ করলেন। তার হৃদয় এখনও দ্রুত স্পন্দিত হচ্ছিল। তিনি ভাবলেন—এই প্রমাণকে নিয়ে যদি সঠিকভাবে সংবাদ পরিবেশন করা যায়, তবে বিশ্ব জানবে যে **মানবতার জন্য বিজ্ঞান কখনো শুধু আবিষ্কার নয়, দায়িত্বও।**

এই অভিজ্ঞতা রোহিতকে একটি কঠিন শিক্ষা দিল—**প্রযুক্তি যতই শক্তিশালী হোক না কেন, নৈতিকতার দায়িত্ব ছাড়া এর প্রভাব হুমকিস্বরূপ হতে পারে।**

পর্ব ৭৬: আর্তনাদ ও বাস্তবতা

রোহিত ক্যামেরা হাতে কক্ষে দাঁড়িয়ে ভয়ভীতি এবং বিস্ময় অনুভব করছিলেন। রবি, যার হাত পূর্বে লম্বা এবং অস্বাভাবিকভাবে প্রসারিত হয়েছিল, এখন তার নিজস্ব ইচ্ছার বিরুদ্ধে কাজ করছিল। সে বারবার তার হাত দিয়ে নিজের শরীর আঘাত করার চেষ্টা করছিল। রোবির চোখের সামনে আতঙ্ক এবং কষ্টের মিলিত প্রতিচ্ছবি রোহিতের মনের গভীরে খুঁচে বসল।

সুজিতের পা ক্রমশ অপ্রাকৃতিকভাবে নড়াচড়া করছিল। সে চেষ্টা করছিল নিজের চলাচল নিয়ন্ত্রণ করতে, কিন্তু তার পা যেন কোনো অদৃশ্য শক্তির নিয়ন্ত্রণে। মীরার আঙুলগুলো তার ইচ্ছার বিপরীতে ঘুরছিল, এবং সে চিৎকার করে বলছিল, "আমার হাত আমার কথা শোনে না!" প্রতিটি অঙ্গ যেন তাদের নিজের নয়, বরং এক নতুন, অজানা জীবনের হাতে চলে গেছে।

রোহিত বোঝলেন যে এই জিন কেবল শারীরিক ক্ষমতা বৃদ্ধি করে না; এটি মানুষের নিয়ন্ত্রণ ক্ষমতাকেও কেড়ে নেয়। মানুষের স্বাধীনতা এবং স্বচ্ছন্দতার সঙ্গে এই পরীক্ষা এখন বিপজ্জনক খেলা খেলছে। তিনি লক্ষ্য করলেন যে স্বেচ্ছাসেবকরা আর আনন্দ অনুভব করছে না, বরং তারা কষ্ট, আতঙ্ক এবং অপ্রত্যাশিত শারীরিক পরিবর্তনের সম্মুখীন। ক্যামেরার লেন্সে সবকিছু স্পষ্টভাবে ধরা পড়ল। রবি নিজের হাত দিয়ে বারবার তার মুখ, বুক এবং পা আঘাত করার চেষ্টা করছে। সুজিত বিছানার চারপাশে অচেতনভাবে ঘোরাফেরা করছে, আর মীরার সূক্ষ্ম আঙ্গুল এক অদ্ভুত, অস্বাভাবিক ভঙ্গিতে নড়াচড়া করছে। রোহিতের কল্পনাকেও এই দৃশ্য ছাড়িয়ে গেছে।

তিনি ভিডিও এবং ছবিতে প্রতিটি ক্ষণ সংরক্ষণ করলেন। তার মনে হলো, এটি শুধু প্রমাণ নয়; এটি এক সতর্কবাণী। যদি এই গবেষণা প্রকাশ পায়, বিশ্ববাসী বুঝতে পারবে যে বিজ্ঞান যতোই চমকপ্রদ হোক না কেন, নৈতিকতার সীমা অতিক্রম করলে তা ভয়ঙ্কর প্রভাব ফেলতে পারে।

রোহিত বুঝলেন যে অর্ণবের ল্যাবে যা ঘটছে, তা মানুষের জীবনের ওপর এক অজানা বিপদ তৈরি করছে। এখন শুধু এই প্রমাণ সংগ্রহ করলেই হবে না, তাকে আরও গভীরে গিয়ে সব তথ্য সংগ্রহ করতে হবে। কারণ স্বেচ্ছাসেবকদের শারীরিক এবং মানসিক কষ্ট এই গবেষণার ভয়ঙ্কর বাস্তবতা প্রকাশ করছে।

রোহিত ক্যামেরা বন্ধ করল, কিন্তু তার হৃদয় এখনও দ্রুত ধুকপুক করছিল। সে নিজেকে শান্ত করার চেষ্টা করল, কিন্তু চোখে মুখে অজানা আতঙ্ক স্পষ্ট। তার মনে হলো, এটি শুধুমাত্র একটি ল্যাবের পরীক্ষা নয়; এটি মানবতার উপর এক পরীক্ষা, যেখানে বিজ্ঞান নৈতিকতার সঙ্গে সংঘর্ষে রয়েছে।

রোহিত স্থির করল, এই প্রমাণ সঠিকভাবে বিশ্ববাসীর সামনে উপস্থাপন করতে হবে। কারণ এই জিন মানুষের উপর প্রয়োগ করলে কি হতে পারে, তা তিনি প্রত্যক্ষ করেছেন। মানুষের শরীরের প্রতি নিয়ন্ত্রণহীনতা, অঙ্গের অস্বাভাবিক বৃদ্ধি এবং শারীরিক কষ্ট—সবই একটি ভয়ঙ্কর সতর্কবার্তা।

এই অভিজ্ঞতা রোহিতকে শিক্ষিত করল—**যতই বৈজ্ঞানিক উচ্চাকাঙ্ক্ষা শক্তিশালী হোক না কেন, নৈতিকতার দায়িত্ব ছাড়া তা বিপর্যয়ের মুখে ঠেলে দিতে পারে।** তিনি জানতেন, এই ভিডিও এবং ছবি শুধু প্রমাণ নয়, বরং একটি পৃথিবীকে সতর্ক করার হাতিয়ার।

রোহিত চুপচাপ কক্ষে দাঁড়িয়ে ভাবল—কত ছোট একটি ভুল, কত বড় বিপর্যয় ডেকে আনতে পারে। এই মুহূর্তে তিনি নিশ্চিত ছিলেন, যে অর্ণবের আবিষ্কার যতই চমকপ্রদ হোক না কেন, এর ভয়ঙ্কর পার্শ্বপ্রতিক্রিয়া মানবতার জন্য এক অজানা সংকট সৃষ্টি করেছে।

রোহিতের চোখে তখন শুধু ভয় আর সতর্কবার্তা। তার মনে হলো, এই গবেষণার ফলাফল বিশ্বে আলোড়ন সৃষ্টি করবে, কিন্তু সেই আলোড়নের মাঝেই থাকবে অদ্ভুত ভয় এবং নৈতিক দ্বন্দ্বের ছায়া। তিনি প্রস্তুত হলেন এই সত্য

উদঘাটনের জন্য, যে বিজ্ঞান কেবল আবিষ্কার নয়, বরং নৈতিকতার সঙ্গে মিশে মানবতার ভবিষ্যৎ রচনা করে।

পর্ব ৭৭: ইরার প্রত্যাবর্তন

রোহিত তার প্রাপ্ত ছবি এবং ভিডিওর বিবরণ ইরাকে জানালেন। ইরা অবিলম্বে ল্যাবে ফিরে এল। তার ধীরে ধীরে ধরা পড়া শ্বাস এবং তীব্র চোখের দৃষ্টি বোঝাচ্ছিল, সে জানে অর্ণবের গবেষণা শুধু অস্বাভাবিক নয়—এটি এক ভয়ঙ্কর বিপদের সূচনা। কিন্তু ল্যাবে প্রবেশ করতেই তার চোখ পড়ল সেই ভয়ঙ্কর দৃশ্যে: রবি, সুজিত এবং মীরা, যারা স্বেচ্ছাসেবক হিসেবে আবিষ্কৃত ক্ষমতার জন্য রাজি হয়েছিল, এখন নিজেদের শরীরের অঙ্গ-প্রত্যঙ্গ নিয়ন্ত্রণ করতে পারছিল না। রবি বারবার নিজের লম্বা হাত দিয়ে নিজেকে আঘাত করছে, আর তার চোখে ছাপিয়ে যাচ্ছে কষ্ট এবং আতঙ্ক। সুজিত তার দীর্ঘ পা নিয়ে অচেতনভাবে ঘোরাফেরা করছে, যেন কোন অদৃশ্য শক্তি তাকে নিয়ন্ত্রণ করছে। মীরা বারবার তার আঙুল বাঁকাচ্ছে, যা আগে নিখুঁত সূক্ষ্ম কাজের জন্য সক্ষম ছিল, এখন তা তার ইচ্ছার বিপরীতে চলছে। এই দৃশ্য ইরার চোখের সামনে একটি দুঃস্বপ্নের মতো ফুটে উঠল।

ইরা দ্রুত অর্ণবের কাছে গেল এবং তার কাঁপা কণ্ঠে বলল, "অর্ণব, তুমি বুঝতে পারছো না কি? এই জিন শুধু ক্ষমতা বৃদ্ধি করে না, এটি মানুষের নিয়ন্ত্রণও কেড়ে নিচ্ছে। তারা এখন নিজেদের শরীরের মালিক নয়। এটা বিপর্যয়। আমরা এটা বন্ধ করতে হবে।"

অর্ণবের চোখে অল্প আতঙ্কের ছাপ দেখা গেল, কিন্তু তার মুখে তখনো তার বৈজ্ঞানিক অহংকারের আভাস ছিল। সে বলল, "আমি... আমি জানি। কিন্তু এই পরীক্ষা সফল হয়েছে। আমি মানুষকে নতুন পর্যায়ে নিয়ে যেতে চাই। তাদের আনন্দ... তাদের ক্ষমতা—"

ইরা কণ্ঠ কড়া করল, "অর্ণব, তাদের আনন্দ এখন ভয়! ক্ষমতা এখন মৃত্যু এবং কষ্টের হাতিয়ার। তুমি যে আনন্দের কথা বলছো, তা স্বল্পমেয়াদী, এবং এই জিনের পার্শ্বপ্রতিক্রিয়ার তুলনায় তা কোনো মূল্য রাখে না।"

ল্যাবের ভেতর এক ভয়ঙ্কর নীরবতা নেমে এলো। স্বেচ্ছাসেবকরা কেবল তাদের অসহায় আর্তনাদে ব্যস্ত। রবি তার প্রসারিত হাত ধরে বারবার চিৎকার করছে, সুজিত অদ্ভুতভাবে তার লম্বা পা ব্যবহার করে ঘোরাফেরা করছে, আর মীরা অসহায়ভাবে তার আঙুল বাঁকাচ্ছে। এই সমস্ত কিছুর দৃশ্য ইরার হৃদয়কে স্তব্ধ করে দিল।

ইরা দ্রুত মেডিকেল কিট এবং বিশেষ ইনজেকশন নিয়ে এগিয়ে এল। সে বুঝতে পারছিল, শুধুমাত্র সরাসরি হস্তক্ষেপ ছাড়া তাদের এই অঙ্গপ্রত্যঙ্গ নিয়ন্ত্রণে ফিরানো সম্ভব নয়। অর্ণবকে সে বলল, "আমাদের এখন একমুখী ব্যবস্থা নিতে হবে। যদি আমরা এখনই তাদের সাহায্য না করি, তাহলে এটি আরও ভয়াবহ হতে পারে। তুমি কী বুঝতে পারছো?"

অর্ণব কিছুক্ষণ চুপচাপ দাড়ালো। তার মন দ্বন্দ্বে ভরা। একদিকে ছিল তার বৈজ্ঞানিক অহংকার এবং আবিষ্কারের নেশা, অন্যদিকে ছিল বাস্তবতা—মানুষের জীবন বিপন্ন। শেষ

পর্যন্ত সে মাথা নিল এবং বলল, "ঠিক আছে। তোমার কথাই শোনাবো।"

ইরা তখন দ্রুত স্বেচ্ছাসেবকদের দিকে এগোলেন। রবি, সুজিত এবং মীরা কষ্টের মাঝেই তাদের চোখে সাহায্য খুঁজছিল। ইরা প্রথমে রবি, তার প্রসারিত হাতের উপর কাজ শুরু করল। সে বিশেষ ইনজেকশন এবং শান্তির অনুশীলন প্রয়োগ করল। অল্প সময়ের মধ্যেই রবি তার হাতের কিছুটা নিয়ন্ত্রণ ফিরে পেল।

সুজিতের লম্বা পা ধীরে ধীরে স্থির হতে লাগল, আর মীরার আঙুলগুলো আবার তার ইচ্ছানুযায়ী নড়াচড়া করতে শুরু করল। স্বেচ্ছাসেবকরা কিছুটা শ্বাস নিতে পারল, এবং তাদের চোখে প্রথমবারের মতো আতঙ্কের মধ্যে স্বস্তি ফুটে উঠল।

ইরা অর্ণবের দিকে তাকাল, চোখে কঠোর বার্তা। "এই ছিল প্রথম সতর্কবার্তা, অর্ণব। তুমি যতই বৈজ্ঞানিক উচ্চাকাঙ্ক্ষায় উন্মুখ হও, নৈতিক দায়িত্ব না মেনে কাজ করলে এই বিপদ বারবার ফিরে আসবে।"

অর্ণব মাথা নিল। সে জানল, সে নিজের অহংকারের কারণে কত বড় বিপদ ডেকে এনেছে। এই অভিজ্ঞতা তাকে গভীরভাবে ভেঙে দিল, কিন্তু ইরার উপস্থিতি এবং তার দ্রুত হস্তক্ষেপ স্বেচ্ছাসেবকদের জীবন রক্ষা করল।

ল্যাবের নীরবতা ফেরত এলো, কিন্তু এর মধ্যেই নতুন সতর্কতা এবং অজানা ভয় লুকিয়ে ছিল। অর্ণব বুঝল, বিজ্ঞান যদি নৈতিকতার সঙ্গে না মিলিত হয়, তবে তা শুধুই শক্তি নয়, বরং বিপদের হাতিয়ার।

রাতের শেষে, স্বেচ্ছাসেবকরা ধীরে ধীরে শান্ত হল, এবং ল্যাবের ভেতর ইরার কঠোর দৃষ্টি অর্ণবের হৃদয়ে গভীর ছাপ ফেলল। সে জানল, এই অভিজ্ঞতা তার জীবনের শিক্ষা হয়ে থাকবে—নেতিবাচক পার্শ্বপ্রতিক্রিয়ার আগে বৈজ্ঞানিক উচ্চাকাঙ্ক্ষার প্রয়োজন সতর্কতা।

পর্ব ৭৮: তীব্র বাদানুবাদ

ইরা ল্যাবের কেন্দ্রবিন্দুতে দাঁড়িয়ে অর্ণবকে সোজাসুজি দেখল। তার চোখে ছিল এক ধরনের অগ্নিশিখা—নির্ভীকতা, হতাশা, এবং ক্ষোভের মিশ্রণ। ল্যাবের নীরবতা যেন তাদের কথার জন্য একটি ভয়ঙ্কর পর্দা হয়ে দাঁড়িয়েছে।

"অর্ণব," ইরা বলল, তার কণ্ঠ গভীর, কঠোর এবং শীতল, "তুমি যা করেছ, তা শুধু ভুল নয়, এটি একটি অপরাধ। মানবতার ওপর তুমি যে হস্তক্ষেপ করেছ, তা নিয়ন্ত্রণের বাইরে চলে গেছে। তুমি শুধু তাদের শরীর পরিবর্তন করনি, তুমি তাদের স্বাধীনতা ছিনিয়ে নিয়েছ। তাদের আনন্দের পেছনে যে ভয় লুকিয়ে আছে, সেটা তুমি কল্পনাও করতে পারছ না।"

অর্ণব চুপচাপ দাঁড়িয়ে শুনছিল। তার চোখের সামনে এখনও রবি, সুজিত এবং মীরা—তিনজন স্বেচ্ছাসেবক, যারা তার জিনের পরীক্ষার শিকার হয়েছিল—ভয়ঙ্কর অবস্থায় অবস্থান করছে। তাদের বিকৃত অঙ্গ-প্রত্যঙ্গ, অদ্ভুত শারীরিক অঙ্গসঞ্চার, আর বারবার কষ্টে চিৎকার, সবকিছু অর্ণবের চোখের সামনে জীবন্ত হয়ে উঠল।

"ইরা, আমি শুধু... আমি মানুষের জন্য নতুন সম্ভাবনার দ্বার খুলেছি," অর্ণব বলল, কণ্ঠে অস্থিরতা, চোখে অসহায়তার ছাপ। "আমি ভাবছিলাম, আমি শক্তি দিচ্ছি, ক্ষমতা দিচ্ছি। আমি তাদের জীবন পরিবর্তন করতে চাইছিলাম। আমি কোনো ক্ষতি চাইনি।"

ইরা তার মাথা নাড়ল। "অর্ণব, তুমি ভুলে গেছ যে নৈতিকতা এবং দায়িত্ব ছাড়া শক্তি শুধুই বিপদ। তুমি তাদের শরীরের নিয়ন্ত্রণ কেড়ে নিয়েছো, এবং এখন তারা নিজেই তাদের অঙ্গ-প্রত্যঙ্গ নিয়ন্ত্রণ করতে পারছে না। তাদের আনন্দ, শক্তি, সবই এখন আতঙ্কে পরিণত হয়েছে। তুমি বুঝছ কি? তাদের জীবন এখন ঝুঁকির মধ্যে। এটি শুধু একটি পরীক্ষা নয়, এটি একটি অপরাধ।"

অর্ণবের চোখে একটি ঝলকানি আতঙ্কের দেখা দিল। সে এখন বুঝতে পারছিল, তার উচ্চাকাঙ্ক্ষা তাকে অন্ধ করে দিয়েছে। তার বিজ্ঞান এবং আবিষ্কার, যা সে আনন্দ এবং শক্তি হিসেবে ভাবছিল, তা এখন বিপদের হাতিয়ার হয়ে দাঁড়িয়েছে।

ইরা অব্যাহত রাখল, "এখন তুমি দায়িত্ব নিতে বাধ্য। এই পরিস্থিতি মোকাবেলা করতে হবে। স্বেচ্ছাসেবকদের জীবন নিরাপদ করতে হবে। তুমি যা করেছ, তার ফলাফলের দায় স্বীকার করতে হবে। আর যদি তুমি সঠিক পদক্ষেপ না নাও, তবে এটি শুধু তাদের জন্য নয়, তোমার জন্যও মারাত্মক বিপদ ডেকে আনবে।"

অর্ণব কিছুক্ষণ চুপচাপ দাঁড়িয়ে রক্তচাপ, শ্বাসপ্রশ্বাস এবং আতঙ্কের মধ্যে নিজেকে অনুভব করল। তার মুখ থেকে সেই বিজয়ের হাসি মিলিয়ে গিয়েছিল। তার হৃদয় কাঁপছিল, মস্তিষ্কে একধরনের বিভ্রান্তি এবং অনুশোচনা বিক্ষিপ্ত হয়ে ঘুরছিল।

ইরা ধীরে ধীরে অর্ণবের পাশে দাঁড়াল। সে তার চোখে চোখ রেখে বলল, "এখন আর কোনো পরীক্ষা নেই। এখন সময় দায়বদ্ধ হওয়ার। তুমি যেই আইন ভেঙেছ, সেই আইন এবং নৈতিকতার সম্মুখীন হতে হবে। মানবতার বিপদ, তাদের কষ্ট—এগুলো কখনো ফিরে যাবে না যদি আমরা আজই ব্যবস্থা নিই না।"

অর্ণব জানল, এটি শুধু একটি বৈজ্ঞানিক বিপর্যয় নয়, এটি তার জীবনের সবচেয়ে বড় নৈতিক বিপর্যয়। তার হৃদয় কাঁপছিল, কিন্তু সে ইতিমধ্যেই বুঝতে পারছিল—এবার আর কোনো বিজয় নেই, কেবল দায়, নৈতিক দায়িত্ব এবং অতীত ভুলের মুছে যাওয়া ছাপ।

ল্যাবের ভেতরে বাতাস ঘন হয়ে উঠল। অর্ণবের দৃষ্টিতে নীরবতা এবং হতাশা ভর করে। তার আবিষ্কার, যা এতদিন তাকে উচ্ছ্বাস এবং অহংকার দিয়েছিল, এখন তাকে ভয়ের সঙ্গে মুখোমুখি করেছে। তিনি বুঝতে পারলেন, বিজ্ঞান যদি নৈতিকতার সঙ্গে না মিলিত হয়, তবে তা শুধুই শক্তি নয়, বরং অপরাধের হাতিয়ার।

ইরা ধীরে ধীরে তার কণ্ঠে একটি সতর্ক বার্তা ছুঁড়ে দিল, "অর্ণব, আজ থেকে তুমি শুধুমাত্র একজন বিজ্ঞানী নও। তুমি একজন দায়িত্বশীল মানুষ হতে হবে, কারণ এই ভুল শুধুই

তোমার নয়, এটি মানবতার উপর একটি স্থায়ী প্রভাব ফেলেছে।"
অর্ণব চুপচাপ মাথা নিল। তার চোখে মিলেমিশে আতঙ্ক, অনুশোচনা, এবং এক ধরণের নীরব শিক্ষা ফুটে উঠল। ল্যাবের ভেতর সব অঙ্গ-প্রত্যঙ্গ স্থির ছিল, কিন্তু হৃদয়ে অন্ধকারে ভরা ভয় এবং দায়বোধ অর্ণবকে স্তব্ধ করে দিয়েছিল।
এই রাতটি অর্ণবের জীবনের ইতিহাসে চিরস্থায়ী স্মৃতি হয়ে থাকবে—যে রাতে তার বৈজ্ঞানিক অহংকার নৈতিকতার সাথে সংঘর্ষে পড়ল এবং তার চোখে বিজয়ের হাসি মিলিয়ে গেল।

পর্ব ৭৯: নৈতিকতার প্রশ্ন

ইরার কণ্ঠে তীব্র হতাশা মিশ্রিত চিৎকার ল্যাবের নীরবতাকে কাঁপিয়ে দিল। অর্ণব মাথা নিচু করে চুপচাপ দাঁড়িয়ে ছিল। তার চোখে ছিল সংশয় আর আতঙ্কের ছায়া। সে বুঝতে পারছিল, এই মুহূর্তে শুধু বৈজ্ঞানিক ব্যর্থতা নয়, তার নৈতিকতা নিজেই বিপদে।
"ইরা, আমি... আমি শুধু নতুন সম্ভাবনার কথা ভাবছিলাম," অর্ণব অস্থিরভাবে বলল। "আমি ভাবছিলাম যে, এই জিন মানুষের জীবন পরিবর্তন করতে পারবে। আমি কখনো ক্ষতি করতে চাইনি।"
ইরা তার চোখে সরাসরি তাকাল। "অর্ণব, তুমি কি বোঝো না? তুমি প্রাণীদের শরীর বিকৃত করেছ। তাদের স্বাধীনতা কেড়ে নিয়েছ। তারা আর নিজের নিয়ন্ত্রণে নেই। এই জিন শুধু ক্ষমতা দেয়নি, এটি নিয়ন্ত্রণ কেড়ে নিয়েছে। এবং মানব

জীবনে যদি আমরা এটা প্রয়োগ করি—তাহলে আমরা একটি মহাবিপদের দ্বারপ্রান্তে দাঁড়িয়ে থাকব।"

অর্ণব হাত মুচড়ে ধরল। তার মনের মধ্যে উত্তেজনা এবং অপরাধবোধের মধ্যে সংঘর্ষ চলছিল। এই জিনের প্রতি তার আবেগ এখনও তাকে আকর্ষণ করছিল, কিন্তু ইরার কথাগুলো তার মস্তিষ্কে আঘাত হেনেছিল।

ইরা আরও কঠোর কণ্ঠে বলল, "সাফল্য মানে কেবল ক্ষমতা বৃদ্ধি নয়, অর্ণব। যখন সেই ক্ষমতা বিপদের মুখে দাঁড়ায়, তখন সেটি সাফল্য নয়, বরং বিপর্যয়। তুমি কি বুঝতে পারছো, এই জিন মানুষের জন্য কতটা ভয়ঙ্কর হতে পারে? যদি মানুষের উপর এটি প্রয়োগ করা হয়, আমাদের সমাজ, নৈতিকতা, এবং জীবন সবই বিপন্ন হবে।"

অর্ণব চুপচাপ দাঁড়িয়ে এক গভীর শ্বাস নিল। তার ভেতরে লালচে অগ্নিশিখা—উচ্চাকাঙ্ক্ষা, অহংকার—এখন নিস্তব্ধ হয়ে গেছে। ইরার কথাগুলো যেন তার মস্তিষ্কের প্রত্যেক কোণে প্রবেশ করেছে।

"ইরা... হয়তো তুমি সঠিক," অর্ণব বলল, কণ্ঠে নরমত্ব এবং অনুশোচনার মিল। "আমি হয়তো আমার উচ্চাকাঙ্ক্ষার জন্য নৈতিকতার পথ ভুলে গিয়েছি। কিন্তু এখন সময় এসেছে, আমি যা করেছি তার দায়িত্ব নিতে হবে। এই জিনকে মানুষের ওপর প্রয়োগ করা বন্ধ করতে হবে। আর তাদের জীবন নিরাপদ করতে হবে।"

ইরা হালকা করে মাথা নেড়ে বলল, "ঠিক আছে, অর্ণব। এখন আমাদের দ্রুত পদক্ষেপ নিতে হবে। এই ল্যাবের

প্রতিটি পরীক্ষা, প্রতিটি নথি, প্রতিটি নমুনা—সব কিছু নিরাপদে রাখা এবং এই বিপদ কমানোই এখন আমাদের একমাত্র লক্ষ্য।"

অর্ণব চুপচাপ মাথা নেড়ে তার অপরাধবোধকে গ্রহণ করল। তার চোখে এখন বিজয়ী হাসি নেই, আছে শুধুই নীরব শিক্ষা, অনুশোচনা, এবং নৈতিকতার প্রতি নতুন শ্রদ্ধা। ল্যাবের চারপাশে বাতাস ভারী, কিন্তু এ ভার যেন ভবিষ্যতের জন্য সতর্কবার্তা হয়ে দাঁড়িয়েছে।

এই মুহূর্তে অর্ণব বুঝতে পারল—সাফল্য কেবল ক্ষমতার মধ্যে নয়, বরং দায়িত্ব, নৈতিকতা এবং মানবতার প্রতি যত্নের মধ্যেই নিহিত।

পর্ব ৮০: নিজের পক্ষ সমর্থন

অর্ণব তার নাকাবুকে চেপে ধরেছিল, কিন্তু ভেতরের উত্তেজনা যেন কিছুতেই শান্ত হচ্ছিল না। সে দ্রুত ইরার দিকে তাকাল, চেষ্টার ভঙ্গিতে বলল, "ইরা, তুমি ভুল বুঝেছো। আমরা এখনও মানুষের ওপর পরীক্ষা করিনি। শুধু ইঁদুর, খরগোশ আর বানরের উপর পরীক্ষা করেছি। তারা আমাদের জানাচ্ছে কিভাবে জিন কাজ করে। এই তথ্য আমাদের জন্য অমূল্য। আমি কোনো মানবকে ঝুঁকিতে ফেলিনি।"

ইরা চোখ চেপে বলল, "অর্ণব, কিন্তু তুমি কি দেখছ না? এই প্রাণীরা আর স্বাভাবিক নয়। তাদের নিয়ন্ত্রণ হারিয়েছে। তুমি মনে করছ তুমি শুধু শেখাচ্ছিলে, কিন্তু তুমি প্রকৃতপক্ষে তাদের জীবনের নিয়ন্ত্রণ কেড়ে নিয়েছ। এটা কোনো শিক্ষামূলক পরীক্ষা নয়, এটা এক ভয়ঙ্কর প্রক্রিয়া।"

অর্ণব অস্থিরভাবে হাঁটতে লাগল। “আমি শুধু বিজ্ঞান করি। আমাদের কাজ হলো শেখা। যদি আমরা আগে এই ডেটা না পাই, তাহলে ভবিষ্যতে মানব জীবনে কী হতে পারে তা আমরা অনুমানও করতে পারব না। এটি আমাদের জন্য দরকার।”

ইরা গভীর শ্বাস নিল। “অর্ণব, বিজ্ঞান শেখার জন্যই নয়, নৈতিকতার সীমার মধ্যে থেকে পরীক্ষা করতে হয়। তুমি আজকাল সেই সীমা পেরিয়ে গেছো। আমরা জানি না এই জিনের পরবর্তী প্রভাব কী হতে পারে। তুমি কি সেই ঝুঁকি নেওয়ার সাহস রাখো?”

অর্ণব কিছুক্ষণ চুপচাপ দাঁড়িয়ে রইল। তার মনে কল্পনার ঝড় বয়ে গেল। সে ভাবল, সত্যিই কি তার উচ্চাকাঙ্ক্ষা নৈতিকতার চেয়ে বড়? কিন্তু ভেতরের বিজ্ঞানী ও আবিষ্কারকের উল্লাস তাকে এখনো জর্জরিত করছিল।

“ইরা,” সে শেষমেষ বলল, “আমি বুঝি তুমি কী বলছো। কিন্তু এই তথ্য না পেলে আমরা মানুষের জন্য নিরাপদ ব্যবস্থার পরিকল্পনাই করতে পারব না। আমি ভীত নই—আমি শুধু নিশ্চিত হতে চাই যে আমরা যা করছি তা সঠিকভাবে বুঝি। তথ্য ছাড়া আমরা কোনো সিদ্ধান্ত নিতে পারব না।”

ইরা তার ভ্রু কুঁচকালো। “তুমি এখনো নিজেকে ডিফেন্ড করছো। কিন্তু মনে রেখো, তথ্য পাওয়াই সবকিছুর সমাধান নয়। তথ্যের দায়িত্ব ও নৈতিক ব্যবহারই আসল পরীক্ষা।”

অর্ণব মুচকি হাসল, কিন্তু হাসিটিতে এখন আর অহংকারের ছাপ ছিল না। তার চোখে দগদগে উত্তেজনা ও উদ্বেগের

মিশ্রণ। সে বুঝতে পারছিল যে নিজের যুক্তি যথেষ্ট শক্তিশালী নয়, কিন্তু নিজের কাজকে ন্যায্য প্রমাণ করার চেষ্টা তাকে এখনো তাড়িত করছে।

এই পর্যায়ে অর্ণবের মনের দ্বন্দ্ব স্পষ্ট: একদিকে বিজ্ঞান ও আবিষ্কারের তীব্র আকাঙ্ক্ষা, অন্যদিকে নৈতিকতার ভয় এবং অপরাধবোধ। তার আবিষ্কারের সম্ভাবনা তাকে সম্মোহিত করলেও, বাস্তবতা এবং ইরার সতর্কতা তাকে থামানোর চেষ্টা করছে।

ল্যাবের চারপাশে শান্তি নেই; তার নিজস্ব হৃদয়ে উত্তেজনার ঝড় চলছে। অর্ণব জানে, এই দ্বন্দ্বের ফলেই তার পরবর্তী সিদ্ধান্ত মানুষের এবং তার নিজের জন্য বিপজ্জনক পরিণতি আনতে পারে।

পর্ব ৮১: উচ্চতার যুক্তি

অর্ণব চোখ ভরা উত্তেজনায় ইরার দিকে তাকাল। তার কণ্ঠে আত্মবিশ্বাসের ঢেউ স্পষ্ট, "ইরা, তুমি সবসময় অতিরিক্ত সতর্কতা অবলম্বন করো। বিজ্ঞান মানেই কি শুধু নিরাপদ খুঁজে বেড়ানো? ঝুঁকি না নিলে নতুন কিছু আবিষ্কার হয় না।"

ইরা তার ভ্রু কুঁচকালো। "অর্ণব, তুমি কি বুঝছো? ঝুঁকি নেবার মানে প্রাণের নিয়ন্ত্রণ হারানো নয়। এই জিন মানুষের উপর প্রয়োগ করলে আমাদের কি হতে পারে, তুমি কি ভেবেছ?"

অর্ণব মুচকি হেসে বলল, "আমি ভেবেছি। আর আমি জানি—আমাদের এই আবিষ্কার মানবজাতিকে নতুন উচ্চতায় নিয়ে যাবে। হাইফা জিন শুধুই অঙ্গের প্রসারণ নয়, এটি ক্ষমতা,

দক্ষতা, এমনকি আমাদের বিবর্তনের এক নতুন অধ্যায় খুলে দেবে। আমরা যদি ভয় পাই, আমরা কখনো মানবতার ভবিষ্যত বদলাতে পারব না।"

ইরা গভীর শ্বাস নিল। "উচ্চতা পাওয়ার লোভে তুমি নৈতিকতার সব সীমা উপেক্ষা করছ। মনে রেখো, উঁচুতে ওঠার আগে পদক্ষেপ ঠিক রাখতে হয়, নইলে পতন ভয়াবহ হয়।"

অর্ণবের চোখে অগ্নি জ্বলে উঠল। "আমি ভয় পাই না। আমি জানি, এই জিনই আমাদের সামনে এক নতুন পৃথিবীর দরজা খুলতে পারে। মানুষ আজ যে সীমার মধ্যে বেঁচে আছে, তা আমরা ছাড়িয়ে যেতে পারি। আমি শুধুই সত্যি দেখতে চাই—মানুষ কতটা শক্তিশালী হতে পারে।"

ইরা তার চোখে গভীর উদ্বেগের ছাপ দেখতে পেল। সে বুঝতে পারল, অর্ণবের আবেগ তার যুক্তি সম্পূর্ণ ঢেকে দিয়েছে। এই উচ্চতার স্বপ্ন তাকে এমন এক পথে ঠেলে দিচ্ছে, যেখানে নৈতিকতার কোনো স্থান থাকবে না।

অর্ণব তখন ল্যাবের এক কোণে দাঁড়িয়ে, নিজের হাতে নোটবুক ধরেছিল। প্রতিটি লাইন যেন তার উচ্চাকাঙ্ক্ষার শিহরণ প্রকাশ করছে। "আমি এই তথ্য ছাড়া থামতে পারব না," সে ভাবল, "মানুষের ক্ষমতা বাড়ানোই আমার উদ্দেশ্য, আর এজন্য যে ঝুঁকি নেওয়া প্রয়োজন, আমি তা নিতে প্রস্তুত।"

ল্যাবের চারপাশে শান্তি নেই, শুধু অর্ণবের একরোখা উদ্দীপনা। তার চোখে ভবিষ্যতের স্বপ্ন, কিন্তু সেই স্বপ্নের সঙ্গে

জড়িত বিপদ সে বুঝতে পারছে না। ইরা তার পাশে দাঁড়িয়ে, শুধু নীরবভাবে দেখে যাচ্ছে—একটি সম্ভাব্য বিপর্যয়ের দিকে অর্ণবের অদম্য ধাবন।

এই মুহূর্তে স্পষ্ট হয়ে যায়, অর্ণবের উচ্চতার যুক্তি তার নৈতিক চেতনা সম্পূর্ণ অদৃশ্য করে দিয়েছে। সে আর ভয় পাচ্ছে না; শুধু সামনে চলার অদম্য ইচ্ছা তাকে চালিত করছে।

পর্ব ৮২: একা পথ চলা

অর্ণব টেবিলের ওপর রাখা ফাইলগুলো সরাতে সরাতে ইরার দিকে চেয়ে বলল, "আমি এই গবেষণা চালিয়ে যাব। তুমি চাইলে চলে যেতে পারো।" তার কণ্ঠে কোনো দ্বিধা নেই, শুধু দৃঢ় অঙ্গীকার। ল্যাবের বাতাসে ভাসছে তার একগুঁয়েমি মনোভাব, যেন একা হয়ে হলেও সে নিজের পথে অগ্রসর হতে বাধ্য।

ইরা চুপচাপ দাঁড়িয়ে রইল। তার চোখে অগ্নি আর উদ্বেগের মিশ্রণ। সে জানত, অর্ণবের এই একচেটিয়া সিদ্ধান্ত তাদের সম্পর্কের জন্যও ঝুঁকিপূর্ণ, আর এই গবেষণার ভবিষ্যৎও এ মুহূর্তে স্থির হয়ে যাচ্ছে।

"অর্ণব," ইরা বলল, "আমি তোমার সঙ্গে থাকব না যদি তুমি নিজের নৈতিক সীমা অতিক্রম করো। আমি কিছুতেই চাই না তুমি এমন পথে হাঁটো যা উভয়ের জন্যই বিপদ ডেকে আনবে।"

অর্ণব হেসে বলল, "আমি জানি, ইরা। কিন্তু আমি থামতে পারব না। মানুষের ক্ষমতা বাড়ানো এবং নতুন সম্ভাবনার দরজা খুলে দেওয়া আমার দায়িত্ব।"

ইরার চোখ ভেজা হয়ে এল। সে জানত, এই মুহূর্তে অর্ণবের উচ্চাকাঙ্ক্ষা তাকে এমন এক পথে ঠেলে দিচ্ছে যেখানে নৈতিকতার কোনো স্থান নেই। সে চুপচাপ ল্যাবের দরজা খুলে বেরিয়ে গেল।

ল্যাবে একা থেকে অর্ণব অনুভব করল এক অদ্ভুত নিরবতা। চারপাশে শুধু তার গবেষণার সরঞ্জাম, নোটবুক এবং নতুন আবিষ্কারের স্বপ্ন। একা পথ চলার এই অনুভূতিই তাকে চালিত করল, যদিও মনের গভীরে ঝুঁকি এবং বিপদের ছায়া তখনও লুকিয়ে ছিল।

তার হাতে আবার সিরিঞ্জগুলো উঠে এল। সে জানত, যাত্রা কঠিন হবে, কিন্তু তার একগুঁয়েমি মনোভাব তাকে থামতে দেবে না। একা পথ হলেও অর্ণবের একটিই লক্ষ্য—মানবজাতিকে নতুন উচ্চতায় নিয়ে যাওয়া।

পর্ব ৮৩: সত্যের ভার

রোহিত সেন ল্যাব থেকে ফিরে এসে কম্পিউটারের সামনে বসল। তার চোখে ছিল উদ্বেগের ছায়া। ল্যাবের সেই অদ্ভুত দৃশ্য—খরগোশ, বানর, আর মানুষের বিকৃত অঙ্গ-প্রত্যঙ্গ—সবই তার স্মৃতিতে ঝাপসা হয়ে ভেসে উঠছিল। সে জানত, এই প্রমাণগুলো একদিকে অর্ণবের গবেষণার নকলযোগ্যতা প্রমাণ করে, অন্যদিকে মানব জীবনের সঙ্গে যুক্ত নৈতিক ঝুঁকির বিস্তর ছবি দেখায়।

তার কম্পিউটারে অর্ণবের ল্যাবের ভিডিও, ছবি এবং নোটবুকের স্ক্যানগুলো উন্মুক্ত। প্রতিটি ফাইল তার মনে অদ্ভুত চাপ সৃষ্টি করছিল। "এগুলো যদি প্রকাশ করি," সে নিজেকে ভাবল, "অর্ণবের ক্যারিয়ার শেষ। কিন্তু যদি না করি, পৃথিবী জানবে না যে এক বিজ্ঞানী মানুষের ওপর কতটা ভয়ঙ্কর পরীক্ষা চালাচ্ছে।"

রোহিত জানত, এই তথ্য সাধারণ সংবাদ নয়। এটি ছিল এক গোপন যুদ্ধের সাক্ষ্য, যেখানে বিজ্ঞানের অহংকার মানুষের জীবনকে শেকলবন্দি করছে। তার হাতে ছিল সত্যের ভার।

সে ভিডিওগুলো খোলার পর দেখল, রবি, সুজিত এবং মীরা—স্বেচ্ছাসেবকরা—কতটা অমানবিক কষ্টের মধ্যে পড়েছে। তাদের লম্বা হাত, দীর্ঘ পা, বিকৃত আঙুল—সবই যেন এক ভয়ানক শক্তির হাতে ক্রীতদাস। রোহিতের মন ঝাপসা হয়ে গেল।

কিন্তু একই সঙ্গে তার মনে হল, যদি এই সত্য লুকিয়ে রাখা হয়, তবে বিজ্ঞান এবং মানবজাতির ভবিষ্যত ঝুঁকির মধ্যে থাকবে। "আমি কি মানুষকে জানাব না?" সে নিজেকে প্রশ্ন করল। তার হাতে ছিল ক্ষমতার সঙ্গে দায়িত্ব—সত্যের ভার।

রোহিত গভীর শ্বাস নিল। সে জানত, কোনো পথ সহজ হবে না। তথ্য প্রকাশ করলে অর্ণবের বিরুদ্ধে আইনগত ব্যবস্থা নেওয়া হবে, সাংবাদিকতা এবং নৈতিকতার সীমারেখা পরীক্ষা করা হবে। কিন্তু সত্যের বিরুদ্ধে লজ্জা বা ভয় থাকার কোনো কারণ নেই।

তার চোখে অদ্ভুত দৃঢ়তা। সে জানল, এই তথ্য বিশ্বের দরজা খুলে দেবে—যেখানে বিজ্ঞানীকে শুধুই সাফল্যের নেশা নয়, নৈতিকতার দায়িত্বও মাথায় রাখতে হবে। রোহিত সেন বুঝেছিল, তার হাতে ছিল সেই দায়িত্ব যা ইতিহাসের পাতায় এক গভীর দাগ রেখে যাবে।

কম্পিউটারের সামনে বসে সে লিখতে শুরু করল—একটি প্রতিবেদনের খসড়া, যা শুধু অর্ণবের গবেষণা নয়, বরং মানবতার নৈতিকতা ও বিপদের গল্পও বলবে। সত্যের ভার এখন তার কাঁধে, এবং সে জানে, এই ভার বহন করাই হচ্ছে আসল সাহসিকতা।

পর্ব ৮৪: পেশাদারী দ্বিধা

রোহিত সেন কম্পিউটারের স্ক্রিনের দিকে তাকিয়ে গভীরভাবে চিন্তায় নিমগ্ন। তার হাতে ছিল অর্ণবের ল্যাব থেকে সংগৃহীত সমস্ত প্রমাণ—ভিডিও, ছবি, নোটবুকের স্ক্যান। সাংবাদিক হিসেবে তার পেশাদারী দায়িত্ব ছিল স্পষ্ট: সত্য প্রকাশ করা। পৃথিবীকে জানানো যে একটি বিজ্ঞানী মানুষের জীবন নিয়ে এমন একটি ঝুঁকিপূর্ণ পরীক্ষা চালাচ্ছে।

কিন্তু একজন মানুষ হিসেবে তার মনের মধ্যে দ্বন্দ্ব সৃষ্টি হচ্ছিল। সে বুঝতে পারছিল, এই তথ্য যদি অনিয়ন্ত্রিতভাবে প্রকাশ পায়, তবে মানবজাতির জন্য এটি আরও বড় বিপদ ডেকে আনতে পারে। এই জিন যদি সবার হাতে চলে যায়, তবে কে জানে কতজন মানুষ এই "ক্ষমতা বৃদ্ধির" পরীক্ষা করতে আগ্রহী হবে? কতজন অজ্ঞ এবং লোভী মানুষ নিজেদের নিয়ন্ত্রণ হারিয়ে ফেলবে?

রোহিতের মনে হচ্ছিল, সত্যের প্রকাশ কখনো কখনো বিপজ্জনক হয়ে দাঁড়াতে পারে। তার হৃদয় বলছিল, মানুষকে সতর্ক করা উচিত, কিন্তু তার পেশাগত মস্তিষ্ক বলছিল, এই নীরবতা নৈতিকতার পরিপন্থী।

সে এক ঘরে বসে বারবার ভিডিও দেখল। রবি, সুজিত ও মীরা—তাদের চোখে হতাশা, আঙুল ও পা বিকৃত অবস্থায় কাঁপছিল। রোহিত বুঝতে পারছিল, শুধুমাত্র ছবি দেখলেই বোঝা যাচ্ছে, এই জিন মানুষের ওপর প্রয়োগ করা মানে শুধু ক্ষমতা বৃদ্ধি নয়, বরং নিয়ন্ত্রণ হারানো এবং সম্ভাব্য বিপদের দিকেও ধাবিত হওয়া।

তার মনে হচ্ছিল, যদি রিপোর্টটি প্রকাশ করে, তবে অর্ণবকে কঠোর শাস্তি ভোগ করতে হবে। তবে এর বিপরীতে, বিশ্বের মানুষের জীবনও ঝুঁকিতে পড়তে পারে। এই দ্বিধার মধ্যে সে নিজের পেশাদারিত্ব এবং মানবিক অনুভূতির মধ্যে ফাঁদে পড়ছিল।

রোহিত নিজেকে বলল, “আমি কি এমন সত্য প্রকাশ করতে পারব যা হয়তো আরও বড় বিপদ ডেকে আনবে? নাকি আমি এই তথ্যকে সংরক্ষণ করে ভবিষ্যতে বিজ্ঞানী ও নীতিবান গবেষকদের হাতে ছেড়ে দেব?” তার মনে শঙ্কা ছিল যে, এই জিনের ক্ষমতা যদি সঠিকভাবে নিয়ন্ত্রণ না হয়, তবে এটি মানবজাতির জন্য এক অবিস্মরণীয় বিপদ তৈরি করতে পারে।

ঘন্টা ঘন্টা চুপচাপ বসে রোহিত পরিকল্পনা করল। একদিকে তার সাংবাদিক দায়িত্ব বলছিল, সত্য প্রকাশ করো, অন্যদিকে

মানবিক দায়িত্ব বলছিল, প্রথমে পরিস্থিতি বুঝে নেওয়া উচিত। সে জানল, একবার রিপোর্টটি বাইরে গেলে আর ফিরে আসার পথ থাকবে না।

রোহিত গভীরভাবে শ্বাস নিল। তার মন বলছিল, "পেশাদারিত্ব এবং মানবিকতার মধ্যে এই দ্বিধা কখনো সহজ হবে না। আমি শুধু সত্য প্রকাশ করব না, বরং তার ফলাফলও বিবেচনা করব। এই মুহূর্তেই সিদ্ধান্ত নেওয়াই হবে সবচেয়ে গুরুত্বপূর্ণ।"

সে তার নোটবুকে লিখতে লাগল—একটি খসড়া যেখানে শুধু ঘটনাগুলো নয়, বিপদ এবং নৈতিকতার বিশ্লেষণও অন্তর্ভুক্ত থাকবে। রোহিত জানত, এই খসড়াই হবে তার পেশাদারী এবং মানবিক দ্বিধার প্রতিফলন। সত্য প্রকাশের পথ ঝুঁকিপূর্ণ হলেও, তাকে অবশ্যই নৈতিক দায়িত্ব মেনে কাজ করতে হবে।

রাত গভীর, কিন্তু রোহিতের মন এক অদৃশ্য চাপের মধ্যে ছিল। তার কাছে স্পষ্ট হয়ে গিয়েছিল, এই পেশাদারী দ্বিধাই তাকে পরবর্তী সিদ্ধান্তের দিকে নিয়ে যাবে—সত্য প্রকাশের ঝুঁকি নাকি নিরাপদভাবে গোপন রাখা। তবে একটাই নিশ্চিত, যা ইতিমধ্যেই ঘটেছে, তা আর কেউ ফিরিয়ে দিতে পারবে না।

রোহিত সেই রাত জুড়ে বসে থাকল, নিজের নোটবুক, ভিডিও এবং ছবি খোলার সাথে সাথে সম্ভাব্য প্রতিক্রিয়ার মানচিত্র তৈরি করতে লাগল। একদিকে পেশাদারিত্ব, অন্যদিকে মানবিকতা—এই দ্বন্দ্ব তার মনকে চূর্ণ করে দিচ্ছিল। তবে সে

জানত, যে সিদ্ধান্তই নেবে, তা ইতিহাসের পাতায় এক চিরস্থায়ী ছাপ ফেলবে।

পর্ব ৮৫: সঠিক সিদ্ধান্ত

রোহিত সেন গভীরভাবে ভাবতে বসল। কম্পিউটারের স্ক্রিনে অর্ণবের ল্যাবের ছবি, ভিডিও এবং নোটবুক খুলে রেখেছিল। তার সামনে ছিল এক বাস্তবতা—মানুষের জীবন বিপদের মুখোমুখি। এই মুহূর্তে রোহিত অনুভব করল, তার একটি সিদ্ধান্তে নির্ধারিত হবে কতজনের জীবন নিরাপদ থাকবে এবং কতজনের ওপর অজানা বিপদ নেমে আসবে।

সাংবাদিক হিসেবে তার কাছে ছিল পেশাগত দায়িত্ব—সত্য প্রকাশ করা। কিন্তু মানবিকতার চোখে দেখলে সে বুঝতে পারছিল, এই তথ্য যদি অযথা ছড়িয়ে পড়ে, তাহলে বিশ্বব্যাপী আতঙ্ক এবং নিয়ন্ত্রণহীন পরিস্থিতি সৃষ্টি হতে পারে। এই জিন শুধু ক্ষমতা বাড়ায় না, বরং মানুষের শরীরের নিয়ন্ত্রণও কেড়ে নেয়। জনসাধারণের মধ্যে এই জিনের বিস্তার হলে, অনিয়ন্ত্রিত ক্ষমতার ফলে মানুষের ওপর বিপজ্জনক প্রভাব পড়তে বাধ্য।

রোহিতের মনে জাগছিল দ্বিধা। একজন সাংবাদিক হিসেবে সে চাইছিল সত্য জানানো, কিন্তু একজন মানুষ হিসেবে সে চিন্তা করছিল, কতজনের জীবন এই সত্য প্রকাশের কারণে বিপন্ন হবে। সে বুঝতে পারছিল, কেবল খবর প্রকাশ করলেই কাজ শেষ হবে না; এর ফলাফলের জন্যও তাকে দায়িত্ব নিতে হবে।

সে কম্পিউটারের সামনে বসে বারবার ভিডিও দেখল। রবি, সুজিত, মীরা—তাদের চোখে আতঙ্ক, বিকৃত অঙ্গ-প্রত্যঙ্গ, নিঃশ্বাসের দ্রুত গতি। এই দৃশ্য রোহিতের মনে অস্থিরতা তৈরি করল। কল্পনায় তিনি দেখলেন, যদি এই জিন জনসাধারণের হাতে চলে যায়, মানুষ নিজের শরীর নিয়ন্ত্রণ করতে পারবে না। অল্প সময়েই সমাজে বিশৃঙ্খলা সৃষ্টি হতে পারে।

রোহিত বোঝল, এটি কোনো সাধারণ সাংবাদিকি স্কুপ নয়। এটি মানবজাতির ভবিষ্যতের প্রশ্ন। তার সিদ্ধান্ত একটি বহুমাত্রিক সমস্যা হয়ে দাঁড়াল—সত্য প্রকাশ করা, নৈতিকভাবে সঠিক কাজ করা, বা জনসাধারণের নিরাপত্তা নিশ্চিত করা। কোনো একপাশে ঝুঁকলে অন্যপাশ বিপন্ন হবে।

সে গভীর নিশ্বাস নিল। নিজের নোটবুকে লিখতে শুরু করল—যেখানে শুধু ঘটনা উল্লেখ নয়, বরং সম্ভাব্য বিপদ, নৈতিক প্রশ্ন এবং সামাজিক প্রভাবও সংকলিত হলো। সে জানল, এই নোটগুলো হবে তার সিদ্ধান্তের ভিত্তি।

রোহিতের মনে হল, এ সিদ্ধান্ত কেবল পেশাগত নয়, বরং মানবিকও। এই জিনের খবর প্রকাশ করলে মানুষ যতটা শেখবে, ততটাই ঝুঁকিতেও পড়বে। কিন্তু যদি সে চুপচাপ থাকে, তবে অর্ণবের অভ্যন্তরীণ ত্রুটির কারণে আরও বড় বিপদ নেমে আসতে পারে।

রাত্রি গভীর, কিন্তু রোহিতের মনে দ্বন্দ্ব আরও প্রকট। তার চোখে মানবিক দায়িত্ব এবং পেশাদারী সততা—দুইয়ের মধ্যে সংঘাত। সে জানল, সিদ্ধান্ত নিতে হবে ধৈর্য্য এবং নৈতিকতার

সঙ্গে। ইতিহাসের পাতায় তার এই একটি সিদ্ধান্ত চিরস্থায়ী প্রভাব ফেলবে।

শেষমেষ রোহিত নিজের মধ্যে শান্তি খুঁজতে লাগল। সে ঠিক করল, শুধুমাত্র সত্য প্রকাশ করাই যথেষ্ট নয়; সঠিকভাবে, সাবধানে এবং নৈতিকতার আলোকে এটি করতে হবে। তার মনে হল, যেকোনো তাড়াহুড়োই মানবজাতির জন্য আরও বড় বিপদ ডেকে আনতে পারে। তাই সে গভীর নিঃশ্বাস নিয়ে প্রস্তুতি নিল, মানবতার স্বার্থে সর্বোত্তম সিদ্ধান্ত নিতে।

রোহিত বোঝল, এই সিদ্ধান্তের জন্য সে একা। তার চারপাশে কেউ নেই, কেবল তার নৈতিক বোধ এবং পেশাদারী দায়িত্ব। এ এক কঠিন লড়াই—সত্যের প্রতি দায়িত্ব বনাম মানবিক নিরাপত্তা। তবে সে দৃঢ় সংকল্প নিল, সিদ্ধান্ত যতই কঠিন হোক, ইতিহাস এবং মানবতার জন্য এটি সঠিক হতে হবে।

পর্ব ৮৬: বহুজাতিক সংস্থার দৃষ্টি

রোহিত সেনের অনুসন্ধানের খবর আন্তর্জাতিক মহলে ছড়িয়ে পড়ার আগেই, বহুজাতিক কর্পোরেশন GeneCore অর্ণবের গবেষণার খবর পেয়ে যায়। GeneCore একটি শক্তিশালী সামরিক-জৈব প্রযুক্তি সংস্থা, যা দীর্ঘদিন ধরে নতুন এবং শক্তিশালী জৈব অস্ত্র তৈরি এবং বিকাশের জন্য গবেষণা করছে। অর্ণবের ‘হাইফা জিন’ তাদের কাছে এক অমূল্য আবিষ্কার।

সংস্থার শীর্ষ কর্মকর্তারা মনে করলেন, এই জিন মানবশরীরের অঙ্গপ্রত্যঙ্গকে বৃদ্ধি ও শক্তিশালী করতে পারে, যা সামরিক প্রয়োগে এক বিপ্লব ঘটাতে সক্ষম। তারা দেখল,

অর্ণব ইতিমধ্যেই ইঁদুর, খরগোশ, বানর এবং মানব স্বেচ্ছাসেবকের উপর পরীক্ষা সম্পন্ন করেছেন। পরীক্ষার ফলাফল দেখেই GeneCore-এর গবেষকরা বুঝতে পারলেন, এই জিন কেবল শক্তি বৃদ্ধি নয়, অঙ্গ নিয়ন্ত্রণের ক্ষেত্রেও নতুন সম্ভাবনা তৈরি করতে পারে।

শীর্ষ ব্যবস্থাপনা দ্রুত সিদ্ধান্ত নিল, অর্ণবের গবেষণার ওপর নজর রাখতে হবে। তারা বুঝতে পারছিল, যদি এই জিন জনসাধারণের হাতে চলে যায়, তা কেবল মানবজাতির জন্য বিপদ নয়, তাদের প্রতিযোগী সংস্থার জন্যও বড় হুমকি। তাই GeneCore সিদ্ধান্ত নিল, অর্ণবকে তাদের গবেষণা নেটওয়ার্কে অন্তর্ভুক্ত করতে হবে, অথবা অন্য উপায়ে তাকে নিয়ন্ত্রণে রাখতে হবে।

এই খবর পৌঁছতেই সংস্থার রিসার্চ ডিরেক্টর বিশেষজ্ঞদের নিয়ে জরুরি বৈঠক ডাকলেন। সেখানে তাদের প্রথম আলোচনার বিষয় ছিল, কীভাবে অর্ণবকে প্রলুব্ধ করা যায় যাতে সে স্বেচ্ছায় তাদের সঙ্গে সহযোগিতা করে। একই সঙ্গে, তারা গোপনে একটি নিরাপত্তা দলও প্রস্তুত করল, যারা যদি অর্ণবের গবেষণা নিয়ন্ত্রণের বাইরে চলে যায়, তা অবিলম্বে আটকাতে সক্ষম হবে।

GeneCore-এর প্রকৌশলীরা এবং জীববিজ্ঞানীরা অর্ণবের নোটবুক এবং ভিডিওর উপর ভিত্তি করে একটি বিশ্লেষণ শুরু করল। তারা বুঝতে পারল, হাইফা জিনের বিস্তারমান নিয়ন্ত্রণের বাইরে গেলে, তা শুধু মানুষ নয়, সমগ্র পরিবেশের ওপর প্রভাব ফেলতে পারে। কিন্তু তাদের লক্ষ্য কেবল লাভ

ও ক্ষমতা; মানবজাতির নিরাপত্তা ছিল তাদের চূড়ান্ত অগ্রাধিকারের বাইরে।

একজন সিনিয়র গবেষক বললেন, "আমাদের হাতে এমন একটি শক্তি এসেছে, যা সামরিক ও বায়োলজিক্যাল লড়াইয়ের নিয়মই পাল্টে দিতে পারে। এটি আমাদের প্রতিদ্বন্দ্বীদের হাত থেকে বাঁচাতে হবে। অর্ণবকে আমাদের পরিকল্পনার অংশ করতে হবে, অথবা..." তিনি বাক্য শেষ করতে পারলেন না, কারণ বাক্যের অর্থ ছিল—"অথবা তাকে নিস্তেজ করতে হবে।"

এই মুহূর্তে GeneCore-এর নির্বাহী বোর্ড সিদ্ধান্ত নিল, তারা অর্ণবের প্রতিটি পদক্ষেপ নজরদারি করবে। একটি গোপন টিম তৈরি হলো, যারা ল্যাবের তথ্য সংগ্রহ, মানব স্বেচ্ছাসেবকদের অবস্থান ও জিনের ব্যবহার পর্যবেক্ষণ করবে। সংস্থার উদ্দেশ্য ছিল একেবারেই স্পষ্ট—অর্ণবের গবেষণা যেন তাদের নিয়ন্ত্রণে আসে, এবং যদি প্রয়োজন হয়, তারা মানব-পরীক্ষার ফলাফলও সামরিক প্রয়োগে ব্যবহার করবে।

একই সময়, সংস্থার মিডিয়া এবং পাবলিক রিলেশন ডিপার্টমেন্ট প্রস্তুত হলো, যাতে কোনো তথ্য ফাঁস হলে তা গোপন রাখা যায়। GeneCore জানত, এই গবেষণা প্রকাশ হলে বৈশ্বিক সমাজে এক ধরনের আতঙ্ক সৃষ্টি হবে, যা তাদের রাজস্ব, শক্তি এবং প্রভাবের জন্য হুমকি হয়ে দাঁড়াবে। রোহিত সেন বা ইরা যদি অর্ণবের গোপন ল্যাবের খবর আন্তর্জাতিকভাবে প্রকাশ করার চেষ্টা করেন, GeneCore-এর

গোয়েন্দা দল সেগুলো আগেভাগেই ব্লক করবে। সংস্থার চোখ এখন অর্ণবের উপর; তারা জানে, তার একগুঁয়েমি, উচ্চাকাঙ্ক্ষা এবং নৈতিক দ্বন্দ্বই তাদের সবচেয়ে বড় হাতিয়ার।

এই সিদ্ধান্ত এবং নজরদারির মাধ্যমে GeneCore-এর গোয়েন্দারা এক জটিল পরিকল্পনা সাজাচ্ছিল। তাদের লক্ষ্য স্পষ্ট—হাইফা জিনকে মানব জাতির সীমারেখার বাইরে নিয়ে যাওয়া এবং অর্ণবকে তাদের কৌশলগত নিয়ন্ত্রণে রাখা। এবং এই মুহূর্তে, অর্ণবের নৈতিক দ্বন্দ্ব এবং রোহিতের অনুসন্ধান, দুটি ভিন্ন দিক থেকে এই ষড়যন্ত্রকে আরও জটিল করে তুলেছে।

GeneCore জানত, অর্ণবের নেশা এবং বৈজ্ঞানিক উচ্চাকাঙ্ক্ষা তাদের সবচেয়ে বড় সুযোগ। তারা প্রস্তুত ছিল—অর্ণবের প্রতিটি পদক্ষেপ ব্যবহার করার জন্য, মানবজাতির ভবিষ্যৎ নিজেদের নিয়ন্ত্রণে আনার জন্য।

পর্ব ৮৭: GeneCore-এর উচ্চাকাঙ্ক্ষা

GeneCore-এর শীর্ষ কর্মকর্তারা অর্ণবের 'হাইফা জিন'-এর সম্ভাবনাকে গভীরভাবে বিশ্লেষণ করলেন। তারা দেখলেন, এই জিন কেবল অঙ্গ-প্রত্যঙ্গের আকার পরিবর্তন করে না, বরং মানুষের শারীরিক ক্ষমতা, দ্রুততা, স্থিতিস্থাপকতা এবং প্রতিরোধ ক্ষমতাকে বহুগুণে বৃদ্ধি করতে সক্ষম। এটা তাদের কাছে শুধুমাত্র একটি বৈজ্ঞানিক অগ্রগতি নয়; এটি ছিল একটি কৌশলগত বিপ্লব।

তাদের পরিকল্পনা স্পষ্ট—অর্ণবের গবেষণাকে একটি সুপার-সোলজার প্রজেক্টের মূল ভিত্তি হিসেবে ব্যবহার করা। তারা স্বপ্ন দেখছিল এমন একদল যোদ্ধার, যারা সাধারণ মানুষের তুলনায় অপ্রতিরোধ্য শক্তি, দ্রুততার অসীম ক্ষমতা এবং শারীরিক সহনশীলতায় এগিয়ে থাকবে। এই যোদ্ধারা সামরিক অভিযান, বিশেষ অপারেশন এবং বিশ্বের বিভিন্ন স্থানে নিয়ন্ত্রণ প্রতিষ্ঠার জন্য ব্যবহার করা হবে।

GeneCore-এর বিজ্ঞানীরা এই পরিকল্পনার জন্য প্রথমেই অর্ণবের সমস্ত নোটবুক, ভিডিও এবং মানব-স্বেচ্ছাসেবকদের পরীক্ষার তথ্য বিশ্লেষণ করলেন। তারা দেখতে পেল যে হাইফা জিনের প্রভাব কেবল অঙ্গের বৃদ্ধি নয়, বরং অঙ্গের কার্যকারিতা এবং সংবেদনশীলতাকেও বাড়ায়। যেমন—লম্বা হাত বা পা কেবল বড় হয় না, বরং তাদের শক্তি, নমনীয়তা এবং নিয়ন্ত্রণও অসীম হয়।

শীর্ষ কর্মকর্তারা বুঝতে পারলেন, যদি এই জিনের ব্যবহার মানব সমাজে ছড়িয়ে যায়, তবে এটি শুধুমাত্র একটি বিজ্ঞানগত বিপ্লব নয়, বরং সামরিক এবং রাজনৈতিক শক্তির একটি নতুন যুগের সূচনা করবে। তারা একটি পূর্ণাঙ্গ পরিকল্পনা তৈরি করল—অর্ণবকে গোপনে তাদের গবেষণা নেটওয়ার্কে অন্তর্ভুক্ত করা, এবং ধাপে ধাপে স্বেচ্ছাসেবক বা নির্বাচিত প্রার্থীকে জিনের মাধ্যমে সুপার-সোলজার বানানো। তাদের লক্ষ্য ছিল একরূপ—অর্ণবের গবেষণার নিয়ন্ত্রণে রাখা, এবং যদি দরকার হয়, তৎক্ষণাৎ তার পদক্ষেপ নিয়ন্ত্রণের বাইরে গেলে তা বন্ধ করা। GeneCore জানত, এই

গবেষণার ফলে শক্তি এবং ক্ষমতার ভারসাম্য পরিবর্তিত হবে। তাই তারা নীতিগত এবং আইনগত বাধা উপেক্ষা করেও এই প্রকল্পকে অগ্রাধিকার দিয়ে এগিয়ে নেবে।

একই সময়ে সংস্থার গোয়েন্দা ও নিরাপত্তা টিম অর্ণবের ল্যাবের সব পদক্ষেপ নজরদারি করবে। তারা নিশ্চিত করল, অর্ণব নিজেই তাদের লক্ষ্য পূরণের জন্য কাজ করবে। GeneCore-এর কর্মকর্তারা একে কেবল সুযোগ হিসেবে দেখছিলেন, যা মানবজাতির ক্ষমতা পুনঃনির্ধারণ এবং তাদের নিজস্ব আধিপত্য প্রতিষ্ঠার জন্য কাজে লাগবে।

এই উচ্চাকাঙ্ক্ষা এবং পরিকল্পনা অর্ণবের গবেষণাকে একটি গোপন, ঝুঁকিপূর্ণ এবং ক্ষমতাশালী সামরিক প্রজেক্টে রূপান্তরিত করার জন্য প্রস্তুত। GeneCore জানত, একবার এই প্রকল্প শুরু হলে, পৃথিবীর শক্তির ভারসাম্য চিরকাল পরিবর্তিত হবে। তাদের চোখে এখন শুধু বিজয় আর নিয়ন্ত্রণ—মানব শক্তির সীমা সম্প্রসারণের এক নতুন অধ্যায়ের সূচনা।

পর্ব ৮৮: লোভের জাল

GeneCore-এর উচ্চপদস্থ কর্মকর্তাদের লোভের কোনো সীমা ছিল না। তারা বিশ্বাস করত, যদি 'হাইফা জিন' তাদের হাতে আসে, তবে এটি শুধু এক বৈজ্ঞানিক অর্জন হবে না, বরং সামরিক শক্তির এক নতুন অধ্যায়ের সূচনা করবে। তাদের চোখে, পৃথিবীর শক্তির ভারসাম্য সম্পূর্ণভাবে পরিবর্তন করা সম্ভব হবে, এবং তারা একচ্ছত্র আধিপত্য বিস্তার করতে পারবে।

তাদের মনে হচ্ছিল, অর্ণবের গবেষণা কেবল জীববিদ্যার সীমা প্রসারিত করেনি, বরং এটি শক্তি, দ্রুততা এবং শারীরিক সক্ষমতার এমন একটি নতুন স্তর খুলেছে, যা মানব জাতিকে কখনও ভেবে দেখা যায়নি এমন ক্ষমতা দিতে সক্ষম।

GeneCore-এর কর্মকর্তারা ঠিক করল, এই সুযোগ হাতছাড়া করা যাবে না।

তারা গোপনে এক বিশদ পরিকল্পনা তৈরি করল। প্রথম ধাপ ছিল—অর্ণবের ল্যাব এবং তার গবেষণার সকল তথ্য নজরে রাখা। GeneCore-এর গোয়েন্দা দল রাতদিন প্রহরায় থাকবে, এবং অর্ণবের প্রতিটি পদক্ষেপ পর্যবেক্ষণ করবে। দ্বিতীয় ধাপ ছিল—অর্ণবকে প্রলোভিত করা। তারা জানত, অর্ণব তার আবিষ্কারের প্রতি অত্যন্ত আবেগপ্রবণ এবং উচ্চাকাঙ্ক্ষী। যদি তাকে সঠিকভাবে বোঝানো যায় যে তাদের সাহায্যে তার গবেষণা আরও বড় উচ্চতায় পৌঁছাবে, তবে সে সহজেই তাদের পরিকল্পনার অংশ হয়ে যাবে।

তাদের কাছে অর্ণব কেবল একজন বিজ্ঞানী নয়; সে ছিল এক চাবিকাঠি, যার মাধ্যমে জিনের ক্ষমতা পুরোপুরি নিয়ন্ত্রণে আনা সম্ভব। GeneCore-এর কর্মকর্তারা একে কেবল একটি আবিষ্কার হিসেবে দেখছিলেন না, বরং এটিকে একটি শক্তিশালী অস্ত্র হিসেবে বিবেচনা করছিলেন, যা তাদেরকে রাজনৈতিক এবং সামরিক আধিপত্যের সীমানা অতিক্রম করতে সাহায্য করবে।

এই লোভের জালে GeneCore প্রস্তুত হয়ে গেল—অর্ণবকে প্রলোভিত করা, তার ল্যাব নিয়ন্ত্রণ করা এবং হাইফা জিনকে

বিশ্বের সবচেয়ে মূল্যবান সামরিক সম্পদে রূপান্তরিত করা। তাদের জন্য অর্ণবের গবেষণা শুধুই জ্ঞান নয়; এটি ছিল এক নতুন ক্ষমতার উৎস, যার মাধ্যমে তারা বিশ্বকে নতুনভাবে আকৃতি দিতে চাচ্ছিল।

GeneCore-এর শীর্ষ কর্মকর্তাদের এই পরিকল্পনা শুধু লোভ নয়, বরং কৌশলী প্রহরায় তৈরি এক সম্পূর্ণ রাজনৈতিক ও সামরিক কৌশল। তাদের লক্ষ্য একটিই—অর্ণবের আবিষ্কার নিজেদের নিয়ন্ত্রণে আনা এবং পৃথিবীর মানচিত্রে এক অপ্রতিরোধ্য আধিপত্য প্রতিষ্ঠা করা। তাদের কাছে এখন সময়, সুযোগ এবং প্রলোভনের সবকিছু ছিল; শুধু অর্ণবের সাড়া পাওয়াই বাকি।

পর্ব ৮৯: গোপন বৈঠক

GeneCore-এর শীর্ষ কর্মকর্তারা শহরের বাইরে এক গোপন অবস্থানে মিলিত হলেন। লম্বা, গম্ভীর কক্ষের চারপাশে আলোয় ঝিকঝিক করা টেবিলের চারপাশে বসে, তারা শুধুমাত্র এক বিষয় নিয়ে আলোচনা করছিল—কীভাবে ড. অর্ণব সেনের 'হাইফা জিন' তাদের দখলে আনা যায়। কক্ষের বাতাসে উত্তেজনা এবং রহস্যের মিশ্রণ স্পষ্ট ছিল।

প্রথমেই কেউ প্রস্তাব দিল, অর্ণবকে প্রলোভিত করা যাক। কিন্তু তাতেও তর্ক শুরু হল। একজন বলল, "অর্ণব তার আবিষ্কারের প্রতি এত আবেগপ্রবণ যে, সে সহজে আমাদের দিক নির্দেশনা মানবে না। আমাদের পরিকল্পনা এমন হতে হবে যা সে প্রত্যাখ্যান করতে না পারে।" অন্য একজন মন্তব্য করলেন, "তার সাথে চুক্তি করা মানে আমরা আমাদের

নিয়ন্ত্রণের অর্ধেকই হারাব। আমরা এমন কোনো পথ নিতে পারি না যা আমাদের প্রভাব সীমিত করবে।"

বৈঠকের মধ্যে এক চক্রান্তমূলক সিদ্ধান্ত গৃহীত হলো। বোর্ডের সদস্যরা ঠিক করলেন, কোনো চুক্তি নয়, কোনো সমঝোতা নয়। তাদের লক্ষ্য এক—জোরপূর্বক গবেষণাটি ছিনিয়ে নেওয়া। তারা বুঝতে পারল, শুধু অর্ণবকে প্রলোভিত করা যথেষ্ট নয়; তাকে অবাক করা, তার নিরাপত্তা ভঙ্গ করা এবং ল্যাবের সমস্ত কন্ট্রোল নিজেদের হাতে আনা আবশ্যক।

তারা বৈঠকে আরও আলোচনা করল কিভাবে GeneCore-এর গোয়েন্দা ও নিরাপত্তা দলকে কাজে লাগানো যায়। রাতের অন্ধকারে দ্রুত এবং নিঃশব্দে ল্যাবে প্রবেশ, অর্ণবকে বিভ্রান্ত করা এবং হাইফা জিনের সমস্ত নথি চুরি করা—এমন সব পরিকল্পনার খসড়া তৈরি হল। শীর্ষ কর্মকর্তারা সিদ্ধান্ত নিলেন, এই অভিযান সফল করতে প্রযুক্তিগত সরঞ্জাম, অস্ত্র এবং তথ্য সংগ্রহের দিক থেকে সম্পূর্ণ প্রস্তুতি নেওয়া হবে।

বৈঠকের সমাপ্তিতে তারা একমত হল, এই লোভ, ক্ষমতা এবং জ্ঞানকে হাতছাড়া করা যাবে না। GeneCore-এর জন্য, অর্ণবের গবেষণা কেবল একটি বৈজ্ঞানিক আবিষ্কার নয়, বরং এক অসীম ক্ষমতার চাবিকাঠি। যদি তারা সফল হয়, তবে পৃথিবীর শক্তির ভারসাম্য পুরোপুরি তাদের হাতে চলে আসবে।

সেই মুহূর্তে, চারপাশে অন্ধকারে জমে থাকা সিদ্ধান্ত এবং রহস্যের ছায়া GeneCore-এর কর্মকর্তাদের মনে এক ধরনের উত্তেজনা এবং আশঙ্কা সৃষ্টি করল। তারা জানত,

অর্ণবের সঙ্গে সরাসরি সংঘাত ঝুঁকিপূর্ণ, কিন্তু জিনের এই শক্তি তাদের দখলে আসলেই তা সমস্ত ঝুঁকি এবং সতর্কতাকে অগণ্য করবে।

এই গোপন বৈঠক থেকে একটি স্পষ্ট বার্তা উঠে এল—অর্ণব একাই থাকলেও, তার আবিষ্কার শুধুমাত্র বিজ্ঞানী বা মানবতার জন্য নয়, বরং বিশ্বকে নতুন এক অপ্রতিরোধ্য শক্তির দিকে ঠেলে দিতে পারে। GeneCore প্রস্তুত, পরিকল্পনা হাতে, এবং অর্ণবের প্রতিটি পদক্ষেপ তাদের নজরে।

পর্ব ৯০: জৈব অস্ত্র তৈরির পরিকল্পনা

GeneCore-এর শীর্ষ কর্মকর্তারা বৈঠকের পরবর্তী ধাপে প্রবেশ করলেন। এবার আলোচনার কেন্দ্রবিন্দু হল—ড. অর্ণবের 'হাইফা জিন'-কে কেবল গবেষণার সীমায় রাখতে নয়, বরং এটিকে একটি কার্যকরী জৈব অস্ত্র হিসেবে ব্যবহার করা। তাদের পরিকল্পনা ছিল অত্যন্ত বিস্তারিত এবং ছকবদ্ধ।

প্রথমেই তারা ঠিক করল, এই জিনকে একটি পরিবহনযোগ্য মাধ্যমের মধ্যে সংযুক্ত করতে হবে। তারা একটি বিশেষ ভাইরাস তৈরি করার কথা ভাবল, যা মানবদেহে প্রবেশের সঙ্গে সঙ্গে 'হাইফা জিন'-কে সক্রিয় করবে। ভাইরাসটি যাতে দ্রুত এবং প্রায় নিঃশব্দে মানুষের মধ্যে ছড়াতে পারে, সেই দিকটি তাদের প্রধান লক্ষ্য ছিল।

একজন বিজ্ঞানী বোর্ডে বললেন, "যদি আমরা এটিকে নিরাপদভাবে নিয়ন্ত্রণ করতে না পারি, তবে এটি বিপুল ক্ষতি ডেকে আনতে পারে। আমাদের ভাইরাসের প্রতিটি ধাপ পরীক্ষিত এবং নিরাপদ হতে হবে।" তবে অন্য সদস্যরা

নীরবভাবে মাথা নেড়ে বোঝালেন, তারা কোনো ঝুঁকি নিতে রাজি। তাদের কাছে লক্ষ্য এক—সর্বোচ্চ শক্তি অর্জন।

পরবর্তী আলোচনায় তারা নির্ধারণ করল, কাদের উপর এই ভাইরাস পরীক্ষা করা হবে। প্রাথমিকভাবে সৈনিক এবং বিশেষ বাহিনী নির্বাচিত হবে, যাদের প্রশিক্ষণ দিয়ে তারা জিনের ক্ষমতা ব্যবহারের নির্দেশ দিতে পারবে। বোর্ডে এক ব্যক্তি বললেন, "আমরা যদি এই ক্ষমতাধর ব্যক্তিদের আমাদের নিয়ন্ত্রণে রাখতে পারি, তবে আমাদের শত্রুদের উপর একমাত্র আধিপত্য সহজেই প্রতিষ্ঠা করা সম্ভব।"

তারা আরও পরিকল্পনা করল ভাইরাসের বিস্তার কৌশল। শহর এবং সীমান্ত এলাকা থেকে শুরু করে, ধাপে ধাপে এটি বিশ্বের বিভিন্ন অঞ্চলে ছড়িয়ে দেওয়া হবে। প্রতিটি ধাপ গোপন ও নিখুঁতভাবে সম্পন্ন হবে, যাতে সাধারণ মানুষ বা আন্তর্জাতিক সংস্থা অজানাতে থাকে। এই কৌশল অনুসারে GeneCore একমাত্র বিশ্বশক্তি হিসেবে নিজেদেরকে প্রতিষ্ঠিত করতে পারবে।

একজন উচ্চপদস্থ কর্মকর্তা জোর দিয়ে বললেন, "এই জৈব অস্ত্র আমাদের জন্য কেবল শক্তি নয়, মানসিক প্রভাবও তৈরি করবে। মানুষ যখন জানবে না কী হচ্ছে, তখন তারা আমাদের চরমভাবে ভয় পাবে। এটাই প্রকৃত আধিপত্য।"

বোর্ডের অন্য সদস্যরা নীরবভাবে সম্মত হলেন, সবাই বুঝতে পারল, এই অস্ত্র কেবল শারীরিক শক্তি নয়, মানুষের মানসিক দিকেও প্রভাব ফেলবে।

পরিকল্পনার আরেকটি গুরুত্বপূর্ণ অংশ ছিল, জিনের অপ্রত্যাশিত পার্শ্বপ্রতিক্রিয়াকে নিয়ন্ত্রণ করা। তারা জানত, 'হাইফা জিন'-এর অঙ্গের অস্বাভাবিক বৃদ্ধি এবং নিয়ন্ত্রণ হারানো ক্ষমতা বিপদজনক হতে পারে। তাই GeneCore বিশেষ ডিভাইস এবং মনিটরিং সিস্টেম তৈরি করবে, যা যোদ্ধাদের ওপর নিয়ন্ত্রণ নিশ্চিত করবে।

বৈঠক শেষে বোর্ডের সিদ্ধান্ত ছিল স্পষ্ট—অর্ণবের গবেষণা চুরি করা, জিন সংগ্রহ করা, এবং ধাপে ধাপে এটি একটি সুপরিকল্পিত জৈব অস্ত্রে রূপান্তর করা। তাদের নৈতিকতা বা মানবতার কোনো প্রশ্ন ছিল না; শুধুই লক্ষ্য—সর্বাধিক শক্তি, সর্বাধিক নিয়ন্ত্রণ।

এই পরিকল্পনার মধ্য দিয়ে বোর্ড বুঝতে পারল, একদিকে তারা জৈব অস্ত্রের সৃজন করবে, অন্যদিকে বিশ্বের শক্তি ভারসাম্য সম্পূর্ণভাবে নিজেদের হাতে নেবে। GeneCore-এর উচ্চাকাঙ্ক্ষা সীমাহীন, এবং এই জিন তাদের হাতছাড়া হওয়ার কোনো সুযোগ নেই।

পর্ব ৯১: সিদ্ধান্ত

GeneCore-এর উচ্চপদস্থ কর্মকর্তারা বৈঠকের শেষে চূড়ান্ত সিদ্ধান্তে পৌঁছালেন। তারা একমত হলেন যে, তাদের প্রথম এবং সবচেয়ে জরুরি কাজ হলো ভারতীয় ল্যাবে প্রবেশ করা, যেখানে ড. অর্ণব সেন তার 'হাইফা জিন'-এর গবেষণা চালাচ্ছেন। ল্যাবটি অত্যন্ত নিরাপদ মনে হলেও, GeneCore জানত অর্ণবের অগোচরে প্রবেশ করা এক কঠিন এবং বিপজ্জনক কাজ হবে।

বৈঠকে একজন কর্মকর্তা বললেন, "আমরা সরাসরি তার সঙ্গে কোনো আলোচনা করব না। আমাদের লক্ষ্য শুধু তথ্য এবং নমুনা সংগ্রহ করা। যদি প্রয়োজন হয়, অর্ণবকে হুমকি দেখানোও বাঞ্ছনীয়।" অন্য সদস্য যোগ করলেন, "এই গবেষণা যদি আমাদের হাতে আসে, তবে এর ফলাফল কেবল সামরিক নয়, অর্থনৈতিক এবং রাজনৈতিক দিক থেকেও বিশ্বে আমাদের প্রভাব বাড়াবে। ঝুঁকি যতই বড় হোক, পুরস্কার তার চেয়ে অনেক বেশি।"

তারা মিশনটির পরিকল্পনা শুরু করল। প্রথমে তারা অর্ণবের ল্যাবের অবস্থান, নিরাপত্তা ব্যবস্থা, কর্মীদের সংখ্যা এবং সম্ভাব্য বাধাগুলি বিশ্লেষণ করল। তারা জানত, ল্যাবের নিরাপত্তা মানে শুধু দরজা বা সিসিটিভি নয়, বরং অর্ণবের নিজস্ব সতর্কতা এবং যন্ত্রপাতি নজরদারিও এক ধরনের প্রতিবন্ধকতা।

পরিকল্পনায় তারা সিদ্ধান্ত নিল যে, একটি বিশেষ প্রশিক্ষিত টিম পাঠানো হবে। এই টিমের সদস্যরা একদিকে প্রযুক্তিগত দক্ষতায় পারদর্শী হবে, অন্যদিকে কোনো বিপদের মুখোমুখি হলে তা সামলানোর জন্য প্রস্তুত থাকবে। তারা অর্ণবকে কোনো ধরনের সরাসরি আঘাত না করেই তার কাছ থেকে সমস্ত গুরুত্বপূর্ণ ডেটা, নোটবুক এবং 'হাইফা জিন'-এর নমুনা সংগ্রহ করবে।

বৈঠকের একাংশে বোর্ডের একজন সদস্য বললেন, "আমাদের প্রথম কাজ হবে অর্ণবকে মানসিকভাবে চাপ সৃষ্টি করা। তাকে জানানো হবে যে তার গবেষণা আমাদের হাতে চলে

গেছে, এবং আমাদের সঙ্গে বিরোধ করলে বিপদ বৃদ্ধি পাবে।" এই কথাগুলো বোর্ডের সবাই একমত হল। তাদের মতে, অর্ণবের উচ্চাকাঙ্ক্ষা এবং অহংকার তাকে নিজেদের পরিকল্পনার দিকে ধাবিত করবে।

GeneCore-এর কর্মকর্তারা আরও লক্ষ্য করল, মিশনের সময় পুরো প্রক্রিয়াটি নিখুঁতভাবে গোপন রাখতে হবে। আন্তর্জাতিক নজরদারি এড়ানোর জন্য তারা প্রযুক্তি, ড্রোন, এবং সিসিটিভি হ্যাকিং ব্যবহার করবে। তাদের ধারণা অনুযায়ী, একবার এই মিশন সফল হলে, তারা একদম নিঃশব্দে এবং দ্রুত সব তথ্য হাতিয়ে নিতে পারবে।

সবশেষে, GeneCore বোর্ড একমত হল যে, ঝুঁকি যতই বড় হোক, এই মিশনের সম্ভাব্য ফলাফল বিশ্বের সামরিক শক্তি এবং জৈব প্রযুক্তিতে তাদের এক নতুন আধিপত্য নিশ্চিত করবে। এই সিদ্ধান্তে বোর্ডের মধ্যে এক ধরনের উদ্দীপনা এবং উচ্চাকাঙ্ক্ষার আবেশ তৈরি হলো। তারা জানত, এই মিশন শুধু অর্ণবের গবেষণা নয়, পুরো মানবতার ভবিষ্যতের জন্য এক গুরুত্বপূর্ণ পদক্ষেপ হতে চলেছে।

এভাবে GeneCore-এর কর্মকর্তারা স্থির করলেন—অর্ণবের ল্যাবে প্রবেশ করা, তার গবেষণা কৌশলে দখল করা এবং 'হাইফা জিন'-কে তাদের সামরিক ও জৈব অস্ত্র তৈরির প্রকল্পের জন্য ব্যবহার করা হবে। ঝুঁকি বড়, কিন্তু পুরস্কার সীমাহীন।

পর্ব ৯২: অ্যালেক্স রেইডের আগমন

GeneCore-এর গোপন মিশনের জন্য নির্বাচিত সেরা এজেন্ট অ্যালেক্স রেইড শহরে এসে পৌঁছালেন। অ্যালেক্স একজন প্রাক্তন সেনা এবং জৈব প্রযুক্তির বিশেষজ্ঞ। তার চোখে ছিল প্রফুল্ল কৌশল এবং অভিজ্ঞতার এক অদম্য আলো। তিনি জানতেন, এই মিশন শুধুই ফিজিক্যাল দক্ষতার উপর নির্ভর করবে না; জৈবিক জ্ঞান, দ্রুত সিদ্ধান্ত নেওয়ার ক্ষমতা এবং নিখুঁত সজাগতা ছিল তার সবচেয়ে বড় অস্ত্র।

অ্যালেক্সের প্রথম কাজ ছিল ল্যাবের অবস্থান নির্ধারণ করা এবং অর্ণবের দৈনন্দিন রুটিন পর্যবেক্ষণ করা। সে শহরের বিভিন্ন নির্জন এলাকা এবং নিরাপত্তা তল্লাশির মাধ্যমে জানল, ল্যাবের নিরাপত্তা ব্যবস্থা কিছুটা দুর্বল হলেও, অর্ণব নিজেই প্রযুক্তিগত সতর্কতায় পারদর্শী। তাই সরাসরি প্রবেশের আগে তাকে যথেষ্ট প্রস্তুতি নিতে হবে।

অ্যালেক্স রাতে নিখুঁত পোশাকে, ড্রোন ও সেন্সর ব্যবহার করে ল্যাবের চারপাশে নজরদারি চালাল। সে লক্ষ্য করল, ল্যাবের চারপাশে কিছু মাত্র সিসিটিভি ক্যামেরা আছে, তবে মানুষের উপস্থিতি খুব কম। এই তথ্য তার পরিকল্পনায় বড় সুবিধা এনে দিল।

তার মনের মধ্যে স্পষ্ট ছিল যে, অর্ণবকে সরাসরি হুমকি দেখানো বা কোনো প্রকার সহিংসতা ঘটানো এড়ানো প্রয়োজন। এজেন্ট হিসাবে তার মূল লক্ষ্য ছিল—তথ্য ও নমুনা হাতিয়ে নেওয়া। একদিকে তাকে জৈব পরীক্ষাগারের জটিল যন্ত্রপাতি ও তথ্য সংগ্রহ করতে হবে, অন্যদিকে অর্ণবের প্রতিক্রিয়া ও নিরাপত্তা ব্যবস্থার সঙ্গে মানিয়ে নিতে হবে।

অ্যালেক্স নিজেকে আত্মবিশ্বাসী করে বলল, "এই মিশন শুধু একটি অভিযান নয়, এটি জৈব প্রযুক্তির ইতিহাসে এক উল্লেখযোগ্য পদক্ষেপ। একবার সফল হলে, আমরা হাইফা জিনের সমস্ত তথ্য নিজের হাতে নিয়ে আসব এবং GeneCore-এর পরিকল্পনা বাস্তবায়ন করতে পারব।"

তার পরিকল্পনা ছিল সূক্ষ্ম ও নিখুঁত। প্রথমে ল্যাবের দরজা ও সিসিটিভি সিস্টেম হ্যাক করা, এরপর অর্ণবকে অচেতন করার জন্য নিখুঁত কৌশল ব্যবহার করা এবং সব গুরুত্বপূর্ণ ডেটা ও জিনের নমুনা সংগ্রহ করা। সবকিছু নিখুঁতভাবে সম্পন্ন করার পর, সে তাড়াতাড়ি ল্যাব থেকে বেরিয়ে যাবে, যেন কেউ জানতে পারে না।

অ্যালেক্স জানত, মিশনটি বিপজ্জনক। যদি কোনো ভুল হয়, তাহলে তার জীবনও বিপদে পড়বে। কিন্তু তার অভিজ্ঞতা, প্রযুক্তি জ্ঞান এবং সামরিক দক্ষতা তাকে আত্মবিশ্বাসী করছিল। সে নিশ্চিত ছিল, এই মিশন সফল হলে GeneCore বিশ্বের সামরিক ও জৈব প্রযুক্তিতে এক নতুন আধিপত্য প্রতিষ্ঠা করবে।

এই ভাবনা নিয়ে অ্যালেক্স তার রাতে নিখুঁত প্রস্তুতি সম্পন্ন করল। তার চোখে তখন এক ধরনের স্থিরতা এবং সংকল্প দেখা যাচ্ছিল। তিনি জানতেন, অর্ণবের ল্যাবে প্রবেশ করা, তার গবেষণা কৌশলে দখল করা এবং 'হাইফা জিন'-এর সব তথ্য GeneCore-এর হাতে এনে দেওয়া—এই মিশন হবে তার জীবনের সবচেয়ে বড় চ্যালেঞ্জ।

এভাবে অ্যালেক্স রেইডের আগমন GeneCore-এর গোপন মিশনের প্রথম ধাপ সম্পন্ন করল। তার পরিকল্পনা, দক্ষতা এবং অভিজ্ঞতা মিলিয়ে, এবার সময় এসেছে ল্যাবের ভিতরে ঢুকে এই বিপজ্জনক অভিযান শুরু করার।

পর্ব ৯৩: মিশন শুরু

অ্যালেক্স রেইড ভারতে প্রবেশ করল সাধারণ বিজ্ঞানীর ছদ্মবেশে। তার হাতে অর্ণবের ল্যাবের সব তথ্য ও মানচিত্র ছিল। শহরের ভিড়ের মধ্যে অ্যালেক্স নিঃশব্দে মিশে গেলেন, যেন কোনো ছায়া। তিনি জানতেন, অর্ণব এখন মানসিকভাবে দুর্বল—তার গবেষণার ব্যর্থতা এবং স্বেচ্ছাসেবকদের প্রতি অনিয়ন্ত্রিত প্রভাব তার মনকে ভেঙে ফেলেছে।

প্রথম পদক্ষেপ ছিল—ল্যাবের বাইরে থেকে অর্ণবকে পর্যবেক্ষণ করা। অ্যালেক্স ক্যামেরা, মাইক্রোড্রোন এবং দূরসংবেদী যন্ত্র ব্যবহার করলেন। তিনি লক্ষ্য করলেন, অর্ণব দিনের বেশিরভাগ সময় ল্যাবের এক কোণায় বসে থাকে, অল্প অল্প নোট লিখে এবং তার স্বেচ্ছাসেবকদের অস্বাভাবিক আচরণ নিয়ে চিন্তিত।

অ্যালেক্স বুঝলেন, অর্ণবের একগুঁয়েমি এবং অহংকার এখন তার দুর্বল দিক। তাই সরাসরি হুমকি দেওয়ার পরিবর্তে তিনি আরও নিখুঁতভাবে পরিকল্পনা করতে শুরু করলেন। তিনি ল্যাবের প্রবেশপথ, নিরাপত্তা ব্যবস্থা এবং সময়সূচি নিয়ে খুঁটিনাটি বিশ্লেষণ করলেন।

সন্ধ্যার দিকে অ্যালেক্স তার নজর ল্যাবের পিছনের দরজায় স্থির করলেন। তিনি লক্ষ্য করলেন, নিরাপত্তা প্রায় শূন্য, এবং

সিসিটিভি ক্যামেরার কোণাও সীমিত। এই সুযোগটি ছিল নিখুঁত—এবারই তিনি ল্যাবে প্রবেশের সিদ্ধান্ত নিলেন।

মনের মধ্যে অ্যালেক্স চিন্তা করলেন, "একবার ঢুকলেই সব কিছু শেষ। আমি শুধু তথ্য ও নমুনা সংগ্রহ করব, অর্ণবকে কোন ক্ষতি দেব না। তার মানসিক দুর্বলতা আমাকে সহায়তা করবে। তবে এক ভুল, আর সব ধ্বংস।"

রাত্রি নেমে এল। অ্যালেক্স ঢেউয়ের মতো নিঃশব্দে ল্যাবের দিকে এগোতে লাগলেন। তার প্রতিটি পদক্ষেপ ছিল প্রফুল্ল সতর্কতার প্রতীক। তিনি জানতেন, এটি শুধু একটি অভিযান নয়; এটি GeneCore-এর জন্য এক নির্ধারক মুহূর্ত।

প্রবেশের মুহূর্তে অ্যালেক্সের চোখে স্থিরতা, মনোযোগ এবং অভিজ্ঞতার প্রকাশ। তার লক্ষ্য পরিষ্কার—অর্ণবকে পর্যবেক্ষণ করে, গবেষণার সব তথ্য এবং হাইফা জিনের নমুনা GeneCore-এর হাতে নেওয়া। কোনো সম্ভাব্য ঝুঁকি মোকাবিলা করতে তিনি প্রস্তুত।

এভাবেই মিশন শুরু হলো। অ্যালেক্স রেইডের পরিকল্পনা, ধৈর্য এবং নিখুঁত কৌশল তাকে নিয়ে যাবে অর্ণবের ল্যাবের গভীরে, যেখানে প্রতিটি মুহূর্তে অপেক্ষা করছে বিপজ্জনক চ্যালেঞ্জ এবং অপ্রত্যাশিত বিপদ।

পর্ব ৯৪: অ্যালেক্সের উদ্দেশ্য

অ্যালেক্স রেইড গভীরভাবে জানতেন যে তার মিশনটি কেবল একটি অভিযান নয়; এটি একটি বিপজ্জনক দায়িত্ব, যা সম্পূর্ণভাবে GeneCore-এর স্বার্থে। তার হাতে থাকা তথ্য অনুযায়ী, হাইফা জিন শুধু অঙ্গ-প্রত্যঙ্গ পুনরুজ্জীবিত করে না,

বরং মানুষের শারীরিক ক্ষমতাকে বহুগুণ বৃদ্ধি করতে পারে। এটি ভুল হাতে পড়লে, পৃথিবীর নিরাপত্তা এবং মানবজীবনের জন্য বড় ধরনের হুমকি তৈরি হতে পারে।

অ্যালেক্স তার মনের মধ্যে বারবার নিজেকে মনে করিয়ে দিচ্ছিল, "আমি যেকোনো ঝুঁকি নিতে প্রস্তুত। এটা GeneCore-এর স্বার্থ, এবং আমার কর্তব্য।" তার চোখে দৃঢ়তা ছিল, কারণ সে জানত—এই মিশনে ব্যর্থ হলে, শুধু তার নয়, পুরো সংস্থার পরিকল্পনা ধ্বংস হয়ে যাবে।

তিনি ল্যাবের মানচিত্র পুনরায় পরীক্ষা করলেন। প্রতিটি কক্ষ, প্রতিটি যন্ত্রপাতি, নিরাপত্তার দুর্বলতা—সবকিছু তার জানা ছিল। কিন্তু অ্যালেক্স জানতেন যে সবচেয়ে বড় চ্যালেঞ্জ হবে অর্ণবকে সরাসরি মোকাবিলা করা। অর্ণব এখন মানসিকভাবে ভেঙে গেছে, কিন্তু তার বৈজ্ঞানিক অহংকার এবং উদ্দীপনা তাকে বিপজ্জনক করে তুলেছে।

অ্যালেক্স পরিকল্পনা করলেন, প্রথমে নিঃশব্দে ল্যাবে প্রবেশ এবং অর্ণবের কার্যক্রম পর্যবেক্ষণ। কোনো ধরনের সতর্কতা বা আচরণে হঠাৎ পরিবর্তন দেখা দিলে, তিনি সঙ্গে সঙ্গে পলিসি অনুযায়ী জোর ব্যবহার করে পরিস্থিতি নিয়ন্ত্রণ করবেন। তবে তার লক্ষ্য ছিল কোনো অপ্রয়োজনীয় ক্ষতি না করা; শুধুমাত্র তথ্য এবং নমুনা সংগ্রহ করা।

রাত্রির অন্ধকারে অ্যালেক্স ল্যাবের পিছনের দরজার দিকে এগোলেন। তার প্রতিটি পদক্ষেপ নিখুঁতভাবে পরিকল্পিত। ধীরে ধীরে তিনি বুঝলেন, শুধু প্রবেশ করলেই নয়, তাকে অর্ণবের সাইকোলজি বোঝাও জরুরি। অর্ণবের অহংকার,

আত্মবিশ্বাস এবং তুচ্ছ নৈতিক দ্বিধা—সবকিছুই তাকে সাহায্য করবে।

অ্যালেক্সের মনে একাধিক দৃশ্য ঘুরপাক খাচ্ছিল। যদি জিনটি ছড়িয়ে পড়ে, তা কেবল শক্তিশালী মানুষের জন্ম দেবে না, বরং সমাজে বিশৃঙ্খলা, অপ্রতিরোধ্য শক্তি, এবং অপ্রত্যাশিত বিপদ সৃষ্টি করবে। সে এই বিপদকে প্রতিহত করতে প্রস্তুত। তার হৃদয়ে একটি দৃঢ় সংকল্প গেঁথে গেল—যেকোনো উপায়ে হোক, হাইফা জিনের সমস্ত তথ্য এবং নমুনা GeneCore-এর নিরাপদ হাতে পৌঁছে দিতে হবে। সেই সঙ্গে, অর্ণবের জীবনে সম্ভাব্য ক্ষতি সর্বনিম্ন রাখতে হবে। তার অভিজ্ঞতা, কৌশল এবং সাহস তাকে এই মিশনে এগিয়ে নেবে।

এই মুহূর্তে, অ্যালেক্স শুধু একজন এজেন্ট ছিল না; সে ছিল GeneCore-এর হাত ধরে বিশ্বকে নিয়ন্ত্রণ করার এক গুপ্ত হাতিয়ার। তার উদ্দেশ্য পরিষ্কার—ল্যাবের গভীরে প্রবেশ করা, অর্ণবকে পর্যবেক্ষণ করা, এবং হাইফা জিনের প্রতিটি গোপন তথ্য নিরাপদে GeneCore-এর হাতে পৌঁছে দেওয়া।

এই দৃঢ় সংকল্প এবং পেশাদারী মনোভাবই অ্যালেক্সকে নিয়ে যাবে বিপজ্জনক অভিযান এবং অপ্রত্যাশিত মোড়ের দিকে, যেখানে প্রতিটি মুহূর্তে অপেক্ষা করছে চ্যালেঞ্জ, বিপদ এবং অগণিত সিদ্ধান্ত। তার মন একটিমাত্র কথা বলছিল—"মিশন সফল করতে হবে, যেকোনো মূল্যে।"

পর্ব ৯৫: ল্যাবে অনুপ্রবেশ

রাতের অন্ধকারে ল্যাবের দরজা হালকা করে খোলা হলো। অ্যালেক্স রেইড ধীর পায়ে ভিতরে প্রবেশ করলেন। তার চোখ

সতর্কভাবে চারপাশ ঘুরিয়ে দেখল—প্রত্যেকটি যন্ত্র, প্রতিটি টেস্ট টিউব, এবং ল্যাবের প্রত্যেক কোণ তিনি মনে মনে চিহ্নিত করলেন। ল্যাবের ভিতরে একাকী ছিলেন ড. অর্ণব সেন। তার মন স্বেচ্ছাসেবকদের বিকৃত অবস্থার চিন্তায় ব্যস্ত, অল্পতেই তিনি সতর্ক হয়ে ওঠেন।

অর্ণব যন্ত্রপাতির দিকে মনোযোগ দিয়ে দাঁড়িয়ে ছিলেন, যখন হঠাৎ অ্যালেক্স তার সামনে এসে দাঁড়াল। অর্ণব অবাক হয়ে পিছনে হেঁটে গেল, চোখ বড় হয়ে গেল। "তুমি কে?"—সে প্রশ্ন করল, কণ্ঠে কম্পমান উত্তেজনা।

অ্যালেক্স ধীরে ধীরে বললেন, "আমার নাম অ্যালেক্স রেইড। আমি একজন গবেষক নই—আমি GeneCore-এর পক্ষ থেকে এসেছি। আমি জানি আপনার গবেষণার সব তথ্য এবং হাইফা জিনের নমুনা কোথায় আছে।"

অর্ণব চমকে তাকাল। তার চোখে বিস্ময় এবং হুমকির মিশ্রণ ফুটে উঠল। তিনি কাঁপতে কাঁপতে বললেন, "কী উদ্দেশ্যে এখানে এসেছ? তুমি কী করতে চাও?"

অ্যালেক্স সরাসরি মুখে বললেন, "আমি এখানে কোনো আক্রমণের জন্য আসিনি। আমি জানি আপনার গবেষণা কতটা বিপজ্জনক হতে পারে। আমাদের লক্ষ্য হল এই জিনের সমস্ত তথ্য এবং নমুনা GeneCore-এর নিরাপদ হাতে পৌঁছে দেওয়া। আপনার স্বেচ্ছাসেবকরা এবং আপনি কেউ আহত হবেন না, যদি আপনি সহযোগিতা করেন।"

অর্ণব থমকে গেল। তার মধ্যে ভয় এবং হঠাৎ সতর্কতার ছাপ পড়ল। তার মন বলল, "তুমি জানো না তুমি কাকে সামনায় পেয়েছ।" তার চোখে এক অদ্ভুত জিজ্ঞাসা ভরা আতঙ্ক।

অ্যালেক্স ধীর কণ্ঠে বললেন, "আমি জানি আপনি মানসিকভাবে দুর্বল আছেন, কিন্তু এই জিন যদি ভুল হাতে চলে যায়, মানবজাতির জন্য বিপদ হবে। আমি চাই আপনিও চাইবেন যে এটি নিরাপদে ব্যবহৃত হোক।"

অর্ণব নিজেকে সামলাতে চেষ্টা করল, কিন্তু ভয় এবং অহংকারের সংঘর্ষ তাকে কম্পমান করল। "আমার কাজ সাফল্যের মুখ দেখেছে, এবং কেউ আমার স্বপ্নে হস্তক্ষেপ করতে পারবে না,"—সে বলল, কণ্ঠে অদ্ভুত দৃঢ়তা।

অ্যালেক্স চুপচাপ নোটবুক এবং ল্যাপটপের দিকে তাকাল। সে জানল অর্ণবের অহংকার তাকে জটিল করবে। "ড. সেন,"—তিনি ধীরে বললেন, "আমি চাই আপনার সঙ্গে সহমত পোষণ করতে। আমরা ঝুঁকি কমাতে চাই। আপনার স্বেচ্ছাসেবকরা, গবেষণা, সবই নিরাপদে থাকবে। কিন্তু আমরা চাই এই তথ্য আমাদের হাতে থাকুক।"

অর্ণব কিছুক্ষণ চুপচাপ ছিলেন। তার চোখে বিব্রত এবং দ্বিধা একসাথে ফুটে উঠল। তার চিন্তায় ঝড় উঠল—এই গবেষণা সফল হয়েছে, কিন্তু এটি নৈতিকভাবে সঠিক কি না, তা এখন প্রশ্নবিদ্ধ।

অ্যালেক্স ধীরে এক ধাপ এগিয়ে এল। "আপনি যদি সহযোগিতা না করেন, আমি বাধ্য হয়ে জোর প্রয়োগ করতে

পারি। কিন্তু আপনি যদি চান, আমরা হিউম্যান গার্ড এবং GeneCore-এর নিরাপদ পরিবেশে সবকিছু স্থানান্তর করব।"

অর্ণবের হাত কিছুটা কাঁপল। তার মনে উদিত হলো, সম্ভবত এই পরিস্থিতি থেকে তাকে বাঁচার একমাত্র উপায় হলো এই এজেন্টের সঙ্গে সমঝোতা করা। তার মুখে অচেতন এক জিজ্ঞাসা—"আমি কি সত্যিই সহযোগিতা করব?"

অ্যালেক্স ধীর কণ্ঠে বললেন, "সময় কম, ড. সেন। সিদ্ধান্ত নিন। আমরা চাই মানুষের জীবন ও এই গবেষণা দুটোই নিরাপদ থাকুক।"

এই মুহূর্তে ল্যাবের পরিবেশে এক অদ্ভুত চাপ তৈরি হলো। অর্ণব বুঝতে পারল—এটি তার গবেষণার প্রথম সত্যিকারের পরীক্ষার মুহূর্ত। যদি সে ভুল সিদ্ধান্ত নেয়, তার গবেষণা, স্বেচ্ছাসেবক এবং তার নিজ জীবনও বিপদের মুখোমুখি হবে।

অ্যালেক্স শুধু একজন এজেন্ট ছিলেন না; তিনি একটি বিপদসংকেত, যা অর্ণবকে তার নৈতিকতা এবং বৈজ্ঞানিক উচ্চাকাঙ্ক্ষার মধ্যে খুঁজে পেতে বাধ্য করল। তিনি জানতেন, এক মুহূর্তের সিদ্ধান্তে পুরো অভিযান সাফল্য বা বিপর্যয়ে পরিণত হবে।

ল্যাবের সেই অন্ধকার ঘরে অ্যালেক্স এবং অর্ণব—দুটি শক্তিশালী মন—এক মুহূর্তে দাঁড়িয়ে ছিল। এটি কেবল একটি সাক্ষাৎ নয়, এটি ছিল সিদ্ধান্তের মঞ্চ, যেখানে প্রতিটি কথা, প্রতিটি দৃষ্টিকোণ, প্রতিটি পদক্ষেপের মূল্য অগণিত।

পর্ব ৯৬: হুমকি ও প্রস্তাব

ল্যাবের নীরবতা ভেঙে গেল অ্যালেক্সের দৃঢ় কণ্ঠে। তিনি অর্ণবের দিকে তাকিয়ে বললেন, "ড. সেন, আপনার গবেষণা এখন আমাদের হাতে। আপনি যদি সহযোগিতা না করেন, তবে আপনার ভবিষ্যৎ অন্ধকারে ঢেকে যাবে। আপনার সমস্ত কাজ, আপনার স্বপ্ন, সবই হারিয়ে যেতে পারে।"

অর্ণব কিছুটা স্থির হয়ে দাঁড়াল। তার চোখে হতাশা আর সন্দেহের ছাপ। তার মনে হচ্ছিল, কেমন করে একটি মানুষ—এমনকি একজন বিদেশী এজেন্ট—তার গবেষণার সমস্ত নিয়ন্ত্রণ নিতে পারে। কিন্তু একই সঙ্গে তার মধ্যে এক অদ্ভুত আগ্রহও জন্ম নিল।

অ্যালেক্স ধীরে এগিয়ে এল এবং বললেন, "আমি এখানে হুমকি দিতে আসিনি শুধু। আমি আপনাকে একটি সুযোগও দিতে এসেছি। আপনি আমাদের সঙ্গে সহযোগিতা করুন। আমরা আপনার 'হাইফা জিন'কে আন্তর্জাতিক পর্যায়ে তুলে ধরব। আপনার নাম থাকবে ইতিহাসের পাতায়। আপনি শুধু একটি গবেষক হবেন না, বরং একটি মহান বৈজ্ঞানিক হিসেবে স্বীকৃত হবেন।"

অর্ণব কিছুক্ষণ চুপচাপ থাকল। তার মনে উদিত হলো—কত দিন ধরে সে কেবল নিজের ল্যাবের সীমিত সাফল্য এবং স্বেচ্ছাসেবকদের উপর পরীক্ষা নিয়ে ভাবছিল। কিন্তু এখন, এই সুযোগ তাকে বিশ্বের সামনে একটি বিশাল বিজ্ঞানী হিসেবে প্রতিষ্ঠিত করার প্রতিশ্রুতি দিচ্ছিল।

অ্যালেক্স কথা বলল, "আপনি জানেন, এই জিনের ক্ষমতা সীমাহীন। আমরা এটিকে কেবল বৈজ্ঞানিক উদ্ভাবনার জন্য

ব্যবহার করতে চাই, কিন্তু আমরা চাই আপনার দক্ষতা, আপনার জ্ঞান আমাদের সঙ্গে থাকুক। আপনি আমাদের পথপ্রদর্শক হবেন।"

অর্ণবের হৃদয় দ্রুত ধুকছে। তার মনে হলো, এতদিনের কঠোর পরিশ্রম, পরীক্ষা-নিরীক্ষা, রাতের অন্ধকারে কাটানো সময়—সবই এই এক মুহূর্তের জন্য। তার চোখে একটি অদ্ভুত চমক ফুটে উঠল।

তবে, ভেতরে অর্ণব জানত, এটি শুধুই সুযোগ নয়; এটি একই সঙ্গে একটি বড় বিপদও। GeneCore-এর মতো শক্তিশালী সংস্থা তার গবেষণাকে ব্যবহার করতে পারে এমনভাবে, যা অরণব কল্পনাও করতে পারছিল না। তার নৈতিকতা এখন তার উচ্চাকাঙ্ক্ষার সঙ্গে দ্বন্দ্বে প্রবেশ করল।

অ্যালেক্স আরও বলল, "আপনি যদি সহযোগিতা করেন, তবে আমাদের সঙ্গে আপনি আপনার জিনের সীমা পরীক্ষা করতে পারবেন, নতুন নতুন গবেষণার সুযোগ পাবেন। আর যদি না করেন, তবে আমরা বাধ্য হয়ে আপনার ল্যাব এবং সমস্ত তথ্য আমাদের দখলে নেব। আপনার জীবন আর গবেষণা—দুইই ঝুঁকির মধ্যে থাকবে।"

অর্ণবের চোখের সামনে তার স্বপ্ন এবং বাস্তবের সীমানা বিভক্ত হয়ে গেল। একদিকে তার অহংকার, বৈজ্ঞানিক উচ্চাকাঙ্ক্ষা এবং বিশ্বখ্যাত হওয়ার লোভ; অন্যদিকে তার নৈতিকতা, স্বেচ্ছাসেবকদের নিরাপত্তা এবং মানবিক দায়িত্ব। ল্যাবের এই অন্ধকার কোণে দুই ব্যক্তি—একজন অভিজ্ঞ এজেন্ট, আর একজন মেধাবী কিন্তু অহংকারী বিজ্ঞানী—

মুখোমুখি দাঁড়াল। একটি মুহূর্তে স্থিরতা, তারপর ভয়, তারপর আকাঙ্ক্ষা। অ্যালেক্স জানিয়েছিল যে সময় তাদের বিরুদ্ধে কাজ করছে।

অর্ণব কণ্ঠে অবাঞ্ছিত কম্পন নিয়ে বলল, "আপনি কি নিশ্চিত যে আমার গবেষণা নিরাপদে থাকবে? আর আমার স্বেচ্ছাসেবকরা?"

অ্যালেক্স ধীর কণ্ঠে উত্তর দিলেন, "আপনার গবেষণা আমাদের নিরাপত্তার আওতায় থাকবে। স্বেচ্ছাসেবকদের ক্ষতি হবে না। তবে মনে রাখবেন, সিদ্ধান্ত আপনার হাতে। একবার আপনি হ্যাঁ বললে, আপনি বিশ্বকে দেখাবেন যে 'ড. অর্ণব সেন' শুধু গবেষক নয়, বরং এক মহান বিজ্ঞানী। কিন্তু না বললে, সব কিছু হারিয়ে যেতে পারে।"

অর্ণবের মন কেঁপে উঠল। সে বুঝতে পারল, এটি শুধু একটি প্রস্তাব নয়; এটি একটি চূড়ান্ত পরীক্ষা। GeneCore-এর সঙ্গে যোগদান করলে সে বৈজ্ঞানিক ইতিহাসের অংশ হবে, আর না করলে তার স্বপ্ন চূর্ণ হয়ে যাবে।

এক মুহূর্তের জন্য অর্ণব চোখ বন্ধ করে মাথায় চিন্তা করল—তার গবেষণার নৈতিকতা, মানবিক দায়িত্ব, এবং ব্যক্তিগত উচ্চাকাঙ্ক্ষা সব মিলিয়ে যেন একটি বিশাল ওভারলোড হয়ে দাঁড়াল। সে জানল, তার এই সিদ্ধান্ত মানবজাতির ভবিষ্যত এবং নিজের জীবনের ওপর গভীর প্রভাব ফেলবে।

ল্যাবের অন্ধকারে অ্যালেক্স চুপচাপ দাঁড়িয়ে ছিলেন, অপেক্ষা করছিলেন অর্ণবের প্রতিক্রিয়ার। প্রতিটি সেকেন্ড যেন একটি চরম উত্তেজনা নিয়ে অতিবাহিত হচ্ছে। অর্ণবের কণ্ঠে সেই

চূড়ান্ত শব্দ বের হবে—হ্যাঁ নাকি না—এটাই নির্ধারণ করবে তার ভবিষ্যৎ।

অর্ণব ধীরে মাথা নাড়ল। তার ভেতরের দ্বন্দ্ব এখনও শেষ হয়নি, কিন্তু এখন সিদ্ধান্ত নেওয়ার সময় এসেছে। তিনি বুঝতে পারলেন, এই মুহূর্তে তার উচ্চাকাঙ্ক্ষা এবং নৈতিকতার মধ্যে একটি চূড়ান্ত সমঝোতা খুঁজে বের করতে হবে।

ল্যাবের এই স্থির অন্ধকারে এক প্রজ্বলিত আলো—অ্যালেক্সের চোখের মধ্যে দৃঢ়তা এবং অর্ণবের মধ্যে দ্বন্দ্ব—দেখায় যে, সিদ্ধান্ত নেওয়া মানেই শুধু নিজের নয়, পৃথিবীর ভবিষ্যতেরও ভার নেওয়া।

এটি ছিল সেই মুহূর্ত, যখন অর্ণবের জীবনের সব চাওয়া, ভয়, উচ্চাকাঙ্ক্ষা এবং নৈতিক দ্বন্দ্ব একত্রিত হয়ে একটি মাত্র সিদ্ধান্তের অপেক্ষা করছিল।

পর্ব ৯৭: অর্ণবের প্রত্যাখ্যান

ল্যাবের নীরবতা যেন হঠাৎ স্থির হয়ে গেল অ্যালেক্সের কথার পরে। অর্ণব তার চেয়ারের ওপর বসে গভীরভাবে শ্বাস নিল। চোখের সামনে উঁকি দিচ্ছিল GeneCore-এর দুর্ধর্ষ প্রস্তাব—বিশ্বখ্যাত বিজ্ঞানী হওয়ার সুযোগ, সীমাহীন গবেষণার সুবিধা, আন্তর্জাতিক স্বীকৃতি।

কিন্তু অর্ণবের মনে এক কঠিন সত্য জেগে উঠল। তার হাত কেঁপে উঠল, কিন্তু হৃদয় স্থির। সে জানত, এই জিন যদি এমন সংস্থার হাতে চলে যায়, মানুষের জীবন আর কোনো

মানুষের নিয়ন্ত্রণে থাকবে না। এটি কেবল ক্ষমতা নয়, এটি স্বাধীনতার ওপর এক অবাঞ্ছিত জবরদস্তি।

অর্ণব ধীর কণ্ঠে বলল, "আপনি যা দেখছেন, তা একটি দানবের সৃষ্টি। এটি মানুষের জন্য ক্ষমতা দেয় না, বরং তাদের স্বাধীনতা কেড়ে নেয়। আমি এমন কিছু তৈরি করেছি যা যদি ভুল হাতে পড়ে, মানবজাতিকে এক নতুন সংকটে ফেলতে পারে।"

অ্যালেক্স কিছুক্ষণ চুপচাপ দাঁড়িয়ে রইল। তার চোখে বিস্ময় আর কিছুটা শ্রদ্ধার মিশ্রণ দেখা গেল। তিনি বুঝতে পারলেন, এই ছোট্ট মানুষটি তার উচ্চাকাঙ্ক্ষা এবং ভয়কে তুচ্ছ করে নৈতিকতার পথে দাঁড়িয়েছে।

অর্ণব আরও বলল, "আমি কোনোভাবে এই জিনের ব্যবহার সীমিত রাখব। এটি শুধুই পরীক্ষা এবং গবেষণার জন্য। কোনো সংস্থা বা বাহ্যিক শক্তি যাতে এটিকে মানুষের ওপর ব্যবহার করতে না পারে, তার জন্য আমি ব্যবস্থা নেব।"

অ্যালেক্সের মুখে প্রথমবারের মতো কৌতূহলের ছাপ ফুটে উঠল। তিনি ধীরে বললেন, "আপনি সত্যিই বিপদের বিরুদ্ধে দাঁড়াচ্ছেন। আপনি জানেন, GeneCore-এর মতো সংস্থা এটি মেনে নেবে না। তারা সবকিছু করবে আপনার গবেষণা নিজের করে নিতে।"

অর্ণব স্থির দৃষ্টিতে উত্তর দিল, "আমার নৈতিক দায়িত্ব আমার উচ্চাকাঙ্ক্ষার চেয়ে বড়। আমি কোনো ভাবেই মানুষের জীবন ঝুঁকির মধ্যে ফেলতে পারব না। যদি তাদের হাতে এই জিন

চলে যায়, আমি জানি, আমরা নিয়ন্ত্রণ হারাব। আর আমি তা চাই না।”

ল্যাবের অন্ধকারে অ্যালেক্স ধীরে পিছিয়ে গেল। তার চোখে অর্ধেক প্রশংসা, অর্ধেক হতাশা। সে বুঝতে পারল যে, এই বিজ্ঞানী শুধুই নিজের অহং বা স্বার্থের জন্য নয়, বরং মানবজাতির কল্যাণের জন্য নিজের পথ তৈরি করছে।

অর্ণব উঠে দাঁড়াল, তার চোখে দৃঢ়তা ও নৈতিকতার ছাপ। সে জানত, এই মুহূর্তে সে শুধু নিজের নয়, ভবিষ্যতের জন্যও সঠিক সিদ্ধান্ত নিয়েছে। GeneCore-এর লোভ ও হুমকি যে যত বড়ই হোক, তার নৈতিকতা ও মানবিক দায়িত্বের চেয়ে তা কিছুই নয়।

এই প্রত্যাখ্যান ছিল তার জীবনের সবচেয়ে সাহসী পদক্ষেপ। ল্যাবের চারপাশের অন্ধকারে এক অদ্ভুত শান্তি বিরাজ করছিল। অর্ণব জানল, সত্যিকারের শক্তি আসে নৈতিকতা, দায়িত্ববোধ এবং মানবতার মধ্যে দাঁড়িয়ে।

সে চোখ বন্ধ করে নিজের সিদ্ধান্তকে দৃঢ় করল। তার মুখে নিঃশব্দে বলল, “আমি চাই মানুষের স্বাধীনতা অক্ষুণ্ণ থাকুক। আর আমি নিশ্চিত করব যে, এই জিন কোনো ভুল হাতে পড়বে না।”

ল্যাবের সেই মুহূর্তে নীরবতা, ভয় এবং নৈতিকতার মিলিত আবহ একটি নতুন অধ্যায়ের সূচনা করল। অর্ণব জানল, এখন থেকে তার গবেষণা হবে শুধুই মানুষের কল্যাণে, কোনো ব্যক্তিগত উচ্চাকাঙ্ক্ষার নয়।

GeneCore-এর আগমন, লোভ, প্রলোভন—সবকিছুর বিরুদ্ধে দাঁড়িয়ে অর্ণব তার নৈতিকতার বিজয় নিশ্চিত করল। তার চোখে ছিল দৃঢ় সংকল্প, হৃদয়ে ছিল মানবতার প্রতি অটুট দায়বদ্ধতা।

এই প্রত্যাখ্যানের মাধ্যমে, অর্ণব প্রমাণ করল—সত্যিকারের বিজ্ঞানী শুধু আবিষ্কার নয়, বরং নৈতিকতার পথও বেছে নেয়।

পর্ব ৯৮: একজন নিরীহ শিকার

অ্যালেক্স চলে যাওয়ার পর ল্যাবে এক অদ্ভুত নীরবতা নেমে এল। সবাই নিজের নিজের কাজে ব্যস্ত, আর অর্ণব তার নোটবুকের ওপর মনোযোগ দিয়ে ভাবছিল—কীভাবে হাইফা জিনের ক্ষতিকারক প্রভাবগুলো সীমিত রাখা যায়।

তখন হঠাৎ একটি চিৎকার শুনতে পেলেন। ল্যাবের এক কোণে জুনিয়র গবেষক সুমিত হাপাঁফাপি করে দাঁড়িয়ে আছে। তার শরীর কাঁপছে, চোখে আতঙ্কের ছাপ। অর্ণব দ্রুত তার কাছে ছুটে গেল।

সুমিতের হাত এবং ঘাড়ে অদ্ভুত গোলাপি দাগ ফুটে উঠছে। তার কণ্ঠ কেঁপে কেঁপে বলছে, “ডক্টর, আমার শরীর... আমার হাত... আমি কিছু করতে পারছি না!”

অর্ণব অবাক হয়ে দেখলেন, সুমিত হয়ত হাইফা নমুনার সংস্পর্শে এসেছিল। তার শরীর এখন অস্বাভাবিক প্রতিক্রিয়া দেখাচ্ছে। পেশী টানটান, চোখ বড়, নিঃশ্বাস দ্রুত।

অর্ণব দ্রুত পরিস্থিতি নিয়ন্ত্রণ করার চেষ্টা করল। “শান্ত হও, সুমিত! আমি তোমাকে সাহায্য করব।” সে হালকা স্পর্শে

সুমিতকে চেয়ারে বসাল এবং পর্যবেক্ষণ যন্ত্রগুলো স্থাপন করল।

কিন্তু পর্যবেক্ষণের সময়ই অর্ণব দেখল, সুমিতের হাত তার নিজের ইচ্ছার বিরুদ্ধে কাজ করছে। আঙ্গুলগুলো প্রসারিত হয়ে ঘুরছে, পেশী অস্বাভাবিকভাবে সংকুচিত হচ্ছে। সুমিত চিৎকার করছে, "আমার হাত আমার নিয়ন্ত্রণে নেই!"

অর্ণবের হৃদয় কাঁপতে লাগল। এই দৃশ্য তাকে মনে করিয়ে দিল হাইফা জিনের প্রকৃত বিপদ। এযাবৎকালের সব পরীক্ষায় প্রাণীরা যতই বিকশিত হোক না কেন, মানুষের উপর এর প্রভাব আরও অপ্রত্যাশিত এবং ভয়ঙ্কর হতে পারে।

সুমিতের কষ্ট দেখে অর্ণব বুঝতে পারল, তার নৈতিক দায়িত্ব কতটা বড়। এই জিনের ব্যবহারে তিনি যতটা যত্নশীল হবেন না, ততটা বিপদ সৃষ্টির সম্ভাবনা থাকবে।

সে দ্রুত ল্যাবের সব সুরক্ষা ব্যবস্থা সক্রিয় করল। হাইফা নমুনাগুলো নিরাপদ স্থানে রাখা হলো। অর্ণব নিজেই সুমিতের পাশে বসে তার শ্বাস-প্রশ্বাস নিয়ন্ত্রণের চেষ্টা করল।

সুমিত ধীরে ধীরে কিছুটা শান্ত হলো, কিন্তু তার চোখে আতঙ্ক এখনো আঁকা। সে বুঝতে পারল, ল্যাবের এক সাধারণ দিনে কীভাবে সে এক ভয়ঙ্কর বিপদের শিকার হতে পারে।

অর্ণব চোখ বন্ধ করে গভীর শ্বাস নিল। সে বুঝল, তার আবিষ্কার যতই মহান হোক না কেন, সতর্কতা এবং নৈতিকতার সীমারেখা ছাড়ানো মানুষকে শিকার বানাতে পারে।

এই মুহূর্তে ল্যাব আর কোনো গবেষণার স্থান নয়, বরং একটি শিখনভূমি হয়ে দাঁড়ালো—জানতে, সতর্ক হতে এবং নৈতিকতার সঙ্গে সামঞ্জস্য রাখতে।

সুমিতের অসুস্থতা অর্ণবকে একটি স্পষ্ট বার্তা দিল—হাইফা জিন শুধুই ক্ষমতা নয়, বরং এক ভয়ঙ্কর দায়িত্বও।

পর্ব ৯৯: রোগ নির্ণয়

অর্ণব দ্রুত সুমিতের পাশে বসল। তার হাত কাঁপছিল, কিন্তু মনোযোগ ছিল পুরোপুরি সুমিতের শরীরের ওপর। তিনি এক এক করে সমস্ত পরীক্ষামূলক যন্ত্র স্থাপন করলেন।

মনিটরে যা দেখা গেল, তা দেখে অর্ণব শিউরে উঠল। সুমিতের কোষগুলো অস্বাভাবিকভাবে দ্রুত বিভাজিত হচ্ছে। তার ডিএনএ ক্রমশ পরিবর্তিত হচ্ছে, যেন কোনো অদৃশ্য শক্তি তার শরীরকে পুনর্গঠন করছে।

সর্বাধিক আতঙ্কজনক দৃশ্য ছিল—সুমিতের শরীরের ভেতর থেকে ফ্যাকাশে নীল আলো ছড়াচ্ছে। আলোটি শুধু অঙ্গের ভেতরে নয়, পুরো শরীরকে ঘিরে অদ্ভুতভাবে নাচছিল। অর্ণব বুঝতে পারল, এই জিন আর কোনো নিয়ন্ত্রণে নেই; এটি সুমিতের শরীরকে তার নিজের মতো করে পরিবর্তন করছে।

সুমিত কেঁপে কেঁপে চিৎকার করতে লাগল, "ডক্টর, আমার... আমি... আমি আর নিজেকে নিয়ন্ত্রণ করতে পারছি না!" তার গলার স্বর কাঁপছে, চোখ ভয় এবং বিভ্রান্তিতে ছিঁড়ে গেছে।

অর্ণবের হৃদয় ব্যথায় কাঁপল। সে বুঝতে পারল, তার আবিষ্কার শুধু মানুষের ক্ষমতা বাড়ায় না, বরং নিয়ন্ত্রণ হারালে এক মৃত্যু-সদৃশ বিপদও সৃষ্টি করতে পারে। হাইফা জিন শুধুই

অঙ্গ-বৃদ্ধি বা শক্তি নয়—এটি মানুষের শরীরের ওপর সম্পূর্ণ আধিপত্য বিস্তার করতে পারে।

অর্ণব দ্রুত সুরক্ষা ব্যবস্থা চালু করল। সুমিতকে স্থির করতে ও প্রাথমিক চিকিৎসা দেওয়ার চেষ্টা করল। তবে তার মনে এক গভীর আশঙ্কা জাগল—এটি শুধু একটি প্রাথমিক প্রভাব; পরবর্তী ধাপ আরও ভয়ঙ্কর হতে পারে।

সুমিতের চোখে আতঙ্কের সঙ্গে অবিশ্বাসের ছাপ। সে বুঝতে পারল, ল্যাবের নিয়ন্ত্রণ তার হাতের বাইরে চলে গেছে। অর্ণবও জানল, এখন তার হাতে একমাত্র কাজ হলো—জিনের প্রভাবকে সীমিত করা এবং সুমিতকে রক্ষা করা।

হাইফা জিনের প্রকৃত বিপদ এখন অস্বীকারের কোনো সুযোগ রাখে না। এটি শুধু বিজ্ঞানী অর্ণবের পরীক্ষা নয়; এটি এখন মানুষের জীবন এবং নৈতিকতার এক গভীর পরীক্ষা।

পর্ব ১০০: জিনের ক্ষমতা

অর্ণব সুমিতের অবস্থা দেখার পর পুরোপুরি স্থবির হয়ে গেল। তার হৃদয় দ্রুত স্পন্দিত হচ্ছিল, ঘাম ভেজা কপাল থেকে ক্রমশ হাতের তালুতে ছড়াচ্ছিল। সে বুঝতে পারল, হাইফা জিন শুধুমাত্র ইনজেকশনের মাধ্যমে নয়, সরাসরি সংস্পর্শের মাধ্যমেও মানুষের শরীরে প্রবেশ করতে পারে।

সুমিতের কাঁপা শরীরের প্রতিটি কোষ যেন অদ্ভুতভাবে নাচছে। তার হাত, পা এবং চোখের অঙ্গগুলোর নিয়ন্ত্রণ নিজেই হারাচ্ছিল। অর্ণব দ্রুত একটি নিরাপদ দূরত্ব বজায় রাখল, কিন্তু তাতেও তার চিন্তাভাবনা শান্ত হল না। জিনটি

শুধুই সংক্রামক নয়; এটি নিজেই প্রবৃদ্ধি এবং বিস্তার করার ক্ষমতা রাখে।

অর্ণব যন্ত্রের স্ক্রিনে সবকিছু পর্যবেক্ষণ করছিল। প্রতিটি মুহূর্তে সুমিতের কোষের মধ্যে অদ্ভুত নীল আলো ছড়াচ্ছিল, যেন একটি নিজস্ব জীবন শুরু করেছে। অর্ণবের মনে শূন্য আতঙ্ক ঢুকে পড়ল। এই জিন যদি মানুষের মধ্যে ছড়িয়ে পড়ে, তবে তার প্রভাব কেবল শারীরিক পরিবর্তনেই সীমাবদ্ধ থাকবে না; এটি মানসিক নিয়ন্ত্রণও চুরি করতে পারে।

সে মনে মনে হিসাব করতে লাগল—সুমিতের সংস্পর্শে যারা আসতে পারে, তারা সবাই বিপদে পড়বে। ল্যাবের অন্যান্য স্বেচ্ছাসেবক, টেকনিশিয়ানরা, এমনকি নিজেও যদি ভুলে সুমিতের সংস্পর্শে আসে, তাহলে এই জিন ছড়িয়ে পড়া থেকে রক্ষা পাওয়া অসম্ভব।

অর্ণবকে হঠাৎ realization হলো যে তার পুরো গবেষণা, যা সে মানবজাতিকে নতুন ক্ষমতা দেওয়ার জন্য শুরু করেছিল, এখন বিপর্যয়ের মুখোমুখি। হাইফা জিন শুধু অঙ্গ বৃদ্ধি বা ক্ষমতা বাড়ায় না; এটি এক জীবন্ত, স্বয়ংক্রিয় সংক্রমণকারী অস্ত্রের মতো কাজ করছে।

সে দ্রুত সুরক্ষা ব্যবস্থা সক্রিয় করল। সুমিতকে ঘিরে এক নিরাপদ কক্ষ তৈরি করল, ফাঁপা মাস্ক, গ্লাভস এবং বায়ো-সেফটি যন্ত্র ব্যবহার করল। কিন্তু তার মনে একটি অজানা ভয় কাজ করছিল—এই সংক্রামক শক্তি সে পুরোপুরি নিয়ন্ত্রণ করতে পারবে কি না।

অর্ণব তখন বুঝতে পারল, এই জিন মানুষের জীবন এবং মানব সভ্যতার জন্য কতটা বিপজ্জনক হতে পারে। তার এক গবেষক হিসেবে আনন্দের মুহূর্তগুলো এখন পুরোপুরি শেষ হয়ে গেছে। প্রতিটি সিদ্ধান্ত এখন এক গভীর নৈতিক এবং জীবন-সংক্রান্ত চ্যালেঞ্জের সামনে তাকে দাঁড় করাচ্ছে।

হাইফা জিনের প্রকৃত ক্ষমতা—সংক্রামকতা, অঙ্গ নিয়ন্ত্রণের ক্ষমতা, এবং বিস্তারের অদম্য শক্তি—এবার অর্ণবকে একক ভাবে অগ্রাহ্য করতে দেয়নি। তার সামনে এখন একমাত্র পথ—এই বিপজ্জনক আবিষ্কারকে নিয়ন্ত্রণে আনা, না হলে পুরো মানব জাতি বিপদের মুখোমুখি হতে পারে।

এই মুহূর্তে অর্ণব বুঝতে পারল, বিজ্ঞান কখনোই কেবল শক্তির জন্য নয়; এটি নৈতিকতার সঙ্গে পরিচালিত হওয়া জরুরি। হাইফা জিনের এই প্রমাণ অর্ণবকে শিক্ষা দিল যে ক্ষমতা এবং বিপদ প্রায়শই একই বৃত্তে চলে।

পর্ব ১০১: ভয়ংকর রূপান্তর

সুমিতের শরীর থেকে নীলচে আলো ক্রমশ শক্তিশালী হতে থাকে। অর্ণব দ্রুত তার কাছ থেকে দূরে সরে গেল, কিন্তু তাতেও তার চোখের সামনে ঘটে চলা রূপান্তর তাকে স্তব্ধ করে দিল। সুমিতের ত্বক হালকা সবুজাভ হতে শুরু করল, যা এক অদ্ভুত শক্তিশালী ছত্রাকের মতো ছড়িয়ে যাচ্ছিল।

তার পেশী এবং হাড় ক্রমশ বিকৃত হতে লাগল। হাত ও পা অস্বাভাবিকভাবে প্রসারিত হলো, আঙ্গুলগুলো যেন অতিপ্রাকৃত শক্তি নিয়ে নিজের ইচ্ছার বিরুদ্ধে নড়াচড়া করছে। অর্ণবের

মন কাঁপছিল; সে বুঝতে পারল, এটি আর শুধুই সংক্রামকতা নয়, এটি একটি স্বয়ংক্রিয় রূপান্তর।

মীরা এবং সুজিত আতঙ্কিত হয়ে সুমিতের দিকে তাকাল। তারা দেখল কেবল নয়, সুমিতের চোখও বদলে যাচ্ছে—স্বাভাবিক মানুষের চোখের পরিবর্তে এখন এক ধরনের নীলচে দীপ্তি। তার দৃষ্টি হঠাৎ করে শূন্যতার দিকে ঠিক করে গেল, যেন তার মস্তিষ্ক আর নিজের নিয়ন্ত্রণে নেই।

অর্ণবকে এই দৃশ্য দেখে এক অজানা ভয় গ্রাস করল। তার নোটবুকের প্রতিটি পৃষ্ঠা যেন হঠাৎ ফাঁকা হয়ে গেল—সে কোনো উপায়ে এই রূপান্তরকে থামাতে পারছিল না। তিনি জানতেন, হাইফা জিন শুধু অঙ্গ বৃদ্ধি বা ক্ষমতা দেয় না; এটি জীবন্ত এবং নিয়ন্ত্রণহীন।

সুমিত ক্রমশ মানুষের রূপ হারাচ্ছিল। তার হাত থেকে ছত্রাকের মতো বৃদ্ধি এবং নীলচে আভা ছড়াচ্ছিল, যা ল্যাবের অন্যান্য সরঞ্জাম ও দেয়াল পর্যন্ত স্পর্শ করতে লাগল। অর্ণব দ্রুত বায়ো-সেফটি প্রটোকল সক্রিয় করল, কিন্তু তার দল জানত যে সময় ক্রমশ শেষ হচ্ছে।

এই রূপান্তর কোনো নিয়ম বা প্রত্যাশার বাইরে। সুমিতের শরীর যেন নিজেই নতুন সত্তার অংশ হয়ে উঠছে। অর্ণবের মন কাঁপছিল, সে বুঝতে পারল যে এই জিন মানবজীবনকে অচিরেই এক অচেনা বিপদে ফেলে দেবে।

মীরা কান্নায় ভেঙে পড়ল, সুজিত হাতকাঁপা অবস্থায় কিছু করতে পারছিল না। অর্ণব জানল, তাদের মধ্যে কেউ নিরাপদ নয় যদি এই রূপান্তর থামানো না যায়। হাইফা জিনের প্রকৃত

ক্ষমতা—সংক্রামকতা, অঙ্গ নিয়ন্ত্রণ, এবং স্বয়ংক্রিয় রূপান্তর—এখনই সবার চোখের সামনে ধ্বংসাত্মক রূপ নিল।

অর্ণবের মনের মধ্যে একমাত্র ভাবনা ছিল, কীভাবে এই বিপজ্জনক আবিষ্কারকে নিয়ন্ত্রণ করা যায়, অন্যথায় ল্যাবের সীমা ছাড়িয়ে পুরো মানবজাতি বিপদে পড়বে। তিনি বুঝতে পারছিলেন, বিজ্ঞান কখনোই শুধুই খেলা নয়; এটি নৈতিক এবং বিপদজনক দায়িত্বও বহন করে।

এই মুহূর্তে, সুমিতের রূপান্তর অর্ণবকে এক গভীর বাস্তবতার মুখোমুখি দাঁড় করালো—ক্ষমতা যে কতটা বিপজ্জনক হতে পারে, তা কখনোই আগে এত ভয়ঙ্করভাবে প্রকাশ পায়নি।

পর্ব ১০২: মৃত্যু

অর্ণব স্তব্ধ হয়ে দাঁড়াল। তার চোখের সামনে যা ঘটছে, তা তার বিজ্ঞানী মনকেও হতবাক করে দিয়েছিল। সুমিতের মানব রূপ ক্রমশ অদৃশ্য হয়ে যাচ্ছে। হাত, পা, মুখ—সবকিছু এক অজানা নীলাভ-সবুজ ছত্রাকে ঢেকে গেছে।

এটি আর শুধু বিকৃতি নয়; এটি ছিল সম্পূর্ণরূপে একটি জীবনশক্তির অব্যবস্থাপনা। ছত্রাকটি যেন নিজস্ব জীবন নিয়ে ক্রমশ ল্যাবের মেঝে জুড়ে ছড়িয়ে পড়ছিল। অর্ণব বুঝতে পারল, তার হাতের তৈরি জিন শুধু অঙ্গের নিয়ন্ত্রণ পরিবর্তন করে না, এটি প্রাণকে এক নতুন এবং অনিয়ন্ত্রিত রূপে রূপান্তরিত করতে সক্ষম।

মীরা এবং সুজিত আতঙ্কিত হয়ে পিছনে সরে গেল। তারা রীতিমতো স্থবির। রবি তার কক্ষে বসে চোখে চোখ রেখেছে

এবং নিজের দীর্ঘ হাতগুলো কেঁপে উঠছে, যেন এটি ভবিষ্যতের অন্ধকার বার্তা জানাচ্ছে।

অর্ণবের মনে হঠাৎ এক গভীর অপরাধবোধ ঢুকে গেল। এই মৃত্যু শুধু একটি জীবনের নয়; এটি তার নৈতিক ব্যর্থতার প্রমাণ। বিজ্ঞান ও উচ্চাকাঙ্ক্ষা তাকে এতদূর নিয়ে এসেছে যে মানুষের জীবন এখন ঝুঁকিতে।

ছত্রাকটি ক্রমশ আরও বিস্তৃত হচ্ছিল। তার নীরব কণ্ঠে যেন অর্ধেক আর্তনাদ, অর্ধেক নিস্তব্ধ চিৎকার মিশে ছিল। অর্ণব জানল, এই ঘটনা তার জীবনের সবচেয়ে বড় শিক্ষণ—ক্ষমতা যাই হোক না কেন, যদি এটি নিয়ন্ত্রণে না থাকে, তা মৃত্যু বয়ে আনে।

ল্যাবের বাতাস ভারী হয়ে গেছে। সাদা নীলচে আলো ছত্রাকের মধ্যে প্রতিফলিত হয়ে অর্ণবের মনের আতঙ্ককে আরও তীব্র করে তুলছে। সে বুঝতে পারল, হাইফা জিন এখন আর তার নিয়ন্ত্রণে নেই। এটি তার হাতে থাকা একটি অস্ত্র নয়, বরং একটি জৈব-আপদ।

মৃত্যুর এই দৃশ্য অর্ণবকে এমন এক জায়গায় নিয়ে এল যেখানে বিজ্ঞান, নৈতিকতা এবং নিজের সীমার মধ্যে একটি চরম দ্বন্দ্ব জন্ম নিল। তার চোখের সামনে যেটা ঘটেছে, তা শুধু বিজ্ঞানীকে না, বরং পুরো মানব জাতিকে সতর্কবার্তা দিচ্ছে—যে ক্ষমতা নিয়ন্ত্রণের বাইরে যায়, তা শুধু শক্তি নয়, ধ্বংসও বয়ে আনে।

অর্ণব তখন স্থির হয়ে ভাবল, যদি এই জিন বিশ্বে ছড়িয়ে পড়ে, তবে মানবজাতির জন্য কি হবে, তা কল্পনাও করা যায়

না। মৃত্যুর নীরবতা ল্যাবকে ঘিরে রেখেছে, আর সেই নীরবতা অর্ণবের মনে এক গভীর ভয় এবং অনুশোচনার সুর সৃষ্টি করছে।

সুমিতের মৃত্যু যেন একটি চেতনাশীল সতর্কবার্তা হয়ে অর্ণবের সামনে দাঁড়াল—একটি শক্তি যা যত বড়ই হোক না কেন, তার সীমা ও নৈতিক দায়িত্ব ছাড়া মানবজাতির জন্য এক বিপর্যয় হয়ে উঠবে।

পর্ব ১০৩: এক নতুন ধরনের মৃত্যু

ল্যাবের ভেতরে চুপচাপ নীরবতা বিরাজ করল। সুমিতের মৃত্যুর দৃশ্য সবাইকে স্থবির করে দিয়েছে। তার মানব রূপ ক্রমশ অদৃশ্য হয়ে, নীলচে-সবুজ ছত্রাকে ঢেকে যাচ্ছিল, যেন তার শরীর আর তার নিজের নয়। হাত, পা, মুখ—সবকিছু যেন নতুন এক জীবন্ত সত্তায় রূপান্তরিত হয়েছিল।

মীরা এবং রবি আতঙ্কিত হয়ে পিছনে সরে গেল। তাদের চোখে অস্বাভাবিক ভয় ফুটে উঠল। সুজিত তার দীর্ঘ পায়ে কেঁপে যাচ্ছিল, বুঝতে পারছিল যে তার শরীরও যে কোনো সময় অনিয়ন্ত্রিত হয়ে যেতে পারে। ল্যাবের বাতাস ভারী এবং শীতল হয়ে উঠল; ছত্রাকের নীলাভ আলো যেন তাদের মধ্যে ঢুকতে থাকা ভয়কে আরও তীব্র করছে।

অর্ণব স্থবির হয়ে দাঁড়াল। সে বুঝতে পারল, এই মৃত্যু শুধুই শারীরিক রূপান্তর নয়। এটি ছিল হাইফা জিনের অসীম ক্ষমতার প্রতিফলন—একটি শক্তি যা নিয়ন্ত্রণের বাইরে গেলে সম্পূর্ণ নতুন সত্তা সৃষ্টি করতে সক্ষম।

তার দৃষ্টির সামনে সুমিতের ছত্রাক যেন জীবন্ত হয়ে ওঠে। এক অদ্ভুত নীরব কণ্ঠ থেকে অর্ধেক আর্তনাদ, অর্ধেক নিস্তব্ধ চিৎকার বের হচ্ছিল। অর্ণব বুঝতে পারল, এই জিনের প্রকৃত বিপদ এতটাই বড় যে তা কল্পনাতীত। এটি শুধুমাত্র অঙ্গের পরিবর্তন ঘটায় না; এটি মানুষের স্বাধীনতা, ইচ্ছা এবং মানবতা কেড়ে নেয়।

দলও আতঙ্কিত হয়ে একে অপরের দিকে তাকাল। তাদের মধ্যে ভয়, হতাশা এবং অপরাধবোধের মিলিত অনুভূতি ল্যাবের বাতাসকে আরও ভারী করে তুলল। তারা বুঝল, হাইফা জিন এখন আর কোনো বৈজ্ঞানিক কৃতিত্ব নয়; এটি জীবন্ত বিপদ।

অর্ণবের চোখে জল। তার বৈজ্ঞানিক অহংকার ভেঙে পড়ল। এই মৃত্যুর দৃশ্য তাকে এক গভীর শিক্ষা দিল—ক্ষমতা যত বড়ই হোক, নৈতিকতা ও নিয়ন্ত্রণ ছাড়া তা কেবল ধ্বংস বয়ে আনে। তার হৃদয় জানল, এই জিন কখনো মানুষের হাতে ছড়ানো যাবে না।

ল্যাবের সমস্ত দিকেই নীরবতা, আতঙ্ক এবং অপ্রত্যাশিত শক্তির প্রতিফলন। অর্ণব এবং তার দল বুঝতে পারল, সুমিতের মৃত্যু শুধুমাত্র একটি সতর্কবার্তা নয়, বরং এক নতুন যুগের শুরুর নিদর্শন, যেখানে বিজ্ঞান, ক্ষমতা এবং নৈতিকতার সংঘাত অব্যাহত থাকবে।

সুমিতের মৃত্যু তাদের মনে এক অজানা ভয় তৈরি করল। তারা বুঝল, এই হাইফা জিন শুধু শক্তি দেয় না; এটি মানুষের নিয়ন্ত্রণে না থাকলে তাদের এক নতুন, অচেনা এবং ভয়ঙ্কর

অস্তিত্বে রূপান্তরিত করে। এই উপলব্ধি তাদের মনে গভীর আতঙ্ক এবং অনিশ্চয়তার ছাপ ফেলল, যা ভবিষ্যতের সকল সিদ্ধান্তকে প্রভাবিত করবে।

পর্ব ১০৪: ল্যাবের ভেতর আতঙ্ক

সুমিতের ভয়ংকর রূপান্তর এবং মৃত্যুর পর ল্যাবের বাতাস ভারী হয়ে উঠল। প্রতিটি কোণে অদ্ভুত নীরবতা বিরাজ করছিল, যেন কিছু অদৃশ্য শক্তি তাদের চোখের সামনে ছড়িয়ে পড়েছে। রবি, মীরা এবং সুজিত—তিনজনই স্থবির হয়ে দাঁড়িয়েছিল। তাদের দৃষ্টি বারবার সুমিতের ছত্রাকাকৃতির দেহের দিকে ফিরছিল, এবং চোখে ভয় ও হতাশার মিশ্রণ দেখা যাচ্ছিল।

মীরা কাঁপতে কাঁপতে বলল, "অর্ণব, এটা কি... কি হতে যাচ্ছে? আমাদের কি কোনও নিরাপত্তা নেই?"

রবির কণ্ঠ কম্পিত, "আমার হাত... এটা... এটা আর আমার নিয়ন্ত্রণে নেই!"

সুজিত তার দীর্ঘ পা কাঁপাচ্ছিল এবং শ্বাস নিতে কষ্ট পাচ্ছিল। প্রতিটি অঙ্গ যেন নিজেই জীবিত হয়ে উঠেছে।

অর্ণব নিজের মধ্যে আতঙ্ক অনুভব করল। তিনি বুঝতে পারলেন, তার আবিষ্কার আর কোন বৈজ্ঞানিক কৃতিত্ব নয়; এটি এখন একটি প্রাণঘাতী বিপদ। তার নোটবুক, যেটি আগে গর্বের প্রতীক ছিল, এখন যেন তার অপরাধের সাক্ষী।

ল্যাবের অন্যান্য গবেষকরা একে অপরের দিকে তাকিয়ে ছিলেন, বোঝার চেষ্টা করছিলেন তারা কি করে এই পরিস্থিতি থেকে নিরাপদে বের হবে। কেউ কেউ দ্রুত ল্যাব ছাড়ার জন্য

দরজা খোলার চেষ্টা করল, কিন্তু ভয় তাদের পায়ে চক্রাকারে শক্ত করে বসেছে।

অর্ণব হতবাক হয়ে দেখছিল। তার চোখে ঘামের শিশির জমে গেছে। তার হাতে থাকা যন্ত্রপাতিগুলো ছিল অসহায়, কোনো কিছুই নিয়ন্ত্রণ করতে পারছিল না। হাইফা জিন এখন শুধু অঙ্গের বিকৃতি ঘটাচ্ছে না; এটি মানুষের ইচ্ছাকে অচল করে দিচ্ছিল।

ল্যাবের চারপাশে অদ্ভুত শব্দ শোনা যাচ্ছিল—শ্বাস নেওয়ার শব্দ, অস্বাভাবিক অঙ্গ-প্রত্যঙ্গের নড়াচড়া এবং কোন অজানা শক্তির উপস্থিতি। রবি, মীরা এবং সুজিতের অঙ্গগুলো যেন নিজের ইচ্ছায় চলছে।

অর্ণব চিৎকার করে বলল, “থামো! সবাই শান্ত হও!”

কিন্তু শব্দগুলো ফুসফুসের মাধ্যমে গিয়ে পৌঁছাচ্ছিল না। তাদের দেহগুলো ইতিমধ্যেই জিনের নিয়ন্ত্রণে চলে গেছে। ভয়, হতাশা এবং অপরাধবোধ ল্যাবের প্রতিটি কোণে ছড়িয়ে পড়ল। অর্ণব বুঝতে পারল, এই পরিস্থিতি আর কোন পরীক্ষার আওতার মধ্যে নেই। এটি মানবজীবনের উপর এক বাস্তবিক বিপদ।

তিনজন গবেষককে দেখার পর তিনি ভয় পেয়ে বলল, “আমরা যা করেছি, তার ফলাফল আমরা ভাবতে পারিনি। এই জিন... এটা মানুষের জন্য এক মহাবিপদ।”

ল্যাবের ভেতর এক ধরনের স্থবিরতা এবং আতঙ্ক ছড়িয়ে পড়ল। কেউই জানত না, কিভাবে এই নিয়ন্ত্রণহীন শক্তির বিরুদ্ধে লড়াই করা যাবে। অর্ণব বুঝতে পারল, এখন সময়

এসেছে তার সমস্ত অহংকার এবং উচ্চাকাঙ্ক্ষা বাদ দিয়ে শুধুমাত্র মানবতা রক্ষার জন্য কাজ করার।

ল্যাবের বাতাসে একটি ভয়ানক নীরবতা বিরাজ করছিল। প্রত্যেকেই অনুভব করছিল যে, এই জিন আর কোন কল্পনার বস্তু নয়; এটি জীবন্ত, নিয়ন্ত্রণহীন এবং ভয়ঙ্কর। এই আতঙ্ক তাদের চেতনাকে এক অদ্ভুত বিভ্রান্তি এবং সতর্কতায় আবদ্ধ করে দিল।

অর্ণব নিজের হৃদয়ে অনুভব করল, তাকে এখন শুধু জ্ঞান বা বিজ্ঞান নিয়ে ভাবতে হবে না; তাকে ভাবতে হবে কিভাবে এই প্রাণঘাতী আবিষ্কারের প্রভাবে মানুষের জীবন রক্ষা করা যায়।

পর্ব ১০৫: অর্ণবের সিদ্ধান্ত

ল্যাবের মধ্যে আতঙ্ক এখন সর্বত্র ছড়িয়ে পড়েছিল। সুমিতের রূপান্তর এবং রবির অঙ্গ-প্রত্যঙ্গের নিয়ন্ত্রণহীনতা সবাইকে স্তব্ধ করে দিয়েছিল। কিন্তু অর্ণব এখনও তার বৈজ্ঞানিক উচ্চাকাঙ্ক্ষায় বন্দী। সে দ্রুত তার কণ্ঠ উচ্চ করল, “শোনো! আমরা এখন পিছু হটতে পারি না! এই জিন আমাদের হাতে রয়েছে, এবং আমাদের এটি নিয়ন্ত্রণ করতে হবে।”

তিনজন স্বেচ্ছাসেবক—রবি, সুজিত এবং মীরা—তার দিকে তাকাল, কিন্তু চোখে ভয় আর হতাশার ছাপ। রবি কাঁপতে কাঁপতে বলল, “অর্ণব, আমরা আর সাধারণ মানুষ নই! আমাদের শরীর আমাদের নিয়ন্ত্রণ করছে না!”

মীরা যোগ করল, “আমাদের হাত-পা, আঙুল—সবকিছু যেন নিজের ইচ্ছায় চলছে। আমরা আর কোনো সিদ্ধান্ত নিতে পারি না।”

অর্ণব বোঝার চেষ্টা করল, কিন্তু তার মন প্রায় অভ্যন্তরীণ দ্বন্দ্বে ভেঙে পড়ছিল। তার জন্য, এটি এখন আর শুধু একটি বৈজ্ঞানিক সমস্যা নয়; এটি জীবন এবং মৃত্যু—একই সঙ্গে মানবতার এবং তার নিজের আত্মমর্যাদার পরীক্ষা।

সে জোরে চিৎকার করল, "আমাদের এই জিনের প্রতিষেধক তৈরি করতে হবে! যদি আমরা ব্যর্থ হই, তবে শুধু এই ল্যাব নয়, পুরো মানবজাতিই বিপদে পড়বে।"

কিন্তু তার দল তার কথায় বিশ্বাস করতে পারল না। তাদের দেহগুলো ইতিমধ্যেই নিয়ন্ত্রণহীন, এবং ভয় তাদের মানসিক শক্তি নষ্ট করে দিয়েছে। তারা শুধু তাকিয়ে ছিল, অন্ধকারের মধ্যে হতাশার সঙ্গে হাহাকার করছে।

অর্ণব নিজেও বুঝতে পারল, যে এই পরিস্থিতি আর কোনো সাধারণ গবেষণার মতো নয়। তার হাতে সময় কম; প্রতিষেধক তৈরি না হলে হাইফা জিন আরও ছড়িয়ে যাবে, এবং এটি মানুষের জীবনের ওপর অচিন্তনীয় প্রভাব ফেলবে।

সে নিজের নোটবুকে লিখতে শুরু করল, "এটি আর পরীক্ষা নয়। এটি যুদ্ধ। আমাদের যুদ্ধে প্রতিপক্ষ—আমাদের নিজের আবিষ্কার। আমাদের এই যুদ্ধ জিততেই হবে।"

ল্যাবের বাতাস এখন ভারী এবং ভয়ঙ্কর। প্রতিটি কোণে যেন জিনের ছায়া বিরাজ করছে। অর্ণবের হৃদয়ও কেঁপে উঠছে, কিন্তু তার চোখে দৃঢ় সংকল্প। সে জানে, একমাত্র তার বিজ্ঞানই মানুষকে রক্ষা করতে পারে।

তিনজন স্বেচ্ছাসেবককে শান্ত করার চেষ্টা করেও সে ব্যর্থ হলো। তাদের দেহগুলো যেন এক অজানা শক্তির হাতে

আটকে গেছে। অর্ণব বোঝে, তাকে এখন শুধু নিজের বিজ্ঞান কাজে লাগাতে হবে। সে তাদের মুক্ত করার জন্য এবং প্রতিষেধক তৈরির জন্য একটি পরিকল্পনা তৈরি করতে শুরু করল।

যদিও দল বিশ্বাস করতে পারছে না, অর্ণবের মনে দৃঢ় সংকল্প—হাইফা জিনের প্রভাব নিয়ন্ত্রণ করা তার একমাত্র লক্ষ্য। এর বাইরে আর কোনো বিকল্প নেই।

এই মুহূর্তে, ল্যাব শুধুই আতঙ্কের স্থল নয়, বরং অর্ণবের নৈতিকতা এবং বিজ্ঞানকে যাচাই করার একটি কঠিন পরীক্ষা হয়ে উঠেছে। সে জানে, এই সিদ্ধান্ত তার জীবন, তার দলের জীবন এবং সম্ভাব্যভাবে মানবজাতির ভবিষ্যতকে নির্ধারণ করবে।

পর্ব ১০৬: ষড়যন্ত্রের শুরু

অর্ণব তার দলের দিকে তাকিয়ে বলছিল, “আমাদের একমাত্র পথ হল প্রতিষেধক তৈরি করা। ব্যর্থ হলে, এই জিন মানুষের জীবনকে নিঃশেষ করে দেবে।” কিন্তু তার চোখে লক্ষ্য করা যায়নি—ল্যাবের বাইরের অন্ধকারে GeneCore-এর গুপ্তচররা ধীরে ধীরে অগ্রসর হচ্ছে।

এই গুপ্তচররা বিশেষ প্রশিক্ষিত। তাদের হাতে উন্নত প্রযুক্তি এবং অস্ত্র রয়েছে। তাদের মূল লক্ষ্য একটাই: ল্যাবের সব প্রমাণ ধ্বংস করা এবং হাইফা জিনের সমস্ত তথ্য ছিনিয়ে নেওয়া। তারা জানে, অর্ণব এই জিনকে নিয়ন্ত্রণ করতে পারে, তাই তাকে সরাসরি থামাতে হবে।

অর্ণব এখনও তার দলের সঙ্গে ব্যস্ত, unaware যে বিপদ তার দরজার ঠিক বাইরে দাঁড়িয়ে আছে। সে নোটবুক খুলে প্রতিষেধকের সূত্র তৈরি করছে, রোবটিক এবং বায়োকেমিক্যাল সরঞ্জাম নিয়ে পরীক্ষা চালাচ্ছে। তার মনে শুধু একটাই চিন্তা: কিভাবে হাইফা জিনকে নিয়ন্ত্রণে আনা যায়।

রবি, সুজিত, এবং মীরা—তাদের দেহে এখনও জিনের অস্থির প্রভাব রয়েছে। তাদের অঙ্গপ্রত্যঙ্গ নিয়ন্ত্রণের বাইরে, তারা যতটা সম্ভব শান্ত থাকার চেষ্টা করছে। কিন্তু অর্ণবের চোখে শুধুই লক্ষ্য: প্রতিষেধক। সে জানে না যে, এই শান্ত মুহূর্ত GeneCore-এর ষড়যন্ত্রের জন্য কেবল প্রস্তাবিত সুযোগ।

ল্যাবের বাইরে গুপ্তচররা স্থান নেয়। তারা কমিউনিকেশন ডিভাইস ব্যবহার করে একে অপরের সঙ্গে সংযোগ স্থাপন করছে। একটি সংকেতের অপেক্ষায় তারা আছে, যা এক মুহূর্তেই ল্যাবের নিরাপত্তা ভেঙে দিবে।

অর্ণব তার পরীক্ষার নোট লিখতে লিখতে সময় কাটাচ্ছে, unaware যে ঝুঁকি তার প্রায়শই চিন্তার বাইরে। এই মুহূর্তে GeneCore-এর ষড়যন্ত্র তার জীবনে এবং গবেষণার ভবিষ্যতে এক নতুন অধ্যায়ের সূচনা করছে।

ল্যাবের ভিতর আতঙ্কের বাতাস ঘন হচ্ছে। অর্ণব জানে না, তার বিরুদ্ধে যে ষড়যন্ত্র তৈরি হচ্ছে তা শুধু তার গবেষণাকে নয়, তার এবং তার দলের জীবনকেও ঝুঁকির মুখে ফেলবে। এই মুহূর্তে, তিনি বুঝতে পারেনি যে ভয় কেবল তাদের অঙ্গপ্রত্যঙ্গের নিয়ন্ত্রণহীনতা নয়—এখন শুরু হয়েছে একটি

বহিরাগত এবং মারাত্মক ষড়যন্ত্র, যা তার জীবনের ওপর প্রভাব ফেলবে এমনভাবে যা সে কখনো কল্পনাও করতে পারত না।

এই ঘন অন্ধকারের মধ্যে, ল্যাব শুধুই নিরাপত্তার প্রতীক নয়; এটি হয়ে উঠেছে এক সম্ভাব্য যুদ্ধক্ষেত্র, যেখানে বিজ্ঞান, নৈতিকতা এবং মানবতার ভাগ্য মিশে গেছে এক অপরিচিত বিপদের সঙ্গে।

পর্ব ১০৭: হঠাৎ হামলা

ল্যাবের ভেতরে অন্ধকার এবং ধোঁয়ার গন্ধ ছড়িয়ে পড়ল। এক মুহূর্তে সব কিছুর মধ্যে বিশৃঙ্খলা ছড়িয়ে পড়ল—যন্ত্রপাতি ল্যাবের এক কোণ থেকে আরেক কোণে ছিটকে পড়ল, অগ্নিকুণ্ড থেকে আগুন ল্যাবের দেওয়ালে ছড়িয়ে পড়ল।

অর্ণব হতভম্ব হয়ে দাঁড়িয়ে রইল। "এটা কী হচ্ছে?!" সে চিৎকার করল, কিন্তু তার শব্দ আগুন এবং ধ্বংসের শব্দে হারিয়ে গেল। রবি, সুজিত, এবং মীরা—তাদের অঙ্গপ্রত্যঙ্গ নিয়ন্ত্রণের বাইরে, তারা আতঙ্কে কাঁপছিল।

কালো পোশাকের সশস্ত্র দলটি অত্যন্ত দক্ষ। তারা শুধু ল্যাবের যন্ত্রপাতি নষ্ট করছিল না, বরং প্রতিটি গুরুত্বপূর্ণ নথি, নোটবুক, এবং নমুনাকে আগুনে ভস্ম করছিল। প্রতিটি পদক্ষেপে যেন তাদের উদ্দেশ্য স্পষ্ট—অর্ণবের গবেষণাকে সম্পূর্ণভাবে মুছে ফেলা।

অর্ণব বুঝতে পারল, এটি কোনো সাধারণ ডাকাতি নয়। এই হামলা পরিকল্পিত, সুক্ষ্ম এবং বিশেষজ্ঞদের দ্বারা সংগঠিত। GeneCore-এর ছায়া স্পষ্ট।

সবার চোখে আতঙ্ক, অগ্নি ও ধোঁয়ার মাঝে তারা একে অপরের দিকে তাকিয়ে সাহায্য চাইছিল। অগ্নি থেকে নিজেকে রক্ষা করতে তারা ছুটে চলল, কিন্তু হামলাকারীদের প্রশিক্ষণ তাদের গতিবিধি সীমিত করছিল।

অর্ণবের মনে ভয় এবং ক্রোধ একসাথে ঢেউ খেলল। সে জানল, এই হামলা তার জীবনের সবচেয়ে বিপজ্জনক মুহূর্তের সূচনা করছে। হাইফা জিনের শক্তি, যা একসময় তার গর্ব ছিল, এখন তার এবং তার দলের জীবনের জন্য এক বড় শত্রুতে পরিণত হয়েছে।

ল্যাবের চারপাশে আগুন ছড়িয়ে পড়ল, যন্ত্রপাতির ধ্বংস এবং বিস্ফোরণের শব্দে পুরো এলাকা কেঁপে উঠল। প্রতিটি মুহূর্তে অর্ণব বুঝতে পারছিল, তার সমস্ত গবেষণা ধ্বংস হয়ে যেতে পারে এবং মানবতার জন্য এই জিন এক অজানা বিপদের জন্ম দিতে পারে।

এই হামলা শুধু ল্যাবের নয়, অর্ণবের নৈতিকতার এবং জীবনের ওপরও এক গভীর ছাপ ফেলল। সে বুঝল, এখন শুধু বাঁচার নয়, বরং এই বিপদ থেকে বের হয়ে প্রতিষেধক তৈরি করাই একমাত্র পথ।

ল্যাবের ধোঁয়া, আগুন এবং আতঙ্কের মাঝে, এই মুহূর্তে অর্ণব এবং তার দল প্রথমবারের মতো অনুভব করল—তাদের হাতে থাকা জ্ঞান এবং ক্ষমতা কতটা বিপজ্জনক হতে পারে।

পর্ব ১০৮: আগুনে ধ্বংস

ল্যাবের ভেতরে অগ্নিকুণ্ডের শিখা মুহূর্তের মধ্যে ছড়িয়ে পড়ল। হামলাকারীরা পেট্রল ঢেলে আগুন লাগিয়ে দিয়েছিল, এবং একে একটি মৃত্যুপুরী রূপ দিল। সব কিছু দাউ দাউ করে জ্বলতে লাগল—যন্ত্রপাতি, নথি, নমুনা, এমনকি অর্ণবের গবেষণার নোটবুকও শিখার ভেতর হারিয়ে গেল।

অর্ণব এবং তার দল চিৎকার করলেও শব্দ আগুনের গর্জনে মিলিয়ে গেল। তারা শুধু পেছনের দরজা ধরে বেরিয়ে যেতে পারল, শরীর কাঁপছে ভয়ে। রবি, সুজিত এবং মীরা—তাদের অঙ্গপ্রত্যঙ্গ নিয়ন্ত্রণে থাকলেও তারা জীবনের জন্য দৌড়াচ্ছিল। ধোঁয়া তাদের চোখে কাঁদিয়ে তুলছিল, এবং আগুনের গরমে তাদের শরীর পুড়তে যাচ্ছিল।

ল্যাবের ভেতরে বসে থাকা খাঁচার অঙ্গ-প্রত্যঙ্গ, যন্ত্রপাতি এবং নমুনাগুলো এক মুহূর্তের মধ্যে ছাই হয়ে গেল। অর্ণব হতভম্ব হয়ে দাঁড়িয়ে দেখল, তার জীবনের সবচেয়ে বড় আবিষ্কার, সেই "হাইফা জিন"-এর গবেষণার কেন্দ্রস্থল, এক বিশাল আগুনের লাল শিখায় মিলিয়ে যাচ্ছে।

তার মনের মধ্যে এক অদ্ভুত শূন্যতা দেখা দিল। জীবন বাঁচানো গেল ঠিকই, কিন্তু সেই গবেষণা যা তাকে বৈজ্ঞানিক জগতে চিরস্থায়ী সুনাম দিত, এখন তার চোখের সামনে ধ্বংস হয়ে গেল। সে বুঝতে পারল, তার অহংকার, তার লোভ, তার অতিরিক্ত উচ্চাকাঙ্ক্ষা—সবই এই ধ্বংসের কারণ।

রবি তার লম্বা হাত দিয়ে অগ্নি থেকে রক্ষা পেতে চেষ্টা করছিল। সুজিত এবং মীরা আকাশের দিকে চেয়ে কাঁপছিল,

যেন তারা বুঝতে পারছিল এই আগুনের মধ্যে তাদের অস্তিত্বের ক্ষতি কতটা গভীর। অর্ণব জানত, এই মুহূর্তে শুধু জীবিত থাকা নয়, তাদের ভবিষ্যৎও বিপন্ন।

ল্যাবের বাইরে দাঁড়িয়ে অর্ণব ধোঁয়া ভরা আকাশের দিকে তাকাল। একদিকে তার চোখে হাহাকার, অন্যদিকে মনে হচ্ছিল—যা কিছু তিনি তৈরি করেছিলেন, তার সব ধ্বংস। তাকে উপলব্ধি করতে হলো যে, বিজ্ঞানকে নৈতিকতার সঙ্গে মেলানো না হলে তা শুধু প্রগতিশীল নয়, বিপজ্জনকও হতে পারে।

এই আগুনে ধ্বংস শুধু ল্যাবের নয়, অর্ণবের অহংকারেরও প্রতীক হয়ে রইল। তিনি চুপচাপ ভাবলেন—এবার থেকে তিনি শুধু বাঁচার জন্যই নয়, মানবজাতিকে সঠিক পথে পথ দেখানোর জন্য লড়বেন। কিন্তু তার অন্তরের ভয় তাকে বলছিল, এই প্রাথমিক ধ্বংস কেবল শুরু; আসল বিপদ এখনো বাকি।

পর্ব ১০৯: ষড়যন্ত্রের প্রমাণ

অগ্নিকুণ্ডের ধোঁয়া ধীরে ধীরে কমতে শুরু করল। ল্যাবের বাইরে দাঁড়িয়ে অর্ণব তার ক্ষয়ক্ষতির পর্যালোচনা করছিল। ধ্বংসের মাঝেই তার চোখ এমন কিছু খুঁজে পেল যা অন্যরা হয়তো মিস করত—ল্যাবের দরজার লক ভাঙার চিহ্ন, কাঁচের ভাঙা টুকরো, এবং এক কোণে পড়ে থাকা একটা অদ্ভুত গ্লাভস।

অর্ণব বুঝতে পারল, এটি কোনো সাধারণ ডাকাতির কাজ নয়। এখানে পরিকল্পনার ছাপ স্পষ্ট। দরজা ভাঙা, যন্ত্রপাতি

ধ্বংস, নথি পুড়িয়ে দেওয়া—সবই এক নির্দিষ্ট উদ্দেশ্য নির্দেশ করছিল: প্রমাণ মুছে ফেলা।

তার মনে অ্যালেক্স রেইডের কথা ঘুরে ফিরে আসল। যে এজেন্ট GeneCore-এর হয়ে ল্যাবে গোপনে ঢোকার চেষ্টা করেছিল, সম্ভবত তারাই এই হামলার পিছনে ছিল। অর্ণব হঠাৎই নিশ্চিত হল যে, এই হামলা শুধু ধ্বংস নয়; এটি তার গবেষণার সব তথ্য ছিনিয়ে নেওয়ার জন্য একটি সুপরিকল্পিত অভিযান।

তিনি নিজের নোটবুকের শেষ পাতাগুলো দ্রুত দেখে নিলেন। সব তথ্য ধ্বংস হয়ে গেলেও তার মনে কিছু ছবি এবং আংশিক ডাটা এখনও ছিল। অর্ণব উপলব্ধি করল যে GeneCore-এর মতো শক্তিশালী সংস্থার হাতের মিশন শুধুমাত্র বৈজ্ঞানিক লোভ নয়, বরং সামরিক ও রাজনৈতিক আধিপত্যের উদ্দেশ্যও বহন করে।

এই ষড়যন্ত্রের প্রমাণ তার ভয়ে ভরা মনকে আরও জোরালো করল। অর্ণব জানল, এখন থেকে তার কাজ শুধু নিজের জীবন বাঁচানো নয়; তাকে এই শক্তিশালী কর্পোরেশনের হাত থেকে তার আবিষ্কার এবং মানবজাতিকে রক্ষা করতে হবে।

তার ভেতরের নৈতিক দায়িত্ব এবং বৈজ্ঞানিক অহংকারের মধ্যে সংঘর্ষ চলছিল। তিনি বুঝতে পারল, GeneCore-এর মতো সংস্থার কাছে তার গবেষণা শুধু তথ্য নয়, একটি প্রাণঘাতী অস্ত্র। যদি তারা এটিকে নিয়ন্ত্রণ করতে পারে, মানবজাতির ভবিষ্যৎ অনিশ্চিত হয়ে যাবে।

অর্ণব ঠিক করল, যতই বিপদ হোক, তিনি হাল ছাড়বেন না। ষড়যন্ত্রের এই প্রমাণ তাকে আরও সতর্ক এবং শক্তিশালী করে তুলল। সে জানল, তার সামনে শুধু ল্যাবের ধ্বংস নয়, একটি বৃহত্তর যুদ্ধ অপেক্ষা করছে—জ্ঞান বনাম লোভ, নৈতিকতা বনাম শক্তি, জীবন বনাম ধ্বংস।

পর্ব ১১০: বিস্ফোরণ এবং নমুনা ছড়িয়ে পড়া

ল্যাবের আগুন ধীরে ধীরে নিয়ন্ত্রণের বাইরে চলে যায়। হঠাৎ একে একে ছোট ছোট বিস্ফোরণ ঘটে যন্ত্রপাতির মধ্যে জমে থাকা চাপের কারণে। অগ্নি ও ধোঁয়ার মাঝে কাঁচের বয়লারগুলো ফেটে যায়, আর তাতে থাকা হাইফা জিনের নীলচে আভার তরল চারপাশে ছিটকে পড়ে।

তরলটি মাটিতে পড়ে এক অদ্ভুত নীলচে দাগ তৈরি করে। কিছু অংশ বাতাসে উড়ে ল্যাবের বাইরে বেরিয়ে আসে। বৃষ্টি নেমে আসে ঠিক সেই মুহূর্তে, এবং বৃষ্টির জল সঙ্গে সঙ্গে তরলকে ছড়িয়ে দেয়। অরণ্য এবং আশেপাশের মাটি নীলচে আভায় আচ্ছন্ন হয়।

অর্ণব এবং তার দল নিরাপদ দূরত্বে দাঁড়িয়ে এই দৃশ্য দেখে অবাক হয়ে যায়। অগ্নিকুণ্ডে ল্যাব ধ্বংস হলেও, তারা বুঝতে পারে যে এই বিস্ফোরণ শুধু ধ্বংস নয়; এটি হাইফা জিনকে পরিবেশে মুক্ত করেছে।

অর্ণবের মন আতঙ্কিত। তিনি জানেন, এই তরল যদি প্রাণীদের বা মানুষের সংস্পর্শে আসে, তবে তার নিয়ন্ত্রণ ছাড়িয়ে যেতে পারে। এই নীলচে আভার তরল শুধু বিকৃত

অঙ্গ-প্রত্যঙ্গ তৈরি করবে না, বরং জীবন্ত সত্তার উপর অজানা প্রভাব ফেলতে পারে।

তিনি দ্রুত একটি ধারণা পান—ল্যাবের বাইরে ছড়িয়ে পড়া নমুনাগুলো মারাত্মক হতে পারে। শহরের আশেপাশে কোন প্রাণী বা মানুষ যদি এতে আক্রান্ত হয়, তা ভবিষ্যতে মানবজাতির জন্য এক ভয়াবহ সংকট ডেকে আনতে পারে।

অর্ণব বুঝতে পারল, এই বিস্ফোরণ তার জীবনের সবচেয়ে বড় বিপদের সূচনা। তার গবেষণার ফলাফল আর ল্যাবের ধ্বংস শুধুই সূচনা; এখন পৃথিবী সম্পূর্ণ নতুন এক জৈব বিপদে প্রবেশ করেছে।

পর্ব ১১১: নতুন বিপদ

অর্ণব দূর থেকে ল্যাবের ধ্বংসস্তূপ পর্যবেক্ষণ করছিল। আগুন আর ধোঁয়ার মাঝ দিয়ে কাঁচের ভাঙা পাত্র থেকে ছিটকে পড়া নীলচে আভার তরলটি চারপাশে ছড়িয়ে পড়ছিল। বৃষ্টির সঙ্গে মিশে তরলটি মাটিতে, সল্পঝোপঝাড়ে এবং আশেপাশের নদীর জলে প্রবাহিত হচ্ছিল।

তরলের সঙ্গে সংস্পর্শে আসা ছোট প্রাণীগুলো আচমকা অদ্ভুত আচরণ করতে শুরু করল। একটি ইঁদুর হঠাৎ লম্বা হাত-পা নিয়ে দৌড়াতে শুরু করল, আর কিছু পাখি তার ডানার প্রান্তে অস্বাভাবিক প্রসারণ দেখালো। অর্ণব আতঙ্কিত হয়ে বুঝতে পারল, হাইফা জিন কেবল মানুষের অঙ্গ বৃদ্ধি করছে না, এটি জীবন্ত সত্তার নিয়ন্ত্রণও ছিনিয়ে নিচ্ছে।

সে দ্রুত তার নোটবুক খুলল এবং ঘনিষ্ঠভাবে পরিস্থিতি লিপিবদ্ধ করতে শুরু করল। তার মনের মধ্যে এক অজানা

ভয় কাজ করছিল। হাইফা জিনের প্রভাব ধীরে ধীরে চারপাশের জীবজগতে ছড়াচ্ছে। যা একবার নিয়ন্ত্রণের বাইরে গেলে, তা আর ফিরিয়ে আনা যাবে না।

অর্ণব জানত, যদি এই তরল মানুষের সংস্পর্শে আসে, তবে তারা কেবল শারীরিকভাবে পরিবর্তিত হবে না, তাদের মানসিক স্বাভাবিকতাও ধ্বংস হতে পারে। একটি ছোট ল্যাব দুর্ঘটনা থেকে মানবজাতির জন্য এক বৃহৎ বিপদ তৈরি হতে চলেছে।

তিনি নিজের ভুলের পরিণতি অনুভব করল। তার উচ্চাকাঙ্ক্ষা, নৈতিকতার অমর্যাদা, এবং গবেষণার প্রতি অন্ধ অনুরাগ—সব মিলিয়ে এটি এখন প্রায় অব্যাহত মহাদেশীয় বিপদে পরিণত হয়েছে।

অর্ণব একমাত্র শান্তি খুঁজে পেয়েছিল তার পর্যবেক্ষণে। যদিও ল্যাব ধ্বংস হয়েছে, এবং গবেষণার প্রমাণ নষ্ট হয়েছে, তবে হাইফা জিনের বিস্তার এখনও চলছিল। তার মনে একমাত্র ভাবনা: কীভাবে এই বিপদ নিয়ন্ত্রণে আনা যাবে।

শহরের আশেপাশের এলাকায় ছোট ছোট প্রাণী এবং উদ্ভিদে দেখা দিচ্ছিল অদ্ভুত পরিবর্তন। অর্ণব বোঝার চেষ্টা করছিল—এই প্রভাব কি শুধুমাত্র ক্ষণস্থায়ী, নাকি স্থায়ী? যদি এটি স্থায়ী হয়, তবে মানুষের শারীরিক এবং মানসিক নিয়ন্ত্রণ সম্পূর্ণভাবে হারিয়ে যেতে পারে।

তিনি ভয় পেলেন, কারণ হাইফা জিনের বিস্তার যেকোনো মুহূর্তে অপ্রত্যাশিত বিপর্যয়ে রূপ নিতে পারে। এই জিনের

মুক্তি কেবল একটি ল্যাবের মধ্যেই সীমাবদ্ধ থাকছে না; এটি ইতিমধ্যেই প্রকৃতিতে প্রবেশ করছে।

অর্ণব ধীরে ধীরে বুঝতে পারল, তার জীবনব্যাপী গবেষণা যা ছিল সাফল্যের চূড়ান্ত লক্ষ্য, তা এখন মানবজাতির জন্য সম্ভাব্য এক ভয়ঙ্কর বিপদে রূপ নিয়েছে। তার উচ্চাকাঙ্ক্ষার ফল—হাইফা জিন—এখন নিয়ন্ত্রণের বাইরে।

তিনি জানত, সময় নষ্ট করার সুযোগ নেই। এই নতুন বিপদকে রুখতে, এখন দ্রুত পদক্ষেপ নেয়া দরকার। কিন্তু তার হাতে পর্যাপ্ত সময় বা সম্পদ নেই। পৃথিবী এখন একটি অজানা, অনিয়ন্ত্রিত জৈব বিপদের মুখোমুখি।

অর্ণবের চোখে ভয় ও দায়িত্বের সংমিশ্রণ। তিনি জানত, যা ঘটেছে, তা কেবল একটি সূচনা। হাইফা জিনের বিস্তার যদি থামানো না যায়, তবে এই একক ল্যাব দুর্ঘটনা পুরো মানবজাতিকে পরিবর্তনের পথে ঠেলে দেবে।

এই নতুন বিপদ, যা একদল সাধারণ মানুষ ও প্রাণীর জীবনকে অচেনা রূপ দিতে পারে, তা এখন শুধু অর্ণবের নয়—সমস্ত বিশ্বের জন্য এক সংকেত।

পর্ব ১১২: অজানা ভবিষ্যৎ

অর্ণব ল্যাবের ধ্বংসস্তূপের ধোঁয়া আর আগুনের বাষ্পের মধ্য থেকে দূরে দাঁড়িয়ে পরিস্থিতি পর্যবেক্ষণ করছিল। তার চোখের সামনে ছড়িয়ে পড়া নীলচে হাইফা তরলটি মাটিতে, ঝোপঝাড়ে এবং নদীর জলাশয়ে মিলেমিশে ছড়াচ্ছিল। সে বুঝতে পারছিল, এক মুহূর্তের ভুল এখন একটি বিশাল বিপদের সূত্রপাত।

তার মনে ঘুরপাক খাচ্ছিল নানা চিন্তা। এই জিন কত দ্রুত ছড়াতে পারে? এর সংস্পর্শে আসা মানুষ বা প্রাণী কতটা পরিবর্তিত হবে? যদি এটি মানুষের মধ্যে প্রবেশ করে, তবে মানুষের শারীরিক ও মানসিক নিয়ন্ত্রণ কি আর থাকবে? অর্ণব জানত না এই সব প্রশ্নের উত্তর। সব কিছু এখন অজানা, নিয়ন্ত্রণহীন, এবং ভয়ঙ্কর।

তিনি দ্রুত তার নোটবুক খুলল এবং যা ঘটছে তা লিপিবদ্ধ করতে শুরু করল। প্রতিটি লাইনে তার আতঙ্কের ছাপ স্পষ্ট। "হাইফা জিন সম্পূর্ণরূপে আমার নিয়ন্ত্রণের বাইরে। এটি মানবজাতির জন্য এক নতুন সংকট সৃষ্টি করতে পারে," তিনি লিখলেন।

পাশাপাশি, শহরের আশেপাশের এলাকায় ছোট প্রাণী, পাখি, এবং উদ্ভিদগুলো অদ্ভুতভাবে পরিবর্তিত হতে শুরু করল। এক ইঁদুর হঠাৎ লম্বা হাত-পা নিয়ে দৌড়াচ্ছে, একটি খরগোশ অস্বাভাবিকভাবে প্রসারিত কান নাড়ছে। অর্ণব বোঝার চেষ্টা করছিল—এই প্রভাব কি সীমিত থাকবে, নাকি এটি এক ধরণের মহামারিতে রূপ নেবে?

তার মন খাঁড়া হয়ে উঠল। ল্যাবের ধ্বংসের পর, হাইফা জিনের বিস্তার এখন প্রকৃতির মধ্যে প্রবেশ করছে। এটি নিছক একটি পরীক্ষা নয়; এটি মানবজাতির জন্য একটি অজানা বিপদ। অর্ণব বুঝতে পারল, তার এক মুহূর্তের উচ্চাকাঙ্ক্ষা পুরো পৃথিবীর ভবিষ্যতকে অনির্দিষ্ট অবস্থায় ফেলেছে।

তিনি ভয় পেলেন, কারণ এই জিন নিয়ন্ত্রণ হারালে মানুষের স্বাধীনতা, শরীর এবং মস্তিষ্ক—সবই অনিয়ন্ত্রিত হয়ে যাবে। তার চোখের সামনে অজানা ভবিষ্যতের ছবি ভেসে উঠল—শহরে, গ্রামে, বিশ্বের প্রতিটি মানুষ ধীরে ধীরে পরিবর্তিত হবে, নিয়ন্ত্রণ হারাবে, এবং এক নতুন অচেনা জীবন্ত অস্তিত্বে রূপ নেবে।

অর্ণব বোঝল, এটি এখন আর শুধুই একটি বৈজ্ঞানিক পরীক্ষা নয়। এটি একটি জৈব-সামাজিক মহামারি, যা যেকোনো মুহূর্তে আকার নিতে পারে। তার হাতে কোনো সমাধান নেই; সে কেবল দেখতে পারছে বিপদের সূচনা।

তাকে একা থাকতে হলো তার চিন্তা ও আতঙ্কের সঙ্গে। ধ্বংসস্তূপের মধ্যে দাঁড়িয়ে, সে অনুভব করল—যে আবিষ্কার তাকে মহান করতে পারত, তা এখন মানবজাতিকে এক অজানা, অপ্রতিরোধ্য বিপদের দিকে ঠেলে দিচ্ছে।

অর্ণব একমাত্র নিশ্চিত ছিল—সময় যতই পাস হোক না কেন, হাইফা জিনের ছড়ানো রোধ করা ছাড়া আর কোনো উপায় নেই। কিন্তু এই সময়ে তার ক্ষমতা সীমিত, এবং পৃথিবী একটি অজানা ভবিষ্যতের দিকে ধাবিত হচ্ছে, যেখানে মানুষের জীবন আর কখনও আগের মতো থাকবে না।

শেষ মুহূর্তে অর্ণব বোঝল, তার একক গবেষণা এখন একটি বৈশ্বিক সংকটের সূচনা। এই জিন শুধু মানুষের অঙ্গ পরিবর্তন করবে না; এটি পুরো মানবসভ্যতার নিয়ন্ত্রণকে অজানা দিক দিয়ে বদলে দেবে।

পর্ব ১১৩: পালিয়ে বেড়ানো

ল্যাবের ধ্বংসের পর অর্ণব, ইরা এবং তাদের দলের বাকি সদস্যরা দ্রুত বেরিয়ে আসে। আগুনের ধোঁয়া আর ধ্বংসস্তূপের মধ্যে দাঁড়িয়ে তারা বুঝতে পারে—এখন আর নিরাপদ কোথাও নেই। GeneCore-এর লোকেরা তাদের পিছু ছাড়বে না। প্রতিটি ধাপেই তারা যেন কোনো অদৃশ্য চোখের নজর অনুভব করছিল।

অর্ণব বলল, "আমাদের যত দ্রুত সম্ভব লুকতে হবে। আর কোনো তথ্য, কোনো নমুনা সঙ্গে রাখার সময় নেই। আমাদের এখন বাঁচতে হবে।" ইরা চুপচাপ মাথা নেড়ে সম্মতি দিল। তাদের মধ্যে ভয় আর হতাশা ছড়িয়ে পড়েছিল।

তারা শহরের ভিড়ের মধ্যে মিশে যাওয়ার চেষ্টা করে। সাধারণ মানুষ তাদের চোখে কোনো সন্দেহ ধরেনি। কিন্তু অর্ণব জানত, GeneCore-এর কৌশলী এজেন্টরা শুধু জনসাধারণের ভিড়েই হারাবে না। তারা তাদের ঠিক খুঁজে বের করবে।

তাদের পিছু ধাওয়া শুধু GeneCore-এর নয়। হাইফা জিনের ছড়ানো নীলচে তরল থেকে উদ্ভূত অজানা শক্তি ধীরে ধীরে অনুসরণ করছে তাদের। অর্ণব অনুভব করছিল—এই শক্তি কেবল বিজ্ঞানী ও কর্পোরেশন নয়, পুরো শহরকেও আক্রান্ত করতে পারে।

পালানোর সময়, তাদের মধ্যে কথোপকথন ছিল সীমিত। অর্ণব শুধু পরিকল্পনা করছিল কোথায় লুকানো যায়। ইরা বারবার সতর্ক করছিল, "আমরা যতই দ্রুত চলি না কেন,

এই জিন আমাদের পিছু ছাড়বে না। এটা শুধু GeneCore নয়, আমরা এক অজানা বিপদের সামনে দাঁড়িয়েছি।"

তাদের পথ যেন অস্পষ্ট। প্রতিটি কোণ, প্রতিটি রাস্তা এখন সম্ভবনায় ভরা। অর্ণব মনে মনে বুঝছিল, শুধু লুকানোই যথেষ্ট নয়; তাদের প্রয়োজন নতুন কৌশল এবং সতর্কতা। প্রতিটি মুহূর্তে জীবন আর মৃত্যুর সীমারেখা ক্ষীণ হয়ে যাচ্ছে।

রাতের অন্ধকার তাদের সবচেয়ে বড় বন্ধু। তারা অন্ধকারের ছায়ায় লুকিয়ে এগোয়, যেন ছায়ার সঙ্গে মিলিয়ে নিজেদের অস্তিত্বকে অদৃশ্য করার চেষ্টা করছে। কিন্তু অর্ণব জানত—GeneCore-এর নজর এড়ানো সহজ হবে না।

শহরের ভিড়ের মধ্যে তারা কিছুটা নিরাপদ মনে করলেও, হাইফা জিনের ছড়ানো শক্তি তাদের পিছু ছাড়ছে না। প্রতিটি ছোট স্পর্শ, প্রতিটি বাতাসের কণার সঙ্গে এই অদৃশ্য বিপদ ধীরে ধীরে তাদের দিকে এগিয়ে আসছে।

অর্ণব বুঝল, পালানোর সময় শেষ; এখন যুদ্ধ শুরু। তাদের সামনে শুধুই একটাই লক্ষ্য—বাঁচা এবং এই জিনের প্রভাবকে নিয়ন্ত্রণে আনা।

রাত দীর্ঘ, শহর অচেনা, এবং তাদের পিছু ধাওয়া ক্রমশ ঘনিয়ে আসছে। অরণ্য, রাস্তা, নদীর ধারে—সবই এখন তাদের পালানোর কৌশল। কিন্তু এক অজানা সত্য অর্ণবের মনকে স্থির করতে পারছে না—এই লুকোচুরির শেষে শুধু GeneCore নয়, হাইফা জিনের অদৃশ্য শক্তিই তাদের জন্য চূড়ান্ত হুমকি হয়ে দাঁড়াতে চলেছে।

এই রাত তাদের জীবনের সবচেয়ে কঠিন পরীক্ষা। প্রতিটি মুহূর্তে তাদের পদক্ষেপ ভেবে নিতে হবে। একটি ভুল মানে মৃত্যুর ছায়া। একটি সঠিক পদক্ষেপ মানে বেঁচে থাকার আশা।

অর্ণব, ইরা এবং তাদের দল জানে, তারা শুধু নিজেদের জীবন বাঁচাচ্ছে না; তারা পুরো মানবজাতিকে এই অজানা বিপদ থেকে রক্ষা করার চেষ্টা করছে। কিন্তু তারা জানে না, তাদের পিছু ধাওয়া করছে এমন এক শক্তি, যা শুধু GeneCore-এর নয়, বরং প্রাকৃতিক নিয়মকে অচেনা দিক দিয়ে পরিবর্তন করতে সক্ষম।

রাত শেষ, শহর নিস্তব্ধ, এবং পালানোর এই খেলা শুরু হয়েছে। এখন একমাত্র বিষয় নিশ্চিত—যে কোনো মূল্যে বাঁচতে হবে।

পর্ব ১১৪: সরকারের নজরদারি

ল্যাব ধ্বংসের পর অর্ণব, ইরা এবং দলের বাকি সদস্যরা শহরের ভিড়ের মধ্যে মিলিয়ে থাকার চেষ্টা করছিল। কিন্তু অর্ণব বুঝতে পারছিল, তাদের পিছু ধাওয়া শুধুই GeneCore-এর পক্ষ থেকে নয়; সরকারের গোপন সংস্থাও তাদের নজরে রেখেছে। রোহিত সেনের রিপোর্ট, ল্যাব হামলা এবং হাইফা জিনের বিস্তার—all মিলিয়ে সরকার মনে করছে, অর্ণব এক বিপজ্জনক বিজ্ঞানী।

অর্ণব ভাবল, "আমাদের এই মুহূর্তে যেকোনো ধরনের প্রকাশ্য কার্যক্রম বন্ধ রাখতে হবে। আমরা যেমন GeneCore-এর চোখ থেকে লুকছি, তেমনি সরকারের নজর থেকেও নিজেকে

গোপন রাখতে হবে।" ইরা উদ্বিগ্ন হয়ে বলল, "আমাদের হাতে আর কোনো সময় নেই। সরকার যদি আমাদের ধরে, তবে তারা আমাদের লুকিয়ে রাখবে, হয়তো গবেষণার সব নমুনা এবং তথ্য জব্দ করবে। আমাদের শুধু বাঁচতে হবে।"

তারা ল্যাবের ধ্বংসস্তূপ থেকে দূরে চলে যায় এবং শহরের একটি পরিত্যক্ত এলাকার দিকে পায়ে হেঁটে যায়। প্রতিটি মোড়ে, প্রতিটি গলিতে তারা সতর্ক থাকে। অর্ণব একটি ছোট মানচিত্র বের করে দলকে বলে, "আমরা কখনো সোজা রাস্তা ব্যবহার করব না। Government agents এবং GeneCore-এর এজেন্টরা এখন শহরের প্রতিটি গুরুত্বপূর্ণ এলাকায় চোখ রাখছে।"

তাদের মধ্যে আতঙ্ক এবং বিভ্রান্তি ক্রমশ বাড়ছে। রাতের অন্ধকারে তারা নিজেদের নিরাপদ মনে করলেও, শহরের প্রতিটি আলোর খণ্ড যেন তাদের প্রতি নজর রাখছে। অর্ণব জানে, সরকারের এজেন্টরা অত্যন্ত প্রশিক্ষিত এবং প্রযুক্তিতে উন্নত। তারা সহজে শহরের যেকোনো স্থানে অর্ণবদের খুঁজে পেতে পারে।

"আমাদের কেবল লুকানোই যথেষ্ট নয়," অর্ণব বলল, "আমাদের ছদ্মবেশে চলতে হবে, নিজেদের পরিচয় পরিবর্তন করতে হবে। আমরা যদি সাধারণ মানুষের মতো আচরণ করতে না শিখি, তবে আমাদের ধরা পড়া নিশ্চিত।" ইরা সম্মতি জানিয়ে বলে, "ঠিক বলেছো। কিন্তু আমরা কতোদিন এইভাবে বাঁচতে পারব?"

তাদের মনে হলো, শুধু লুকোনোই যথেষ্ট নয়, তাদের একটি পরিকল্পনা প্রয়োজন। অর্ণব ব্যস্ত হয়ে যায় নতুন শরণস্থলের খোঁজে। তারা এমন একটি স্থান খুঁজে পায় যা শহরের বাইরে, যেখানে স্বাভাবিক মানুষ খুব কম আসে। অরণ্য, ছোট নদী এবং জঙ্গলের মধ্যে একটি পুরনো তিমির বাড়ি তাদের নতুন আস্তানা হিসেবে বেছে নেওয়া হয়।

এখানে তারা সাময়িকভাবে নিরাপদ। অর্ণব দলকে বলে, "আমরা এখানে কিছুদিন থাকব। এ সময়ে আমাদের গবেষণার সমস্ত তথ্য সুরক্ষিত করতে হবে এবং প্রতিষেধক তৈরির কাজ শুরু করতে হবে।" ইরা আশ্চর্য হয়ে বলল, "এত বিপদে আমরা কি সত্যিই প্রতিষেধক তৈরি করতে পারব?" অর্ণব দৃঢ়ভাবে উত্তর দিল, "আমরা যদি সফল হই, তবে শুধুমাত্র নিজেদেরই নয়, পৃথিবীকে বাঁচাব। কিন্তু ব্যর্থ হলে, হাইফা জিন পুরো মানবজাতির জন্য এক মহাবিপদ।"

তাদের রাতগুলি এখন নিঃশব্দে কেটে যায়। প্রতিটি শব্দ, প্রতিটি পদক্ষেপে সতর্কতা। শহরের আলো এবং প্রযুক্তির নজরদারি তাদের পিছু ছাড়ছে না। তারা জানে, GeneCore এবং সরকারের নজরদারির মধ্যে তাদের অবস্থান অতি সংবেদনশীল। একটি ভুল ধাপ, একটি ভুল শব্দ—সবকিছু ধ্বংসের মুখে ফেলতে পারে।

অর্ণব ও ইরা বুঝতে পারছিল, তারা এখন শুধুমাত্র বিজ্ঞানী বা গবেষক নয়; তারা একপ্রকার প্রাণবন্ত অস্ত্রের মতো। তাদের লক্ষ্য একটাই—বাঁচা, হাইফা জিনের প্রভাব নিয়ন্ত্রণে আনা

এবং GeneCore ও সরকারের হাত থেকে নিজেদের রক্ষা করা।

তাদের পালানোর পথ আরও কঠিন হয়ে গেছে। এখন লুকোনোই যথেষ্ট নয়; তারা কৌশলী হতে হবে, প্রযুক্তি এবং মানুষের চোখ এড়াতে হবে। প্রতিটি মুহূর্তে তারা বুঝতে পারছে—হাইফা জিন শুধু বৈজ্ঞানিক বিপদ নয়, বরং মানবজাতির ভবিষ্যতের এক অজানা হুমকি।

রাত গভীর, শহর নিস্তব্ধ, এবং তাদের পদক্ষেপ যত ভঙ্গুর, বিপদ তত ঘন। অর্ণব জানে, এই পালানোর খেলা শেষ হবে কবে—কেউ জানে না। শুধু একটি বিষয় নিশ্চিত—সরকারের নজরদারি এবং GeneCore-এর ধাওয়া তাদের জন্য চূড়ান্ত পরীক্ষা।

পর্ব ১১৫: তাড়া ও আতঙ্ক

রাতের অন্ধকারে অর্ণব, ইরা এবং দলের বাকি সদস্যরা শহরের খুঁজে পাওয়া অচেনা রাস্তা দিয়ে দ্রুত এগোচ্ছে। তাদের চারপাশে নিঃশব্দ তবুও তীব্র আতঙ্ক ছড়াচ্ছে। প্রতিটি মোড়ে, প্রতিটি গলিতে পুলিশের এবং সরকারি এজেন্টদের নজরদারি ছড়িয়ে আছে। তাদের হৃদস্পন্দন দ্রুত, নিঃশ্বাস অগভীর, চোখ চারপাশে সতর্ক।

"আমাদের এখন কোনো ভুল করার সুযোগ নেই," অর্ণব ফিসফিস করে বলে। তার চোখ চারপাশ পর্যবেক্ষণ করছে। ইরা ধীরে ধীরে বলে, "এত কৌশলেই আমাদের ধরা পড়া রোধ করা যাবে না। তারা আমাদের ধাওয়া করছে, এবং আমাদের প্রতিটি পদক্ষেপ তারা পর্যবেক্ষণ করছে।"

তাদের পিছু ছাড়ছে না—সিটি সার্ভেল্যান্স ক্যামেরা, ড্রোন, পুলিশ টিম এবং সরকারি গোপন এজেন্টরা সর্বত্র। একটি ভুল পা, একটি শব্দ, সবকিছু প্রকাশ করতে পারে। প্রতিটি সিঁড়ি, প্রতিটি বক্স, প্রতিটি অন্ধকার গলি তাদের জন্য হয় একটি ঝুঁকিপূর্ণ এলাকা।

অর্ণব দ্রুত মানচিত্র দেখে নির্দেশ দেয়, "আমরা সরাসরি রাস্তা ব্যবহার করতে পারব না। সর্পিল গলি এবং অচেনা পথ ব্যবহার করব। যদি তারা আমাদের হুঁশিয়ার করে, তবে আমরা এক মুহূর্তেও হারাব।" দলের সদস্যরা নীরবভাবে তার কথা মানে এবং দ্রুত সর্পিল পথ ধরে এগোতে থাকে।

হঠাৎই, তারা লক্ষ্য করে দূরে পুলিশের হালকা বাতি ঝলমল করছে। পেছন থেকে ধ্বনিত হচ্ছে পদচারণার শব্দ। আতঙ্ক আরও বাড়ে। "এখনই দৌড়াতে হবে," অর্ণব বলল, "একই স্থানে দাঁড়ালে আমরা ধরা পড়ব।" তারা ছুটতে শুরু করে, একে অপরকে সহায়তা করে।

শহরের প্রতিটি কোণ যেন তাদের তাড়া করছে। ধূসর ছায়া, নিঃশব্দ গলি, রাস্তায় ছড়িয়ে থাকা বালতি ও টিনের ঢিবি—সবকিছুই তাদের জন্য হুমকির প্রতীক। ইরা মনে মনে প্রার্থনা করে, "আমরা যদি বাঁচতে পারি, তবে জীবনের মূল্য বোঝা যাবে। আর যদি ধরা পড়ি..." সে বাক্য শেষ করতে পারল না।

তাদের দৌড় শুধু ফিজিক্যাল নয়; মনও ক্রমশ আতঙ্কে কাঁপছে। প্রতিটি শ্বাস যেন নতুন ভয় নিয়ে আসে। অর্ণব

দৌড়াতে দৌড়াতে ভাবছে, কিভাবে তারা GeneCore-এর এজেন্ট এবং সরকারের নজরদারি দুটোই এড়াতে পারবে। পালানোর সময় তাদের মধ্যে এক অদ্ভুত সংহতি তৈরি হয়। চোখে চোখ রাখে না, শব্দে শব্দ মিলায় না, কিন্তু প্রতিটি পদক্ষেপই এক ধরনের সমন্বয়পূর্ণ চেষ্টা। তারা বুঝে গেছে—একটি দল হিসেবে বেঁচে থাকা এবং নিরাপদ আশ্রয় খুঁজে পাওয়াই এখন একমাত্র লক্ষ্য।

হঠাৎই তারা একটি পুরনো ভবনের গোপন প্রবেশদ্বার খুঁজে পায়। ভিতরে প্রবেশ করার পর কিছুটা নিঃশ্বাস প্রশ্বাসের সুযোগ পায়। অর্ণব দেয়ার ইশারায় সবাই থামে। ভিতরে কিছুটা অন্ধকার, কিন্তু বাহিরের তুলনায় নিরাপদ।

"আমরা কিছু সময় এখানে থাকতে পারি," অর্ণব ফিসফিস করে বলে। ইরা তার কাঁপা হাত ধরে বলে, "আমরা কতদিন এইভাবে পালাতে পারব? তাদের নজরদারি কতটা শক্তিশালী?"

অর্ণব শূন্যে তাকিয়ে বলে, "এখন আমাদের শুধুমাত্র বেঁচে থাকতে হবে। সময়ের সাথে আমরা ভাবব প্রতিষেধক তৈরির পরিকল্পনা। কিন্তু এই মুহূর্তে শুধু বেঁচে থাকা জরুরি।"

তাদের দৌড়, পালানো, আতঙ্ক এবং প্রতিটি ছায়া—সব মিলিয়ে একটি ভয়ঙ্কর রাত তৈরি করেছে। শহরের বাতি, ধূসর রাস্তা, পেছনের শব্দ—সবই তাদের আতঙ্ককে বাড়িয়ে দিচ্ছে। তারা জানে, এই পালানোর খেলা আরও দীর্ঘ, আরও কঠিন এবং আরও বিপজ্জনক হতে চলেছে।

রাতের অন্ধকার, সরকারের নজরদারি, GeneCore-এর ধাওয়া—সবকিছু মিলিয়ে তাদের জীবন এখন এক ধোঁয়াশার মধ্যে। অর্ণব জানে, এই রাত শেষ হলেও পরের দিন আরও বড় পরীক্ষা অপেক্ষা করছে। শুধু একটি বিষয় নিশ্চিত—তাদের বাঁচা এখন চূড়ান্ত কৌশল, সচেতনতা এবং সাহসের ওপর নির্ভর করছে।

পর্ব ১১৬: আশ্রয়

শহরের অন্ধকার এবং তাড়ার কালে অর্ণব, ইরা এবং দলের বাকি সদস্যরা এক পরিত্যক্ত গুদাম খুঁজে পেল। গুদামটি শহরের অন্যতম পুরনো এলাকা, যেখানে আর কেউ নেই, নীরবতা ও ধুলোর মধ্যে তারা নিজেদেরকে সাময়িকভাবে নিরাপদ মনে করল। গুদামের ঢেউখেলানো ছাদ, ভাঙাচোরা দেওয়াল এবং ধুলো মাখানো মেঝে—সব মিলিয়ে এটি ছিল নিঃশব্দ আশ্রয়।

“এখানে আমরা কিছুটা বিশ্রাম নিতে পারি,” অর্ণব ফিসফিস করে বলে। তার চোখ চারপাশে নিরাপত্তার চিহ্ন খুঁজছে। ইরা তার পাশে এসে বোঝায়, “এটা হয়তো একমাত্র জায়গা যেখানে আমরা সাময়িকভাবে ধরা পড়া থেকে বাঁচতে পারি। কিন্তু এই নিরাপত্তা দীর্ঘস্থায়ী নয়। তারা যে কোনো মুহূর্তে আমাদের খুঁজে বের করতে পারে।”

গুদামের ভেতর ঢুকার পর সবাই প্রথমবারের মতো কিছুটা শ্বাস নিল। তাদের দেহে এখনও দৌড়ের পরের ক্লান্তি এবং আতঙ্কের ছাপ স্পষ্ট। কেউ কথা বলতে সাহস পাচ্ছিল না।

শুধু নীরব নিঃশ্বাস আর দূরে কোনোকিছু ধ্বনির প্রতিধ্বনি গুদামের শূন্যতায় ভেসে আসছিল।

অর্ণব একটি কোণে বসে ল্যাপটপ বের করল। সে চুপচাপ তথ্য যাচাই শুরু করল, সরকারের নজরদারি এবং GeneCore-এর আগ্রাসী পরিকল্পনা নিয়ে। ইরা কাছে এসে বলল, "আমরা কতদিন এভাবে গোপনে থাকতে পারব? তাদের নেটওয়ার্ক খুবই শক্তিশালী। আমরা যদি ধরা পড়ি..." তার বাক্য অসমাপ্ত থাকল, আতঙ্কের কারণে।

ডাক্তারি ব্যাগে থাকা প্রাথমিক চিকিৎসা সরঞ্জাম বের করল অর্ণব। তিনি প্রত্যেকের স্বাস্থ্য পরীক্ষা করল। পালানোর সময় দলের কিছু সদস্য আহত হয়েছে, কিছু হতাশায় কেঁপে উঠেছে। সুস্থ থাকার পাশাপাশি, তারা বুঝতে পারল, এই আশ্রয় তাদের পক্ষে শুধুমাত্র সাময়িক নিরাপত্তা দিচ্ছে।

গুদামের অন্ধকারে তারা আলো জ্বালাল ছোট লণ্ঠন দিয়ে। ধুলোমাখা মেঝেতে বসে তারা তাদের পরবর্তী পদক্ষেপ নিয়ে আলোচনা করতে লাগল। অর্ণব বলল, "আমাদের এখন যে কাজ করতে হবে, তা হলো—প্রতিষেধক তৈরির পরিকল্পনা। আমরা যদি এই হাইফা জিনের বিস্তার রোধ করতে না পারি, তবে এটা শুধুমাত্র আমাদের জন্য নয়, পুরো মানবজাতির জন্য বিপজ্জনক হয়ে উঠবে।"

তাদের মধ্যে চুপচাপ ভয় এবং উদ্বেগের ছাপ। কেউ কথা বলতে সাহস পাচ্ছিল না, কেউবা নিজের মধ্যে দুশ্চিন্তায় ব্যস্ত। তারা জানত, সাময়িক নিরাপত্তা হলেও এই আশ্রয়ই তাদের একমাত্র ঠিকানা। গুদামের ভেতর বাতাস নীরব, কিন্তু

বাইরে, শহরে, GeneCore এবং সরকারের চোখ সবসময় তাদের ওপর।

ইরা ফিসফিস করে বলে, "আমাদের অবশ্যই খুব সতর্ক থাকতে হবে। আমাদের স্থান এবং চলাফেরা নিয়ে কোনো ত্রুটি হতে পারবে না। তাদের ধাওয়া যে শেষ হয়নি, এটা আমরা সবাই জানি।" অর্ণব মাথা হেলিয়ে সম্মতি জানাল।

রাত্রি গভীর হচ্ছে। গুদামের ভেতর নীরবতা বিরাজ করছে। অন্ধকারে বসে তারা তাদের পরবর্তী পদক্ষেপ চিন্তা করছে। কেউ জানে না, GeneCore-এর চোখ এবং সরকারের নজরদারি কত দ্রুত তাদের খুঁজে পাবে।

তাদের সাময়িক নিরাপত্তা একটি ভীতির খাম্বা। যদিও তারা শারীরিকভাবে নিরাপদ মনে করছে, তাদের মন এখনো আতঙ্কে দাউ দাউ করে জ্বলছে। তারা বুঝতে পারছে, এই আশ্রয় শুধু তাদের সময় কিনে দিয়েছে—মুহূর্তের জন্য। কিন্তু এই মুহূর্তেই তাদের পরিকল্পনা, গবেষণা এবং নতুন প্রতিষেধক তৈরির প্রস্তুতি শুরু করতে হবে।

গুদামের ভেতরে বসে তারা বুঝতে পারছে, তাদের জীবন এখন এক বিশাল ধাঁধার মতো। প্রতিটি পদক্ষেপ, প্রতিটি নিঃশ্বাস, প্রতিটি সিদ্ধান্ত—সব কিছু তাদের বেঁচে থাকার সাথে সরাসরি সম্পর্কিত। GeneCore এবং সরকারের চোখ এড়িয়ে চলা এবং হাইফা জিনের বিস্তার রোধ করা এখন তাদের একমাত্র লক্ষ্য।

রাত্রি গভীর, গুদাম নীরব, কিন্তু এই নীরবতার মধ্যে তাদের মনে আতঙ্কের ছায়া। তারা জানে, তাদের নিরাপত্তা ক্ষণিকের

জন্য, এবং পরবর্তী মুহূর্তে যে কোন ভয়ঙ্কর বিপদ তাদের পিছু ছাড়বে না।

পর্ব ১১৭: সরকারের পিছু ধাওয়া

অর্ণব এবং তার দল গুদামের অন্ধকারে বসে পরিকল্পনা করছে। বাইরে শহরের রাস্তায় পুলিশের উপস্থিতি চোখে পড়ে না, কিন্তু খবর তারা পাইছে—সরকারের গোপন সংস্থা তাদের খুঁজছে। প্রতিটি ছোট ছোট রূপরেখা, ফোন কল, ল্যাবের পুরনো সরঞ্জাম—সবকিছু তারা নজরদারি করতে ব্যবহার করছে।

"তারা আমাদের গতিবিধি ট্র্যাক করছে," ইরা ফিসফিস করে বলে। তার চোখে আতঙ্ক স্পষ্ট। "আমরা কোথায় থাকি, কখন চলি—সব কিছু তারা জানে।" অর্ণব মাথা নাড়ে। সে জানে, এই পরিস্থিতি খুবই বিপজ্জনক। "আমাদের এখন শুধু সতর্ক থাকতে হবে। যদি তারা আমাদের খুঁজে পায়, তাহলে GeneCore-এর হাতেও আমাদের পড়া নিশ্চিত।"

দলের মধ্যে উত্তেজনা বৃদ্ধি পাচ্ছে। কেউ কেউ দৌড়ানোর চেষ্টা করছে, কেউ আবার নিজেদের মধ্যে তর্ক করছে। অন্ধকারে গুদামের দেওয়াল, ধুলো মাখা মেঝে এবং ছাদ—সব কিছু যেন তাদের আতঙ্ককে আরও বাড়িয়ে দিচ্ছে।

অর্ণব ল্যাপটপ খুলে সরকারের নজরদারি এবং GeneCore-এর কার্যক্রম পর্যবেক্ষণ করতে শুরু করে। সে দ্রুত বুঝতে পারে, তাদের গোপন আশ্রয়ই এখন একমাত্র হাতিয়ার। "আমরা যদি ধরা দিই, তাহলে শুধু আমাদেরই নয়,

প্রতিষেধক তৈরির সম্ভাবনাও শেষ হয়ে যাবে। আমাদের পথ চলতে হবে নিঃশব্দে, সাবধানে।"

দলটি চুপচাপ শুনছে। বাইরে শহরের অন্ধকারে পুলিশ এবং গোয়েন্দাদের গাড়ি ঘুরছে। প্রতিটি পদক্ষেপ, প্রতিটি শব্দ—সব কিছু নজরে রাখা হচ্ছে। অর্ণব বোঝে, তাদের সাময়িক নিরাপত্তা শুধুমাত্র তাদের সময় কিনেছে, কিন্তু বিপদ এখনও তাদের পিছু ছাড়েনি।

ইরা লণ্ঠন হাতে ধরে গুদামের এক কোণে দাঁড়ায়। "আমাদের কোন ধরনের ত্রুটি করা চলবে না। যদি তারা আমাদের খুঁজে পায়, তখন সব শেষ।" অর্ণব সম্মতিসূচক মাথা নাড়ে। তিনি জানেন, এই পিছু ধাওয়া কেবল শারীরিক নয়, মানসিকও। প্রতিটি সিদ্ধান্ত তাদের বেঁচে থাকার সঙ্গে সরাসরি সম্পর্কিত।

তাদের ভেতরের আতঙ্ক আরও বাড়ছে। মনে হচ্ছে, প্রতিটি মুহূর্তেই সরকারি নজরদারি তাদের অবস্থান বের করতে পারে। GeneCore-এর আগ্রাসী পরিকল্পনা এবং সরকারের কঠোর নজর—সব মিলিয়ে এক ভয়ঙ্কর ফাঁদ তৈরি করছে।

রাত্রি গভীর হচ্ছে। গুদামের অন্ধকারে তারা তাদের পরবর্তী পদক্ষেপ নিয়ে আলোচনা করছে। প্রতিটি নিঃশ্বাসে আতঙ্ক, প্রতিটি শব্দে সতর্কতা। তারা জানে, এই পিছু ধাওয়া তাদের জন্য এক নতুন সংকট তৈরি করেছে। নিরাপদ আশ্রয় থাকলেও, তাদের মুক্তি এখনো নিশ্চিত নয়।

অর্ণব বোঝে, সাময়িক আশ্রয় কেবল ক্ষণিকের সময় দিয়েছে। GeneCore এবং সরকারের চোখ এড়িয়ে চলা, প্রতিষেধক তৈরি করা—সবকিছু এখন তাদের একাধিক ফাঁদ এবং

বিপদের মাঝেই করা হবে। তাদের বেঁচে থাকার লড়াই এখনও শেষ হয়নি।

পর্ব ১১৮: নতুন পরিকল্পনা

গুদামের অন্ধকার কক্ষে অর্ণব তার দলকে জড়ো করল। তার চোখে দৃঢ়তার জ্বলন। "আমরা আর পালিয়ে থাকতে পারব না," সে বলল। তার কণ্ঠে ভয়ের কোনো ছাপ ছিল না, বরং দৃঢ় সংকল্প। "এই হাইফা জিন মানুষের জন্য এক ভয়ঙ্কর বিপদ। যদি আমরা এখন প্রতিষেধক না তৈরি করি, তাহলে লাখো মানুষ আক্রান্ত হতে পারে। আমাদের কাজ শুধুই বাঁচা নয়, বরং মানবজাতিকে রক্ষা করা।"

দলের মধ্যে হঠাৎ নীরবতা নেমে আসে। সবাই বুঝতে পারল, এ মুহূর্তে পালিয়ে থাকা কোনো সমাধান নয়। ইরা ফিসফিস করে বলল, "কিন্তু প্রতিষেধক তৈরি করা সহজ নয়। আমাদের হাতে সময়ও কম, উপকরণও সীমিত। আর GeneCore এবং সরকারের নজরদারি আমাদের প্রতিনিয়ত চাপ দিচ্ছে।"

অর্ণব ল্যাপটপ খুলে জেনকোর এবং সরকারের গতিবিধি বিশ্লেষণ করতে শুরু করল। "আমরা ল্যাবের ধ্বংসের পর যে নমুনা বাইরে ছড়িয়েছে, তা দ্রুত সংক্রমণ ছড়াতে পারে। প্রতিষেধক না হলে আমরা শুধু আমাদের নিজেদেরই রক্ষা করতে পারব না, বরং পুরো মানবজাতিকে রক্ষা করতে পারব না। আমরা যদি সঠিকভাবে কাজ করি, তাহলে এই জিনের সমস্ত প্রভাব নিরসন করা সম্ভব।"

সুজিত, যে প্রথমে আতঙ্কে দিশেহারা ছিল, হঠাৎ আগ্রহ দেখায়। "অর্ণব, আমরা কীভাবে শুরু করব? আমাদের যন্ত্রপাতি নেই, উপকরণ সীমিত, আর সময়ও কম।" অর্ণব মাথা নাড়ে। "আমাদের প্রথম কাজ হলো মূল জিনের গঠন বোঝা। আমরা যে ল্যাবের ধ্বংস থেকে বাঁচতে পেরেছি, তার কিছু সরঞ্জাম উদ্ধার করেছি। তার সাহায্যে আমরা কোষের পরিবর্তন এবং সংক্রমণ পদ্ধতি বিশ্লেষণ করতে পারব।"

ইরা দৃঢ় হয়ে বলল, "আমরা শুধু প্রতিষেধক তৈরি করব না, আমরা নিশ্চিত করব যে GeneCore বা অন্য কেউ এই জিনের শোষণ করতে পারবে না। আমাদের প্রতিটি পদক্ষেপ পরিকল্পিত হতে হবে।" অর্ণব তার মাথা হালকা নাড়ল। "সঠিক বলেছ, ইরা। আমাদের কাজ নিখুঁত হতে হবে। কোনো ত্রুটি থাকলে, মানবজাতির ভবিষ্যৎ বিপদের মুখোমুখি হবে।"

গুদামের ভেতরে আলো কম, কিন্তু দলের প্রত্যেকের চোখে দৃঢ় সংকল্প জ্বলছে। অর্ণব তাদের বোঝাচ্ছে যে প্রতিষেধক তৈরির কাজ শুধু বৈজ্ঞানিক নয়, এটি এখন নৈতিক দায়িত্বও। "আমরা জানি, বিপদ কেবল আমাদের পিছু ছাড়ছে না, বরং এই জিনের সংক্রমণ দ্রুত ছড়াচ্ছে। আমরা যদি সময়ে প্রতিষেধক তৈরি করি, লাখো মানুষের জীবন রক্ষা করতে পারব। আমাদের একমাত্র লক্ষ্য এখন নিরাপদ প্রতিষেধক।" দলটি চুপচাপ অর্ণবের কথাগুলো শুনছে। বাইরে শহরের অন্ধকারে পুলিশ, গোয়েন্দা এবং GeneCore-এর গুপ্তচররা এখনও তাদের অনুসন্ধান করছে। কিন্তু অর্ণব জানে, ভীতিকর

পরিস্থিতিতেও সঠিক পরিকল্পনা এবং দ্রুত সিদ্ধান্তই তাদের বাঁচাতে পারে।

পরবর্তী কয়েক ঘণ্টা তারা পরিকল্পনা করে কাটায়। তাদের লক্ষ্য স্পষ্ট: প্রথমে জিনের সংক্রমণ এবং বিকৃতি প্রক্রিয়া বোঝা, তারপর প্রতিষেধক তৈরি করা। প্রতিটি পদক্ষেপে সতর্কতা, প্রতিটি পদক্ষেপে তীক্ষ্ণ মনোযোগ।

অর্ণব দলের দিকে তাকিয়ে বলল, "এখন থেকে আমরা পালাবার চিন্তা বাদ দেব। আমরা লড়াই করব, কিন্তু শুধুই জীবনের জন্য নয়—মানবজাতির জন্য। প্রতিষেধক তৈরি আমাদের একমাত্র আশ্রয়। এবং এই যাত্রা সহজ হবে না, কিন্তু আমাদের একমাত্র সুযোগ হলো সঠিকভাবে কাজ করা।"

দলের সদস্যরা একে অপরের দিকে তাকায়। ভয়ের সাগরের মাঝেও একটি নতুন আশা জেগে উঠেছে। তারা বুঝেছে, তাদের দায়িত্ব শুধু নিজেদের রক্ষা করা নয়, বরং মানবজাতির রক্ষা।

গুদামের অন্ধকারে দলটি তাদের নতুন অভিযান শুরু করার জন্য প্রস্তুত হয়। অর্ণব জানে, প্রতিষেধক তৈরির এই যাত্রা তাদের জীবনের সবচেয়ে কঠিন পরীক্ষা হবে। কিন্তু একই সঙ্গে, এটি তাদের নৈতিক এবং বৈজ্ঞানিক দায়িত্বও। GeneCore, সরকার, এবং সংক্রমণ—সবকিছু তাদের পথে, কিন্তু তাদের সংকল্প শক্তিশালী।

এই মুহূর্তে, অর্ণব এবং তার দল নতুন পরিকল্পনা নিয়ে যাত্রা শুরু করে—মানবজাতিকে এই ভয়ঙ্কর হাইফা জিন থেকে রক্ষা করার জন্য।

পর্ব ১১৯: গোপন ল্যাবরেটরি

লন্ডনের অন্ধকার শহরের এক নীরব শিল্প এলাকা। GeneCore-এর গোপন ল্যাবরেটরির চারপাশে শারীরিক ও ডিজিটাল নিরাপত্তা সর্বোচ্চ স্তরে রাখা হয়েছে। বাইরের কেউ এ এলাকায় প্রবেশ করতে পারবে না, এবং ল্যাবের অভ্যন্তরীণ কার্যক্রম সম্পূর্ণ গোপন। ল্যাবের ভেতরে, শক্তিশালী ল্যাবরেটরি সরঞ্জামগুলো ঝকঝক করছে। বিজ্ঞানীরা অর্ণবের হাইফা জিন নিয়ে নতুন পরীক্ষা শুরু করেছেন।

ডক্টর লুসিয়া হাওয়ার্ড, GeneCore-এর প্রধান জৈবপ্রযুক্তি বিশেষজ্ঞ, পরীক্ষাগারকে নির্দেশনা দিচ্ছেন। "আমরা এই জিনের কার্যক্ষমতা আরও বাড়াতে হবে," তিনি বললেন। "মানুষের অঙ্গ-প্রত্যঙ্গ শুধু বিকৃত করা নয়, তাদের শরীরকে দ্রুতগতিতে শক্তিশালী করা আমাদের লক্ষ্য। আমাদের তৈরি 'সুপার-সোলজার'-দের কোনো সাধারণ সেনা প্রতিরোধ করতে পারবে না।"

পরীক্ষাগারীরা একটি বিশেষ কোষ চেম্বারের দিকে এগোয়। চেম্বারের ভেতরে রাখা মানুষ বা প্রাণী তাদের নিয়ন্ত্রণে নেই। হাইফা জিনের ইনজেকশন দেওয়ার পর তাদের কোষগুলো দ্রুত বিভক্ত হতে শুরু করে। চামড়ার রঙ পরিবর্তিত হচ্ছে, মাংসপেশী শক্তিশালী হচ্ছে, অঙ্গ-প্রত্যঙ্গ অসাধারণভাবে

প্রসারিত হচ্ছে। প্রতিটি পরীক্ষা সফল হলে, বিজ্ঞানীরা নোটবুক এবং মনিটরে তথ্য সংরক্ষণ করছে।

ল্যাবের পরিবেশে অদ্ভুত এক উত্তেজনা আছে। গবেষকরা জানে, তাদের তৈরি সৃষ্টিকর্তার এই পরীক্ষা অত্যন্ত বিপজ্জনক, কিন্তু GeneCore-এর উচ্চাকাঙ্ক্ষা তাদের সতর্কবার্তা উপেক্ষা করতে বাধ্য করছে। ডক্টর হাওয়ার্ড বললেন, "সাফল্য আমাদের সীমানা ছাড়িয়ে যাবে। একবার এই প্রক্রিয়া মানুষে প্রয়োগ হলে, আমরা এমন এক শক্তিশালী বাহিনী পাবো যা পৃথিবীর কোনো রাষ্ট্র প্রতিরোধ করতে পারবে না।"

একদল বিজ্ঞানী মনিটরের দিকে তাকিয়ে কোষের বিকাশ পর্যবেক্ষণ করছে। অঙ্গ-প্রত্যঙ্গ বৃদ্ধির গতি অস্বাভাবিকভাবে দ্রুত। মানবদেহের শক্তি, গতিশীলতা, এবং প্রতিরোধ ক্ষমতা গুণিতক বাড়ছে। GeneCore-এর বোর্ডের সদস্যরা ভিডিও কলের মাধ্যমে লাইভ ফলাফল দেখছে। বোর্ডের চেয়ারম্যান বললেন, "এটি এক নতুন বিপ্লব। অর্ণবের জিন আমাদের শুধু শক্তিশালী মানুষ দেবে না, বরং একটি নতুন সেনা প্রজন্ম তৈরি করবে, যার সামনে সাধারণ প্রতিরোধ নষ্ট।"

ল্যাবের মধ্যে বিজ্ঞানীরা কোনো ধরনের নৈতিক দ্বিধা অনুভব করছে না। তাদের একমাত্র লক্ষ্য—GeneCore-এর উচ্চাকাঙ্ক্ষা পূরণ। যে প্রাণীরা পরীক্ষা হচ্ছে, তাদের মানবিকতা এখন উপেক্ষিত। জিনের প্রভাবে তাদের দেহ বিকৃত হলেও, GeneCore শুধু তার শক্তি এবং ক্ষমতার দিকে মনোযোগ দিচ্ছে।

ডক্টর হাওয়ার্ড নতুন দিকনির্দেশ দেয়। "আমরা শুধু ক্ষমতা বৃদ্ধির দিকে মনোযোগ দেব না। প্রতিটি 'সুপার-সোলজার'-এর মানসিক স্থিতি পরীক্ষা করা হবে। আমাদের নিশ্চিত করতে হবে, তারা নিয়ন্ত্রণযোগ্য এবং প্রশিক্ষণযোগ্য।" ল্যাবের বিজ্ঞানীরা লক্ষ্য রাখছে যে হাইফা জিন মানসিক এবং শারীরিক পরিবর্তন উভয়ই ঘটাচ্ছে।

এই ল্যাবের মধ্যে প্রতিটি কোণেই সতর্কতা, পরিকল্পনা, এবং উচ্চাকাঙ্ক্ষা ভরা। GeneCore জানে, একটি ভুল পদক্ষেপও ব্যর্থতার কারণ হতে পারে। তবে এই ঝুঁকি তাদের থামাতে পারবে না। তারা দৃঢ়প্রতিজ্ঞ যে হাইফা জিনকে এমনভাবে ব্যবহার করবে, যা মানব ইতিহাসে এক নতুন অধ্যায় লেখা শুরু করবে।

ল্যাবের আলো কম, কিন্তু হাইফা জিনের নীলচে আভা চেম্বারকে আলোকিত করছে। বিজ্ঞানীরা এই আভা লক্ষ্য করে বুঝতে পারছে, তারা মানব দেহের সীমাবদ্ধতাকে নতুন দিক দেখাচ্ছে। GeneCore-এর লক্ষ্য এক স্পষ্ট—একটি শক্তিশালী, অব্যর্থ, এবং অপ্রতিরোধ্য 'সুপার-সোলজার'-দল তৈরি করা, যা বিশ্বের যেকোনো প্রতিপক্ষকে নিমিষে ধ্বংস করতে সক্ষম হবে।

এভাবে লন্ডনের গোপন ল্যাবরেটরিতে হাইফা জিনের ওপর পরীক্ষা চলছে। অর্ণবের জিনের প্রভাব কেবল বিকৃত শক্তি নয়, বরং একটি নতুন যুগের সূচনা। GeneCore-এর এই উচ্চাকাঙ্ক্ষা মানবজাতিকে এক নতুন এবং ভয়ঙ্কর বিপদের দিকে এগিয়ে নিয়ে যাচ্ছে।

পর্ব ১২০: মানব পরীক্ষা

লন্ডনের গোপন ল্যাবে অন্ধকার ও নিঃশব্দ পরিবেশে পরীক্ষা চলছে। GeneCore-এর বিজ্ঞানীরা কয়েকজন স্বেচ্ছাসেবককে প্রস্তুত করেছেন। তারা মূলত পেশাদার সৈনিক—শারীরিকভাবে দারুণ সক্ষম, মানসিকভাবে দৃঢ়।

স্বেচ্ছাসেবকরা জানতো যে তারা একটি অত্যন্ত বিপজ্জনক পরীক্ষায় অংশ নিচ্ছে, কিন্তু সম্ভাব্য শক্তি ও ক্ষমতার প্রলোভন তাদের অংশগ্রহণে প্রলুব্ধ করেছিল।

স্বেচ্ছাসেবকরা একটি সুরক্ষিত চেম্বারে বসে আছে। তাদের হাতে-হাতের বাইরে কোনো নিয়ন্ত্রণ নেই। হাইফা জিনের ইনজেকশন ধীরে ধীরে দেওয়া হয়। প্রথম কয়েক মিনিটে কোনো বড় পরিবর্তন দেখা যায় না। বিজ্ঞানীরা মনিটরের দিকে তাকিয়ে কোষের বৃদ্ধি, রক্ত প্রবাহ এবং মাংসপেশীর সংকোচন পর্যবেক্ষণ করছে।

হঠাৎ, নীলচে আভা স্বেচ্ছাসেবকদের শরীরের চারপাশে ছড়াতে শুরু করে। তাদের অঙ্গ-প্রত্যঙ্গ অস্বাভাবিকভাবে প্রসারিত হচ্ছে। হাত, পা, এবং মাংসপেশী অতিরিক্ত শক্তিশালী হয়ে যায়। কেউ কেউ চেয়ার বা মেশিন ধরে ধরে দাঁড়িয়ে থাকলেও তাদের গতি স্বাভাবিক নয়—শরীর যেন নিজেই তার নিয়ন্ত্রণ নিচ্ছে।

ডক্টর লুসিয়া হাওয়ার্ড পরীক্ষার ফলাফল নোট করছে। “প্রথম পর্যায় সফল হয়েছে,” সে বললেন। “শারীরিক ক্ষমতা ৩.৫ গুণ বৃদ্ধি পেয়েছে। প্রতিক্রিয়া সীমিত, তবে আমাদের লক্ষ্য হলো সম্পূর্ণ নিয়ন্ত্রণে আনা।”

স্বেচ্ছাসেবকরা প্রাথমিক উত্তেজনা অনুভব করছে। কেউ কেউ হেসে ওঠে, কেউ আবার নিজের বাড়তি শক্তি নিয়ে অবাক। একজন সৈনিক বলল, "আমার পা এত দ্রুত গতিতে চলে যে মনে হচ্ছে আমি উড়ছি!" কিন্তু বিজ্ঞানীরা জানে, এই আনন্দের আড়ালে বিপদ লুকিয়ে আছে।

জিন কেবল শারীরিক পরিবর্তন ঘটাচ্ছে না, মানসিক প্রভাবও স্পষ্ট। কিছু স্বেচ্ছাসেবক অতিরিক্ত আত্মবিশ্বাসী হয়ে উঠছে, কেউ কেউ হঠাৎ দমবন্ধ অনুভব করছে। ডক্টর হাওয়ার্ড সতর্কবার্তা দিলেন, "প্রথম দিন থেকেই আমরা মানসিক স্থিতি পর্যবেক্ষণ করছি। এটি নিয়ন্ত্রণের বাইরে গেলে বিপদ ঘটতে পারে।"

কিছু ঘন্টা পর, স্বেচ্ছাসেবকরা প্রায় পুরোপুরি নতুন শক্তি অনুভব করছে। হাতের শক্তি, পায়ের গতি, এবং প্রতিরোধ ক্ষমতা—সবই অতিরিক্ত। ডক্টর হাওয়ার্ড তার নোটবুকে লিখছেন: *"সফলতা শারীরিক, মানসিক প্রভাব পর্যবেক্ষণাধীন। মানবদেহের সীমাবদ্ধতা প্রায় লঙ্ঘিত।"*

এই মানব পরীক্ষা GeneCore-এর জন্য এক নতুন যুগের সূচনা। তারা বুঝতে পারছে যে অর্ণবের হাইফা জিন শুধু অস্ত্র নয়, এটি একটি মানব বিকাশের নতুন ধারা। তবে এই সফলতার সঙ্গে জড়িয়ে আছে বিপদের বীজ—যদি জিনের নিয়ন্ত্রণ হারিয়ে যায়, তাহলে এই সৈনিকরা কেবল শক্তিশালী নয়, বরং অপ্রত্যাশিত বিপদের কারণ হতে পারে।

পরীক্ষার শেষের দিকে, বিজ্ঞানীরা নতুন ডেটা সংগ্রহ করছে। স্বেচ্ছাসেবকরা তাদের অতিরিক্ত ক্ষমতার সঙ্গে অভ্যস্ত হতে

শুরু করছে। তারা জানে, এরা আগামীতে GeneCore-এর সুপার-সোলজার বাহিনীর মূল অংশ হবে। একদিকে শক্তি, অন্যদিকে নিয়ন্ত্রণহীনতার হুঁশিয়ারি—এই দুইয়ের মধ্যে GeneCore-এর বৈজ্ঞানিকরা নিখুঁত ভারসাম্য স্থাপন করতে চাচ্ছে।

মানব পরীক্ষার এই পর্বটি GeneCore-এর জন্য কেবল একটি বৈজ্ঞানিক অর্জন নয়, বরং ভবিষ্যতের জন্য একটি বিপজ্জনক সীমানা নির্ধারণ করেছে। অর্ণবের জিনের শক্তি এখন মানুষের হাত ধরে নতুন মাত্রা পেতে চলেছে, আর লন্ডনের গোপন ল্যাবে শুরু হয়েছে সেই যাত্রা যা বিশ্বকে এক নতুন অধ্যায়ে প্রবেশ করাবে।

পর্ব ১২১: ভয়াবহ রূপান্তর

লন্ডনের গোপন ল্যাবে বাতাসে নীরবতা। প্রথমে স্বেচ্ছাসেবকরা তাদের নতুন শক্তি অনুভব করে আনন্দিত, তবে মুহূর্তের মধ্যেই সব বদলে যায়। হাইফা জিন তাদের শরীরে অনিয়ন্ত্রিত প্রভাব বিস্তার করতে শুরু করে।

হাত ও পা হঠাৎ প্রসারিত হতে থাকে। পেশী অস্বাভাবিকভাবে ফুলে ওঠে, যেন কোনো যান্ত্রিক শক্তি তাদের শরীরকে চাপ দিচ্ছে। চামড়া কঠিন ও কাঁঠাল জাতীয় হয়ে যায়, আঘাত সহ্য করতে সক্ষম। মুখে আতঙ্ক ও ব্যথার ছাপ, চোখে বিস্ময় আর আতঙ্কের মিশ্রণ দেখা যায়।

একজন স্বেচ্ছাসেবক চিৎকার করে বলে, "আমার হাত আমার নিয়ন্ত্রণে নেই!" আরেকজনের পা এমনভাবে প্রসারিত হয়ে যায় যে সে ল্যাবের এক প্রান্ত থেকে অন্য প্রান্তে ফ্লিপ করতে

বাধ্য হয়। বিজ্ঞানীরা তড়িঘড়ি পরীক্ষা চালাতে চেষ্টা করে, কিন্তু কোনো সমাধান বের হয় না।

নিয়ন্ত্রণহীনতা শরীরের প্রতিটি কোষে প্রবেশ করে। জিনের ক্রিয়ার ফলে তারা কেবল শারীরিক নয়, মানসিক নিয়ন্ত্রণও হারাচ্ছে। স্বেচ্ছাসেবকরা নিজেদেরকে আর মানুষ মনে করতে পারছে না। তাদের মুখের ভঙ্গি, শারীরিক গঠন—সবই মানুষের চেয়ে ভিন্ন, এক ধরনের দানবীয় রূপ ধারণ করেছে।

ডক্টর লুসিয়া হাওয়ার্ড আতঙ্কিত। তিনি নোটবুকে লিখেছেন: *"সেলুলার পর্যায়ে হাইফা জিনের ক্রিয়াশীলতা অত্যন্ত দ্রুত। প্রতিক্রিয়া মানুষের ক্ষমতা অতিক্রম করছে। নিয়ন্ত্রণ হারানো সম্ভব।"*

এতে GeneCore-এর বিজ্ঞানীরা বুঝতে পারে যে এই জিন কেবল শক্তি নয়, বরং বিপদ। স্বেচ্ছাসেবকরা যদি নিয়ন্ত্রণ হারায়, তাদের কোনো সীমা থাকবে না। তাদের শরীরের অঙ্গ-প্রত্যঙ্গ অতিরিক্ত প্রসারিত, পেশী ফুলে যাওয়া, চামড়া কঠিন—সব মিলিয়ে তারা এক জীবন্ত দানব।

ল্যাবে আতঙ্ক ছড়ায়। গবেষকরা নিরাপদ দূরত্বে সরে যায়, কিন্তু তারা জানে—তাদের চোখের সামনে মানবতা হারাচ্ছে।

এই রূপান্তর প্রমাণ করছে যে, হাইফা জিন শুধুমাত্র অঙ্গ-প্রত্যঙ্গের আকার বৃদ্ধি করে না, বরং মানুষের প্রকৃত নিয়ন্ত্রণ কেড়ে নেয়।

প্রথম পরীক্ষার চেয়েও এই রূপান্তর আরও ভয়ঙ্কর। স্বেচ্ছাসেবকরা চিৎকার করছে, ঘুরছে, আক্রমণাত্মক হয়ে

উঠছে। তারা কোনো জবাবদিহি নয়, কোনো অনুভূতি নয়—শুধু এক অজানা, শক্তিশালী, এবং ভয়ঙ্কর প্রাণী।

GeneCore-এর বিজ্ঞানীরা জানে, এই পরিস্থিতি মানব জাতির জন্য এক বড় হুমকি। স্বেচ্ছাসেবকরা এখন তাদের নিয়ন্ত্রণে নেই। তাদের দেহ থেকে নীলচে আভা ছড়াচ্ছে, পেশী ফুলে গেছে, চামড়া শক্ত, এবং মন মানসিকভাবে বিপর্যস্ত। এই জীবন্ত দানব এখন GeneCore-এর হাতে নিয়ন্ত্রণহীন অস্ত্র হতে পারে।

ল্যাবের বাতাসে অন্ধকার এবং আতঙ্কের ছায়া। এই রূপান্তর প্রমাণ করছে যে হাইফা জিনের ক্ষমতা সীমাহীন এবং ভয়ংকর। একদিকে শক্তি, অন্যদিকে নিয়ন্ত্রণহীনতা—এই দ্বন্দ্বের মধ্যেই লুকানো মানবজাতির ভবিষ্যৎ।

পর্বটি শেষ হয় সেই আতঙ্কজনক চিত্র দিয়ে—মানুষরা ধীরে ধীরে হারাচ্ছে মানব রূপ, এবং লন্ডনের গোপন ল্যাব এখন এক জীবন্ত দানবীয় ক্ষেত্রের মতো, যেখানে নিয়ন্ত্রণের কোনো সুযোগ নেই।

পর্ব ১২২: ভয়াবহ রূপান্তর

লন্ডনের সেই অন্ধকারাচ্ছন্ন গোপন ল্যাবে যখন মানব পরীক্ষার সূচনা হয়েছিল, তখন GeneCore-এর বিজ্ঞানীরা ভেবেছিল তারা ইতিহাসের সবচেয়ে বড় সাফল্যের পথে এগোচ্ছে। শক্তিশালী সৈনিক তৈরির স্বপ্নে তারা স্বেচ্ছাসেবক সেনাদের শরীরে হাইফা জিন প্রয়োগ করে। প্রথম কয়েক ঘণ্টা পর্যন্ত সবকিছু নিয়ন্ত্রণে ছিল। সেনারা নিজেদের ভেতরে এক অদ্ভুত শক্তি অনুভব করছিল। তাদের চোখে এক ধরণের

জ্বলজ্বলে আভা ফুটে উঠেছিল, শ্বাসপ্রশ্বাস বেড়ে গিয়েছিল, আর রক্তসঞ্চালন এত দ্রুত হচ্ছিল যে তাদের শরীর যেন নতুন প্রাণশক্তিতে ভরে উঠছে।

কিন্তু এই অদ্ভুত শক্তির উল্লাস স্থায়ী হয়নি। কিছুক্ষণের মধ্যেই তাদের শরীরে অস্বাভাবিক পরিবর্তন শুরু হয়। প্রথমে তাদের আঙুল লম্বা হয়ে যায়, তারপর হাড়গুলো অস্বাভাবিকভাবে মোচড়াতে শুরু করে। তাদের হাত-পা বেঁকে গিয়ে আবার নতুন আকৃতিতে শক্ত হয়ে উঠতে থাকে। ভয়ঙ্কর চিৎকারে ল্যাব কেঁপে ওঠে।

স্বেচ্ছাসেবকদের চামড়া ধীরে ধীরে শক্ত পাথরের মতো হয়ে যায়। তা দেখতে অনেকটা গাছের বাকলের মতো লাগছিল—ফাটল ধরা, কঠিন, অস্বাভাবিকভাবে শক্ত। শরীরের শিরাগুলো নীলচে রঙে ফুলে ওঠে এবং পেশীগুলো অস্বাভাবিকভাবে প্রসারিত হতে থাকে, যেন শরীর ফেটে যাবে।

ড. লুসিয়া হাওয়ার্ড, যিনি পরীক্ষার নেতৃত্ব দিচ্ছিলেন, আতঙ্কে নোটবুক থেকে কলম ফেলে দেন। তিনি দেখছিলেন, কীভাবে মানুষের শরীর মাত্র কয়েক মিনিটের মধ্যে মানব আকৃতি হারাচ্ছে। তাদের মুখ বিকৃত হয়ে যাচ্ছে, দাঁতগুলো ধারালো হয়ে উঠছে, আর চোখের মণি প্রসারিত হয়ে গিয়ে রক্তলাল আভা ছড়াচ্ছে।

"ওরা আর মানুষ নেই... ওরা আর আমাদের সেনা নেই,"—একজন বিজ্ঞানী ফিসফিস করে বলে উঠল।

কিছুক্ষণের মধ্যেই সেই রূপান্তরিত সৈনিকরা নিয়ন্ত্রণ হারিয়ে আক্রমণাত্মক হয়ে ওঠে। তারা ল্যাবের কাঁচ ভেঙে ফেলে,

ধাতব দরজায় আঘাত করতে থাকে। তাদের শক্তি এতটাই ভয়ঙ্কর হয়ে উঠেছিল যে কয়েকটি নিরাপত্তা রোবট মুহূর্তেই ভেঙে টুকরো টুকরো হয়ে যায়।

GeneCore-এর শীর্ষ কর্তারা কাঁচের ঘর থেকে আতঙ্কে দৃশ্য দেখছিল। তাদের পরিকল্পনা ছিল সুপার-সোলজার তৈরি করা, কিন্তু বাস্তবে তারা দানব তৈরি করেছে। এই দানবেরা কারও কথা শুনছিল না, কারও নির্দেশ মানছিল না। তাদের ভেতরে কেবল ধ্বংসযজ্ঞের ক্ষুধা।

একজন রূপান্তরিত সৈনিক গর্জন করে লাফ দিয়ে দেয়াল ভেদ করে ফেলল। ল্যাবের ভেতরে লাল অ্যালার্ম বেজে উঠল—"Containment breach! Containment breach!"

বিজ্ঞানীরা একে অপরকে ধাক্কা দিয়ে পালাতে লাগল। কিন্তু আতঙ্কের মধ্যেই তারা জানত, একবার যদি এই দানবেরা ল্যাবের বাইরে বেরিয়ে যায়, তবে তা শুধু লন্ডন নয়, পুরো পৃথিবীর জন্য ভয়ঙ্কর বিপর্যয় বয়ে আনবে।

অর্ণবের ধারণা সত্যি হয়ে উঠছিল। হাইফা জিন মানবজাতিকে শক্তিশালী করার বদলে তাদের নিয়ন্ত্রণ হারিয়ে দানবে পরিণত করছে।

ল্যাবের অন্ধকার করিডরে এখন মানুষের পায়ের শব্দ নয়, বরং গর্জন, হাড় ফাটার আওয়াজ এবং ধাতব দেয়াল ভাঙার শব্দ প্রতিধ্বনিত হচ্ছিল। লন্ডনের সেই ল্যাব আর কোনো বৈজ্ঞানিক গবেষণার কেন্দ্র নয়—এখন তা এক দানবীয় পরীক্ষাগারের মৃত্যুপুরী।

পর্ব ১২৩: ল্যাবের ভেতর বিশৃঙ্খলা

ল্যাবের প্রতিটা কৌণিক প্যানেল এখন আতংকের জনা। এলইডি স্ক্রিনগুলো ঝাঁঝরা আলো ফেলছে, অ্যালার্ম সিস্টেম চিৎকার করে বারবার 'Containment breach' রেপিট করছে। কাচের রুমগুলো ফাটল ধরেছে, দরজার লক খসে পড়ছে, এবং সেই সাথে ভাঙার শব্দে ল্যাব ভনে কেঁপে উঠছে—যেমন বিশ্বকোষের ভেতর ঢেউ ওঠে উঠছে।

পরিবর্তিত স্বেচ্ছাসেবকরা—যারা এখন মানুষ না, বরং পেশী ও শক্তির অপবিত্র মিশেল—লোকাল নিরাপত্তা গার্ডদের ওপর ঝাঁপিয়ে পড়ে। তাদের হাত-পা অদ্ভুতভাবে মোচড়ে, খুঁচুনি ধরা, শক্ত হয়ে উঠা চামড়া সবার আগ্রাসন সহ্য করে। গার্ডরা বন্দুক উঁচিয়ে তৎক্ষণাৎ গুলি চালালেও গুলোর আওয়াজ যেন তাদের থামাতে পারে না; কেউ কেউ কাঁধে আহত হয়ে পড়লেও আবার উঠে লাফিয়ে পড়ে, এবং তাদের ধাক্কার চাপে একটি ধাতব টেবিল উল্টে যায়।

ড. হাওয়ার্ড কাঁপতে কাঁপতে ডাটাবেসের দিকে ঝুঁকে পড়ে; সে চাইছে মানসিক ও শারীরিক ডেটা ফ্রিজ করে যতটুকু সম্ভব রিমোট ব্যাকআপে পাঠাতে। কিন্তু ল্যাবের একটি বড় স্ক্রিনে এখন রক্তিম বার্তা জ্বলে উঠল—"SECURITY BREACH. LOCKDOWN FAILED." বোর্ডরুম থেকে লাইভ দেখছেন কর্পোরেট শীর্ষরা, তাদের চোখে প্রতিটি মুহূর্তে বাধ্যতর অনুশোচনা ও আতংক ছড়াচ্ছে।

এক জোড়া ত্রিপল-সাইজ পেশী ভর্তি পা নিয়ে এক রূপান্তরিত মানুষ কাচ ভেঙে বাইরে বাঁচতে চায়—কিন্তু সে

ল্যাবে আটকে থাকা নয়, সে ল্যাবের অভ্যন্তরীণ যন্ত্রাংশকে টুকরো টুকরো করে ফেলে। রোবটিক হ্যান্ডলিং আর্মগুলো তাকে আটকানোর চেষ্টা করে; সেই রোবটের কাঁধে করে একটি বিশাল হাত তুলে ফেলে—রোবটটি কিভাবে সে হাতের শক্তি সহ্য করতে পারল না। ঐ দৃশ্য দেখে ল্যাবের কয়েকজন বিজ্ঞানী চিৎকার করে পিছনে ছুটে যায়।

কয়েকজন রূপান্তরিত কেউ ল্যাবের রিসার্চ স্টেশনগুলো ভেঙে পড়ে এবং সেগুলো থেকে বেরোতে থাকা কেমিক্যাল ভ্যাপার ছুঁয়ে নীলচে আভা আরও ছড়িয়ে পড়ে। দমবন্ধ করা গবেষকরা প্রচেষ্টার তাড়নায় গ্যাস মাস্কের দিকে ঝাঁপিয়ে পড়ে, কিন্তু সবকিছুই অগোছালো। ল্যাবের নীচে রাখা cryo-ফ্রিজে ভগ্নাংশ কিংবা নমুনা কন্টেইনার ভেঙে পড়ে; কিছু জার থেকে উঠা বুদবুদ জানালা ভেদ করে বেকার বায়ুতে মিশে যায়।

কিছু বিজ্ঞানী ল্যাবে নিরাপত্তা প্যানেল বন্ধ করার চেষ্টা করে; কিন্তু রূপান্তরিত কেউ তাদের হাতে লাথি মেরে দেয়, কেউ কনসোল টেনে ছিড়ে ফেলে। তাদের শব্দ—গর্জন, নুড়ি-মুড়ি আওয়াজ—মানুষের আর্তনাদের সঙ্গে মিশে ঝাঁপিয়ে পড়ে: ল্যাব যেন এক জ্বলন্ত তীব্র কোরে পরিণত হয়।

GeneCore-এর বোর্ডরুমে ঘন্টার পর ঘন্টা লাইভ ফিড দেখছিল একদল কাঁচা চেয়ারছেন। তাদের মুখে কেবল হিসাব-নিকাশের ভাবেই দেখা গেল—কখন কী সমস্যা বেড়ে যাচ্ছে, ক্ষতি মূল্যায়ন। কিন্তু যে কোনো সংখ্যার চেয়ে বড়—তারা বুঝতে পারছিল—এরা এমন এক প্রাণী তৈরি করেছে যে

কেবল শক্তিশালী নয়; নিয়ন্ত্রণহীন। প্রতিষ্ঠানের সব নৈতিক কাঠামো এমতবস্থায় ভেঙে পড়ছে।

ড. হাওয়ার্ড এক স্থির সিদ্ধান্ত নিলেন—"Containment Protocol Delta"—একটি স্বয়ংক্রিয় সিস্টেম যা ল্যাবকে পুরোপুরি সিল করে দেয় এবং ভিতরের গ্যাস ও ইলেকট্রিক্স বন্ধ করে দেয়। কিন্তু সিস্টেম চালু করার আগেই কয়েকজন রূপান্তরিত কোণ থেকে এগিয়ে এসে কেবলমাত্র ল্যাবওয়্যার নয়, বিদ্যুৎ সরবরাহের কেবলগুলো পর্যন্ত চিবিয়ে ফেলে; ল্যাবের আলো একে একে নিভে যেতে থাকে। অল্প সময়ের মধ্যেই ল্যাব অর্ধেক অন্ধকারে ডুবে যায়—এক অশুভ নিস্তব্ধতা নামছে।

বিচ্ছিন্নভাবে, কয়েকজন রূপান্তরিত বিজ্ঞানীর দিকে তাকিয়ে দাঁড়ায়—তারা বিক্ষোভের মতো নয়, বরং নিজেরাই নিজেদের হয়ে উঠেছে এক নতুন বাস্তুতন্ত্রের অংশ। তাদের চোখে কোন মানুষের স্মৃতি ম্লান; সেখানে শুধু ক্ষুধা, ধ্বংসের প্রবণতা, আর প্রাকৃতিক তারতম্য ভাসে। কেউ-কেউ ল্যাবের দেয়াল কেটে কাটা ত্রৈলোক্য খুলে দিতে চেষ্টা করে—যা মনে করায়, এরা পালাবার জন্য ল্যাব ছাড়াতে বাধ্য হবে, কিন্তু বাইরে গেলে কী হবে, সেটা কেউ বোঝে না।

ল্যাবের ভেতরে থাকা অধিকাংশ বিজ্ঞানী এবং নিরাপত্তা কর্মী ধীরে ধীরে ছুটে পালায়—কেউ পুশ করে, কেউ লাফ দিয়ে সিঁড়ি চড়ে বাইরে বেরিয়ে যায়। তবে যারা আটকে যায়, তাদের মধ্যে আতঙ্ক এবং অপরাধবোধ মিশে আছে।

GeneCore-এর অনেক সিনিয়ররা চেয়েছিলেন নিয়ন্ত্রণ আর

শক্তি—তারা প্রত্যাশা করেছিল তাদের হাতে 'অস্ত্র' থাকবে। আজ সেই অস্ত্রই তাদের বিপদটাকে বাড়িয়ে দিয়েছে।

ল্যাব নতুন করে কেবল একটি কক্ষ নয়—এটি এক ভাঙাচোরা স্মৃতি, যেখানে মানুষের সৃষ্টি তারই স্রষ্টাকে ফিরে খোঁজে। কেয়ারফুল কন্টেইনমেন্ট ব্যবস্থা ব্যর্থ; প্রতিটি ভাঙন নতুন সংক্রমণ বীজ বপন করছে। বাতাসে নীলচে আভা, মেঝেতে ধ্বংসের চিহ্ন। GeneCore-এর দেয়ালচিত্রগুলো এখন তাদের পুরনো অহং ও উচ্চাকাঙ্ক্ষার নিদর্শন হিসেবে রেখে দেয়া এক স্মৃতি।

রাত বাড়ছে; ল্যাবের ভেতর বিশৃঙ্খলা ক্রমশ ছড়িয়ে পড়ছে। যাদের বাঁচার কথা, তারা পালাচ্ছে; কিন্তু পিছু ছাড়ছে না সেই হারিয়ে যাওয়া প্রাণীরা—তারা ধীরে ধীরে জানে, ল্যাব ছাড়ালে বাইরের বিশ্বও তাদের মুকুট হতে পারে। GeneCore-এর অশান্ত নিশ্বাস এখন বিশ্বের দরজায় ধাক্কা দিচ্ছে—এখানে শুধু ল্যাব ধ্বংস হয়নি; একটি বিপদ মুক্তো হয়ে ছুটে বেড়াচ্ছে, এবং সেটাই সত্যিকার ভয়।

পর্ব ১২৪: খবর ছড়িয়ে পড়া

লন্ডনের গোপন ল্যাবের ভেতরকার তাণ্ডব বেশিক্ষণ লুকিয়ে রাখা গেল না। প্রথমে কয়েকজন নিরাপত্তা কর্মী এবং গবেষক, যারা প্রাণ নিয়ে কোনোমতে পালাতে পেরেছিল, তারা বাইরে এসে অসংলগ্নভাবে ঘটনাগুলো বলতে শুরু করে। তাদের বর্ণনা এতটাই ভয়ঙ্কর ছিল যে শুরুতে কেউ বিশ্বাস করতে চায়নি। কিন্তু যখন প্রথম ভিডিও ফুটেজ এক

অজানা সূত্রে অনলাইনে ফাঁস হলো, তখন আর সন্দেহের অবকাশ রইল না।

বিশ্বজুড়ে টেলিভিশন চ্যানেলগুলো সেই ভিডিও বারবার সম্প্রচার করতে লাগল। ফুটেজে দেখা যাচ্ছিল—একসময় মানুষের মতো দেখতে কিছু সত্তা এখন রক্তমাংসের ভয়াবহ বিকৃতি। তাদের চামড়া শক্ত, চোখে অদ্ভুত আলো, এবং তাদের অস্বাভাবিক শক্তিতে ল্যাবের ভেতরের ইস্পাতের দরজা ছিঁড়ে ফেলার দৃশ্য। সাংবাদিকরা সেই ফুটেজকে শিরোনাম দিল—**"মানবজাতির ভবিষ্যৎ নাকি সর্বনাশের শুরু?"**

সংবাদমাধ্যমগুলো এই ঘটনার সঙ্গে সঙ্গে GeneCore-এর নাম জড়াতে শুরু করে। যদিও কোম্পানির পক্ষ থেকে জোর গলায় বলা হচ্ছিল যে এ সব "ভিত্তিহীন গুজব", কিন্তু ফুটেজের স্পষ্ট প্রমাণ, পালিয়ে আসা কয়েকজন গবেষকের সাক্ষাৎকার এবং অনলাইন প্ল্যাটফর্মে ছড়িয়ে পড়া ডকুমেন্ট সবাইকে বিশ্বাস করিয়ে দিল—ঘটনাটা বাস্তব।

ইউরোপ, আমেরিকা, এশিয়া—প্রতিটি মহাদেশে আতঙ্কের ঢেউ ছড়িয়ে পড়ল। মানুষ প্রশ্ন করতে শুরু করল:

– যদি এই দানবেরা ল্যাবের বাইরে বেরিয়ে আসে?

– যদি এরা সংক্রামক হয়?

– আর যদি এর পেছনে সত্যিই কোনো কর্পোরেট ষড়যন্ত্র থাকে?

বড় বড় শহরের রাস্তায় ভিড় জমে গেল, মানুষ আতঙ্কে খাবার ও ওষুধ মজুত করতে শুরু করল। সোশ্যাল মিডিয়ায়

#SuperSoldier #GeneCore #NewPlague এর মতো হ্যাশট্যাগ ট্রেন্ড হতে লাগল। কেউ কেউ বিশ্বাস করছিল এটি মানবজাতির জন্য নতুন এক মহামারির সূচনা।

সরকারগুলো তৎক্ষণাৎ জরুরি বৈঠক ডাকল। যুক্তরাজ্যের প্রধানমন্ত্রী জাতির উদ্দেশ্যে ভাষণ দিয়ে আশ্বস্ত করার চেষ্টা করলেন যে সবকিছু নিয়ন্ত্রণে আছে। কিন্তু তার চোখের আতঙ্ক, তার কণ্ঠের কম্পন মানুষকে আর ভরসা দিতে পারল না। মার্কিন যুক্তরাষ্ট্র ও রাশিয়া সরাসরি সীমান্ত নিরাপত্তা জোরদার করে দিল। জাতিসংঘও বিশেষ জরুরি সেশনে বসে সিদ্ধান্ত নিল, ঘটনাটি শুধু একটি দেশের নয়, সমগ্র বিশ্বের হুমকি।

এই আতঙ্কের মাঝেই সাংবাদিক রোহিতের প্রকাশিত রিপোর্ট আবার আলোচনায় উঠে এল। তার আগের তদন্তে হাইফা জিন নিয়ে যেসব সতর্কবার্তা ছিল, সেগুলো নতুন করে মানুষকে ভাবিয়ে তুলল। অনেকেই বলল—"সে আগেই জানিয়েছিল, কিন্তু আমরা শুনিনি।"

GeneCore-এর সদর দফতরের সামনে সাংবাদিক ও সাধারণ মানুষের ভিড় জমতে লাগল। তারা জবাবদিহি চাইছিল। শেয়ারবাজারে কোম্পানির স্টক ধসে পড়ল। কিন্তু পর্দার আড়ালে কোম্পানির কর্মকর্তারা আরও এক ধাপ এগিয়ে যাওয়ার পরিকল্পনা করছিল।

অর্ণব এবং তার দলের কাছে খবর পৌঁছাল খুব দ্রুত। তারা টিভি স্ক্রিনে সেই ভয়ঙ্কর দৃশ্য দেখে স্তব্ধ হয়ে গেল। অর্ণব জানল, যেটা সে সব সময় ভয় পাচ্ছিল, সেটাই সত্যি হয়ে

গেছে—**হাইফা জিন এখন শুধু তার ল্যাব বা কোনো গবেষণার মধ্যে সীমাবদ্ধ নেই, বরং বিশ্বজুড়ে আতঙ্কের প্রতীক হয়ে উঠেছে।**

মিডিয়ার প্রতিটি হেডলাইন যেন একটাই বার্তা দিচ্ছিল—

"মানবজাতি কি এক নতুন দুঃস্বপ্নের দ্বারপ্রান্তে?"

পর্ব ১২৫: বিশ্বব্যাপী আতঙ্ক

মিডিয়াতে খবরটি প্রকাশ হতেই পৃথিবীর প্রতিটি কোণে যেন আগুন ছড়িয়ে পড়ল। বড় বড় নিউজ চ্যানেলগুলো ব্রেকিং নিউজ হিসেবে দেখাতে লাগল—*"মানব পরীক্ষার ভয়াবহ ফল, দানবে পরিণত স্বেচ্ছাসেবকরা"*। লন্ডনের গোপন ল্যাবের ভিডিও ফুটেজে দেখা গেল, কীভাবে সৈনিকদের শরীর ভেঙে বিকৃত দানবীয় রূপ নিচ্ছে। মুহূর্তের মধ্যেই সেই ভিডিও কোটি কোটি মানুষ দেখল, আর আতঙ্ক যেন ঝড়ের মতো ছড়িয়ে পড়ল।

সোশ্যাল মিডিয়াতেও তোলপাড় শুরু হলো। #MonsterSoldiers, #GeneCoreExperiment, #EndOfHumanity হ্যাশট্যাগগুলো মুহূর্তেই ট্রেন্ডে চলে এল। কেউ বলল, "এটা মানবজাতির শেষ শুরু," কেউ আবার বিশ্বাস করল এটা ভিনগ্রহীদের কোনো ষড়যন্ত্র। আর সাধারণ মানুষ আতঙ্কিত হয়ে নিজেদের নিরাপত্তা নিয়ে প্রশ্ন তুলতে লাগল।

বিশ্বজুড়ে সরকারগুলো জরুরি বৈঠকে বসতে বাধ্য হলো। লন্ডনের সরকার প্রথমেই ঘোষণা দিল—"এটি নিয়ন্ত্রণে আনা হচ্ছে।" কিন্তু বাস্তবে কোনো নিয়ন্ত্রণই ছিল না। কারণ, ল্যাব

থেকে পালানো দানবীয় সৈনিকরা শহরের ভেতরে তাণ্ডব শুরু করে দিয়েছে। তারা আর সাধারণ মানুষের মতো চিন্তা করছিল না। তাদের মস্তিষ্কে শুধু ধ্বংস আর রক্তের পিপাসা। নিউইয়র্ক, প্যারিস, টোকিও, দিল্লি—প্রতিটি বড় শহরের মানুষ ভয় পেতে শুরু করল। রাতের পর রাত কেউ ঘুমোতে পারছিল না। ছোট ছোট শহরগুলোতেও লোকেরা জমায়েত হয়ে আলোচনা করছিল—"এবার আমাদের পালানোর পালা, নইলে শেষ।" স্কুল-কলেজ বন্ধ হয়ে গেল, আন্তর্জাতিক বিমানবন্দরগুলোতে ভিড় জমল পালাতে চাওয়া মানুষের। জাতিসংঘ এক জরুরি প্রস্তাব পেশ করল। তারা বলল, *"এটি শুধুই একটি বৈজ্ঞানিক ব্যর্থতা নয়, এটি মানবজাতির টিকে থাকার লড়াই।"* কিন্তু প্রস্তাব শোনার মতো স্থিরতা মানুষের ছিল না। বাজারগুলোতে হাহাকার পড়ে গেল, খাবার আর ওষুধ মজুত করতে গিয়ে মারামারি শুরু হলো। কিছু দেশে সেনাবাহিনী নামানো হলো, কিছু দেশে কারফিউ।

ধর্মীয় নেতারাও ঘোষণা দিতে শুরু করল—"এটি মহাপ্রলয়ের ইঙ্গিত।" অনেকে বিশ্বাস করতে লাগল, পৃথিবীর শেষ সময় এসে গেছে। আতঙ্কিত মানুষরা প্রার্থনায় ডুবে গেল। আবার অনেকেই প্রতিশোধের স্বপ্ন দেখতে লাগল—*"GeneCore-কে ধ্বংস না করলে মানবজাতি বাঁচবে না।"*

একদিকে সরকারগুলো সংকট সামলাতে হিমশিম খাচ্ছিল, অন্যদিকে মানুষের মন থেকে ভয় কাটছিল না। রাস্তাঘাট ফাঁকা হয়ে গেল, যেন ভৌতিক শহরে রূপ নিল পৃথিবী।

শিশুদের কান্না, আতঙ্কিত মায়েদের চিৎকার, হাহাকার—সব মিলিয়ে এক অচেনা পৃথিবীতে ঢুকে পড়ল মানুষ।

মানবজাতি যেন বুঝতে পারল, এখন আর তারা কেবল রোগ বা ভাইরাসের বিরুদ্ধে লড়ছে না। এখন তারা লড়ছে নিজেদের তৈরি দানবের বিরুদ্ধে, যারা কোনো নিয়ম মানে না, কোনো করুণা জানে না।

এক নতুন যুগের সূচনা হলো—ভয়ের, আতঙ্কের আর অনিশ্চয়তার যুগ।

পর্ব ১২৬: জনগণের ভয়

বিশ্বজুড়ে আতঙ্ক ছড়িয়ে পড়ার পর সাধারণ মানুষের মধ্যে এক ভয়ঙ্কর অস্থিরতা দেখা দিল। শহরের রাস্তাঘাট ফাঁকা হয়ে গেল, বাজারে মানুষের হুড়োহুড়ি শুরু হলো—কেউ খাবার জমাচ্ছে, কেউ ওষুধ, কেউ আবার দেশ ছেড়ে অন্য কোথাও পালাতে চাইছে। কিন্তু কোথাও কোনো নিরাপদ আশ্রয় নেই এই ভয়ঙ্কর বাস্তবতায় মানুষরা যেন পাগল হয়ে যাচ্ছিল।

বৃদ্ধরা বলছিল—“আমাদের জীবনে এত ভয় কখনো দেখিনি।” মায়েরা সন্তানদের বুকে জড়িয়ে ধরে বলছিল—“এই পৃথিবী কি আর আমাদের বাচ্চাদের জন্য নিরাপদ?” তরুণ প্রজন্মের অনেকেই আতঙ্কিত হয়ে পড়ল, আবার কেউ কেউ ক্রোধে ফেটে পড়ল—“GeneCore আমাদের ধ্বংস করেছে, এর শাস্তি তাদের পেতেই হবে।”

সোশ্যাল মিডিয়াতে লাইভ ভিডিওতে দেখা গেল, কয়েকটি শহরে দানবীয় সৈনিকরা ঘরবাড়ি ভাঙচুর করছে, নিরীহ মানুষদের আক্রমণ করছে। এই দৃশ্য দেখে মানুষ বুঝতে

পারল, ভয় কোনো কল্পনা নয়, বাস্তব। কেউ রাতে ঘুমোতে পারছিল না, অনেকে ভয় পেয়ে ভূগর্ভস্থ আশ্রয়ে চলে গেল। প্রতিটি পরিবারে একটাই প্রশ্ন ঘুরছিল—"আগামীকাল কি আমরা বেঁচে থাকব?"

সরকারগুলো দ্রুত জরুরি বার্তা পাঠাতে শুরু করল। জনসাধারণকে শান্ত থাকতে বলা হলেও, বাস্তবে শান্তি ফিরল না। মানুষ বিশ্বাস করছিল না যে কোনো সরকার বা সেনাবাহিনী এই ভয়াবহ দানবগুলোর মোকাবিলা করতে পারবে। তবুও, বিশ্বজুড়ে সামরিক বাহিনী প্রস্তুত হতে শুরু করল। যুদ্ধবিমান, ট্যাংক, হেলিকপ্টার, এবং আধুনিক অস্ত্রশস্ত্র সাজিয়ে রাখা হলো।

আমেরিকার প্রতিরক্ষা মন্ত্রী ঘোষণা দিলেন—"এটি মানবজাতির জন্য এক নতুন যুদ্ধ। আমরা শত্রু জানি না, আমরা শুধু জানি তারা আমাদের মতো মানুষ নয়। তাদের থামাতেই হবে।" ইউরোপীয় ইউনিয়ন বিশেষ বাহিনী গঠন করল। রাশিয়া তাদের নিউক্লিয়ার ঘাঁটি প্রস্তুত রাখল, আর চীন বিশাল সেনাদল মোতায়েন করল সীমান্তে, যেন কোনোভাবে এই দানবরা ছড়িয়ে পড়তে না পারে।

জাতিসংঘের বৈঠকে এক ভয়ঙ্কর আলোচনা হলো—যদি পরিস্থিতি নিয়ন্ত্রণের বাইরে যায়, তবে কি বড় শহরগুলো ধ্বংস করে দিতে হবে দানবসহ? এই প্রস্তাবে সারা বিশ্বের মানুষ আরও ভয় পেয়ে গেল। কল্পনা করল, যদি তাদের নিজেদের শহরই মুছে ফেলা হয় অস্তিত্ব থেকে!

সাধারণ মানুষ ভয়ে চিৎকার করছিল, কেউ কান্নায় ভেঙে পড়ছিল, কেউ আবার হাহাকার করে বলছিল—"আমরা কোথায় যাবো?" ধর্মীয় স্থানগুলো ভরে গেল প্রার্থনাকারীতে, সবাই ঈশ্বরের কাছে দয়া চাইতে লাগল।

ভয় যেন মানব সমাজকে সম্পূর্ণ গ্রাস করে ফেলল। এই দানবীয় সৈনিকরা কেবল একটি দেশের সমস্যা নয়, তারা সমগ্র মানবসভ্যতার জন্য হুমকি। পৃথিবী যেন হঠাৎ করেই প্রবেশ করল এক অজানা যুদ্ধের যুগে, যেখানে শত্রু মানুষ নয়, মানুষ-সৃষ্ট ভয়ঙ্কর প্রাণী।

পর্ব ১২৭: গণমাধ্যমের প্রচার

বিশ্বজুড়ে গণমাধ্যম যেন এক অদৃশ্য প্রতিযোগিতায় নেমে পড়ল—কে আগে সবচেয়ে ভয়ঙ্কর শিরোনাম দিতে পারে, কে আগে সবচেয়ে শকিং ভিডিও প্রকাশ করতে পারে।

টেলিভিশনের স্ক্রিনে লাল অক্ষরে ভেসে উঠছিল—

"নতুন মহামারি!"

"দানবের জন্ম!"

"মানবজাতির ভবিষ্যৎ অনিশ্চিত!"

সকাল থেকে রাত পর্যন্ত নিউজ চ্যানেলগুলো একের পর এক বিশেষ অনুষ্ঠান চালাচ্ছিল। টকশোতে বিশ্লেষক, ডাক্তার, সামরিক বিশেষজ্ঞ এবং ষড়যন্ত্র তত্ত্ববিদরা এসে নানা ভবিষ্যদ্বাণী করছিল। কেউ বলছিল, "এই ভাইরাসই মানবজাতির শেষ।" আবার কেউ বলছিল, "GeneCore আসলে গোপনে বিশ্ব দখলের পরিকল্পনা করছে।"

সোশ্যাল মিডিয়াও কম যায় না। ফেসবুক, টুইটার, ইনস্টাগ্রাম, এমনকি টিকটকে মানুষ দানবদের ভিডিও শেয়ার করতে লাগল। কেউ ভয়ে কাঁপছে, কেউ আবার মিম বানিয়ে হাসির খোরাক করছে। কিন্তু হাসির আড়ালেও ভয়টা থেকেই যাচ্ছিল।

সংবাদপত্রের প্রথম পাতায় এক বিশাল ছবি ছাপা হলো—এক অর্ধ-মানব অর্ধ-দানব সৈনিকের, যার চোখ লালচে আলো ছড়াচ্ছে। ছবির নিচে শিরোনাম—**"এরা আমাদের মতো নয়।"**

শিশুরা স্কুলে গিয়ে কাঁদছিল, "টিভিতে দেখেছি দানব মানুষ খেয়ে ফেলছে।" অভিভাবকেরা টেলিভিশন বন্ধ করে দিলেও, ভয়টা মনের ভেতর ঢুকে যাচ্ছিল।

রাজনৈতিক মহলও গণমাধ্যমের প্রভাবে উত্তপ্ত হয়ে উঠল। একাধিক দেশে বিরোধীরা সরকারকে দোষারোপ করতে শুরু করল—"তোমাদের অবহেলার কারণেই দানবরা জন্ম নিয়েছে।" কেউ আবার বলল, "এ সবই সরকারের তৈরি অস্ত্র, এখন উল্টো পথে গেছে।"

মানুষ রাতে ঘুমোতে পারছিল না। প্রতিটি নতুন খবর যেন তাদের বুক কাঁপিয়ে দিচ্ছিল। এক রাতে, একটি চ্যানেলে লাইভ প্রচারিত হলো, কিভাবে দানবরা লন্ডনের একটি রাস্তা তছনছ করছে। সেই দৃশ্য দেখেই মানুষ বুঝে গেল, এ আর দূরের কোনো সমস্যা নয়—এটা সরাসরি মানবজাতির অস্তিত্বের ওপর আঘাত।

গণমাধ্যম যত খবর ছড়াচ্ছিল, ততই মানুষের মনে তৈরি হচ্ছিল গভীর **নিরাপত্তাহীনতা**। তারা বিশ্বাস করতে শুরু

করল, পৃথিবী আর আগের মতো নেই। প্রতিটি দিন, প্রতিটি মুহূর্ত যেন ছিল এক নতুন দুঃস্বপ্নের সূচনা।

পর্ব ১২৮: জেনেভা বৈঠক

জেনেভার আন্তর্জাতিক কনফারেন্স সেন্টারের কাচে ঘেরা এক অন্ধকার কক্ষে আলো-আঁধারিতে বৈঠক শুরু হলো। বাইরে মিড়িয়ার ভিড়, ক্যামেরার ফ্ল্যাশে পুরো শহর ঝলমল করছে, কিন্তু ভেতরের পরিবেশ ছিল একেবারেই ভিন্ন—ভারী, শীতল, আর আতঙ্কে পূর্ণ।

এক লম্বা ওভাল টেবিলে বসেছিলেন বিশ্বের সবচেয়ে প্রভাবশালী মানুষরা—

- **বিশ্ব স্বাস্থ্য সংস্থার মহাপরিচালক**
- **জাতিসংঘের মহাসচিব**
- **ন্যাটো ও অন্যান্য সামরিক জোটের সেনাপ্রধানরা**
- **কয়েকটি মহাশক্তিধর দেশের প্রতিরক্ষা মন্ত্রী এবং বিজ্ঞান উপদেষ্টারা**

বৈঠক শুরুতেই এক বড় স্ক্রিনে প্রজেক্ট করা হলো লন্ডনের ল্যাব থেকে ফাঁস হওয়া ভিডিও ফুটেজ। সবাই নিঃশ্বাস আটকে দেখছিল, কিভাবে মানব পরীক্ষার ফল ভয়ঙ্কর দানবগুলো ল্যাব ছিঁড়ে ফেলে বিজ্ঞানীদের হত্যা করছে।

বিশ্ব স্বাস্থ্য সংস্থার প্রধান প্রথমে মুখ খুললেন,

—"এটি আর কোনো সাধারণ রোগ নয়। এটি একটি জেনেটিক যুদ্ধাস্ত্র। যদি নিয়ন্ত্রণে আনা না যায়, পুরো পৃথিবীকে গ্রাস করবে।"

ন্যাটো প্রধান টেবিলের ওপর হাত ঠুকে বললেন,

—“আমরা আর অপেক্ষা করতে পারি না। এগুলো ছড়িয়ে পড়ার আগেই আমাদের সামরিক পদক্ষেপ নিতে হবে। প্রয়োজনে যেখানে এই দানবরা তৈরি হয়েছে, সেই ল্যাব মাটির সঙ্গে মিশিয়ে দিতে হবে।”

কিন্তু বৈঠকে উপস্থিত কিছু বিজ্ঞানী আপত্তি জানালেন।

—“যদি ল্যাব ধ্বংস করেন, তাহলে প্রতিষেধক খোঁজার সম্ভাবনাও শেষ হয়ে যাবে। এখনো সময় আছে, আমাদের বৈজ্ঞানিক সমাধান খুঁজতে হবে।”

ঘরে গুঞ্জন শুরু হলো। একপক্ষ চাইছিল অবিলম্বে সামরিক অভিযান, অন্যপক্ষ চাইছিল আরও গবেষণা ও চিকিৎসা পদ্ধতি।

জাতিসংঘের মহাসচিব অবশেষে বললেন,

—“আমরা দু’পথেই এগোবো। একদিকে বিজ্ঞানীরা প্রতিষেধক তৈরির চেষ্টা চালাবেন, অন্যদিকে সামরিক বাহিনী দানবগুলোর বিস্তার রোধ করবে। এর বাইরে আর কোনো উপায় নেই।”

কিন্তু সবাই জানত, এটা শুধু বৈঠকের সিদ্ধান্ত নয়—এটা ছিল এক **বৈশ্বিক যুদ্ধের সূচনা।**

বৈঠক শেষে বাইরে বেরোতেই সাংবাদিকরা ঝাঁপিয়ে পড়ল। কারো মুখে কোনো কথা নেই, কিন্তু তাদের নীরবতাই যেন ইঙ্গিত দিচ্ছিল—মানবসভ্যতা এক নতুন যুগে প্রবেশ করেছে, যেখানে বেঁচে থাকার লড়াই শুধু ভাইরাসের বিরুদ্ধে নয়, বরং মানুষের তৈরি দানবের বিরুদ্ধেও।

পর্ব ১২৯: গোপন চুক্তি

জেনেভার সাদা কাচের কক্ষটি ভীড়ে থাকলেও সেখানে আলো-আঁধারে এক অদৃশ্য গাঢ় নিস্তব্ধতা কাজ করছিল—যেন প্রত্যেকের গলায় কাঁটা লেগে আছে। বৈঠকের টেবিলের দুই প্রান্তে বসা মানুষগুলো কেবল তাদের পদবী ও দেশ নয়, এক অ্যাসোসিয়েশনের শূন্যতাকেও স্যান্ট্রি করে রেখে এসেছে; তাদের মুখে ছিল গুরুত্ব, কিন্তু চোখে লুকানো ছিল এক অমানবিক গণনার ঠাণ্ডা।

বৈঠকের শুরু থেকেই কথাবার্তায় ছিল বিনিময়—প্রতিরক্ষামূলক পরিকল্পনা, প্রতিষেধক তৈরির সম্ভাবনা, জনগণের নিরাপত্তা। কিন্তু টেবিলের এক কোণে, একটি কালো কভার্ড ফাইল খুলতেই আলোচনার ধরণ বদলে গেল। ফাইলের পৃষ্ঠাগুলোতে বই-পত্রের মতো নীল-কালো অক্ষরে লেখা ছিল গুরুত্বপূর্ণ কৌশলগত নোট—কীভাবে এই 'হাইফা জিন' কৌশলগত সুবিধা দিতে পারে, কীভাবে এটি ধীরগতি না রেখে দ্রুত ফলাফল দেয় এমনভাবে কাজে লাগানো যায়—কিন্তু সেসব নোট ছিল মূলত রাজনৈতিক ও সামরিক বিশ্লেষণ, প্রযোজ্য সিদ্ধান্ত ও নিয়ন্ত্রণ নিয়ে।

প্রাথমিক বিক্ষোভ করেছিল কিছু উচ্চপদস্থ বিজ্ঞানী। তাঁদের কণ্ঠে ছিল সতর্কবার্তা,—"এটি একবার অস্ত্ররূপে ব্যবহৃত হলে তা আর ফিরে নেয়া যাবে না। এই প্রযুক্তি স্রেফ প্রতি পক্ষকে বেশি শক্তি দেয় না; এটি নতুন এক অনিয়ন্ত্রিত বাস্তবতা তৈরি করে।" কিন্তু আর্থ-রাজনীতির ভেতরে লুকানো ভয় ও লোভ দ্রুত কার্যকারিতার চাহিদাকে ওভাররাইড করল।

ন্যাটো সার্জনের পাশে বসা এক দেশীয় প্রতিরক্ষা মন্ত্রী বললেন, "সম্ভাব্য শত্রুরা যদি এই জিনের দেখা পেয়ে যায়, তবে তারা আমাদের প্রতি আগ্রাসন চালাবে। আমাদের হাতে আগে থাকা ছাড়া কোনো নিরাপত্তা নেই।" তাঁর বাক্যে ছিল ক্যালকুলেটেড ভীতি—এক ধরনের 'প্রতিরক্ষামূলক আক্রোশ' যা বহু সময়ে যুদ্ধবিগ্রহের জন্ম দিয়েছে।

আলোচনায় দ্রুত উঠে এল এক বিরাট সিদ্ধান্ত: জেনেভায় উপস্থিত কয়েকটি দেশের গোপন সহযোগে একটি কনসোর্টিয়াম গঠন করা হবে—নামাজান হবে না, কিন্তু কাজ হবে স্পষ্ট; এই হাইফা জিনকে সামরিক প্রয়োজনে রূপান্তর করে একটি নিয়ন্ত্রিত অস্ত্রায়ত তরবারি হিসেবে ব্যবহারযোগ্য করা। সিদ্ধান্তটি কেবল সিদ্ধান্ত ছিল না—এর সঙ্গে এল চুক্তির কাগজ, গোপন আইনি নথি, আর যে কোনো ফাঁকফোকর বন্ধ রাখতে প্রকাশ্য-অপ্রকাশ্য বিধিনিষেধ।

চুক্তিতে স্বাক্ষর করতে গিয়ে জেনেভা কক্ষে উপস্থিতদের ঘাড়ে চাদরের মতো চাপ বাড়ল। কেউ-ই সরাসরি বলল না, কিন্তু প্রত্যেকেই জানে—এই সিদ্ধান্ত মানবসম্পদ, নৈতিকতা, আন্তর্জাতিক আইন, ইতিহাস—সবকিছুকে নতুন করে বিবেচনায় ফেলবে। বৈঠকের শেষে, কয়েকজন সিনিয়র কর্মকর্তা বিশিষ্ট কণ্ঠে ঘোষণা দিলেন—"এটি কেবল প্রতিরক্ষামূলক উদ্যোগ। আমরা এটি কখনও ব্যবহার করব না যদি না নিরাপত্তা অনিবার্যভাবে বিপন্ন হয়।" কিন্তু চুক্তির কথায় ছিল খাঁটি দ্ব্যর্থহীনতা: "প্রয়োজনে ব্যবহারের ক্ষমতা"

রাখা হবে; কাকে সংজ্ঞায়িত করবে "প্রয়োজনে"—সে দায়িত্বও রাখা হবে তাদের কানে।

চুক্তির কাগজে মোড়ানো যতটা ছিল কূটকৌশল, ততটাই ছিল প্রতিশ্রুতি—নিরাপত্তা বজায় রাখা, বৈশ্বিক স্থিতিশীলতার নিশ্চয়তা, এবং জনসাধারণের ক্ষতি এড়ানো। তবে সবচেয়ে বড় কথাটি ছিল চুক্তির ভূগর্ভস্থ ধারা—"গোপনতা"। এই সিদ্ধান্তে অংশগ্রহণকারীরা একমত হলেন যে বিষয়টি জনসম্মুখে আসবে না; গণমাধ্যম ও সাধারণ প্রশাসনকে বিভ্রান্ত রেখে রাখার জন্য একটি ব্যাপক মিশন জরুরি হবে—এক প্রকার সাইলেন্সিং অ্যাপ্রোচ।

বহু দেশের প্রতিনিধিরা ব্যক্তিগতভাবে একরকম দ্বিধায় ভুগলেন। কেউ বললেন—"এই সিদ্ধান্ত যদি লিক করে, তৎক্ষণাৎ আন্তর্জাতিক বিশ্বাস নষ্ট হবে।" আবার কেউ বললেন—"আগেই যদি আমরা এগিয়ে না যাই, তবে অন্যেরা এগোবে—এবং তখন কেবল প্রতিরক্ষা থাকবে না; বিশুদ্ধ হামলার ক্ষমতাই সামনে থাকবে।" কথাগুলো ছিল রাজনৈতিক কৌশলের পরিচায়ক—কেউ ভবিষ্যৎ দেখে কৌশল বানাচ্ছে, কেউ বর্তমান বিপদে পড়ে সিদ্ধান্ত নিচ্ছে।

চুক্তির খসড়ায় লেখা হলো—গোপন গবেষণা চালাবে নির্দিষ্ট একটি আন্তর্জাতিক কোর; কাজ করবেন অভিজ্ঞ বিজ্ঞানী ও সামরিক উপদেষ্টা, আর নীতিগত তত্ত্বাবধানে থাকবে এক বিশেষ গঠিত পরিষদ যার সদস্যরা শুধুই স্বাক্ষরকারী দেশের উপরেই সীমাবদ্ধ থাকবে। অর্থায়ন হবে গোপন তহবিল থেকে; আইনি রূপ দিতে হবে 'জাতীয় নিরাপত্তা'

হোয়াইটওয়াশে। সব মিলিয়ে নথিগুলোকে যে কোনো জিজ্ঞাসাবাদের বাইরে রাখার যথেষ্ট বীজ বোনা হলো।

চুক্তি সই করে ফেলার পর যখন কক্ষের বাতাসে হালকা শ্বাস পড়ল, অনেকেই নিজের হাতে করা সিদ্ধান্তের ভয় জর্জরিত হলেন। কেউ মুখে কলঙ্ক স্পষ্ট দেখালেন, কেউ চুপ করে কাগজে নীল ছাপ দিলেন—তাদের নামের পাশে রাজনীতির মাথার ভার পড়ল। কেউ বলল—“আমরা ইতিহাসকে বিরাট ভুলে নাম রাখছি।” আরেকজন গম্ভীর কণ্ঠে—“এটি আপাতত আমাদের হাতেই থাকলে ভালো। বিশ্ব যদি জানে, প্যানিক বাড়বে; কিন্তু যদি আমাদেরই হাত থেকে লাফিয়ে পড়ে, তবে কে জানে কত কষ্ট হবে।”

বহুসংখ্যক কথা-বার্তা, শর্ত, আর সতর্কতামূলক বাক্য শেষে কেবল একটাই স্পষ্ট রয়ে গেল: আজ জেনেভায় গোপন এক চুক্তি স্বাক্ষরিত হলো—মানবতার উদ্দেশ্যে নকল-রক্ষা নয়, বরং মানুষের তৈরি ক্ষমতাকে অস্ত্র আকারে গঠন করার পথ খুলে দেওয়া হলো। এ সিদ্ধান্ত ভবিষ্যতে হবে নৈতিক সংকট, রাজনৈতিক ধ্বংস, কিংবা worst-case-রূপে অপ্রত্যাশিত বিপদের জন্মদান—কেউই নির্দিষ্ট করে বলতে পারল না। কেবল যে কথা সবাই বোঝে, তা হলো—এখন থেকে কিছুই আগের মতো থাকবে না।

পর্ব ১৩০: নৈতিকতার পতন

জেনেভার বৈঠকে গোপন চুক্তি সই হওয়ার পর থেকে এক নতুন যুগের সূচনা হলো—কিন্তু এটি ছিল এক অন্ধকার যুগ। মানব সভ্যতার ইতিহাসে বিজ্ঞান সবসময় দ্বিমুখী ছিল;

একদিকে আলো, অন্যদিকে অন্ধকার। চাকা, বিদ্যুৎ, ভ্যাকসিন, কম্পিউটার—এসব আবিষ্কার মানবজাতিকে এগিয়ে দিয়েছে, জীবনকে সহজ করেছে। কিন্তু একই সঙ্গে গানপাউডার, পারমাণবিক অস্ত্র, রাসায়নিক গ্যাস, ড্রোন—এসবও এসেছে মানুষের লোভ এবং ক্ষমতার পিপাসা মেটাতে। হাইফা জিনকে নিয়ে জেনেভার সিদ্ধান্ত ছিল এই অন্ধকার ধারারই আরেকটি অধ্যায়।

সভায় উপস্থিত বিজ্ঞানী এবং সামরিক নেতারা একসময় শপথ করেছিলেন—তাদের গবেষণা হবে মানবকল্যাণের জন্য। কিন্তু সেই শপথ ভেঙে গেল যখন তারা বুঝতে পারল, হাইফা জিন শুধু একটি আবিষ্কার নয়; এটি তাদের হাতে হয়ে উঠতে পারে সর্বশক্তিমান অস্ত্র। তারা ভাবতে শুরু করল না কীভাবে এটি মানুষের কষ্ট দূর করবে, বরং কীভাবে এটি তাদের শত্রু দমন করবে। এই মানসিকতার পরিবর্তনই ছিল মানবতার নৈতিক পতনের মূল সূচনা।

হাইফা জিনকে কেন্দ্র করে বিশ্বশক্তিগুলো এখন আর মানবাধিকার, চিকিৎসা, প্রতিষেধক বা জীবন বাঁচানোর কথা ভাবছিল না। তারা ভাবছিল—কে আগে এটি পাবে, কে আগে এর সামরিক সংস্করণ তৈরি করতে পারবে, আর কে আগে এটি দিয়ে শত্রুকে ভীত করতে পারবে। একরকম প্রতিযোগিতা শুরু হলো, যেমনটা হয়েছিল ঠান্ডা যুদ্ধের সময় পারমাণবিক অস্ত্রকে ঘিরে। এবার সেই প্রতিযোগিতা আরও ভয়ংকর, কারণ এই অস্ত্র সরাসরি মানুষের শরীর এবং বেঁচে থাকার মৌলিক কাঠামো—ডিএনএ-কে আঘাত করে।

এই চুক্তি সই করার মুহূর্তে মানবসভ্যতা যেন একটি বিশাল মোড় ঘুরল। বিজ্ঞানের লক্ষ্য আর সত্য অনুসন্ধান নয়, মানবতার সেবা নয়—বরং শাসন ও দমন। সভায় থাকা অনেকের ভেতরে এখনো নৈতিকতার ক্ষুদ্র একটি আলো ছিল, কিন্তু সংখ্যাগরিষ্ঠের লোভ সেই আলোকে চাপা দিল। তারা নিজেদেরকে বোঝাল, "এটি প্রতিরক্ষার জন্য। আমরা চাইলে এটি নিয়ন্ত্রণে রাখতে পারব।" কিন্তু তাদের অন্তরে তারা জানত, একবার এই জিন অস্ত্রায়িত হলে তা নিয়ন্ত্রণ করা অসম্ভব হবে।

এই সিদ্ধান্ত কেবল কাগজে সই করা একটি গোপন চুক্তি ছিল না, বরং ছিল মানবজাতির আত্মার ওপর একটি কালো দাগ। এটি প্রমাণ করল, মানুষ বারবার একই ভুল করে—যে আবিষ্কার জীবন বাঁচাতে পারে, সেটিকেই জীবন ধ্বংস করার অস্ত্রে পরিণত করে। যেমন একসময় পারমাণবিক শক্তি দিয়ে বিদ্যুৎ উৎপাদনের পাশাপাশি বোমাও বানানো হয়েছিল, তেমনি হাইফা জিন এখন একই পরিণতির পথে এগোচ্ছে। বিশ্বের বিভিন্ন দেশের জনগণ তখনো জানত না এই গোপন সিদ্ধান্তের কথা। কিন্তু ইতিহাস সাক্ষী রাখবে—মানবজাতির নেতারা, যাদের হাতে ছিল সর্বোচ্চ দায়িত্ব, তারা বেছে নিয়েছিল ক্ষমতা, ভয় এবং আধিপত্য। এর ফলে শুধু একটি নতুন অস্ত্র তৈরি হয়নি, বরং নৈতিকতার ভিত্তি ভেঙে পড়েছে। মানুষ এখন আর বিজ্ঞানকে 'আলোকিত ভবিষ্যৎ'-এর প্রতীক হিসেবে দেখছিল না, বরং 'অন্ধকার সাম্রাজ্য'-এর সেতুবন্ধন হিসেবে।

অর্ণবের আবিষ্কার, যা হয়তো মানবজাতিকে নতুন রোগ থেকে মুক্তি দিতে পারত, তা হয়ে উঠল মানুষের নিজস্ব ধ্বংসযজ্ঞের হাতিয়ার। এই চুক্তি একদিকে অর্ণবের সতর্কবাণীকে সত্য প্রমাণ করল, অন্যদিকে মানুষের সীমাহীন লোভকে নগ্ন করে দিল।

নৈতিকতার পতন মানে কেবল নীতি ভুলে যাওয়া নয়; এর মানে হলো, ভবিষ্যৎ প্রজন্মের জন্য এক বিষাক্ত উত্তরাধিকার রেখে যাওয়া। আর জেনেভার বৈঠক সেই বিষাক্ত উত্তরাধিকারের সূচনা করল—একটি সিদ্ধান্ত, যা হয়তো একদিন মানবসভ্যতার শেষ অধ্যায়ে রূপ নেবে।

পর্ব ১৩১: স্বেচ্ছাসেবকদের ভয়ংকর রূপান্তর

টোকিওর GeneCore শাখার ল্যাবটি ছিল পৃথিবীর অন্যতম গোপন এবং নিরাপত্তা-ঘেরা একটি কেন্দ্র। বাইরের দুনিয়া জানত না এখানে কী ঘটছে, এমনকি জাপানের নিজস্ব সরকারও পুরো তথ্য জানত না। অন্ধকার কাচের জানালা এবং কঠোর প্রহরার আড়ালে বিজ্ঞানীরা হাইফা জিনের নতুন ভ্যারিয়েন্ট নিয়ে কাজ করছিল। তাদের আশা ছিল, এবার তারা মানুষের শরীরে আরও উন্নত ও নিয়ন্ত্রিত পরিবর্তন আনতে পারবে।

প্রথম দফার পরীক্ষায় নির্বাচিত হয়েছিল সাধারণ কিছু স্বেচ্ছাসেবক—টোকিওর ভিন্ন ভিন্ন বয়স, পেশা আর জীবনের পটভূমি থেকে আসা মানুষ। কেউ এসেছিল অর্থের লোভে, কেউ এসেছিল নতুন চিকিৎসা পাওয়ার আশায়। ল্যাবের ভেতরে তাদের হাসি-ঠাট্টা শুরুর আগে পর্যন্ত মনে হচ্ছিল

সবকিছু স্বাভাবিক। কিন্তু ইনজেকশন প্রবেশের মুহূর্তেই পরিবেশ বদলে যায়।

প্রথম কয়েক মিনিট শরীরের ভেতরে তীব্র জ্বালা নিয়ে তারা চিৎকার করতে থাকে। শিরার ভেতর দিয়ে কালো রঙের তরল সাপের মতো ছড়িয়ে পড়ছিল। তাদের চামড়া ধীরে ধীরে শক্ত হয়ে পাথরের মতো হয়ে উঠল। পেশীগুলো ফেঁপে ওঠার সঙ্গে সঙ্গে অঙ্গ-প্রত্যঙ্গ অস্বাভাবিকভাবে লম্বা হয়ে যেতে লাগল—একজন মানুষের হাত প্রায় দ্বিগুণ লম্বা হয়ে মেঝেতে ঠেকে গেল। কারও মেরুদণ্ড বাঁকতে বাঁকতে এমন এক ভয়ংকর অবয়ব তৈরি করল যা মানুষের চেয়ে দানবের মতো দেখাচ্ছিল।

সবচেয়ে ভয়ংকর ছিল নতুন উপসর্গ—শরীরের ভেতর থেকে অদ্ভুত কালচে ছত্রাক বের হতে শুরু করল। প্রথমে সেগুলো ছোট দাগের মতো দেখা গেল, কিন্তু অল্প সময়েই ফুলে উঠল এবং শাখা-প্রশাখার মতো ছড়িয়ে গেল। সেই ছত্রাকগুলো যেন শ্বাস নিচ্ছিল, আর ল্যাবের বাতাসে বিষাক্ত গন্ধ ছড়িয়ে দিচ্ছিল। ল্যাবের ভেতরে উপস্থিত বিজ্ঞানীরা আতঙ্কে লক্ষ্য করল, ছত্রাকগুলো শুধু শরীরেই থেমে থাকছে না, বরং বাতাসের ভেতরে ছড়িয়ে পড়ছে।

স্বেচ্ছাসেবকদের চিৎকার ধীরে ধীরে গর্জনে রূপ নিল। তাদের চোখ রক্তবর্ণ হয়ে গেল, দাঁত ধারালো নখরের মতো বেড়িয়ে এল। একসময় তারা পরীক্ষার বিছানা ভেঙে উঠে দাঁড়াল। একজন নারী, যিনি কয়েক মুহূর্ত আগেও সাধারণ এক অফিসকর্মী ছিলেন, এখন তার অর্ধেক মুখ ছত্রাকে ঢেকে

গিয়ে এক বিকৃত, দানবীয় রূপ ধারণ করেছে। তিনি গর্জন করে কাচের দেওয়ালে আঘাত করলেন, কাচ ফেটে গেল।

GeneCore-এর বিজ্ঞানীরা আতঙ্কে পরস্পরের দিকে তাকাল। তারা জানত, এবার তারা এমন এক দানব তৈরি করেছে, যাদের থামানো প্রায় অসম্ভব। সাইরেন বেজে উঠল, লাল আলো ঝলমল করতে লাগল, আর ল্যাবের ভেতর বিশৃঙ্খলা ছড়িয়ে পড়ল।

টোকিওর রাত তখনও শান্ত ছিল, বাইরের মানুষ কিছু জানত না। কিন্তু সেই গোপন ল্যাবের ভেতরে শুরু হয়েছিল মানবজাতির ভবিষ্যতের আরেকটি অন্ধকার অধ্যায়।

পর্ব ১৩২: শহরে ছত্রাকের বিস্তার

টোকিওর গোপন ল্যাব থেকে ছড়িয়ে পড়া সেই ছত্রাকগুলো প্রথমে কেবল পরীক্ষাগারের দেয়াল ও মেঝেতেই সীমাবদ্ধ ছিল। কিন্তু কিছুক্ষণের মধ্যেই বাতাসে মিশে বাইরে বের হতে শুরু করে। শহরের আর্দ্রতা, বর্ষার স্যাঁতসেঁতে আবহাওয়া আর উষ্ণ তাপমাত্রা যেন তাদের জন্য আদর্শ পরিবেশ তৈরি করে দিল। ল্যাবের নিরাপত্তা ব্যবস্থার ক্ষুদ্র ফাঁক গলেই ছত্রাকের অণুগুলো বাইরে ছড়িয়ে যায়, আর কয়েক ঘণ্টার মধ্যেই টোকিওর বিভিন্ন গলিপথে অদ্ভুত পরিবর্তনের চিহ্ন দেখা দিতে শুরু করল।

প্রথমে পথচারীরা ভেবেছিল এটি কোনো অজানা শ্যাওলা বা রাস্তার আর্দ্রতার কারণে জন্মানো ফাঙ্গাস। কিন্তু শীঘ্রই তারা লক্ষ্য করল যে সেই ছত্রাকগুলো অস্বাভাবিক নীলচে আলো বিচ্ছুরণ করছে। রাতের আঁধারে সেই আলো ভয়ঙ্করভাবে

ঝলমল করতে থাকে, ঠিক যেমন অর্ণব একসময় তার বাগানে দেখেছিল। রাস্তার পাশে ভেজা দেয়াল, বৈদ্যুতিক খুঁটি, এমনকি ড্রেনের ভেতর থেকেও আলো বের হতে লাগল।

তবে সবচেয়ে ভয়ঙ্কর ছিল এর প্রভাব—যে কোনো জীবন্ত প্রাণী সেই আলো বা ছত্রাকের সংস্পর্শে আসামাত্রই অস্বাভাবিকভাবে কাঁপতে শুরু করে। কুকুর ও বিড়ালগুলো ছত্রাকের কাছে যেতেই অদ্ভুতভাবে চিৎকার করে পালাতে থাকে। কিছুক্ষণের মধ্যে দেখা গেল, তাদের চোখে এক ধরনের নীলচে আভা জ্বলছে। যারা সরাসরি সংক্রমিত হচ্ছিল, তাদের দেহে দ্রুত বিকৃতি শুরু হয়ে যাচ্ছিল।

শহরের জনবহুল এলাকায় আতঙ্ক ছড়িয়ে পড়ে। মানুষজন প্রথমে ভেবেছিল এটি হয়তো কোনো গ্যাস লিক বা অদ্ভুত বৈদ্যুতিক বিপর্যয়। কিন্তু অল্প সময়ের মধ্যেই যখন একজন তরুণ ছত্রাকের আলোর সংস্পর্শে এসে রাস্তায় কাঁপতে কাঁপতে অচেনা শব্দ করতে শুরু করল, তখন মানুষ বুঝতে পারল ঘটনাটি প্রাকৃতিক নয়। তার শরীরের ত্বকে নীল দাগ ফুটে উঠল, আঙুলগুলো লম্বা হতে শুরু করল, এবং শিরাগুলো আলোকিত সুতার মতো জ্বলতে লাগল। উপস্থিত লোকেরা চিৎকার করে চারদিকে দৌড়াতে থাকে।

পুলিশ প্রথমে পরিস্থিতি নিয়ন্ত্রণে আনার চেষ্টা করে। তারা আক্রান্তদের ধরে হাসপাতালে নিতে চাইলে দেখা যায়, ছত্রাকের সংস্পর্শে আসা মানুষ কয়েক মিনিটের মধ্যেই সম্পূর্ণ রূপান্তরিত হয়ে যাচ্ছে। হাসপাতালে নিয়ে যাওয়ার আগেই তারা অর্ধেক মানুষ, অর্ধেক দানবের মতো হয়ে যায়।

চিকিৎসকরা কিছুই করতে পারছিল না, কারণ তাদের দেহে প্রচলিত কোনো ওষুধ বা ভ্যাকসিনের প্রভাব পড়ছিল না। এদিকে মিডিয়ার ক্যামেরাগুলো এই ভয়াবহ দৃশ্য ধারণ করে। টোকিওর রাতের আকাশ নীলচে আলোয় ভরে উঠতে থাকে, যেন পুরো শহরটিই কোনো ভিনগ্রহী জীবের নিয়ন্ত্রণে চলে গেছে। খবর ছড়িয়ে পড়তেই সারা জাপান আতঙ্কে কাঁপতে থাকে। মানুষ বুঝতে পারে, এটি কোনো সাধারণ রোগ নয়, বরং এমন এক মহামারি যার প্রকোপ প্রতিদিন বাড়বে।

সবচেয়ে ভয়ঙ্কর ছিল এই যে—ছত্রাকগুলো কেবল বাতাসে নয়, বরং মানুষ থেকে মানুষে সংক্রমিত হতে শুরু করল। সংক্রমিত ব্যক্তি কারও স্পর্শে এলে তার শরীরেও নীল আলোর দাগ ছড়িয়ে পড়ত। অল্প সময়েই কয়েক ডজন এলাকা সম্পূর্ণ অচল হয়ে গেল। শহরের মেট্রো লাইন বন্ধ করে দেওয়া হলো, রাস্তা সীল করা হলো, কিন্তু ততক্ষণে ছত্রাক তাদের নীরব উপায়ে শহরের প্রতিটি কোণে ছড়িয়ে গেছে।

টোকিও যেন আর আগের মতো রইল না। এক সময়ের জনবহুল মহানগরী রূপ নিতে শুরু করল এক ভয়ঙ্কর জীবন্ত পরীক্ষাগারে—যেখানে প্রতিটি আলো ঝলমলে ছত্রাক মৃত্যুর দূত হয়ে উঠছিল।

পর্ব ১৩৩: পর্ব: শহরজুড়ে আতঙ্ক

টোকিও শহর, এক সময় যার পরিচয় ছিল আলো ঝলমলে মহানগরী, প্রযুক্তি আর আধুনিকতার প্রতীক, হঠাৎ করেই এক জীবন্ত দুঃস্বপ্নে পরিণত হলো। সেদিন বিকেল গড়িয়ে

রাত নামতেই শহরের প্রতিটি প্রান্তে ছড়িয়ে পড়ল এক অদ্ভুত ভয়। ল্যাব থেকে ছড়িয়ে পড়া ছত্রাকের আলোকময় বিস্তার তখন কেবল গলিঘুঁজিই নয়, বড় বড় সড়ক, বিল্ডিং, এমনকি রেলস্টেশন পর্যন্ত ছেয়ে ফেলেছে।

মানুষ যখন প্রথমবার রাস্তায় সেই দানবীয় মানুষদের দেখতে পেল, তখন তারা থমকে দাঁড়িয়ে গিয়েছিল। স্বাভাবিক মানুষের মতো দেখতে হলেও তাদের চোখে জ্বলজ্বল করছিল নীল আভা, মুখ থেকে বের হচ্ছিল অদ্ভুত গর্জন, আর তাদের শরীর কাঁপছিল অনিয়মিতভাবে। কেউ কেউ তো খোলাখুলিভাবে রাস্তায়ই রূপান্তরিত হতে শুরু করল। মুহূর্তের মধ্যে মানুষের চিৎকার আর ভয়ের স্রোত চারদিকে ছড়িয়ে পড়ল।

রাস্তার মাঝখানে দাঁড়ানো এক তরুণী দেখল তার সঙ্গী আচমকাই কাঁপতে শুরু করেছে। কয়েক সেকেন্ডের মধ্যেই তার চামড়া ফেটে ফেটে ভেতর থেকে অদ্ভুত ছত্রাক বের হতে লাগল। ভয়ে সে দৌড়াতে গিয়েও থেমে গেল, কারণ সামনে তাকিয়ে দেখে—আরও কয়েকজন ইতিমধ্যেই একইভাবে রূপান্তরিত হচ্ছে। তার চিৎকার কেটে গিয়ে শহরের অগণিত আর্তনাদের সঙ্গে মিশে গেল।

ট্র্যাফিক জ্যাম শহরটিকে এক ভয়ঙ্কর ফাঁদে পরিণত করেছিল। গাড়িগুলো রাস্তায় আটকে পড়েছে, আর মানুষ মরিয়া হয়ে বেরোতে চাইছে। কিন্তু বেরোনোর পথ নেই। কেউ গাড়ি ছেড়ে দৌড়াচ্ছে, কেউ জানালা দিয়ে চিৎকার করছে সাহায্যের জন্য। একই সময়ে দূর থেকে ভেসে আসছে

সাইরেনের শব্দ—পুলিশ, অ্যাম্বুলেন্স, ফায়ার ট্রাক—সবই ছুটছে, কিন্তু কারোর পক্ষে পরিস্থিতি সামলানো সম্ভব হচ্ছিল না।

শহরের আকাশচুম্বী ভবনগুলো থেকেও মানুষ নিচের ভয়ঙ্কর দৃশ্য দেখতে পেয়ে আতঙ্কিত হচ্ছিল। টোকিও টাওয়ারের পর্যটকরা বিস্ময় আর ভয়ের মিশ্র অনুভূতিতে নিচে তাকিয়ে দেখল—পুরো শহর যেন এক নীলাভ অগ্নিকুণ্ডে জ্বলছে। রাস্তায় প্রতিটি মোড়ে আলো ছড়ানো ছত্রাক, আর তার ফাঁকে ফাঁকে দানবীয় মানুষরা শিকার খুঁজছে।

ট্রেন স্টেশনে পরিস্থিতি ছিল আরও ভয়ঙ্কর। মানুষ ট্রেন ধরতে গিয়েছিল, কিন্তু হঠাৎ করে ভিড়ের মধ্যে একজন সংক্রমিত হয়ে পড়ল। কয়েক সেকেন্ডের মধ্যেই আতঙ্কিত যাত্রীরা একে অপরকে ঠেলে পালাতে শুরু করল। কেউ প্ল্যাটফর্ম থেকে পড়ে গিয়ে মারাত্মক আহত হলো, কেউ আবার দরজা ভেঙে ট্রেনের ভেতরে ঢুকতে চেষ্টা করছিল। এর মধ্যেই সংক্রমিত ব্যক্তির হাত থেকে ছত্রাক ছড়িয়ে পড়ে আরও কয়েকজনকে আক্রান্ত করে ফেলল।

শহরের হাসপাতালগুলোতেও একই অবস্থা। কয়েক ঘণ্টার মধ্যেই হাজার হাজার মানুষ সেখানে ভিড় জমাল। কিন্তু চিকিৎসকরা জানত, তারা কিছুই করতে পারবে না। আক্রান্তদের শরীরে কোনো অ্যান্টিবায়োটিক বা ভ্যাকসিন কাজ করছিল না। বরং চিকিৎসক বা নার্স যারা তাদের ছুঁয়ে সাহায্য করার চেষ্টা করছিল, তারাও ধীরে ধীরে সংক্রমিত হয়ে পড়ছিল। হাসপাতালগুলো মৃত্যুপুরীতে রূপ নিল।

মিডিয়ার ক্যামেরা লাইভ সম্প্রচার করতে থাকল। বড় বড় টিভি চ্যানেল আর সোশ্যাল মিডিয়ায় প্রতিটি দৃশ্য সারা বিশ্বের মানুষের চোখে পৌঁছে গেল। সংবাদপত্রের অনলাইন সংস্করণগুলো শিরোনাম করল—

"টোকিও: পৃথিবীর প্রথম ছত্রাক-শহর"

"মানুষ থেকে দানবে রূপান্তরের ভয়ঙ্কর মহামারি"

"এটি কি মানব সভ্যতার শেষ?"

শহরজুড়ে বিশৃঙ্খলা তখন সীমা ছাড়িয়ে গেছে। কেউ সন্তানকে বাঁচানোর জন্য প্রাণপণ চেষ্টা করছে, কেউ আবার অসহায় হয়ে রাস্তার কোণে দাঁড়িয়ে কাঁদছে। এদিকে রাস্তায় ছত্রাকের আলো যেন প্রতিটি ভয়ের ছায়াকে আরও গভীর করে তুলছিল।

টোকিওর এই অবস্থাই বিশ্ববাসীর সামনে নতুন প্রশ্ন তুলে দিল—

এটি কি কেবল একটি শহরের বিপর্যয়, নাকি পুরো মানবজাতির ভবিষ্যতের অন্ধকার ছবি?

পর্ব ১৩৪: পর্ব: সরকারের সতর্কতা

টোকিও শহরজুড়ে যখন ভয়াবহ বিশৃঙ্খলা ছড়িয়ে পড়েছে, তখন জাপানি সরকার বুঝতে পারে যে এটি আর সাধারণ কোনো দুর্ঘটনা নয়। প্রথমদিকে তারা ভেবেছিল এটি কোনো অজানা রোগ বা ল্যাব থেকে ছড়িয়ে পড়া এক ধরনের রাসায়নিক সংক্রমণ, কিন্তু দ্রুতই প্রমাণিত হলো, ঘটনাটি অনেক বেশি ভয়ঙ্কর। রাত পোহানোর আগেই প্রধানমন্ত্রী সরাসরি জাতির উদ্দেশে ভাষণ দেন। তার কণ্ঠে ছিল

কঠোরতা ও ভয়ের মিশ্রণ—
"টোকিও শহর এখন এক অভূতপূর্ব বিপদের সম্মুখীন। নাগরিকদের অনুরোধ করছি শান্ত থাকুন এবং সরকারি নির্দেশনা মেনে চলুন। আমরা পরিস্থিতি নিয়ন্ত্রণে আনতে সর্বোচ্চ চেষ্টা করছি।"

এরপরই ঘোষণা করা হলো **টোকিওতে জরুরি অবস্থা**। শহরের প্রবেশ ও প্রস্থান পথগুলোতে সেনাদের চেকপোস্ট বসানো হলো। কোনো সাধারণ মানুষ আর বাইরে যেতে পারবে না। মেট্রো, বিমানবন্দর, এমনকি হাইওয়েগুলোও বন্ধ করে দেওয়া হলো। টোকিও মুহূর্তেই বাইরের পৃথিবী থেকে বিচ্ছিন্ন হয়ে পড়ল।

জাপানি সামরিক বাহিনীকে সরাসরি ময়দানে নামানো হলো। কালো ইউনিফর্ম পরা বিশেষ কমান্ডো দলগুলো গ্যাসমাস্ক ও ভারী অস্ত্র নিয়ে রাস্তায় নামে। তাদের প্রধান কাজ ছিল **সংক্রমিত মানুষদের চিহ্নিত করে নির্মূল করা** এবং অক্ষত নাগরিকদের নিরাপদ জোনে সরিয়ে নেওয়া। কিন্তু এটি এত সহজ কাজ ছিল না। পরিবর্তিত মানুষগুলো সাধারণ সৈন্যদের গুলিতে প্রভাবিত হচ্ছিল না। তারা অতিমানবীয় শক্তি দিয়ে গাড়ি উল্টে দিচ্ছিল, দেয়াল ভেঙে বের হচ্ছিল, এমনকি দ্রুতগতিতে সৈন্যদের ওপর ঝাঁপিয়ে পড়ছিল।

টোকিওর বিভিন্ন অঞ্চলে ছোট ছোট যুদ্ধ শুরু হয়ে গেল। এক জায়গায় সেনারা মেশিনগান দিয়ে দানবীয় মানুষদের আটকে রাখার চেষ্টা করছে, অন্যদিকে আগুনে ভস্মীভূত গাড়িগুলোর ফাঁক দিয়ে অসংখ্য সংক্রমিত মানুষ ছত্রাক ছড়িয়ে দিচ্ছে।

শহরের বাতাসে বারুদ আর ছত্রাকের মিশ্র গন্ধ ভেসে বেড়াতে লাগল।

সরকার হাসপাতাল ও স্কুলগুলোকে সাময়িক আশ্রয়কেন্দ্রে পরিণত করল। হেলিকপ্টার দিয়ে উপরে থেকে খাবার ও ওষুধ ফেলা হচ্ছিল। কিন্তু সমস্যা হলো—অনেক আশ্রয়কেন্দ্রই নিরাপদ থাকছিল না। সংক্রমিত কেউ লুকিয়ে সেখানে প্রবেশ করলেই কয়েক ঘণ্টার মধ্যে পুরো আশ্রয়কেন্দ্র দখল করে নিত দানবেরা। এ কারণে সৈন্যরা বাধ্য হয়ে অনেক সময় বেসামরিক লোকদের নিরাপদ রাখতে নির্মম পদক্ষেপ নিতে লাগল।

টেলিভিশন ও রেডিওতে বারবার সতর্কবার্তা প্রচার হচ্ছিল—
"নাগরিকরা ঘরের বাইরে বের হবেন না।"
"যদি কোনো সংক্রমিতকে দেখেন, সঙ্গে সঙ্গে নিকটস্থ কর্তৃপক্ষকে খবর দিন।"
"সংক্রমিত ব্যক্তির সংস্পর্শে আসবেন না।"

সরকার গোপনে আন্তর্জাতিক সহায়তাও চাইতে শুরু করল। যুক্তরাষ্ট্র, দক্ষিণ কোরিয়া এবং ইউরোপীয় ইউনিয়নের কাছে তারা জরুরি বৈঠকের অনুরোধ পাঠাল। কিন্তু খোলাখুলিভাবে সাহায্য চাওয়ার সাহস করল না, কারণ তখন পুরো পৃথিবীর কাছে এটা স্বীকার করতে হবে যে **তারা নিয়ন্ত্রণ হারিয়েছে**।

টোকিওর আকাশজুড়ে তখন সামরিক হেলিকপ্টার ঘুরছে। রাস্তায় ট্যাংক আর সাঁজোয়া যান দাঁড়িয়ে আছে। নাগরিকরা আতঙ্কিত চোখে সেনাদের দেখতে পাচ্ছিল, অথচ তাদের মনে প্রশ্ন ঘুরপাক খাচ্ছিল—

"এই সেনারা কি আমাদের রক্ষা করতে এসেছে, নাকি আমাদের শহরটিকেই ধ্বংস করতে চলেছে?"

কারণ গোপনে সরকারের আরেকটি আলোচনা শুরু হয়েছে—যদি পরিস্থিতি নিয়ন্ত্রণে না আনা যায়, তবে কি পুরো শহরটিকে পুড়িয়ে ফেলা হবে?

টোকিওর রাত তখন শুধু দানবদের নয়, বরং সরকারের কঠিন সিদ্ধান্তের ছায়াতেও ভরে উঠেছে।

পর্ব ১৩৫: লকডাউন

টোকিওর আকাশ যেন আচমকা অন্ধকারে ঢেকে গিয়েছিল। আলো ঝলমলে শহর, যা কখনো ঘুমাত না, মুহূর্তেই নিস্তব্ধতার দুঃস্বপ্নে রূপ নিল। সরকারের জরুরি ঘোষণা টেলিভিশন, রেডিও, মোবাইল ফোন—প্রতিটি মাধ্যমে ছড়িয়ে পড়ল—

"শহরজুড়ে সম্পূর্ণ লকডাউন কার্যকর করা হলো। নাগরিকদের ঘর থেকে বের হতে কড়া নিষেধ। গণপরিবহন, ট্রেন, মেট্রো এবং বিমানবন্দর বন্ধ। পরিস্থিতি নিয়ন্ত্রণে না আসা পর্যন্ত সবাইকে ঘরে অবস্থান করতে হবে।"

মানুষ স্তব্ধ হয়ে গেল। একসময়ের প্রাণচঞ্চল টোকিওর রাস্তাগুলো মিনিটের মধ্যে খালি হতে শুরু করল। যারা দোকানপাট, ক্যাফে বা অফিসে ছিল তারা দৌঁড়ে ঘরে ফিরতে লাগল। দোকানদাররা লোহার শাটার নামিয়ে দিল। ট্রাফিক সিগন্যালের লাল-সবুজ আলো জ্বলে উঠছিল, কিন্তু সেই আলোর নিচে আর কোনো গাড়ি দাঁড়িয়ে ছিল না।

শহরের মাঝেমধ্যে কেবল ভেসে আসছিল **সাইরেনের শব্দ**—জরুরি গাড়ি, অ্যাম্বুলেন্স এবং সামরিক কনভয়ের। তাদের কড়া শৃঙ্খলার ভেতর দিয়ে মনে হচ্ছিল শহরটি এখন আর মানুষের নয়, বরং সেনাদের দখলে।

লকডাউনের সঙ্গে সঙ্গে মানুষ তাদের জানালার আড়াল থেকে বাইরে তাকাচ্ছিল। নীরব রাস্তায় অদ্ভুত নীলচে আলো ছড়িয়ে পড়ছিল—সংক্রমিত দানবদের উপস্থিতির ইঙ্গিত। কেউ কেউ ভয়ে জানালার পর্দা টেনে দিল। কেউবা কাঁদতে কাঁদতে মোবাইলে আপনজনকে শেষবারের মতো ফোন করল।

খাবারের জন্য হাহাকার শুরু হলো। অনেক পরিবার তাড়াহুড়ো করে বাজার করার সুযোগ পায়নি। সুপারমার্কেটগুলো বন্ধ হয়ে গেল, আর যে কয়েকটি খোলা ছিল, সেখানে সামরিক বাহিনী পাহারা বসালো। মানুষ চিৎকার করে খাবার চাইছিল, কিন্তু সেনারা গুলি ছুঁড়ে ভিড় ছত্রভঙ্গ করল।

টোকিও তখন নিস্তব্ধ এক কবরস্থানে পরিণত হলো। বাতাসে ছড়িয়ে ছিল পচা ছত্রাকের গন্ধ আর আতঙ্কের ভারী চাপ। টেলিভিশনে বারবার সতর্কবার্তা ভেসে আসছিল—

“দয়া করে ঘরে থাকুন। জানালা ও দরজা বন্ধ রাখুন। বাইরে বের হবেন না। এটি আপনার এবং আপনার পরিবারের নিরাপত্তার জন্য।”

শিশুর কান্না, বৃদ্ধের দীর্ঘশ্বাস আর মানুষের অসহায় প্রার্থনা সেই নিস্তব্ধ শহরের অদৃশ্য সঙ্গীতে পরিণত হলো।

কিন্তু মানুষের মনে তখনো একটাই প্রশ্ন ঘুরছিল—

“এই লকডাউন কি আমাদের বাঁচানোর জন্য, নাকি আমাদের মৃত্যুর দিকে ঠেলে দেওয়ার জন্য?”

পর্ব ১৩৬: সামরিক বাহিনীর হস্তক্ষেপ

টোকিও শহরের নীরব রাত হঠাৎ করে ভেঙে গেল গর্জনময় বিস্ফোরণে। আকাশ জুড়ে উড়তে লাগল হেলিকপ্টার, তাদের আলো শহরের অন্ধকার ভেদ করে প্রতিটি গলিপথে ছড়িয়ে পড়ল। সামরিক বাহিনী প্রবেশ করল সাঁজোয়া যান, ট্যাংক এবং ভারী অস্ত্র নিয়ে। তাদের একটাই নির্দেশ—যত দ্রুত সম্ভব পরিবর্তিত মানুষগুলোকে নিয়ন্ত্রণে আনা।

কিন্তু সমস্যা শুরু হলো খুব শিগগিরই। সৈন্যরা যখন প্রথম দল পাঠাল একটি আবাসিক এলাকায়, তখনই তাদের সামনে উপস্থিত হলো একদল পরিবর্তিত মানুষ। এরা আর সাধারণ মানুষ ছিল না। তাদের চোখে অদ্ভুত লাল আভা, ত্বক মোচড়ানো ধাতবের মতো শক্ত, এবং শরীর থেকে নির্গত হচ্ছিল এক ধরনের অজানা শক্তি। প্রথমে সৈন্যরা গুলি চালাল—স্বয়ংক্রিয় রাইফেল থেকে ছুটতে লাগল টানা বুলেট, বিস্ফোরণ ঘটল গ্রেনেডের। কিন্তু বিস্ময়ের সঙ্গে তারা দেখল, গুলিগুলো সেই জীবদের শরীরে ঢুকেই গলে যাচ্ছে, যেন কোনো অদৃশ্য প্রাচীর তাদের চারপাশে ঘিরে রেখেছে।

একজন কমান্ডার রেডিওতে চিৎকার করে বলল—

“ফায়ার ইন্টেন্সিটি বাড়াও! থামিও না!”

কিন্তু তাতেও ফল হলো না। পরিবর্তিত মানুষগুলোর শরীর অস্বাভাবিক গতিতে পুনর্জন্ম নিচ্ছিল। একজন সৈন্য বিস্ফোরক

রকেট দিয়ে আঘাত করলে মুহূর্তেই সেই প্রাণীটি ছিটকে পড়ে গেল, কিন্তু কয়েক সেকেন্ডের মধ্যেই তার হাড় জোড়া লাগতে শুরু করল, ক্ষতস্থানে নতুন চামড়া গজিয়ে উঠল। দৃশ্যটি দেখে সৈন্যরা শিউরে উঠল।

শহরের বিভিন্ন প্রান্ত থেকে ভেসে আসতে লাগল আতঙ্কিত মানুষের চিৎকার। যাদের ধরে আটকানোর নির্দেশ দেওয়া হয়েছিল, তারা মুহূর্তের মধ্যে সৈন্যদের উপর ঝাঁপিয়ে পড়ছিল। সাধারণ অস্ত্র দিয়ে এদের আটকানো প্রায় অসম্ভব হয়ে পড়ছিল।

সামরিক বাহিনী তখন বিশেষ বাহিনী "টাস্ক ফোর্স-এক্স" মোতায়েন করল। তাদের কাছে ছিল উন্নততর ইলেক্ট্রোম্যাগনেটিক অস্ত্র, সোনিক ব্লাস্টার এবং জিনোম বিশ্লেষণ করা বিশেষায়িত ডার্ট গান। কিন্তু তারাও বুঝতে পারল, এরা কেবল শারীরিক দানব নয়—এরা মানুষের সীমা ভেঙে নতুন এক প্রজাতি হয়ে উঠেছে। তাদের মস্তিষ্কও পরিবর্তিত হয়ে গেছে, তারা সমন্বিতভাবে চলাফেরা করছে, যেন অদৃশ্য কোনো সিগন্যাল তাদের নিয়ন্ত্রণ করছে।

শহরের মাঝামাঝি এলাকায় এক ভয়ঙ্কর সংঘর্ষ শুরু হলো। রাস্তাগুলো ধ্বংসস্তূপে পরিণত হলো। হেলিকপ্টার থেকে চালানো রকেট মিসাইল মুহূর্তে উঁচু ভবন ভেঙে ফেলছিল, আর পরিবর্তিত মানুষগুলো সেসব ধ্বংসস্তূপ থেকে বেরিয়ে আবার দাঁড়িয়ে যাচ্ছিল।

একজন তরুণ সৈন্য ভয়ভরা কণ্ঠে ফিসফিস করে বলল—
"স্যার, আমরা যেন দানবদের বিরুদ্ধে নয়, বরং মানুষের ব্যর্থতার ফলের বিরুদ্ধে যুদ্ধ করছি।"

কমান্ডার তার হেলমেট শক্ত করে বেঁধে নিলেন।
"আমরা যদি এখন পিছু হটি, পুরো দেশ শেষ হয়ে যাবে। দাঁত চেপে লড়ো!"

কিন্তু এই লড়াই ছিল এক অসম যুদ্ধ। সামরিক বাহিনী আধুনিকতম অস্ত্র হাতে নিয়েও অদৃশ্য এক শত্রুর বিরুদ্ধে লড়ছিল, যে শত্রু প্রতিবার ধ্বংস হয়ে আবার উঠে দাঁড়াচ্ছিল। টোকিওর রাত তখন এক ভয়ঙ্কর দুঃস্বপ্নে পরিণত হয়েছিল— এক দিক থেকে মানুষের চিৎকার, অন্য দিক থেকে যুদ্ধযন্ত্রের গর্জন, আর মাঝখানে দাঁড়িয়ে অমর দানবের মতো ছুটে চলা পরিবর্তিত মানুষগুলো।

পর্ব ১৩৭: মানুষের আতঙ্ক ও পালানোর চেষ্টা

টোকিওর রাত যেন এক অদৃশ্য দুঃস্বপ্নের গহ্বরে ঢুকে পড়ল। রাস্তাগুলো, যেগুলো একসময় আলো আর কোলাহলে ভরা ছিল, এখন পরিণত হয়েছে যুদ্ধক্ষেত্রে। সামরিক বাহিনীর হেলিকপ্টার আকাশে চক্কর দিচ্ছে, বিস্ফোরণের শব্দ কাঁপিয়ে দিচ্ছে আকাশ, আর নিচে মানুষ ছুটছে জীবনের জন্য।

যারা খবর শুনেছিল লকডাউন ঘোষণার পর, তারা অনেকেই ঘরে আটকে থাকতে চেয়েছিল। কিন্তু জানালার বাইরে যখন দানবদের মতো পরিবর্তিত মানুষগুলো দেখা দিল, তখন আর ঘরে বসে থাকা সম্ভব হলো না। দরজা ভেঙে মানুষ রাস্তায় বেরিয়ে পড়ল। শিশুরা কাঁদছে, মায়েরা তাদের বুকের সঙ্গে

চেপে ধরে দৌড়াচ্ছে, বৃদ্ধরা হাঁপাতে হাঁপাতে কোনোভাবে পালাতে চাইছে। কেউ চিৎকার করছে—

"উত্তরে যেও না! ওদিকে সামরিক বাহিনী আর দানবদের সংঘর্ষ চলছে!"

অন্য কেউ বলছে—

"মেট্রো স্টেশন খোলা আছে! নিচে গেলে হয়তো নিরাপদ!"

কিন্তু বাস্তবে নিরাপদ জায়গা আর কোথাও ছিল না।

শহরের রাস্তায় তখন ভয়ঙ্কর বিশৃঙ্খলা। গাড়িগুলো একে অপরের সঙ্গে ধাক্কা খেয়ে থেমে আছে, মানুষ আতঙ্কে সেগুলো ফেলে পায়ে হেঁটে পালাচ্ছে। ট্রাফিক লাইট বন্ধ হয়ে গেছে, বিদ্যুৎ সরবরাহ অস্থির। অন্ধকার গলিপথে ঢুকে পড়া মানুষ হঠাৎ করে দেখছে, সেখানেও দাঁড়িয়ে আছে লাল চোখওয়ালা পরিবর্তিত এক জীব। মুহূর্তেই চিৎকার ছড়িয়ে পড়ছে, মানুষ দৌড়ে আবার অন্যদিকে পালাচ্ছে।

একজন তরুণী তার মায়ের হাত ধরে পালাচ্ছিল। হঠাৎ মায়ের পা পিছলে গেল, সে পড়ে গেল মাটিতে। তরুণী চিৎকার করে মাকে টেনে তুলতে চেষ্টা করল, কিন্তু তখনই অন্ধকার থেকে বেরিয়ে এলো এক পরিবর্তিত মানুষ। তার চোখ দুটো জ্বলজ্বল করছিল অগ্নিশিখার মতো। তরুণী হতভম্ব হয়ে গেল। হঠাৎই সামরিক বাহিনীর একটি ট্রাক সশব্দে এসে পৌঁছাল। সৈন্যরা গুলি ছুড়তে লাগল। প্রাণীটি মুহূর্তের জন্য পিছিয়ে গেল, আর তরুণী তার মাকে টেনে নিয়ে ভিড়ের মধ্যে হারিয়ে গেল।

এই পালানোর মধ্যে সবচেয়ে করুণ দৃশ্য ছিল শিশুদের কান্না। কেউ তাদের বাবা-মাকে হারিয়ে ফেলছে, কেউ আবার মায়ের কোলেই মৃত্যুর মুখে পড়ছে। হাসপাতালগুলো ইতিমধ্যেই ভরে গেছে আহত মানুষে। অ্যাম্বুলেন্সগুলো সারাক্ষণ দৌড়াচ্ছে, কিন্তু অনেক জায়গায় পৌঁছাতে পারছে না কারণ রাস্তাগুলো ভাঙা, আগুনে পুড়ছে কিংবা দানবের দখলে। শহরের আকাশ থেকে ভেসে আসা ঘোষণা বারবার বাজছিল—

"নাগরিকগণ, শান্ত থাকুন। দয়া করে নিরাপদ আশ্রয়কেন্দ্রে যান। সামরিক বাহিনী আপনাদের সুরক্ষার জন্য কাজ করছে।"

কিন্তু এই ঘোষণার ওপর বিশ্বাস রাখার মতো অবস্থায় আর কেউ ছিল না। বাস্তবতা ছিল অন্যরকম—সামরিক বাহিনীও লড়াইয়ে হিমশিম খাচ্ছে। মানুষ তাই নিজের বুদ্ধি খাটিয়ে বাঁচার চেষ্টা করছিল। কেউ ছাদ বেয়ে পাশের বাড়িতে চলে যাচ্ছিল, কেউ সুপারমার্কেটের ভেতরে গিয়ে দরজা আটকে দিচ্ছিল, কেউ আবার নদীর দিকে দৌড়ে গিয়ে ছোট নৌকা নিয়ে সরে যাচ্ছিল।

টোকিওর ঐতিহাসিক শিনজুকু এলাকা তখন ভয়ঙ্কর দৃশ্যের সাক্ষী হলো। উঁচু ভবনের ভেতরে আটকে পড়া মানুষরা জানালার কাচ ভেঙে কাপড় জোড়া লাগিয়ে নিচে নামতে চেষ্টা করছিল। অনেকেই নিচে পড়ছিল, অনেকে মাঝপথে আটকে যাচ্ছিল। ভয়ে কেউ কেউ চিৎকার করছিল—

"আমাদের সাহায্য করো! কেউ কি আছে বাইরে?"

কিন্তু বাইরে দাঁড়ানো মানুষ নিজের প্রাণ বাঁচাতেই ব্যস্ত। পালাতে গিয়ে মানুষের ভিড়ে বারবার পদদলিত হয়ে কেউ মারা যাচ্ছিল। মানবতার বন্ধন তখন প্রায় ভেঙে পড়েছিল। একজন অপরিচিত মানুষকে সাহায্য করার পরিবর্তে অনেকে ঠেলে সরিয়ে দিচ্ছিল নিজের পথ পরিষ্কার করার জন্য। আর এ দৃশ্যগুলোই প্রমাণ করছিল—অসাধারণ সংকট যখন আসে, তখন মানুষের আসল রূপও প্রকাশ পায়।

তবুও কিছু মানুষ অন্যদের সাহায্য করতে এগিয়ে আসছিল। একদল বিশ্ববিদ্যালয় ছাত্র তাদের হোস্টেল থেকে বেরিয়ে আহত মানুষদের টেনে নিয়ে যাচ্ছিল সুরক্ষিত জায়গায়। কয়েকজন ডাক্তার হাসপাতাল ছেড়ে রাস্তায় আহতদের প্রাথমিক চিকিৎসা দিতে লাগলেন। কিন্তু তাদের এই মানবিক প্রচেষ্টা ছিল অতি ক্ষুদ্র, দানবীয় শক্তির সামনে প্রায় অদৃশ্য।

রাত বাড়তে থাকল, আতঙ্ক আরও ছড়িয়ে পড়ল। মনে হচ্ছিল পুরো শহর ধ্বংসস্তূপে পরিণত হতে বেশি সময় লাগবে না। যারা পালাচ্ছিল, তাদের চোখে তখন একটাই প্রশ্ন—**"কাল সূর্য উঠবে তো? নাকি এই রাতই হবে টোকিওর শেষ রাত?"**

পর্ব ১৩৮: নিউ ইয়র্কের রাস্তায় দানবীয় হাত

টোকিওর ভয়াবহ ঘটনার খবর তখনও বিশ্বের মানুষ পুরোপুরি হজম করতে পারেনি। আতঙ্কের ছায়া ছড়িয়ে পড়েছিল প্রতিটি দেশে। কিন্তু ঠিক তখনই আরেকটি অপ্রত্যাশিত দুঃস্বপ্ন শুরু হলো নিউ ইয়র্ক শহরে। ম্যানহাটনের ব্যস্ততম রাস্তায়, দিনের আলোয়, মানুষ হঠাৎ দেখল—কিছু মানুষের হাত অস্বাভাবিকভাবে লম্বা হতে শুরু করেছে।

প্রথমে সবাই ভেবেছিল এটি হয়তো কোনো নতুন ধরনের স্টান্ট বা সিনেমার প্রচার কৌশল। টাইমস স্কয়ারের বিশাল স্ক্রিনে চলতে থাকা বিজ্ঞাপনের ভিড়ে কেউ কেউ অবাক হয়ে ফোন বের করে ভিডিও তুলতে শুরু করল। কিন্তু কয়েক সেকেন্ডের মধ্যেই পরিস্থিতি স্বাভাবিকতার সীমা ছাড়িয়ে গেল। ওই মানুষেরা তাদের দীর্ঘ, ভয়ঙ্কর হাত ব্যবহার করে কাছের বিল্ডিংয়ের দেয়াল আঁকড়ে ধরে সহজেই ওপর থেকে নিচে নেমে এলো। তাদের হাত এতটাই লম্বা ছিল যে দশতলা ভবনের জানালা থেকে মাটিতে নেমে আসা তাদের জন্য খেলনা গাছ বেয়ে নামার মতো সহজ ব্যাপার হয়ে দাঁড়াল। শহরের সাধারণ মানুষ ভয়ে স্তব্ধ হয়ে গেল। একজন বৃদ্ধা আতঙ্কে চিৎকার করে উঠলেন,

"এগুলো মানুষ নয়! এগুলো টৌকিওর দানবদের মতো!"

কিছুক্ষণের মধ্যেই বিশৃঙ্খলা শুরু হলো। রাস্তায় দাঁড়িয়ে থাকা পর্যটকেরা দৌড়ে পালাতে লাগল, ট্যাক্সিগুলো হর্ন বাজিয়ে ট্রাফিক জ্যামে আটকে গেল, আর দোকানের কাঁচ ভেঙে মানুষ ভিতরে ঢুকে আশ্রয় নিতে চেষ্টা করল।

দানবীয় হাতওয়ালা মানুষগুলো দেখতে ছিল অদ্ভুত ভয়ঙ্কর। তাদের হাত-পা অস্বাভাবিকভাবে লম্বা হলেও শরীরের বাকি অংশ বিকৃত হয়ে গিয়েছিল। আঙুলগুলো বাঁকানো, ধারালো নখে ভরা, যেন শিকারি প্রাণীর হাত। তারা শহরের ভিড়ের মধ্যে নেমেই মানুষদের ভয় দেখাতে লাগল। কারো মাথার ওপরে হাত বাড়িয়ে ছায়ার মতো ঢেকে দিচ্ছিল, আবার কারো গলা ধরে কয়েক সেকেন্ডে তাকে বাতাসে তুলে ফেলছিল।

ভিকটিমরা চিৎকার করলেও তাদের শক্তি এতটাই প্রভাবশালী ছিল যে কারো পক্ষে পাল্টা প্রতিরোধ করা সম্ভব হচ্ছিল না। নিউ ইয়র্ক পুলিশের গাড়িগুলো দ্রুত ঘটনাস্থলে পৌঁছাল। সাইরেন বাজতে থাকল চারপাশে। অফিসাররা মাইকে ঘোষণা করছিল—

"সকল নাগরিক অনতিবিলম্বে নিরাপদ স্থানে আশ্রয় নিন! শান্ত থাকুন!"

কিন্তু শান্ত থাকার মতো পরিস্থিতি তখন আর ছিল না। এক অফিসার তার বন্দুক তুলে গুলি চালাল। গুলিগুলো সরাসরি এক দানবীয় হাতওয়ালা মানুষের বুকে গিয়ে লাগল। কিন্তু ভয়ঙ্কর ব্যাপার হলো, সে মুহূর্তের মধ্যে নিজের লম্বা হাত দিয়ে গুলি করা অফিসারকে টেনে নিয়ে গেল গলির ভেতর। সবার চোখের সামনে পুরো দৃশ্য মিলিয়ে গেল কুয়াশার মতো অন্ধকারে।

এরপর আতঙ্ক যেন কয়েকগুণ বেড়ে গেল। মানুষ বুঝতে পারল—এরা কেবল টোকিওর ঘটনার পুনরাবৃত্তি নয়, বরং আরও ভয়ঙ্কর রূপ। কারণ তাদের ক্ষমতা অনেক বেশি গতিশীল এবং মারাত্মক।

ম্যানহাটনের আকাশচুম্বী ভবনগুলো যেন তাদের খেলার মাঠ হয়ে গেল। কেউ হাত বাড়িয়ে চলন্ত গাড়িকে থামিয়ে দিল, কেউ আবার বিল্ডিংয়ের জানালা ভেঙে ভেতরে ঢুকে পড়ল। যাদের চোখে পড়ছিল, তাদের ভয়ঙ্করভাবে শিকার বানাচ্ছিল। নিউ ইয়র্কবাসীর আতঙ্ক মুহূর্তেই বিশ্বমাধ্যমে ছড়িয়ে গেল। লাইভ ভিডিওতে দেখা গেল—এক লম্বা হাতওয়ালা মানুষ

ব্রডওয়ের মাঝখানে দাঁড়িয়ে আছে, তার হাত প্রায় বিশ ফুট লম্বা হয়ে চারপাশে ঘুরছে। আর তার সামনে দাঁড়ানো শত শত মানুষ দৌড়াচ্ছে আতঙ্কে, যেন এক বিশাল অদৃশ্য ফাঁদ তাদের তাড়া করছে।

সামরিক বাহিনীও দ্রুত হস্তক্ষেপ করল। হেলিকপ্টার নামিয়ে আনা হলো, ট্যাঙ্ক বসানো হলো শহরের প্রবেশপথে। কিন্তু এখানেও একই অভিজ্ঞতা—সাধারণ অস্ত্র দিয়ে তাদের কাবু করা সম্ভব হলো না। বুলেট, গ্রেনেড, এমনকি রকেট লঞ্চারও যেন তাদের ওপর সীমিত প্রভাব ফেলছিল। তারা বারবার ধ্বংসের মুখ থেকে উঠে দাঁড়াচ্ছিল, আরও ভয়ঙ্কর রূপ নিয়ে।

এক পর্যায়ে মানুষ বুঝতে পারল—এটি আর কোনো একটি শহরের সমস্যা নয়, বরং মানবজাতির জন্য এক নতুন অধ্যায়। টোকিওর দুঃস্বপ্ন এখন নিউ ইয়র্কে গিয়ে পৌঁছেছে, আর কাল এটি হয়তো লন্ডন, প্যারিস কিংবা দিল্লিতে ছড়িয়ে পড়বে।

শহরের মানুষ তখন একটাই প্রশ্ন করতে লাগল—

“এই ভয়ঙ্কর দানবগুলোকে থামানোর ক্ষমতা কি আদৌ আমাদের আছে? নাকি আমরা সবাই এক অজানা ভবিষ্যতের দিকে এগোচ্ছি, যেখানে মানুষ আর মানুষ থাকবে না?”

পর্ব ১৩৯: জনগণের ভয়ের আর্তনাদ

নিউ ইয়র্কের ব্যস্ততম রাস্তাগুলো কয়েক মিনিটের মধ্যে এক ভয়ঙ্কর দুঃস্বপ্নে পরিণত হলো। মানুষ যখন দেখল সাধারণ নাগরিকদের হাত অস্বাভাবিকভাবে লম্বা হয়ে যাচ্ছে এবং তারা

দানবীয় রূপে নেমে আসছে, তখন পুরো শহরে একসাথে আতঙ্কের ঢেউ ছড়িয়ে পড়ল।

আলোর ঝলমলে স্কাইস্ক্র্যাপারের নিচে, যেখানে কিছুক্ষণ আগেও পর্যটকরা ছবি তুলছিল, সেখানেই হঠাৎ চিৎকারে ভরে উঠল চারদিক। কেউ দৌড়ে পালাচ্ছে, কেউ অসহায়ভাবে পড়ে যাচ্ছে রাস্তায়, আবার কেউ ছোট বাচ্চাকে বুকে জড়িয়ে নিরাপদ আশ্রয় খুঁজছে। মানুষের আর্তনাদ যেন আকাশ ভেদ করে ছুটে যাচ্ছিল।

এক তরুণী গলির ভেতর দিয়ে ছুটতে ছুটতে চিৎকার করছিল,

"ওরা মানুষ নয়! ওরা দানব! আমাদের সবাইকে মেরে ফেলবে!"

রাস্তার গাড়িগুলো ভয়ে নিয়ন্ত্রণ হারিয়ে একে অপরের সঙ্গে ধাক্কা খেতে শুরু করল। ট্যাক্সির চালকরা হর্ন বাজিয়েই পালাতে চাইছিল, কিন্তু ট্রাফিক জ্যাম তাদের বন্দী করে রেখেছিল। ফলে অনেকেই গাড়ি ফেলে হেঁটেই দৌড়ে পালাতে শুরু করল।

শহরের উপর দিয়ে উড়তে থাকা হেলিকপ্টার থেকে জরুরি বার্তা প্রচার হচ্ছিল—

"সকল নাগরিক শান্ত থাকুন এবং আশ্রয়কেন্দ্রে চলে যান।"

কিন্তু 'শান্ত থাকা' তখন আর সম্ভব ছিল না। জনতার আর্তনাদে পুরো শহর কেঁপে উঠছিল। এক বৃদ্ধ লোক রাস্তার মাঝখানে দাঁড়িয়ে বারবার একই কথা বলছিল,

"এটা কোনো ভাইরাস নয়, এটা শাস্তি... ঈশ্বরের শাস্তি।"

আসলে মানুষের মনে তখন একটাই উপলব্ধি জন্ম নিচ্ছিল—এটি কেবল কোনো সাধারণ রোগ নয়। এটি এমন এক মহামারি, যা কেবল শরীরকেই নয়, মানুষের অস্তিত্বকেও ধ্বংস করে দিতে পারে। টোকিওর মতো নিউ ইয়র্কও এখন সেই একই ভাগ্যের দিকে ধাবিত হচ্ছে।

গণমাধ্যমের লাইভ সম্প্রচারে দেখা যাচ্ছিল—রাস্তায় শত শত মানুষ ছুটছে, কেউ অচেতন হয়ে পড়ে আছে, আর কেউ দানবীয় হাতওয়ালা পরিবর্তিত মানুষদের হাতে বন্দী হয়ে যাচ্ছে। ক্যামেরার শব্দের পেছনে ভেসে আসছিল মানুষের আর্তচিৎকার, যা সারা বিশ্বের দর্শকদের মনে ভয় ঢুকিয়ে দিচ্ছিল।

শহরের ভিড় তখন যেন এক প্রকার মৃত্যুমিছিল। মানুষ ভেবে পাচ্ছিল না কোথায় গেলে নিরাপদ থাকবে। রাস্তায় শুধু আতঙ্ক, ভয় আর চিৎকার। হাসপাতালগুলো ভরে উঠছিল আহত মানুষে, আর কেউ কেউ সংক্রমণের প্রাথমিক লক্ষণ নিয়ে ভেতরে ঢুকছিল।

এক মা তার ছোট সন্তানকে বুকে চেপে ধরে দৌড়ে যাচ্ছিল। বাচ্চাটি কাঁদতে কাঁদতে জিজ্ঞেস করল,

"মা, ওরা কেন এমন হচ্ছে?"

মা চোখের জল সামলাতে না পেরে শুধু বলল,

"চুপ করো... আমাদের দৌড়াতে হবে।"

মানুষ তখন বুঝে গিয়েছিল, এটি কোনো দেশের সীমাবদ্ধ সমস্যা নয়। এটি মানবজাতির জন্য এক নতুন হুমকি। যে

হুমকি সভ্যতা, প্রযুক্তি কিংবা সামরিক শক্তি দিয়ে সহজে রোধ করা যাবে না।

শহরের প্রতিটি রাস্তাই তখন মানুষের আতঙ্কে ভরে উঠেছিল। যেন প্রতিটি চিৎকার, প্রতিটি আর্তনাদ একসাথে ঘোষণা দিচ্ছিল—

"আমরা এক অজানা বিপর্যয়ের দিকে এগিয়ে যাচ্ছি, যেখান থেকে ফিরে আসা হয়তো আর সম্ভব নয়।"

পর্ব ১৪০: সামরিক বাহিনীর হস্তক্ষেপ

নিউ ইয়র্কের আকাশে তখন আতঙ্কের ছায়া। রাস্তায় সাধারণ মানুষদের আর্তনাদ থামানোর কোনো উপায় খুঁজে পাচ্ছিল না স্থানীয় কর্তৃপক্ষ। অবশেষে মার্কিন সরকার সিদ্ধান্ত নিল—এখন কেবল সামরিক বাহিনীই এই পরিস্থিতি সামাল দিতে পারবে।

রাত নামতেই আকাশে হেলিকপ্টারের গর্জন শোনা গেল। ব্ল্যাক হক হেলিকপ্টারগুলো শহরের উপর চক্কর দিতে শুরু করল। নিচে রাস্তায় ট্যাঙ্ক, সাঁজোয়া গাড়ি আর শত শত সৈন্য নামানো হলো। তাদের হাতে ছিল আধুনিক রাইফেল, রকেট লঞ্চার এবং বিশেষ ধরনের ইলেকট্রিক স্টান গান। তারা ভেবেছিল, শক্তি দিয়ে এই দানবীয় মানুষগুলোকে দমন করা সম্ভব হবে।

প্রথম সংঘর্ষ শুরু হয় টাইমস স্কোয়ারের কাছে। কয়েকজন দানবীয় রূপান্তরিত মানুষ উঁচু বিল্ডিং থেকে লম্বা হাত মেলে ঝাঁপিয়ে পড়ে সৈন্যদের ওপর। সৈন্যরা সঙ্গে সঙ্গে গুলি চালাতে শুরু করে। কিন্তু আশ্চর্যের বিষয়, সাধারণ গুলি

তাদের থামাতে পারছিল না। তাদের শক্ত দেহে গুলি ঢুকলেও তারা পড়ে যাচ্ছিল না। বরং ক্ষতিগ্রস্ত অংশ দ্রুত সেরে উঠছিল।

একজন সৈন্য ভয়ে চিৎকার করে উঠল,

"স্যার, এরা বুলেটপ্রুফ! এগুলো মানুষ নয়!"

সামরিক বাহিনী তখন রকেট লঞ্চার ব্যবহার করল। একটি বিস্ফোরণের শব্দে চারপাশ কেঁপে উঠল। ধোঁয়া ছড়িয়ে পড়ল, মনে হলো শত্রু নিশ্চিহ্ন হয়ে গেছে। কিন্তু ধোঁয়া কেটে গেলে দেখা গেল—দানবীয় মানুষগুলো এখনো দাঁড়িয়ে আছে, আরও উন্মত্ত হয়ে সৈন্যদের দিকে ধেয়ে আসছে।

তাদের শক্তি কেবল হাত লম্বা হওয়াতেই সীমাবদ্ধ ছিল না। তারা অবিশ্বাস্য গতিতে চলাফেরা করতে পারছিল। এক ঝলকে পাঁচ-ছয় ফুট দূরের সৈন্যকে ধরে আছড়ে ফেলছিল। একজন সৈন্যকে তারা এমনভাবে চেপে ধরল যে মুহূর্তেই তার অস্থি ভেঙে গুঁড়ো হয়ে গেল।

শহরের প্রতিটি রাস্তা তখন এক ভয়ঙ্কর যুদ্ধক্ষেত্রে পরিণত হলো। গাড়ি উল্টে পড়ছে, বিস্ফোরণের শব্দে ভবন কেঁপে উঠছে, আর নাগরিকরা প্রাণ নিয়ে পালাচ্ছে।

এক সামরিক কমান্ডার রেডিওতে নির্দেশ দিল,

"সবাই সতর্ক থাকো! ওদের সাধারণ মানুষ ভেবে ভুল করবে না। ওরা সুপারহিউম্যান—এবং ওরা নির্দয়।"

তবুও সৈন্যরা হাল ছাড়ল না। তারা বিশেষ ইলেকট্রিক অস্ত্র ব্যবহার করে কিছু পরিবর্তিত মানুষকে অচেতন করতে সক্ষম

হলো। কিন্তু সংখ্যায় তারা এত বেশি ছিল যে পুরো শহরকে নিয়ন্ত্রণ করা প্রায় অসম্ভব হয়ে উঠল।

হোয়াইট হাউস থেকে সরাসরি নজরদারি করা হচ্ছিল। প্রেসিডেন্টের নিরাপত্তা উপদেষ্টা উদ্বিগ্ন কণ্ঠে বললেন, "আমরা যদি নিউ ইয়র্কে নিয়ন্ত্রণ হারাই, তাহলে এটি কেবল আমেরিকার নয়, পুরো বিশ্বের জন্য হুমকি হয়ে দাঁড়াবে।"

সামরিক বাহিনী বুঝে গেল—এটি আর কেবল একটি শহরের যুদ্ধ নয়। এটি মানবজাতি বনাম এক নতুন প্রজাতির সংঘর্ষ। আর সেই সংঘর্ষ মাত্র শুরু হয়েছে।

পর্ব ১৪১: জনগণের ভয়

টোকিও এবং নিউ ইয়র্কের ঘটনাগুলো বিশ্বজুড়ে জনগণের মধ্যে এক অদ্ভুত আতঙ্ক ছড়িয়ে দিল। আধুনিক নগরজীবনের মানুষরা আগে ভেবেছিল, মহামারি বা মহাদুর্যোগ হয়তো ইতিহাসের পাতায় সীমাবদ্ধ। কিন্তু হঠাৎ যেন বাস্তবের মাটিতে নেমে এল এক দুঃস্বপ্ন।

টেলিভিশন চ্যানেলগুলো ঘণ্টার পর ঘণ্টা সরাসরি সম্প্রচার করছে হাসপাতালের ভিড়, মুখোশে ঢাকা চিকিৎসকদের ছুটোছুটি, আর সাদা প্লাস্টিকে মোড়ানো মৃতদেহ। সংবাদপত্রে শিরোনাম— *"অপরিচিত ভাইরাসে বিশ্ব বিপর্যস্ত"*। ইন্টারনেটে এক ক্লিকেই মানুষের সামনে চলে আসছে অসংখ্য ভিডিও, অনেকগুলো আসল, আবার অনেকগুলো ভুয়া। কেউ বলছে এই রোগ বাতাসে ছড়াচ্ছে, কেউ বলছে কেবল স্পর্শে।

আবার কেউ কেউ দাবি করছে, এটি মানুষের তৈরি জৈব অস্ত্র, যার লক্ষ্য পৃথিবীর জনসংখ্যা কমানো।

মহানগরগুলোর রাস্তায় হঠাৎই নিস্তব্ধতা নেমে এলো। যে রাস্তা আগে ভোর থেকে গভীর রাত পর্যন্ত গাড়ি, হর্ন, মানুষের কোলাহলে মুখরিত থাকত, সেখানে এখন কেবল মাঝে মাঝে অ্যাম্বুলেন্সের সাইরেন শোনা যায়। দোকানপাটে ভিড় জমছে, মানুষ চাল-ডাল, ওষুধ, আর মাস্ক মজুত করছে। একটা ছোট্ট প্যাকেট হ্যান্ড স্যানিটাইজারের দাম কয়েকগুণ বেড়ে গেছে।

স্কুলগুলো হঠাৎ বন্ধ ঘোষণা করল। শিশুরা খুশি হলেও বাবা-মায়ের চোখে সেই আনন্দ নেই, বরং আতঙ্ক। তারা জানে, স্কুলে না গিয়েও বিপদ এড়ানো কঠিন। অফিসগুলোতে কাজের পরিবর্তে ভিডিও মিটিং শুরু হলো। প্রযুক্তি কোম্পানিগুলো দূর থেকে কাজ করার সুযোগ দিলেও শ্রমিক বা দিনমজুরদের অবস্থা সবচেয়ে করুণ—কাজ নেই, রোজগার নেই, তবু ভয় প্রতিদিন বেড়ে চলেছে।

ভয় শুধু রোগ থেকে নয়, বরং অজানার আঁধার থেকেও। হোয়াটসঅ্যাপে মেসেজ ঘুরতে লাগল—*"টোকিওর রাস্তায় মানুষ হঠাৎ পড়ে যাচ্ছে,"* কিংবা *"নিউ ইয়র্কে তিন মিনিটে হাজার মানুষ মারা গেছে"*। এ ধরনের অতিরঞ্জিত গল্পগুলো মুহূর্তে ভাইরাল হতে লাগল। কেউ কেউ আবার বলছে—*"বিশ্বের শেষ সময় এসে গেছে।"*

মধ্যবিত্ত পরিবারগুলো টেলিভিশনের সামনে বসে ঘণ্টার পর ঘণ্টা সংবাদ দেখছে। অথচ সংবাদপত্রে বলা হচ্ছে, অতিরিক্ত

আতঙ্ক ছড়ানো ঠিক নয়। কিন্তু ভয় এমন এক ভাইরাস, যা যুক্তির চেয়ে দ্রুত ছড়ায়।

বিমানবন্দরগুলোতে কড়া নজরদারি শুরু হলো। থার্মাল স্ক্যানারে প্রতিটি যাত্রীর শরীর পরীক্ষা করা হচ্ছে। অনেক দেশ তাদের সীমান্ত পুরোপুরি বন্ধ করে দিল। পর্যটন শিল্প এক ধাক্কায় ভেঙে পড়ল। হোটেলগুলো ফাঁকা, বিমানের টিকিট বাতিল। কিন্তু মানুষের মনে প্রশ্ন—*"সীমান্ত বন্ধ করলেই কি এই ভাইরাস থামানো যাবে?"*

শুধু শহরেই নয়, গ্রামের মানুষও আতঙ্কে কাঁপতে শুরু করল। তারা সংবাদ দেখে ভাবল, যদি এই রোগ একবার গ্রামে পৌঁছায়, তাহলে তো চিকিৎসা পাওয়া সম্ভব হবে না। অনেকে শহরে থাকা আপনজনদের ফোন করে বলল, *"যত তাড়াতাড়ি পারো ফিরে এসো।"* কিন্তু শহরে থেকে গ্রামে ফেরা মানেই আবার নতুন ঝুঁকি—রোগটিকে গ্রামের বুকেই বয়ে নিয়ে আসা। ফলে এক দ্বিধার মধ্যে পড়ে গেল সাধারণ মানুষ। বন্ধুত্ব, আত্মীয়তা, প্রতিবেশীসুলভ সম্পর্ক—সবকিছুতে দূরত্ব তৈরি হলো। গতকাল পর্যন্ত যে প্রতিবেশী একসঙ্গে চা খেত, আজ সে দূর থেকে কথা বলছে। কেউ হাঁচি দিলে চারপাশের মানুষ ভয়ে সরে দাঁড়ায়। এক অদৃশ্য প্রাচীর গড়ে উঠল মানুষের মাঝে।

বিভিন্ন দেশে মানুষ প্রার্থনালয়ে ছুটল। কেউ বলল, এটি ঈশ্বরের পরীক্ষা, কেউ বলল পাপের শাস্তি। ধর্মীয় নেতা, পুরোহিত, ইমাম, পাদ্রী সবাই নিজস্ব ব্যাখ্যা দিতে লাগলেন।

তবে ভয়ের মাঝে বিশ্বাস কিছুটা হলেও মানুষের ভরসা হয়ে উঠল।

জাতিসংঘ, বিশ্ব স্বাস্থ্য সংস্থা, এবং বড় বড় দেশগুলো বৈঠকে বসলো। তারা প্রতিশ্রুতি দিল টিকা ও চিকিৎসা খুঁজে বের করার। কিন্তু জনগণের কানে পৌঁছালো শুধু এতটুকু— *"এখনো কোনো প্রতিষেধক নেই।"* এই খবরই ভয়কে আরো বাড়িয়ে দিল।

মানুষ বুঝতে পারল, যে কোনো সময় এই মহামারি তাদের শহরেও প্রবেশ করতে পারে। কারও চোখে ছিল সন্তানদের ভবিষ্যতের চিন্তা, কারও মনে ছিল বয়স্ক বাবা-মায়ের স্বাস্থ্য নিয়ে দুশ্চিন্তা। কেউ ভাবছিল চাকরি থাকবে কি না, আবার কেউ শুধু প্রার্থনা করছিল— *"আজকের দিনটা যেন কেটে যায়।"*

অজানা শত্রুর সামনে দাঁড়িয়ে পৃথিবী প্রথমবারের মতো একসঙ্গে কেঁপে উঠল। ভয় যেন এক মহামারি, যা ভাইরাসের থেকেও দ্রুত মানুষের ভেতর ছড়িয়ে পড়ল।

পর্ব ১৪২: আতঙ্কিত প্রতিক্রিয়া

টোকিও ও নিউ ইয়র্কের বিভীষিকা দেখে পৃথিবীর প্রতিটি দেশের সরকার এক অজানা ভয়ে কেঁপে উঠল। একে একে সীমান্ত বন্ধের ঘোষণা শুরু হলো। প্রথমে এশিয়ার কয়েকটি দেশ আন্তর্জাতিক বিমানবন্দরগুলোতে ফ্লাইট অবতরণ বন্ধ করে দিল। তারপর ইউরোপ, আফ্রিকা, দক্ষিণ আমেরিকা—

সবখানে একই দৃশ্য। আকাশে হাজারো যাত্রীবাহী বিমান ঘুরে বেড়াচ্ছে, কিন্তু কোথাও নামার অনুমতি নেই। বিমানবন্দরে আটকে পড়েছে হাজার হাজার মানুষ, কারও হাতে অল্প টাকা, কারও হাতে প্রয়োজনীয় ওষুধও নেই।

স্থলসীমান্তেও কড়া নজরদারি শুরু হলো। সেনারা গুলি ভরা বন্দুক হাতে দাঁড়িয়ে আছে। তারা কাউকেই প্রবেশ করতে দিচ্ছে না, এমনকি নিজের দেশের নাগরিককেও নয়। দীর্ঘ লাইন ধরে মানুষ দাঁড়িয়ে আছে, হাতে পাসপোর্ট, মুখে আতঙ্ক—*"যদি আর বাড়ি ফিরতে না পারি?"*

জাহাজে ভ্রমণকারীরা সমুদ্রের মাঝে আটকে পড়ল। কোনো দেশ তাদের বন্দরে ঢুকতে দিল না। ফলে খাবার ও পানির সংকট দেখা দিল। সমুদ্রের মাঝে ভাসমান মানুষের আর্তনাদ আন্তর্জাতিক সংবাদমাধ্যমে ছড়িয়ে পড়ল। কিন্তু তবুও দেশগুলো তাদের দরজা খোলেনি।

শুরুতে মানুষ সরকারের এই সিদ্ধান্তকে সমর্থন করেছিল। সবাই ভেবেছিল—সীমান্ত বন্ধ করলে হয়তো ভাইরাস বা এই রহস্যময় জিন আর ছড়াবে না। কিন্তু অল্প দিনের মধ্যেই সমস্যা আরও প্রকট হয়ে উঠল। যারা বিদেশে চিকিৎসার জন্য গিয়েছিল, তারা আর ফিরতে পারছে না। ছাত্ররা আটকে পড়েছে বিদেশে। ব্যবসায়ীরা তাদের মালপত্র আটকে থাকার কারণে দেউলিয়ার মুখে পড়েছে। মানুষ বুঝতে পারল, সীমান্ত বন্ধ মানে শুধু নিরাপত্তা নয়, বরং অসংখ্য পরিবার ভাঙনের দ্বারপ্রান্তে।

দেশগুলো একে অপরের প্রতি অবিশ্বাসী হয়ে উঠল। প্রতিবেশী দেশ বলছে, *"তুমি আমাদের দেশে রোগ ঢুকিয়েছ।"* অন্য দেশ বলছে, *"তোমরা খবর গোপন করেছিলে।"* জাতিসংঘ বৈঠক ডাকলেও কেউ কারও কথা শুনতে চাইছে না। প্রতিটি দেশ নিজেদের নাগরিকদের নিরাপত্তা নিয়ে ব্যস্ত, বিশ্বজনীন সহযোগিতা যেন ভেঙে পড়েছে।

বিভিন্ন দেশের গোপন ল্যাবরেটরিতে বিজ্ঞানীরা রাতদিন কাজ করছে। কিন্তু জনগণের কাছে পৌঁছাচ্ছে ভয়াবহ গুজব—কেউ বলছে, চীন নতুন জৈব অস্ত্র তৈরি করেছে, কেউ বলছে আমেরিকার গবেষণাগার থেকেই এই বিপদ ছড়িয়েছে। আবার কেউ কেউ বিশ্বাস করছে এটি ভিনগ্রহের জীবাণু। সীমান্ত বন্ধ হওয়ার ফলে আন্তর্জাতিক বাণিজ্য থমকে গেল। বাজারে খাবার, ওষুধ, জ্বালানির সংকট দেখা দিল। মানুষ দোকানে ভিড় জমিয়ে মজুত করতে শুরু করল। এক বোতল পানির দাম বেড়ে গেল কয়েকগুণ। যারা গরিব, তাদের জন্য বেঁচে থাকা আরও কঠিন হয়ে উঠল।

কিন্তু বাস্তব সত্য আরও ভয়াবহ। সরকারগুলো যতোই সীমান্ত বন্ধ করে, আকাশপথ, সমুদ্রপথ বা স্থলসীমান্তে প্রহরা বসাক, তাতে কোনো লাভ হলো না। কারণ হাইফা জিন আর শুধু মানুষের শরীরে সীমাবদ্ধ নেই। এটি বাতাসে মিশে গেছে, শহরের ধুলোবালির সাথে ভেসে বেড়াচ্ছে, নদীর পানিতেও এর চিহ্ন পাওয়া যাচ্ছে।

বিজ্ঞানীরা প্রথমে বিশ্বাস করতে পারেনি। কিন্তু নিউ ইয়র্কের ঘটনার এক সপ্তাহ পর ইউরোপের বিভিন্ন শহরে, আফ্রিকার গ্রামে, এমনকি দক্ষিণ আমেরিকার প্রত্যন্ত অঞ্চলেও একই ধরনের পরিবর্তিত মানুষ দেখা দিতে লাগল। অথচ এসব জায়গায় কোনো সংক্রমিত মানুষ ভ্রমণই করেনি। তখনই সত্য স্পষ্ট হলো— *"এই জিনকে সীমান্ত দিয়ে আটকানো সম্ভব নয়।"*

জনগণ বুঝতে পারল, তারা এক অদৃশ্য শত্রুর সামনে দাঁড়িয়ে। কোনো দেশ, কোনো সেনা, কোনো প্রাচীর এই শত্রুকে থামাতে পারছে না। এই উপলব্ধি মানুষের মনে এক অদ্ভুত ভয় তৈরি করল— *"আমরা হয়তো সবাই পালানোর চেষ্টা করছি, অথচ মৃত্যুই আমাদের চারদিক ঘিরে রেখেছে।"*

এই আতঙ্কের মাঝেও মানুষ আশার আলো খুঁজতে লাগল। কেউ বিজ্ঞানীদের দিকে তাকিয়ে রইল, কেউ ধর্মীয় বিশ্বাসে সান্ত্বনা খুঁজল। আন্তর্জাতিক সংবাদে বলা হলো, কয়েকটি দেশ একসাথে টিকা তৈরির জন্য চেষ্টা করছে। যদিও নিশ্চিত সমাধান এখনো অনেক দূর, তবুও মানুষ মনে মনে বিশ্বাস করতে চাইল— *"একদিন না একদিন এই দুঃস্বপ্ন শেষ হবেই।"*

পর্ব ১৪৩: গণমাধ্যমের খবর

টোকিও ও নিউ ইয়র্কের দানবীয় ঘটনার পর বিশ্বজুড়ে গণমাধ্যম যেন এক অদৃশ্য দৌড়ে নেমে পড়ল। প্রতিটি

টেলিভিশন চ্যানেল, সংবাদপত্র, রেডিও স্টেশন আর অনলাইন নিউজ পোর্টাল ২৪ ঘণ্টা ধরে এই খবর প্রচার করতে লাগল। রাতবিরাতেও টিভি স্ক্রিনে ভেসে উঠছিল লাল অক্ষরে লেখা ব্রেকিং নিউজ—

"নতুন মহামারি বিশ্বকে গ্রাস করছে।"

"দানবের জন্ম—মানবতার ভবিষ্যৎ অন্ধকারে।"

"এবার কোথায় আঘাত হানবে এই ভয়াবহ রূপান্তর?"

সাংবাদিকরা ভিড় জমাচ্ছিল সেইসব হাসপাতাল ও ল্যাবের সামনে যেখানে সংক্রমিত মানুষদের রাখা হয়েছে বলে গুজব ছড়িয়েছিল। ক্যামেরার ফ্ল্যাশে তাদের আতঙ্কিত মুখগুলো আরও ভয়াবহ হয়ে উঠছিল। দর্শকরা সেই ছবি দেখে কেঁপে উঠছিল, যেন পরের মুহূর্তেই দানবগুলো টেলিভিশনের পর্দা ভেদ করে তাদের ঘরে ঢুকে পড়বে।

যারা সরাসরি রাস্তায় রিপোর্টিং করছিল, তাদের সাহস ও আতঙ্ক মিশে যাচ্ছিল। এক প্রতিবেদক লাইভ সম্প্রচারে বলতে গিয়ে হঠাৎ চিৎকার করে উঠল—পেছনের রাস্তায় দেখা গেল অস্বাভাবিক লম্বা হাতওয়ালা এক মানুষ দৌড়াচ্ছে। ক্যামেরা ঘুরে সেই দৃশ্য দেখাল, আর সঙ্গে সঙ্গে সামাজিক মাধ্যমে সেই ক্লিপ ভাইরাল হলো। লাখ লাখ মানুষ এক রাতেই সেই ভিডিও দেখল, শেয়ার করল, আর ভয় আরও বহুগুণে ছড়িয়ে পড়ল।

মানুষ এই খবর দেখে ভয় ও বিভ্রান্তিতে পড়ল। কেউ কেউ টিভির সামনে বসে সারারাত জেগে থাকত, ভয় পেত যে ঘুমালে হয়তো চোখ খুলে দেখবে নিজের শহরও দানবদের

কবলে পড়েছে। দোকানে লম্বা লাইন পড়ে গেল—মানুষ খাবার, ওষুধ, এমনকি টর্চলাইট, মোমবাতি কিনে ঘরে জমিয়ে রাখতে শুরু করল। কারণ গণমাধ্যমের হেডলাইনগুলোতে ইঙ্গিত দেওয়া হচ্ছিল—"আগামী দিনগুলো অন্ধকার হতে চলেছে।"

গণমাধ্যমের পাশাপাশি সামাজিক মাধ্যমও আতঙ্কের আগুনে ঘি ঢালছিল। হোয়াটসঅ্যাপ, ফেসবুক, টুইটার—সবখানে গুজব ছড়াচ্ছিল। কেউ বলছিল, "এই দানবগুলো ভিনগ্রহ থেকে এসেছে।" কেউ দাবি করল, "এটি একটি গোপন সামরিক পরীক্ষা যা নিয়ন্ত্রণের বাইরে চলে গেছে।" আবার কেউ কেউ বলছিল, "এটি মহাপ্রলয়ের প্রথম ধাপ।"

অনেক ভুয়া ছবি ও ভিডিও ছড়িয়ে পড়ল। এক জায়গায় আগুন লাগার ভিডিওকে বলা হলো—"দানবেরা শহর পুড়িয়ে দিচ্ছে।" অন্য কোথাও দুর্ঘটনার ছবি শেয়ার করে লেখা হলো—"নতুন সংক্রমণের প্রমাণ।" মানুষ সত্য-মিথ্যা আলাদা করতে পারছিল না, ফলে আতঙ্ক আরও গভীর হচ্ছিল।

এই লাগাতার প্রচারের প্রভাব পড়ল মানুষের মানসিক স্বাস্থ্যের ওপর। শিশুদের দুঃস্বপ্ন দেখা শুরু হলো, তারা রাতে ঘুম থেকে উঠে চিৎকার করত। অনেক বয়স্ক মানুষ টিভি স্ক্রিনের সামনে বসে কাঁদতে লাগল—*"আমরা কি আর বাঁচব না?"*

মনোবিজ্ঞানীরা সতর্ক করলেন—এই ভয় ও অনিশ্চয়তা সমাজকে দীর্ঘমেয়াদে ভেঙে দিতে পারে। কিন্তু সরকারের চেয়ে গণমাধ্যমের কণ্ঠস্বর ছিল আরও উচ্চকিত। টেলিভিশন

চ্যানেলগুলো জানত, ভয়ই তাদের রেটিং বাড়িয়ে দিচ্ছে। যত বেশি আতঙ্ক ছড়াবে, তত বেশি মানুষ তাদের সম্প্রচার দেখবে। তাই তারা আরও নাটকীয় শিরোনাম ব্যবহার করল, আরও ভয়ঙ্কর দৃশ্য দেখাতে শুরু করল।

কিছু সংবাদমাধ্যম আবার রাজনৈতিক সুবিধা নিতে শুরু করল। এক দেশের মিডিয়া অন্য দেশের দিকে আঙুল তুলল—"ওরা এই মহামারির জন্য দায়ী।" ফলে আন্তর্জাতিক সম্পর্কে উত্তেজনা আরও বেড়ে গেল। জনগণও বিভক্ত হয়ে পড়ল—কেউ এই দেশকে দোষ দিল, কেউ ওই দেশকে। সত্য হারিয়ে গেল গুজব ও প্রচারের ভিড়ে।

তবে এই আঁধারের মাঝেও কিছু সংবাদকর্মী চেষ্টা করছিল সত্য জানাতে। তারা বিজ্ঞানীদের সাক্ষাৎকার নিল, যেখানে বলা হলো—এখনও কিছুটা সময় আছে সমাধান খুঁজে বের করার। কয়েকটি চ্যানেল মানবিক গল্প তুলে ধরল—ডাক্তার, নার্স, স্বেচ্ছাসেবীরা নিজেদের জীবনের ঝুঁকি নিয়ে মানুষ বাঁচাতে কাজ করছে।

কিন্তু এই ইতিবাচক খবরগুলো মানুষের মনে যতটুকু আশা জাগাত, তার চেয়ে বহুগুণে ভয় ছড়িয়ে দিচ্ছিল রক্ত-জমাট বাঁধা শিরোনামগুলো।

গণমাধ্যমের লাগাতার প্রচার বিশ্বকে এক অদৃশ্য চাপের মধ্যে ফেলে দিল। মানুষ অনুভব করল, চারপাশের দেয়াল যেন ভেঙে পড়ছে, নিরাপদ কোনো জায়গা আর অবশিষ্ট নেই। টেলিভিশনের পর্দা, মোবাইলের নোটিফিকেশন, রেডিওর বুলেটিন—সবখানেই একই বার্তা প্রতিধ্বনিত হচ্ছিল—

"মানবজাতির ভবিষ্যৎ অন্ধকারের দিকে এগিয়ে যাচ্ছে।"

পর্ব ১৪৪: জরুরি বৈঠক

টোকিও ও নিউ ইয়র্কের ভয়ঙ্কর ঘটনাগুলো বিশ্ব রাজনীতির কেন্দ্রকে এক মুহূর্তে নাড়া দিল। হঠাৎ করেই জাতিসংঘ সদর দপ্তর নিউ ইয়র্কের সবচেয়ে নিরাপদ ও আলোচিত জায়গায় পরিণত হলো। আন্তর্জাতিক সংবাদমাধ্যমের শত শত ক্যামেরা সদর দপ্তরের বাইরে অপেক্ষা করছিল। কালো কাঁচের বিশাল ভবনটিকে ঘিরে সশস্ত্র নিরাপত্তা বাহিনী অবস্থান নিল, যেন তারা নিজেরাই বুঝতে পেরেছে—এটি শুধু একটি বৈঠক নয়, বরং মানবজাতির ভবিষ্যৎ নির্ধারণের একটি মুহূর্ত।

জাতিসংঘ মহাসচিব গভীর উদ্বেগের সঙ্গে বৈঠকের আহ্বান করেছিলেন। তিনি জানতেন, পরিস্থিতি নিয়ন্ত্রণের বাইরে চলে যাচ্ছে। টোকিওর রাস্তায় ছত্রাকের বিস্তার এবং নিউ ইয়র্কের আকাশচুম্বী দালান থেকে লম্বা হাতওয়ালা দানবীয় মানুষের ঝাঁপ দেওয়ার দৃশ্যগুলো ইন্টারনেটে ছড়িয়ে পড়েছে। কোটি কোটি মানুষ আতঙ্কে ভুগছে। বৈঠকে আসা প্রতিটি নেতা তাই বুঝতে পারছিলেন—এটি শুধুমাত্র একটি স্বাস্থ্য সংকট নয়, বরং অস্তিত্বের সংকট।

এক এক করে পৃথিবীর প্রভাবশালী দেশের রাষ্ট্রপতি, প্রধানমন্ত্রী, রাজা, কূটনীতিকরা সদর দপ্তরে পৌঁছালেন। আমেরিকার প্রেসিডেন্ট গম্ভীর মুখে প্রবেশ করলেন, তার চোখে অনিদ্রার ছাপ স্পষ্ট। জাপানের প্রধানমন্ত্রী ক্লান্ত

চেহারায় দুঃখভারাক্রান্ত; টোকিওর ঘটনার পর থেকে তিনি কার্যত দেশের জনগণের কাছে ক্ষমা চাওয়ার ভাষা খুঁজে পাচ্ছেন না। চীনের প্রতিনিধি দৃঢ় কণ্ঠে বললেন—"এই সংকটকে আমাদের সুযোগে পরিণত করতে হবে।"

ইউরোপীয় ইউনিয়নের নেতারা নীরবে ফিসফিস করছিলেন—তারা চাইছিলেন একসাথে একটি বৈশ্বিক প্রতিরোধ ব্যবস্থা গড়ে তুলতে।

মহাসচিব তার উদ্বোধনী বক্তব্যে বললেন,

—"মানব ইতিহাসে আমরা বহুবার রোগ, যুদ্ধ, দুর্যোগের মুখোমুখি হয়েছি। কিন্তু আজকের সংকট ভিন্ন। এটি এমন এক হুমকি, যা মানুষের শরীর ও মনকে বদলে দিচ্ছে। আমাদের সামনে দুটি রাস্তা খোলা আছে—একসাথে দাঁড়িয়ে মানবতাকে রক্ষা করা, অথবা বিভক্ত হয়ে নিজেদের ধ্বংস ডেকে আনা।"

তার কথা শোনার পর সভাকক্ষে এক মুহূর্তের জন্যও নীরবতা নেমে এলো। বিশাল হলরুমের সোনালি আলোয় সবার মুখ গম্ভীর হয়ে উঠল।

আলোচনার শুরুতেই বিভাজন স্পষ্ট হয়ে গেল।

- **আমেরিকা** চাইল এই জিনের প্রতিষেধক দ্রুত আবিষ্কার হোক এবং বিশ্বব্যাপী গবেষণা কেন্দ্রগুলোকে একসাথে কাজ করার আহ্বান জানাল।
- **রাশিয়া** দাবি করল, প্রতিষেধক তৈরি হলেও তা সবার কাছে দেওয়া যাবে না; এটি কেবল সহযোগী দেশগুলির জন্য বরাদ্দ থাকা উচিত।

- **চীন** দৃঢ়ভাবে বলল, জিনের উৎস খুঁজে বের করতে হবে এবং যে দেশ এটি তৈরি করেছে, তাকে আন্তর্জাতিক বিচারের মুখোমুখি করতে হবে।
- **আফ্রিকার দেশগুলো** বলল, তারা ভয় পাচ্ছে—এই প্রতিষেধক যদি কেবল ধনী দেশগুলোর হাতেই থাকে, তবে দরিদ্র দেশগুলো আরও বেশি বিপদে পড়বে।

এই মতবিরোধ বৈঠককে আরও উত্তপ্ত করে তুলল। প্রতিটি দেশ নিজেদের স্বার্থের কথা বেশি ভাবছিল, অথচ বাইরে কোটি কোটি মানুষ শুধু একটিই আশা করছিল—কোনোভাবে এই দানবীয় সংকট থামানো হোক।

বিশ্ব স্বাস্থ্য সংস্থার প্রধান বিজ্ঞানীরা বৈঠকে একটি প্রতিবেদন পেশ করলেন। প্রজেক্টরে ভেসে উঠল ভয়ঙ্কর ছবি—দানবীয় রূপান্তর, ছত্রাকের বিস্তার, নিউ ইয়র্কের লম্বা হাতওয়ালা মানুষগুলো। বিজ্ঞানীরা বললেন,

—“এই জিন বাতাস ও পানির মাধ্যমে ছড়িয়ে পড়তে পারে। টোকিও ও নিউ ইয়র্ক কেবল শুরু। যদি দ্রুত প্রতিরোধ ব্যবস্থা না নেওয়া হয়, আগামী কয়েক মাসে পৃথিবীর এক তৃতীয়াংশ মানুষ আক্রান্ত হতে পারে।”

কথাগুলো শুনে অনেক দেশের প্রতিনিধি চেয়ারে হেলান দিলেন, কেউ কেউ হতবাক হয়ে চোখ বড় বড় করে ফেললেন।

বৈঠকের ভেতর দিয়ে গোপনে আরও কিছু আলোচনা চলছিল। কয়েকটি শক্তিশালী দেশ একে অপরের কানে

ফিসফিস করে বলছিল—“যদি আমরা এই জিন নিয়ন্ত্রণ করতে পারি, তবে এটি আমাদের সামরিক শক্তিকে অপ্রতিরোধ্য করে তুলবে।” তারা জানত, ভয়ংকর বিপদের মাঝেও ক্ষমতার খেলাই সবচেয়ে বড়। অন্যদিকে ছোট দেশগুলো কান্নাজড়িত কণ্ঠে অনুরোধ করছিল—“আমাদের জনগণকে বাঁচান, আমাদের জন্য প্রতিষেধক দিন।”

ঘণ্টার পর ঘণ্টা আলোচনার পর অবশেষে সিদ্ধান্ত হলো—একটি **আন্তর্জাতিক বৈজ্ঞানিক টাস্কফোর্স** গঠন করা হবে। এই টাস্কফোর্সের কাজ হবে প্রতিষেধক আবিষ্কার এবং সংক্রমণ ঠেকাতে জরুরি পদক্ষেপ নেওয়া। তবে বাস্তবতা হলো, অনেক দেশ প্রকাশ্যে ঐক্যের কথা বললেও গোপনে নিজেদের স্বার্থে ভিন্ন পরিকল্পনা করছে।

মহাসচিব বৈঠক শেষ করার আগে আবারও বললেন, —“আমরা যদি একসাথে না দাঁড়াই, তবে এই সংকট আমাদের সভ্যতাকে শেষ করে দেবে। ইতিহাস আমাদের বিচার করবে।”

বৈঠক শেষ হতেই বাইরে অপেক্ষমাণ সাংবাদিকরা দৌড়ে গেলেন নেতাদের দিকে। ক্যামেরার ফ্ল্যাশ আবার ঝলসে উঠল। মানুষ টেলিভিশনের সামনে বসে ছিল—হয়তো কোনো আশার কথা শুনবে বলে। কিন্তু সম্প্রচারে শুধু দেখা গেল নেতাদের গম্ভীর মুখ, ফাঁপা প্রতিশ্রুতি আর অর্ধেক সত্য। জনগণের ভয় তখনও রয়ে গেল, বরং আরও বেড়ে গেল, কারণ তারা বুঝতে পারছিল—নেতারা নিজেরাও আসল সমাধান জানে না।

সেদিন জাতিসংঘের হলরুমে সিদ্ধান্ত নেওয়া হয়েছিল একটি টাস্কফোর্স গড়ার। কিন্তু মানবজাতি জানত না, এই টাস্কফোর্স সত্যিই তাদের বাঁচাবে, নাকি এটিও আরেকটি ষড়যন্ত্রে পরিণত হবে।

পর্ব ১৪৫: বৈজ্ঞানিক আলোচনা (১০০০ শব্দ)

জাতিসংঘের বৈঠকে যখন বিশ্বের শীর্ষ বৈজ্ঞানিক বিশেষজ্ঞরা একত্রিত হলেন, পুরো হলরুমে এক ধরনের উত্তেজনা ও উদ্বেগ ছড়িয়ে পড়ল। রাজনৈতিক নেতারা ইতিমধ্যেই সামরিক সমাধানের ব্যর্থতা বুঝতে পেরেছিলেন, তাই এবার সবার দৃষ্টি নিবদ্ধ ছিল বিজ্ঞানীদের দিকে। তারা কি কোনো কার্যকর ব্যাখ্যা দিতে পারবেন? অথবা আরও গুরুত্বপূর্ণ, কোনো সমাধান?

বিজ্ঞানীরা বৈঠকের শুরুতেই স্পষ্ট করে দিলেন, এই "হাইফা জিন" কেবলমাত্র একটি সাধারণ ভাইরাস বা ব্যাকটেরিয়া নয়। এটি এক ধরনের *বুদ্ধিমান জেনেটিক সত্তা*। প্রথম বক্তা, জাপানের জেনেটিক্স বিশেষজ্ঞ প্রফেসর হিরোশি তাকাহাশি, ব্যাখ্যা করলেন—

“আমরা যে পরিবর্তনগুলো দেখছি, সেগুলো এলোমেলো নয়। সাধারণ ভাইরাস শরীরে প্রবেশ করলে অনিয়ন্ত্রিতভাবে ক্ষতি করে। কিন্তু এই জিন শরীরে প্রবেশ করার পর নির্দিষ্ট অঙ্গকে লক্ষ্য করছে, যেমন হাত বা পা, এবং সেগুলোকে অস্বাভাবিকভাবে দীর্ঘায়িত করছে। এটি দেখাচ্ছে যে জিনটির নিজস্ব কোনো লক্ষ্য বা বুদ্ধি রয়েছে।”

মার্কিন যুক্তরাষ্ট্রের নিউরোবায়োলজিস্ট ড. এলিস হ্যারিস যোগ করলেন,

"এই জিন শরীরকে কেবল পরিবর্তন করছে না, এটি স্নায়ুতন্ত্রকেও প্রভাবিত করছে। আক্রান্ত ব্যক্তিদের মধ্যে আমরা লক্ষ্য করেছি, তাদের আক্রমণাত্মক প্রবণতা বাড়ছে, তাদের মস্তিষ্কের ফ্রন্টাল লোব দমন করা হচ্ছে, যার ফলে তারা ভয়হীন, নিষ্ঠুর এবং সহিংস হয়ে উঠছে। অর্থাৎ, এরা শুধুমাত্র শারীরিকভাবে নয়, মানসিকভাবেও রূপান্তরিত হচ্ছে।"

এই বক্তব্যে হলরুমে কানাকানি শুরু হয়ে যায়। জাতিসংঘের মহাসচিব চেয়ার ঠুকে পরিস্থিতি শান্ত করেন এবং অনুরোধ করেন আলোচনাকে বৈজ্ঞানিক কাঠামোর মধ্যে রাখার জন্য।

পরবর্তী বক্তা ছিলেন ভারতের খ্যাতনামা মলিকিউলার বায়োলজিস্ট ড. অনিরুদ্ধ সেন। তিনি তাঁর গবেষণা উপস্থাপন করলেন।

"আমাদের টিম দেখেছে, এই জিন শরীরে প্রবেশের পর নিজের কপি তৈরি করার সময় আশেপাশের মানব ডিএনএ কেটে নিয়ে নিজের সাথে জোড়া লাগাচ্ছে। এর ফলে মানব কোষের মধ্যে একটি *হাইব্রিড ডিএনএ সিকোয়েন্স* তৈরি হচ্ছে, যা কোষকে দ্রুত বৃদ্ধি পেতে বাধ্য করছে। সহজ কথায়, এটি মানুষের শরীরকে নিজের বাহন হিসেবে ব্যবহার করছে।"

তিনি আরও যোগ করলেন,

"সবচেয়ে ভয়াবহ ব্যাপার হলো, এটি বাতাসে ছড়াতে পারে।

মানে, মানুষ যদি আক্রান্ত ব্যক্তির কাছাকাছি যায়, শ্বাস নেওয়ার মাধ্যমেই জিনটি প্রবেশ করতে পারে। এবং প্রবেশ করার সাথে সাথে এটি মানুষের রোগ প্রতিরোধ ব্যবস্থাকে ফাঁকি দেয়। আমরা যত টিকা বা ওষুধ তৈরি করি, এটি তত দ্রুত নতুন রূপ ধারণ করে।"

এরপর আলোচনায় অংশ নিলেন রাশিয়ার ইমিউনোলজিস্ট ড. সের্গেই ইভানোভ। তিনি বললেন,

"এই জিনের আচরণ একেবারেই প্রাকৃতিক মনে হয় না। এটি যেন কোনো পরীক্ষাগারে তৈরি, অথবা কোনো বহিরাগত সত্তার দ্বারা পৃথিবীতে প্রেরিত হয়েছে। এর মধ্যে একটি অস্বাভাবিক *অ্যাডাপ্টিভ ইন্টেলিজেন্স* রয়েছে। যখন আমরা এটিকে ধ্বংস করার জন্য রাসায়নিক ব্যবহার করি, এটি কোষের ভেতরে নতুন প্রোটিন তৈরি করে নিজেকে রক্ষা করে। এটি কার্যত লড়াই করছে, যেন এটি জানে আমরা কী করছি।"

এই বক্তব্যে আবারও এক ধরণের ভয়ের আবহ তৈরি হলো। কিছু দেশীয় প্রতিনিধি এমনকি ফিসফিস করে বললেন, "এটি কি কোনো দেশের তৈরি জৈব-অস্ত্র?"

তবে জার্মানির বায়োটেক বিশেষজ্ঞ ড. হেলগা মায়ার ব্যাখ্যা দিলেন,

"আমরা এখনো কোনো প্রমাণ পাইনি যে এটি মানুষের তৈরি। বরং এর গঠন প্রকৃতির বাইরে। এর জেনেটিক কোডে এমন সিকোয়েন্স পাওয়া গেছে যা পৃথিবীর কোনো জীবের মধ্যে আগে কখনো দেখা যায়নি। এটি হয়তো প্রাগৈতিহাসিক

কোনো জীব থেকে মুক্তি পেয়েছে, অথবা—যেটা ভয়াবহ হলেও সম্ভব—পৃথিবীর বাইরের কোনো উৎস থেকে এসেছে।”

হলরুমে তখন যেন নিস্তব্ধতা নেমে এলো। সবাই একে অপরের দিকে তাকিয়ে ছিল। যদি এটি সত্যিই ভিনগ্রহী উৎস থেকে আসে, তবে মানবজাতির অস্তিত্বই প্রশ্নের মুখে পড়বে। শেষে আলোচনার সমাপনী বক্তব্য দিলেন ড. এলিস হ্যারিস। তিনি বললেন,

“আমরা এখন দুটি সত্য মেনে নিতে বাধ্য। এক—এই জিন কেবল রোগ নয়, এটি এক ধরনের *জীবন্ত বুদ্ধিমান সত্তা*। দুই—এটি কেবল একটি শহর বা দেশের সমস্যা নয়, এটি গোটা মানবজাতির অস্তিত্বের জন্য হুমকি। আমাদের জরুরি ভিত্তিতে একটি বৈশ্বিক বৈজ্ঞানিক টাস্কফোর্স গঠন করতে হবে, যেখানে বিশ্বের সেরা জেনেটিসিস্ট, নিউরোসায়েন্টিস্ট এবং বায়োইঞ্জিনিয়াররা একসাথে কাজ করবে। একা কোনো দেশ এই সংকট মোকাবিলা করতে পারবে না।”

তারপর তিনি গভীর কণ্ঠে যোগ করলেন,

“যদি আমরা এখনই একসাথে না হই, তবে হয়তো খুব শিগগিরই আমরা দেখব, মানবজাতি ধীরে ধীরে আর মানুষ থাকছে না।”

বৈজ্ঞানিক আলোচনার পর হলরুমে আর কোনো শব্দ শোনা গেল না। নেতারা একে অপরের দিকে তাকালেন, যেন বুঝতে পারলেন—এবার শুধু রাজনীতি বা অস্ত্র নয়, বিজ্ঞান ও ঐক্যই মানবজাতিকে বাঁচাতে পারবে।

পর্ব ১৪৬: আন্তর্জাতিক সহযোগিতা

জাতিসংঘের জরুরি বৈঠকে যখন বিজ্ঞানীরা তাদের বিশ্লেষণ শেষ করলেন, তখন হলরুমে এক অস্বস্তিকর নীরবতা নেমে এলো। প্রতিটি দেশের নেতা বুঝতে পারলেন, আর দেরি করা যাবে না। এই সংকট শুধু টোকিও বা নিউ ইয়র্কের নয়, পুরো মানবজাতির। রাজনীতি, সীমান্ত, ক্ষমতার দ্বন্দ্ব—সবকিছুই এই মুহূর্তে অপ্রাসঙ্গিক।

প্রথমেই জাতিসংঘ মহাসচিব বললেন—

"আমরা একে অপরের বিরুদ্ধে প্রতিযোগিতা করলে হারব। যদি মানবজাতিকে রক্ষা করতে চাই, তবে আমাদের ঐক্যবদ্ধ হতে হবে। আজ আমরা যদি সহযোগিতা না করি, কাল হয়তো আমাদের কোনো ভবিষ্যৎই থাকবে না।"

এই বক্তব্যের পর একে একে দেশগুলোর প্রতিনিধি সম্মতি জানাতে শুরু করলেন। যুক্তরাষ্ট্র, রাশিয়া, চীন, ভারত, জাপান, জার্মানি—সবাই তাদের বিশেষজ্ঞ ও সম্পদ একত্র করার প্রতিশ্রুতি দিল। কেউই আর একা লড়াই করার ঝুঁকি নিতে রাজি নয়।

অবশেষে ঘোষণা করা হলো **একটি আন্তর্জাতিক কমিটির জন্ম**। এই কমিটিতে থাকবেন বিশ্বের শীর্ষ জেনেটিসিস্ট, ভাইরোলজিস্ট, বায়ো-ইঞ্জিনিয়ার, সামরিক কৌশলবিদ এবং প্রযুক্তিবিদরা। তাদের প্রধান কাজ হবে—

১. হাইফা জিনের প্রকৃত প্রকৃতি বোঝা।

২. এর বিস্তার রোধে দ্রুত কার্যকর ব্যবস্থা গ্রহণ করা।

৩. প্রতিষেধক তৈরি করার জন্য একটি যৌথ গবেষণা প্রোগ্রাম শুরু করা।

এই কমিটির নাম রাখা হলো **গ্লোবাল জিন ডিফেন্স কাউন্সিল (GGDC)**।

কিন্তু সহযোগিতা গড়ে তোলা যতটা সহজ শোনাচ্ছিল, বাস্তবে তা ততটাই কঠিন হয়ে উঠল। বৈঠকের পরপরই দেখা গেল, প্রত্যেক দেশই তাদের নিজস্ব নিরাপত্তা নিয়ে বেশি চিন্তিত। যুক্তরাষ্ট্র চাইল তাদের সামরিক ল্যাবরেটরিতে গবেষণা চালাতে, চীন চাইল নিজেদের গোপন গবেষণা কেন্দ্রের মাধ্যমে কাজ করতে, আর রাশিয়া তো সরাসরি বলল— "আমরা আমাদের প্রযুক্তি শেয়ার করব না।"

এই অবস্থায় ভারতের প্রতিনিধি ড. অনিরুদ্ধ সেন একটি গুরুত্বপূর্ণ প্রস্তাব দিলেন—

"আমরা যদি সত্যিই আন্তর্জাতিক সহযোগিতা চাই, তবে সব গবেষণা ডেটা একটি কেন্দ্রীয় ডাটাবেসে রাখতে হবে, যেখানে প্রতিটি দেশ সমানভাবে অ্যাক্সেস পাবে। না হলে আমরা বারবার একই ভুল করব।"

তার এই প্রস্তাবে ইউরোপীয় ইউনিয়নের প্রতিনিধিরা সমর্থন জানালেন। অবশেষে বিতর্কের পর সবাই রাজি হলো একটি গ্লোবাল ডাটাবেস তৈরির ব্যাপারে, যার সার্ভার থাকবে নিরপেক্ষ কোনো দেশে, সম্ভবত সুইজারল্যান্ডে।

পরবর্তী চ্যালেঞ্জ ছিল অর্থায়ন। প্রতিটি দেশকেই বিশাল অঙ্কের অর্থ দিতে হবে এই গবেষণা ও প্রতিষেধক তৈরির জন্য। তবে যুদ্ধের চেয়ে বিজ্ঞানেই বিনিয়োগ করা এখন

একমাত্র পথ, তা তারা সবাই বুঝতে পারল। তাই ধনী দেশগুলো বেশি অর্থ দেওয়ার প্রতিশ্রুতি দিল, আর দরিদ্র দেশগুলোর জন্য একটি আন্তর্জাতিক তহবিল গঠন করা হলো।

এরপর সামরিক সহযোগিতা নিয়ে আলোচনা হলো। মার্কিন সেনা জেনারেল বললেন—

"আমাদের সৈন্যরা বারবার ব্যর্থ হচ্ছে। সাধারণ অস্ত্র দিয়ে আমরা কিছুই করতে পারছি না। আমাদের একটি যৌথ সামরিক ইউনিট দরকার, যেখানে বিশেষভাবে প্রশিক্ষিত বাহিনী থাকবে, যারা এই পরিবর্তিত মানুষগুলোর বিরুদ্ধে লড়াই করতে সক্ষম হবে।"

এই প্রস্তাবের ভিত্তিতে তৈরি হলো **ইউনাইটেড ডিফেন্স টাস্কফোর্স**, যেখানে বিভিন্ন দেশের অভিজাত সেনারা যোগ দিলেন। তাদের হাতে দেওয়া হলো উন্নত প্রযুক্তির অস্ত্র, যদিও বিজ্ঞানীরা এখনো নিশ্চিত নন, এই অস্ত্রগুলো কতটা কার্যকর হবে।

সবকিছু যেন ধীরে ধীরে এগোচ্ছিল—ডাটাবেস, গবেষণা, যৌথ বাহিনী, আন্তর্জাতিক তহবিল। বিশ্বজুড়ে গণমাধ্যমে প্রচার শুরু হলো—

"মানবজাতি ঐক্যবদ্ধ হয়েছে।"

"গ্লোবাল জিন ডিফেন্স কাউন্সিলের জন্ম।"

"ভবিষ্যতের জন্য নতুন আশা।"

মানুষও কিছুটা আশ্বস্ত হলো, ভেবেছিল হয়তো এবার একটি সমাধান আসবেই।

কিন্তু বিজ্ঞানীদের ভেতরে ভেতরে আতঙ্ক বাড়ছিল। তারা জানতেন, জিনটি প্রতিদিন নতুন রূপ নিচ্ছে। প্রতিটি পরিবর্তিত মানুষের শরীরে এটি আরও শক্তিশালী হয়ে উঠছে। পরীক্ষাগারে যত নমুনা বিশ্লেষণ করা হচ্ছে, দেখা যাচ্ছে প্রতিবারই এর জেনেটিক কোড বদলে গেছে।

ড. হেলগা মায়ার সতর্ক করে দিলেন—

"আমরা যে প্রতিষেধক তৈরি করার চেষ্টা করছি, তা হয়তো তৈরি হতেই অকার্যকর হয়ে যাবে। এই জিন আমাদের চেয়ে কয়েক ধাপ এগিয়ে আছে।"

কিন্তু এই আশঙ্কা রাজনৈতিক নেতারা গুরুত্ব দিলেন না। তাদের কাছে জনগণের আশা ধরে রাখা জরুরি ছিল। তাই তারা ঘোষণা দিলেন—"প্রতিষেধক আসছে।"

কিন্তু বাস্তবে, সিদ্ধান্তটা অনেক দেরিতে নেওয়া হয়েছিল। কারণ নিউ ইয়র্ক ও টোকিওর ঘটনার পর থেকেই জিনটি নীরবে অন্য দেশে ছড়িয়ে পড়তে শুরু করেছিল। বিমান চলাচল বন্ধ হলেও, জিন বাতাসে ভেসে, সমুদ্রপথে, এমনকি পশু-পাখির শরীরেও প্রবেশ করে গিয়েছিল।

মধ্যপ্রাচ্যের মরুভূমি, আফ্রিকার গ্রামাঞ্চল, ইউরোপের শহর— প্রতিটি জায়গা থেকে ধীরে ধীরে খবর আসতে শুরু করল। মানুষ হঠাৎ করে রূপান্তরিত হচ্ছে। তাদের হাত, পা, চোখ— সব অস্বাভাবিকভাবে পরিবর্তিত হচ্ছে।

জাতিসংঘের বৈঠক থেকে ঘোষিত সহযোগিতার বার্তা তখনও বিশ্ববাসীর কানে বাজছিল। কিন্তু বাস্তব ছিল ভিন্ন।

প্রতিষেধকের পথ এখনো শুরুতেই, আর জিন ইতিমধ্যেই বিশ্বের প্রতিটি প্রান্তে ছড়িয়ে পড়ছে।

বিশ্বনেতারা ভেবেছিলেন তারা একসাথে কাজ করে ভবিষ্যৎ বাঁচাতে পারবেন। কিন্তু তারা জানতেন না—

ভবিষ্যৎ ইতিমধ্যেই তাদের হাতছাড়া হয়ে গেছে।

পর্ব ১৪৭: মানব সভ্যতার শেষ

জাতিসংঘের বৈঠক যেন এক শীতল শবগৃহে পরিণত হয়েছিল। বাইরে সাংবাদিকরা ক্যামেরা হাতে দাঁড়িয়ে, মানুষের চোখে এখনো আশার আলো খুঁজছিল। কিন্তু ভেতরের দৃশ্য ছিল সম্পূর্ণ ভিন্ন। সভার মাঝখানে দাঁড়িয়ে ছিলেন প্রখ্যাত জেনেটিসিস্ট ড. হেলগা মায়ার। তাঁর কণ্ঠস্বর কাঁপছিল, অথচ কথাগুলো ছিল ছুরির মতো ধারালো।

"আমরা যদি এখনই কোনো কার্যকর পদক্ষেপ না নিতে পারি," তিনি বললেন, "তাহলে আগামী কয়েক বছরের মধ্যে আমরা যে পৃথিবীকে মানুষ্যসভ্যতা বলি, তা অস্তিত্ব হারাবে। হাইফা জিন কেবল রোগ নয়, এটি এক ধরনের বিকল্প বিবর্তনের সূচনা। এটি আমাদের শরীরকে ধীরে ধীরে তার নিজের রূপে বদলে দিচ্ছে। মানুষ আর মানুষ থাকবে না। বরং তারা হয়ে উঠবে সম্পূর্ণ ভিন্ন এক প্রজাতি—অর্ধেক মানুষ, অর্ধেক দানব।"

এই ঘোষণা সভাকক্ষে উপস্থিত সবার বুক কেঁপে উঠল। অনেক নেতা গোপনে ভেবেছিলেন, হয়তো কিছুকাল পরে প্রতিষেধক আসবে, সবকিছু আগের মতো হয়ে যাবে। কিন্তু

হেলগার কথা যেন সব আশাকে এক নিমিষে ধূলিসাৎ করে দিল।

তিনি একটি পর্দা নামালেন। সেখানে ভেসে উঠল টোকিও ও নিউ ইয়র্কের রাস্তায় ধারণ করা ভিডিও ফুটেজ। দেখা গেল, মানুষের হাত অস্বাভাবিকভাবে লম্বা হয়ে ভবন বেয়ে নেমে আসছে, বা কারও শরীর থেকে ছত্রাকের মতো নীলচে আলো ছড়ানো শাখা বেরিয়ে আসছে। ফুটেজগুলো দেখার পর ঘরে উপস্থিত অনেকেই চোখ ফিরিয়ে নিলেন।

ড. হেলগা আবার বললেন—

"এটি কেবল শুরু। প্রতিটি সংক্রমিত মানুষের শরীরে হাইফা জিন নতুন রূপ নিচ্ছে। এর মানে প্রতিষেধক বানানো প্রায় অসম্ভব হয়ে পড়ছে। আমরা প্রতিবার যখনই একটি ভ্যাকসিন তৈরি করতে যাচ্ছি, তখনই এর জেনেটিক গঠন পাল্টে যাচ্ছে। এটি আমাদের থেকে কয়েক ধাপ এগিয়ে আছে। আমি ভয় পাচ্ছি, খুব শিগগিরই এই জিন গোটা পৃথিবীকে তার দখলে নেবে।"

সভায় উপস্থিত ভারতীয় প্রতিনিধি ড. অনিরুদ্ধ সেন ভারী কণ্ঠে বললেন—

"আমরা হয়তো ভাবছি, মানুষ মারা যাচ্ছে। কিন্তু আসল সত্য হলো, মানুষ বদলে যাচ্ছে। মৃত্যু নয়, বরং এক নতুন প্রজাতির জন্ম আমরা প্রত্যক্ষ করছি। আমাদের সভ্যতা, সংস্কৃতি, ইতিহাস, সব মুছে যাবে। নতুন এক 'দানবীয় সভ্যতা' আমাদের জায়গা নেবে।"

এই কথাগুলো শুনে উপস্থিত রাষ্ট্রনেতারা আতঙ্কে একে অপরের দিকে তাকালেন। ফ্রান্সের প্রেসিডেন্ট চেয়ার থেকে উঠে দাঁড়িয়ে বললেন—

"তাহলে কি আমরা মানবজাতির শেষ প্রজন্ম? আমরা কি সত্যিই আর নিজেদের সভ্যতা রক্ষা করতে পারব না?"

কেউ উত্তর দিল না। নীরবতা যেন দেয়াল ভেদ করে চারদিকে ছড়িয়ে পড়ল।

ঠিক তখনই রাশিয়ার সামরিক প্রধান কণ্ঠ উঁচু করলেন—

"আমাদের হাতে এখনো অস্ত্র আছে। যদি আমরা প্রতিষেধক না-ও পাই, অন্তত সংক্রমিত অঞ্চলগুলো ধ্বংস করতে পারি। পুরো শহর মুছে ফেলতে হবে, না হলে পৃথিবীর কোনো কোণই নিরাপদ থাকবে না।"

কিন্তু তাঁর এই প্রস্তাব সঙ্গে সঙ্গে বিতর্ক ছড়িয়ে দিল। জাপানের প্রধানমন্ত্রী প্রতিবাদ জানালেন—

"আপনারা কি বলতে চাইছেন, আমরা টোকিওকে ধ্বংস করে দেব? সেখানেও তো লক্ষ লক্ষ নির্দোষ মানুষ আছে। তাদের মধ্যে অনেকেই এখনো সুস্থ।"

কক্ষ ভরে উঠল তর্ক-বিতর্কে। কেউ বলছিল কঠোর সামরিক পদক্ষেপ, কেউ বলছিল প্রতিষেধক তৈরির গবেষণায় সর্বশক্তি ঢেলে দেওয়া। আর এই গোলযোগের মধ্যেই ড. হেলগা ফিসফিস করে বললেন—

"যতক্ষণ আমরা তর্ক করছি, ততক্ষণ জিন ছড়িয়ে পড়ছে। প্রতিটি মিনিট মানবজাতির ভবিষ্যৎ কেড়ে নিচ্ছে।"

গণমাধ্যমের কাছে প্রকাশিত হয়নি এই বৈঠকের ভেতরের কথা। বাইরে মানুষ এখনো ভেবেছিল নেতারা তাদের বাঁচানোর সমাধান খুঁজে পাবেন। কিন্তু আসল সত্য ছিল ভিন্ন—বিজ্ঞানীরা নিজেই নিশ্চিত ছিলেন, সময় ফুরিয়ে যাচ্ছে। সভা শেষে যখন সবাই বেরিয়ে গেলেন, মহাসচিব একাই বসে রইলেন অন্ধকার কক্ষে। জানালার বাইরে রাত নেমেছে, শহরের আলো জ্বলছে। তাঁর মনে একটাই প্রশ্ন ঘুরছিল—"হয়তো আমাদের সভ্যতার পতন আর ঠেকানো যাবে না। আমরা কি শুধু মানব ইতিহাসের শেষ অধ্যায় লিখছি?"

এমন ভয়ের ছায়া আগে কখনো মানবজাতিকে গ্রাস করেনি। আর এই ভয়েই যেন পৃথিবী প্রথমবারের মতো বুঝতে পারল—

সভ্যতার শেষ হয়তো এখন কেবল সময়ের অপেক্ষা।

পর্ব ১৪৮: আশার শেষ ঝলক

সেই সভা থেকে ফিরে আসার পর জাতিসংঘ ভবনটি যেন আলোকিত বিভ্রান্তিতে ভেঙে পড়েছিল। কাগজে-কলমে সিদ্ধান্তের তালিকা, ঘোষণার স্লোগান, ঘোষণাপত্র—সবকিছু সাজানো হলেও মানুষের মনের মধ্যে যা জাগেছিল, তা শূন্যতার চেয়েও গভীর। ড. হেলগা মায়ার এবং অন্যান্য বিজ্ঞানীদের কণ্ঠে যখন বলা হল যে—"প্রতিষেধক সম্ভব, কিন্তু তা তৈরি করা হবে কঠিন ও সময়সাপেক্ষ"—তখন কেবলি কথাগুলোই নয়, তাদের কণ্ঠের মধ্যে লুকানো অস্থিরতাই সবাইকে কাঁপিয়ে দিয়েছিল।

প্রতিষ্ঠিত নেতারা মঞ্চে দাঁড়িয়ে একে একে নানা অর্থে আশ্বাস দিলেন—“আমরা একজোট”, “মানবজাতির রক্ষা আমাদের অগ্রাধিকার”, “সময়ের সঙ্গে আমরা জয় পাব”—কিন্তু দর্শক কক্ষের এক কোণে বসা সাংবাদিকরা জানতেন, এগুলো কাগজেই থাকবে; বাস্তবতা ভিন্ন। ক্যামেরার ফ্ল্যাশ স্মরণ করিয়ে দেয় যে তারা এখন জনগণের আশা ও ভয় আর দুটোই বহন করছে।

একজন সিনিয়র সাংবাদিক মাইকে ঘন আওয়াজ করে বলল, “তাদের কথা শুনে মনে হচ্ছে একটা মুক্তির পথ আছে—কিন্তু মুক্তি যেখানে মিলবে, সেখানে কতো লোকের জীবন ঝুঁকিতে পড়বে, কত শহর ধ্বংস হবে—সেগুলো তিনি জানাননি।” টিভির লিভ স্টুডিওতে উপস্থিত কিছু তরুণ রিপোর্টার আঙুল চেপে ধরল। তাদের মুখে একটাই প্রশ্ন—“আপনি কী বলবেন জনগণের কাছে? আশার কথা না নীরাশার?”

বহু রাত ধরে কোনো এক বৈজ্ঞানিক রিপোর্টে ড. অনিরুদ্ধের হাতের লেখা সূক্ষ্ম লেখাটি পড়ে ছিলেন প্রেসের প্রধান। তিনি জানতেন যে বিজ্ঞানীরা ‘সম্ভব’ কথাটি সাবধানতার সঙ্গে ব্যবহার করছেন: কোনও প্রতিষেধক কাজ করবে কি করবে না—এটা এখনও পরীক্ষার বিষয়; ও এতটাই জটিল যে প্রতিক্রিয়া বদলে যাচ্ছে, জিনটি অভিযোজিত হচ্ছে। এই অনিশ্চয়তা নিউজফিডে ছড়ালে তা গণহারে আতঙ্ক বাড়িয়ে দেবে। কিন্তু খবর গোপন রাখা হলেও কি হবে? সত্যকে লুকিয়ে রাখলে ন্যায্যতা বজায় থাকে কি? প্রেস প্রধান নিজেও কাঁপছিল।

নেতারা তখনই সিদ্ধান্ত নিলেন—আন্তর্জাতিকভাবে একযোগে স্বল্পসূত্রে কাজ চালানো হবে। GGDC-এর ল্যাবগুলোতে নতুন গবেষণা ইউনিট খুলে দেওয়া হবে, উচ্চ সুরক্ষার সঙ্গে। উন্নত সার্ভার ব্যাকআপ, বিশ্বমানের গবেষক, আর একটি 'ব্রেইন ট্রাস্ট'—এই তিনটি উপাদান নিয়ে একটি অস্থায়ী কমিটি গঠন করা হলো। তারা বলল, "এই কমিটি শুধু বৈজ্ঞানিক নয়—এখানে থাকবে নৈতিক উপদেষ্টা, মানবাধিকার বিশেষজ্ঞ, এবং জনস্বাস্থ্য যোগাযোগ বিশেষজ্ঞ, যাতে প্রতিষেধকের উন্নয়ন ও প্রয়োগ মানবিক বোধে চলে।"

এই ঘোষণায় কিছুকাল শান্তি নেমে এল—মিডিয়ায় স্বস্তি-স্বরূপ স্লোগান ছড়িয়ে পড়লো। কিন্তু প্রকৃত পরিস্থিতি ছিল ভিন্ন: প্রতিষেধকের পথ কাঁটাবনে ভরা। প্রাথমিক মডেল যেসব প্রজাতান্তরে কাজ করেছে, সেগুলো এসব মানুষ ও প্রাণীর মরফোলজিকাল পরিবর্তনকে নিয়ন্ত্রণ করতে ব্যর্থ হচ্ছে। জিনটি প্রতিবার নতুন রূপ নেয়—এমনকি কিছু নমুনায় দেখা গেছে এটি পরিবেশ থেকে নতুন জিন-উপাদান সংগ্রহ করে নিজেকে বদলে নিচ্ছে। বিজ্ঞানীরা এটিকে 'অ্যাডাপটিভ জেনেটিক ইন্টেলিজেন্স' বলে সম্বোধন করলেও সবাই জানত—এটা শুধুই নাম। বাস্তবে এটিই ছিল সবচেয়ে ভয়ংকর ব্যাপার।

রাত বাড়ার সঙ্গে সাথে নেতারা ব্যক্তিগত কক্ষে মিলিত হতে লাগল। একবার এক রাষ্ট্রনায়ক ফোনে রাগ আর হতাশার মিশ্রণে বললেন, "আপনি বলুন—আমরা যদি প্রতিষেধক বানানোর চেষ্টা চালাই, তাহলে ক'জনের জীবন দামে সেটা

মূল্যিত হবে? আর যদি আমরা দেরি করি, মানব জাতির শেষ আসলেই কি অনিবার্য?" প্রত্যেকের মুখেই একই প্রশ্ন—সময়ের হিসাব।

চূড়ান্ত পরামর্শ মিটিংয়ে বিজ্ঞানীরাও স্বীকার করলেন যে, প্রতিষেধক তৈরি করা গেলে তা সীমিতভাবে কার্যকর হতে পারে—কিন্তু বিশ্বস্তভাবে এটি ছড়িয়ে পড়া রোধ করবে কি না তা নিশ্চিত নয়। তারা বলল, প্রতিষেধকের দুটো স্তর থাকতে হবে—একটি হল তাৎক্ষণিক প্রতিক্রিয়া, যা আক্রান্ত ব্যক্তিকে stabilize করতে পারবে; অন্যটি হল দীর্ঘমেয়াদি ভ্যাকসিন, যা সংক্রমণ প্রতিরোধ করবে। কিন্তু দুটোই এতই জটিল যে, সম্পূর্ণ সাফল্যের গ্যারান্টি নেই।

এই ভঙ্গুর সম্ভাব্যতার সামনে নেতারা চুপ করে সবাইকে এক বিবৃতিতে সম্মত হতে বাধ্য হলেন—"আমরা চেষ্টা করছি, কিন্তু আমরা মানুষের জীবন বাঁচাতে পারব কি না তা এখন বলা যাচ্ছে না।" এই বিবৃতিই ছিল আশার শেষ ঝলক; একটি ক্ষুদ্র অনুপ্রেরণার আলোকরশ্মি, যা একপাশে আছড়ে পড়া হতাশার সমুদ্রে ক্ষণিকের জন্য ভাসমান রেখা হয়ে রইল।

সাংবাদিকরা যখন এ কথা সংবাদ শিরোনামে দিলেন, শহরের মানুষের মুখে থমথমে আতঙ্ক ও ক্ষুদ্র আশা একসাথে দেখা দিলো। কারো বাড়িতে কেউ যদি আক্রান্ত হয়ে গেল, পরিবারের লোকেরা তখনই বুঝতে পারল—আগামি কয় দিনগুলো তাদের জন্য কী এই অনিশ্চয়তার মাত্রা হবে। অনেকেই নাম করে জানতে চাইলেন—প্রশাসন কী করুক?

কোথায় আশ্রয় নেবে? কোথায় পুরনো জীবন ফিরে আসবে? উত্তর ছিলো—কিছুই নিশ্চিত নয়।

রাতে, জাতিসংঘ ভবনের উপকূলে দাঁড়িয়ে মহাসচিব জানালেন, "আজ আমরা মানবতা রক্ষার জন্য প্রথম উত্তরধারা গড়েছি—অন্তত এটিই আমাদের শেষ আশা। যদি আমাদের বিজ্ঞানীরা ব্যর্থ হন, ইতিহাস লেখা হবে ভিন্নভাবে। তবে আজও ওই বিজ্ঞানীরাই আমাদের একমাত্র ঠিকান। তারা বলছে—'সম্ভব'। সম্ভব কথাটি যে কতটা মূল্যবান তা আজ আমরা সবাই বুঝলাম।"

এমনই এক অসম্পূর্ণ আশায়, শহরগুলো ধীরে ধীরে নিজেদেরকে প্রস্তুত করতে লাগল—হাসপাতাল বাড়ানো, জরুরি ট্রায়াজ ইউনিট স্থাপন, বেসরকারি ল্যাবগুলোতে সহযোগিতা চেয়ে নেওয়া। লোকেরা জানত না ঠিক কী আসছে, কিন্তু তাদের চেষ্টাও শুরু হল। মানুষের বুকের মধ্যে এক লুকানো ভীতি থেকে কিঞ্চিত আশার উষ্ণতা—এই মিশ্র অনুভূতিই ছিল "আশার শেষ ঝলক।"

তবুও রাতের অন্ধকারে অনেকের চোখ কেঁপে উঠত—কারণ তারা জানত, এই ঝলকই যদি নিভে যায়, পৃথিবী আর আগে থাকবে না।

পর্ব ১৪৯: সময়ের বিরুদ্ধে লড়াই

জাতিসংঘের জরুরি বৈঠক শেষ হওয়ার পর এক গভীর নীরবতা নেমে আসে। মঞ্চে বসা নেতারা, বিজ্ঞানীরা এবং বিশেষজ্ঞরা সবাই জানে—এখন মানবজাতি সময়ের সঙ্গে লড়াই করছে। কেবল কয়েক সপ্তাহের মধ্যে হাইফা জিনের

সংক্রমণ বিশ্বজুড়ে ছড়িয়ে পড়েছে, এবং এর প্রভাব প্রতিটি দেশের সামাজিক, অর্থনৈতিক ও স্বাস্থ্য ব্যবস্থা বিপর্যস্ত করছে।

ড. অনিরুদ্ধ আলোচনায় বললেন, "আমাদের কাছে প্রতিষেধক তৈরির সময় সীমিত। সংক্রমণ যদি এই গতিতে ছড়ায়, তাহলে আমরা কেবল প্রতিক্রিয়াশীল হতে পারব—অর্থাৎ সংক্রমিত অঞ্চলগুলোর ক্ষতি কমাতে কাজ করব। কিন্তু এই জিনের বিস্তার বন্ধ করতে না পারলে, পুরো মানবজাতিই নতুন ধরণের রূপান্তরের মুখোমুখি হবে।"

নেতারা বুঝতে পারলেন, এই লড়াই কোনো সাধারণ মহামারির মতো নয়। এটি ছিল জেনেটিক বিপ্লবের মতো, যেখানে প্রতিটি মুহূর্ত মানুষ ও মানুষের ভবিষ্যতের ভাগ্য নির্ধারণ করছে। কেউ সময় নষ্ট করতে পারবে না। শহরের হাসপাতাল, গবেষণাগার, সামরিক ইউনিট—সবকিছুই একযোগে কাজ করতে হবে।

একজন প্রধান বৈজ্ঞানিক বললেন, "আমরা এখন তিনটি ফ্রন্টে লড়াই করছি। প্রথম, সংক্রমণ রোধ। দ্বিতীয়, আক্রান্তদের চিকিৎসা ও স্থিতিশীল করা। তৃতীয়, প্রতিষেধক তৈরি ও বিতরণ। এ তিনটি ফ্রন্টের মধ্যে কোনো ফাঁক থাকলে মানব জাতির অস্তিত্ব বিপন্ন হবে।"

এদিকে অর্ণব, ইরা এবং তাদের দল এখনো নিরাপদ আশ্রয়ে পরিকল্পনা করছে। তারা জানে, GeneCore এবং সরকারি এজেন্টরা তাদের খুঁজছে। কিন্তু তাদের মনোযোগ এখন শুধু প্রতিষেধক তৈরির দিকে। অর্ণব বলেন, "আমরা যদি সঠিক

পথে এগোতে পারি, তবে সময়ের বিরুদ্ধে আমরা একটুও হারব না। তবে ব্যর্থ হলে, মানব সভ্যতা আর আগের মতো থাকবে না।"

শহরগুলোতে প্রতিদিন নতুন সংক্রমণ হচ্ছে। টোকিও, নিউ ইয়র্ক, লন্ডন—প্রতি শহরই এক অদৃশ্য হুমকির মোকাবিলা করছে। মানুষের মধ্যে আতঙ্ক, অস্থিরতা এবং হতাশা বাড়ছে। সামরিক বাহিনী লড়ছে, কিন্তু প্রতিটি দানবীয় রূপান্তরিত মানুষ অত্যন্ত শক্তিশালী। অস্ত্র প্রচলিত নিয়মে তাদের থামাতে পারছে না।

ড. হেলগা মায়ার জরুরি বৈঠকে বললেন, "সময়ের সঙ্গে আমাদের লড়াই মানে শুধু প্রতিষেধক তৈরি নয়। আমাদের এটিকে দ্রুত পরীক্ষা করতে হবে, সীমিতভাবে মানবদেহে প্রয়োগ করতে হবে, এবং একই সঙ্গে বিশ্বব্যাপী সংক্রমণ বন্ধ করতে হবে। যদি আমরা দেরি করি, সংক্রমণ এমন এক গতিতে ছড়াবে, যা আর কোনো নিয়ন্ত্রণে থাকবে না।"

জাতিসংঘের প্রধানরা একটি দ্রুত কর্মপরিকল্পনা অনুমোদন করেন। তারা সিদ্ধান্ত নেন:

1. **বিশ্বব্যাপী গবেষণা সমন্বয়:** প্রতিটি দেশ তাদের ল্যাব ও বিজ্ঞানীদের তথ্য শেয়ার করবে।
2. **জিন নিয়ন্ত্রণ:** সংক্রমিত এলাকায় কঠোর লকডাউন ও নিরাপত্তা ব্যবস্থা।
3. **প্রতিরোধমূলক ও প্রতিষেধক উদ্ভাবন:** বিজ্ঞানীরা একত্রে নতুন মডেল তৈরি করবেন এবং তা দ্রুত মানবদেহে পরীক্ষা করা হবে।

অর্ণব, ইরা এবং তাদের দল তখন এক গোপন ল্যাবে নতুন প্রতিষেধক তৈরির কাজ শুরু করেন। তারা জানে, GeneCore এখনও তাদের পিছু ছাড়বে না। প্রতিদিনের পরীক্ষায় তাদের নিরীক্ষণ, ব্যর্থতা এবং ক্ষুদ্র সাফল্য—সবই সময়ের বিরুদ্ধে লড়াইয়ের অংশ।

শহরে মানুষের মধ্যে আতঙ্ক আরও বাড়ছে। গণমাধ্যম প্রতিদিন দেখাচ্ছে দানবীয় রূপান্তরিত মানুষদের ভয়াবহ চিত্র। সরকার সতর্কবার্তা দিচ্ছে, লকডাউন বজায় রাখার জন্য প্রচারণা চালাচ্ছে। তবে সংক্রমণ রোধ করতে যথেষ্ট নয়। মানুষের মনে একটাই চিন্তা—কতক্ষণ তারা নিরাপদ থাকবে?

এদিকে GeneCore তাদের গবেষণায় আরও এক ধাপ এগোয়। তারা নতুন প্রজন্মের সুপার-সোলজার তৈরি করার চেষ্টা করছে। অর্ণব বুঝতে পারে, যদি তারা সফল হয়, মানুষের হাতে তার তৈরি প্রতিষেধক পৌঁছানো আরও কঠিন হয়ে যাবে। এই লড়াইতে সময় আর শুধু প্রতিষেধকের জন্য নয়, মানুষের বেঁচে থাকার জন্যও প্রতিযোগিতার রূপ নিয়েছে।

অর্ণব দলের সদস্যদের সাথে একত্রে কাজ করতে থাকে। তারা প্রতিদিন নতুন তথ্য সংগ্রহ করে, জিনের প্রতিক্রিয়া বিশ্লেষণ করে এবং সম্ভাব্য মডেল পরীক্ষা করে। প্রতিটি ভুল বা দেরি নতুন সংক্রমণ মানে। প্রতিটি সাফল্য নতুন আশা এনে দেয়।

শহরগুলোতে প্রতিদিন নতুন চ্যালেঞ্জ। নিউ ইয়র্কে, টোকিওতে, লন্ডনে মানুষ আতঙ্কিত। তবে প্রতিষেধক তৈরির

প্রথম সাফল্য মানুষকে আশা দেয়। মানুষ বুঝতে পারে, সময়ের বিরুদ্ধে লড়াই মানে শুধুই চিকিৎসা নয়; এটি তাদের সংহতি, বিজ্ঞান, নেতৃত্ব এবং সাহসের পরীক্ষা।

অর্ণব ভাবতে থাকে, "আমরা এই লড়াই জিততে পারব কি না তা এখন সময়ই বলবে। তবে আমরা একটুও পিছিয়ে থাকব না। মানুষের অস্তিত্ব, সভ্যতা, এই গ্রহের ভবিষ্যৎ—সবকিছু এখন আমাদের হাতে।"

এইভাবে মানবজাতি সময়ের বিরুদ্ধে লড়াই শুরু করে। প্রতিটি মুহূর্তের সঙ্গে লড়াই আরও জটিল হয়ে ওঠে। তবে এই লড়াইয়ে হেরে গেলে, কোনো ভবিষ্যৎ থাকবে না। প্রতিটি পদক্ষেপ, প্রতিটি পরীক্ষা, প্রতিটি সিদ্ধান্ত—সবই একটাই লক্ষ্য নিয়ে এগিয়ে যায়: মানব সভ্যতাকে রক্ষা করা।

মানুষের চোখে আতঙ্ক, বিজ্ঞানীর মনে উত্তেজনা, সরকারের কক্ষে উদ্বেগ—সব মিলিয়ে এক অনির্দিষ্ট, কিন্তু অপ্রতিরোধ্য লড়াই। সময় এখন তাদের সবচেয়ে বড় শত্রু। প্রতিষেধক না তৈরি হলে, সংক্রমণ অতিমাত্রায় ছড়িয়ে পড়বে।

এই লড়াইয়ে জিততে হবে। মানবজাতির ভবিষ্যৎ এই সময়ের উপর নির্ভর করছে।

পর্ব ১৫০: গণমাধ্যমের প্রচার: মানবতার আতঙ্ক

জাতিসংঘের জরুরি বৈঠকের পর বিশ্বব্যাপী গণমাধ্যমের প্রতিটি চ্যানেল, নিউজপেপার এবং অনলাইন প্ল্যাটফর্ম একযোগে একটি মাত্র খবর প্রচার করতে থাকে—হাইফা জিন এবং তার ভয়ংকর প্রভাব। সংবাদপত্রের শিরোনাম যেমন ছিল, "**মানব সভ্যতার শেষ?**", তেমনি টিভি চ্যানেলগুলো

বারবার দেখাচ্ছিল লন্ডন, টোকিও ও নিউ ইয়র্কের রাস্তায় দানবীয় রূপান্তরিত মানুষের ভয়ঙ্কর ছবি।

মানুষ ঘরে বসে সেই দৃশ্য দেখছিল, হৃদয় আতঙ্কে কাঁপছিল। শিশুরা কেঁদে চিৎকার করছিল, বড়রা হতবাক হয়ে স্ক্রিনের দিকে তাকিয়ে ছিল। অনেকেই জানত না, এই মুহূর্তে তারা নিরাপদ নাকি, কারণ সংক্রমণ বাতাসে, পানি এবং ছত্রাকের মাধ্যমে দ্রুত ছড়িয়ে পড়ছে।

অনলাইন নিউজপোর্টালগুলো সংক্রমণের ভয়ংকর হারের চার্ট দেখাচ্ছিল। প্রতিদিন কতসংখ্যক নতুন সংক্রমণ ঘটছে, কতজন দানবীয় রূপান্তরিত হয়েছে—সব তথ্য সরাসরি মানুষের সামনে এসে ভয় ছড়াচ্ছিল। বিশেষজ্ঞদের বক্তব্য, "এই সংক্রমণ এখন শুধু একটি রোগ নয়, এটি মানব জাতির অস্তিত্বের জন্য এক নতুন হুমকি।"

গণমাধ্যমের প্রতিটি প্রচার মানুষের মনকে আতঙ্কিত করছিল। সামাজিক মিডিয়ায় #EndOfHumanity, #HyphaVirus এবং #MonstersAmongUs ট্রেন্ডে উঠেছিল। মানুষ নিজেদের প্রিয়জনের নিরাপত্তা নিয়ে ভয় পাচ্ছিল। অনেকেই নিজের শহরকে নিরাপদ মনে করতে পারছিল না। তারা জানত, সংক্রমণ যে কোনো সময় তাদের প্রান্তরে প্রবেশ করতে পারে।

টিভি চ্যানেলগুলো ২৪ ঘণ্টা লাইভ প্রচার করছিল। ফিল্ড রিপোর্টাররা দানবীয় রূপান্তরিত মানুষদের ছায়াপথ, রাস্তায় তাণ্ডব এবং সামরিক বাহিনীর লড়াই সম্প্রচার করছিল। কখনও কখনও হঠাৎ করে মানুষের চিৎকার, গাড়ির

সাইরেনের শব্দ, ধ্বংসস্তূপ—সবকিছু লাইভ প্রচারে এসে মানুষের মনে আরও ভয় সৃষ্টি করছিল।

সংবাদপত্রের সম্পাদকরা মানুষের আতঙ্ককে আরও তীব্র করার জন্য বিশেষ গ্রাফিক্স ব্যবহার করছিল। মানুষের হাতে লম্বা হাত, অস্বাভাবিক চেহারা, ছত্রাকের বিস্তার—সবকিছু চোখে পড়ার মতো করে দেখানো হচ্ছিল। তারা জানত, এই ধরনের প্রচার শুধু তথ্য দেওয়া নয়, এটি মানুষের মনকে আতঙ্কিত করার একটি উপায়ও।

বিশ্বজুড়ে জরুরি বৈঠক, সামরিক হস্তক্ষেপ এবং বৈজ্ঞানিক গবেষণার রিপোর্টগুলোও গণমাধ্যমে সরবরাহ করা হচ্ছিল। প্রতিটি চিত্র মানুষের মনে এক ধরনের নিরাপত্তাহীনতা জন্ম দিচ্ছিল। কেউ জানত না, তাদের শহরে কখন এই সংক্রমণ এসে পৌঁছাবে।

অনেক দেশ তাদের নাগরিকদের জন্য সতর্কবার্তা প্রচার করছিল। গণমাধ্যমে বলা হচ্ছিল, "নিজেকে নিরাপদ রাখুন, লকডাউন বজায় রাখুন, বাইরে বের হবেন না।" তবে মানুষ জানত না, সংক্রমণ বাতাসে এবং জলাশয়ের মাধ্যমে ছড়াচ্ছে, তাই এই সতর্কতা কতটা কার্যকর হবে, তা অনিশ্চিত।

অর্থনীতির দিক থেকেও গণমাধ্যমের খবর মানুষের মনকে উদ্বিগ্ন করছিল। বাজার বন্ধ, পরিবহন অচল, খাবার ও ওষুধের সরবরাহ সীমিত—সব খবর মানুষের জীবনের ওপর চাপ তৈরি করছিল। মানুষের ভয় শুধু স্বাস্থ্যগত নয়, সামাজিক এবং অর্থনৈতিক দিক থেকেও ব্যাপক আকার ধারণ করছিল।

শিক্ষাপ্রতিষ্ঠান বন্ধ, অফিসে মানুষ আসা বন্ধ, এবং শহরের রাস্তাগুলো মানুষের পদচারণা ছাড়া নীরব হয়ে গেছে। গণমাধ্যমের প্রচার সেই নীরবতার মধ্যে ভয় এবং আতঙ্ককে আরও তীব্র করে তুলছিল।

একই সঙ্গে, সামাজিক মাধ্যমের ব্যবহারকারীরা ব্যক্তিগত অভিজ্ঞতা শেয়ার করতে শুরু করল। কেউ লিখল, "আমার প্রতিবেশী হঠাৎ অস্বাভাবিক আচরণ করছে, আমি ভয় পাচ্ছি।" কেউ পোস্ট করল, "শহরের আকাশে নীল আলো জ্বলছে—মানুষ কি আর মানুষের মতো আছে?"—এইসব পোস্টের ছড়িয়ে পড়া মানবসমাজে আতঙ্ক আরও গভীরভাবে পৌঁছে দিচ্ছিল।

গণমাধ্যমের এই প্রচার একদিকে মানুষকে সতর্ক করছিল, অন্যদিকে তাদের মধ্যে এক ধরনের হতাশা এবং অস্থিরতা সৃষ্টি করছিল। কেউ জানত না, এই পরিস্থিতি কতদিন চলবে, এবং মানুষ কবে নিরাপদ হতে পারবে।

বিশ্বজুড়ে এই প্রচার এক ধরনের আন্তর্জাতিক মনস্তাত্ত্বিক চাপ সৃষ্টি করছিল। সরকার, সামরিক বাহিনী এবং বিজ্ঞানীরা জানতেন, জনগণ আতঙ্কিত হলে নিয়ন্ত্রণ রাখা কঠিন হবে। তবে এই ভয় মানুষের সচেতনতা বাড়াচ্ছিল এবং লকডাউন ও নিরাপত্তা ব্যবস্থা কঠোর করার প্রয়োজনীয়তা দেখাচ্ছিল। সংক্ষেপে, গণমাধ্যমের প্রচার মানুষের মনে আতঙ্কের বীজ বপন করেছিল। শিরোনাম "মানব সভ্যতার শেষ?" শুধু একটি প্রশ্ন ছিল না—এটি মানুষের হৃদয়ে ভয়ের এক অদৃশ্য ছায়া হিসেবে প্রবেশ করেছিল। মানুষের চোখে আশার আলো

কমে আসছিল, এবং প্রত্যেক মুহূর্তে তারা নতুন হুমকির মুখোমুখি হচ্ছিল।

এইভাবে বিশ্বজুড়ে মানুষ একটি নতুন বাস্তবতার সঙ্গে মানিয়ে নিতে বাধ্য হচ্ছিল—একটি বাস্তবতা যেখানে সময়ের সঙ্গে লড়াই, বিজ্ঞান ও সাহসের সঙ্গে প্রতিষেধক তৈরি, এবং দানবীয় সংক্রমণকে থামানো মানবজাতির অস্তিত্ব রক্ষার একমাত্র উপায়।

পর্ব ১৫১: অনিশ্চিত ভবিষ্যৎ

গণমাধ্যমের শিরোনামগুলো এখন শুধু আতঙ্ক ছড়ানো নয়, বরং মানুষকে সতর্ক করার চেষ্টা করছিল। "**মানবজাতির ভবিষ্যৎ অনিশ্চিত**", "**একজন বিজ্ঞানীর নৈতিক দ্বিধা এবং তার পরিণতি**" – এসব শিরোনাম মানুষের মনকে এক অদৃশ্য চাপের মধ্যে ফেলে দিচ্ছিল।

সংবাদপত্র, টিভি চ্যানেল এবং অনলাইন নিউজপোর্টালগুলো একযোগে জানাচ্ছিল যে এই মহামারির শুরুতে একটি ব্যক্তিগত সিদ্ধান্ত বড় ভূমিকা রেখেছিল। অর্ণব, যিনি একজন মেধাবী বিজ্ঞানী, হাইফা জিনের ক্ষমতা নিয়ে দ্বিধায় পড়েছিলেন। তিনি জানতেন, তথ্য প্রকাশ করলে মানুষের জীবন বিপন্ন হতে পারে, আর যদি লুকিয়ে রাখেন, তাহলে এটি ভুল হাতে পড়তে পারে। তার সেই দ্বিধা এবং নৈতিক সিদ্ধান্তই আজকে বিশ্বকে এক অনিশ্চিত ভবিষ্যতের দিকে ঠেলে দিয়েছে।

গণমাধ্যমের রিপোর্টগুলো দেখাচ্ছিল, GeneCore-এর ষড়যন্ত্র এবং ল্যাব ধ্বংস, শুধুমাত্র একটি কর্পোরেশনের লোভ নয়,

বরং এটি মানবজাতির জীবনের ওপর কতটা মারাত্মক প্রভাব ফেলতে পারে তা প্রকাশ করছে। তারা বোঝাচ্ছিল, একবার এই জিন মানুষের মধ্যে ছড়িয়ে পড়লে, নিয়ন্ত্রণের বাইরে চলে যাবে।

বিশ্বের মানুষ এ খবর শুনে আতঙ্কিত হয়েছিল। তারা বুঝতে পারছিল, একদিকে বিজ্ঞান মানুষের জন্য কল্যাণ বয়ে আনে, আর অন্যদিকে একই বিজ্ঞান যদি ভুল হাতে পড়ে, তা মানবজাতির জন্য মৃত্যু নিয়ে আসতে পারে। এই দ্বন্দ্ব মানুষের মধ্যে অনিশ্চয়তার ছায়া ফেলে দিচ্ছিল।

প্রতিটি খবরের বিশ্লেষণে বলা হচ্ছিল, এই সংকট শুধু স্বাস্থ্যগত নয়, বরং সামাজিক, রাজনৈতিক ও অর্থনৈতিক দিক থেকেও ভয়ঙ্কর। সরকার, সামরিক বাহিনী, এবং বিজ্ঞানীরা এখন মানুষকে রক্ষা করতে একসাথে কাজ করতে হবে, কিন্তু তারা জানত না, কতটা সময় হাতে আছে।

সংবাদমাধ্যমের বিশেষ প্রতিবেদকরা অর্ণবের নৈতিক দ্বিধা নিয়ে রিপোর্ট করছিল। তারা বলছিল, "একজন বিজ্ঞানী যখন নৈতিকতার সঙ্গে লড়াই করে, তখন তার সিদ্ধান্তের প্রভাব শুধু তার জীবনের উপর নয়, সমগ্র মানবজাতির ভবিষ্যতের ওপর পড়ে।"

মানুষ এই সংবাদ দেখে একদিকে হতাশ হয়ে পড়ছিল, অন্যদিকে তারা সচেতন হচ্ছিল। তারা বুঝতে পারছিল, প্রযুক্তি ও জ্ঞান কেবল শক্তি নয়, এটি একটি দায়িত্বও। ভুল ব্যবহারের ফলে মানবসভ্যতা এক নতুন ধ্বংসের মুখোমুখি হতে পারে।

গণমাধ্যমের শিরোনামে বারবার পুনর্ব্যক্ত করা হচ্ছিল যে, এই সংকটের কেন্দ্রবিন্দুতে ছিল একটি অনৈতিক সিদ্ধান্তের প্রভাব। তারা জানাচ্ছিল, যদি প্রতিষেধক দ্রুত তৈরি না হয় এবং সংক্রমণ নিয়ন্ত্রণে না আনা যায়, তাহলে মানবজাতির ভবিষ্যৎ সম্পূর্ণ অন্ধকারে ঢেকে যাবে।

বিশেষজ্ঞরা সতর্ক করছিলেন, "হাইফা জিন শুধুমাত্র অঙ্গ-প্রত্যঙ্গ পরিবর্তন করে না, এটি মানুষের বিবেচনা ও মনস্তত্ত্বকে প্রভাবিত করতে পারে। একবার এটি ছড়িয়ে পড়লে, মানব সভ্যতার নিয়ন্ত্রণ শেষ হয়ে যাবে।"

গণমাধ্যমের এই প্রচার শুধু আতঙ্ক ছড়ায়নি, বরং বিশ্ববাসীকে একটি কঠিন বাস্তবতার মুখোমুখি দাঁড় করিয়েছে—একটি বাস্তবতা যেখানে নৈতিকতা, বিজ্ঞান, লোভ এবং ক্ষমতার দ্বন্দ্ব মানবজাতির অস্তিত্বকে চ্যালেঞ্জ করছে।

মানুষ আজ জানে, এক অনিশ্চিত ভবিষ্যৎ অপেক্ষা করছে। শহর, দেশের সীমান্ত বা ঘর—কোনো স্থান নিরাপদ নয়। সংক্রমণ বাতাস, পানি এবং ছত্রাকের মাধ্যমে ছড়াচ্ছে। মানুষকে স্বাভাবিক জীবন থেকে বিচ্ছিন্ন হতে হচ্ছে। গণমাধ্যম বারবার মানুষের মনে সতর্কবার্তা জাগাচ্ছে, "এটি কোনো সাধারণ মহামারি নয়, এটি মানবজাতির অস্তিত্বের জন্য এক নতুন হুমকি।"

এই অনিশ্চিত ভবিষ্যতের প্রতি মানুষের মনোভাবও ভিন্ন হয়ে যাচ্ছে। কেউ আতঙ্কিত, কেউ হতাশ, আবার কেউ নতুন কোনো সমাধান খুঁজতে সচেষ্ট। গণমাধ্যমের রিপোর্ট দেখিয়ে

দিচ্ছে যে, এই সংকট মোকাবিলায় সময় এখন ন্যূনতম, এবং মানবজাতিকে একযোগে কাজ করতে হবে।

একই সঙ্গে, সংবাদমাধ্যম মানুষের মধ্যে আলোচনা শুরু করছে—কীভাবে নৈতিক সিদ্ধান্ত, প্রযুক্তি এবং ক্ষমতার সমন্বয় মানবজাতির জন্য সঠিক দিকনির্দেশ দিতে পারে। তারা দেখাচ্ছে, অর্ণবের দ্বিধা শুধু তার নিজের জীবনকে প্রভাবিত করেনি, বরং সমগ্র বিশ্বকে অনিশ্চয়তার এক কঠিন পরিস্থিতিতে ঠেলে দিয়েছে।

শেষে, গণমাধ্যমের বার্তা স্পষ্ট—“মানব সভ্যতার ভবিষ্যৎ এখন ঝুঁকিপূর্ণ। আমাদের সক্রিয় হতে হবে, নইলে আমরা সেই সময়ে পৌঁছাবো যখন কোনো বিপদ থেকে রক্ষা পাওয়া আর সম্ভব হবে না।”

এইভাবেই বিশ্ববাসী প্রতিটি খবরের মাধ্যমে উপলব্ধি করছে যে, মানুষের ভুল, কর্পোরেট লোভ এবং বিজ্ঞানী নৈতিকতার দ্বিধা একত্রিত হয়ে মানবজাতিকে এক অনিশ্চিত ভবিষ্যতের দিকে ঠেলে দিয়েছে।

পর্ব ১৫২: অর্ণবের দায়

অর্ণব সংবাদমাধ্যমের খবর দেখে হতবাক হয়ে যায়। তার চোখের সামনে জেগে ওঠে টোকিও ও নিউ ইয়র্কের ভয়ংকর দৃশ্য—মানুষের শরীর যেন দানবীয় রূপান্তরের মাধ্যমে বদলে গেছে, ছত্রাক ও নীলচে আভায় পরিবেশ ভরে উঠেছে। গণমাধ্যমের শিরোনামগুলো শুধু তথ্য পৌঁছে দিচ্ছিল না, বরং পুরো পৃথিবীকে সতর্ক করছিল।

অর্ণব বুঝতে পারছিল, তার এক মুহূর্তের দ্বিধা এবং ভুল সিদ্ধান্ত পুরো বিশ্বকে এক ভয়ঙ্কর অনিশ্চয়তার মুখোমুখি দাঁড় করিয়েছে। যদি সে আগে সতর্কতা অবলম্বন করত, যদি সে সতর্কভাবে নমুনার নিয়ন্ত্রণ এবং জনসম্মুখে প্রকাশের প্রক্রিয়া নিয়ে ভাবত, তাহলে হয়তো এই পরিস্থিতি এতো বড় হুমকি হতো না। তার মনে এক গভীর অনুশোচনা জন্ম নিল—একটি দায়বোধ যা তাকে ক্রমশ আরও চাপ দিচ্ছিল।

ল্যাবের ধ্বংস, GeneCore-এর ষড়যন্ত্র, হাইফা জিনের ছত্রাকের বিস্তার—সবই এখন তার দায়িত্বের আওতায় এসেছে। অর্ণব বুঝতে পারছিল, এই জিন শুধু একটি বৈজ্ঞানিক আবিষ্কার নয়; এটি মানুষের অস্তিত্বের ওপর প্রভাব ফেলতে সক্ষম এক শক্তিশালী অস্ত্র। এবং তার হাতে থাকা নৈতিকতা এবং সিদ্ধান্তই এই শক্তির ব্যবহারের সীমানা নির্ধারণ করতে পারত।

অর্ণবের মনে ঘুরপাক খাচ্ছিল বহু প্রশ্ন। কেন সে আগে সতর্কতা অবলম্বন করল না? কেন সে ল্যাবের নিরাপত্তা আরও কঠোরভাবে নিশ্চিত করল না? কেন সে তথ্য প্রকাশের সময় নৈতিক দ্বিধা নিয়ে এত বেশি সময় নষ্ট করল? এই প্রশ্নগুলোর উত্তর খুঁজতে খুঁজতে তার মন আরও অস্থির হয়ে উঠছিল।

যদিও বিশ্ববাসী তাকে একজন নৈতিক দ্বিধার মধ্যে থাকা বিজ্ঞানী হিসেবে দেখছিল, কিন্তু নিজের চোখে সে শুধু তার ভুল এবং তার পরিণতি দেখছিল। প্রতিটি সংবাদ, প্রতিটি ভিডিও এবং ফটো তাকে তার দায়বোধের স্মারক মনে

হচ্ছিল। মানুষগুলোকে আতঙ্কিত দেখলে তার হৃদয় ভারাক্রান্ত হয়ে যাচ্ছিল।

অর্ণব বুঝতে পারছিল, দায় শুধুমাত্র ভুল সিদ্ধান্তের জন্য নয়, বরং তার করণীয় প্রতিষেধক তৈরির জন্যও। এই সংকট মোকাবিলা করার একমাত্র উপায় হল—হাইফা জিনের প্রতিষেধক তৈরি করা। তার নৈতিকতা তাকে বলছিল, মানবজাতিকে রক্ষা করা তার কর্তব্য। এর জন্য এখন আর সময় নষ্ট করার সুযোগ নেই।

অর্ণব সিদ্ধান্ত নিল, তার ভুল শুধরানোর জন্য তিনি কোনো ঝুঁকি এড়াবেন না। তিনি তার দলকে বললেন, "আমরা আর পালাতে পারব না। আমাদের প্রতিষেধক তৈরি করতে হবে। এটি একমাত্র উপায় মানবজাতিকে রক্ষা করার।" তার চোখে দৃঢ়তা ফুটে উঠল, যেন তার দায়বোধই তাকে শক্তি দিচ্ছিল। তার দলও বুঝতে পারছিল যে অর্ণবের এই সিদ্ধান্ত শুধু তাদের জীবন নয়, সমগ্র মানবজাতির ভাগ্য নির্ধারণ করতে পারে। তারা জানল, অর্ণবের অনুশোচনা এবং দায়বোধই তাদের কাজের জন্য প্রেরণা। তারা একযোগে পরিকল্পনা করতে লাগল, প্রতিষেধক তৈরির জন্য সকল ধরণের প্রযুক্তি, বিজ্ঞান ও জ্ঞান একত্রিত করার জন্য।

অর্ণব তার ল্যাবের ধ্বংসাবশেষ, হারানো নমুনা এবং GeneCore-এর ষড়যন্ত্রের প্রমাণগুলো নিয়ে নতুনভাবে শুরু করল। তার মনে এক নতুন সংকল্প জন্ম নিল—ভয়, অনুশোচনা এবং দায়বোধকে শক্তিতে রূপান্তরিত করা। তিনি বুঝতে পারছিলেন, প্রতিষেধক তৈরি করতে পারলেই তিনি

মানবজাতিকে রক্ষা করতে পারবেন, এবং তার নিজের নৈতিক দায়ও কিছুটা কমানো যাবে।

এখন তার কাজ শুধুমাত্র বৈজ্ঞানিক পরীক্ষা বা গবেষণা নয়। এটি ছিল মানবজাতির জন্য এক চরম দায়িত্ব, যা তাকে সময়ের বিরুদ্ধে লড়াই করতে বাধ্য করছিল। প্রতিটি ন্যাশনাল এবং আন্তর্জাতিক সংবাদ তাকে মনে করিয়ে দিচ্ছিল, মানুষ এখন তার কাজের উপর নির্ভর করছে। অর্ণবের মনে এক স্পষ্ট উপলব্ধি জন্ম নিল—দায়বোধ, অনুশোচনা, এবং নৈতিকতা কেবল অনুভূতি নয়; এগুলোই বাস্তব শক্তি। এই শক্তিই তাকে, তার দলকে এবং পুরো মানবজাতিকে সেই নতুন মহামারির হাত থেকে রক্ষা করতে সাহায্য করবে।

অর্ণবের চোখে দৃঢ়তা, তার মনের গভীরে দায়বোধের তীব্রতা এবং অনুশোচনার ভার—all মিলিয়ে তাকে একটি সিদ্ধান্তে পৌঁছায়। তিনি জানতেন, এই লড়াই কেবল বৈজ্ঞানিক নয়, এটি নৈতিক, সামাজিক এবং মানবিক এক যুদ্ধ। এবং সে নিজের সমস্ত শক্তি দিয়ে এই যুদ্ধের জন্য প্রস্তুত।

এইভাবে, অর্ণব তার দায় এবং অনুশোচনার অনুভূতিকে শক্তিতে রূপান্তরিত করলেন। তার একমাত্র লক্ষ্য—হাইফা জিনের প্রতিষেধক তৈরি করা এবং মানবজাতিকে এই অনিশ্চিত ভবিষ্যতের হাত থেকে রক্ষা করা।

পর্ব ১৫৩: দায় স্বীকার

অর্ণব বিশ্বজুড়ে ছড়িয়ে পড়া মহামারির খবর এবং গণমাধ্যমের প্রতিবেদন দেখতে দেখতে হতবাক হয়ে যায়।

টোকিও, নিউ ইয়র্ক, এবং অন্যান্য শহরের মানুষের দুঃখ, আতঙ্ক, এবং দানবীয় রূপান্তরের ছবি তার চোখের সামনে ভেসে উঠতে থাকে। প্রতিটি খবর তাকে মনে করিয়ে দেয় তার এক মুহূর্তের ভুল সিদ্ধান্তের পরিণতি—কীভাবে তার উদ্ভাবনা, যা মানুষের কল্যাণের জন্য করা হয়েছিল, তা এখন মানবজাতির এক চরম বিপদের কারণ হয়ে দাঁড়িয়েছে। অর্ণবের মনে গভীর অনুশোচনা জন্ম নেয়। সে বুঝতে পারে, তার উচ্চাকাঙ্ক্ষা—বিশেষত গবেষণার দায়িত্ব এবং দ্রুত ফলাফল পাওয়ার আগ্রহ—কতটা বিপজ্জনক পরিণতি ডেকে আনতে পারে। সেই সাথে তার নৈতিক দ্বিধার অভাবও একটি বড় ভূমিকা নিয়েছে। যখন সে সিদ্ধান্ত নিয়েছিল গবেষণার তথ্যকে আরও সংরক্ষিত ও সুরক্ষিত রাখা বা প্রকাশ না করার, তখন সে ভাবেনি যে এক মুহূর্তের অনভিপ্রেত ভুল পৃথিবীর মানুষের জীবনকে বিপদের মুখে ফেলে দিতে পারে। অর্ণব তার দলের সামনে এসে দাঁড়ায়। তার চোখে দুঃখ, হতাশা এবং এক গভীর অনুশোচনার ছায়া ফুটে ওঠে। তিনি ধীরে ধীরে বলেন, “এই সব কিছুর জন্য আমি দায়ী। আমার ভুল সিদ্ধান্তের কারণে আজ মানবজাতি বিপদের মুখে।” তার কণ্ঠ কেঁপে উঠছিল, কিন্তু প্রতিটি শব্দে সত্যের ভার অনুভূত হচ্ছিল।

দলের সদস্যরা অর্ণবের কথাগুলো মনোযোগ দিয়ে শুনল। তারা জানত, এই মুহূর্তে শুধুমাত্র দায় স্বীকার করাই যথেষ্ট নয়। তবে অর্ণবের স্বীকারোক্তি তাদের মনে নতুন এক উপলব্ধি জাগিয়ে দেয়—যে নেতা এবং বিজ্ঞানী হিসেবে অর্ণব

শুধু দায়িত্ব নিতে জানেন, ভুল স্বীকার করতেও তিনি পিছপা হন না।

অর্ণব আরও বলেন, "আমি জানি, আমাদের সামনে এখন শুধুমাত্র পালিয়ে থাকা বা ভয় পাওয়া নয়। আমাদের কাজ হলো এই বিপদকে মোকাবিলা করা। আমি যদি আগে সতর্কতা অবলম্বন করতাম, যদি নিরাপত্তা ব্যবস্থা আরও কঠোর হতো, যদি আমি প্রমাণগুলো আরও সুরক্ষিত রাখতাম—আজ এমন পরিস্থিতি সৃষ্টি হত না। কিন্তু এখন যা হয়েছে, তা শুধুই আমাদের দায়িত্বের ওপর নির্ভর করছে।"

দলের সদস্যরা অর্ণবের কথাগুলো শুনে এক ধরনের সংকল্প অনুভব করল। তারা বুঝতে পারল, দায় স্বীকার করা মানে কেবল আত্মগ্লানি নয়, বরং এটি একটি প্রেরণা। এই প্রেরণাই তাদেরকে হাইফা জিনের প্রতিষেধক তৈরি করার জন্য আরও কঠোরভাবে কাজ করতে উদ্দীপ্ত করবে।

অর্ণব তার মনকে আরও দৃঢ় করে, বলেন, "আমাদের সময় কম, প্রতিটি মুহূর্ত গুরুত্বপূর্ণ। যদি আমরা এখনই কাজ শুরু না করি, মানবজাতি হয়তো চিরকাল এই মহামারির হাতের কবলে পড়ে যাবে। আমাদের ভুল শুধরানোর একমাত্র উপায়—প্রতিষেধক তৈরি করা এবং এই ভাইরাসের বিস্তার রোধ করা।"

তার দায়বোধ শুধু নিজের ভুলের প্রতি সীমাবদ্ধ থাকল না, বরং এটি তাকে মানবজাতির প্রতি এক চরম কর্তব্যবোধে দীক্ষিত করল। অর্ণব উপলব্ধি করল, বিজ্ঞান শুধুমাত্র উদ্ভাবনের জন্য নয়; এটি নৈতিক দায়বোধ এবং মানব

কল্যাণের জন্যও। তার এই ভুল থেকে শিক্ষা নিয়ে, অর্ণব সিদ্ধান্ত নিল এই বিপদের মোকাবিলায় তিনি নিজের সমস্ত জ্ঞান, দক্ষতা এবং সাহস ব্যবহার করবেন।

দলের সদস্যরা অর্ণবের কথায় অনুপ্রাণিত হল। তারা জানল যে, অর্ণবের দায় স্বীকার এবং তার অনুশোচনা শুধুমাত্র একটি ব্যক্তিগত অনুভূতি নয়—এটি তাদের সকলকে একত্রিত করে একটি লক্ষ্য পূরণের জন্য প্রস্তুত করবে। তারা বুঝতে পারল, মানবজাতির ভাগ্য এখন তাদের হাতে, এবং এটি অর্ণবের নেতৃত্বে সম্ভব।

অর্ণব বলেন, "আমরা আমাদের ভুল শুধরাব, আমরা প্রতিষেধক তৈরি করব এবং আমরা এই মহামারিকে রোধ করব। আজকের দায় আমাকে এবং আমাদের দলকে শক্তি দিচ্ছে। আমাদের লক্ষ্য স্পষ্ট—মানবজাতিকে রক্ষা করা।"

এই স্বীকারোক্তি এবং দায়বোধের মুহূর্ত অর্ণবকে তার নতুন যাত্রার শুরুতে নিয়ে আসে। সে বুঝতে পারে, দায় শুধু অতীতের জন্য নয়; এটি বর্তমান এবং ভবিষ্যতের জন্যও একটি দায়িত্ব। তার ভুল স্বীকার তাকে আরও সতর্ক, দৃঢ় এবং মানবতার জন্য এক অনন্য প্রতিশ্রুতিশীল নেতা হিসেবে গড়ে তুলছে।

এইভাবে, অর্ণব তার দলের সামনে দায় স্বীকার করল, অনুশোচনা প্রকাশ করল এবং এক গভীর সংকল্প গ্রহণ করল। তার একমাত্র লক্ষ্য—হাইফা জিনের প্রতিষেধক তৈরি করা, মানবজাতিকে রক্ষা করা এবং তার নিজের ভুলের প্রভাবে সৃষ্ট বিপদের মোকাবিলা করা। এই মুহূর্তে, তার

দায়বোধই তাকে শক্তি দিচ্ছিল, অনুশোচনা তাকে দিশা দেখাচ্ছিল, এবং তার সিদ্ধান্ত মানবজাতির ভবিষ্যতের জন্য এক নতুন আলো এনে দিচ্ছিল।

পর্ব ১৫৪: শেষ আশার সন্ধান

অর্ণব দূর থেকে শহরের নীরবতা পর্যবেক্ষণ করছিল। টোকিও, নিউ ইয়র্ক, লন্ডন—প্রতিটি শহরের ঘটনার বিবরণ তার চোখের সামনে ভেসে উঠছিল। মানুষের আতঙ্ক, দানবীয় রূপান্তর, ধ্বংসস্তূপ—সবই তার মনে এক গভীর উদ্বেগ ও অপরাধবোধ সৃষ্টি করেছিল। সে জানত, পালিয়ে থাকা আর কোনো সমাধান নয়। একমাত্র পথ হলো—এই বিপদ মোকাবিলার জন্য সরাসরি কাজ শুরু করা।

দলের সকল সদস্যের সামনে অর্ণব ধীরে ধীরে দাঁড়ালো। তার চোখে আতঙ্কের পাশাপাশি দৃঢ় সংকল্পও দেখা যাচ্ছিল। সে বলল, “আমরা আর লুকিয়ে থাকতে পারব না। পালিয়ে থাকা কোনো সমাধান নয়। আমাদের একমাত্র লক্ষ্য হলো—এই জিনের একটি প্রতিষেধক তৈরি করা। এটি আমাদের দায়িত্ব, আমাদের কর্তব্য। যদি আমরা ব্যর্থ হই, মানবজাতির ভবিষ্যত অন্ধকারে ঢেকে যাবে।”

দলের সদস্যরা অর্ণবের কথায় মনোযোগী হয়ে গেল। তারা জানত, এই মুহূর্তে শুধু পরিকল্পনা নয়, কর্মই গুরুত্বপূর্ণ। প্রতিটি মুহূর্ত দামের। হাইফা জিনের বিস্তার প্রতিদিন বাড়ছে, সংক্রমণের হারে মানুষ রূপান্তরিত হচ্ছে। প্রতিষেধক তৈরি না করলে মানবজাতি এক চরম বিপদের মুখে পড়বে।

অর্ণব আরও বলল, "আমাদের লক্ষ্য শুধু প্রতিষেধক তৈরি করা নয়, আমাদের এই রোগের বিস্তার রোধ করতে হবে। প্রতিটি নমুনা, প্রতিটি পরীক্ষা, প্রতিটি মুহূর্ত গুরুত্বপূর্ণ। আমরা যত দ্রুত প্রতিষেধক তৈরি করতে পারব, মানবজাতি তত দ্রুত রক্ষা পাবে।"

তিনি তার দলে সবাইকে অনুপ্রাণিত করার জন্য অতীতের ঘটনার কথা তুলে ধরলেন। "স্মরণ করুন, কীভাবে আমাদের এক মুহূর্তের ভুল, আমাদের নৈতিক দ্বিধাহীনতা, এবং আমাদের অজান্তে কিছু সিদ্ধান্ত মানবজাতিকে বিপদের মুখে ফেলেছে। এখন আমাদের সেই ভুল শুধরানোর সময় এসেছে। প্রতিষেধক তৈরি করতে হবে, মানুষকে বাঁচাতে হবে। এটি আমাদের শেষ আশা।"

দলের সদস্যরা বুঝতে পারল, এটি শুধু এক বিজ্ঞানী বা এক দলের যুদ্ধ নয়; এটি মানবজাতির জন্য এক মহাযুদ্ধ। তাদের প্রতিটি পদক্ষেপ, প্রতিটি পরীক্ষা, প্রতিটি আবিষ্কার এখন মানবজাতির ভবিষ্যৎ নির্ধারণ করবে।

অর্ণব প্রতিষেধক তৈরির জন্য একটি বিস্তারিত পরিকল্পনা তৈরি করতে শুরু করল। প্রথমেই তিনি জানালেন, হাইফা জিনের গঠন এবং আচরণ সম্পূর্ণ বিশ্লেষণ করতে হবে। তার দলকে বিভিন্ন পরীক্ষার জন্য দায়িত্ব বণ্টন করল। কেউ নমুনা বিশ্লেষণ করবে, কেউ জিনের পরিবর্তনশীল প্রক্রিয়াগুলো পর্যবেক্ষণ করবে, কেউ প্রতিষেধকের জন্য সম্ভাব্য উপাদান তৈরি করবে। প্রতিটি পদক্ষেপ ছিল সময়সাপেক্ষ, কিন্তু অর্ণব জানত, এই সময়ই মানবজাতিকে বাঁচাতে পারে।

অর্ণব তার দলে বলল, "আমরা জানি, এটি সহজ কাজ নয়। অনেক পরীক্ষা ব্যর্থ হবে, অনেক সময় আমরা হতাশ হব। কিন্তু আমাদের হতাশা এবং ভয় আমাদেরকে থামাতে পারবে না। প্রতিষেধক তৈরি করাই আমাদের একমাত্র আশা।"

তার দলও অনুপ্রাণিত হলো। তারা জানত, অর্ণব শুধু একজন বিজ্ঞানী নয়, বরং একজন নেতা। তার দায়বোধ এবং অপরাধবোধ তাকে আরও সতর্ক ও নিষ্ঠাবান করে তুলেছে। এই মুহূর্তে, তারা সবাই জানল, তাদের জীবন এখন শুধুমাত্র প্রতিষেধক তৈরির জন্য নিবেদিত।

অর্ণবের মনেই এক শক্ত সংকল্প জন্ম নিল—তার একমাত্র লক্ষ্য হলো মানবজাতিকে রক্ষা করা। প্রতিটি পরীক্ষায় সে নিজের সীমা ছাড়িয়ে যাবে। প্রতিটি ব্যর্থতার মধ্যেও সে নতুন সমাধান খুঁজে বের করবে। এই প্রতিশ্রুতি ছিল তার নিজের অপরাধের প্রায়শ্চিত্ত, এবং মানবজাতির প্রতি তার কর্তব্য।

তিনি বলল, "আমরা জানি, প্রতিষেধক তৈরি করতে পারলে আমরা এই মহামারিকে রোধ করতে পারব। এবং আমি বিশ্বাস করি, আমাদের কঠোর পরিশ্রম, আমাদের একতা, আমাদের জ্ঞান—সবই মানবজাতিকে রক্ষা করবে।"

দলের সদস্যরা অর্ণবের কথায় অনুপ্রাণিত হয়ে একসাথে সিদ্ধান্ত নিল—তারা প্রতিষেধক তৈরির যাত্রায় কোন বাধা মানবে না। তারা জানল, এটি শুধু বিজ্ঞান নয়, এটি মানবতার জন্য এক চূড়ান্ত লড়াই।

অর্ণবের মনে তখন এক অদ্ভুত শান্তি এবং দৃঢ়তা জন্ম নিল। তার অপরাধবোধ তাকে থামায়নি, বরং তাকে আরও দৃঢ়

করে তুলেছে। তার মনে হয়, যদি সে সফল হয়, মানবজাতি বাঁচবে, এবং তার নিজের ভুলের কারণে সৃষ্ট বিপদ মোকাবিলা করা সম্ভব হবে।

এইভাবেই অর্ণব তার দলের সামনে দায় স্বীকারের পর, শেষ আশার সন্ধান পেয়েছিল। তার একমাত্র লক্ষ্য—হাইফা জিনের প্রতিষেধক তৈরি করা এবং মানবজাতিকে এই বিপদ থেকে রক্ষা করা। এই সংকল্পের মধ্য দিয়ে তিনি বুঝতে পারল, আশা কখনো শেষ হয় না; শুধু সঠিক সময়ে এবং সঠিক প্রচেষ্টার মাধ্যমে তা পুনরায় জন্মায়।

অর্ণব এবং তার দল এখন শুধু গবেষণা বা পরীক্ষা নয়, তারা মানবজাতির এক নতুন রক্ষক হিসেবে যাত্রা শুরু করল। প্রতিষেধক তৈরির এই যাত্রা তাদের জন্য জীবনের সবচেয়ে কঠিন পরীক্ষা, কিন্তু এটিই ছিল শেষ আশা, একমাত্র সম্ভাবনা মানবজাতিকে বাঁচানোর।

এই মুহূর্তেই তারা বুঝল, সময়ের বিরুদ্ধে লড়াই শুরু হয়ে গেছে, এবং এই লড়াই জিতলেই মানবজাতি বেঁচে থাকবে।

পর্ব ১৫৫: প্রতিষেধকের জন্য কাজ শুরু

অর্ণব এবং তার দল একাধিক মাস ধরে পালিয়ে বেড়িয়েছে। তবে এখন পালানোর সময় শেষ। তারা জানত, হাইফা জিনের সংক্রমণ প্রতিনিয়ত ছড়িয়ে পড়ছে, এবং প্রতিটি মুহূর্তে আরও বেশি মানুষ রূপান্তরিত হচ্ছে। শহরগুলো ধ্বংস হচ্ছে, আতঙ্কের ছায়া ক্রমশ বাড়ছে। এই পরিস্থিতিতে অর্ণব বুঝতে পারল, তাদের একমাত্র আশা হলো—একটি কার্যকর প্রতিষেধক তৈরি করা।

তাদের গোপন ল্যাব একটি পুরনো, পরিত্যক্ত কারখানার নিচে অবস্থিত। বাইরে থেকে কোনো চিহ্ন নেই, কোনো আলো বা শব্দ নেই যা কারো সন্দেহ জাগাতে পারে। ল্যাবের ভেতরে প্রতিটি কোণ অর্ণবের দিকনির্দেশে সাজানো। বিভিন্ন পরীক্ষাগার সরঞ্জাম, মিলান-পরীক্ষার যন্ত্র, জেনোম সিকোয়েন্সার, এবং ফ্রিজে রাখা হাইফা জিনের নমুনা—সবই তাদের হাতে।

অর্ণব তার দলকে নির্দেশ দিল, "আমরা শুধু প্রতিষেধক তৈরি করছি না। আমরা এই জিনের প্রকৃত প্রকৃতি, তার আচরণ, তার পরিবর্তনশীল ক্ষমতা সব কিছু বিশ্লেষণ করছি। প্রতিটি ডেটা গুরুত্বপূর্ণ। প্রতিটি পরীক্ষার ফলাফল আমাদের একটি নির্ভুল সমাধানের দিকে নিয়ে যাবে।"

তার দল বিভক্ত হলো তিনটি বিভাগে:

1. **জিন বিশ্লেষণ এবং পর্যবেক্ষণ** – এখানে বিজ্ঞানীরা হাইফা জিনের আচরণ ও পরিবর্তনের প্রকৃতি নিয়ে কাজ করবে।
2. **প্রতিরোধী যৌগ তৈরি** – এই টিম সম্ভাব্য প্রতিষেধক উপাদান তৈরি এবং তাদের কার্যকারিতা পরীক্ষা করবে।
3. **সংক্রমণ প্রতিরোধ এবং নিরাপত্তা** – এই দলে সদস্যরা ল্যাবের নিরাপত্তা ও সংক্রমণ নিয়ন্ত্রণ করবে।

প্রতিটি টিমের জন্য অর্ণব বিস্তারিত নোট এবং নির্দেশনা প্রস্তুত করেছিলেন। তিনি জানতেন, একটি ভুল হিসাব বা পরীক্ষায় ব্যর্থতা মৃত্যুর কারণ হতে পারে।

দলের সদস্যরা ল্যাবের ভেতরে ব্যস্তভাবে কাজ শুরু করল। যন্ত্রপাতি থেকে আলো ফেটে আসছে, বিভিন্ন ধরণের হাইফা নমুনার উপর পরীক্ষা চলছে। অর্ণব নিজের হাতে একটি নমুনা নিয়ে পরীক্ষা করছিল, তার চোখে চকমক, তার মন শুধু একটিমাত্র লক্ষ্য—মানবজাতিকে বাঁচানো।

প্রথম ধাপ ছিল—হাইফা জিনের সংক্রমণের প্রক্রিয়াটি সম্পূর্ণভাবে বোঝা। তারা লক্ষ্য করল, জিনটি শুধু কোষকে পরিবর্তন করছে না, বরং একটি বুদ্ধিমান সত্তার মতো আচরণ করছে। এটি নতুন কোষ গঠন করছে, সংক্রমিত ব্যক্তির শরীরের প্রতিটি অঙ্গের উপর প্রভাব ফেলছে।

"যদি আমরা এটি না বুঝি," অর্ণব ভাবছিল, "আমরা প্রতিষেধক তৈরি করতে পারব না। এবং প্রতিসাময়িক ব্যর্থতা মানে আরও বিপর্যয়।"

তারপর শুরু হলো দ্বিতীয় ধাপ—প্রতিরোধী যৌগের পরীক্ষা। বিভিন্ন রাসায়নিক, এনজাইম, এবং প্রোটিন ভিত্তিক উপাদান তৈরি করা হলো। প্রতিটি উপাদান হাইফা জিনের বিভিন্ন দিকের ওপর পরীক্ষা করা হলো। কখনও এটি অর্ধেক কার্যকর হচ্ছে, কখনও পুরোপুরি ব্যর্থ। প্রতি ব্যর্থতার সাথে দলে হতাশা বাড়ছে, কিন্তু অর্ণব তাদের উৎসাহিত করছিল।

"হতাশা আমাদের থামাবে না," সে বলল। "প্রতিটি ব্যর্থতা আমাদের শেখায়, প্রতিটি পরীক্ষা আমাদের প্রতিষেধকের দিকে আরও কাছে নিয়ে যায়।"

তাদের ল্যাবের সময়সূচী ছিল ২৪ ঘণ্টা। কেউ ঘুমাচ্ছিল না, কেউ বিশ্রাম নিচ্ছিল না। প্রতিটি মুহূর্তে তারা নমুনার পরিবর্তন, জিনের প্রতিক্রিয়া এবং প্রতিষেধকের সম্ভাব্য প্রভাব পর্যবেক্ষণ করছিল। সময় কম, সংক্রমণ বাড়ছে, এবং প্রতিটি মুহূর্তে নতুন বিপদ আসছে।

একদিন রাতের গভীরে, অর্ণব একটি নতুন পর্যবেক্ষণ লক্ষ্য করল। হাইফা জিনের একটি নির্দিষ্ট ফেজে একটি নির্দিষ্ট এনজাইম ব্যবহার করলে এটি তার বুদ্ধিমত্তা হারাতে শুরু করে। সংক্রমিত কোষগুলো ধীরে ধীরে পরিবর্তন বন্ধ করে। এই আবিষ্কার অর্ণবের মনে এক নতুন আশা জাগাল।

তিনি তার দলকে ডেকে বলল, "এটা আমাদের বড় সুযোগ। যদি আমরা এই এনজাইম ভিত্তিক যৌগটি সঠিকভাবে প্রতিষেধকে রূপান্তর করি, আমরা সংক্রমণকে থামাতে পারব। এটি মানবজাতির জন্য আমাদের শেষ আশা।"

দলের সদস্যরা এখন একসাথে কাজ শুরু করল, প্রতিটি পরীক্ষা সঠিকভাবে সম্পন্ন করার জন্য। প্রতিটি ধাপ, প্রতিটি সমীকরণ, প্রতিটি পর্যবেক্ষণ তাদের জন্য গুরুত্বপূর্ণ। ব্যর্থতার ভয় থাকলেও তারা জানত, ব্যর্থতা ছাড়া সফলতা আসে না।

অর্ণবের মনে তখন এক গভীর প্রতিজ্ঞা জন্ম নিল—তিনি কখনো থামবেন না। তার একটি মুহূর্তের উচ্চাকাঙ্ক্ষা মানবজাতিকে বিপদে ফেলেছিল, কিন্তু এবার তিনি সেই

বিপদ মোকাবিলার জন্য সম্পূর্ণ নিবেদিত। তার দলও তার সঙ্গে ছিল। প্রতিটি বিজ্ঞানী, প্রতিটি গবেষক, প্রতিটি সহকারী—সবাই জানত, তাদের কাজ শুধু বিজ্ঞান নয়, মানবজাতির বাঁচার লড়াই।

এইভাবে, অর্ণব এবং তার দল প্রতিষেধকের জন্য কাজ শুরু করল। ল্যাবের প্রতিটি কোণ, প্রতিটি যন্ত্রপাতি, প্রতিটি নমুনা তাদের জন্য জীবনের নতুন অর্থ বহন করছিল। তাদের লক্ষ্য স্পষ্ট—এই দানবীয় জিনের বিস্তার রোধ করা এবং মানবজাতিকে বাঁচানো।

এই যুদ্ধ ছিল সময়ের বিরুদ্ধে, মানবতার জন্য। এবং অর্ণব জানত, এই লড়াই জিতলেই মানবজাতি বেঁচে থাকবে।

পর্ব ১৫৬: ইরার সহায়তা

অর্ণব যখন তার দলের সঙ্গে ল্যাবে প্রতিষেধকের জন্য কাজ শুরু করছিল, তখন হঠাৎই একটি পরিচিত ছায়া ল্যাবের দরজার বাইরে দেখা দিল। ইরা। তার চোখে প্রথমে কিছুটা সন্দেহ, কিছুটা রাগ, কিন্তু তারপর দেখা গেল এক ধরনের স্থিরতা। সে ধীরে ধীরে ল্যাবের ভেতরে প্রবেশ করল।

অর্ণব এক মুহূর্তের জন্য স্তম্ভিত হয়ে দাঁড়াল। সে জানত, ইরা একসময় তার সবচেয়ে ঘনিষ্ঠ সহায়ক ছিল, কিন্তু ল্যাব ধ্বংসের পর এবং GeneCore-এর হামলার পর তাদের মধ্যে দূরত্ব তৈরি হয়েছে। ইরা তার ওপর রাগান্বিত ছিল—তার নিজের আবিষ্কারকে বিপদের মুখে ফেলার জন্য, তার ভুল সিদ্ধান্তের কারণে বহু মানুষ আক্রান্ত হয়েছে।

কিন্তু এখন পরিস্থিতি ভিন্ন। ল্যাবের ভেতর গুনগুন করছে যন্ত্রের শব্দ, প্রতিটি পরীক্ষার ফলাফলের উপর নজর রাখতে হবে, এবং সময়ই তাদের সবচেয়ে বড় শত্রু। অর্ণব বুঝতে পারল, এই মুহূর্তে তার একা থাকা সম্ভব নয়।

"ইরা... তুমি এখানে?" অর্ণব কণ্ঠে ভেতরের দমবন্ধ করা আশার ঝলক বহন করে বলল।

ইরা তার চোখে চোখ রেখেই বলল, "অর্ণব, আমি এখনও রাগান্বিত... কিন্তু... এই মুহূর্তে আমাদের একসাথে কাজ করা ছাড়া কোনো উপায় নেই। মানবজাতিকে বাঁচানো আমাদের প্রধান লক্ষ্য।"

তার কণ্ঠে স্বীকারোক্তি এবং দৃঢ়তার মিশ্রণ ছিল। অর্ণব ধীরে ধীরে জানল, ইরার এই সিদ্ধান্ত শুধুই তার বন্ধুত্বের জন্য নয়, বরং মানবজাতির জন্য এক গুরুত্বপূর্ণ দায়িত্ব গ্রহণ।

দুটি সত্তা, যাদের মধ্যে ভুল বোঝাবুঝি এবং রাগের দীর্ঘ ছায়া ছিল, এবার একসাথে কাজের জন্য প্রস্তুত। ল্যাবের ভেতরে প্রতিটি যন্ত্রপাতি, প্রতিটি নমুনা এবং প্রতিটি পরীক্ষার ফলাফল এখন তাদের মিলিত প্রচেষ্টার ওপর নির্ভর করছে।

ইরা প্রথমেই ল্যাবের নিরাপত্তা এবং সংক্রমণ নিয়ন্ত্রণ টিমে যোগ দেয়। সে জানে, হাইফা জিন অত্যন্ত সংক্রামক এবং ভুল হাতে পড়লে আরও বিপর্যয় ডেকে আনবে। প্রতিটি নমুনা পরীক্ষা করার সময় সে অর্ণবের সাথে পরামর্শ করে এবং সংক্রমণ প্রতিরোধের নতুন পদ্ধতি প্রয়োগ করে।

“আমরা যদি সংক্রমণ নিয়ন্ত্রণ করতে না পারি,” ইরা বলল, “আমাদের কাজ বৃথা যাবে। প্রতিষেধক তৈরির যেকোনো প্রচেষ্টা ব্যর্থ হবে।”

অর্ণব মাথা নাড়ল। সে জানত, ইরার বিশ্লেষণ এবং সতর্কতা তাদের প্রতিষেধক তৈরির সম্ভাবনাকে বহুগুণ বৃদ্ধি করবে।

তারপর শুরু হলো যৌগ এবং এনজাইম ভিত্তিক প্রতিষেধকের কার্যকারিতা পরীক্ষা। ইরা প্রতিটি পরীক্ষার সময় পাশে থাকত। তার চোখে শৃঙ্খলাবদ্ধ মনোযোগ, হাতে দ্রুত নোট নেওয়া, এবং প্রতিটি পর্যবেক্ষণ সঠিকভাবে লিপিবদ্ধ করা—সবই অর্ণবকে উৎসাহিত করছিল।

“আমরা একসাথে এটি করতে পারব,” অর্ণব মনে মনে বলল। ইরার উপস্থিতি তাকে অতীতের ব্যর্থতা ভুলে যেতে সাহায্য করছিল। এখন শুধু প্রতিষেধক, শুধু মানবজাতি, আর তার দলের প্রতিটি জীবনই তার চিন্তার কেন্দ্র।

ইরা শুধুমাত্র শারীরিকভাবে সহায়তা করছিল না। তার বিশ্লেষণ ক্ষমতা এবং দ্রুত সিদ্ধান্ত নেওয়ার ক্ষমতা ল্যাবের প্রতিটি দিককে সুরক্ষিত রাখছিল। অর্ণব কখনো কখনো ধীরে ধীরে তার দিকে তাকাত এবং ভাবত, এই মুহূর্তে ইরার উপস্থিতি কতটা গুরুত্বপূর্ণ।

কিছুক্ষণের মধ্যে ল্যাবে নতুন উদ্ভাবনী পদ্ধতি প্রয়োগ করা শুরু হলো। অর্ণব এবং ইরা একসাথে এনজাইম এবং রাসায়নিক যৌগের কার্যকারিতা পরীক্ষা করছিল। তারা প্রতিটি ফলাফল মেলে যাচ্ছিল, কোন যৌগ সবচেয়ে কার্যকর, কোনটি ব্যর্থ—সব তথ্য লিপিবদ্ধ হচ্ছিল।

ইরা হঠাৎ এক গুরুত্বপূর্ণ পর্যবেক্ষণ করে বলল, "অর্ণব, এই যৌগটি সংক্রমিত কোষের প্রতিক্রিয়াকে ৫০% পর্যন্ত স্থগিত করতে পারে। আমরা যদি এটিকে উন্নত করি, প্রতিষেধক কার্যকর হবে।"

অর্ণব খুশি হয়ে বলল, "দেখছো? একসাথে কাজ করলে আমরা বিপদকে মোকাবিলা করতে পারি।"

ল্যাবের ভেতরে ধীরে ধীরে এক নতুন আশা জন্ম নিল। অর্ণব এবং ইরা জানত, তাদের সম্পর্ক যতটা প্রাক্তন রাগে ভরা ছিল, ততটাই এখন মানবজাতির বাঁচার লড়াইয়ে একত্রিত। এই একতা তাদের শক্তি, তাদের অনুপ্রেরণা, এবং তাদের লক্ষ্যকে আরও দৃঢ় করল।

এইভাবে, ইরার সহায়তা অর্ণবের জন্য কেবল শারীরিক বা প্রযুক্তিগত সাহায্য নয়, বরং মানসিক ও নৈতিক সমর্থনের উৎস হয়ে উঠল। তারা জানল, এই মুহূর্তে একে অপরের পাশে থাকা ছাড়া মানবজাতিকে এই বিপদ থেকে রক্ষা করা সম্ভব নয়।

ল্যাবের ভেতরে এখন এক নতুন শক্তি বিরাজ করছিল—অর্ণবের প্রতিশ্রুতি, ইরার দৃঢ়তা, এবং দলের সমস্ত সদস্যের একত্রিত প্রচেষ্টা। তারা জানত, এই যুদ্ধ সময়ের বিরুদ্ধে, মানবতার জন্য।

অর্ণব এবং ইরা একসাথে প্রতিষেধক তৈরির যাত্রায় পা রাখল। রাগ, অনুশোচনা, ব্যর্থতা—সবকিছু তারা ভুলে গিয়েছিল। এখন শুধু লক্ষ্য—মানবজাতিকে রক্ষা করা।

এই মুহূর্তেই তারা বোঝল, একে অপরের বিশ্বাস ও সহযোগিতা ছাড়া এই বিপর্যয় মোকাবিলা করা সম্ভব নয়। এবং এই সহযোগিতাই হবে তাদের শেষ আশার আলো।

পর্ব ১৫৭: বৈজ্ঞানিক সমন্বয়

অর্ণব এবং ইরা যখন ল্যাবে একত্রিতভাবে প্রতিষেধক তৈরির কাজে মনোনিবেশ করল, তখন ল্যাবের পরিবেশ এক নতুন ধরণের উদ্দীপনা ও শৃঙ্খলায় ভরে উঠল। অর্ণবের আবেগ, যে আবেগ তাকে তার ভুল সিদ্ধান্ত এবং মানবজাতির বিপদের জন্য অন্ধভাবে ঘূর্ণন করেছিল, এবার কার্যকরভাবে কাজে লাগছিল। সে হাইফা জিনের প্রতি তার অন্তর্দৃষ্টি ব্যবহার করে এর প্রতিটি ক্রিয়াপদকে পর্যবেক্ষণ করছিল।

ইরা, অন্যদিকে, সম্পূর্ণ যুক্তিবাদী ও বিশ্লেষণাত্মক মনোভাব নিয়ে কাজ করছিল। তার প্রতিটি পর্যবেক্ষণ, নোট এবং হিসাব অর্ণবের তীব্র আবেগের সঙ্গে সমন্বিত হয়ে গবেষণার একটি ধারাবাহিক গতি তৈরি করছিল। তারা বুঝতে পারছিল, শুধুমাত্র আবেগ বা শুধুমাত্র যুক্তি—কোনোটিই যথেষ্ট নয়। এই দুই শক্তির সমন্বয়েই তারা প্রতিষেধকের জন্য প্রয়োজনীয় পথ খুঁজে পেতে পারে।

প্রথমেই তারা হাইফা জিনের আণবিক গঠন বিশ্লেষণ করল। অর্ণব মাইক্রোস্কোপ এবং জিনোম সিকোয়েন্সিং যন্ত্র ব্যবহার করে জিনের ক্রম নির্ণয় করছিল, যেখানে ইরা প্রতিটি পর্যবেক্ষণ লিপিবদ্ধ করে এবং সম্ভাব্য দুর্বল স্থান চিহ্নিত করছিল। তারা লক্ষ্য করল, এই জিনের কিছু বিশেষ

এনজাইমিক সাইট রয়েছে, যা কোষের প্রজনন প্রক্রিয়ায় হস্তক্ষেপ করে।

“দেখো, এই এনজাইমিক সাইটগুলো হাইফা জিনের সংক্রমণ ক্ষমতার মূল কেন্দ্র,” ইরা বলল। “যদি আমরা এখানেই বাধা দিতে পারি, তবে জিনের বিস্তার অনেকটাই সীমিত করা সম্ভব।”

অর্ণব মাথা নাড়ল। “ঠিক আছে, তাহলে আমাদের প্রতিষেধক এমনভাবে তৈরি করতে হবে যা এই এনজাইমিক সাইটগুলিকে কার্যত নিষ্ক্রিয় করে দিতে পারে। কিন্তু তা কোষের স্বাভাবিক কার্যকারিতা ক্ষুণ্ণ করবে না।”

এরপর তারা বিভিন্ন রাসায়নিক যৌগ এবং প্রোটিন ভিত্তিক এজেন্ট পরীক্ষা করতে শুরু করল। প্রতিটি যৌগের কার্যকারিতা যাচাই করা হচ্ছিল—কোনটি জিনের সংক্রমণ প্রক্রিয়াকে থামাতে সক্ষম, কোনটি ব্যর্থ হচ্ছে। অর্ণবের আগ্রহ এবং ইরার ধৈর্য একত্রিত হয়ে তারা একের পর এক পরীক্ষার ফলাফল দ্রুত বিশ্লেষণ করছিল।

এক পর্যায়ে তারা একটি এনজাইম প্রতিরোধক যৌগের সন্ধান পেল। অর্ণব তা পরীক্ষার জন্য কোষে প্রয়োগ করল। কিছুক্ষণের মধ্যে তারা লক্ষ্য করল, সংক্রমিত কোষের বৃদ্ধি হ্রাস পাচ্ছে।

ইরা উদ্দীপিত হয়ে বলল, “দেখছো? আমরা পথ খুঁজে পেয়েছি। কিন্তু এটি পুরোপুরি কার্যকর না হওয়া পর্যন্ত আরও পরীক্ষা করতে হবে।”

তাদের সমন্বয় শুধু রাসায়নিক পরীক্ষাতেই সীমাবদ্ধ ছিল না। তারা হাইফা জিনের জিনোম পরিবর্তনের সম্ভাব্য ধারা নিয়ে আলোচনা করত। অর্ণব তার অভিজ্ঞতা ব্যবহার করে সম্ভাব্য বিপজ্জনক পরিবর্তনগুলো চিহ্নিত করত, আর ইরা তার যুক্তিবাদী বিশ্লেষণ দিয়ে প্রতিরোধের সম্ভাব্য কৌশল সাজাত। প্রতিটি বৈজ্ঞানিক পদক্ষেপের সঙ্গে সঙ্গে তারা নিজেদের মধ্যকার বোঝাপড়াও বাড়িয়েছিল। অর্ণব বুঝতে পারল, ইরার বিশ্লেষণ ক্ষমতা তার আবেগকে একটি সঠিক দিশা দিচ্ছে। আর ইরা বুঝল, অর্ণবের অন্তর্দৃষ্টি এবং আবেগবোধই তাকে এমন সংকটের সময় তাড়াতাড়ি সিদ্ধান্ত নিতে সাহায্য করছে। তাদের কাজ ছিল এক ধরনের যুদ্ধ—জিনের বিস্তার এবং মানবজাতির বাঁচার লড়াই। প্রতিটি পরীক্ষা, প্রতিটি পর্যবেক্ষণ তাদের এই যুদ্ধে এক ধাপ এগিয়ে নিয়ে যাচ্ছিল। তারা প্রতিদিন নতুন তথ্য সংগ্রহ করছিল এবং তা বিশ্লেষণ করে প্রতিষেধকের নকশা উন্নত করছিল।

অর্ণব এবং ইরা বুঝতে পারছিল, প্রতিষেধক তৈরির প্রক্রিয়ায় কোনোটিই নিখুঁত নয়। প্রতিটি ব্যর্থতা তাদের আরও সতর্ক এবং আরও মনোযোগী করে তুলত। তারা কোনো ছোট ত্রুটিকেও গুরুত্বের সঙ্গে মূল্যায়ন করত। এমনকি এক ছোট ভুলও মানবজাতির জন্য মারাত্মক হতে পারত।

এইভাবে, আবেগ এবং যুক্তির সমন্বয়ে তারা একটি নতুন বৈজ্ঞানিক মাত্রা তৈরি করল। অর্ণবের অন্তর্দৃষ্টি, ইরার যুক্তিবাদিতা, এবং তাদের মিলিত প্রচেষ্টা—সবই প্রতিষেধক তৈরির যাত্রাকে আরও দৃঢ় এবং কার্যকর করে তুলছিল।

শেষ পর্যন্ত, এই বৈজ্ঞানিক সমন্বয়ই তাদের মানবজাতির ভবিষ্যতের শেষ আশার আলো হয়ে উঠল।

পর্ব ১৫৮: কঠিন সময়

অর্ণব ও তার দল যখন গোপন ল্যাবের ভেতরে প্রতিষেধকের জন্য কাজ করছিল, তখন সময় তাদের সবচেয়ে বড় শত্রু হয়ে উঠেছিল। তারা জানত, প্রতিটি মুহূর্ত যেটি জটিল জিনের বিশ্লেষণ এবং পরীক্ষা-নিরীক্ষার মধ্যে ব্যয় হয়, মানবজাতির নিরাপত্তার জন্য বিপদ বাড়াচ্ছিল। প্রতিদিনের সূর্যোদয় তাদের কাছে কোনো স্বাভাবিক প্রাকৃতিক ঘটনা নয়, বরং সময়ের একটি নিঃশেষ হ্রাসকে নির্দেশ করছিল।

হাইফা জিন এত জটিল এবং অপ্রত্যাশিত ছিল যে প্রতিটি পরীক্ষার ফলাফল অদ্ভুতভাবে পরিবর্তিত হতে থাকত। একটি কোষে সফলভাবে প্রতিরোধ দেখা গেলেই, অন্য কোষে জিনটি সম্পূর্ণ ভিন্ন রূপে বিকাশ পেতে শুরু করত। এটি অর্ণব এবং ইরার ধৈর্য পরীক্ষা করছিল। অর্ণবের চোখে হতাশা স্পষ্ট হয়ে উঠছিল, কিন্তু তিনি জানতেন যে তাদের থেমে থাকা কোনো সমাধান দেয় না।

ল্যাবের দেয়ালে টানেল মতো লম্বা মনিটরগুলো চলতে থাকা ডেটার ওপর নজর রাখছিল। প্রতি সেকেন্ডে নতুন নমুনার ফলাফল আসছিল। কখনও জিনের বিস্তার স্থির হচ্ছিল, আবার কখনও তা অপ্রত্যাশিতভাবে দ্রুত বাড়ছিল। দলের সদস্যরা একে অপরের চোখে আশঙ্কা দেখতে পাচ্ছিল। প্রতিটি ব্যর্থতা তাদের হতাশার গভীরে ঠেলে দিচ্ছিল।

ইরা কখনও কখনও চুপচাপ বসে থাকত, মননে গণনা করত কতগুলো সম্ভাব্য সমাধান আছে। তার যুক্তিবাদ এবং বিশ্লেষণ ক্ষমতা তাকে অর্ণবের আবেগের সঙ্গে সমন্বয় করতে সাহায্য করছিল। কিন্তু কখনও কখনও ইরার মুখেও হতাশার ছাপ পড়ত। "অর্ণব," সে বলল, "আমরা এই জিনের সব কার্যপ্রণালীই ধরে রাখতে পারছি না। প্রতিটি পদক্ষেপ আমাদের জন্য আরও জটিল হয়ে উঠছে।"

অর্ণব মাথা নাড়ল, "আমি জানি, ইরা। কিন্তু যদি আমরা থেমে যাই, তাহলে মানবজাতি কোনো প্রতিষেধক ছাড়াই এই বিপদের মুখোমুখি হবে। আমরা আর পিছনে তাকাতে পারি না।"

সময়ের চাপ এবং অজানা বিপদের অনুভূতি দলের সবাইকে উদ্বিগ্ন করছিল। তারা জানত, প্রতিষেধক তৈরির এই যাত্রায় কোনো ভুল অনুমতি দেয়া যাবে না। এক ছোট ত্রুটি পুরো পৃথিবীর জন্য প্রলয় ডেকে আনতে পারে। তাই তারা একে অপরকে উৎসাহিত করত—অল্প বিশ্রাম, দীর্ঘ রাত, প্রায় অমানবিক পরিশ্রম—সবই তারা মানছিল মানবজাতির জন্য। তাদের ল্যাব শুধু বৈজ্ঞানিক যন্ত্রপাতি দিয়ে ভরা ছিল না, বরং অর্ণব এবং ইরার অদম্য মনোবলও এখানে উপস্থিত ছিল। প্রতিটি পরীক্ষার যন্ত্র, প্রতিটি রাসায়নিক, প্রতিটি পর্যবেক্ষণ—সবকিছুই তাদের সময়ের সাথে লড়াই করছিল। তারা জানত, সময় যদি হেরে যায়, তবে মানবজাতির ভবিষ্যৎ অনিশ্চিত। একদিন, একটি পরীক্ষার ফলাফল পুরো দলের মনোবল নষ্ট করল। প্রতিষেধক প্রয়োগের পরও কোষের বিকাশ রুখা

যায়নি। অর্ণবের হাত যেন ভারী হয়ে উঠল। সে জানত, এভাবে চলতে থাকলে মানবজাতির জন্য তাদের প্রচেষ্টা যথেষ্ট হবে না। কিন্তু সে থামল না। তিনি বলল, "এটাই আমাদের যুদ্ধ। যদি আমরা হাল ছাড়ি, তাহলে কোনো ভবিষ্যৎ থাকবে না। আমরা যতক্ষণ বেঁচে আছি, ততক্ষণ লড়াই চালিয়ে যাব।"

এই কঠিন সময়ের মাঝে, অর্ণব এবং ইরা বুঝতে পারছিল, এটি শুধু বৈজ্ঞানিক গবেষণা নয়—এটি মানবজাতির জীবনের সঙ্গে জড়িত এক যুদ্ধ। প্রতিটি পদক্ষেপ তাদের জন্য নতুন চ্যালেঞ্জ নিয়ে আসত, প্রতিটি ব্যর্থতা তাদেরকে আরও সতর্ক এবং আরও উদ্ভাবনী হতে বাধ্য করত।

তাদের ল্যাব একটি সময়কক্ষের মতো হয়ে উঠেছিল। বাহ্যিক পৃথিবী থেকে কোনো খবর পৌঁছাত না, শুধু ল্যাবের ভিতরের ঘন অন্ধকার, যন্ত্রপাতির আওয়াজ, এবং গবেষণার চাপ। রাতদিনের পার্থক্য ধূসর হয়ে গিয়েছিল। তারা জানত, প্রতিটি মুহূর্ত গণনা করা হচ্ছে।

অর্ণব দলের সদস্যদের দিকে তাকিয়ে বলল, "আমাদের হাতে একমাত্র সুযোগ আছে—এই সময়। যদি আমরা এটি হারাই, মানবজাতির কোনো ভবিষ্যৎ থাকবে না। আমাদের প্রতিটি পদক্ষেপ হবে এক ধরনের যুদ্ধ, এক ধরনের বাঁচার লড়াই।"

এই মুহূর্তে দলের সবাই বুঝতে পারল, যে যুদ্ধে তারা নেমেছে তা কোনো সাধারণ বৈজ্ঞানিক পরীক্ষা নয়। এটি ছিল সময়, জ্ঞান, এবং ধৈর্যের সঙ্গে লড়াই। প্রতিষেধক তৈরির প্রতিটি মুহূর্তে তাদের হৃদয় স্পন্দিত হচ্ছিল—কারণ এর

সাফল্য বা ব্যর্থতা পুরো মানবজাতির ভাগ্য নির্ধারণ করতে পারে।

তাদের পরিশ্রম, উদ্বেগ, এবং অনিশ্চয়তার মধ্যে যে এক অদম্য মনোবল সৃষ্টি হচ্ছিল, তা একমাত্র আশার আলো। কঠিন সময়ের মাঝে এই আলোই তাদের পথ দেখাচ্ছিল। তারা জানত, সময়ের বিরুদ্ধে লড়াইয়ে তাদের হেরে যাওয়ার কোনো সুযোগ নেই, কারণ এই লড়াই মানবজাতির অস্তিত্বের জন্য ছিল।

পর্ব ১৫৯: গোপন ঘাঁটির সন্ধান

অর্ণব এবং ইরা যখন ল্যাবের ভেতর রাতারাতি প্রতিষেধকের কাজ চালাচ্ছিল, তখন রোহিত সেনের জরুরি বার্তা তাদের চোখ খুলে দিল। রোহিত, যিনি বহু বছর ধরেই অনুসন্ধানী সাংবাদিকতার মাধ্যমে গোপন তথ্য উন্মোচন করে আসছিলেন, তার নেটওয়ার্কের মাধ্যমে একটি গুরুত্বপূর্ণ তথ্য উন্মোচন করেছেন—GeneCore-এর মূল গবেষণাগারটি কোনও শহরের বা পরিচিত স্থানের মধ্যে নয়। বরং এটি বিশ্বের সবচেয়ে কঠিন পরিবেশের এক স্থানে, অ্যান্টার্কটিকার বরফের নিচে অবস্থিত।

এই ঘাঁটিতে পৌঁছানো সহজ নয়। প্রায়শই গবেষক এবং সেনাবাহিনী বাইরে থেকে অনুমতি ছাড়া প্রবেশ করতে পারে না। বরফের বিশাল সমুদ্র এবং তুষারময় অঞ্চল এই স্থাপনাকে প্রায় অননুমোদিত করে তোলে। GeneCore এই ঘাঁটিতে শুধু হাইফা জিনের গবেষণা করছে না, বরং তারা

এক নতুন ধরনের জৈব অস্ত্র তৈরি করছে, যা মানবজাতির জন্য এক নতুন বিপদের সূচনা করতে পারে।

অর্ণব প্রথমে শোনার পর বিশ্বাস করতে পারছিল না। তার চোখে অন্ধকার ভয় প্রতিফলিত হচ্ছিল। "ইরা," সে বলল, "তাদের মূল ঘাঁটি যদি সত্যিই অ্যান্টার্কটিকায় থাকে, তাহলে আমাদের প্রতিষেধক তৈরি করাই যথেষ্ট নয়। আমাদের তাদের পরিকল্পনাকে থামাতে হবে।"

ইরা মাথা নাড়ল, "আমরা জানি এটা ঝুঁকিপূর্ণ। কিন্তু আমরা আর পিছিয়ে থাকতে পারি না। এই জিন যদি তাদের হাতে উন্নত হয়, তাহলে মানবজাতির কোনো নিরাপত্তা থাকবে না। আমাদের একসঙ্গে পরিকল্পনা করতে হবে।"

রোহিত তাদের বিস্তারিত জানাল। সে বলল, "আমি আমার সোর্স এবং উপগ্রহ চিত্র ব্যবহার করে ঘাঁটির অবস্থান শনাক্ত করেছি। ঘাঁটি মূল বরফের নিচে এক বিশাল ল্যাবরেটরির মতো তৈরি। এটি অত্যাধুনিক নিরাপত্তা ব্যবস্থা দ্বারা সুরক্ষিত, যেখানে সেনাবাহিনী, বায়োমেট্রিক সেন্সর এবং যেকোনো অনুপ্রবেশকারীকে শনাক্ত করার ব্যবস্থা আছে। এছাড়াও, ঘাঁটিতে একটি বিশেষ জৈব নিরাপত্তা স্তর রয়েছে, যা জিনের বিস্তারকে বাইরে বের হওয়া থেকে রোধ করে।"

অর্ণব ও ইরা বুঝতে পারল, এই অভিযান কোনো সাধারণ অভিযানের মতো হবে না। তাদের পরিকল্পনা হতে হবে নিখুঁত। প্রতিটি পদক্ষেপ গণনা করতে হবে, কারণ একটি ভুল সিদ্ধান্ত মানে মানবজাতির জন্য এক নতুন বিপদ।

তারা আলোচনার সময় ঠিক করল যে প্রথমে ঘাঁটির সুনির্দিষ্ট মানচিত্র তৈরি করতে হবে। রোহিত তাদের উপগ্রহ চিত্র এবং তথ্য সংযোগ ব্যবহার করে একটি তত্ত্বাবধান মানচিত্র বানাল। তারা ঘাঁটির নিরাপত্তা ব্যবস্থা, প্রবেশপথ, এবং সম্ভাব্য প্রতিরক্ষা কৌশল চিহ্নিত করল।

অর্ণব বলল, "আমাদের লক্ষ্য স্পষ্ট। আমরা শুধু প্রতিষেধক তৈরি করব না, বরং ঘাঁটিতে প্রবেশ করে তাদের অস্ত্রের প্রমাণ সংগ্রহ করব।" ইরা যোগ করল, "এটি আমাদের জন্য এক চূড়ান্ত পরীক্ষার মতো। আমাদের সব পরিকল্পনা, প্রতিটি পদক্ষেপ নিখুঁত হতে হবে।"

তারপর তারা সিদ্ধান্ত নিল, একটি ছোট, বিশেষ দল গঠন করা হবে। এই দল গোপনভাবে ঘাঁটিতে প্রবেশ করবে, জৈব অস্ত্রের উন্নয়ন কার্যক্রম পর্যবেক্ষণ করবে এবং তথ্য সংগ্রহ করবে। দলের সদস্যদের প্রতিটি পদক্ষেপ হবে সূক্ষ্ম এবং সঠিক। কারণ সেখানে একবার ধরা পড়লে কেউ বাঁচবে না।

অর্ণব এবং ইরা আরও এক দফা আলোচনা করল—ঘাঁটিতে যদি হাইফা জিন বিস্ফোরণ ঘটে বা সংক্রমণ ছড়ায়, তখন কিভাবে তা মোকাবিলা করা হবে। তারা প্রয়োজনীয় প্রতিরক্ষা ব্যবস্থা, সংক্রমণ প্রতিরোধক পোশাক, এবং জরুরি প্রতিষেধক স্টক প্রস্তুত করার পরিকল্পনা করল।

রোহিত তাদের সতর্ক করল, "এটা শুধু ঘাঁটিতে প্রবেশের অভিযান নয়। এটি মানবজাতির ভাগ্যের ওপর নির্ভর করবে। এক ভুল পদক্ষেপ সবকে ধ্বংস করতে পারে।"

অর্ণব এক মর্মস্পর্শী শ্বাস নিয়ে বলল, "আমি জানি। কিন্তু আমরা আর অপেক্ষা করতে পারি না। আমরা যদি এই ঘাঁটিতে প্রবেশ না করি, তাহলে মানবজাতি কখনো নিরাপদ হবে না। আমাদের প্রতিষেধক এবং ঘাঁটির তথ্য একসঙ্গে সংগ্রহ করতে হবে।"

এই খবর তাদের জন্য এক নতুন ধরনের উত্তেজনা এবং ভয়ের সৃষ্টি করল। অর্ণবের মনে গভীর অনুশোচনা এবং ইরার যুক্তিবাদী মন মিশে, তারা বুঝতে পারল যে তাদের হাতে মানবজাতির ভবিষ্যৎ। এই গোপন ঘাঁটির সন্ধান মানবজাতির জন্য এক নতুন যুদ্ধের সূচনা ঘটাবে—যেখানে জ্ঞান, সাহস, এবং নৈতিকতা একসঙ্গে লড়াই করবে মানুষের অস্তিত্ব রক্ষার জন্য।

তাদের পরিকল্পনা অনুযায়ী, ঘাঁটিতে অভিযান হবে নিখুঁত এবং চুপচাপ। তারা জানত, একবার ধরা পড়লে GeneCore-এর অত্যাধুনিক নিরাপত্তা ব্যবস্থা তাদের জীবন নিঃশেষ করতে পারে। কিন্তু সময় আর অপেক্ষা করবে না। অর্ণব এবং ইরা এখন প্রস্তুত—একটি ঝুঁকিপূর্ণ যাত্রায়, যা মানবজাতির ভাগ্য নির্ধারণ করবে।

পর্ব ১৬০: ঝুঁকি নেওয়া

অর্ণব গভীর শ্বাস নিয়ে ভাবছিল। তার চোখে মিশ্রিত ছিল ভয় ও দৃঢ় সংকল্প। সে জানত, এই ঝুঁকি কোনো সাধারণ বিপদ নয়—একটি ভুল পদক্ষেপ মানে তার জীবনই নয়, পুরো মানবজাতির ভবিষ্যৎ বিপন্ন। কিন্তু একই সময়ে, তার মনে

ছিল একটিই কথা: **যদি সে প্রবেশ না করে, প্রতিষেধক কখনো তৈরি হবে না, আর হাইফা জিনের বিস্তার থামানোও সম্ভব হবে না।**

ইরা তার পাশে দাঁড়িয়ে অর্ণবের চোখে ভয় দেখছিল, কিন্তু তার কণ্ঠে ছিল দৃঢ়তা। "আমাদের কোনো বিকল্প নেই," সে বলল। "যদি আমরা এই ঝুঁকি না নিই, তাহলে যারা বেঁচে থাকবে তারা আর কখনো নিরাপদ থাকবে না।"

অর্ণব মাথা নাড়ল। সে জানত যে GeneCore-এর ঘাঁটিতে প্রবেশ মানে শুধু কঠিন শারীরিক প্রতিবন্ধকতা নয়, বরং তাদের অত্যাধুনিক নিরাপত্তা ব্যবস্থা, সেন্সর এবং প্রাণঘাতী জৈব প্রতিরক্ষা কৌশলের মুখোমুখি হওয়া। তাদের জন্য প্রতিটি মুহূর্ত ছিল বিপদের এক নতুন অধ্যায়।

তার মন বারবার প্রশ্ন করছিল—**কেন আমি এই ঝুঁকি নিচ্ছি?** কিন্তু উত্তরের একটাই: মানবজাতির জন্য। প্রতিষেধক ছাড়া তারা GeneCore-এর হাতে এক ভয়ংকর অস্ত্রের জন্ম দিচ্ছে, যা পৃথিবীকে ধ্বংস করতে পারে।

অর্ণব দৃঢ়সংকল্পে বলল, "ঠিক আছে। আমরা ঝুঁকি নেব। আমরা এই ঘাঁটিতে প্রবেশ করব, প্রতিষেধক তৈরি করব এবং মানবজাতিকে রক্ষা করব। কোনো শক্তি আমাদের থামাতে পারবে না।"

ইরা তার হাতে হাত রাখল, "আমরা একসঙ্গে এটি করব। যত বিপদই আসুক, আমরা প্রতিরোধ করব।"

অর্ণব এবং ইরা জানত যে এই সিদ্ধান্ত একটি নতুন যুদ্ধের সূচনা—একটি যুদ্ধ, যেখানে শুধু তাদের জ্ঞান ও কৌশল নয়,

বরং সাহস, সতর্কতা এবং নৈতিকতা নিয়েই মানবজাতির ভাগ্য নির্ধারিত হবে।

এই ঝুঁকি নেওয়ার মুহূর্ত ছিল তাদের জীবনের সবচেয়ে গুরুত্বপূর্ণ, সবচেয়ে ভয়ঙ্কর, এবং সবচেয়ে নৈতিক পরীক্ষা। মানুষের ভবিষ্যৎ এখন তাদের হাতে।

পর্ব ১৬১: রোহিতের সঙ্গে যাত্রা

রোহিত অর্ণবের পাশে দাঁড়িয়ে এক গভীর শ্বাস নিল। তার মনে ছিল ভয়, কিন্তু একই সাথে উৎসাহও। সে জানত, এই যাত্রা শুধু বিপজ্জনকই নয়, বরং তার জীবনের সবচেয়ে গুরুত্বপূর্ণ কাজ হতে চলেছে। একজন সাংবাদিক হিসেবে তার নৈতিক দায়িত্ব তাকে বাধ্য করছে—GeneCore-এর গোপন ষড়যন্ত্র উন্মোচন করা এবং তা সমগ্র বিশ্বকে জানানো।

অর্ণবও জানত, এই যাত্রা তার জীবনের সবচেয়ে বিপজ্জনক পরীক্ষা হতে যাচ্ছে। প্রতিষেধক তৈরি না করলে মানবজাতির ভাগ্য অনিশ্চিত। কিন্তু এই ঝুঁকি ছাড়া তারা কখনো হাইফা জিনের বিস্তার বন্ধ করতে পারবে না।

তারা একসঙ্গে বিমানে চড়ে অ্যান্টার্কটিকার পথে যাত্রা শুরু করে। ফ্লাইটের সময় রোহিত তার নোটবুক খুলে তথ্য-সংগ্রহ শুরু করে। “আমরা যা দেখব, তা শুধু আমাদের জীবন নয়, বিশ্বের জন্যও ইতিহাস হয়ে যাবে,” সে বলল।

অর্ণব মাথা নেড়ে সম্মতি জানাল। তার মনে ভয় ছিল—এই যাত্রা জীবনের শেষ যাত্রা হতে পারে। কিন্তু সেই ভয় তাকে

পিছনে রাখবে না। তার একমাত্র লক্ষ্য: **GeneCore-এর গোপন ঘাঁটিতে প্রবেশ করে প্রতিষেধক তৈরি করা এবং মানবজাতিকে রক্ষা করা।**

বিমানের জানালা দিয়ে হিমবাহের বিশাল বিস্তৃতি দেখা যাচ্ছিল। সাদা বরফের সমুদ্রের মধ্যে তাদের লক্ষ্য—অ্যান্টার্কটিকার গোপন ঘাঁটি—অদৃশ্য হলেও স্পষ্ট ছিল। প্রতিটি মুহূর্তে সম্ভাব্য বিপদ ভেসে আসছিল মনে।

রোহিত অর্ণবকে জিজ্ঞাসা করল, "আপনি কি নিশ্চিত, এই ঝুঁকি নেওয়া একমাত্র উপায়?"

অর্ণব দৃঢ়চেতা উত্তর দিল, "হ্যাঁ। যদি আমরা এখন এই ঝুঁকি না নিই, তাহলে মানবজাতি আর কখনো নিরাপদ হবে না। আমাদের সিদ্ধান্ত নিতে হবে, আর সময় খুব কম।"

এই যাত্রা কেবল একটি পদক্ষেপ নয়, বরং মানবজাতির ভাগ্য নির্ধারণের প্রথম ধাপ। বিমান অ্যান্টার্কটিকার বরফের দিকে এগোচ্ছে, আর তাদের মনে আছে—প্রতিটি মুহূর্ত গুরুত্বপূর্ণ, প্রতিটি পদক্ষেপ বিপদের মুখোমুখি।

পর্ব ১৬২: গোপনীয়তা

অর্ণব এবং রোহিত যখন অ্যান্টার্কটিকার বরফে GeneCore-এর গোপন ল্যাবের দিকে এগোতে থাকে, তারা প্রথমেই লক্ষ্য করে এই ল্যাব কতটা আধুনিক ও সুরক্ষিত। প্রবেশ পথের চারপাশে ছিল অত্যাধুনিক সেন্সর, তাপমাত্রা নিয়ন্ত্রণ ব্যবস্থা এবং নিরাপত্তা ক্যামেরার একটি জাল। এমনকি বরফের নিচে

লুকানো ল্যাবটি দূর থেকে সাধারণ নজরে আসে না; যেন প্রকৃতিই এই স্থানকে লুকিয়ে রেখেছে।

অর্ণব বিস্ময়ে বলল, “এতটা সুরক্ষা... GeneCore আসলেই কোনো ঝুঁকি নিতে চায়নি। তারা চাইছে কেউও যেন তাদের গবেষণা সম্পর্কে না জানতে পারে।”

রোহিত মাথা নেড়ে সম্মতি জানাল। “এই ল্যাব শুধু গোপনই নয়, একধরনের দুর্গ। এখানে ঢোকার অর্থ শুধুই ঝুঁকি নয়—প্রতিটি মুহূর্তে আমাদের সতর্ক থাকতে হবে। যদি তারা আমাদের খুঁজে পায়, ফল ভয়ানক হতে পারে।”

ল্যাবের ভেতরে প্রবেশের আগে অর্ণব তার দলকে চূড়ান্ত সতর্ক করে। “আমাদের এক ভুল পদক্ষেপ এই গবেষণার সবকিছু ধ্বংস করতে পারে, আর মানুষদের জন্য বিপদ আরও বাড়িয়ে দিতে পারে। আমাদের নীরব ও সজাগ থাকতে হবে।”

প্রবেশপথটি স্বয়ংক্রিয় সিকিউরিটি গেট দিয়ে বন্ধ ছিল। অর্ণব তার হাতের গ্লোভ ব্যবহার করে লক নির্ধারণের প্রযুক্তি বিশ্লেষণ করতে শুরু করল। রোহিত চারপাশ পর্যবেক্ষণ করছে—কোনো সেন্সর, ক্যামেরা বা সতর্কবার্তা চোখে পড়ে কি না।

প্রত্যেকটি মুহূর্তে তারা বুঝতে পারছিল যে, GeneCore শুধু গবেষণা লুকাচ্ছে না; তারা এই ল্যাবকে একটি **অপ্রতিরোধ্য দুর্গ**ে পরিণত করেছে, যেখানে প্রবেশ করা সহজ নয়, আর বের হওয়া আরও কঠিন।

অর্ণব এবং রোহিতের চোখে ছিল এক ধরনের সঙ্কল্প—এই দুর্গ ভেঙে তারা যে প্রতিষেধকটি তৈরি করবে, তা মানবজাতির শেষ আশার একমাত্র আলো।

পর্ব ১৬৩: সুপার-সোলজার

অর্ণব এবং রোহিত যখন ল্যাবের ভেতরে গোপন তথ্য খুঁজতে থাকে, তারা শিকার করে যে GeneCore শুধু গবেষণা করছে না—তারা তৈরি করছে **সুপার-সোলজার**, একধরনের অপ্রতিরোধ্য মানব-যোদ্ধা।

রোহিত বিস্ময়ে বলে উঠল, "এই জিন... এটা শুধু অঙ্গ-প্রত্যঙ্গ উন্নত করে না, বরং মানুষের শক্তি, সহনশীলতা এবং প্রতিরোধ ক্ষমতাকেও বহুগুণে বাড়িয়ে দেয়। যদি তারা সফল হয়, তাহলে এই যোদ্ধারা সাধারণ মানুষকে কোনোদিন হারাতে দেবেন না।"

অর্ণব মাথা নেড়ে যোগ করল। "ঠিক তাই। এবং লক্ষ্য কর—এরা ক্লান্ত হয় না, ব্যথা অনুভব করে না। তাদের কোনো মানসিক সীমাবদ্ধতা নেই। মূলত, তারা তৈরি হচ্ছে **মানবতার বিপদ**। আমাদের কাজ শুধু প্রতিষেধক তৈরি করা নয়, তাদের প্রকৃত ক্ষমতা ও পরিকল্পনা সম্পর্কে বিশ্বকে জানানোও জরুরি।"

তারা গোপন নথি এবং ভিডিও ফুটেজের মাধ্যমে দেখল যে সুপার-সোলজারদের ওপর পরীক্ষা চলছে। প্রতিটি যোদ্ধা অনবরত শারীরিক ও মানসিক প্রশিক্ষণের মধ্য দিয়ে যাচ্ছে, যেন তাদের নিয়ন্ত্রণ এবং সক্ষমতা সর্বোচ্চ পর্যায়ে পৌঁছায়।

অর্ণব চুপচাপ বলে, "যদি GeneCore এই প্রোজেক্ট সম্পূর্ণ করতে পারে, তাহলে বিশ্ব কখনো আগের মতো থাকবে না। আমাদের প্রতিষেধক তৈরি করা শুধু জরুরি নয়—এটি মানবজাতির শেষ আশার একমাত্র হদিশ।"

রোহিত চেয়েও বলল, "এভাবে গেলে আমরা শুধু মহামারির মোকাবিলা করব না, বরং এমন এক শক্তির মুখোমুখি হব যা মানুষের নিয়ন্ত্রণের বাইরে। আমাদের এখন যা করা দরকার, তা হলো দ্রুত তাদের পরিকল্পনার অন্তঃগঠন বোঝা এবং প্রতিষেধক তৈরি করা।"

এই মুহূর্তে তারা বুঝল—GeneCore-এর **সুপার-সোলজার প্রোজেক্ট** কেবল এক গবেষণা নয়, এটি মানবজাতির অস্তিত্বের ওপর একটি সরাসরি হুমকি।

পর্ব ১৬৪: নৈতিকতার পতন

অর্ণব গোপন ল্যাবের এক কোণে দাঁড়িয়ে GeneCore-এর প্রকল্পের ভিডিও মনিটরগুলো লক্ষ্য করছিল। প্রতিটি ফুটেজে দেখা যাচ্ছিল, কিভাবে সুপার-সোলজারদের ওপর পরীক্ষা চালানো হচ্ছে, কিভাবে তাদের শারীরিক ক্ষমতা বাড়ানো হচ্ছে, তাদের মানসিক সীমাবদ্ধতা দূর করা হচ্ছে—সবই মানবতার মঙ্গলের জন্য নয়, বরং যুদ্ধ এবং আধিপত্য বিস্তার করার জন্য।

তার চোখের সামনে সুপার-সোলজাররা এক এক করে প্রশিক্ষণ ঘরে ঢুকছে। তাদের অঙ্গ-প্রত্যঙ্গগুলো অস্বাভাবিকভাবে প্রসারিত হচ্ছে, চামড়া কঠিন হয়ে যাচ্ছে।

তারা ক্লান্তি অনুভব করছে না, ব্যথা বোধ করছে না—একেবারে মানবীয় অনুভূতির বাইরে। অর্ণব বুঝতে পারছিল, তার আবিষ্কার কেবল ক্ষমতার হাতিয়ার হয়ে উঠেছে, মানবকল্যাণের নয়।

অর্ণবের মনে এক গভীর অপরাধবোধ জন্ম নিল। "আমি যদি সঠিকভাবে নৈতিক দায়িত্ব পালন করতাম," সে মৃদু স্বরে বলল, "তাহলে এই জিন কখনো এমনভাবে ব্যবহার হত না। আমার এক মুহূর্তের উচ্চাকাঙ্ক্ষা, এক ক্ষণিকের অহংকার—আজ মানবজাতিকে এক ভয়ংকর বিপদের মুখে ফেলেছে।"

তার দৃষ্টি আবার মনিটরগুলোর দিকে ঘুরল। সেখানে GeneCore-এর বিজ্ঞানীরা নিঃশ্বাস ফেলতে পারছে না। তারা গবেষণার নামে এক ধরনের দানব তৈরি করছে, যার কোন নিয়ন্ত্রণ নেই। অর্ণব বুঝতে পারছিল, এই নৈতিক পতন শুধু GeneCore-এর নয়, বরং তার নিজের গবেষণারও ফল। দলবদ্ধ হয়ে থাকা গবেষকরা কিছুটা সচেতন হলেও তারা GeneCore-এর চাপ এবং প্রলোভনের সামনে আত্মসমর্পণ করেছে। এই দৃশ্য অর্ণবকে আরও একবার প্রহার করল—বিজ্ঞান, যা মানবতার কল্যাণের জন্য থাকা উচিত ছিল, তা এখন ধ্বংসের হাতিয়ার।

অর্ণব চুপচাপ দাঁড়িয়ে ভাবল, "আমার দায় শুধু মানুষের জীবনকে ক্ষতিগ্রস্ত করা নয়, বরং আমার আবিষ্কারটি তাদের হাতে এমনভাবে তুলে দেওয়া, যা নৈতিকতার শেষ রেখাকে অতিক্রম করছে। আমি যদি এখন প্রতিষেধক তৈরি করতে না পারি, তবে মানবতার পরিণতি আরও ভয়াবহ হবে।"

এই মুহূর্তে তার মনের ভেতর এক অদৃশ্য যুদ্ধ শুরু হল— গবেষক হিসেবে তার কৃতিত্বের অহংকার বনাম মানবতার প্রতি তার নৈতিক দায়িত্ব। GeneCore-এর নৈতিক পতন অর্ণবের মনে একটি আভ্যন্তরীণ সংকট সৃষ্টি করল, যা তাকে প্রতিষেধক তৈরি করার জন্য আরও দৃঢ় এবং অবিচল করল।

পর্ব ১৬৫: ল্যাবে প্রবেশ

অর্ণব ও রোহিত গোপন দরজা দিয়ে ল্যাবে প্রবেশ করে। ল্যাবের ভেতরের পরিবেশ অত্যন্ত ভয়ঙ্কর ছিল—প্রত্যেক কোণায় চিৎকার, হাহাকার এবং অদ্ভুত শব্দ ভেসে আসছিল। ল্যাবের লাইটের নীলচে আভা ছড়াচ্ছিল, যা হাইফা জিনের সংক্রমিত মানুষের অঙ্গ-প্রত্যঙ্গের সঙ্গে প্রতিফলিত হচ্ছিল। প্রথমেই তারা দেখতে পায়, কিছু ব্যক্তি তাদের হাত, পা বা শরীরের অন্যান্য অঙ্গের ওপর নিয়ন্ত্রণ হারিয়েছে। চামড়া শক্ত, অঙ্গ-প্রত্যঙ্গ অস্বাভাবিকভাবে লম্বা বা ফুলে ওঠা। কেউ কেউ যেন ছত্রাকের মতো আকার ধারণ করেছে। এই মানুষগুলো নিঃশব্দে, কিন্তু বিপজ্জনকভাবে চলাফেরা করছে। অর্ণব দ্রুত বুঝতে পারে, এগুলো আর মানুষের মতো নয়, বরং এক ধরনের দানবীয় সত্তা।

রোহিত এক পাশে দাঁড়িয়ে তাদের এই ভয়াবহ রূপগুলো ছবি এবং ভিডিওতে ধারণ করতে থাকে। সে জানে, এই প্রমাণগুলি বিশ্বকে জানাতে হবে, কিন্তু এখন তাদের প্রথম কাজ হলো বেঁচে থাকা। তারা ল্যাবের ভেতরে এগিয়ে যায়, সতর্কভাবে প্রতিটি কক্ষে নজর রাখে।

এক কোণে, অর্ণব দেখতে পায় একজন মানুষ তার নিজের অঙ্গ-প্রত্যঙ্গ নিয়ন্ত্রণ করতে পারছে না, তার চোখ থেকে নীলচে আলো ছড়াচ্ছে। সে ধীরে ধীরে তাদের দিকে এগোতে শুরু করে। অর্ণব জানে, যদি সে দ্রুত প্রতিষেধক তৈরি না করে, তাহলে এই সংক্রমিতরা আরও ভয়ঙ্কর হয়ে উঠবে।

ল্যাবের ভেতরে প্রতিটি পদক্ষেপ তাদের জন্য বিপদের সংকেত। সংক্রমিত মানুষগুলো নিঃশব্দে, কিন্তু অস্থিরভাবে তাদের দিকে নজর রাখছে। অর্ণব ও রোহিত ধীরে ধীরে এগোতে থাকে, সতর্কভাবে পরিবেশ পর্যবেক্ষণ করে, যেন কোনও মুহূর্তে তাদের উপস্থিতি ধরা না পড়ে।

এই দৃশ্য অর্ণবকে আরও দৃঢ় করে তোলে। তার মনে একটিমাত্র ধারণা ঘুরপাক খাচ্ছিল—যদি তিনি এই ল্যাবের মধ্যকার তথ্য এবং নমুনাগুলো সংগ্রহ করতে পারেন, তাহলে প্রতিষেধক তৈরি করার জন্য তার যাত্রা আরও সহজ হবে। তবে প্রতিটি মুহূর্ত ছিল এক চরম ঝুঁকির সঙ্গে পূর্ণ। হাইফা জিনের সংক্রমিত মানুষগুলো যে কোনো সময় আক্রমণ করতে পারে।

ল্যাবের ভেতরকার এই আতঙ্ক এবং বিশৃঙ্খলা তাদের প্রতি চাপ তৈরি করে। প্রতিটি কক্ষের ভেতর চোখ রাখে, অঙ্গ-প্রত্যঙ্গের অদ্ভুত রূপ, নীলচে আভা এবং ছত্রাকীয় বিকৃতি—এগুলো অর্ণবকে বারবার মনে করিয়ে দিচ্ছিল, এই যুদ্ধ শুধু বিজ্ঞানী ও সাংবাদিকের নয়, বরং মানবজাতির অস্তিত্বের জন্য এক চূড়ান্ত লড়াই।

পর্ব ১৬৬: ভয়ংকর দৃশ্য

জি মিনারভা

অর্ণব ও রোহিত ল্যাবের ভেতরে এগোতে এগোতে দেখতে পায়, পরিবর্তিত মানুষগুলো এক অদ্ভুত ভয়ঙ্কর রূপ ধারণ করেছে। তাদের শরীর বিকৃত—কেউ হাত-পা অস্বাভাবিকভাবে লম্বা, কেউ পেশী ফুলে ওঠা, আবার কেউ যেন ছত্রাকীয় গঠন ধারণ করেছে। চামড়া শক্ত, কালচে ও ছিন্নছিন্ন, আর চোখগুলোতে সাদা আভা ঝরে, যা তাদের দানবীয় উপস্থিতিকে আরও ভয়ঙ্কর করে তোলে।

মুখগুলো যন্ত্রণায় বিকৃত, মুখের নখ-মুণ্ড থেকে অস্বাভাবিক রঙের তরল ঝরে পড়ছে। তাদের চলাফেরা অস্বাভাবিক, মানুষিক কোনো স্বাভাবিক আচরণ নেই; তারা যেন শুধু হাইফা জিনের নিয়ন্ত্রণে নিপতিত। ল্যাবের প্রতিটি কোণ থেকে নীলচে আভা ঝরে, যা বাতাসে মিশে সংক্রমণের সম্ভাবনা তৈরি করছে।

রোহিত দ্রুত সতর্ক হয়ে জানায়, "এই দৃশ্য শুধু দেখলেই শীতল রক্ত জমে যায়। ছবি-ভিডিও নেওয়া জরুরি।" কিন্তু অর্ণব জানে, তাদের প্রধান লক্ষ্য এখন বাঁচা এবং তথ্য সংগ্রহ—যাতে প্রতিসেধক তৈরি করা সম্ভব হয়।

পরিবর্তিত মানুষগুলো ল্যাবের ভেতরে তাণ্ডব চালাচ্ছে—কেউ যন্ত্রপাতি ভাঙছে, কেউ একে অপরকে আক্রমণ করছে। তাদের দানবীয় উপস্থিতি পুরো ল্যাবকে এক প্রাণহীন নীরব দুঃস্বপ্নে পরিণত করেছে। প্রতিটি পদক্ষেপে হৃৎপিণ্ড দ্রুত ধকধক করছে; অর্ণব ও রোহিত বুঝতে পারে, এক মুহূর্তের ভুল তাদের প্রাণ হারাতে পারে।

এই ভয়ংকর দৃশ্য অর্ণবকে আরও দৃঢ় করে। তার মনে একটাই লক্ষ্য—প্রতিসেধক তৈরি করা এবং মানবজাতিকে এই নতুন দানবীয় হুমকি থেকে রক্ষা করা। ল্যাবের প্রতিটি ঘরে ভয়ঙ্কর দৃশ্য তাদের মনে এক অচেনা আতঙ্ক জাগিয়ে দেয়, যা থেকে চোখ সরানো অসম্ভব।

পর্ব ১৬৭: গোপন ল্যাবের সন্ধান

অর্ণব ও রোহিত ল্যাবের ভেতর GeneCore-এর প্রধান গবেষকের সঙ্গে সাক্ষাৎ করে। গবেষকটি ছিল ঠান্ডা, নির্মম এবং চরম আত্মবিশ্বাসী। সে এক ধরণের মৃদু হাসি দিয়ে তাদের জানায়, “আপনারা যা দেখেছেন, তা শুধু শুরু মাত্র। আমরা হাইফা জিনের ক্ষমতাকে আরও বাড়িয়েছি। এটি এখন শুধুমাত্র মানুষের অঙ্গ-প্রত্যঙ্গ বিকৃত করে না, বরং সম্পূর্ণভাবে একটি ভাইরাসের মতো ছড়িয়ে পড়ে।”

অর্ণব হতবাক হয়ে প্রশ্ন করে, “ভাইরাস? মানে এটি সংক্রামক?”

গবেষক হেসে উত্তর দেয়, “হ্যাঁ। এটি বাতাস, পানি এবং সরাসরি সংস্পর্শের মাধ্যমে ছড়াতে পারে। একবার সংক্রমিত হলে মানুষের শরীর সম্পূর্ণভাবে আমাদের নিয়ন্ত্রণে চলে যাবে। আমরা এটিকে একটি জৈব অস্ত্র হিসেবে ব্যবহার করতে চাই, এমনভাবে যাতে সাধারণ মানুষ প্রতিরোধ করতে না পারে।”

রোহিত শীতল রক্তে কাঁপতে থাকে। সে জানে, এই তথ্য যদি প্রকাশ পায়, তাহলে মানবজাতি এক বিশাল বিপদের মুখে

পড়বে। কিন্তু গবেষক নিঃসঙ্গ নয়; তার সঙ্গে ল্যাবের সব নিরাপত্তা ব্যবস্থা এবং সশস্ত্র নিরাপত্তার সদস্যরা তাদের ওপর নজর রাখছে।

অর্ণবের মনে একটাই চিন্তা—যদি তারা এখনি প্রতিসেধক তৈরি না করতে পারে, তাহলে এই ভাইরাস পুরো পৃথিবীতে ছড়িয়ে পড়বে। তার হৃদয় দ্রুত ধকধক করছে, কারণ বুঝতে পারছে, এই মুহূর্তটি মানবজাতির ভাগ্য নির্ধারণ করবে।

গবেষক আরও বলে, "আমরা ইতিমধ্যেই এটি পরীক্ষা শুরু করেছি। আমরা চাই এই ভাইরাসকে নির্দিষ্ট অঞ্চলগুলোতে প্রয়োগ করতে, যাতে আমরা সামরিক এবং রাজনৈতিক ক্ষমতা অর্জন করতে পারি।"

এই কথাগুলো অর্ণবের মস্তিষ্কে এক ভয়ংকর পরিকল্পনার প্রতিচ্ছবি জাগিয়ে দেয়। তাকে বুঝতে হচ্ছে যে, GeneCore-এর এই পদক্ষেপ শুধু একটি সংক্রমণ নয়, বরং মানবজাতিকে সম্পূর্ণ দমন করার একটি সুপরিকল্পিত ষড়যন্ত্র।

রোহিত ফিসফিস করে বলে, "আমরা এখনই কিছু না করলে, মানবজাতির অস্তিত্বই অনিশ্চিত হয়ে যাবে।"

অর্ণব মাথা নাড়ে। তার একমাত্র লক্ষ্য এখন এই ভাইরাসের প্রতিসেধক তৈরি করা এবং GeneCore-এর ষড়যন্ত্র বন্ধ করা। ল্যাবের প্রতিটি কোণ থেকে ছড়িয়ে পড়া নীলচে আলো এবং বিকৃত মানুষের দৃষ্টিতে সে আরও দৃঢ়ভাবে অনুভব করে, সময় তাদের বিরুদ্ধে কাজ করছে।

পর্ব ১৬৮: ব্যর্থতার কারণ

জি মিনারভা

GeneCore-এর বিজ্ঞানীরা শুরুতে আত্মবিশ্বাসে ভরপুর ছিল। তারা ভেবেছিল, হাইফা জিনকে তারা সহজেই নিয়ন্ত্রণে রাখতে পারবে। ল্যাবের উন্নত প্রযুক্তি, অত্যাধুনিক যন্ত্রপাতি এবং স্বয়ংক্রিয় পর্যবেক্ষণ ব্যবস্থা সবকিছু তাদের হাতে ছিল। তারা ভাবছিল, একটি নির্দিষ্ট প্রোটোকল এবং কিছু নিরাপত্তা ব্যবস্থা রাখলেই তারা এই শক্তিশালী জিনকে মানুষের ওপর পরীক্ষা ও নিয়ন্ত্রণ করতে পারবে।

কিন্তু তাদের পরিকল্পনা চরমভাবে ব্যর্থ হয়। পরিবর্তিত মানুষগুলো হঠাৎ করেই তাদের নিয়ন্ত্রণের বাইরে চলে যায়। তাদের অঙ্গ-প্রত্যঙ্গ দ্রুত বিকৃত হতে থাকে, পেশী অস্বাভাবিকভাবে ফুলে ওঠে, চামড়া শক্ত এবং রঙ পরিবর্তন করতে থাকে। জিন যেন নিজের মতো করে কাজ করছে—একটি বুদ্ধিমান, আত্মনির্ধারিত সত্তার মতো।

বিজ্ঞানীরা বুঝতে পারছিলেন না, এই জিনের ক্ষমতা মানুষের ক্ষমতার বাইরে। তাদের সব নিরাপত্তা ব্যবস্থা, সুরক্ষা প্রোটোকল, এবং নজরদারি হারিয়ে যাচ্ছিল। হাইফা জিন প্রতিটি কোষে প্রবেশ করে এবং তার নিয়ন্ত্রণে থাকা মানুষের শরীরকে নিজের মতো করে পরিবর্তন করতে শুরু করে। একপর্যায়ে ল্যাবের ভেতর বিশৃঙ্খলা ছড়িয়ে পড়ে। পরিবর্তিত মানুষগুলো চিৎকার করে ঘোরাফেরা করতে থাকে, যন্ত্রপাতি ধ্বংস করে এবং বিজ্ঞানীদের আক্রমণ করে। GeneCore-এর বিজ্ঞানীরা বুঝতে পারে, তারা এমন এক শক্তি সৃষ্টি করেছে যা তাদের নিজের নিয়ন্ত্রণের বাইরে চলে গেছে।

অর্ণব এবং রোহিত যখন এই দৃশ্য দেখছে, তখন তারা বুঝতে পারে যে, এই ব্যর্থতার কারণ শুধুমাত্র প্রযুক্তিগত সীমাবদ্ধতা নয়। মূল সমস্যা হলো—জিনটি ছিল জীবন্ত, বুদ্ধিমান, এবং অতিরিক্ত শক্তিশালী। এটি আর কোনো মানুষের নিয়ন্ত্রণে থাকা সম্ভব নয়। মানবজাতির ভাগ্য এখন এক ঝুঁকির ওপর নির্ভর করছে, এবং GeneCore-এর হাতে এটি যে অস্ত্র হয়ে দাঁড়িয়েছে, তা প্রতিরোধ করা কঠিন।

পর্ব ১৬৯: ভয়ঙ্কর রূপান্তর

ব্যর্থতার পর ল্যাবের ভেতর এক অদ্ভুত ও ভয়ঙ্কর দৃশ্য সৃষ্টি হয়। স্বেচ্ছাসেবকরা, যারা আগে মানুষ ছিলেন, তারা অর্ধেক মানুষ-অর্ধেক ছত্রাক দানবে পরিণত হতে শুরু করে। তাদের শরীর যেন ধীরে ধীরে এক নতুন, অজানা জীবের রূপ ধারণ করছে।

প্রথমে ছোট ছোট অঙ্গ-প্রত্যঙ্গ বিকৃত হতে শুরু করে। হাতের আঙ্গুল অস্বাভাবিকভাবে লম্বা হয়ে যায়, পেশী ফুলে ওঠে, এবং চামড়া কালো হয়ে যায়। কিন্তু সবচেয়ে ভয়ঙ্কর ছিল তাদের শরীর থেকে বের হওয়া ছত্রাক। ছোট ছোট ফোঁটা থেকে শুরু করে ধীরে ধীরে বড় বড় ছত্রাক তাদের ত্বকের মধ্য দিয়ে বের হতে থাকে। এই ছত্রাকগুলো নিজের মতো করে বাড়তে থাকে, এবং সংস্পর্শে আসা অন্য কোনো জিনিসকে সংক্রমিত করার ক্ষমতা রাখে।

দানবগুলোতে আরও অদ্ভুত বৈশিষ্ট্য দেখা দেয়। তারা মানুষের মতো চলাফেরা করতে পারলেও, এক মুহূর্তের মধ্যে নিজের অঙ্গ-প্রত্যঙ্গকে নতুন রূপে পরিবর্তন করতে সক্ষম। চোখগুলো

সাদা হয়ে যায়, মুখ বিকৃত হয়, এবং তাদের শব্দ কেবল চিৎকার নয়—এক ধরনের হাহাকার যা অন্যদের ভয়ে স্তব্ধ করে।

ল্যাবের ভেতর এই দৃশ্য দেখে GeneCore-এর বিজ্ঞানীরাও আতঙ্কিত হয়ে পড়ে। তারা বুঝতে পারে যে তারা এমন এক শক্তি তৈরি করেছে যা আর নিয়ন্ত্রণে নেই। অর্ধেক মানুষ-অর্ধেক ছত্রাক দানবগুলো যেন নিজেদের ইচ্ছায় কাজ করে, এবং ল্যাবের প্রতিটি কোণ তাদের উপস্থিতি অনুভব করে।

এই রূপান্তরের ফলে ল্যাব পুরোপুরি বিশৃঙ্খলায় পরিণত হয়। বিজ্ঞানীরা পালানোর চেষ্টা করে, যন্ত্রপাতি ধ্বংস হয়, এবং দানবগুলো তাদের স্বাধীনভাবে ঘুরে বেড়ায়। হাইফা জিনের এই রূপান্তর স্পষ্ট করে দেয় যে, এটি শুধু একটি রোগ বা জিন নয়—এটি এক জীবন্ত, অত্যন্ত শক্তিশালী সত্তা, যা মানবজাতির জন্য এক ভয়ঙ্কর হুমকি।

পর্ব ১৭০: নিয়ন্ত্রণের বাইরে

ল্যাবের ভেতর অদ্ভুত এবং ভয়ঙ্কর চিত্র চোখের সামনে ছড়িয়ে পড়ে। GeneCore-এর বিজ্ঞানীরা ভয়ে আছন্ন হয়ে দাঁড়ায়, তারা বুঝতে পারছিল না, তাদের হাতে তৈরি হওয়া এই সত্তা এখন তাদের নিয়ন্ত্রণের বাইরে চলে গেছে। একসময় নিয়ন্ত্রিত মনে হওয়া পরীক্ষা আর স্বেচ্ছাসেবকরা এখন যেন নিজের ইচ্ছায় চলাফেরা করছে।

দানবগুলো ধীরে ধীরে ল্যাবের প্রতিটি কক্ষ দখল করতে শুরু করে। তাদের অঙ্গ-প্রত্যঙ্গ পরিবর্তনের ক্ষমতা এতটাই বিস্ময়কর যে, যন্ত্রপাতি, দরজা, এমনকি নিরাপত্তা গেটও

তাদের বাধা দিতে পারছে না। যেকোনো প্রাচীর বা ফার্নিচারের মধ্য দিয়ে তারা প্রবেশ করতে পারছে, যেন তাদের শরীর নিজেই পথ খুঁজে নিচ্ছে।

ল্যাবের বিজ্ঞানীরা আতঙ্কিত হয়ে পালানোর চেষ্টা করে। কিন্তু দানবগুলোতে এমন ক্ষমতা রয়েছে যে, তারা দ্রুত এগিয়ে আসে, প্রতিটি কোণাগুলো নজরে রাখে, এবং যেকোনো অবাধ্য কর্মীকে হুমকি দেয়। যে যন্ত্রপাতি নিয়ন্ত্রণের জন্য স্থাপন করা হয়েছিল, তা সব ধ্বংস হয়ে যায়। বিস্ফোরণ, আগুন এবং ধোঁয়ার মধ্যে দানবগুলো যেন নিজের অস্তিত্বের জন্য লড়ছে।

GeneCore-এর প্রধান বিজ্ঞানী মাইকেল চিৎকার করে বলে, "আমরা যা তৈরি করেছি, তা আমাদের নিয়ন্ত্রণের বাইরে চলে গেছে! এটি আর একটি জিন নয়—এটি এক জৈব অস্ত্র, যা আমাদের ধ্বংস করতে পারে!"

দানবগুলো কেবল মানুষ নয়; তারা বুদ্ধিমান, দ্রুত প্রতিক্রিয়াশীল এবং সংক্রামক। তাদের শারীরিক শক্তি এতটাই বৃদ্ধি পেয়েছে যে, সাধারণ অস্ত্র তাদের ওপর প্রভাব ফেলতে পারছে না। প্রতিটি মুহূর্তে তারা আরও বেশি বিস্তৃত হচ্ছে, ল্যাবের প্রতিটি কর্ণারে আতঙ্ক ছড়িয়ে দিচ্ছে।

এই পরিস্থিতি GeneCore-এর সকলের জন্য এক চরম বিপর্যয়। বিজ্ঞানীরা বুঝতে পারে যে, তাদের ভুল শুধু একটি ল্যাবের জন্য নয়—সমগ্র মানবজাতির জন্য একটি ভয়ঙ্কর হুমকি সৃষ্টি করেছে। এই দানবীয় সত্তাগুলোকে নিয়ন্ত্রণে আনা

এখন প্রায় অসম্ভব, এবং ল্যাবের ভেতরে যে বিশৃঙ্খলা চলছে, তা মাত্র শুরুর আগেই চরম আকার ধারণ করছে।

পর্ব ১৭১: দানবের আগমন

ল্যাবের ভেতর অর্ধেক মানুষ-অর্ধেক ছত্রাক দানবগুলো ধ্বংসযজ্ঞ শুরু করে। তাদের বিকৃত অঙ্গ-প্রত্যঙ্গ যেন নিজের মতো করে চলাফেরা করছে। লম্বা হাত, শক্ত পেশী, ছত্রাকজাত উপসর্গগুলো—সবকিছু মিলিয়ে তারা এক অভূতপূর্ব আতঙ্কের সৃষ্টি করছে। বিজ্ঞানীরা যে নিয়ন্ত্রণ বা সুরক্ষা ব্যবস্থা স্থাপন করেছিলেন, তা একে একে ধ্বংস হয়ে যাচ্ছে।

দানবগুলো শুধু হামলা করছে না; তারা ল্যাবের প্রতিটি যন্ত্রপাতি, ডেস্ক, কম্পিউটার এবং পরীক্ষার সরঞ্জামকে ভেঙে দিচ্ছে। তাদের অঙ্গপ্রত্যঙ্গের বিকৃত ক্ষমতা যেকোনো বাধা অতিক্রম করতে পারছে। দরজা, দেয়াল, এমনকি ধাতব জারি—কিছুই তাদের কাছে বাধা নয়। ল্যাবের কাঁচের জানালা ভাঙছে, এবং ভাঙা কাচের টুকরা উড়ে উড়ে দানবদের দিকে আঘাত হানছে, কিন্তু তাতে তাদের কোনো ক্ষতি হচ্ছে না। বিজ্ঞানীরা আতঙ্কিত হয়ে চিৎকার করছে, কেউ পালানোর চেষ্টা করছে, কেউ লুকতে চাইছে। কিন্তু দানবগুলো তাদের দ্রুত খুঁজে বের করছে। প্রত্যেক ধাপেই যে কেউ তাদের মুখোমুখি হচ্ছে, তার ওপর দানবীয় শক্তি প্রয়োগ করে দমন করছে। ল্যাবের ভেতরে আগুন লেগে যাচ্ছে, যন্ত্রপাতি বিস্ফোরিত হচ্ছে, এবং দানবগুলো এই বিশৃঙ্খলায় যেন আরও সক্রিয় হয়ে উঠছে।

কিছুক্ষণে পুরো ল্যাব এক জীবন্ত যুদ্ধক্ষেত্রে পরিণত হয়। যে কক্ষগুলো শান্তিপূর্ণভাবে পরীক্ষা-নিরীক্ষার জন্য ব্যবহৃত হত, এখন সেখানকার সবকিছু ভেঙে পড়ছে, ধোঁয়া এবং নীলচে আভা ছড়াচ্ছে। দানবগুলো যেন এক অভিশপ্ত সত্তার মতো, যা ল্যাবের প্রতিটি কর্ণার দখল করছে এবং যে কোনো প্রাণিকে ধ্বংসের মুখোমুখি করছে।

এই মুহূর্তে GeneCore-এর প্রধান বিজ্ঞানী মাইকেল চিৎকার করে বলে, "আমরা যা তৈরি করেছি, তা এখন আমাদের নিয়ন্ত্রণের বাইরে! এটি আর শুধু একটি গবেষণা নয়—এটি এক জীবন্ত দানব যা আমাদের ধ্বংস করতে চাইছে!"

ল্যাবের ভেতরের বিশৃঙ্খলা এবং দানবীয় তাণ্ডব দেখার পর বোঝা যাচ্ছে, এই সৃষ্টি শুধুমাত্র একটি ল্যাবের সমস্যা নয়, বরং সমগ্র মানবজাতির জন্য এক চরম বিপদের আগমনী।

পর্ব ১৭২: অর্ণব ও রোহিতের লড়াই

ল্যাবের ভেতর অর্ধেক মানুষ-অর্ধেক ছত্রাক দানবগুলো তাণ্ডব চালাচ্ছে। তাদের বিকৃত অঙ্গ-প্রত্যঙ্গের প্রভাব যে কোনো বাধা অতিক্রম করতে সক্ষম। এই মুহূর্তে অর্ণব এবং রোহিত জানে, পালিয়ে থাকা আর কোনো সমাধান নয়। তাদের একমাত্র উপায়—লড়াই করা।

অর্ণব দ্রুত তার প্রায়শ্চিত্তের শক্তি সংগ্রহ করে। সে জানে, এই লড়াই শুধু নিজের জন্য নয়, পুরো মানবজাতির জন্য। তার হাতের প্রতিটি যন্ত্রপাতি, পিপেট ও কেমিক্যাল ব্যবহার করে সে দানবগুলোর মনোযোগ বিভ্রান্ত করার চেষ্টা করে।

রোহিত তার সাংবাদিকতার অভিজ্ঞতা কাজে লাগিয়ে প্রতিটি কর্ণারে লুকে দানবগুলোর দুর্বলতা খুঁজে বের করে।

দানবগুলো আক্রমণ করে, কিন্তু অর্ণব এবং রোহিত জানে কিভাবে তাদের প্রতিহত করতে হবে। তারা একে অপরের সঙ্গে নিখুঁত সমন্বয় রেখে ল্যাবের ভেতর দৌড়াচ্ছে, লাফাচ্ছে এবং কখনো কখনো যন্ত্রপাতি ছুঁড়ে দানবদের দৃষ্টি অন্যদিকে সরিয়ে দেয়।

একটি মুহূর্তে, একটি বিশাল দানব তাদের দিকে আক্রমণ করে। অর্ণব দ্রুত তার হাতে থাকা কেমিক্যাল বোমা ব্যবহার করে দানবটিকে আটকে দেয়। রোহিত একদম কাছে এসে তার বাম দিকের চোখ লক্ষ্য করে, এবং তাতে নীলচে আলো ফোঁটানোর চেষ্টা করে, যা দানবটির আচরণে বিভ্রান্তি সৃষ্টি করে।

ল্যাবের চারপাশে বিস্ফোরণ এবং নীলচে আভার আলো ছড়িয়ে পড়ে। ধোঁয়া, আগুন, এবং ছত্রাকজাত প্রাণীদের চিৎকার—সব মিলিয়ে এই লড়াই এক বাস্তব দুঃস্বপ্নে পরিণত হয়।

তাদের লড়াই শুধু বাহ্যিক নয়, মানসিকও। তারা জানে, যদি এই লড়াইতে ব্যর্থ হয়, মানবজাতির ভবিষ্যৎ শেষ। প্রতিটি পদক্ষেপ, প্রতিটি আক্রমণ, প্রতিটি কৌশল—সবই তাদের জীবনের সবচেয়ে গুরুত্বপূর্ণ।

অর্ণব এবং রোহিতের লড়াই ল্যাবের অন্ধকার এবং বিশৃঙ্খলার মধ্যে একটি শেষ আশা জাগায়। তারা জানে, এই লড়াইয়ে জয়লাভই একমাত্র সমাধান। তাদের শ্বাসপ্রশ্বাস

দ্রুত, হৃদয় তীব্র, কিন্তু তাদের মনোসংযোগ একটাই— প্রতিষেধক তৈরির পথ খুঁজে বের করা এবং মানবজাতিকে রক্ষা করা।

পর্ব ১৭৩: প্রতিশোধ

ল্যাবের ভেতর দানবগুলো যেন কোনো অদৃশ্য ক্রোধের শিকার। তারা বিকৃত অঙ্গ-প্রত্যঙ্গ দিয়ে সব কিছু ধ্বংস করছে—যন্ত্রপাতি, পরীক্ষা-পত্র, এবং তাদের সৃষ্ট বিজ্ঞানীদের ওপর আক্রমণ। প্রতিটি দানব যেন তাদের নিজস্ব শক্তি এবং আক্রোশের মাধ্যমে ল্যাবকে ধ্বংসের এক অন্ধকার সীমানায় ঠেলে দিচ্ছে।

অর্ণব এবং রোহিত সমস্ত মনোযোগ দিয়ে ল্যাবের মধ্য দিয়ে এগোতে থাকে। তাদের চোখে আতঙ্কের ছায়া, কিন্তু মনে দৃঢ় সংকল্প। দানবগুলো চারপাশে ছুটছে, প্রতিটি পদক্ষেপে যেন পৃথিবী কাঁপছে। তারা জানে, এই মুহূর্তে ভুল কোনো পদক্ষেপ তাদের শেষ হতে পারে।

একটি বিশাল দানব ল্যাবের মাঝখান দিয়ে তাদের দিকে ধেয়ে আসে। অর্ণব দ্রুত রোহিতকে পিছনে ঠেলে দেয় এবং তার হাতে থাকা কেমিক্যাল বোমা নিক্ষেপ করে। বিস্ফোরণ এবং নীলচে আলো দানবটিকে কিছুক্ষণ স্থবির করে। রোহিত সেই সুযোগে ল্যাবের শেষ দরজার দিকে ছুটে যায়।

ল্যাব থেকে বেরিয়ে আসার পর তারা পিছনে ফিরে দেখে, ল্যাব এখন এক ধ্বংসপ্রাপ্ত জায়গায় পরিণত হয়েছে। আগুন এখনও জ্বলছে, নীলচে আলো বাতাসে ঝলমল করছে, এবং দানবগুলো ল্যাবের ভেতরে তাণ্ডব চালাচ্ছে। অর্ণব ও রোহিত

বুঝতে পারে, এই লড়াই শুধু শারীরিক নয়, এটি ছিল মানসিক, নৈতিক এবং জীবনের সবচেয়ে কঠিন পরীক্ষা। তাদের হৃদয় এখন ভারাক্রান্ত। তারা জানে, এই লড়াইতে বেঁচে যাওয়া একমাত্র সাফল্য নয়—এটি ছিল মানবজাতির ভবিষ্যতের জন্য একটি ক্ষুদ্র প্রতিশোধ। প্রতিটি মুহূর্ত, প্রতিটি পদক্ষেপ, তাদের শিখিয়েছে যে এই যুদ্ধে শুধুই বেঁচে থাকা যথেষ্ট নয়; তাদের প্রতিষেধক তৈরি করে মানবজাতিকে রক্ষা করাই শেষ লক্ষ্য।

অর্ণব চুপচাপ নীরব হয়ে দাঁড়ায়। রোহিত তার কাঁধে হাত রাখে। তারা জানে, লড়াই শেষ হয়েছে, কিন্তু যুদ্ধের আসল চ্যালেঞ্জ এখনও শুরু হয়নি।

পর্ব ১৭৪: অস্তিত্বের জন্য লড়াই

অ্যান্টার্কটিকার বরফের নিচে GeneCore-এর গোপন ঘাঁটিতে পরিস্থিতি মুহূর্তের মধ্যে তীব্র রূপ নেয়। ল্যাবের ভিতরে অর্ধেক মানুষ-অর্ধেক ছত্রাক দানবগুলো যেন এক অদৃশ্য ক্রোধের সাথে তাণ্ডব চালাচ্ছে। তাদের শরীর বিকৃত, চামড়া কালো এবং শক্ত, পেশী ফুলে উঠেছে। তারা তাদের অস্বাভাবিক অঙ্গ-প্রত্যঙ্গ দিয়ে যেকোনো বাধা দূর করতে সক্ষম।

অর্ণব ও রোহিত ল্যাবের এক কোণ থেকে আরেক কোণে ছুটছে, তাদের চোখে আতঙ্ক, কিন্তু মনে অদম্য সংকল্প। ধ্বংসের শব্দ, চিৎকার, আগুনের গন্ধ—সব কিছু মিলিয়ে তাদের চারপাশে এক জীবন্ত দুঃস্বপ্নের সৃষ্টি হয়েছে। প্রতিটি

পদক্ষেপে তারা বুঝতে পারছে, যদি এক মুহূর্তও ভুল হয়, তবে জীবন চলে যাবে।

দানবগুলো ল্যাবের ভেতর একে অপরকে নিয়ন্ত্রণ করে না, বরং তাদের স্বতন্ত্র বুদ্ধি ও অনুভূতির মতো আচরণ করছে। তারা বিজ্ঞানীদের আক্রমণ করে, যন্ত্রপাতি ভেঙে ফেলে এবং ল্যাবের মূল কক্ষগুলো ছিন্নভিন্ন করে দেয়। প্রতিটি বিস্ফোরণ, প্রতিটি ধ্বংসের শব্দ অর্ণবের কানের কাছে এক মৃদু আতঙ্কের বার্তা হয়ে ধ্বনিত হচ্ছে—"তোমাদের সময় কম।"

অর্ণব দ্রুত রোহিতকে পিছনে ঠেলে দিয়ে যান্ত্রিক কন্ট্রোল প্যানেল ভেঙে দেয়, যাতে ল্যাবের নিরাপত্তা ব্যবস্থা আর দানবদের দমন করতে না পারে। নীলচে আলো ছড়ানো কিছু ছত্রাক যেন তাদের পথ বন্ধ করতে চায়, কিন্তু তারা লুকিয়ে এবং দ্রুতগতিতে এগিয়ে যায়।

প্রায় শেষ দরজার কাছে পৌঁছালে একটি বিশাল দানব তাদের দিকে ঝাঁপায়। রোহিতের তীক্ষ্ণ নজর এবং অর্ণবের দ্রুত প্রতিক্রিয়া মিলিয়ে তারা সাময়িকভাবে দানবটিকে আটকে রাখে। সেই মুহূর্তে তারা বুঝতে পারে, এই লড়াই শুধুই শারীরিক নয়; এটি তাদের অস্তিত্বের, মানবজাতির অস্তিত্বের লড়াই।

শেষে, তারা কোনোমতে ল্যাবের বাইরে বের হয়। তীব্র ঠাণ্ডা বাতাস তাদের মুখে লাগে, কিন্তু তারা জীবিত। পিছনে ল্যাব ধ্বংসপ্রাপ্ত অবস্থায়, আগুনের জ্বলন্ত ছায়া এবং নীলচে আলো বাতাসে ঝলমল করছে। অর্ণব এবং রোহিত এক সঙ্গে দাঁড়িয়ে শ্বাস ফেলে, জানে, এই যুদ্ধের জন্য বেঁচে থাকা প্রথম

জয়, কিন্তু আসল লড়াই—মানবজাতিকে রক্ষা করা—এখন শুরু হয়েছে।

পর্ব ১৭৫: অর্ণব ও রোহিতের ঐক্য

অ্যান্টার্কটিকার বরফের নিচে GeneCore-এর ধ্বংসপ্রাপ্ত ঘাঁটির ধোঁয়া আর নীলচে আলো এখনো বাতাসে ভেসে বেড়াচ্ছে। অর্ণব এবং রোহিত তাদের পায়ের তল দিয়ে বরফ চাপা শব্দ শোনে, মনে আছে প্রতিটি মুহূর্তের ঝুঁকি। চারপাশে অর্ধেক মানুষ-অর্ধেক ছত্রাক দানবেরা এখনও তাণ্ডব চালাচ্ছে।

অর্ণব তার হাতের যন্ত্র দিয়ে দানবগুলোর গতিবিধি বিশ্লেষণ করে। সে লক্ষ্য করে, তারা শুধুমাত্র আক্রমণ করছে না, বরং এক ধরনের যৌক্তিক আচরণ দেখাচ্ছে। প্রতিটি দানব যেন তাদের চারপাশের পরিবেশ বোঝার চেষ্টা করছে এবং প্রতিটি সুযোগে এগিয়ে আসছে। অর্ণব দ্রুত রোহিতের দিকে চোখ মেলায় এবং বলে, "তাদের প্যাটার্ন আমি ধরতে পেরেছি। আমাদের যাত্রা পরিকল্পনা অনুযায়ী করতে হবে।"

রোহিত তার সামরিক প্রশিক্ষণ ব্যবহার করে ল্যাবের ভাঙা দেয়াল, যান্ত্রিক যন্ত্রপাতি এবং ছত্রাকের বিস্তারকৃত অঞ্চলগুলি ছাড়িয়ে অর্ণবের জন্য পথ তৈরি করে। সে ঝুঁকি নিয়ে দানবগুলোর আক্রমণ প্রতিহত করে, প্রতিটি আঘাতকে নিখুঁত প্রতিক্রিয়ায় মোকাবিলা করে।

এই মুহূর্তে তাদের মধ্যে একটি অদৃশ্য সমন্বয় গড়ে ওঠে। অর্ণব জিনের বিজ্ঞানিক বিশ্লেষণ করে এবং রোহিত তা বাস্তবে প্রয়োগ করে। তারা বুঝতে পারে, একা তারা এই

দানবীয় শক্তির বিরুদ্ধে কিছুই করতে পারবে না, কিন্তু একসঙ্গে তারা প্রতিটি ঝুঁকি সামলাতে সক্ষম।

প্রতি পদক্ষেপে তাদের মধ্যে শক্তি এবং কৌশল মিলিত হয়। অর্ণব নকশা তৈরি করে, রোহিত তা বাস্তবায়ন করে। তাদের দৃষ্টি শুধু নিজেদের জীবনে নয়; এই লড়াই মানবজাতির অস্তিত্বের জন্য। তারা জানে, যদি তারা সফল না হয়, এই জিনের বিস্তার পৃথিবীকে অচল করে দিতে পারে।

বরফের ঝাপসা আলোয় অর্ণব এবং রোহিত একে অপরের পাশে দাঁড়িয়ে নির্ভীকভাবে এগিয়ে যায়। তাদের ঐক্য এখন একক অস্ত্র, যা এই ভয়ঙ্কর দানবীয় বিপদের বিরুদ্ধে মানবজাতির শেষ আশার প্রতীক হয়ে দাঁড়িয়েছে।

পর্ব ১৭৬: মূল গবেষণাগারের সন্ধান

অর্ণব ও রোহিত ধীরে ধীরে ধ্বংসপ্রাপ্ত ল্যাবের ভেতর দিয়ে এগোতে থাকে। চারপাশে অর্ধেক মানুষ-অর্ধেক ছত্রাক দানবেরা এখনো তাণ্ডব চালাচ্ছে। বরফের নিচে স্থাপন করা ল্যাবের যান্ত্রিক যন্ত্রপাতি এবং ঝাঁঝালো নীলচে আলো তাদের পথকে আরও জটিল করে তুলেছে। প্রতিটি মুহূর্তে তাদের প্রাণের ঝুঁকি ছিল, কিন্তু তাদের লক্ষ্য স্পষ্ট—মূল গবেষণাগারে পৌঁছানো এবং হাইফা জিনের সমস্ত ডেটা এবং নমুনা সংগ্রহ করা।

অর্ণব তার হ্যান্ডহেল্ড ডিভাইসে ল্যাবের মানচিত্র বিশ্লেষণ করে। সে জানে, GeneCore মূল গবেষণাগারটি অত্যন্ত সুরক্ষিত করে রেখেছে। যন্ত্রপাতি, বায়োমেট্রিক সেন্সর এবং স্বয়ংক্রিয় রক্ষী ব্যবস্থা—সবই তাদের প্রবেশের পথে বড়

বাধা। কিন্তু অর্ণব এবং রোহিতের অভিজ্ঞতা তাদের পথ দেখায়। অর্ণব ল্যাবের নিরাপত্তা ব্যবস্থার দুর্বলতা খুঁজে বের করে, আর রোহিত তা ব্যবহার করে চুপচাপ অগ্রসর হয়।

রোহিত অর্ণবের পাশে দাঁড়ায়, সে বলে, "আমাদের কোনো ভুল পদক্ষেপের সুযোগ নেই। একবার ধরা পড়লে আমাদের শেষ।" অর্ণব মাথা না নাড়িয়ে হালকা শব্দে উত্তর দেয়, "আমি জানি। তবে আমরা যদি মূল গবেষণাগার থেকে ডেটা না নিয়ে যাই, মানবজাতির কোনো সম্ভাবনা থাকবে না।"

তারা প্রতিটি দরজা এবং কক্ষ পেরিয়ে চলে, যেখানে ধ্বংসপ্রাপ্ত যন্ত্রপাতি এবং অর্ধমানব-অর্ধছত্রাক দানবের নিঃশব্দ অঙ্গপ্রত্যঙ্গ তাদের পথকে ভয়ঙ্কর করে তুলেছে। প্রতিটি পদক্ষেপ তাদের ধৈর্য পরীক্ষা করছে, কিন্তু তারা জানে, একমাত্র মূল গবেষণাগারে পৌঁছানোই তাদের শেষ অস্ত্র।

শেষ অবধি, একটি বিশাল ধাতব দরজা তাদের সামনে আসে। দরজার ওপরে লাল হালকা ঝলমল করছে—এটি স্পষ্টতই GeneCore-এর সবচেয়ে সুরক্ষিত কক্ষ। অর্ণব ডিভাইস দিয়ে দরজার নিরাপত্তা ব্যবস্থা হ্যাক করতে শুরু করে, আর রোহিত চারপাশ পাহারা দেয়। সময় যেন থেমে গেছে।

অর্ণবের হাত স্থির, তার চোখ মনোযোগে ভরা। দরজা খুললেই তারা মূল গবেষণাগারে প্রবেশ করবে—যেখানে হাইফা জিনের সমস্ত তথ্য এবং নমুনা অপেক্ষা করছে। এই ডেটা সংগ্রহ করতে পারলেই তারা এই দানবীয় মহামারির বিরুদ্ধে শেষ লড়াই শুরু করতে পারবে।

অর্ণব ও রোহিত একে অপরের দিকে তাকায়। তারা জানে, এই পদক্ষেপের পর আর ফিরে আসা সম্ভব নয়। তাদের সাহস, কৌশল এবং একতা—সবই এখন পরীক্ষার মুখোমুখি। এবং মূল গবেষণার দরজা ধীরে ধীরে খুলতে শুরু করে, নতুন আশার আলো তাদের দিকে ছড়িয়ে দেয়।

পর্ব ১৭৭: শেষ আশা

মূল গবেষণাগারের ভেতরে অর্ণব ধীরে ধীরে এগোয়। চারপাশে প্রযুক্তির জটিল যন্ত্রপাতি, নীলচে আলো এবং হাইফা জিনের নমুনাগুলি তার মনকে চাপের মধ্যে ফেলছে। প্রতিটি মুহূর্তে মনে হচ্ছে, এখানকার বাতাসও জীবন্ত—কিছু অদৃশ্য শক্তি তাকে পর্যবেক্ষণ করছে।

অর্ণব শেষ পর্যন্ত একটি কাচের কক্ষের মধ্যে হাইফা জিনের মূল নমুনা খুঁজে পায়। নমুনাটি একরাশ নীলচে তরলে ভরা, যা বাতাসের সংস্পর্শে এলেই অদৃশ্যভাবে ছড়িয়ে পড়ে। তার হৃদয় দ্রুত ধুকধুক করতে থাকে। সে জানে, এই ছোট কৃত্রিম তরলেই লুকিয়ে আছে মানবজাতির শেষ আশার চাবিকাঠি। তার হাতে এখন সময় খুব কম। প্রতিটি মুহূর্তের বিলম্বই মহামারিকে আরও বিস্তৃত করে তোলে। অর্ণব তার সব বৈজ্ঞানিক দক্ষতা এবং অভিজ্ঞতা কাজে লাগিয়ে প্রতিষেধক তৈরির জন্য প্রয়োজনীয় সব উপাদান প্রস্তুত করে। সে অঙ্গভঙ্গি এবং সূত্র মিলিয়ে এক ধাপ-এক ধাপে প্রতিষেধক তৈরি করতে থাকে। প্রতিটি মিশ্রণ, প্রতিটি ধাপ তার জীবনের চূড়ান্ত পরীক্ষা।

রোহিত পাশে দাঁড়িয়ে সতর্কভাবে চারপাশ পাহারা দেয়। তার চোখে অদম্য এক শীতল দৃষ্টি—যে কোনো বিপদে মুহূর্তেই প্রতিক্রিয়া জানাতে প্রস্তুত। তারা জানে, এখানে প্রতিটি ভুল পদক্ষেপ মানবজাতির চূড়ান্ত বিপদের কারণ হতে পারে।

অর্ণবের হাত দ্রুত, কিন্তু সঠিক। তার চোখের সামনে ধীরে ধীরে একটি তরল তৈরি হচ্ছে, যা হাইফা জিনের বিপদজনক ক্ষমতাকে নিষ্ক্রিয় করতে পারবে। প্রতিষেধকটি কেবল এক প্রযুক্তিগত সাফল্য নয়, এটি তার অপরাধবোধ এবং মানবজাতির প্রতি তার দায়বদ্ধতার প্রতীক।

শেষ মুহূর্তে, অর্ণব গভীর নিশ্বাস নেয়। সে জানে, যদি এই প্রতিষেধক সফল হয়, তাহলে মানবজাতি এই দানবীয় মহামারির হাত থেকে বাঁচবে। এটি তার জীবনের সবচেয়ে বড় চ্যালেঞ্জ—একটি চ্যালেঞ্জ যা মানবজাতির ভবিষ্যত নির্ধারণ করবে।

প্রথমবারের মতো অর্ণব মনে করে, হয়তো মানবজাতির জন্য এখনও এক শেষ আশা বেঁচে আছে।

পর্ব ১৭৮: চূড়ান্ত প্রস্তুতি

অর্ণব ধীরে ধীরে প্রতিষেধক ইনজেকশনের জন্য প্রস্তুত করে। তার চোখে এক অদম্য দৃঢ়তা—ভয় বা অনিশ্চয়তার কোনো ছায়া নেই। প্রতিটি পদক্ষেপে তার মন শক্ত, কারণ সে জানে, এই একমাত্র ইনজেকশনই মানবজাতির শেষ আশা।

রোহিত পাশে দাঁড়িয়ে সতর্ক চোখে চারপাশ পর্যবেক্ষণ করছে। সে জানে, এখানে প্রতিটি মুহূর্তই প্রাণঘাতী হতে

পারে। অর্ণবের হাতের প্রতিটি চাল যেন ভীষণ সতর্কভাবে, নিখুঁতভাবে পরিচালিত হচ্ছে।

অর্ণব তার সব তথ্য রোহিতকে তুলে দেয়—নমুনার ধরন, প্রতিষেধকের গঠন, প্রয়োগের পদ্ধতি। সে বলল, "রোহিত, যদি আমি ফিরে না আসি, তবে তুমি এই তথ্যগুলো সমগ্র বিশ্বকে জানাবে। মানবজাতির জন্য আমাদের এই একমাত্র সুযোগ।"

রোহিত মাথা নেড়ে স্বীকার করে। তার চোখে আছে দৃঢ় সংকল্প—অর্ণবের কথাগুলো শুধুই জানার নয়, তা বাস্তবে প্রয়োগ করারও প্রস্তুতি।

অর্ণব ইনজেকশনটি হাতে ধরে স্থিরভাবে তাকায়। চারপাশের নীরবতা যেন আকাশ-পাতাল ভেঙে শুধু তাদের দুইজনকে বুকে ধরে রাখে। মুহূর্তের জন্য সময় থেমে গেছে।

প্রতিষেধকটি এখন শুধু একটি তরল নয়; এটি মানবজাতির জীবনের শেষ আশা। অর্ণব জানে, এই মুহূর্তে তার সাহস, জ্ঞান এবং ধৈর্যই নির্ধারণ করবে মানবজাতির ভবিষ্যত।

সে গভীর নিশ্বাস নেয়, চোখ বন্ধ করে ইনজেকশনটি আত্মবিশ্বাসের সঙ্গে প্রয়োগের জন্য প্রস্তুত হয়। এই মুহূর্তে, তার মধ্যে এক অদম্য আত্মবিশ্বাস এবং মানবজাতির জন্য নিঃস্বার্থ কর্তব্যবোধ জাগ্রত হয়।

পর্ব ১৭৯: শেষ লড়াইয়ের প্রস্তুতি

অর্ণব ইনজেকশনটি হাতে নিয়ে এক প্রকার ধীরস্থির মনোভাব নিয়ে দাঁড়ায়। চারপাশে ধ্বংসের চিহ্ন, ল্যাবের ভাঙা সরঞ্জাম, ছত্রাক-দাঁতবিশিষ্ট দানবগুলোর দূরে দূরে ভীষণ

ছায়া—সবকিছু মিলিয়ে যেন এক জীবন্ত দুঃস্বপ্ন। তবু তার মনে অদ্ভুত এক শান্তি বিরাজ করছে।

সে জানত, এই লড়াই হয়তো তার জীবনের শেষ লড়াই হতে পারে। প্রতিটি নিঃশ্বাসে অনুভব করছিল যে সময়ের সঙ্গে পাল্লা দিয়ে চলতে হবে। পিছু হটার কোনো সুযোগ নেই। এই লড়াই তার নৈতিক দায়, মানবজাতির জন্য এক চূড়ান্ত অবদান।

রোহিত পাশে দাঁড়িয়ে অর্ণবের দিকে তাকায়। তার চোখে অশ্রু নেই, শুধুই দৃঢ় সংকল্প। সে জানে, এই মুহূর্তে অর্ণবের সাহসই তাদের একমাত্র আশ্রয়।

অর্ণব নিজের অস্ত্র এবং প্রতিষেধক প্রস্তুত করে। তার মনের মধ্যে প্রতিটি বৈজ্ঞানিক সূত্র, প্রতিটি পরিকল্পনা ঝাঁঝালোভাবে কাজ করছে। সে ভাবছে, কোন কৌশল বা চাল কিভাবে দানবদের দুর্বলতা লক্ষ্য করতে সাহায্য করবে।

দানবগুলো দূরে ভয়ঙ্কর আওয়াজ করতে করতে ধীরে ধীরে ল্যাবের ভাঙাচোরা গম্বুজের মধ্যে এগোচ্ছে। তাদের দৃষ্টি, তাদের বিকৃত অঙ্গ-প্রত্যঙ্গ—সবই প্রাণহানির সংকেত দিচ্ছে। অর্ণব ধীরে ধীরে ইনজেকশনটি পরীক্ষা করে, নিশ্চিত হয় যে এটি কার্যকর। তার হাত কাঁপছে না, কারণ তার মনে আছে মানবজাতির আশা—এই একমাত্র মুহূর্তে সবকিছু নির্ভর করছে তার সাহসের ওপর।

সে রোহিতের দিকে তাকিয়ে বলে, "আমরা এখন যা করব, তা শুধুই আমাদের নয়; পুরো মানবজাতির জন্য। আমাদের

একটি শেষ সুযোগ আছে, এবং আমি নিশ্চিত আমরা এটি কাজে লাগাব।"

দৃঢ় মনোবল, নির্ভীকতা এবং বিজ্ঞানভিত্তিক কৌশলের সঙ্গে অর্ণব নিজের অবস্থান গ্রহণ করে। দানবের দৃষ্টি ধীরে ধীরে তাদের দিকে আসে। সময় এসেছে—শেষ লড়াই শুরু হওয়ার।

পর্ব ১৮০: জীবনের ঝুঁকি

অর্ণব গভীর নিশ্বাস নিয়ে ইনজেকশনটি নিজের হাতে ধরে। তার চোখে দৃঢ় সংকল্প, তবে মনে এক ধরণের অদৃশ্য ভয়ও রয়েছে। প্রতিষেধকের রসায়নগত প্রভাব এবং পার্শ্বপ্রতিক্রিয়া সে জানে না। হতে পারে এটি তার জীবনেই বিপদ ডেকে আনবে, হতে পারে তার শরীর এই জিনের সঙ্গে পুরোপুরি খাপ খাওয়াতে পারবে না। তবু তার কাছে আর কোনো বিকল্প নেই।

রোহিত পাশেই দাঁড়িয়ে অর্ণবকে সমর্থন জানাচ্ছে। সে জানে, এই এক মুহূর্তের সাহসিকতা নির্ধারণ করবে মানবজাতির ভবিষ্যৎ।

অর্ণব ধীরে ধীরে ইনজেকশনটি শরীরে প্রবেশ করায়। প্রথমে কোনো পরিবর্তন অনুভব হয় না। তবে কয়েক মুহূর্তের মধ্যেই তার শরীরে এক অদ্ভুত তাপ ছড়িয়ে পড়ে। তার হৃদস্পন্দন দ্রুত বেড়ে যায়, মস্তিষ্কে একটি তীব্র উদ্দীপনা ছড়িয়ে পড়ে। সে অনুভব করে, প্রতিষেধকটি কেবল তার শরীরে নয়, তার অভ্যন্তরীণ শক্তির সঙ্গে মিলিত হচ্ছে।

দূরে দানবগুলো এগোচ্ছে। তাদের বিকৃত চোখ অর্ণবকে খুঁজে বের করেছে। ধীরে ধীরে তাদের ধ্বংসাত্মক আগ্রাসন অরণবের দিকে ধাবিত হচ্ছে।

অর্ণব নিজের শরীরের প্রতিটি সংবেদনকে নিয়ন্ত্রণ করার চেষ্টা করে। তার হাত কাঁপছে না, মন স্থির। সে জানে, এই একমাত্র সুযোগে যদি সে সফল হয়, মানবজাতি বাঁচবে; যদি ব্যর্থ হয়, তবে তার জীবনই বাজি থাকবে।

রোহিত তার পাশে দাঁড়িয়ে জানে, এই লড়াই কেবল বাহ্যিক নয়—এটি অর্ণবের নিজের শরীরের সঙ্গে এক চূড়ান্ত দ্বন্দ্ব।

প্রতিষেধকের কার্যকারিতা অল্প অল্প করে স্পষ্ট হতে শুরু করে। অর্ণব অনুভব করে তার শক্তি বৃদ্ধি পাচ্ছে, প্রতিটি দানবের গতিবিধি সে আগেভাগে আন্দাজ করতে পারছে। তবে পার্শ্বপ্রতিক্রিয়ার অনিশ্চয়তা এখনও রয়েছে—প্রতিটি মুহূর্ত তার জন্য এক নতুন ঝুঁকি তৈরি করছে।

অর্ণব জানে, এখন আর পিছু হটবার কোনো সময় নেই। মানবজাতির ভাগ্য তার হাতে—এই একমাত্র মুহূর্তে তার সাহস, তার জ্ঞান এবং তার প্রাণ সবকিছুই পরীক্ষা হবে।

পর্ব ১৮১: চূড়ান্ত মুহূর্ত

অর্ণবের হাত কাঁপছে, চোখে অদ্ভুত এক আঁধারের প্রতিফলন। ইনজেকশন শরীরে প্রবেশ করতেই তার অভ্যন্তরীণ শক্তি জেগে ওঠে। প্রথমে তা যেন শুধু একটি তীব্র তাপমাত্রার অনুভূতি, তারপর ধীরে ধীরে প্রতিটি কোষে ছড়িয়ে পড়া এক অদৃশ্য শক্তি।

তার হৃদয় দ্রুত ধক ধক করছে, শ্বাস কষ্টকর হয়ে উঠছে। তার মনে হয়, প্রতিটি শিরা, প্রতিটি অঙ্গ-প্রত্যঙ্গ একটি নতুন জীবনের সঙ্গে যুদ্ধ করছে। অর্ণব অনুভব করে, প্রতিষেধক শুধু জিনের প্রভাব প্রতিহত করছে না, বরং তার শরীরকে নতুন এক স্তরে উত্তোলন করছে।

দূরে দানবগুলো ধীরে ধীরে কাছে আসে। তাদের বিকৃত দৃষ্টি অর্ণবের দিকে। তবে এবার সে ভয় পাচ্ছে না। প্রতিষেধকের প্রভাব তার শরীরকে শক্তিশালী করছে, প্রতিটি নড়াচড়া আরও সঠিক, আরও দ্রুত।

অর্ণব জানে, এই মুহূর্ত তার জীবনের সবচেয়ে গুরুত্বপূর্ণ মুহূর্ত। যদি সে ব্যর্থ হয়, মানুষের অস্তিত্ব অনিশ্চিত। যদি সে সফল হয়, মানবজাতি আবার নতুন করে আশা পাবার যোগ্য হবে।

শরীরের প্রতিটি কোষ যেন একত্রে চিৎকার করছে, যুদ্ধ করছে, নিজেকে নতুন করে গঠন করছে। অর্ণবের মস্তিষ্ক স্পষ্ট, মন স্থির। সে প্রথমবার সত্যিই অনুভব করে—এই প্রতিষেধক শুধু জিনকে নয়, তার নিজের শক্তিকে মুক্তি দিচ্ছে।

এই চূড়ান্ত মুহূর্তে অর্ণব নিজের ভয়, অনিশ্চয়তা সবকিছুকে পেছনে ফেলে দেয়। সামনে শুধু একটাই লক্ষ্য—মানবজাতির বাঁচা, দানবের বিরুদ্ধে লড়াই, এবং শেষ পর্যন্ত বিজয়।

পর্ব ১৮২: প্রতিষেধকের কাজ শুরু

কিছুক্ষণের মধ্যেই অর্ণব অনুভব করল যে তার শরীরে পরিবর্তন শুরু হয়েছে। প্রথমে তার চোখের নীলচে আভা

ধীরে ধীরে স্বাভাবিক রঙে ফিরে আসতে শুরু করল। চোখের গভীরে এক অদ্ভুত শান্তি এবং নিয়ন্ত্রণের অনুভূতি জাগল। প্রতিটি দৃষ্টি এতটাই পরিষ্কার হয়ে উঠল যে সে দানবগুলোর প্রতিটি নড়াচড়া সহজে শনাক্ত করতে পারছে।

তার পেশীগুলো, যেগুলো আগে ইনজেকশনের তীব্র প্রভাবের কারণে অস্বাভাবিকভাবে শক্ত ও উত্তেজিত ছিল, এখন শিথিল হতে শুরু করল। তার হাত, যা কিছুক্ষণের আগে নিজের নিয়ন্ত্রণ হারিয়েছিল, এখন আবার সাবলীল এবং নমনীয় হয়ে উঠল। অর্ণব বুঝতে পারল, প্রতিষেধকটি তার শরীরে কার্যকর হচ্ছে, ধীরে ধীরে সেই শক্তি দূর করছে যা দানবীয় প্রভাব তৈরি করেছিল।

শরীরের প্রতিটি কোষ যেন পুনর্জীবিত হচ্ছে। আগের অস্থিরতা, ক্লান্তি এবং ব্যথা ধীরে ধীরে হারাতে শুরু করল। অর্ণব অনুভব করল, তার শক্তি শুধু স্বাভাবিক অবস্থায় ফিরে আসছে না, বরং নতুন এক দিক দিয়ে বিকশিত হচ্ছে। প্রতিষেধকটি কেবল রোগ প্রতিরোধ করছে না, বরং তার শরীরকে সজীব, প্রতিরোধী এবং প্রস্তুত অবস্থায় নিয়ে আসছে।

অর্ণব দানবদের দিকে তাকাল। আগে যেখানে তার চোখে ভয় আর অসহায়তা দেখা যেত, এখন সেখানে দৃঢ় সংকল্প এবং এক অদম্য শক্তি জাগ্রত। প্রতিষেধকটি কাজ করছে—এবার সে কেবল বাঁচার জন্য নয়, মানবজাতিকে রক্ষা করার জন্য লড়াই করবে।

তার মনে এক অদ্ভুত সাহস জন্ম নিল। দানবেরা যতই ভয়ঙ্কর হোক না কেন, তার শরীর, মন এবং শক্তি এখন তার নিয়ন্ত্রণে। প্রতিষেধক তাকে শুধু রক্ষা করছে না, বরং মানবজাতির শেষ আশাকে বাস্তবে পরিণত করার ক্ষমতা দিচ্ছে।

অর্ণব জানল—এই মুহূর্ত থেকে শুরু হলো চূড়ান্ত লড়াই, যেখানে প্রতিটি মুহূর্তই মানবজাতির ভাগ্য নির্ধারণ করবে।

পর্ব ১৮৩: প্রতিষেধকের শক্তি

অর্ণব ধীরে ধীরে দানবদের দিকে এগোল। তার শরীর প্রতিষেধকের শক্তিতে পূর্ণ—প্রতিটি কোষ যেন নতুন করে জেগে উঠেছে। আগের ক্লান্তি, ব্যথা এবং অনিয়ন্ত্রিত শক্তি এখন নিয়ন্ত্রণে। চোখে তার দৃঢ় সংকল্প, শরীরের প্রতিটি পেশী লড়াইয়ের জন্য প্রস্তুত।

প্রথম দানবটির দিকে সে এগিয়ে গেল। আগের মতো মানুষ-অর্ধেক ছত্রাক রূপ, অস্বাভাবিক দৈর্ঘ্যের অঙ্গ-প্রত্যঙ্গ এবং কালচে ছত্রাকের ছত্রাক। কিন্তু অর্ণব এখন ভয় পায় না। প্রতিষেধক তাকে শুধুই রক্ষা করছে না, বরং দানবদের গতিবিধি বোঝার ক্ষমতাও দিচ্ছে।

প্রতিটি আক্রমণকে সে সহজে চিহ্নিত করতে পারে। দানবের লম্বা হাত আরেকটি দিক থেকে আঘাত করতে চাইলে, অর্ণব দ্রুত তার দিক পরিবর্তন করে এবং আক্রমণ প্রতিহত করে। প্রতিষেধকের শক্তি তার প্রতিক্রিয়া এবং গতিকে স্বাভাবিকের চেয়ে অনেক দ্রুততর করেছে।

তিনি কৌশল এবং বুদ্ধি ব্যবহার করে প্রতিটি দানবকে আলাদা করে লক্ষ্য করে। কোনটি আক্রমণ করবে, কোনটির গতিবিধি ধীর, কোনটির ছত্রাকের সংক্রমণ বেশি তীব্র—সবকিছু সে এখন প্রায় স্বাভাবিকভাবে বিশ্লেষণ করতে পারে। প্রতিষেধক শুধু আক্রমণ প্রতিহত করছে না, বরং তার শরীরকে প্রয়োজন অনুযায়ী শক্তি দেয়। অগ্নি-শক্তি বা শক্তি বৃদ্ধির কোনো অতিরিক্ত অস্ত্রের প্রয়োজন নেই। দানবদের প্রতি আঘাত প্রতিহত করতে সে শুধু নিজের শক্তি, বুদ্ধি এবং প্রতিষেধকের প্রভাবিত শক্তিকে ব্যবহার করছে।

দৃশ্যটি ভয়ঙ্কর হলেও, অর্ণব প্রতিটি দানবের মুখোমুখি দাঁড়ায়। প্রতিটি আঘাত, প্রতিটি পাল্টা আক্রমণ—সবকিছুতে তার শরীরের প্রতিসেধকের শক্তি তাকে সাহায্য করছে। প্রথমবারের মতো, তার মনে দৃঢ় বিশ্বাস জন্ম নেয়—মানবজাতি বাঁচতে পারে।

চূড়ান্ত লড়াই শুরু হয়েছে। প্রতিষেধকের শক্তি এখন অর্ণবের হাতে। দানবরা যতই ভয়ঙ্কর হোক না কেন, তার বুদ্ধি, সাহস এবং এই নতুন শক্তি তাকে মানবজাতির শেষ আশায় পরিণত করছে।

পর্ব ১৮৪: শেষ লড়াই

দূর থেকে দানবগুলোর হিংস্র চিৎকার ভেসে আসে। তাদের সংখ্যা অনেক বেশি, শরীর বিকৃত, শক্তি অসাধারণ। কিন্তু অর্ণবের মনে আর কোনো ভয় নেই। প্রতিষেধকের শক্তি তার প্রতিটি অঙ্গ-প্রত্যঙ্গকে নিয়ন্ত্রণ করছে, প্রতিটি আঘাতকে

প্রতিহত করছে এবং প্রতিটি আক্রমণকে নির্ধারিত পথে প্রতিফলিত করছে।

সে প্রথম দানবটির দিকে এগিয়ে যায়। প্রায়শ্চিত্তের অনুভূতি তার হৃদয়ে তীব্র। এই লড়াই তার জন্য শুধুই ব্যক্তিগত নয়, মানবজাতির ভবিষ্যতের জন্য। প্রতিটি আক্রমণ, প্রতিটি প্রতিরোধ—সবকিছুতে সে তার জ্ঞান, বুদ্ধি এবং প্রতিষেধকের শক্তিকে একত্রিত করে।

দ্বিতীয় দানবটি আক্রমণ করলে, অর্ণব দ্রুত দিক পরিবর্তন করে এবং এর শক্তি প্রতিরোধ করে। প্রতিটি দানবকে সে আলাদা করে লক্ষ্য করে। তাদের শক্তি, গতিবিধি, ছত্রাকের সংক্রমণ—সবকিছু সে বিশ্লেষণ করে, প্রতিটি ভুলের সুযোগকে তার বিপক্ষের জন্য ব্যবহার করে।

দৃশ্যটি ভয়ঙ্কর, কিন্তু অর্ণব একটিমাত্র লক্ষ্য নিয়ে এগোচ্ছে—প্রতিটি দানবকে পরাজিত করা। প্রতিষেধক তাকে শুধু শারীরিক শক্তি দেয়নি; এটি তার বুদ্ধি, প্রতিক্রিয়া এবং সাহসকে এক নতুন মাত্রায় উন্নীত করেছে।

একটির পর একটি দানব পরাজিত হচ্ছে। অর্ণবের চোখে তখন কোনো হিংস্রতা নেই, কেবল শান্ত দৃঢ়তা। প্রতিটি আক্রমণে সে অনুভব করছে, তার আবিষ্কারের প্রায়শ্চিত্ত ধীরে ধীরে পূর্ণ হচ্ছে।

শেষ দানবটির মুখোমুখি দাঁড়ায় সে। এক মুহূর্ত স্থিরতা, তারপর সমস্ত শক্তি একত্রিত করে আক্রমণ। দানবটি ধ্বংস হয়, এবং সেই সাথে ল্যাবের ভয়ঙ্কর গর্জন নীরব হয়ে যায়।

অর্ণবের বুক ভারী হলেও, তার চোখে শান্তি। শেষ লড়াই শেষ হয়েছে। প্রতিষেধকের শক্তি, তার বুদ্ধি এবং সাহস মিলিয়ে মানবজাতি এক অদৃশ্য বিপদ থেকে মুক্তি পেয়েছে। এই লড়াই শুধুই তার নিজের নয়—এটি মানবজাতির জীবনের জন্য এক চূড়ান্ত বিজয়।

পর্ব ১৮৫: বিজয়

শেষ পর্যন্ত অর্ণব দানবদের পরাজিত করতে সক্ষম হয়। ল্যাবের ভিতর এখন নীরবতা নেমে এসেছে। ধ্বংসযজ্ঞের ধুলো হাওয়ায় ভেসে বেড়াচ্ছে, কিন্তু অর্ণবের চোখে এক ধরণের শান্তি ও সন্তুষ্টি বিরাজ করছে।

তার বিজয় ছিল শুধুমাত্র ব্যক্তিগত নয়; এটি মানবজাতির জন্য এক বিশাল উদ্ধার। এই লড়াইয়ে সে শুধুমাত্র নিজের জীবনকে ঝুঁকিতে ফেলে দানবীয় হুমকি মোকাবিলা করেনি, বরং পুরো মানবজাতির ভবিষ্যতকে রক্ষা করেছে। প্রতিষেধক, তার বুদ্ধি এবং অপরাজেয় সাহস মিলিয়ে সেই একমাত্র আশার আলো সৃষ্টি করেছে।

যতই ধ্বংস ল্যাবের চারপাশে ছড়িয়ে পড়ে, মানুষের জীবনের জন্য এক নতুন আশা উজ্জ্বল হয়ে ওঠে। সংবাদমাধ্যমের মাধ্যমে ধীরে ধীরে জানা যায়, বিজ্ঞানীর এই প্রতিভা ও সাহস মানবজাতিকে এক ভয়াবহ বিপদ থেকে রক্ষা করেছে।

অর্ণব ধুলো ধুয়ে, থকে-থকে শ্বাস ফেলে। তার মনে আর কোনো অপরাধবোধ নেই—কেবল বিজয় এবং প্রায়শ্চিত্তের শান্তি। আজ সে জানে, তার চেষ্টা মানবজাতির জন্য এক নতুন অধ্যায় শুরু করেছে। এক নতুন দিনের সূচনা হলো,

যেখানে মানবজাতি এক অনিশ্চিত বিপদের থেকে বাঁচতে পেরেছে।

পর্ব ১৮৬: ধ্বংসের চিত্র

লড়াই শেষ হওয়ার পর অ্যান্টার্কটিকার গোপন ঘাঁটিটি এক ভয়াবহ ধ্বংসস্তূপে পরিণত হয়েছে। চারপাশে পড়ে আছে ভাঙা যন্ত্রপাতি, ল্যাবের ধ্বংসাবশেষ, এবং দানবীয় মানুষের মৃতদেহ। দম বন্ধ করা নীরবতার মাঝে শীতল বাতাস বইছে, যেন এই জায়গার সমস্ত কষ্ট এবং রক্তঝরা যুদ্ধের সাক্ষ্য বহন করছে।

অর্ণব এবং রোহিত ধীরে ধীরে ধুলো-ধূসর মধ্য দিয়ে এগোয়। তাদের শারীরিক ক্ষতগুলো তুচ্ছ মনে হলেও, মনের উপর লড়াইয়ের গভীর ছাপ রেখেছে। চোখে চোখ রাখলে দেখা যায়, প্রতিটি ধ্বংসাবশেষে এবং মৃতদেহের পাশে লুকানো আছে GeneCore-এর নির্মমতার এবং মানুষের অমর্যাদার চিহ্ন।

তাদের মনে এক অদ্ভুত মিশ্র অনুভূতি। একদিকে আছে বিজয়ের আনন্দ—মানবজাতিকে এক নতুন বিপদ থেকে রক্ষা করা সম্ভব হয়েছে। অন্যদিকে আছে গভীর বিষাদ—মানুষের সৃষ্টি করা দানবগুলো, এবং ধ্বংসযজ্ঞের পরিপ্রেক্ষিতে মানবতার উপর প্রভাব।

তবুও তারা জানে, আজ তারা বেঁচে গেছে। তাদের জীবনকে নতুন উদ্দেশ্য দেওয়ার একমাত্র সুযোগ এখন এসেছে। ধ্বংসের চিত্রের মাঝেও এক নতুন সূচনা লুকিয়ে আছে—

মানবজাতি এই বিপদের বিরুদ্ধে দাঁড়িয়েছে, এবং অর্ণব ও রোহিত সেই ইতিহাসের সাক্ষী হয়ে রইল।

শেষ পর্যন্ত, তারা সেই গোপন ঘাঁটি পেছনে ফেলে দিয়ে জীবনের পথে এগোয়, জানি যে ভবিষ্যত তাদের হাতে।

পর্ব ১৮৭: মানবজাতির পুনর্গঠন

অর্ণবের তৈরি প্রতিষেধকটি দ্রুত বিশ্বব্যাপী বিতরণ করা হয়। রাষ্ট্র, স্বাস্থ্য সংস্থা এবং সামরিক বাহিনী একযোগে কাজ করে প্রতিষেধক পৌঁছে দেয় প্রতিটি প্রান্তে। এর ফলে শুধু দানবীয় রূপান্তরের শিকার মানুষরাই নয়, নতুন সংক্রমণের ঝুঁকিতেও নিয়ন্ত্রণ আসে।

প্রতিষেধকের প্রভাবে মানুষের শরীরের অস্বাভাবিক পরিবর্তনগুলো ধীরে ধীরে স্বাভাবিক হয়। চোখের স্বাভাবিক আভা ফিরে আসে, পেশী শিথিল হয় এবং দেহের ক্ষতিগ্রস্ত কোষগুলো পুনর্গঠন শুরু করে। যারা আক্রান্ত হয়েছিল, তারা নতুন করে জীবন শুরু করে।

মানবজাতি শুধু তাদের শরীরই ফিরে পায়নি, বরং এই বিপদ তাদের মাঝে এক নতুন শিক্ষা এবং সচেতনতার বীজ বপন করেছে। তারা বুঝতে পারে, প্রযুক্তি এবং বিজ্ঞান যখন মানুষের ক্ষমতার সীমা ছাড়িয়ে যায়, তখন নৈতিকতা এবং সতর্কতা কতটা গুরুত্বপূর্ণ।

শহরগুলো ধীরে ধীরে পুনর্গঠিত হয়। সরকার, আন্তর্জাতিক সংস্থা এবং বৈজ্ঞানিক কমিটি একত্রিত হয়ে পুনর্নির্মাণ ও পুনঃপ্রশিক্ষণ কার্যক্রম শুরু করে। মানুষের মধ্যে নতুন আশা

জাগে—ভয়কে ছাপিয়ে তারা নিজেদের সংস্কৃতি, অর্থনীতি, ও সমাজ পুনর্গঠন করতে থাকে।

অর্ণব, ইরা ও রোহিতের ত্যাগ এবং সংগ্রাম মানবজাতিকে এই বিপদের মুখ থেকে রক্ষা করেছে। আজ মানবজাতি শুধুই বেঁচে নেই; তারা এক নতুন শক্তিশালী প্রজন্মের সূচনা করেছে—যারা অতীত থেকে শিখেছে, বিপদের মোকাবিলায় প্রস্তুত এবং ভবিষ্যতের জন্য আরও সচেতন।

পৃথিবী ধীরে ধীরে স্বাভাবিক জীবনে ফিরে আসে, কিন্তু মানবজাতির মনে চিরকাল অর্ণবের প্রতিষেধকের গল্প থেকে শিক্ষা থাকে—বিজ্ঞান কখনোই নৈতিকতার ছায়া ছাড়া ব্যবহার করা যাবে না।

পর্ব ১৮৮: অর্ণবের মর্যাদা

অর্ণবের জীবনে ঘটে যাওয়া ভয়ঙ্কর ঘটনা এবং তার ত্যাগ বিশ্ববাসীর কাছে এক নতুন প্রেক্ষাপট তৈরি করে। প্রথমে তিনি শুধুই একটি উচ্চাকাঙ্ক্ষী বিজ্ঞানী ছিলেন, যিনি নৈতিকতার সীমা অতিক্রম করেছিলেন। তার ভুল সিদ্ধান্ত মানবজাতিকে বিপদের মুখে ফেলে দিয়েছিল। কিন্তু সেই ভুলের স্বীকারোক্তি এবং তার পরবর্তী সংগ্রাম তাকে এক নতুন মর্যাদা দেয়।

যখন প্রতিষেধকটি সমগ্র বিশ্বের মানুষের মাঝে ছড়িয়ে পড়ল এবং তারা স্বাভাবিক জীবনে ফিরে এল, তখন অর্ণবের ত্যাগ ও নৈতিক দায়িত্ববোধ স্পষ্ট হয়ে উঠল। মানুষ বুঝতে পারল, এই বিপদ থেকে রক্ষা পাওয়া সম্ভব হয়েছে শুধুমাত্র তার সাহসী পদক্ষেপের কারণে।

সংবাদমাধ্যম, বৈজ্ঞানিক মহল এবং সাধারণ মানুষ একযোগে অর্ণবের গল্প প্রচার করতে শুরু করে। তারা বলেন, "যিনি একবার ভুল করেছিলেন, কিন্তু এরপর তিনি মানবজাতির জন্য নিজেকে উজাড় করে দিয়েছেন।" অর্ণবের নাম এক নায়কের মতো হয়ে ওঠে—যিনি নিজের ভুল স্বীকার করে তা শুধরে বিশ্বের জীবন বাঁচিয়েছেন।

সরকার এবং বৈজ্ঞানিক সংস্থাগুলো অর্ণবকে সম্মান জানায়। বিভিন্ন আন্তর্জাতিক সম্মেলনে তাকে 'মানবজাতির ত্রাণকর্তা' হিসেবে স্বীকৃতি দেওয়া হয়। কিন্তু অর্ণব নিজের প্রশংসা ও স্বীকৃতির দিকে মনোযোগ দেয় না। তার একমাত্র লক্ষ্য ছিল—মানবজাতিকে রক্ষা করা এবং ভবিষ্যতের জন্য সতর্কতার শিক্ষা দেওয়া।

অর্ণবের মর্যাদা শুধু একটি ব্যক্তিগত সাফল্য নয়; এটি মানবজাতির জন্য একটি প্রেরণা। এটি শেখায় যে, ভুলের স্বীকারোক্তি এবং দায়িত্ববোধ কখনোই দুর্বলতা নয়—বরং মানবিক শক্তির প্রতীক।

পর্ব ১৮৯: আংশিক সাফল্য

অর্ণবের প্রতিষেধক বিশ্বজুড়ে ছড়িয়ে পড়লেও ফলাফল পুরোপুরি সন্তোষজনক ছিল না। বেশিরভাগ মানুষের শরীর স্বাভাবিক হয়ে গেল, তাদের ক্ষতিগ্রস্ত অঙ্গ-প্রত্যঙ্গ পুনরুদ্ধার হলো। মানুষের চোখের স্বাভাবিক রং ফিরে এল, পেশী ও চামড়া আগের মতো নরম এবং স্থিতিশীল হয়ে গেল।

কিন্তু কিছু মানুষের মধ্যে পরিবর্তনগুলো আংশিক রয়ে গেল। তাদের অঙ্গ-প্রত্যঙ্গ স্বাভাবিক হলেও শরীরে হাইফা জিনের

কিছু অংশ এখনও বিদ্যমান। এই অংশগুলো কখনও কখনও অজানা শক্তি প্রকাশ করত—মাসলস স্বাভাবিকের চেয়ে শক্তিশালী, দ্রুত নিরাময় ক্ষমতা, এবং মাঝে মাঝে অপ্রত্যাশিত শারীরিক বিকৃতি।

গণমাধ্যমগুলো এই আংশিক সাফল্যের খবর প্রকাশ করে। শিরোনাম ছিল: *"মানবজাতি বাঁচল, কিন্তু হাইফা জিন রয়ে গেছে"।* সংবাদটি মানুষের মধ্যে মিশ্র প্রতিক্রিয়া সৃষ্টি করে—একদিকে শান্তি, অন্যদিকে অনিশ্চয়তা।

অর্ণব নিজেই উদ্বিগ্ন হয়। সে জানত যে প্রতিষেধক তৈরি করা তার জীবনের সবচেয়ে বড় সাফল্য, কিন্তু এটি সম্পূর্ণ সমাধান নয়। হাইফা জিনের এই অবশিষ্ট অংশ ভবিষ্যতে কোনো অনাকাঙ্ক্ষিত বিপদ সৃষ্টি করতে পারে।

এমন পরিস্থিতিতে অর্ণবের নতুন লক্ষ্য হয়ে ওঠে—এই আংশিক পরিবর্তিত মানুষের উপর গবেষণা চালিয়ে তাদের সম্পূর্ণ নিরাপত্তা নিশ্চিত করা। মানবজাতি বেঁচে গেছে, কিন্তু সতর্ক থাকার প্রয়োজন এখন আগের চেয়ে দ্বিগুণ।

পর্ব ১৯০: নতুন বিবর্তন

আংশিক হাইফা জিনের প্রভাবে কিছু মানুষের মধ্যে এক অদ্ভুত পরিবর্তন লক্ষ্য করা যায়। তাদের শরীরের কোষগুলো ধীরে ধীরে নতুন ধরণের সংযোগ তৈরি করে, যা তাদের অঙ্গ-প্রত্যঙ্গকে নিজের মতো করে নিয়ন্ত্রণ করার ক্ষমতা দেয়। হাত, পা, চোখ—সবকিছু তাদের ইচ্ছামত স্থিতি বা আকার পরিবর্তন করতে সক্ষম হয়।

শুরুর দিকে এরা ভীত এবং বিভ্রান্ত ছিল। মানুষ তাদের ভয় পেত, কারণ এই নতুন ক্ষমতা কোনো সাধারণ মানবীয় সীমার বাইরে ছিল। তবে ধীরে ধীরে এই বিবর্তিত মানুষরা নিজেদের ক্ষমতা অনুশীলন শুরু করে। তারা দেখতে পারে যে, এই ক্ষমতা কেবল শারীরিক পরিবর্তনের জন্য নয়, বরং তাদের বুদ্ধি, দ্রুত প্রতিক্রিয়া এবং শারীরিক দক্ষতাকেও উন্নত করছে।

সমাজের সাধারণ মানুষ তাদের দিকে মিশ্র প্রতিক্রিয়া দেখায়—কেউ তাদের নায়ক মনে করে, কেউ আবার ভয় পায়। এই বিবর্তন কেবল শারীরিক নয়, এটি একটি নতুন ধরনের মানসিক এবং বুদ্ধিমত্তার বিবর্তনও নিয়ে এসেছে। অর্ণব এই পরিবর্তনগুলো লক্ষ্য করে হতবাক হয়। তার মনে হয়, হাইফা জিন তার মূল উদ্দেশ্যের চেয়ে অনেক দূরে গিয়েছে—এটি এখন শুধু মহামারি নয়, বরং মানবজাতির বিবর্তনের নতুন সূচনা।

এভাবে পৃথিবীতে ধীরে ধীরে একটি নতুন প্রজাতি জন্ম নিচ্ছে—মানব ও হাইফার সংমিশ্রণ, যারা সাধারণ মানুষের চেয়ে অনেক বেশি শক্তিশালী এবং সক্ষম।

পর্ব ১৯১: ভবিষ্যতের অনিশ্চয়তা

সংকট পার হওয়ার পর মানুষ ধীরে ধীরে নিজেদের পুনর্গঠন করতে শুরু করে। ধ্বংসস্তূপের মাঝে নতুন শহর, নতুন প্রতিষ্ঠান এবং নতুন সামাজিক কাঠামো গড়ে ওঠে। মানুষ বুঝতে পারে, তাদের পূর্বের অহংকার ও লোভ কিভাবে তাদের প্রায় শেষ করে ফেলেছিল। তারা বিজ্ঞানের নৈতিক

ব্যবহার, দায়িত্ববোধ এবং সতর্কতার গুরুত্ব গভীরভাবে উপলব্ধি করে।

তবে এই পুনর্গঠন একেবারেই সহজ ছিল না। হাইফা জিনের আংশিক সংক্রমণে কিছু মানুষের শরীর ও ক্ষমতার মধ্যে অদ্ভুত পরিবর্তন রয়ে গেছে। তারা যে নতুন ক্ষমতা পেয়েছে, তা সমাজের জন্য আশীর্বাদ হতে পারে, আবার বিপদও হয়ে দাঁড়াতে পারে। সাধারণ মানুষ এই বিবর্তিত মানুষের সঙ্গে কিভাবে বেঁচে থাকবে, তা এখনও স্পষ্ট নয়।

অর্ণব, ইরা এবং অন্যান্য বৈজ্ঞানিকরা বুঝতে পারে, মানবজাতি যে এক নতুন যুগে প্রবেশ করছে, সেখানে তাদের নৈতিক দিক, বিজ্ঞান এবং প্রযুক্তির ব্যবহার নিয়ে চলার পথ সবসময়ই ঝুঁকিপূর্ণ হবে।

পৃথিবী এখন শান্ত, কিন্তু অনিশ্চয়তা বাতাসে ভেসে বেড়াচ্ছে। কেউ জানে না, এই নতুন বিবর্তন মানবজাতিকে নতুন সম্ভাবনা দেবে, নাকি নতুন বিপদের দিকে ঠেলে দেবে। এভাবে মানবজাতির ভবিষ্যৎ এখন এক অস্পষ্ট রেখার উপর, যেখানে আশা ও ভয় একসাথে পথচলা করছে।

পর্ব ১৯২: নতুন জীবন

অর্ণব জানত, অতীতের ভুল আর পুনরাবৃত্তি করা যাবে না। তাই সে নিজের সমস্ত অভিজ্ঞতা ও জ্ঞান কাজে লাগিয়ে নতুন জীবন শুরু করে। তার ল্যাব এখন শুধুমাত্র গবেষণার কেন্দ্র নয়, বরং মানবজাতিকে নতুন দিকনির্দেশনা দেওয়ার একটি স্থান।

হাইফা জিনের গবেষণায় অর্ণবের লক্ষ্য ছিল—মানব শরীরের পরিবর্তনগুলোকে নিয়ন্ত্রণযোগ্য করা, রোগ প্রতিরোধ ক্ষমতা বৃদ্ধি করা, এবং মানুষের দৈহিক ও মানসিক সক্ষমতাকে উন্নত করা। সে চাইত, বিজ্ঞান যেন আর কখনও হুমকির উৎস না হয়, বরং মানুষের কল্যাণের হাতিয়ার হয়।

ইরাও তার পাশে ছিল। তার যুক্তিবাদিতা এবং সতর্ক দৃষ্টি অর্ণবের আবিষ্কারগুলোকে নিরাপদ ও মানবিক পথে পরিচালিত করছিল। তারা একসাথে এমন প্রযুক্তি তৈরি করার চেষ্টা করছিল, যা মানবজাতিকে এক নতুন সম্ভাবনার দিকে এগিয়ে নিয়ে যাবে।

বিশ্বে শান্তি ফিরে এসেছে, তবে মানুষ এখন আরও সতর্ক। তারা জানে, প্রযুক্তি শক্তিশালী হতে পারে, কিন্তু নৈতিকতা ও দায়িত্বের অভাব হলে তা বিপদও সৃষ্টি করতে পারে।

অর্ণবের নতুন গবেষণা শুধুমাত্র বিজ্ঞান নয়, মানুষের জীবনের নতুন অধ্যায়ের সূচনা। এটি ছিল একটি নতুন জীবন—যেখানে বিজ্ঞান ও নৈতিকতা একসাথে কাজ করে মানবজাতিকে আরও শক্তিশালী ও সচেতন করে তুলবে।

পর্ব ১৯৩: নতুন যুগ

মানবজাতি সেই মহামারির পর একটি নতুন যুগে প্রবেশ করে। অতীতের বিপর্যয় তাদের মনে করিয়ে দিয়েছে যে বিজ্ঞান শক্তিশালী, কিন্তু নৈতিকতা ছাড়া তা ধ্বংসের হাতিয়ার হতে পারে। মানুষ শিখেছে, জ্ঞান শুধু প্রগতি নয়—এটি দায়িত্বের সাথেই বেঁধে আছে।

এই নতুন যুগে মানুষ তাদের চারপাশের পরিবেশ এবং জীবজগৎকে আরও বেশি সম্মান করতে শুরু করে। তারা নিজেদেরকে আর এই পৃথিবীর একমাত্র সত্তা মনে করে না, বরং একটি বৃহত্তর জীববৈচিত্র্যের অংশ হিসেবে গ্রহণ করে। সেই পরিবর্তিত মানুষ এবং যারা আংশিক হাইফা জিন বহন করে, তারা নতুন প্রজাতির প্রতিনিধিতে পরিণত হয়—মানবতার বিবর্তনের এক নতুন ধাপ।

বিজ্ঞান, নৈতিকতা, এবং মানুষের চেতনা—এই তিনটির সমন্বয়ে মানবজাতি ধীরে ধীরে নিজের সমাজ, প্রযুক্তি এবং পরিবেশকে পুনর্গঠন করে। শহরগুলো পুনরায় গড়ে ওঠে, মানুষ একে অপরের দিকে সহযোগিতা ও সহমর্মিতা দেখায়, আর বৈজ্ঞানিক গবেষণা শুধুমাত্র কল্যাণের জন্য পরিচালিত হয়।

এভাবে শুরু হয় মানবজাতির নতুন যুগ—যেখানে তারা শিখেছে, ভুল থেকে শিক্ষা নিয়ে, সাহসী ও নৈতিকভাবে এগিয়ে যাওয়া মানে প্রকৃত শক্তি অর্জন করা।

পর্ব ১৯৪: আশার আলো

অর্ণবের আবিষ্কার মানবজাতিকে একটি নতুন আশার আলো দেখায়। অতীতের ভয়াবহ মহামারি আর ধ্বংসের স্মৃতি এখনও মানুষের মনে ছিল, কিন্তু এই আবিষ্কার তাদেরকে শক্তি এবং সম্ভাবনার নতুন দিশা দেখায়। মানুষ বুঝতে পারে, তারা আর শিকার নয়—এই জিনের ক্ষমতা তাদের নিয়ন্ত্রণের মধ্যে আসতে পারে।

অর্ণবের নেতৃত্বে বিজ্ঞানীরা নতুনভাবে কাজ শুরু করে। তারা হাইফা জিনের সম্ভাবনাকে মানুষের কল্যাণের জন্য ব্যবহার করার উপায় খুঁজে বের করে। অনিয়ন্ত্রিত দানবীয় রূপের পরিবর্তে, এই জিন মানুষের শরীর এবং মনের ক্ষমতাকে উন্নত করে। কেউ শারীরিকভাবে সুদৃঢ় হয়, কেউ দ্রুত শিখতে এবং স্মৃতিশক্তি উন্নত করতে পারে।

মানুষ কেবল বাঁচার জন্য নয়, বরং জীবনের মান উন্নত করার জন্য এই ক্ষমতাকে ব্যবহার করতে শেখে। নতুন প্রযুক্তি, চিকিৎসা, পরিবেশ সংরক্ষণ—all কিছুতে এই জিনের সাহায্য নেওয়া হয়। সমাজে সহযোগিতা, বিজ্ঞান ও নৈতিকতার মধ্যে সমন্বয় হয়, যা অতীতের ভুলগুলো পুনরাবৃত্তি হতে বাধা দেয়। এই আশা শুধু অর্ণবের জন্য নয়—সমগ্র মানবজাতির জন্য। মানুষ শিখেছে যে ভয়কে জয় করতে হলে কেবল লড়াই নয়, বুদ্ধি, নৈতিকতা এবং সাহসও প্রয়োজন। হাইফা জিন এখন এক বিপজ্জনক অস্ত্র নয়, বরং মানবতার উন্নতির এক শক্তিশালী হাতিয়ার।

এইভাবে মানবজাতি ধীরে ধীরে সেই অন্ধকারের দিনগুলোকে পেছনে ফেলে, নতুন সম্ভাবনা এবং নতুন শক্তি নিয়ে এক নতুন যুগের দিকে এগোতে থাকে।

পর্ব ১৯৫: চূড়ান্ত পরিণতি

অর্ণবের দীর্ঘ লড়াই, ভুল ও আবিষ্কারের পর মানবজাতি এক নতুন যুগের দিকে এগিয়ে যায়। অতীতের মহামারি এবং ধ্বংসের স্মৃতি এখন কেবল একটি শিক্ষণীয় ইতিহাস হিসেবে মানুষের মনে থাকে। অর্ণব নিজের ভুল স্বীকার করে, তার

নৈতিক দায়িত্ব বোঝে, এবং সেই অভিজ্ঞতা ব্যবহার করে মানুষের কল্যাণে কাজ করে।

তার প্রতিষেধক কেবল প্রাণ বাঁচায়নি, বরং মানুষের ক্ষমতা এবং সচেতনতাকে নতুন মাত্রা দিয়েছে। সমাজে বিজ্ঞান আর নৈতিকতার মধ্যে ভারসাম্য স্থাপন হয়েছে। মানুষ কেবল বেঁচে থাকছে না, বরং তারা নিজেদের জীবন এবং বিশ্বকে উন্নত করার জন্য সক্রিয়ভাবে কাজ করছে।

অর্ণবের ল্যাব এখন শুধু একটি গবেষণাগার নয়, বরং শিক্ষা ও উদ্ভাবনের কেন্দ্র। এখানে নতুন প্রযুক্তি, চিকিৎসা, এবং মানব শক্তির উন্নয়নের কাজ চলছে। মানুষের মধ্যে এক নতুন একতা, বুদ্ধিমত্তা এবং সাহস জন্ম নিয়েছে। তারা শিখেছে যে প্রকৃত শক্তি কেবল ক্ষমতায় নয়, বরং নৈতিক দায়িত্ব ও জ্ঞানকে কাজে লাগাতে জানার মধ্যেই নিহিত।

অর্ণবের এই যাত্রা শুধুমাত্র বিজ্ঞানের জন্য নয়, মানবতার জন্যও এক নতুন দিগন্ত খুলেছে। তার জীবন এবং ত্যাগ মানবজাতিকে দেখিয়েছে যে, ভুল থেকে শিক্ষা নেওয়া, সাহসী হওয়া এবং নৈতিকতার পথে চলা—এসবই মানুষকে সত্যিকারের অগ্রগতির পথে নিয়ে যায়।

অবশেষে, অর্ণব একজন বিজ্ঞানী হিসেবে শুধু উদ্ভাবক নয়, বরং নৈতিকতার পথে একজন নায়ক হিসেবে প্রতিষ্ঠিত হয়। তার আবিষ্কার, তার অধ্যবসায় এবং তার নৈতিক সচেতনতা মানবজাতিকে একটি নতুন, উজ্জ্বল ভবিষ্যতের দিকে চালিত করে।

পর্ব ১৯৬: খোলা সমাপ্তি

জি মিনারভা

গল্পের শেষ মুহূর্তে মানবজাতি ধীরে ধীরে ধ্বংস ও সংকটের ছায়া থেকে উঠে দাঁড়ায়। অর্ণবের প্রতিষেধক এবং তার অধ্যবসায় তাদের জীবন বাঁচিয়েছে, তবে পৃথিবীর ভবিষ্যৎ এখন এক নতুন ধারা নিয়েছে। মানুষ শিখেছে, ক্ষমতা ও বিজ্ঞান কেবল উদ্ভাবনের জন্য নয়, নৈতিকতার সঙ্গে ব্যবহার করাটাই আসল চ্যালেঞ্জ।

নতুন বিবর্তন কিছু মানুষের মধ্যে অতিরিক্ত ক্ষমতা এবং অদ্ভুত পরিবর্তন এনেছে। তারা এখন সাধারণ মানুষের চেয়ে ভিন্ন, কিন্তু সেই ভিন্নতাই হয়তো মানবজাতিকে পরবর্তী ধাপের জন্য প্রস্তুত করছে। মানুষ জানে না, এই পরিবর্তন তাদের সমাজ, সম্পর্ক, এবং জীবনধারাকে কেমনভাবে প্রভাবিত করবে।

তবে এই অনিশ্চয়তার মধ্যে রয়েছে এক ধরনের আশার আলো। তারা বুঝতে পারছে, যেকোনো বিপদই তাদের একত্রিত করতে পারে এবং মানুষের ধৈর্য, বুদ্ধিমত্তা ও নৈতিকতা তাদের পথ দেখাতে পারে।

গল্প শেষ হলেও, মানুষের যাত্রা চলতে থাকে—একটি খোলা ভবিষ্যতের দিকে, যেখানে প্রতিটি সিদ্ধান্ত, প্রতিটি আবিষ্কার এবং প্রতিটি সম্পর্কই নতুন সম্ভাবনার জন্ম দেবে। অর্ণব এবং তার দল শুধু মানবজাতিকে রক্ষা করেনি, তারা মানুষের বিশ্বাস এবং সাহসকে পুনঃপ্রতিষ্ঠিত করেছে।

এই খোলা সমাপ্তি পাঠককে ভাবতে বসায়—মানবজাতি কি এই নতুন বিবর্তনের সাথে সামঞ্জস্য বজায় রাখতে পারবে,

নাকি এক নতুন বিপদের মুখোমুখি হবে? উত্তরটি সময়ই দিবে, কিন্তু আশা এবং প্রচেষ্টার আলো সবসময় থাকবে।

পর্ব ১৯৭: শেষ কথা

গল্পের শেষ দৃশ্যে অর্ণব তাঁর দলের এবং মানবজাতির উদ্দেশ্যে নিজের অভিজ্ঞতা থেকে শিক্ষা দিয়ে বললেন:

"বিজ্ঞান আমাদের ক্ষমতা দেয়, কিন্তু নৈতিকতা আমাদের পথ দেখায়। যদি আমরা আমাদের নৈতিকতা ভুলে যাই, তাহলে আমরা এক নতুন সংকটে পড়ব।"

এই কথা শুধু তাঁর দলের জন্য নয়, বরং সমগ্র মানবজাতির জন্য এক সতর্কবার্তা। অর্ণবের জীবনের সংগ্রাম এবং এই মহামারির মধ্য দিয়ে শিক্ষা হল—যে কোনো প্রযুক্তি বা আবিষ্কার শক্তি দেবে, কিন্তু নৈতিকতার অভাবে সেটি বিপদের উৎস হয়ে উঠতে পারে।

গল্পের মাধ্যমে পাঠকরা বুঝতে পারে, মানবজাতির ভবিষ্যৎ কেবল বৈজ্ঞানিক উৎকর্ষে নয়, বরং নৈতিকতা, সততা এবং দায়িত্ববোধে নির্ভর করছে। অর্ণবের এই শেষ কথা হয়ে যায় মানবজাতির জন্য একটি চিরন্তন শিক্ষা—শক্তি থাকলেই যথেষ্ট নয়, নৈতিক দায়িত্ব পালন করাই মানবতার আসল মাপকাঠি। গল্পের শেষ হলেও, এই সতর্কবার্তা এবং নতুন সম্ভাবনার আলো মানবজাতিকে এগিয়ে যেতে অনুপ্রাণিত করে।

www.ingramcontent.com/pod-product-compliance
Lightning Source LLC
LaVergne TN
LVHW090224051026
849517LV00001B/181